清代诗学文献整理与研究

李德强　编

上海大学清民诗文研究中心

上海大学出版社

·上海·

图书在版编目(CIP)数据

清代诗学文献整理与研究/李德强编. —上海：上海大学出版社，2016. 3

ISBN 978-7-5671-2138-6

Ⅰ. ①清… Ⅱ. ①李… Ⅲ. ①诗学—中国—清代—文集 Ⅳ. ①I207.22

中国版本图书馆 CIP 数据核字(2016)第 048038 号

责任编辑 陈 强

封面设计 柯国富

技术编辑 金 鑫 章 斐

清代诗学文献整理与研究

李德强 编

上海大学清民诗文研究中心

上海大学出版社出版发行

(上海市上大路 99 号 邮政编码 200444)

(http://www.press.shu.edu.cn 发行热线 021—66135112)

出版人：郭纯生

*

南京展望文化发展有限公司排版

江苏句容市排印厂印刷 各地新华书店经销

开本 787×960 1/16 印张 31 字数 538 千

2016 年 5 月第 1 版 2016 年 5 月第 1 次印刷

ISBN 978-7-5671-2138-6/I·361 定价：80.00 元

本书为国家社会科学基金重大项目
“清诗话全编”(项目编号:12&ZD16)中期成果

目　录

谈清代诗学文献的整理(代前言)

张寅彭*

清代诗学文献数量庞大,体例繁富,它的这两个基本特征是远过于历朝历代的。正视和解决这两个问题,无疑是整理研究清代诗学的基础。我在20世纪80年代从刘德重先生撰写《诗话概说》清代部分的时候,对此即有强烈的感受。此后二十多年来的工作,无论是访书、撰书目、编丛书、作提要、写论文,大抵也都是围绕着这两个方向进行的。三十年来,筚路蓝缕,与一二同道,造次必于是,颠沛必于是,虽仍谈不上完全解决,但体量大致已经探明,体例种类也已经过反复地梳理,现正试图陆续以清诗话全编、总目提要等形式来予以呈现。

一、关于清人诗学著述总量的调查

诗学文献的数量与体例是一个相互关联的二而一的问题,体例的出入直接关系到数量的多寡。其首先涉及的层面,是成卷帙的著作与短篇的序跋文章、书信、论诗诗等的区分,依照目录学的约定,我们统计的自是前者,所谓勒为成书者也。后者作为诗学文献,则须以另外的方式来处理,不在此例。但其中如相当一部分专

* 张寅彭,上海大学文学院教授。本文是国家社会科学基金重大项目“清代诗话全编”中期成果,项目编号:12&ZD16。

书的序跋虽不另行统计，却也随同专书一起得到了整理；而清人论诗诗此时竟也颇有成卷帙的，则又转而成为著录和统计的对象了。这些体例方面的新情况，留待下文再予专门讨论。

关于清人诗学著作总量的认识，早年从书目著录和丛书收录的途径获得的信息，都是不足观的。前者如《四库全书总目提要》著录二十一种，《清史稿·艺文志》著录九十余种，孙殿起《贩书偶记》正续编著录一百八十余种等；后者如丁福保《清诗话》收录三十四种，郭绍虞《清诗话续编》收录四十三种，台湾《古今诗话丛编》、《古今诗话续编》中有二十余种，杜松柏《清诗话访佚初编》收录二十种等。后来史志书目数十年间经过多位学者的几次增补，达到四百七十余种的规模[①]。这个数字，与 20 世纪七八十年代郭绍虞先生“清人诗话约有三四百种”之说[②]及台湾吴宏一《清代诗话知见录》著录的三百四十余种[③]大抵相当，洵属不易，是一个不算短的时期内对于清人诗学著述总量的近乎极限的认识。

但这个数量认识在 1995 年竟然被大幅度改写了。那年先后出现了三个关于清人诗学著作的大型书目，即蔡镇楚的《清代诗话考略》(湖南文艺出版社 1995 年版《石竹山房诗话论稿》后附)、张寅彭的《清代诗学书目辑考》(载《上海教育学院学报》1995 年第三辑)与蒋寅的《清代诗学著作简目》(载《中国诗学》总第四辑，南京大学出版社 1995 年版)。三家虽互有一些异同，但不约而同，都达到七八百种这一新的数段。后来张寅彭于 2003 年正式出版《新订清人诗学书目》，于旧目略有增删取舍，达到八百七十九种之数。蒋寅于 2005 年出版《清诗话考》，其中的《见存书目》也有所新增，进一步达到九百六十六种之多。他并又另作一《待访书目》，著录了五百零三种存佚未知之书，两目相加将近一千五百种，竟又翻了一倍。据作者言，这个庞大的新数字主要得自于各种书目和各地各级方志。这种几何级数式的进展提醒我们，由于清代是一个政治、经济、文化全面发达的大朝代，诗学普及的程度和文献留存的数量都不宜被低估。

清代又是距离今天最近的末代王朝，这个时间因素也最有利于文献的保留。这一得天独厚的条件，极大地诱惑今人在前人书目来源之外，更有可能从实地实藏

① 《清史稿·艺文志》的增补，先后有 1968 年台湾商务印书馆出版之彭国栋《重修清史艺文志》和 1982 年中华书局出版之武作成《补编》。二目除去误收及相重者，共补出清人诗学著作一百八十余种。2000 年中华书局出版王绍曾主编之《拾遗》，又补出二百余种。详拙著《新订清人诗学书目》(上海古籍出版社 2003 年版)之序。

② 见其《清诗话续编序》，上海古籍出版社 1983 年版。

③ 《清代诗学初探》后附，台湾学生书局 1986 年修订本。

来验证旧目,乃至于新发现数量可观的第一手材料,从而再建一个较为纯粹可靠的“现存”书目,以有别于上述偏于“历史”性质的书目,这自然是更有实质意义的。当然由于“诗”之于清人生活的普及程度,造成庋藏之所分散遍地,这项“行万里路”的调查统计工作,要做得彻底十分不易,将会在一个相当长的时期中始终处于进行时的状态。

清代诗学文献数量的统计,还有一个如何对待民国初年旧体诗话的问题。上述张目的八百七十余种之数,实际上内含所附《民国诗学书目》的一百五六十种,蒋目的九百余种亦含百数十种民国诗话在内。从学理上言,民初诗话是清诗话的余响,合观自是顺理成章;但如作一代诗学文献的统计工作,或编辑断代诗话丛书,则显然又不能不分开处理。所以清代诗学书目的实际数量,目前恐怕仍还是在七八百种的数量上。笔者近年来从事《清诗话全编》的编纂,重新审视旧目,虽然又有增删,但目前访书工作尚处在复按旧日踪迹的阶段,主要在各省级图书馆、高校图书馆和部分县市级图书馆进行,故并无大规模的新发现,新得数十种,还不足以改变上述数量概念。必待全国大部分县市级图书馆的调查工作完成之后,数量上或者才会有可观的增加。当然,增幅不大的可能性同样也是存在的。故清人诗学著作实际的数量,恐怕还是要在千数以内来讨论认识,才是较为切实可行的。

二、编年与分期

如上所述,清代诗学著述的数量即便不出一千种,相较于历代诗学,也仍然是一个惊人的大数字。面对这个庞然大物,把握其全体的难度自然也大为增加。我从前在《新订清人诗学书目》中,试图先用编年法,考定各书的成书时间及刊刻时间,再参以作者的生卒年份,大致排定各书的顺序。在此基础上,进一步将之纳入“顺治康熙(前三十年)期”“康熙(后三十年)雍正期”“乾隆期”“嘉庆道光期”“咸丰同治光绪宣统期”等五期之中,初步建构起了一个分阶段而又差具完整性的历史框架。

这个分期与一般治史不同之处在两个时间节点上,一是将康熙六十年一分为二,一是将嘉庆朝与乾隆朝分开,而与道光朝合为一期。这是受到同治间江西人杨希闵论清诗的启发,而又参以本人读书思考后的认识。杨氏分清诗为“康熙三十年前”“康熙中至乾隆四十年”“乾隆中至嘉庆道光”及“咸丰同治”等四期①。他将康

① 见其《诗榷·国朝人诗补录》,江西图书馆藏手稿本。

熙三十年断开是非常有眼光的，移用于诗论也同样合适，这样就将顺治和康熙前期不脱明诗旧风气的阶段，与康熙中开始确立的以王士禛为代表的本朝诗学的阶段区分开来了。但后一个阶段划至乾隆四十年则嫌太晚，盖沈德潜且不论，袁枚的声气也早在乾隆二十年前就已经鹊起了。另外杨氏将“乾隆中至嘉庆道光”划为一期，如从袁枚一家及其影响着眼，自是十分恰当的；但乾隆中袁枚声气虽最大，也不能抹煞翁方纲论诗与其并峙的事实；加之嘉庆道光诗学虽于随园、覃溪作左右袒是其一大话题，但主旨显然已别有所在，这就是差可以为代表的潘德舆的“质实”诗观的出现。故从积极面言，袁、翁等活跃的乾隆朝宜独立划为一期，而嘉、道的合为一期，如用潘德舆的那一部从嘉庆十六年写到道光十六年的《养一斋诗话》来作象征[①]，虽有简单之嫌，却也是可以证之以同一时期的其他大量作品的。这是我的分期稍变于杨希闵的理由所在。杨氏卒于光绪十年(1885)，故他的分期还不及光绪、宣统两朝，自可不论。

编年书目似能触摸到一代诗学渐次生成的生命年轮，从中又可看出清代诗学具有一个二度轮回的特殊现象，即顺康(前)期承前朝之绪，为由明入清之过渡期；康(后)雍期始具本性，为初熟期；乾隆期风采照人，为鼎盛期；嘉道期既承盛况，而又渐现嬗变之相，为又一承上启下之期；咸同光宣期再度繁盛，一面于旧题仍能精义迭出，一面由接触西学而生成之新题新识亦复层出不穷，开出传统诗学之一新生面，并延伸及民国。

我的这个五期之分还收到了一个意外的效果，即各期的时间长度较为匀称。由于康熙朝和乾隆朝两个最长的时段，一被断为两段，一单独为算而不加长，使得五期的长度大致相等，各期都在五六十年上下，最短的康(后)雍期也有四十余年。此种大致相当的时间长度，也为开展各期之间的比较研究提供了方便的前提条件。

三、体例三分(诗评、诗法、诗话)的认识

中国传统学术研究的基本方法，不外编年法与分类法两项。分类法在诗文研究方面的运用，则似以辨体最为成功。从陆机《文赋》、刘勰《文心雕龙・明诗》到严沧浪《诗体》，以及明人的一系列著作，可谓源远流长，就诗体而言，牢固地树立起了五言、七言、乐府、古体、律体等几大类别概念。而关于诗文评著作的辨体之举，虽

① 《养一斋诗话》的前身《说诗牙慧》手稿本今藏北京大学，有嘉庆十六年自序。而《养一斋诗话》道光本有道光十六年徐宝善序，积三十余年，始定稿刊行。孙静先生有详考。

不如此发达,但也未曾间断过。

(一) 传统诗学体例成体的认识过程

如从目录学的角度来疏理历来对于诗文评著作体例的认识,大致可见出有如下几个阶段。

首先是四部分类确立之后,诗文评著作起初一直被归入集部的总集类,与诗文选集并无区别,例如《隋书》和《旧唐书》的《经籍志》都是如此处理的,显示的是它的“涉及一家作品以上”的属性,而尚未及其“评”的性质。

此后在欧阳修《新唐书·艺文志》中有了变化,诗文评著作虽仍归在集部总集类,但已与选本分开,单独作为一类,置于总集之末,并为之立了“文史”一名①。目录学界有欧阳修此志所据为《开元四库书目》的说法②,则唐时应已有此分类了。所以北宋在欧阳修前后的书目,如《崇文总目》等,才会同样承袭了“文史”类这更进一层的分类法。这表明此类著作的“评”的属性,此时得到了确认,较《隋书》、《旧唐书》等的分类止于总集大进了一步。这可谓是认识的第二阶段。而“文史”作为类名,唐以来官修书目尤其正史书志中使用甚久,一直保留到清康熙间所修的《明史·艺文志》。

但“文史”一目,实际上是文评之著、史评之著与诗评之著的汇合。以《新唐书·艺文志》著录的情况分析,欧公自言从《旧唐书·经籍志》承录的是李充《翰林论》三卷、刘勰《文心雕龙》十卷、颜竣《诗例录》二卷、锺嵘《诗评》三卷等四家,新增二十二家二十三种:“刘子玄《史通》二十卷、柳璨《柳氏释史》十卷、刘餗《史例》三卷、沂公《史例》十卷、裴杰《史汉异义》二卷、李嗣真《诗品》一卷、元兢《宋(沈)约诗格》一卷、王昌龄《诗格》二卷、昼公《诗式》五卷及《诗评》三卷、王起《大中新行诗格》一卷、姚合《诗例》一卷、贾岛《诗格》一卷、炙毂子《诗格》一卷、元兢《古今诗人秀句》二卷、李洞《集贾岛句图》一卷、张仲素《赋枢》三卷、范传正《赋诀》一卷、浩虚舟《赋门》一卷、倪宥《文章龟鉴》一卷、刘蘧《应求类》二卷、孙郃《文格》二卷。”③这其中显

---

① 阮孝绪《七录目录》“文集录”已分楚辞、别集、总集、杂文四部,但《七录》已不存,未知其详。观“杂文部”著录有“二百七十三种四百五十一帙三千五百八十七卷”(《广弘明集》卷三)之数,似非为“评”一类著作的专类。此“杂文”或与《汉书·艺文志·诗赋略》的“杂赋”为近?不可知也。

② 如余嘉锡有此说。见其《目录学发微·源流考下》。

③ 欧公自注“刘子玄以下不著录二十二家二十三部”云云,实应为锺嵘《诗评》以下不著录,旧志并未著录锺氏此作。故承录《旧唐书·经籍志》集部总集类的仅为前三家,如此也才合于新增的家数、部数(按照《汉书·艺文志》以来惯例,分别著录的元兢两种算两家)。

然是有属类之分的:《史通》以下五种为史评,《诗品》以下十一种为诗评,《赋枢》以下六种为文评。而上述不算在内的四种,则两种为文评、两种为诗评。可见这一阶段虽然稳固地认识了"评"之属性,但文、史、诗之体还不遑兼别。

至南宋时认识进入了第三阶段。此时出现的几种公私书目,尤袤《遂初堂书目》、陈振孙《直斋书录解题》仍以"文史"立目,可以不论;值得注意的是晁公武的《郡斋读书志》,以"文说"代替"文史",盖所录九种都属文评、诗评之作,剔除了史评之作,类目遂也芟除了"史"字。而最有意义的是郑樵《通志·艺文略》,他在集部也还保留了"文史"一目,但显然更重要的是他令人瞩目地使用了"诗评"一词,首次准确地将历代诗评、诗品、诗格、诗式、句图、吟谱、诗话等四十四种同一性质的著作归为一类,至此可算是完成了对于"诗评"体例独立性质的认识,打下了后世目录学确立"诗文评"类的基础①。

明中叶以后,学界这方面的认识还在继续发展,如佚名的《近古堂书目》、董其昌的《玄赏斋书目》、钱谦益的《绛云楼书目》等,都一面以晁公武曾使用过的"文说"一词来著录文评之作,一面新采"诗话"一词来著录诗评之作。而嘉靖年间先后出现的焦竑《国史经籍志》与祁承㸁《澹生堂藏书目》,则都用"诗文评"一词来合并著录诗评与文评之作,这可能是着眼于文评之作数量不多,故也不失为一种处理方式。另外清初钱曾的《述古堂藏书目》在立了"诗文评"一目后,复立"诗话"一目,且"诗文评"类著录任昉《文章缘起》等区区九种,实以文评为主(诗评仅录徐祯卿《谈艺录》一种),而将锺嵘《诗品》、皎然《诗式》以下五十二种改划为"诗话"类。这一阶段的认识可谓是多元的。

紧随其后的《四库全书总目》继而采用"诗文评"的分类法,终至定于一尊②。此种效果主要不是依靠政治权威达成的,从上述梳理可知,实乃长期探索累积的结果,有其坚实的学术认识之基础。这只要读其小序,即可看到它对此所具有的自觉意识:

> 文章莫盛于两汉,浑浑灏灏,文成法立,无格律之可拘。建安、黄初,体裁

---

① 《四库全书总目·〈通志〉提要》曾讥郑夹漈的二十略"分门太繁"。然而这本来即是郑氏的自负之处,所谓"类例不患其多也,患处多之无术耳"。按照他自己的统计,"总十二类、百家、四百二十二种"(《通志·校雠略·编次必谨类例论》)。此种广设类属的实际效果,有的确为反映学术发展所必需,有的则不免流于繁琐,需要具体甄别。而"诗评"一目的确立属于前者,是大有可为郑氏辩护之处的。

② 《四库全书总目》以后,几乎所有分类至集部总集的书目,如孙星衍《孙氏祠堂书目》(外编尚复立"诗话"一目)、张金吾《爱日精庐藏书志》、丁日昌《持静斋书目》、张之洞《书目答问》、叶德辉《郎园读书志》等,都断然采用"诗文评"一名而绝无异辞了。

渐备,故论文之说出焉。《典论》其首也。其勒为一书,传于今者,则断自刘勰、锺嵘。勰究文体之源流,而评其工拙;嵘第作者之甲乙,而溯厥师承,为例各殊。至皎然《诗式》,备陈法律;孟棨《本事诗》,旁采故实;刘攽《中山诗话》、欧阳修《六一诗话》,又体兼说部。后所论著,不出此五例中矣。……汰除糟粕,采撷菁英,每足以考证旧闻,触发新意。《隋志》附总集之内,《唐书》以下则并于集部之末,别立此门,岂非以其讨论瑕瑜,别裁真伪,博参广考,亦有裨于文章欤。①

这里尤可注意的,是所谓"五例"之说,这是进而在"诗文评"内部细分体例的努力。至此我们才可以说,对于"诗文评"的辨体意识和成果,终于达到了可与严沧浪《诗体》相埒的水平。

(二) 主分与主合的两种思路

《四库总目提要》分出的五例,《文心雕龙》是文评,可以不论;《本事诗》后世未获大行,其"旁采故实"的特点与《六一诗话》《中山诗话》(《六一诗话》早于《中山诗话》)的"体兼说部"亦近,则可归为一类。故诗学著述的体例,实可分为三大例,即锺嵘《诗品》所代表的诗评类、皎然《诗式》所代表的诗法类与欧阳修《六一诗话》所代表的诗话类。历来论著,大抵不出此三类矣。这是在"诗文评"著述内部主张进一步分辨体例的思路,透露出重客观和细密的合逻辑的趣味。

但值得注意的是,此时又出现了另一种与之相反的趣味,即章学诚的"诗话通于四部"说:

唐人诗话,初本论诗,自孟棨《本事诗》出,乃使人知国史叙诗之意,而好事者踵而广之,则诗话而通于史部之传记矣;间或诠释名物,则诗话而通于经部之小学矣;或泛述闻见,则诗话而通于子部之杂家矣。虽书旨不一其端,而大略不出论辞、论事。推作者之志,期于诗教有益而已矣。②

这显然是章实斋主"通"的学术立场的产物,也自是雄辩。但方向则与上述目录学

---

① 《四库全书总目》卷一九五,中华书局1983年版。
② 《文史通义》内篇五《诗话》,中华书局1985年版。

中显示的"总集—总集末—文史—诗文评"的趋势完全逆向，简直连四部都可以不必分了。实斋此是就"诗话"立论的。大抵自宋代诗话体问世以来，就有以诗话包举一切的议论，早期如许顗就有"诗话者，辨句法，备古今，纪盛德，录异事，正讹误"的说法(《彦周诗话序》)；嘉庆时钟廷瑛亦云："诗话者，记本事，寓评品，赏名篇，标隽句；耆宿说法，时度金针，名流排调，亦征善谑；或有参考故实，辨正谬误：皆攻诗者不废也。"(《全宋诗话序》)此种议论表面上虽未越雷池一步，但他们一先一后，欲用诗话打通诗学内部的意图，则实际上与实斋同趣。如果再与上述多种明、清书目中以诗话标类的现象合观，这一种不主张分辨体例的"合"的思路，显然也是强势存在的。乾嘉时期诗学体例研究中对峙的或分或合这两种立场，如果不嫌简单比附的话，也可视之为其时正炽的汉学与宋学之争在诗学领域中的表现吧。

(三) 体例三分的客观可行性

评判上述两种不同的立场孰为可取，其实有一个基本的依据，就是彼时正在充分发展过程中的诗学本身，数量众多和体式不一的情况正达到史上空前的程度。据拙目统计，乾隆一期即近二百种之多，是顺康(前)、康(后)雍二期一百二十余种的1.7倍①；至于体式的变化，即就诗话一体而言也很明显，如《随园诗话》以遍录天下诗为职志的长篇形式②，《雨村诗话》以"话古"、"话今"分篇等③，都是新现象，而为世所瞩目。所以辨体的现实需要是客观存在的，其较之不辨的积极意义也是显而易见的。

在诗学内部进一步分辨体例，上述从《四库总目提要》而来的诗评、诗法、诗话三分是一个基础的类别，四库馆学者随类所举的锺嵘《诗品》、皎然《诗式》与欧阳修《六一诗话》，诚为典范，三家之著体式与旨趣的不同，即是三大例的不同。发展至清代，虽然新生一些变例，但此一三分的基本类别仍然存在，例如叶燮《原诗》、沈德潜《说诗晬语》属诗评类，王士禛《渔洋诗话》、袁枚《随园诗话》属诗话类，赵执信《声调谱》、翁方纲《小石帆亭著录》属诗法类等。依此类推，大部分清人诗学著作都是可以按其性质而分别归类的。

当然，在确定一部具体著作的类属时，往往也会遇上困惑，即它的内容一般不

---

① 详《新订清人诗学书目》，上海古籍出版社2003年版。

② 袁枚：《随园诗话》卷十六："近日十三省诗人佳句，余多采入《诗话》中。"

③ 李调元：《雨村诗话》(十六卷本)序："《雨村诗话》前著名矣，而此复着何也？前以话古人，此以话今人也。"

会纯然或诗评或诗法或诗话一种成分,而是混合的。这就需要审慎地甄别其基本性质。例如《随园诗话》,长期以来都将之作为阐说"性灵"诗观的理论著作看待。这如果就其中一部分论评的内容言,自然也有其合理之处。但《随园诗话》的主要内容和旨趣,显然落在记录诗人诗作一方面,全书的理论成分是非常稀薄的。它的价值实在于充分善用诗话体例的长处,故能极为详尽地记录下了乾隆一代盛世上下兴起的性灵诗潮,乃是一部典范的诗话之作。从前学术界由于归类不当,以至于一直未能尽其用①。相反的情况,诗评著作中也有夹杂了诗话成分的,如沈德潜《说诗晬语》,通篇评历代诗,中间忽夹一条近人语:"毛稚黄云:'诗必相题,猥琐、尖新、淫亵等题,可无作也。诗必相韵,故拈险俗生涩之韵,可无作也。'昏昏长夜,得此豁然。"由于全书仅此一条,遂显得突兀。又如李重华《贞一斋诗说》全篇谈诗说法,但也有数则留下了本人的身影,如记少时与赵秋谷的交往等,性近诗话。沈德潜提及的毛稚黄,他的《诗辩坻》也是体例严整之著,然于末尾两则也顺带捎及了本人之行事。举这几种相淆成分不成比例的著作为例,是为了便于说明此类情形,事实上都并未影响对于其书性质的判定②。

将诗评著作误判为诗话,比较多的是发生在名实不符的场合,即冠名诗话者实非诗话。这是由明中叶以来好以诗话作为书名的风气造成的。粗疏者不明就里,遂加剧了混乱。但也有人是明知故犯,例如翁方纲的《石洲诗话》,他一方面如此命名,一方面又在序文中申明,此书是"与粤诸生申论诸家诸体"而作的,"本非诗话也"。多此一举,大费周章,令人几不知其用意何在。此点覃溪远不如他的师祖王渔洋严肃。王士禛的《五七言古诗选》凡例,曾被王晫、张潮编为一卷,题名"渔洋诗话",收入《檀几丛书》中。渔洋对此大不以为然,不惜另作一部正宗的《渔洋诗话》,以正视听③。覃溪诗学每有似是而非之处,而渔洋诗学向来讲究精微,不意此种不同,在对诗话体例辨析的比较中也反映出来了。这两例,由于是当事者自身说法,加上两位又都是大名家,故对于诗话名实不符现象的纠正,是很有说服力的。

清人诗学著作较易互淆的是诗评和诗话两种体例,至于诗法类著作,则以题旨内容较为明显而易于辨析。一般来说,古近体法则格式之类在理论上已经基本没有新义、剩义可供探讨,所以清人诗法类著作,多为归纳、总结前人成法的性质,用

① 详拙文《随园诗话与性灵诗潮》,载《复旦学报》2014年第1期。

② 但前人有视诗话源于锺嵘《诗品》的,或也即着眼于《诗品》中仅有的一两条,如谢灵运小名"客儿"、"遇惠连辄得佳语"之类。但谓源起尚可,直视为诗话则不可。

③ 参见《渔洋诗话》自序,《清诗话》本,上海古籍出版社1978年版。

来教授初学，如李宗文《律诗四辨》、王楷苏《骚坛八略》之类。《骚坛八略》分源流、体裁、法律、家数、学殖、练习、领悟、款式，其中述源流等虽有论评的性质，但无疑重点在教人学诗，识别其诗法的属性自然不在话下。此类蒙课之作数量不在少数。另外清初王士禛、赵执信等突发奇想，研究古诗的声调问题，虽稍嫌勉强，但也不断引发响应，一直持续到同治、光绪间，还出现有董文涣的《声调四谱图说》，以及王祖源汇总渔洋、秋谷、覃溪三家的《声调三谱》等，所以"声调谱"著作也自成诗法大类中的一类。乾隆二十二年(1757)科举恢复试诗，又应运而生大批韵书、类书及试帖作法等，如徐文弼《汇纂诗法度针》三十三卷首一卷，朱燮、杨廷兹《古学千金谱》二十九卷《三韵易知》十卷，刘文蔚《诗学含英》十四卷、郑锡瀛《分体利试诗法入门》十九卷首一卷等，每一种都规模浩大，虽也属广义的诗法性质，但都系工具书，不在"诗学"的范畴之内。诸如此类，皆不难辨析。

清人诗法类著作较之前人真正有所深入的，我以为是结合别集、总集所作的分析研究，往往精心选录某家、某体、某代的作品，编为选本，然后一首一首详加分析，就诗说法，不欲徒托空言，以致将历来总集的说辞部分大为扩充。这类分析虽也涉及诗评、诗话，但以诗法的内容为多。如吴瞻泰《杜诗提要》十四卷，分体选录636首，俨然一部中型的杜集选本，每首的解说数百字不等，又是一篇篇合标准的诗法。再如徐锡我的《我侬说诗》二十二卷，就历代选诗，又依体分卷，选录既成规模，说法亦往往长篇大论，务求详尽。此书于乐府、古诗、律诗三大体各有一篇总说，甚是雄辩，今已先行辑出，收入《清诗话三编》矣。此种邻于总集的特点，下文将专门来谈。

清人诗法类著作又发扬光大明人的习尚，好汇编前人成说，其中大而全者，清初即有叶弘勋《诗法初津》三卷、朱绍本《定风轩活句参》十一卷、陈美发《联璧堂汇纂诗法指规》二卷、马上巘《诗法火传》十六卷等，乾隆以后更多。此类汇编型的著作，也将在下节来谈。总之，诗法类著作需要辨析的重点，已不在上述诗评、诗法、诗话之间，而须从汇编及与总集的关系两个新的角度来谈了。

四、汇编之著

清人诗学汇编型的著作，总量达到一百数十种之多，内中且有诗法、断代、专人、地域等各种专题可分，成就超越前代，以至于形成了又一个新的分类标准和对象，可据以与自撰之作分而为二。从前《清诗话》与《清诗话续编》，以及笔者所编的《清诗话三编》，因是选编，尚可以自撰者为限；但如放眼"全编"，就无论如何不能无视汇编型著作这一个庞大的存在了。

汇编前人的诗学资料，早在宋代就出现了十分成功的大著作，如胡仔所辑的《笤溪渔隐丛话》、魏庆之所辑的《诗人玉屑》和计有功所辑的《唐诗纪事》。《苕溪渔隐丛话》以人为单位，可说是后世专人诗话汇编的前身；《诗人玉屑》以诗法为主，可说是后世诗法汇编著作的前身；同时《诗人玉屑》也兼及其他诗学问题，故也可视为清代较为发达的总说各类诗学问题的综合性汇编之著的前身；《唐诗纪事》则是后世断代纪事体著作的第一部大型之作。只有以地方为专题的汇编诗话迟至明嘉靖间才出现，此即郭子章的《豫章诗话》，开启了清代地方诗话遍地结果的局面。这种各以专题来汇编诗学资料的情形，虽说创体大都不始于清代，但都在清人手上发展壮大，形成完整的系列。可依次来看：

(一) 断代类

承《唐诗纪事》的唐代，依朝代先后，宋有厉鹗的《宋诗纪事》一百卷、陆心源《宋诗纪事补遗》一百卷，另有一种罗以智的《宋诗纪事补遗》不分卷，规模较小，书亦未刊，现藏南京图书馆。又有翁同书摘录的《宋诗纪事》一百卷，实不足百卷，摘录之余，略有补正。杨浚有《宋诗纪事选》一卷。辽、金、元有陈衍的《辽诗纪事》十二卷、《金诗纪事》十六卷与《元诗纪事》四十五卷，不过前两种成书都已入民国了。明有陈田的《明诗纪事》十集二百余卷，部帙最为巨大。

断代汇编著作除上述纪事体外，另有一种诗话体，也创于宋代，即旧题尤袤的《全唐诗话》，从节录改编《唐诗纪事》而来，清人同样也承而续之。依所辑资料的时序，清初有沈炳巽的《续全唐诗话》一百卷，乾隆间又有孙涛的《全唐诗话续编》。《五代诗话》前后经由王士禛、黄叔琳、宋弼、郑方坤等多人之手，最后成于郑方坤。《全宋诗话》则有同名之作多种，现存孙涛《全宋诗话》十二卷及钟廷瑛《全宋诗话》(卷数未详)两种，钟辑现存十三卷，仅止于北宋仁宗朝，以下阙佚，是一个残本。另外《清史列传》曾谓沈炳巽撰有《全宋诗话》一百卷，然书久佚未见。辽金元三代有周春的《辽诗话》二卷、王仁俊《续辽诗话》、史梦兰《辽诗话》一卷等。明代的断代诗话体由于朱彝尊《静志居诗话》的出现而改变了形式，即完全附着于总集。其他如杜荫棠《明人诗品》二卷、苏之琨的《明诗话》四卷及佚名《明季诗话》一卷附录一卷等，篇幅都不大。

甚至本朝的诗歌数据，不待本朝的终结，也已被按照“纪事”和断代“诗话”之体加以整理了。王昶《蒲褐山房诗话》、法式善《八旗诗话》、符葆森《寄心庵诗话》等附于总集者留待下文再说，仅道光间张维屏一部《国朝诗人征略》，初编六十卷二编六十四卷(二编未曾刊全),收诗人一千有余,即已差具一代之规模。光宣间吴仲撰《续诗人征略》二卷,补充晚清诗人二十余位,实不足为继。学者们就是这样编纂齐全了唐以后历朝诗歌的“纪事”和“诗话”,表现出为诗歌“修史”的异乎寻常的热情。

(二)地域类

如上所述,地域诗话起于明人,但蔚成风气是在入清以后。这类著作往往从史传、地志、诗文集、诗话、笔记等汇集材料,形成一地之诗学汇编之著。今依规模数量,分省区类列如下。

江西:裘君弘《西江诗话》十二卷,为清人第一部大型地域诗话汇编,所录晋唐至清初540余家,基本上都是江西籍诗人,较之《豫章诗话》的兼收非江西籍而咏江西诗或涉江西事者,范围和性质都更为纯正。咸丰七年(1857)杨希闵《乡诗摭谭》正集十卷续集十卷。嘉庆中又有曾廷枚《西江诗话》,全书不足两百则,三书皆为着眼于全省范围之作。

浙江:陶元藻《全浙诗话》五十四卷,是地域诗话汇编中卷帙最巨之作,计收先秦至清乾隆间浙江诗人一千九百余位。后咸丰间张道作《刊误》一卷,仅订误二十余则。潘衍桐《辑雅堂诗话》二卷,计收浙人二百二十六家,略于乾、嘉以前而详于道、咸以后,差可接续《全浙诗话》之时限。钟骏声《养自然斋诗话》十卷,主要收辑杭州诗人之资料(卷一至卷四),卷五、六转以“全浙”为对象,至末四卷又转向外省人,乡贯不尽统一。另有专辑浙辖某地的诗话数种,如吴文晖《澉浦诗话》二卷及其子吴东发续四卷、余楙《白岳庵诗话》(嘉兴梅会里)二卷(以上嘉兴府)、戴璐《吴兴诗话》十六卷(以上湖州府)、张懋延《蛟川诗话》(定海)四卷、童逊祖《嶷嶷室诗话》(慈溪)一卷(以上宁波府)、戚学标《三台诗话》二卷、《风雅遗闻》(天台)四卷、童赓年《台州诗话》不分卷(以上台州府)、梁章钜《雁荡诗话》二卷(以上温州府)等,数量居各省之冠。

福建:郑方坤《全闽诗话》十二卷,所收以福建诗人为主,上自六朝,下迄清初,计约七百余家,所采资料达四百三十余种。梁章钜《东南峤外诗话》十卷,专收明代闽人诗事。梁氏以全闽为辑旨的著作尚有《闽川闺秀诗话》四卷,限于清代,得百余人。光绪末丁芸曾对此书加以续补。晚清林寿图《榕阴谭屑剩稿》二卷,亦以收辑本朝闽人闽诗为主。闽辖一地诗学资料的收辑,亦多由梁章钜一人独任,如《长乐诗话》六卷、《南浦诗话》八卷、《雁荡诗话》二卷等。此外,杭世骏《榕城诗话》三卷、徐祚永《闽游诗话》三卷、徐经《雅歌堂甃坪诗话》二卷、莫友棠《屏麓草堂诗话》十六卷等，虽体例不一，然或全部、或大部以闽人闽诗为题，福建地域意识甚浓。

康熙初从江南省分出单列的安徽、江苏，前者有赵知希《泾川诗话》，记泾县诗人诗事；李家孚《合肥诗话》三卷，录有清一代合肥诗人二百余家。后者有单学傅《海虞诗话》十六卷，录常熟地区清诗人近四百家；阮元《广陵诗事》十卷，专记清代前期扬州籍人士之涉诗言行；顾季慈《蓉江诗话》三卷，专记江阴一邑自宋迄清乾隆间之诗人诗事；顾鹓《紫琅诗话》九卷，专记南通一邑自宋迄清道光间之诗人诗事；李福祚《述旧编》三卷附录一卷，为兴化一邑之诗话；张升三《惜荫轩诗话初编》一卷，录沛县乡先辈诗作甚多；徐传诗《星湄诗话》二卷，专辑昆山真义(正仪)之诗学资料，何絜人《瞑溪诗话》二卷，专录苏州浒墅关一地之诗人诗事，如此等等，风雅亦颇盛。

其余各地，尚有张清标《楚天樵话》二卷，兼收湖北、湖南之诗学资料；张修府《湘上诗缘录》四卷，集湖南诗人之遗章断句。梅成栋《吟斋笔存》一卷录津门之诗人诗事，王守训《登州诗话》二卷、赵蔚坊《登州诗话续编》录山东登州地方之诗人诗事，于春霈《浴泉诗话》二卷录河间之诗人诗事，王培荀《听雨楼随笔》六卷辑宦游蜀地者之诗与事，何曰愈《退庵诗话》十二卷记述蜀人及粤人之诗人诗事，张维屏《艺谈录》之卷二专收粤东诗人二百四十一位，梁章钜《三管诗话》三卷专录广西诗人诗事，王松《台阳诗话》录及台湾诗人(间涉中土大家)一百七十余位。

地域诗话汇编著作的发达，与上述断代诗话著作的发达一起，进一步佐成清代诗学与史学密切结合的性质。因此不应只是如通常那样仅视之为历代诗歌研究的素材而已，而应当作为一种诗观之反映来予以认识。赵慎畛所谓“诗，史也；诗话，亦史也”，“诗与史相为终始者也”(《静志居诗话序》)云云，即此之谓也。

(三) 专人类

“专人”即专就某一家而言，这与断代、地域诗话一般都以汇集前人材料为主不同，专人诗话也可以是自撰，如万俊《杜诗说肤》四卷、史炳《杜诗琐证》二卷、方东树《陶诗附考》一卷、钟秀《陶靖节纪事诗品》四卷、方宗诚《陶诗真铨》一卷、张道《苏亭诗话》六卷等，都是自家著作。另一种情形，专人诗话如果以录诗为主，或以诗为单位，则又可能与选本为近。上文提及的吴瞻泰《杜诗提要》，即是一例。此类数量不在少数，当在与别集总集的关系中来谈。

除去上述两种情形，真正合于汇编体例的专人诗话则不多矣。约有刘凤诰《杜工部诗话》五卷、温汝能《陶诗汇评》四卷、陶澍《诸本评陶汇集》二卷、张澍《阴常侍诗话》一卷、胡丹凤《陶靖节诗话》一卷等。胡丹凤另有一种《采辑历朝诗话》一卷，系陶渊明、谢灵运、鲍照、庾信四家的汇辑。

（四）综合类（诗法类）

"综合"者，即同时以两个以上的诗学题类汇编材料，比如道光间张燮承的《小沧浪诗话》四卷，分诗教、性情、辨体、古诗、律诗、绝句、乐府、咏物、论古、取法、用功、商改、章法、用韵、用事、下字、辞意、指疵、发微十九目，其中诗教、性情属总论，其次为辨体，咏物、论古属题材，取法以下为作法。这是采选较为精审的一部。

这类综合性质的汇编之著约有：费经虞、费密《雅伦》二十四卷，钱岳《锦树堂诗鉴》十二卷，伍涵芬《说诗乐趣类编》二十卷，吴霭、吴铨鑨《诗书画汇辨》三卷，李畯《诗筏汇说》四卷，潘松《问竹堂诗法》八卷，张象魏《诗说汇》五卷，蒋澜《艺苑名言》八卷，卢衍仁《古今诗话选隽》二卷，蒋鸣轲《古今诗话探奇》二卷，许嗣云《芷江诗话》八卷补遗一卷，杨霈《筠石山房诗话钞》不分卷，张燮承《小沧浪诗话》四卷，聂封渚《吟诗义法录》四卷，醉经斋主人《诗话选抄》四卷等。

这类综合性的汇编诗话，综合各题中往往以作法为主，而诗法汇编之著往往也会稍带其他议题，故这两类实可并为一类。诗法汇编之著在明代已颇为热闹，如李文《诗宗类品》、茅一相《欣赏诗法》、朱宣墡《诗心珠会》、王昌会《诗话类编》、梁桥《冰川诗式》等。但如朱权《西江诗法》、怀悦《诗家一指》等，直接汇编前人的短篇之作，体例又稍不同。

清初诗法汇编之著即有叶弘勋《诗法初津》、陈美发《联璧堂汇纂诗法指规》、朱绍本《定风轩活句参》、马上巘《诗法火传》等多部，至于流传很广的游艺《诗法入门》四卷，则介于选本与诗法之间。乾隆后又有张潜《诗法醒言》十卷、蔡钧《诗法指南》十二卷、陆祚《诗法丛览》四卷、李锳《诗法易简录》十四卷录余绪论一卷、钱思敏《增订诗法》四卷、李其彭《廿一种诗诀》、沙临《剑堂诗法名言》四卷、赵兆熊《古诗评林》六卷、《唐诗评林》二十六卷、王岳英《诗法大全》八卷等。朱燮的《千金谱》则被余炳照简编成《诗法纂论》十卷，在日本出版。

五、诗评与总集

清代诗学著作由于数量特别巨大，体例方面也有诸多新变，例如出现了声调谱、点将录等新的形式，诗话、论诗诗写成长篇巨制，总集、选本中的解说比重大幅增加，诸如此类，以至于辨体成为一项不能不首先进行的任务。这也是笔者多年来主张要严分狭义的诗话和广义的诗话的理由。从丁福保《清诗话》、郭绍虞《清诗话续编》到拙编《清诗话三编》,用的都是“诗话”一词的广泛义,实际包含了诗评、诗法等各种体例。

诗评、诗法与诗话的三分,是就诗学内部言。此外辨体还有一个与外部划界的问题。上述几种丛书由于都是选辑,具有选或不选的弹性空间,不选者不必是漏选,因此还不存在这个问题。但“全编”的情形就不同了,必得有一条明确的边界。比如诗法类著作,乾隆二十二年(1757)科举恢复试诗以后,大量供作诗用的韵书、类书应运而生,这类工具书本也在传统“诗学”的范畴之内,但《全编》不取其工具性质,而将之与指导初学的蒙课类著作分开,不收前者而收后者。

又如诗评、诗话、诗法类著作与总集之间,一方面自是两种体例,一方面又具有一种二而一的关系,传统目录学即是连类而及,排在一起的。两者的区别不言自明,两者的相重叠则也由来已久。总集近于诗文评的,如方回的《瀛奎律髓》,其序云:“所选,诗格也;所注,诗话也。”可见作者本人即视这部总集既是诗法,也是诗话。高棅的《唐诗品汇》,运用分期、分体以及正始、正宗、大家、名家、羽翼、接武、正变、余响、旁流等一组概念,为他所精选出来的六百余家五千余首诗,建构起了一个兼具诗人品鉴、诗体辨析和诗史盛衰起伏过程的综合性框架,入选的诗人诗作完全被这个大框架笼罩住而各归其位,游离不得。所以《四库总目提要》将它归之于集部总集类固然不错,我以为即使改归“诗文评”类,似也并无不妥。当然,最终仍以置于总集类为妥当,这就是分际所在。相反,诗文评类著作邻于总集的例子,则如何汶《竹庄诗话》、蔡正孙《诗林广记》等皆是。这是宋元明人的例子。清人踵事增华,诗文评与总集间的差别更为缩小,但分际又确然存在,这道边际若不厘分清楚,则将无以编“全编”也。

区别总集与诗评、诗法、诗话的依凭,似与诗话、诗评、诗法三者之间的区别依据不同,一般难以直接从书名入手,比如吴淇《六朝选诗定论》虽云“论”,屈复《唐诗成法》虽云“法”,徐锡我《我侬说诗》虽云“说诗”,但都仍还是总集无疑,主要因其始终以所选之诗为主,这就如方回“所选诗格,所注诗话”之谓,主次是分明的。所以总集(别集亦然)中原辑者随处所下的评语,一般也都不会改变其以作品为主的性质,也就不具备转为诗文评的可能。“全编”本此认识,对像吴瞻泰《杜诗提要》、徐锡我《我侬说诗》、李怀民《重订中晚唐诗主客图》、佚名《杜诗言志》之类说诗比重较大的选本,亦皆认准其选诗为主的性质,视为总集、别集而不收。其中如《重订中晚唐诗主客图》,虽有“清真雅正”“清真僻苦”之分派,有主、上入室、入室、升堂、及门之等第，仍不敌其作为一部中晚唐诗三十家选本的主要性质，颇与《唐诗品汇》的情形相似。又如《杜诗言志》十六卷，以所谓"言志"为旨，选杜诗二百余题三百余首，即便《续修四库全书》将之归入诗文评类，"全编"也仍不为所动。坚持这一认识，便可将范柽、周采《诗学鸿裁》，黄生《唐诗矩》(专选五律)，屈复《唐诗成法》，毛张健《杜诗谱释》《唐体肤诠》《唐体余编》，张玉穀《古诗赏析》，蒋鹏翮《唐人五言排律诗论》、洪舫《杜诗评律》，俞玚、张学仁《杜诗律》等一批书名容易致误的选本剔除出去了。

清人总集与诗文评之间真正发生联系的，约有如下几种情况：

一是卷首往往有完整的总论、凡例，不少且为人辑出单行，如王士禛《五七言古诗选》之凡例，被王晫、张潮冠以"渔洋诗话"之名，收入《檀几丛书》二集；徐增《说唐诗》卷首之《与同学论诗》，亦为张潮冠名"而庵诗话"，收入其《昭代丛书》；费锡璜、沈用济之《汉诗说》之卷首总说一卷，亦被张潮单独收入《昭代丛书》；管世铭《读雪山房唐诗钞》之序文凡例，光绪间屡为方子可、金武祥等单独刊刻，这样原为总集一部分的文字就脱离本体而独立，成为诗评之作了。

一是总集(别集)中的原评语被单辑出来，如周文在选白居易诗二卷，其子周春辑其评语而成《香山诗评》。类似此种只录评语不出原诗的著作，尚有汪汲《乐府标源》、翁方纲《杜诗附记》、宁锜《杜诗批注摘参》等。总集中的评语还有另一种情况，即是他人阅读写下的批语，也颇有辑出成书的，如查慎行手批陶潜、李、杜、韩、白、东坡、荆公、朱熹、谢枋得、元好问、虞集及《瀛奎律髓》等十二种，被张载华辑成《初白庵诗评》三卷；方东树读王渔洋《古诗选》、姚惜抱《今体诗钞》等的评语，被他本人辑出，编成《昭昧詹言》二十一卷。此种将评语与原作分离的做法虽非良法，然以评者有眼识而终得以行世。这类著作，总集或别集的框架实际上仍然隐在其中，只是编者刻意抽去了作品，"全编"姑且也就权作诗评处理了。但以清人已辑者为限，绝不代辑，以避免"全编"中出现新古董也。

一是总集中原作有诗话，此种体例以朱彝尊《明诗综》最早也影响最大。这部总集中的评诗之语都冠以正式的"静志居诗话"之名，因之这部分评语的独立性大为增加，不啻是作者在昭示世人：他在编总集的同时另在作一部诗话。这就十分方便后人将这部分"诗话"单独辑出，而绝无上述批语单辑的难堪。所以这一体例最为后世的断代诗总集和地方诗总集所乐用，前者如王昶《湖海诗传》中的"蒲褐山房诗话"、符葆森《国朝雅正集》中的"寄心庵诗话"、徐世昌《晚晴簃诗汇》中的"晚晴簃诗话"等；后者如刘彬华《岭南群雅集》中的"玉壶山房诗话"、郑杰《国朝全闽诗》中的“注韩居诗话”、许乔林《朐海诗存》中的“弇榆山房笔谈”、郑王臣《莆风清籁集》中的“兰陔诗话”、史梦兰《永平诗存》中的“止园诗话”等。此种体例的诗话很多已为前人辑出单行,有的虽尚未辑出,但以其现成的独立性质出自原作者之手,故也可由今人代为辑出,这与处理总集中评语、批语的情形是不同的。

此类总集中的小传资料,后人往往也乐为辑出,如钱谦益《列朝诗集》中的小传,为钱陆灿辑为《列朝诗集小传》;王士禛《感旧集》中的小传,为卢见曾辑出,成《渔洋感旧集小传》四卷补一卷,等等,在清人诗评类著述中自成一类。这个源头自然更早,可溯自元遗山的《中州集》。

上述总集中含有诗文评成分的几种情形,“全编”采用相对从严的收辑标准;而与此相对,诗文评之作中也多有邻于总集的情形。较为人知的是断代纪事体之作,比如厉鹗的《宋诗纪事》一百卷,所收多为无事之诗,《四库提要》即批评其“全如总集”。后陆心源《补遗》一百卷,光绪间陈田辑《明诗纪事》一百八十七卷,皆仍其例而不改。《明诗纪事》由于篇幅更大,所收无事之诗也更多。至陈衍辑《元诗纪事》,才自觉“纪事之体,当搜罗一代传作散见于笔记小说各书者,不宜复收寻常无事之诗矣”(《元诗纪事自序》),从而与总集划清了界线。

纪事体诗话外,诗法类中也有与总集相近的著作。比如游艺的《诗法入门》四卷首一卷,卷首为各家诗论,卷一为诗法,卷二为诗式,卷三为李杜诗选,卷四为古今名诗选,诗选的比重甚大。此书从清初到民国,再版不绝,在日本也很有影响。再如张潜《诗法醒言》十卷,从改编费经虞、费密《雅伦》来,卷一至卷四讲本源、诗体、格法等,卷五“二十一衡”条下即为诗录,直至卷七;卷八乐府又纯为录诗;卷九、十复归论时代、音韵等,全书有近四卷录诗。又如潘松《问竹堂诗法》八卷,卷首总论,卷一至卷七为分体论,各卷例以“原始”、“标法”、“铨品”、“附诗”四目,其中的“附诗”一项,即专为各体之诗选。此种局部为选本的著作在诗法类中为数不少,但此类书的诗文评性质还是容易确认的,故不会影响“全编”之收录。

诗法类中还有一些以诗说法的著作,表面看是诗选,实际则是说法,选诗是为其说法服务的。如方俊《律诗六钞》,初钞总说五律,次钞总说七律,三钞谈七律体格,四钞谈联章,五钞上谈咏物,五钞下谈情景,六钞论属对,每钞选诗几首、十几首、二十几首不等,各作解说。其书显然非为律诗选本,而是为说律诗作法也。再如程道存《唐律通韵举例》二卷,列出二百四十余首出韵之诗,各以通韵解释之,亦显非选本。又如黄应奎辑《诗法举要》,由其祖黄培芳诗的几个选本合成,但观符葆森、陈徽言、凌扬藻三个选本皆寥寥一二十首,岑澄后补至一百六十余首,又当别论。显然也并非为香石存诗，而是存其诗法也。此类著作究竟为诗法耶？诗钞耶？颇不易遽辨。除了辨其主旨外，也以其篇幅较小，故大抵可断之为诗法性质。

清人还有一些名家名作的专评，从作品入手，乍看也往往与别集、总集相类，其实则非。以评杜类为例，如万俊《杜诗说肤》分原情、法式、练字、审音四卷，各选诗若干以说明之。作者凡例云："是编为杜诗法律各备一体，非选诗也。故法备而止，余俱不录。"可见其为说法而非为选诗的性质明甚，与上述诗法类中的情形同。再如陈廷敬《杜律诗话》二卷、吴冯栻《青城说杜》不分卷，前者为其子说杜七律，才五十余首；后者旨趣在"不烦详说其细处"，全书也只说了二十八题六十五首，然每首则洋洋洒洒，"言之不惮烦"。至于贾开宗《杜少陵秋兴八首偶论》更只就一首作品详论之。诸书皆与上述《杜诗提要》《杜诗言志》的别集形式明显不同。此外如卢震《杜诗说略》、乔亿《杜诗义法》、夏力恕《读杜笔记》、史炳《杜诗琐证》等，原即不录诗作，重在自我发明，则可不论。

评杜者外，又如吴乔《西昆发微》，分"无题诗""与令狐两世往还及王氏李赞皇等诗""疑似诗"等三卷，专发李义山诗之有本事者，其说虽不免穿凿，但非为义山选诗则一目了然，《四库总目》将之归在总集类是不妥当的。梁章钜《读渔洋诗随笔》二卷，录王士禛诗二百余首，其初衷为存纪文达、翁苏斋二师之论渔洋语，后虽参以他家之说及己说，有所扩大，然也绝非为渔洋选诗，故于所评诗皆随文录出，不另标别出，卷首也不出目录。"全编"将此类著作均视同诗评著作录入。

类似上述贾开宗《杜少陵秋兴八首偶论》的名作专评，尚有专评《古诗十九首》的多种，如姜任修《古诗十九首绎》、张庚《古诗十九首解》、朱筠《古诗十九首说》、饶学斌《月午楼古诗十九首详解》、李兆元《古诗十九首解附笺》等。李兆元又有《苏李诗笺》《渔洋山人秋柳诗笺》等。此种体例评笺对象现成确定，主要工作实在评说上，故《全编》也予收入。

诗作兼有论说的体例，最直接的自属论诗诗，以诗论诗，最是无间。但以篇幅较小而不成著作，即如元遗山、王渔洋等名篇，亦不过数十首。但在清中叶后，论诗绝句每有百首以上而成卷帙者，如冯聪《论唐诗绝句》二卷，论唐诗人二百六十四家，从唐太宗到僧齐己，十分系统全面，每家一首至数首不等，多者达十首以上，如论王维、刘长卿、柳宗元各十二首，韩愈十六首，韦应物十七首，刘禹锡最多，达二十首，全书竟至五百七十余首之大数字，令人瞩目，以致"全编"不能不收矣。其他尚有廖鼎声《冬荣堂论诗绝句》一卷、陈芸《小黛轩论诗诗》二卷等，以及管筠等辑《碧城仙馆摘句图》三卷等，皆比照录入。

此外还有一些个别之作,是耶非耶,因不成类,可随机处之。如辑诗社唱和之作而名诗话的陈瑚《顽潭诗话》二卷,以录当时莲社社友唱和之作为主,彼既名诗话,则不妨录之;"消夏录"中也偶有抄诗的,如顾安《丙子消夏录》,专录唐人五律诗,何文焕刊出时易名《唐律消夏录》,则俨然总集矣,遂不收。诸如此类,出入之间,须视具体情形而定。

总之,清人诗文评与总集、别集的这一道界限,大致可辨,但也难以完全划一,在多数著作确定性质之后,剩遗的个别两可之作,也就不难定其归属了。

在中国发现批评史

蒋　寅*

自近代以来，批评史乃至整个文学史研究始终是前重后轻、前实后虚，对明清以来关注不够。这使得我们对中国文学传统的认识存在很大的片面性。由于明清文学理论与批评研究的薄弱，20 世纪建构的中国文学理论和批评传统，始终存在很大的缺陷和偏颇。最突出的表现，便是学界对古代文论和批评常持有三个较大的偏见：一是说“中国文学批评属于感悟式、印象式”的，二是说中国古代文论“没有成系统的理论著作”，三是说中国古代文论“缺少真正科学意义上的理论范畴，没有严格意义上的理论命题”。这不禁让我感叹费维廉的感觉之真切：“在所有中国文学的主要文类中，文学批评显然是最不为世人所知的。”

如果我们仅以锺嵘《诗品》、皎然《诗式》、托名司空图《二十四诗品》和严羽《沧浪诗话》为依据来谈论中国文学理论和批评传统，上述说法也未尝没有部分正确性，但如果我们将元明清文论收入视野，那么中国古代文论传统将呈现一个更为丰富和复杂的景观，其总体倾向绝非上述三个判断可以简单地概括。

我们在金圣叹批唐诗、批杜诗，徐增《而庵说唐诗》，酸尼瓜尔嘉·额尔登谔《一草堂说诗》对杜诗的解析中可以看到类似新批评派以文本为中心的封闭阅读，在朱

* 蒋寅，中国社会科学院文学研究所教授。

彝尊、李因笃等人的杜诗声调讨论中可以看到文学批评的实证学风，在赵翼《瓯北诗话》对白居易诗体独创性的揭示中可以看到不惮琐细的梳理，这些文献可能给我们留下类似清代经学的印象，谁能说清代经学研究属于感悟式的、印象式的？那不是立足于实证学风的精细的研究么？

同样，当我们熟悉自宋魏庆之《诗人玉屑》以降直到清代游艺《诗法入门》、蒋澜《艺苑名言》、徐文弼《汇纂诗法度针》等蒙学诗法，也不会得出中国古代文论"没有成系统的理论著作"的结论，如果所谓成系统的理论著作就是当今教科书式的概论的话。根据书志学的调查可知，游艺《诗法入门》起码有 15 个版本传世，蒋澜《艺苑名言》有 14 个版本，徐文弼《汇纂诗法度针》则有 18 个版本，如此众多的版刻足以说明这类编纂有序、部秩井然的蒙学诗法也像当今的教材一样，是普及于世的大众出版物。它们起码也可以说是古典形态的系统理论著作。即使在看似散漫的诗话中，细加寻绎也不难发现其内在的系统性。如贺裳《载酒园诗话》卷一论皎然《诗式》所说的"三偷"，计 10 则诗话，以古代作品为例，说明：① 古诗中的"偷法"有"或反语以见奇，或循蹊而别悟"的效果；② "偷法"一事，名家所不免；③ "偷法"每有出蓝生冰之胜；④ "偷法"意不相同者，不妨并美；⑤ 蹈袭得失有不同，系于作者见识；⑥ 聂夷中诗多窃前人之美；⑦ "偷法"妙在以相似之句，用于相反之处；⑧ 诗有同出一意而工拙自分者；⑨ 历代对"偷法"的态度不同；⑩ 诗家虽厌蹈袭，但翻案有时更为拙劣。稍加梳理就可以看出，作者已将模仿涉及的大部分问题都谈到了，合起来也就是一篇现代意义上的《论模仿》。

至于理论范畴和理论命题，尽管对"真正科学意义上的"和"严格意义上的"标准可能会有不同理解，但元代杨载《诗法家数》所谓"作诗准绳"——立意、炼句、琢对、写意、写景、书事用事、下字、押韵，及元人《诗家一指》标举的"诗家十科"——意、趣、神、情、气、理、力、境、物、事，不已是中国古代诗学基本范畴的总结和概括么？至今我们归纳古代文论的基本概念，仍不出于这些范畴。汪师韩《诗学纂闻》论"绮丽""诗集""杂拟杂诗之别""通韵"，繁征博引，细致辨析，一如今日的专题论文；王寿昌《小清华园诗谈》定义诗格和诗美的基本概念和命题 44 个，无论就其形式还是内容而言，都像是现代的诗学辞典。或许有人会说，这类著作在古代文论中只不过是凤毛麟角，那么这样的书有几部还不够吗？就是在出版业如此发达的今天，古代文论或诗学辞典又有几部呢？对持上述偏见的批评，我觉得作者所依据的参照系是很成问题的，不但很先验，而且根本就很空洞抽象、模糊不清。当他们说中国如何如何、西方如何如何时，非仅对中国不甚了了，对西方恐怕也没有清晰而深入的认知。

在大多数情况下，或者说除了经学之外，中国人表达自己的见解时，一般不屑于重复老生常谈的内容，只谈自己的独到见解；也可能出于记录和出版的困难，记录者也往往只记录属于作者创见的内容，这就造成中国古代的理论著述多留下闪光的零星的格言式的想法，而不是繁琐的论证和演绎，因为作者和读者通常拥有共同的知识背景和理论资源，彼此明白对方言说的重点和要义所在，不必辞费言繁。对一个理论命题的论述，可以只及一点，不及其余，于是对一个问题的看法的全部，通常是各家各表，而不是由一个人来综合复述，这就形成程千帆先生晚年日记中总结的"古典文学批评的特征"——"体系自有，而不用体系的架构来体现，系统性的意见潜在于个别论述之中，有待读者之发现与理解"，用当代学术观念来说，即一个概念或命题的涵义就是它全部的历史，一个概念或命题的所有含义就包含在它的历史演进中。对待中国古代文论的概念和命题，尤其需要秉持这样一种方法。批评史上的许多概念和命题，不加整理，就是一堆分歧杂乱的零星言说，但只要经过仔细地梳理，完整地呈现其历史展开的过程，就像笔者在《古典诗学的现代诠释》中整理的那些概念和命题，无不清晰地显示出与传统思想、文化体系相印合的内在逻辑及相应的历史展开过程。

为此，在今天讨论中国古代文学理论和批评时，需要改变立足点和提出问题的方式。不是立足于西方的文学经验看中国，问"为什么中国没有史诗"？而是立足于中国文学经验问"为什么欧洲没有戏曲、评弹、二人转"？也就是说，以西方文论为自我认识的参照，一个他者，而非自我衡量的样板，一个标准。改样板为参照，改变提问的方式，也就会改变自我认识的途径。

立足于中国文学批评的经验，我们就可以问，为什么欧洲没有数量如此丰富的论诗笔记——诗话？据我考察，清诗话存世书籍已逾千种，亡佚待考的书籍也知有近八百种。如此众多的文献所展示的文学批评，将展示一个什么样的中国文学理论和批评的面貌？

概括地说，诞生于古代中国晚期的清代文学批评，首先是具有集大成意义的，历史上所有文学创作和文学批评经验至此进入总结阶段，因此有着前所未有的丰富性。

教育和出版业的空前发达，刺激了清代诗文和通俗文学写作的异常繁荣，留下数量繁多的文学文献，使清代文学批评形成一个不同于以往的新特点，即当代文学批评远过于前代文学研究，丰富而复杂的当代文学创作成为批评的主要对象，在新的文学经验进入批评视野的同时，文学理论和批评的基本观念和立场也在发生重要的转变。我曾指出的韩愈和宋诗经典化的同步性与中国文学现代性发生的关系，就是其中一个重要转变。

依托于清代浓厚的学术风气，清代文学理论和批评也形成前所未有的学术性和实证品格，一个理论命题不是作为主张或观念提出，而必在前古可找到价值依据且在历史上可获得经验的支持；一个批评论断也不出表达为一种感觉印象，而必出于实证的分析，且论据和推论过程经得起检验。也许可以说，中国文学理论和批评直到清代才可以说成为一门学问。历来的研究，由于忽略了大量的清代文献，才导致对中国文学理论和批评产生若干偏见。

只有包括清代在内的中国文学理论和批评史，才足以展现中国文学理论和批评的丰富性和完整的传统。也只有抛开上述偏见，我们才能看到它拥有的丰富的概念、命题和独特的批评形式，从而“在中国发现批评史”。这种发现，仍不外乎知同和知异两端，由知同体会共性，由知异体会个性。

“东海西海，心理攸同”，中西文学观念和批评肯定有许多相通之处。就是像弗洛姆“影响的焦虑”这样新颖的命题，我们在毛奇龄《西河诗话》论“开、宝全盛之后，贞元诸君皆怯于旧法，思降为通侻之习”、赵翼《瓯北诗话》论韩愈因“李、杜已在前，纵极力变化，终不能再辟一径。惟少陵奇险处，尚有可推扩，故一眼觑定，欲从此辟山开道，自成一家”，也可看到同样的见识。类似的例子还有待深考。

至于知异，这里仅举三个例子以窥豹一斑：第一，中国文论中，表达审美味觉的概念尤其发达。陈祚明《采菽堂古诗选》使用的基本审美概念约有 135 个，组成双音节复合概念近 600 个，是个很典型的例子。这方面的内容有待于评点研究的深入展开。第二，独特的批评形式。龚鹏程《诗歌人物志——诗品、主客图、宗派图与点将录》一文总结古代的诗人评价方式，曾举出诗品、主客图、宗派图和点将录等特殊批评文体。清代不仅这些文体都有长足的发展，更涌现出刘宝书《诗家位业图》这样的模仿陶弘景《真灵位业图》为古今诗人排座次的文本，游戏中寓有批评眼光。第三，独特的表达方式。英国诗人奥登在《19 世纪英国次要诗人选集》序言中提出，一位诗人要成为大诗人，在多产、广度、深度、技巧、蜕变五个条件中起码要具备三个半。朱庭珍《筱园诗话》论大家、大名家、名家、小家的区别，出以意象化的比况，说明大家如汪洋大海、昆仑之山，“变化莫测，无所不有”；大名家如五岳五湖，气象力量已造大家境界，“特稍逊其神化耳”；名家如长江、大河，匡庐、雁宕，各有独至之诣，自擅一家之美，“特不能包罗万长，兼有众妙”；小家则如一丘一壑，亦足怡情悦目，特气象规模，无千百里之大观，“令人游不尽而探不穷也”。两者的核心主旨大致相同，但论述方式却迥然不同，朱庭珍的说法自有其生动直观的效果。

美国学者柯文“在中国发现历史”的口号，曾激起中外史学家强烈的共鸣。我相信在古代文论研究中，只要改变一下讨论问题的立足点，拓展一下学术视野，我们同样也可以在中国发现批评史。

从清代诗学文献体会“兴象”的含义

杨　明*

“兴象”是古代诗学中的常用语。正确理解古人运用此语的含义，有助于我们把握我国古代诗学的精髓，也有助于更好地欣赏古代诗歌作品。“兴象”一语，首见于唐代殷璠的《河岳英灵集》，普遍应用则在明清时期。这里只就清代诗学文献中所见，选择若干例证，加以体会、分析，以纪昀和方东树两家的评论为主。

今天我们说起“兴象”，往往理解为“兴”和“象”的融合，通过形象描绘传达诗人的兴致、感触、情怀、情趣。我们往往强调形象的具体、鲜明、生动。也就是说，我们欣赏诗歌时，如果看到那些鲜明生动的形象描绘里蕴含、寄托着诗人的情思，便认为是有兴象之美。但是古人未必如此。因为所谓“象”字，古人的理解、运用与今日一般的文艺理论有所区别。《周易・系辞上》说：“形而上者谓之道，形而下者谓之器。”又说：“见乃谓之象，形乃谓之器。”器、象都是指与“道”相对的经验世界，只是“象”比“器”更“虚”一些，凡可以见到、感觉到的都是“象”，而凝聚成实在的形体了，就称之为“器”。器、象对举时有此差别，若单用一个“象”字，则大多是泛指，凡经验世界的一切事物、事情、事理，都可称之为“象”。因此，古人所谓“象”，其范围远比今日文艺理论所谓“形象”大得多，它包括了“形象”，而远远大于“形象”。就文学作

* 杨明，复旦大学中文系教授。

品而言，写出来的东西——包括其内容、形式各方面，都是“象”，形象描绘固然是“象”，叙述、说理等也都是“象”。“兴象”里的“象”，也正该这样理解。所谓兴象，就是指通过作品（或整篇，或其中的几句）传达出作者的兴致、感触、情怀、情趣。也就是说，“兴象”与“兴”的意思其实差不多。下面便试举出一些例子，表明古人运用“兴象”这个语词时，其着重点其实在于“兴”一边；至于是否通过形象描绘来传达，倒是不一定的。

清初先著、程洪编选《词洁》一书，载苏轼《水调歌头·中秋对月怀子由》，这样评论道：

> 凡兴象高即不为字面碍。此词前半自是天仙化人之笔，唯后半“悲欢离合”、“阴晴圆缺”等字，苛求者未免指此为累。然再三读去，掺挠运动，何损其佳。少陵《咏怀古迹》诗云：“支离东北风尘际，漂泊西南天地间。”未尝以风尘、天地、西南、东北等字窒塞，有伤是诗之妙。诗家最上一乘，固有以神行者矣，于词何独不然？①

苏轼此词连用“悲欢离合”“阴晴圆缺”字样，被苛求者指责为堆砌累赘，但先、程二人认为这些字眼并不妨碍读者领略诗人高卓的兴会。这里“兴象”就是兴会、感触之意。苏轼的这首词，固然有形象描绘，如“把酒问青天”“起舞弄清影”，都写出了诗人豪放的形象，传达出诗人的淋漓兴会，但先、程所说“兴象高即不为字面碍”的“兴象”，却并非就此而言，而是指后半“人有悲欢离合，月有阴晴圆缺，此事古难全。但愿人长久，千里共婵娟”几句。这几句正是作者深情所寄，胸襟阔大，所以说“兴象高”。可这里却是直抒胸臆，未有形象的。评语中引为佐证的杜甫诗：“支离东北风尘际，漂泊西南天地间。三峡楼台淹日月，五溪衣服共云山。羯胡事主终无赖，词客哀时且未还。庾信平生最萧瑟，暮年诗赋动江关。”也基本上没有形象描绘。先、程认为苏词后半和杜甫此诗都属兴象高卓，可见他们用的“兴象”一词，不能理解为通过形象描绘表达兴会。

清人方东树《昭昧詹言》屡屡以“兴象”评诗。他论谢灵运《七里濑》云：

> 前八句叙题，即事寄怀，兼写景，乃寻常泛境常调。“石浅”四句平钝。后

① 先著、程洪撰，胡念贻辑《词洁辑评》卷三，收入唐圭璋编《词话丛编》第二册，中华书局 1986 年版。

> 半，心目中借一严陵，与己作指点比照，兴象情文涌现，栩栩然蝶也，而已化为周矣，是为神到之作。[①]

按谢诗云："羁心积秋晨，晨积展游眺。孤客伤逝湍，徒旅苦奔峭。石浅水潺湲，日落山照曜。荒林纷沃若，哀禽相叫啸。遭物悼迁斥，存期得要妙。既秉上皇心，岂屑末代诮？目睹严子濑，想属任公钓。谁谓古今殊，异代可同调。"诗的前半有写景处，"石浅"四句颇为真切，但方东树以为平常。他极口称赞的后半部分，所谓"兴象情文涌现"者，却并无景物形象描写。可知这里"兴象"只是指诗人感触而言，与是否形象描绘没有什么关涉。

又评李商隐《重有感》云：

> 虽兴象彪炳，而骨理不清，字句用事，亦似有皮傅不精切之病。[②]

按李诗云："玉帐牙旗得上游，安危须共主君忧。窦融表已来关右，陶侃军宜次石头。岂有蛟龙愁失水？更无鹰隼与高秋！昼号夜哭兼幽显，早晚星关雪涕收？"且撇开方东树的指责不谈，单看"兴象彪炳"一语。所谓"兴象彪炳"，是说其诗将一腔忠愤传述得大义凛然、堂堂正正。我们该注意到，此首纯以议论出之，说不上什么形象描绘，可见这里"兴象"应理解为感慨、情怀之传达，与是否形象描绘也没有关系。

方氏又评苏轼《孤山柏堂》云：

> 只如题叙去，而兴象老气自然，如秦汉法物，非近观时玩。公之本色在此。尝谓坡诗不可学，学则入于率直，无声色留人处。所谓"学我者死"。[③]

按苏诗云："道人手种几生前，鹤骨龙筋尚宛然。双干一先神物化，九朝三见太平年。忽惊华构依岩出，乞与佳名到处传。此柏未枯君记取，灰心聊伴小乘禅。"堂前双柏，阅尽数百年沧桑，成为历史的见证。其中一株尚荣，一株虽已枯死，而霜干犹

---

① 方东树著、汪绍楹校点：《昭昧詹言》卷五，人民文学出版社1961年版。以下引该书只注书名、卷数。
② 《昭昧詹言》卷十九。
③ 《昭昧詹言》卷十二。

存，坚如金石。诗人于是感而赋诗。诗中除“鹤骨龙筋”外，也没有什么形象描写。因此所谓“兴象老气自然”，也是就诗人感触之传达、表现而言。这种表现带给读者一种苍老瘦劲之感。这种“兴象老气”的特点，恰恰与不求声色动人、不以形象描绘吸引读者有关。方东树认为苏轼的本色在此，而如果学之不善，就很容易流于枯槁。显然这里所谓“兴象”，也不是指说形象。

上面这些例子中的“兴象”，可以说就是指诗人的兴会、感触。此“兴”通过“象”即作者笔下所写表现出来，成为读者可以感觉到的东西，故称“兴象”。

“兴象”的“象”不是专指形象描绘，已如上述。但“象”是可以包括形象描绘的，古人以“兴象”论诗时，也往往正是指那些形象描绘处而言。那么，该如何理解此种情况下的“兴象”呢？我们认为，此时还是不应将“象”理解成形象描绘，因为评论者注意点仍在于“兴”，却并不注意表现“兴”的手段是不是形象。下面通过纪昀和方东树的评语加以分析。

曹植《杂诗》之二，写织妇思念久役不归的丈夫，最后四句云：“孤鸟绕树翔，嗷嗷鸣索群。愿为南流景，驰光见我君。”纪昀评曰：

> “愿为”二句，本汉魏间习语，以“孤鸟”二句有兴象，遂尔改观。①

按“孤鸟”二句，纪氏有评语云：“兴也。”又云：“‘孤鸟’二句托物起兴，即景寓情。”两相对照，应该说，纪氏这里所说“兴象”，就是“兴”，亦即“托物起兴”。他觉得这两句诗中包含着感触、情绪：鸟儿绕树鸣叫着，在孤独凄凉的思妇耳中目中，乃是因失群而悲啼。纪昀要着重说明的，在于这两句里面有“兴”，而不在于是否通过形象描绘来表达。

张乔《送友人归宜春》：“落花兼柳絮，无处不纷纷。远道空归去，流莺独自闻。野桥喧硙水，山郭入楼云。故里《南陔》曲，秋期更送君。”纪昀评曰：

> 起笔有兴象。②

---

① 见上海图书馆藏王文焘过录纪昀批语《玉台新咏》卷二。

② 纪昀：《删正二冯评阅〈才调集〉》卷下，收入《丛书集成三编》第34册，台湾新文丰出版公司1996年版。以下引该书只注书名、卷数。

这是赠别一位科举落第者返乡的诗。“落花”二句写暮春景象。纪昀提醒读者：切勿将此两句只作写景看，应该体会其中蕴含的“兴”，即落第者铩羽而归时的复杂情绪。“兴象”强调的是诗句中的情绪，而不是景物形象。

为了便于体会，不妨举出纪昀另两处评语。他评杜甫《江亭》云：

> 盖此诗转关在五、六句：春已寂寂，则有岁时迟暮之慨；物各欣欣，即有我独失所之悲。所以感念滋深，裁诗排闷耳。若说五、六句亦是写景，则失作者之意。①

按杜诗云：“坦腹江亭暖，长吟野望时。水流心不竞，云在意俱迟。寂寂春将晚，欣欣物自私。故林归未得，排闷强裁诗。”“寂寂”二句明明是写景，纪昀却说若认作写景，便是“失作者之意”，这是为什么呢？他是要强调：诗句貌似写景，其实蕴涵诗人的感慨、情绪。他这里未用“兴象”之语，但若与上举评张乔“落花”二句的“有兴象”联系起来对照着看，实际上他认为此二句也是“有兴象”的，也可以明白，纪昀称赞“有兴象”时，是侧重于“兴”的。类似的例子还有他评苏轼《过岭》二首之二云：

> 结言机心已尽、不必相猜之意，非写景也。②

按苏诗云：“七年来往我何堪？又试曹溪一勺甘。梦里似曾迁海外，醉中不觉到江南。波生濯足鸣空涧，雾绕征衣滴翠岚。谁遣山鸡忽惊起？半岩花雨落毵毵。”纪昀从“谁遣”二句中体会出诗人自贬所归来的复杂意绪，真是体贴入微，不负古人。他这里其实也是说二句有兴象，即包蕴诗人感触、情绪。

纪昀曾评李白《长干行》“八月蝴蝶黄，双飞西园草。感此伤妾心，坐愁红颜老”数句云：

> 兴象之妙，不可言传。此太白独有千古处。其一切豪放之词，犹可以客气

① 纪昀：《瀛奎律髓刊误》，转引自李庆甲集评校点《瀛奎律髓汇评》卷二十三，上海古籍出版社 1986 年版。以下引该书只注书名、卷数。

② 纪昀评《苏文忠公诗集》，转引自曾枣庄主编《苏诗汇评》卷四十四，四川文艺出版社 2000 年版。以下引该书只注书名、卷数。

伪冒之。[①]

思妇看到蝴蝶双飞，自然而然地兴起孤栖之感。纪昀认为这样的诗句出自作者对思妇心理的真切感受，是作不得假的，故极力称赞。"八月"二句，可说是反衬，纪昀对这种手法颇为注意。评李商隐《促漏》末二句"南塘渐暖蒲堪结，两两鸳鸯护水纹"时也说："对面作结，妙有兴象。"[②]而类似的情况，有时纪昀称之为"兴"。如评于武陵《友人南游不回》"烟草蝶双飞"之句云："对面落笔。所谓兴也。"[③]评李商隐《即日》云："三、四句（'夭桃唯是笑，舞蝶不空飞'）对末二句（'几家缘锦字，含泪坐鸳机'）看，兴也。"[④]评李商隐《迎寄韩鲁州瞻同年》"不知人万里，时有燕双高"云："四句（'时有'句）……所谓兴也。"[⑤]对照起来看，可知评李白《长干行》和李商隐《促漏》时所说"兴象"，也就是"兴"，就是触物兴感。

以上是纪昀的评论，下面举方东树《昭昧詹言》的评论。

谢灵运《从斤竹涧越岭溪行》开头四句："猿鸣诚知曙，谷幽光未显。岩下云方合，花上露犹泫。"方氏评曰：

> 起四句写早景，兴象涌现，为题作圆光，甚妙。[⑥]

四句固然是形象描绘，但"兴象涌现"四字，若理解为写景络绎不绝，未免太浅；方氏强调的是诗句能传达出诗人那种盎然的兴致。读者正该体味此种兴致，而不要仅仅作写景看。

谢灵运《于南山往北山经湖中瞻眺》："……俯视乔木杪，仰聆大壑灇。石横水分流，林密蹊绝踪。解作竟何感，升长皆丰容。初篁苞绿箨，新蒲含紫茸。海鸥戏春岸，天鸡弄和风。……"方氏评曰：

> "俯视"十（疑当作"四"）句，实发"瞻眺"，步步衔承，不过一写即景，无奇

---

① 《删正二冯评阅〈才调集〉》卷下。

② 纪昀：《玉溪生诗说》，转引自刘学锴、余恕诚《李商隐诗歌集解·未编年诗》（增订重排本），中华书局2004年版。以下引该书只注书名、卷数。

③ 纪昀：《瀛奎律髓刊误》，转引自《瀛奎律髓汇评》卷二十九。

④ 纪昀：《李商隐诗集辑评》，转引自《李商隐诗歌集解·编年诗》（增订重排本）。

⑤ 纪昀：《李商隐诗集辑评》，转引自《李商隐诗歌集解·编年诗》（增订重排本）。

⑥ 《昭昧詹言》卷五。

> 妙。……“解作”六句，又因眺而广及泛指之。“解作”句结上，“升长”句生下，而兴象华妙，冠绝古今，上嗣《楚骚》，绝殊浮艳。“解作”，雨后也，……按即杜公“苍茫不晓神灵”之意。[①]

“俯视”四句，从形象描绘的角度看，颇能将山水景物写得有声有色，但方东树以为一般，并不特别重视；而对“解作”以下六句，则赞不绝口。“解作”二句用《周易·解》彖辞所云：“天地解而雷雨作，雷雨作而百草果木皆甲坼。”诗人由衷地赞叹：天地造化多么神奇，一场雷雨过后，草木便一下子欣欣向荣，鸥鸟也那么怡然自得，大自然的灵妙，令人难以解说，却给人带来无限的惊喜。这六句很好地传达出诗人这样的情怀，因此方东树特别欣赏，予以拈出。“兴象华妙”，重点仍在于“兴”。须领会此点，才算是懂得方东树的意思。

明确了这一点，便能对方东树的评论理解得比较准确。谢灵运是以描画山水著称的，方东树对他的评价也很高，但其着眼点，主要还在于谢诗传达感兴之自然真切，而并不仅是写景之精妙。方氏云：

> 谢公不过言山水烟霞丘壑之美，己志在此，赏心无与同耳，千篇一律。惟其思深气沉，风格凝重，造语工妙，兴象宛然，人自不能及。[②]
>
> 谢公每一篇，经营章法，措注虚实，高下浅深，其文法至深，颇不易识。其造句天然浑成，兴象不可思议执着，均非他家所及。此所以能成一大宗硕师，百世不祧也。[③]

在方东树看来，描写山水烟霞丘壑之美固然值得称赞，但更重要的是其兴象高卓。“兴象宛然”，不应理解成是说山水形象如在目前，而是说诗人的兴致、情怀似在耳目之前，真切可感。“兴象不可思议执着”，不是称赞写景体物之妙，而是说兴致、情怀之传达微妙之极，难以言传。

总之，当我们见到古人以“兴象”评诗时，即使所评对象是描绘物象，也应考虑其注意点在于作品所传达之感兴、意绪，而不停留在所描画之形象。

---

① 《昭昧詹言》卷五。
② 《昭昧詹言》卷五。
③ 《昭昧詹言》卷五。

如上所述，古人评论时使用“兴象”一语，往往侧重在“兴”而不在“象”。但也不是没有例外。如方东树评谢朓《晚登三山还望京邑》云：

> “白日”六句，正写京邑题，而兴象华妙，千古如新。[①]

按“白日”六句为：“白日丽飞甍，参差皆可见。余霞散成绮，澄江静如练。喧鸟覆春洲，杂英满芳甸。”正是描写形象。又如评谢灵运《石壁精舍还湖中作》云：“此诗兴象全得画意，后唯杜公有之。”[②]评鲍照《秋夜》云：“写田园之景，直书即目，全得画意，而兴象华妙。”[③]评鲍照《上浔阳还都道中作》云：“‘鳞鳞’四句写景，兴象甚妙，杜公行役诗所常拟也。”[④]都是特意强调“兴象”中的景物描写逼真如画。不过这种情况不常见，大多数情况下，侧重点是在强调“兴”一方面的。

古人论诗是特别强调“兴象”、“兴”亦即诗人的兴致、感触、情思的，那么，他们认为怎样的“兴象”才好、才合乎理想呢？

明代诗歌批评家常常说“兴象玲珑”。“玲珑”原形容空明洞达，引申为难以捉摸、灵动不滞的意思。借用昔人写月光的两句诗形容一下，可说是“照之有余辉，揽之不盈手”（陆机《拟古》）。既充分地领略到诗人的兴会、情绪，却又似乎把握不住。清代纪昀也说“兴象玲珑”，而用得更多的是“兴象深微”，意思实与“兴象玲珑”相近。试举两例：

曹植《杂诗》写楼头思妇忆远之情，开头两句说：“明月照高楼，流光正徘徊。”纪昀评曰：“案月本无心，人谁测景？唯孤栖静对，始若觉来去有情。此为景中有人，意中生境。以为余波旁触，体物入微，则失其旨矣。”[⑤]又曰：“兴象深微，而俯拾即是。此为神到之文。”[⑥]纪昀的意思，是说不该将这两句认作体物写景之句，而应该体会其中包含的情致。他说月本无情，人也不会去专意察看月亮，只有思妇孤栖静对之时，才恍惚觉得月亮徘徊不忍离去，似若有情。而这层意思，深微隐约，从字面上是看不出的，必须深入涵泳才能体会出来，但诗人却像是毫不费力地“俯拾即是”，自然而然。

---

① 《昭昧詹言》卷七。
② 《昭昧詹言》卷五。
③ 《昭昧詹言》卷六。
④ 《昭昧詹言》卷六。
⑤ 见国家图书馆藏清撷英书屋抄本《玉台新咏校正》卷二。
⑥ 见上海图书馆藏王文焘过录纪昀批语《玉台新咏》卷二。

纪昀评苏轼《寓居定惠院之东杂花满山有海棠一株土人不知贵也》云：

> 纯以海棠自寓。风姿高秀，兴象深微。后半尤烟波跌宕。此种真非东坡不能，东坡非一时兴到亦不能。①

苏轼当时被贬黄州，见海棠独秀而当地人不知爱重，乃感而为诗。诗人将一腔情愫寄托于花，对花的形貌、神情加以描摹、歌颂。“忽逢绝艳照衰朽，叹息无言揩病目。……天涯流落俱可念，为饮一尊歌此曲。明朝酒醒还独来，雪落纷纷那忍触。”充满了爱花、惜花之情，但是除了“天涯”一句略略逗漏，让读者感到有借花自寓之意外，一点都没有将花与人相比附的意思，只是一味写花之美，写自己如何爱花。读者似乎感到诗人寄托着幽怨，却又把握不住，无法说个明白，只觉得诗人之所以如此一往情深，是与他的经历有关系的，因此纪昀说是“兴象深微”。

被纪昀称为“兴象深微”的例子还有不少。所谓“兴象深微”，就是作品里所体现的诗人的感触、情怀，不是一览无余，而是能让人反复品味，越是咀嚼，越觉得滋味津津。这就给人一种难以明白道出、灵动而不粘滞的感觉，故其意实与“兴象玲珑”相通。这是纪昀诗歌审美中的一项重要内容。需要特别说明的是，纪昀所谓“寄托”，大多不是有意的含蓄吞吐以至象征拟人之类，而是说传达出一种兴致、趣味，能让人把玩不尽。有时候所传达的只不过是一种审美的感受。他说常建《题破山寺》“兴象深微，笔笔超妙”，为“神来之候”；②说苏轼《惠崇春江晚景》（“竹外桃花三两枝”）“兴象实为深妙”。③ 这两首诗有何深意？所谓兴象深微、深妙，只是说它们能将诗人彼时彼地的审美感受很好地传达出来而已。能够传达，却难以言说，故曰“深微”“深妙”。

“兴象”的表现除了深微，还应该“天然”，也就是如天造地设，丝毫不见人工的痕迹，不见苦思用力之处。上举曹植《杂诗》评语说“俯拾即是”，那就是天然。下面再举几例：

柳恽《江南曲》开头四句：“汀洲采白苹，日落江南春。洞庭有归客，潇湘逢故人。”纪昀评曰：“起四句兴象天然，神来之候。”④这四句让人体会到一种苍茫远望、

---

① 纪昀评《苏文忠公诗集》，转引自《苏诗汇评》卷二十。
② 纪昀：《瀛奎律髓刊误》，转引自《瀛奎律髓汇评》卷四十七。
③ 纪昀评《苏文忠公诗集》，转引自《苏诗汇评》卷二十六。
④ 见国家图书馆藏清撷英书屋抄本《玉台新咏校正》卷五。

悠悠怀想的情致[①]，但它们看起来只是淡淡地叙事，没有丝毫做作之处，因此说是“兴象天然”。

王维《辋川闲居》：“一从归白社，不复到青门。时倚檐前树，远看原上村。青菰临水映，白鸟向山翻．寂寞干陵子，桔槔方灌园。”纪昀曰：

> 三、四自然流出，兴象天然。[②]

“时倚”二句，信手拈来，平平写出，略无深意，也没有动人的形象描写，初读不觉有何精彩，但稍加体会，便觉出一种悠然闲静之趣。

柳宗元《登柳州城楼寄漳汀封连四州刺史》，纪昀评曰：

> 起二句倒摄四州，有神无迹。三、四近景，五、六远景，而五、六即于景中寓情。顺手生出末二句。兴象天然，不由凑泊。通篇一气浑成，气格亦高。[③]

认为诗人的情感似乎是不假思索，不见经营痕迹，一口气说出，故曰通篇“兴象天然”。另一条评语是专评三、四两句（“惊风乱飐芙蓉水，密雨斜侵薜荔墙”）的：“旧说三、四寓排挤坎坷之感，亦有见。好在有意无意，不着迹象。”虽然似乎有比喻之意，但纪昀仍强调“有意无意”，亦即似乎不由构意，偶然得之。

李频《秦原早望》：“一忝乡书荐，长安未得回。年光逐渭水，春色上秦台。燕掠平芜去，人冲细雨来。东风生故里，又过几花开。”纪昀评曰：

> 兴象天然，不容凑泊。此五律最熟之境，而气韵又不涉甜俗，故为唐人身分。[④]

李诗似乎是见到什么就随手写入诗中，信口说出，毫不作意，但全诗表现落第士子那种无可奈何的淡淡的乡愁，偏能感染读者。“兴象天然”，即指此种不作意而言。

---

① 纪昀：《玉台新咏考异》卷五：“日落，吴氏本注一作‘日暖’。然‘落’字更有苍茫远望之神。”《畿辅丛书》本。

② 纪昀：《瀛奎律髓刊误》，转引自《瀛奎律髓汇评》卷二十三。

③ 见中国社会科学院文学研究所藏纪昀评《唐诗鼓吹笺注》卷一。

④ 纪昀：《瀛奎律髓刊误》，转引自《瀛奎律髓汇评》卷二十九。

兴象之深微玲珑和自然天成，两者相通。正因为自然而不用力、不强调，故其“兴”不是一览即得，而需要涵泳吟味，也就觉得深永悠长。纪昀此种审美趣味当然是具有代表性的。这种审美特点，在方东树那里，则称之为“兴在象外”和“象中有兴”，二者其实是一回事。如方氏评白居易《钱塘湖春行》云：

佳处在象中有兴，有人在，不比死句。①

“象中有兴”“有人在”，是说诗中流露出诗人此时此地的情绪兴致，这种情绪兴致不曾直接说出（而且也难于直接说出），但读者能体会得到。若将要说的意思直接说出，“言外无余味，取象而无兴”，就是死句了。《钱塘湖春行》只是表现诗人春游的愉悦，没有任何特别的象征、寄托，所谓“象中有兴”之兴乃是一种审美的感受。又方氏评卢纶《晚次鄂州》云：

三、四（“估客昼眠知浪静，舟人夜语觉潮生”）兴在象外，卓然名句。五、六（“三湘愁鬓逢秋色，万里归心对月明”）亦兼情景，而平平无奇。②

“估客”二句不言情而言外有情，故曰“兴在象外”；“三湘”二句直言其情，故“平平无奇”。“兴在象外”也就是“象中有兴”。方东树认为：“兴最诗之妙用。”“非兴则造语不工。……熟读李、杜全集，方知无处无时而非兴也。”③他认为“宋人入议论，涉理趣，以文以语录为诗”，乃是与以兴为诗者背道而驰，二者“有灵蠢仙凡之别”④。而所谓“兴”，其实就是“兴象”。

最后，我们想要指出，明清诗论家所谓“兴象玲珑”“兴象深微”“兴在象外”，等等，其实与宋代严羽标举的“兴趣”一脉相承。在古代诗论史上，标举“兴”者，可以追溯到汉代《诗经》学者所说六义中的兴，往下则有刘勰《文心雕龙·比兴》的“依微以拟议”和“环譬以托讽”，锺嵘《诗品》的“文已尽而意有余”。但那“兴”强调的是“托事于物”，是在物象里寄托关于人事的联想，而且只是作为一种手法，而不是对于诗歌审美的普遍要求。唐释皎然《诗式》所谓“取义曰兴，兴即象下之意”，也还是

① 《昭昧詹言》卷十八。
② 《昭昧詹言》卷十八。
③ 《昭昧詹言》卷二十一。
④ 《昭昧詹言》卷十八。

这一路数。到了严羽标举“兴趣”,则是另一回事了,那才是要求诗里传达出诗人的兴会、情致、感触,传达出诗人的美感,而这种传达必须是自然而然,不着痕迹,值得读者涵泳体味,故而余味悠长。可惜严羽以禅为喻,用了“羚羊挂角”之类话头表达他的意思,让许多人觉得玄虚,以致发生误解。明清时提倡兴象玲珑、兴象深微的论者,对严羽的话都是认同的。我们可以说,从严羽到清代诗论家,形成一个系统,揭示、阐发出我国古代诗歌美的一个重要方面,对于我们今天的诗歌欣赏与创作,都还具有重要的参考价值。

附注:本文所引纪昀评《玉台新咏》《唐诗鼓吹》之语,系转引自徐美秋女史调查所得,特此说明,并致谢意。

略论明清时期诗文别集

马亚中[*]

明清两代，中国传统文化盛况空前，即以诗文别集刊行出版而言，迈越前代，已不可以道里计。现存明代别集有多少，据《明别集版本志》统计，约有 3 500 余种。而据黄仁生先生介绍，日本“保存至今的明人诗文集非常丰富，总储量达四千多种（同版书重复者不计在内），其中有相当数量是中国大陆已佚的”[①]，其中“至少有 280 余种明人别集是中国大陆未见的”。复旦大学古籍整理研究所也因编纂《全明诗》，已“积累起大量明集资料，搜讨所及，远至日本、美国，目前该所内所存明集胶卷及复印件，已有 2 500 种左右”，再加上复旦大学图书馆所藏明集及丛书，“该校现藏可资利用的明人文集，约有 3 000 种左右”[②]。这大概就是今人对存世明人别集数量的估算。而清代别集存世的数量更是惊人，柯愈春先生所著《清人诗文集总目提要》，著录清代近 2 万作者的 4 万余种诗文别集，且各书大都经眼，其可靠性非仅据书目者可比。当然，海内外实际所存，很可能还要大大溢出上述统计。目前国内馆藏清人诗文别集最多的单位，蒋寅先生以为：“国家图书馆的收藏最为丰富，其

* 马亚中，苏州大学文学院教授。

① 黄仁生：《日本现藏稀见元明文集考证与提要》前言，岳麓书社 2004 年版。

② 吴格：《明人文集篇目索引数据库编制刍议》。

次是上海图书馆、南京图书馆、浙江省图书馆及北京大学、复旦大学、中国科学院、中国社会科学院文学所、历史所图书馆，湖北省图书馆收藏清代后期诗文集也相当丰富。上述图书馆所藏，应已占存世清代诗文集的绝大部分。”①然市县馆藏及民间收藏尚未认真考索，其数量也不容小觑。总之，明清存世的诗文别集究竟有多少，可能还需要经过更广泛、深入的查考才能有更准确地了解。

明清诗文别集的大量刊行，是明清文化高度繁荣的表征。中国传统文化由唐宋而明清，呈 U 字形发展，其间元代是一个低谷，造成这一态势的一个重要原因就是元统治者背离了中国文化发展的主流趋向，重武轻文，实行民族歧视政策，元朝也因此而成为一个短命的王朝。明朝兴起，朱元璋虽为一介草莽，但却能吸取元亡的教训，立国之初，就高度重视文教，即拨乱反正，大力复兴中华民族的主流文化传统，曾明诏天下：“讲论圣道，使人日渐月化，以复先王之旧，以革污染之习。”②这一要求，体现了民心，顺应了民意，获得了天下士人的热烈响应。从明初开始，“驾轶汉唐，锐复三代”③就成为这一时代知识分子的主要追求。复古主义就是在这样一个背景下发展起来，成为整个明代文化的基本特征。尽管复古主义有诸多消极影响，但对于诗文在明代的复兴却起了极大的推动作用。而清代鼎兴，虽然由少数民族入主中原，但在文化政策上却能秉承明代的传统，崇奉主流文化，清历朝帝王大多好学崇文，奖掖硕文鸿儒，故而清代的诗文能在明代的基础上更趋昌盛。

另一方面，朱元璋高度重视科举，曾明确表示：“使中外文臣皆由科举而选，非科举者，毋得与官。”④并且还把科举与学校教育紧密地结合在一起，以致“科举必由学校，而学校起家可不由科举”⑤，从而导致“内外重要之司，皆归进士”⑥。清代的科举也基本承袭明制，并得到进一步强化。明清两代大凡进入仕途，几乎均经由学校应科举试，成为举人、进士。这一制度设计，十分有利于学校教育的发展，造成了明清两代教育的繁荣。全国各地庠序遍布，国有国子监，府有府学，县有县学，县以下还有众多社学、义学。另外与官学并行发展的还有各种书院，而民间的私塾更是不胜枚举。以科举最发达地区苏州的书院为例，明代就有文正书院（两所）、天池

---

① 蒋寅：《论清代诗文集的类型、特征及文献价值》，《河北师范大学学报（哲学社会科学版）》2004 年第 1 期。

② 《明太祖实录》卷四六。

③ 《四库全书总目・逊志斋集》。

④ 《明太祖实录》卷五二。

⑤ 《明史》卷六九《选举志》。

⑥ 龙文彬：《明会要》卷二五。

书院、碧山书院、富春书院等几十所。发展至清代，据不完全统计，苏州先后就建有53所书院，其中吴县13所、长洲4所、元和3所、常熟16所、昆山5所、太仓5所、吴江7所。由此也造成了科举的空前盛况。明以来，在全国总共202名状元中，江苏约占1/3。而苏州地区状元竟有35名，达到了华东以外各大区状元的总和，苏州状元占全国状元的比例达17%。

教育发达也带动了出版、藏书事业的发展。明清两代除了官刻以外，家刻和坊刻也极为兴盛。明李诩《戒庵老人漫笔》云："今满目坊刻，亦世华之一验也。"明代刻书重镇有福建的建阳，江苏的南京、苏州、无锡、常州以及浙江的杭州、湖州等地。据张秀民先生在《明代南京的印书》中的统计，闽中书坊较为明确的就有84家，南京书坊可以考得坊名的有57家，苏州有书坊37家。到了明末，江南出版业在全国已独占鳌头。而在江南，出版业又主要集中于苏、杭、宁三大城市以及湖州、无锡、常州、松江等城市。而藏书之家，惟苏南吴郡、常熟、昆山，浙中嘉、湖、杭、宁、绍最多。其中常熟毛氏汲古阁最为著称，积书多达84 000册，并在家设立"印书作"，大量刻印书籍。据其子毛扆回忆，到毛晋过世之前，其家所藏书板已超过10万片。清代的刻书藏书情形与明代相仿，江南最为繁荣。据《江苏刻书》统计，清代前期江苏地区的私宅刻家共有约1 000人，坊肆刻家共94处，形成了苏州和南京两大以著名刻书家和书坊为主体、向周围地区扩散的刻书圈。清代仅苏州有名的书坊就有"七十家左右，且家家有刻书记录"[①]。三经堂、扫叶山房、宝翰楼、绿荫堂和书业堂等都是名重一时的书坊。又据《历代藏书家辞典》所载，苏州共有出版、藏书家576人，其中明代昆山的叶盛，太仓的王世贞，常熟的赵用贤父子以及钱谦益、毛晋，清代昆山的徐乾学，吴县的黄丕烈，常熟的张海鹏、张金吾叔侄，瞿绍基及其三代传人等，无不是闻名海内、为图书传播作出重大贡献的人物。而著名藏书楼有大石山房、脉望馆、汲古阁、绛云楼、传是楼、爱日精庐、扫叶山房、士礼居等，文献之盛，可谓海内无匹。而越地之天一阁、嘉业堂也同样蜚声宇内。

正是由于科举、教育、出版的共同繁荣，不仅进一步激发和引导天下学子崇文拜经，由读书而做官，而且也必然会造就众多的各方面人才，如掌教苏州紫阳书院的钱大昕门下，"生徒达二千余人"，"皆精研古学、实事求是，如李茂才锐之算数、夏广文文熹之舆地、钮布衣树玉之说文、费孝廉士玑之经术、张征君燕昌之金石、陈工部稽亭之史学，凡几千年之绝学萃于诸公，而一折衷于讲席，余如潘世恩、董国华、

① 黄镇伟：《坊刻本》，江苏古籍出版社2002年版。

邵晋涵、李文藻、朱骏声、孙星衍等，不专明一家，皆当时之杰出者”[①]。而书院等教育机构培养出的诗文作家则最为普遍。在中国古代社会，能诗善文是一个士人的基本修养，也是作为士人的不可或缺的标志。尽管科举制度有种种弊端，但由科举而引发和衍生出的文教活动却是促成社会文明进步的重要动力；尽管科举教育的重要目的是为了应付科举考试，但教育过程中的诗文写作训练却也为真正的诗文创作奠定了基础。

明清时期虽时有废除科举的呼声，但终未成行，主要原因还在于承平之世科举的积极作用大于其流弊。乾隆九年(1744)，曾发生过兴废科举的激烈争论。最后乾隆还是采纳了鄂尔泰的意见，继续维护和实施科举制度。鄂尔泰认为：“圣人不能使立法之无弊，在乎因时而补救之。盖时文所论皆孔孟之绪余，精微之奥旨，未有不深明书理，而得称为佳文。虽曰小技，而文武干济英伟特达之才，未尝不出于其中。”[②]这一看法还是基本符合实际的。

明清时期，凡是科举发达的地区，人才必多，文风必盛。以清代为例，江浙皖三省进士人数最多，合计占全国总数的25.8%。其中，共有状元78名，为全国的68.4%；榜眼62名，为全国的54.4%；探花73名，为全国的63.2%；传胪68名，为全国的59.6%；会元81名，为全国的71.1%。这三省以全国1/4的进士夺取了全国将近2/3的巍科名额。[③] 与此成正比例，这些地区的学者、诗文名家、艺术家，甚至是科技专家也占有类似的份额。据陈铁凡《清代学者地理分布概述》的研究结果，清代江苏、浙江、安徽、江西、福建五省的学者总数约占全国的70%，其中江苏几乎占了三分之一。另据缪进鸿对二十五史、《中国大百科全书》以及其他相关数据中2 677名专家所作的统计，江浙两省的杰出专家占全国34%。而苏州以102人高居榜首，且苏、锡、常一些科举发达的县级市也名列前茅，如常熟、吴江的人才还超过了许多省会城市。而据熊月之对《畴人传》及其续编的统计，江浙两省的天算家占全国60%。而前述这些人才，绝大多数产生于明清两代。清乾隆编修《四库全书》，全国各地进书12 000种，其中江苏进4 800种，浙江4 600种，都超过1/3，两省进书合计则占全国77%。而由目前已经成书的明清诗文别集目录学著作(崔建英等编《明别集版本志》，袁行云《清人诗集叙录》，李灵年、杨忠主编《清人别

① 陈文和：《钱辛楣先生年谱》，《嘉定钱大昕全集》，江苏古籍出版社1997年版。
② 余金：《熙朝新语》卷十一。
③ 李润强：《清代进士的时空分布研究》，《西北师大学报(社会科学版)》2005年第1期。

集总目》,柯愈春《清人诗文集总目提要》)来看,江南地区的诗文别集在整体中所占比重也大致符合前述情形。明清时期江南地区诗文作家多,留存下来的诗文别集也就多。因此,即使是在清末废除科举以后,梁启超还是认为:"科举弊政乎?科举,法之最善者也。古者世卿,春秋讥之。讥世卿,所以立科举也。世卿之敝,世家之子,不必读书,不必知学。虽瑱愚淫佚,亦循例入政,则求读书求知学者必少,如是故上无才;齐民之裔,虽复读书,虽复知学,而格于品第,未从得官。则求读书,求知学者亦少,如是故下无才。上下无才,国之大患也。科举立,斯二敝革矣。故世卿为据乱世之政,科举为升平世之政。"[①]从这个角度考察,可知明清时期科举的发达,正是诗文创作繁荣的重要原因。

前述目录著作所载录的这些明清诗文别集,都是经过几百年自然、社会淘汰后的劫后遗存,弥足珍贵,为我们今天深入研究明清社会和明清士人留下了最重要的第一手文献。我们不仅要认真保护好这些珍贵的文化遗产,而且还要充分利用好这些文献数据。

由于厚古薄今观念的影响,明清诗文别集在当世并没有得到很好的整理研究,民国时期又受到"一代有一代文学"观的困扰,明清诗文在相当长的时期内一直没有得到应有的重视。直到 20 世纪 80 年代初,先师钱仲联先生在苏州大学发起成立了全国首家明清诗文研究室,编纂《清诗纪事》和《中国文学大辞典·清近代》,大力倡导明清诗文研究,明清诗文才逐步为学界所认真关注。尽管忽视明清诗文的情况有了较大的改观,但明清诗文面广量大,研究基础薄弱,相对其他时代,存在的问题可谓沉沉伙颐,为今天别集提要的编写增加了相当的难度。且各种版本散于各地,许多版本已列入善本,要想经眼十分不易,这也必然会影响编写质量。而且在汗牛充栋的明清诗文别集中,择其重要,也是仁智各见。有鉴于此,别集提要的编写理应十分珍视今人对明清诗文别集整理研究的成果,尽可能予以吸收和反映,以期较全面地呈现明清重要诗文别集的面貌,并揭示其特色,为读者的深入研究提供便利。

---

① 梁启超:《通论·论科举》,《饮冰室文集》上。

清代江西诗学简述

胡迎建*

江西向为诗之大邦，诗学发达，清代同样如此。诗人而兼诗论家，集学识、才情于一身。诗话、诗论之作几如繁星。诗论大多见于序跋中，还有论诗之诗、题辞、点评，都可纳入广义的诗学范畴。其主旨有不同，或论前代，或论当时诗坛，或重在提出诗学观点，或重在诗学体系的建构，或重在记人事与掌故，或重在拈出妙句，或论数家名诗人，或仅论某一大家，或某一地域性的诗话。兹分为清初期、清中期、清后期三阶段简述江西诗家的主要论点并作评述，对清代江西人所撰诗话的特征、价值也有简介与评述。

一、清初期的江西诗论家

清初诗论家众多，以明遗民或有反清思想者居多。贺贻孙(1606—1686)，字子翼，号孚尹，又号水田居士，永新人。明末诸生，与徐世溥、陈宏绪、万茂先、陈士业结豫章社。明亡，遂不出。顺治七年(1650)被列贡榜，避不就，结茅深山，以著作自娱。著有《诗触》《诗筏》《骚筏》等。《诗筏》为诗话史上的重要著作，收入郭绍虞编

* 胡迎建，江西省社会科学院研究员。

《清诗话续编》[1]。前半部诗论，重在讲诗理，以大家之诗印证之，见解通达可取。论"诗眼""神""本色""气格""断续"等诗学概念精妙。后半部品评历代诗家，评论皆以理融会贯通。其中对古诗十九首、汉乐府、建安诗歌、陆机拟古诗的解读尤其细致。

《诗筏》中言及诗"厚"有十多处，"诗厚说"可成为其诗学思想的标志性概括。他说：

> 厚之一言，可蔽风雅。《古诗十九首》，人知其淡，不知其厚。所谓厚者，以其神厚也，气厚也，味厚也。即如李太白诗歌，其神气与味皆厚，不独少陵也。他人学少陵者，形状庞然，自谓厚矣；及细测之，其神浮，其气嚣，其味短。尽孟贲之目，大而无威；塑项籍之貌，猛而无气；安在其能厚哉！

孔子论《诗经》"一言以蔽之，思无邪"，这是诗之用的角度来谈的，肯定的是诗歌的合道德性。贺贻孙以一"厚"字来概括风雅，是从诗之本体来谈的，强调的是诗歌的合艺术性。贺贻孙认为，诗之"厚"体现为神厚、气厚、味厚，李白与杜甫的诗三者皆厚，所以堪称诗厚之标尺。后世学杜者仅得其形状与皮毛，如细细品尝就知，或神浮，或气嚣，或味短，大而无威，猛而无气，根本谈不上诗之厚。在另一则诗话中，贺贻孙把李、杜诗和韩、苏文推为"厚"之诗文的代表，他说：

> 李、杜诗，韩、苏文，但诵一二首，似可学而至焉。试更诵数十首，方觉其妙。诵及全集，愈多愈妙。反复朗诵，至数十百过，口领涎流，滋味无穷，咀嚼不尽。乃至自少至老，诵之不辍，其境愈熟，其味愈长。后代名家诗文，偶取数首诵之，非不赏心惬目，及诵全集，则渐令人厌，又使人不欲再诵，此则古今人厚薄之别也。

如何才能达到诗之厚呢？贺贻孙认为诗文之厚得之"内养"而不假外求，"诗文之厚得之内养，非可袭而取也；博综者谓之富，不谓之厚；秾缛者谓之肥，不谓之厚；粗僿者谓之蛮，不谓之厚"，"清空一气，搅之不碎，挥之不开，此化境也。然须厚养气始得，非浅薄者所能侥幸"。文学的精、气、神是作家先天禀赋和后天人生阅历的综合

① 贺著见于郭绍虞编《清诗话续编》，上海古籍出版社 1983 年版，第 133—199 页，不另注。

结晶，有先天的独特性和排他性，所以不能他求也非他人能学。但贺贻孙又进一步指出，诗之厚要从“蕴藉”中出：

> 阮嗣宗越礼惊众，然以口不臧否人物，司马文王称为至慎，盖晋人中极蕴藉者。其《咏怀》十七首，神韵淡荡，笔墨之外，俱含不尽之思，政以蕴藉胜人耳。然以拟《古十九首》，则浅薄甚矣。夫诗中之厚，皆从蕴藉而出，乃有同一蕴藉，而厚薄深浅异者，此非知诗者不能别也。

他以晋人阮籍为例，认为阮籍“神韵淡荡，笔墨之外，俱含不尽之思”，自然是“厚”了。这一境地是怎样形成的呢？他说：“夫诗中之厚，皆从蕴藉而出。”在他看来，诗之“厚”是诗学一种很高的艺术境界，但还不是最高的诗学境界。最高境界是所谓“无厚之厚”：

> 庄子云：“彼节者有间，而刀刃者无厚”，所谓无厚者，金之至精，炼之至熟，刃之至神，而厚之至变至化者也。夫惟能厚，斯能无厚。古今诗文，能厚者有之，能无厚者未易觏也。无厚之厚，文惟孟庄，诗惟苏李、《十九首》与陶渊明，后来太白之诗，子瞻之文，庶几近之。虽然，无厚与薄，毫厘千里，不可不辨。

达到无厚之厚境界的诗，应是“至精”“至熟”“至神”，只有孟、庄、苏、李、《十九首》与陶渊明堪当此称。而太白之诗、子瞻之文也仅“庶几近之”而已。

贺贻孙对诗学之“悟”也有己见。其《示儿》一文为后生谈诗学，传授经验体会。他认为“作诗乃极苦之境，极难之事”。不像读四书五经，作举业文字，或“可窥圣域”，即可得到精神熏陶；或“可致通显”，即可得以仕途通达，这些都是“极乐”之事。当然其学习的过程也是“极易”之事，因为只需勤学苦练即可。而诗学则不同，它需要诗家相当人生阅历甚至是人生磨难。他“惭愧”其因年少不更事而“自矜创获”之作，只有“时值国变，三灾并起，百忧咸集，饥寒流离，逼出性灵，方能自立堂奥，永叔所谓‘穷而后工’者，其在此时乎”！当自己“平心静气，取古诗与吾诗比勘，惭愧又起”。因与唐诗、《三百篇》相比，己作“天怀自放之妙，十首之内不得二三”。可见“天怀自放”是诗学的最高境界。那么，如何才能达到“天怀自放”之境呢？由此推出了他的“作诗贵有悟门”说：

盖作诗贵有悟门，悟门不在他求，日取三百篇及汉、唐人佳诗，反复吟咏，自能悟入。若无悟门，但于古诗及汉、魏、晋、唐人诗内，声容字句，摹拟描画，如在琉璃屏外拍美人肩，虽表里洞见，然所拍者终是琉璃，不是美人。若舍三百篇、汉、魏、晋、唐而别寻悟门，如涉江海者本无神通，漫学折芦浮杯，捐弃舟航，凌空飞渡。此两种病，近代名家往往有之。然悟门不能遽开，积累时日，庶几一朝遇之。

正是凭着"悟"性，在《诗筏》中有许多评诗品诗的连珠妙语，如：

美人姿态在嫩，诗家姿态在老。

盛唐人诗，有血痕无墨痕，今之学盛唐者，有墨痕无血痕。

清空一气，搅之不碎，挥之不开，此化境也。

诗家化境，如风雨驰骤，鬼神出没，满眼空幻，满耳飘忽，突然而来，倏然而去，不得以字句诠，不可以迹相求。

惟悟生洁，洁斯幽，幽斯灵，灵斯化矣。摩诘之洁，原从悟生；而摩诘之洁，亦能生悟，洁而能化，悟迹乃融。

任凭感觉悟性，灵动而富于诗学哲理。这是一种诗性理解和把握世界的思维方式。承继着深厚诗性文化的中国文论，"凭感觉"第一原则。不尚理性之知，而重直觉体悟，以心会心。

贺贻孙尚"天"的诗学思想集中体现在《陶邵陈三先生诗选序》中，他认为诗人之天如风之感物，"无意而感"，"任天而发"。得其天趣者，"其陶靖节先生乎"！因为陶渊明除为人涉物富有天趣外，"其为诗也，悠然有会，命笔成篇，取适己意，不为名誉，倘所谓天籁者耶"？又说陶诗"惟不言理，故理至焉"。此文末尾进一步阐明"诗者贵天"的意思：

吾乃知言诗者之贵天也。人无所不至，惟天不容伪。彼夫抟风而飞者，拨尔而怒；顺风而受者，悠然以适；御风而行者，泠然以善。至于怒与适且泠，而风人之性情出矣。然而怒者谁耶？适者谁耶？泠者谁耶？皆非人之所能为也，天也。故凡汉、唐以后，壮士之言多怒，清士之言多适，逸士之言多泠，若是者不可谓非风，即不可谓非天也。

诗者贵天，“惟天不容伪”，诗之或怒或适或泠，都是诗人之性情的自然流露。在《康上若诗序》中他表达了同样的意思：“风之为物，其怒也，乃其所以宣也；其激也，乃其所以平也；其凄怆也，乃其所以于喁唱和也。风人之诗亦犹是已。”风人之诗应如风之为物，或怒或激或凄怆，都是内心真实的自然流露。正是因为其求真疾伪的思想，他痛斥当世不少诗没有现实生活体验，只知闭门作莺歌燕舞：“世之所谓风人者吾怪焉，言不出帷薄，事不离井巷，竭终身之力，旖旎婉娈，与花间莺燕争工拙于形似，而夸语于人曰：是风也，太平之世，不鸣条，不毁瓦，优柔而已矣。是乌睹所谓雄风也乎！”身处家国离乱之时，风人之真应为“雄风”，而非“优柔”。这跟贺贻孙所处的人所共知的时代环境是有关系的。并不是他刻意要求“雄风”，而是身处乱世，一个有现实怀抱和人文关怀的诗人展现的真实诗心是“雄风”而非其他。提出“雄风”与其一贯所主张的抒发性灵的思想也并不相左，因为此时的“性灵”就应为“雄风”。如果理解这一层道理，就能理解贺贻孙对宋末诗人的褒扬：“宋末诗人，当革命之际，一腔悲愤，尽泄于诗。……情真语切，意在言外，何遽减唐人耶？”

从诗者贵天、“惟天不容伪”的审美观出发，贺贻孙提出了“真诗在民间”的著名观点：

> 近日吴中山歌《挂枝儿》语近风谣，无理有情，为近日真诗一线所存。如汉古诗云：“客从北方来，欲到到交趾，远行无他货，惟有凤凰子。”句似迂鄙，想极荒唐，而一种真朴之气，有张、蔡诸人所不能道者，晋、宋间《子夜》《读曲》及《清商曲》亦尔。安知歌谣中遂无佳诗乎？每欲取吴讴入情者，汇为风雅别调，想知诗者不以为河汉也。

提出“真诗在民间”的观点，说明他已经认识到文学的生命之根、活力之源在民间，这是很有文学见地的。

论诗讲悟门，又以天、以真为贵，就必然反对模拟剽窃。他指责“先明七子诸集，递相剽窃，乃盗窝耳”。认为高明的学就是“舍”：“不贵能学，贵于学而舍，舍之乃所以为学也。无所不舍，斯无所不学矣。”一部诗史，诗之气运日渐衰息，根本之原因在于后来之作者只知一味师古、范古，而无自己的真性灵：“每一才子出，即有一班庸人从风而靡，舍我性灵，随人脚根，家家工部，人人右丞，李白有李赤敌手，乐天即乐地前身，互相沿袭，令人掩鼻。”前人的诗艺技巧，个别的字、词、句也许不难学，但才子的真率性灵和精神是不可学也是学不到的，越学越远。他以唐代学陶诗为例来说明这一层道理：

> 唐人诗近陶者，如储、王、孟、韦、柳诸人，其雅懿之度，朴茂之色，闲远之神，淡宕之气，隽永之味，各有一二，皆可以名家，独其一段真率处，终不及陶。陶诗中雅懿、朴茂、闲远、淡宕、隽永种种妙境，皆从真率中流出，所谓"称意而言，人亦易足"也。真率处不能学，亦不可学，当独以品胜耳。

一部中国诗史，积累有余而创新不足，重师古而轻性灵，气运自然日渐衰息。贺贻孙从学习与性灵两端来探讨诗学的命运，其史学眼光和诗学见地是值得肯定的。

《榆溪诗话》31则，作者徐世溥（1608—1658），字巨源，新建人。明诸生，少为钱谦益所知。入清不仕，顺治十五年（1658）三月死于盗难。据诗话中的"我与乱离，片瓦立锥皆无矣"语，可知作于入清之后。此诗话注重以声韵论诗，有复字（即迭字）、双声、迭韵之分，如关关、喈喈、萋萋、莫莫为复字，辗转、参差为双声，窈窕、崔嵬为迭韵。流之求之为间叶。又认为骚赋、乐府以至近体、词曲诸体式均出自《诗经》。如为《古诗十九首》寻找出处："十九首无可思议矣，如'昔为倡家女，今为荡子妇。荡子行不归，空床难独守'，此以二十字言较'老使我怨'四字，便觉此如嚼蜡；窦玄妻'人不如故'四字简俊矣，上比'以我御穷'一言，便觉彼味悠回。学者知此，方于诗稍有入处。'愿为双鸿鹄''思为双燕飞'，皆源于《柏舟》之不能奋飞也。'南箕北有斗''迢迢牵牛星'，即出自《大东》之'簸扬服箱'也。……故三百篇者，诗之昆仑，亦诗之海也，无能出其范围者。"[①]持后不如前的观念，其考辨上古、两汉之诗，据所谓苏李诗论两汉诗之变迁，亦多以想当然之臆说勇于断言。

论诗尚沿明人崇古风气，《明良赓歌》为倡和之始，"柏梁"为七言联句之始，"维以不永怀"为五言之始，"螽斯羽，麟之趾"为三言之始。以下又论及汉魏曹植诗号称独步七子，东坡文号称雄视百代，但均不似其父曹操、苏洵苍茫雄健，有开创之象。谈杜甫诗"何人错忆穷愁日，愁日愁随三线长"，三"愁"字夹两"日"字，然非杜甫始创，何逊《拟古》即有此句例。类此则为独见之处。

其时，徐芳倡诗以"性情为先""气格为上"。徐芳（1617—1670），字仲光，号拙庵，南城县人。崇祯间进士，知泽州。入清后绝意仕进，与友邓廷彬隐居庐山凌霄峰。顺治七年（1650），清廷以遗逸荐起翰林左春坊，不就。贫居故里，知县苗蕃重

① 喻剑庚主编：《两刻豫章丛书题记》"榆溪诗话1卷"，百花洲文艺出版社1999年版，第8页。

其贤，在鳌峰下为他筑舍名“悬榻居”。他淹通典籍，宗王阳明“致良知”学说。诗论颇有见地，如说：“诗之道，以气格为上，而结构亦不可遂轻；以性情为先，而声响亦不可遂废；词莫陋于缛赘，而径率之句亦不可谓之自然；境莫妙于目前，而凡俚之言亦不可名为真至。韵而不靡，朴而不粗，淡而不枯，工而不诡。使事而不流于杂，谈理而不坠于腐，摹古而不伤于痕，蹈空而不病于凿。”[①]论作诗之要，首在气格，然要注意结构；次在性情，然要注意声韵。词不可繁缛累赘，但直白草率也不可说是自然。写境妙在如在目前，但不可凡庸俚俗。

女诗人刘淑在诗学上自有一番独到见解。刘淑(1619—1651)，字淑英，号木屏，又号个山，安福县人，明末工部主事刘铎之女。少时矢志攻读，明兵法，“博通经传，精其大义。操笔为文辞，蔚然可观”[②]。明亡，她毁家产募兵千余人，出兵经永新时，与南明督帅何腾蛟部下一总兵张先璧会师。张逼其成妾，她不屈被囚，释放后其部下被吞并，只好回家。清军入赣，她携母逃到湖南湘潭山中。后奉母返故里，辟“莲舫庵”为尼。时人宋之盛以为“千古仅见之奇女子”(《江人事序》)。

刘淑自信地说：“余铁肠也”，“女子或能诗，则根乎性情，发乎自然。或浓或淡，或奇或拙，不知其为而为，诗非博识淹闻摹仿而然也”，“若昭秉坚芬之旨，皆能呕字珠飞，吐句云动。分花蝶舞，擘韵仙翔。其侠也击剑风生，其烈也投岩岳笑，其贞也挈蛾眉而补天。其死也撼昆石而填海”，“愁则逐春鸿而别槛，怒则碎秋月于空阶。恨写回文，题留寄慨。而皎妆素抹，为其情性所至，绝去文采者也。”[③]诗根于性情，出于自然，这一点，前人论述不少，但她认为女子如能有坚芬之旨，寄慨于诗，则呕字吐句，自能珠飞云动。又认为诗人不仅是才情，重在贞性，激发痴志。她说：“夫才情所钟，发于贞性，贞性所激，而生痴志。痴志不泯，而为百折。百折不磨，九锻弗灰者。惟继以死矣。至诚之心，可以熔金石，亦可以发湛露乎？可以委沟壑，亦可以补寰宇乎？可以为厉鬼，亦可以为真仙乎？可以为风流，亦可以为枯禅乎？”[④]她以其坚贞志节践行了她的诗学观。

诗重在怨，怨是性情之贞，贞激而鸣，故诗臻锦丽。她说：“人之性情莫挚于怨，怨也者性情之贞也。贞则激，激则鸣。故诗丽焉。……然则贞性所激，茹苦写怀，即妇人女子，孰不可以怨哉？”从中可看出，身世环境使她的诗论呈现真性情，重在

① 载叶矫然：《龙性堂诗话初集》。
② 同治《安福县志》卷十四《人物·节妇》。
③ 刘淑英：《筑芳女诗序》，王泗原校注《刘铎刘淑英父女诗文》，人民教育出版社1999年版，第371页。
④ 刘淑英：《病夕读史余》，王泗原校注《刘铎刘淑英父女诗文》，人民教育出版社1999年版，第372页。

怨情的倾泻上。“而今则痛山河之非旧，怜遗卵于覆巢。铁壁铜郛，四面火聚。筋骸异识，尽为恨府，较之庄姜、共强之所遇，殆什伯焉。命也如斯，则其怨当亦天地圣贤之所共鉴矣。”①诗之贞怨观，与她所处天翻地覆的明清剧变有关，也与她的身世、气节、才识有关。

宁都“易堂九子”之一的魏礼（1629—1695），字和公，号季子，幼从兄禧学文。明亡，弃诸生服，躬耕自学。中年后游历四方。年五十，返宁都筑室翠微左干之巅，名曰“吾庐”。有《魏季子文集》十六卷，论诗倡“性情为主”“气格为用”说。在《李云田豫章草序》中说：“性情者，诗之主也；气与格，诗之用也；韵者，诗之情也。”性情是诗感动人心的根本原因：“予尝谓五经之有诗，如五伦之有朋友，君臣、父子、夫妇、兄弟所不能通者，朋友通之；四经之所不能感动者，诗则能感之。然诗之所以感人，性情油然而不自已者，则尤在于韵。韵者，声音之动，而性情之所发也。”以杜甫为例，“少陵诗在天地间，岳立川流，学者莫能穷其涯涘，而其于君国之际、新故之感、朋友患难之情，忧深而思远，情纡郁而磅礴。后之论者，以为与《国风》《雅》《颂》相表里，非无故也”。

人之性情不同，表现在诗中有不同。他在《杨御李诗序》说：“诗之道本性情，而性情所发不一道，譬之万类各殊。虽毒虫猛兽，皆天之性情也。是故发之诗者，有以真朴写其性情，有以文藻焜耀写其性情，有以光怪陆离、平淡聱牙写其性情，凡此者皆性情之具有也。”他认为诗宜真朴：“夫以乐易敦本之性情，其为诗也宜真朴，乃发为文藻焜耀，疑乎不比矣。”认为“乐易”之性情本于“天者”，而“文藻焜耀者”则由于“学力”。“善为诗者”应具多种性情，即应是“性情之大者，如春之发物，无不流着也”。他认为诗宜真朴，但他的兴趣爱好偏重于雄阔超迈，推崇范仲淹、辛弃疾、岳飞等人作品：“盖其音节激昂顿挫，足以助其雄轶之气，比之于诗，似有美在咸酸之外者，虽非诗余本体，要亦圆浑流畅，不蹈子瞻之所以取讥也。”

在《甘衷素诗序》一文中，魏礼认为甘衷素诗“多悲愤不平之气也”，是时代风云变幻的现实反映：“古今论诗以温厚和平为正音，然愤怨刻切亦复何可少，要视其人所处之时地。譬犹春温而融风，万物被之，欣欣有生气，使凛秋玄冬霜雪不下，凄风不至，煦然若春气之中人。是尚得为天地之正乎？”传统儒家诗学倡“温柔敦厚”，即其所说以“古今论诗以温厚和平为正音”。但中国诗学也有另一脉传统，如孔子“诗

① 刘淑英：《康夫人雪庵诗序》，王泗原校注《刘铎刘淑英父女诗文》，人民教育出版社 1999 年版，第 376 页。

可以怨”、韩愈“不平则鸣”、欧阳修“穷而后工”诸说等。这里所说的“悲愤不平之气”即这一诗学传统的继续和发扬。

魏礼进一步谈及“诗文体格”如何养成，在于立本、养气：“必根夫圣贤大道以立本，会诸家以养其气，极深研几，攻苦积岁月，使境与境化，而化与境生，然后能自有也……古人之书，可赖以为用，而不可恃以为吾身根源者也。然赖其用也，不能以不精遇之。”①

诗文体格风貌是作家气质、才华与长期人生积累和艺术积淀的综合体。诗中要有“我”在，有真情实意在，才能形成不同风貌。魏礼在《答杨御李书》说：“流连山水，点缀花月，亦必有我一时之情之意，则此乃为我作之诗。古人已作，我可更作；我作之，他人又可更作，千万作而境不穷者，有谓故也。”他多次主张“在我”“有我”的重要性。在《阮畴生文集序》中，他说：“且夫述作而无我，我何为而作哉？人之貌不同，以各有其我；人之诗文竞出而不穷，以其有我也。是故以古人之气格识法而成其我，徒我不成；犹必具五官、百骸、神血、须眉、发爪而成人，人人皆同而皆不同，各我其我也。”有“真我”的诗才能打动人心，此“有我”、有“真我”也是作诗之法。他进而言之：“盖所谓法者，古人之法，亦我之法，会古以忘我，我足以忘乎古，譬如流潦江河，率趋于海，而四者并存而不可废。……山海之奥衍，足以吐纳胸中者我而已。”

魏礼还认为，所谓法者变又不变，蛇行无迹而有迹，看似杂乱无章，实则有妙法在。在《答孔英尚惟叙》中提出具体写作要求：“诗古文可豪不可粗，可畅不可易，可奥不可僻涩，可朴不可率而俚，可奇不可诞，可灵不可巧，可细不可弱。长篇不可蔓衍，以其有分数提顿也；短篇宜意味悠永，以其劲转曲折而可咀嚼也。峭者当益腴，华者当益洁。”这些见解来自他的多年社会阅历与写作体验。

稍后有张泰来著《江西诗社宗派图录》。张泰来，字扶长，南昌人，官至吏部侍郎。此书乃宋代江西诗派诗人传记资料之辑录。前有康熙三十年(1691)宋荦序云：“余尝以江西诗派论课士于豫章，率昧于题旨，鲜当人意者。张吏部扶长以致政家居，耄年好学，爰遍览群籍，摭拾遗事，录其有关于吕居仁《宗派图》者，人各立一小传，且推原作图之意，编次成帙。”据《漫堂年谱》，宋荦试士在康熙二十七年(1688)十月，张泰来作《江西诗社宗派图录》当在此时。其书较为草率，疏漏也多。如潘大临条不载其著《柯山集》，洪氏兄弟条不载所著《清虚集》《西渡集》，饶节条不载其著《倚松集》，祖可条不载其著《瀑泉集》。

① 转引自邬国平、王镇远：《中国文学批评通史·清代卷》，上海古籍出版社1996年版。

张宗泰《鲁岩所学集》卷十一跋中对此书颇致不满："其用心亦云勤矣，而持择不审，间有失其本旨者。如江西诗派是论诗之体格相近，非限以方域也。渊明与山谷虽均为豫章之产，其诗格何尝有相似处，而必牵合为一，误矣。洪刍为金人搜括金银，又唤宫人佐酒，其罪大矣。坐徙沙门，罪由自致，此亦有何冤抑，而云为人诬陷，不失是非之真耶？韩驹子苍言，我自学古人，是不肯寄涪翁篱下之意，反以此语证其诗格之相近，不显相违戾乎？"

贵溪郑日奎(1631—1673)，字次公，号静庵，顺治十六年(1659)进士，康熙间官至礼部主事。著有《郑静庵诗文集》十一卷。日奎论诗文能参究古今得失，溯流穷源，兼取众长，自成一家。首先，他主张诗文应写作者性灵，但不废学问。其《鸿雪诗序》云："凡诗文之至者，皆作者之性情才诣郁为声光飞流注纸上。"与此同时，他却认为"工织锦者必先多蓄丝以备择用，若无丝矣，虽绝世良工亦无所施其巧矣。夫作文织锦也，读书则系蓄丝以备用之谓也"(《示弟侄书》)。将严羽的"别裁说"与江西诗派提倡写诗要"多读书""无一字无来处"的主张结合起来。其次，他主张诗文务求奇，提倡真我，反对摹拟。在《王报庵诗序》中说："天下而无诗也，则能诗者之过也，抑非能诗者之过，能诗而各为其诗，则诗存，能诗而共为一诗，则诗亡也。何也？诗以道性情者也。取性情之业，以摹仿衣冠，附和声气，尚得谓之诗乎？"他公开宣称："余之于诗也嗜奇，即不能奇，亦必不肯苟同。而于论人诗也亦然。"他认为"古人诗，鲜不奇者"。尤其推崇唐之李贺、明之徐渭："唐诗固多奇者，而李长吉称最。……明诗称奇者莫徐文长若。"第三，他反对文人相轻，党同伐异。《与陈元公书》云："尝窃叹明之亡也，以朋党，以议论，评论诗文，护同伐异。于所是，引为家派；于所非，若击雠仇。盖门户之立，戈矛之争，衅已伏焉。"他不满于钱谦益《列朝诗集》论诗："必泛及其人品，于所不悦，则引绳批根，吹求不遗余力，又杂引诸浮浪无稽之言为之证佐。"这些意见在当时能切中时弊。

稍后有临川李伍渶(1636—1712)，字圣水，号半谷，又号瑶湖，一生未有功名。其关于诗歌的见解主要集中在《江西诗派图论》《书晚邮辨诗序说后》等文中，认为诗"有性情而后得有诗也"。以文学、才学议论为诗，必失汉魏以来浑成之音。吕本中作《江西诗社宗派图》，以黄山谷为始祖，以陈无已等二十五人为法嗣，但他以为只是"以一时之师承，一方之聚会而明其所宗，未足以通乎天地贯乎古今而为声论也"。他反对"以文字为诗，以才学为诗，以议论为诗"，以为如此必然会"浸失汉魏以来浑成之音，解悟之趣"。从诗应有性情出发，主张江西诗派应上溯到晋代陶渊明，"柴桑盖祖，柴桑而后有性情"。当时有人主张要把《诗经》中的郑卫"淫风"，全部删去，以利名教，他却认为“郑卫之风各有所为而作，其说有可存者，亦宜并存之，并存原不足以坏诗教也”（《书晚邮辨诗序说后》）。这种观点比那些卫道士们，显然高明多了。

二、清中期的江西诗论家

康熙后期至乾嘉年代是清代盛世。科举取士消减了士人的对政权的不满情绪。这一时期的诗论家大多为科举出身。

先说地域诗话，这一性质的诗话始于明代福建《全闽诗话》。明清时期江西地域诗话存世的有三部：第一部为明代郭子章《豫章诗话》，兹不论；其次有裘君弘《西江诗话》，成书于康熙四十二年（1703）；第三部为杨希闵《乡诗摭谭》。

裘君弘，字任远，号香坡，别号妙贯堂主人，新建县人。康熙三十五年（1695）举顺天乡试，补教习。著述三种：一曰《敬止录》，已佚；一曰《妙贯堂余谭》，以谈江西人事为主；一曰《西江诗话》，西江即江西，名之由来亦久，江西素有西江道院之称，有《西江志》之举。此乃沿袭旧称。其所论之诗人，皆为江西籍人。之所以如此，他解释说：“十五国风，亦采一地之风。江右固吴头楚尾之区也，编诗话而系西江，意者窃取夫子十五国风之旨，而吴楚二风之补乎？”又云：“仆以西江人说西江诗，如樵者指点峰谷高深，渔者谈芦花澄浅，皆自家人说自家话。”此亦章学诚之所谓“地近则易核”也。与《豫章诗话》凡取材江西山水名胜之诗、不限其人之籍贯不同。征文献之脱误，补志乘之遗漏，搜罗甚富，而详略有体。凡十二卷，诗人四百余家，始于晋，迄于清。所录诗人姓名见于《江西通志》者十之七，不见者十之三。其于刘崧条中言：“余此编及《敬止录》补正《通志》漏误处颇多。”则所费之功，非穷年累月不能为。即与《豫章诗话》所论为同一人，不仅所录诗无雷同，其文笔迥异，了无续貂之嫌。其体例仿《全唐诗话》，微有不同，详爵里出处，考时代先后。名公巨制，连幅不述；人微事征，只字必登。其排次以朝代为纲，以人为目，则方便易查，此与《豫章诗话》以地以事叙出，无目录可查自又不同。或品评，或释典，或补佚，或订谬，或辨证，或溯源，因人因事而论。而所选之诗，大抵精华；所评之语，剀切精到，启人心智。如言吴与弼：“诗多味道之言，绝类宋儒所作，于风雅坛中又是一格”，“细按先生集中，少壮诗惕厉意多，后来诗却活泼意多，想见由勉而安气象。”又云：“先生诗虽带道学，却无一种酸腐气。”又自变量首诗而后说：“圆转流动，最能参个中活法，其风度又讵减诚斋、放翁也。愚尝谓明朝二百七十年，道学先生诗惟白沙可步趋康斋，诸公则瞠乎后矣。”凡此可见其于诗涵咏体会有得，言必中的。

廖道稷(1676—?),字拙斋,吉水县人。雍正元年(1723)出任南康府训导。著有《寻乐斋文集》十四卷、《诗话》八卷。关于诗歌创作,他主张“诗之为道,应有意义,有体格,有骨力,有神情,有兴趣,有风致,有声色,有节奏”(《诗话约编自序》),作诗必须首先“涵养性情以端其本,超脱势利以高其品,博通古今以广其材”。反对模仿古人,认为如果不在根本上下功夫,“而规规焉刻意摹古,逐声附影,纵使摹之而似,其如非我诗何”!所以强调诗要自然,“诗之言志,意兴所至,笔墨随之,含蓄天成,矢夷恬淡,期为上乘”(《喙鸣诗集序》)。正因为诗要写性情,故诗如其人,“人高诗亦高,人俗诗亦俗”,“诗乃人之行略”(《藏愚室诗集序》)。这些看法有其独到之处。

临川吴名岸指出,要达到“情景交融”,作者先须成为景中人,“景中人斯能悟人中境”(《白杨十二景诗序》)。

蒋士铨(1725—1785),字心余,又字苕生,号清容居士,铅山县人,出生于南昌。年少时与武宁汪轫、南昌杨垕、南丰赵由仪皆少年才俊,“有四子之目”。乾隆十九年(1754)中举,官内阁中书。二十二年(1757)中进士,授翰林院编修。乾隆二十八年(1763)充《续文献通考》馆纂修官。次年奉母南归,久居南京,并先后主持绍兴蕺山书院、扬州安定书院。入京任国史馆纂修官,因患风痹,辞病回南昌,病逝家中。

蒋士铨认为,“作诗何异作《春秋》”,要有史笔精神,须“于古人经邦致治之略”“于一时之人心风俗有所关系”,以“事不出伦纪之间,道不出治平之内”来规范诗歌内容,强调要“善国政,正风俗,厚人伦”。在看重诗歌社会功能的同时,他也不忽视艺术的美感特征,认为“诗以性情深”,至性写真情,抒写胸中的郁勃气。他的性灵诗观是建立在对明清两朝诗学复古观的批评基础上的。破除文学退化观思想,以文学发展的眼光,评论明清诗坛的众多诗人的艺术成就,为其性灵说铺平道路。30首《论诗杂咏》即为其诗学批评实践的集中体现。如赞叹明初刘基诗在拟古风炽之时不屑模拟古人,骨力雄健,气势宏阔:“手开万钧弩,霸才原不世。老死隆中庐,中原几人帝?试登大将台,叱咤风云气。”

他称誉茶陵派领袖李东阳之诗,格调清雅,出自台阁体而风格多样,自有升平气象:“朱弦而疏越,一倡而三叹。自发清庙音,舒卷云霞烂。升平才子词,不待跻秦汉。”对同属前七子的李梦阳、何景明,他分别对待:指出李诗虽具“干将锋”却不能自张一军,满足于“补履缺”,有大材小用之嫌;何诗风格则居上流,“清气乾坤留”。指出后七子首领李攀龙模拟前人,但非真声,是优孟衣冠,“吹箛白雪楼,不是黄钟音”。明末公安派本属性灵说前辈,但蒋氏认为其识见卑而立论偏,抨击其浅显、俗白、油滑之病:"公安倡邪说,竭力攻异端。可怜无识徒,随波扬其澜。"对与公安派同倡性灵之竟陵派,更讥讽其境界之狭隘,将诗学引入斜径:"蹒跚驱与蛩,步趋苦踯躅。"认为神韵派王士祯宗唐仿唐有功,惜所作不能自出机杼,终乏真意:"唐贤临晋书,真意苦不足。"更讥讽赵执信,其诗论看似有理,而不能运用到创作中,所作如"鼷鼠入牛角,边幅窘可嗤"。予以好评的如:评同时代人袁枚学白居易通俗易懂,语皆出自真性:"随园法香山,善道意中语";赵翼笔力雄健,语言自然:"君诗刻万物,接以藻缋,而行乎自然。"[①]

蒋士铨以创新、变异论诗,反对沿袭摹仿。既受到前代诗学观的影响,但更多是他在诗学实践中逐渐形成的。在《学诗记》中回顾学诗经历,初学李商隐,后悟学西昆体路数狭隘,渐失自我,随即痛心焚毁拟诗,转益多师。撷取唐宋大家如杜、韩、苏、黄等之精华,融会贯通,最后体会到"惟直抒所见。不依傍古人,而为我之诗矣"。只有在学习前人而不为前人所限的情况下才能形成个人风格。他引金德瑛论诗之语批评学古不变之害,而应"自开生面,各不相袭,变化神明于规矩之间,使天下后世玩其讴吟可以知其襟怀品诣之所在"[②]。

他企图消除诗坛的复古风习,提出学古贵在"自得",而不在执一不变。在《钟叔梧秀才诗序》中,主张将读书培养个人气质才情与考察古人的经邦致治之略相结合,只有这样才能创出个人风格。多次抨击持守门户、一味模仿的习气,"苦斤斤与前贤论宗门、守绳墨、较工拙、讲声病,虽极尽能巧,而其中无物焉,是亦苟作而已矣"[③],"夫操楚声者,或墨守公安、竟陵,苟知其失而救之,又堕历下篱厕间"[④]。他对清初以来的唐宋之争不以为然,因为这些人大都是东向而望、不见西隅,人为自缚手足。在《辨诗》中,从文学发展的历史必然性审视唐宋诗,认为都是各自时代的杰作,宋人学唐而有变,但变中有不变者在:"唐宋皆伟人,各成一代诗。变出不得已,运会实迫之。格调苟沿袭,焉用雷同词。宋人生唐后,开辟真难为。一人只数人,余子故多疵。"继而批评那些分唐界宋者妄下雌黄,提出善学者应对唐宋相容并蓄,各取所长:

> 奈何愚贱子,唐宋分藩篱。哆口崇唐音,羊质冒虎皮。

---

① 蒋士铨:《赵云松观察诗集序》,邵海清校,李梦生笺《忠雅堂集校笺》,上海古籍出版社 1993 年版。

② 蒋士铨:《金桧门先生遗诗后序》,《忠雅堂集校笺》,上海古籍出版社 1993 年版。

③ 蒋士铨:《胡秀才简麓诗序》,《忠雅堂集校笺》,上海古籍出版社 1993 年版。

④ 蒋士铨:《阮见亭诗序》,《忠雅堂集校笺》,上海古籍出版社 1993 年版。

习为廓落语，死气蒸伏尸。撑架陈气象？桎梏立威仪。
可怜馁败物，欲代郊庙牺。使为苏黄仆，终日当鞭笞。
七子推王李，不免贻笑嗤。况设土木形，浪拟神仙姿。
李杜若生晚，亦自易矩规。奇言善学者，唐宋皆吾师。

他对唐宋大家李杜韩苏黄给予高度评价，称赞其诗包罗万象，比兴周至，生机盎然："李杜韩苏黄，芥子藏须弥。舒卷成波澜，比兴无支离。人亡其诗存，生气何淋漓。"(《说诗一首示朱缃》)。然对唐宋诗人屡加好评，却认为不要作偶像膜拜，创作还是以发挥个人才性、主见为贵："夫辞必己出，意必自陈。文章所著，流品传焉。苟执唐宋之说，强为低昂，互相诋诮，是皆不能自立之士所恃以张惶欺世者。"①

诗文本于真性情，如此方有不同个性："文章本性情，不在面目同。李杜韩欧苏，异曲原同工。君子各有真，流露字句中。"真性情是创作成功的根本："唐风列四始，崇俭习苦词。瞿瞿美良士，足配岐豳诗。六代唐宋间，作者森然垂。傅山起明季，高节文章随。国朝多学人，风雅亦未稀。雁门列三冯，于古皆庶几。峥嵘陈泽州，南人敢盱睢？性情出本真，风格除脂韦。"(《说诗一首示朱缃》)。他对清人评价大多着眼于性灵，如说："无模仿蹈袭雕绘纤巧之弊，类皆寓目疾书。性情直达"②，"能变化古人诗法，而独抒其性真之所至。"③还进而对性灵的具体内涵明确界定而作说明：

古今人各有性情，其所以藉见于天下后世者，于诗为最著。性情之薄者，无以自见。唯务规模格调，摭拾藻绘，以巧文其卑陋庸鄙之真。当势力强盛，未尝不窃一时名誉，迨无可畏忌之时，而后人公论，卒难诬罔。然当时蝇附蚁聚之徒，崇之惟恐不至，亦何愚也。唐、宋诸贤不必相袭，寓目即书，直达所见，其人品学术，隐然跃跃于其间。所谓忠孝义烈之心，温柔敦厚之旨则一焉。④

这段文字批评格调派缺乏性情，诗品与人品应达到统一，要从诗作看到作者的忠孝义烈之心、温柔敦厚之旨。其实，蒋氏所谓"性灵"包含儒家伦理观念，受到适当节

① 蒋士铨：《沈生拟古乐府序》，《忠雅堂集校笺》，上海古籍出版社1993年版。
② 蒋士铨：《石兰诗传》，《忠雅堂集校笺》，上海古籍出版社1993年版。
③ 蒋士铨：《胡秀才简麓诗序》，《忠雅堂集校笺》，上海古籍出版社1993年版。
④ 蒋士铨：《钟叔梧秀才诗序》，《忠雅堂集校笺》，上海古籍出版社1993年版。

制的情感欲望,并非完全自然化的情感欲望,这与袁枚摆脱伦理节制,表现“原生态”的性情不一致。正因如此,他关注诗人的伦理修养,诚如他所说:“微言大义,感发于忠孝,激昂乎古今,慷慨于事势物理之难齐,而周和于天理人情之必至。”①

他认为应以元气、生气、真气培植道德质量。对诗的情感伦理的重视,必然导致他对其社会功能的专注,认为体味性情有助于发挥诗文的社会作用:“人于性道当尽者,能专心致志,自洞达而光明,而况于文乎?根于性道而出者,其文始克传世行远,灼然于古今。”②道是文人德业文章、功名气节的根基,应一生执守不变:“学以明道,文以载道,生以达道,死以殉道。道者,德业文章、功名气节之所由出也。”③他揭示诗的功能:“诗之为用,微之可以格鬼神而享天祖,显之可以移风俗而厚人伦。雅颂得所,人心和平,则天地之道通焉。”④对性灵伦理化的最后落脚点在诗的社会性上。

蒋士铨与袁枚、赵翼一样反对理学扼杀人性,肯定人情、人欲的合理性,但应济之以儒家的伦理精神,加强性灵论的道德内涵,不致对自然人性的过分张扬,有以理节情、情理相济的特征。至于具体的诗学趣尚,对学古与创史的关系带有辩证的认识,跳出了崇唐、宗宋狭隘的诗学纷争,标志性灵派诗学对唐宋诗学遗产的沟通。与袁枚、赵翼相较,他的诗学观张扬一己之个性、自然之情欲似乎少了些,时有儒家正统思想渗透,故其所倡导的性灵终究未能摆脱伦理的束缚。

与蒋士铨为友的袁守定,重在积学以作诗,他说:“诗虽学人伎事,而非胸贮万卷,岂可濡毫,非天禀奇姿,曷由超诣?非锻岁炼年、熟于上下数千年源流升降之故,安能择其最高之途,而托之为之难,成之尤难。”⑤

徐文弼,字勷右,丰城人。自幼业儒,所著《汇纂诗法度针》,作于任饶州教授时。乾隆二十年(1755),乾隆下令会试改试唐律八韵,其后乡试与府县考试均试作诗,此书适应士子之需求。蒋士铨序云:荩山“慨然取旧纂诗法一编,梯航后学。以性情自然为宗,法度谨严为要。其间博采历代诸贤各大家古近体格诗,分为八集。以注考据其典故,以解疏剔其旨归,以评彰著其精微,以论指陈其风格,索幽抉隐,论议确当。令学诗者了然。其蹊径所在,因得各出其力以为造诣之浅深,而诗

① 蒋士铨:《胡秀才简麓诗序》,《忠雅堂集校笺》,上海古籍出版社 1993 年版。

② 蒋士铨:《尔专字说》,《忠雅堂集校笺》,上海古籍出版社 1993 年版。

③ 蒋士铨:《倪文贞公全集序》,《忠雅堂集校笺》,上海古籍出版社 1993 年版。

④ 蒋士铨:《胡秀才简麓诗序》,《忠雅堂集校笺》,上海古籍出版社 1993 年版。

⑤ 袁守定:《说云诗钞》,《剑邑文库》影印本,百花洲文艺出版社 2015 年版,第 341 页。

之为教，藉以显明天下”[①]。此书卷帙浩繁，金集二帙为杂论，戒讪讥，戒谄谀，戒鄙俗，戒纤亵，戒剽窃。宜入门从高，宜取法因近，宜储材克裕，宜立格谨严，宜命意超卓，宜遣调铿锵，宜炼字灵警，宜用古浑融，宜苦心经营，宜成就家数。又分论乐府、五古、七古、排律、绝句、和章、联句，韵谱，情景，八病，论初盛中晚，论命题，论熟习平仄。或引古诗话，加以疏解。石集一至二帙，分别选杜甫五律、七律、乐府、古诗，每诗下有注，注重字词典故、地名；解，重解释句意；评，列前人如苏轼、黄庭坚评语。论重诗法。撰者识语云：“今为择律体中之著见明显者，各标其体制，先使之循守绳墨，由是而徐攻杂体。”丝集七帙按天文、时令、地理、花木、鸟兽、珍宝杂器、人物杂事分类，选取唐人名作。每诗之下，有补注、增解、原评、附论。竹集八帙选取汉魏六朝名作，偶加评语。匏集五帙，选唐人五古、七古。土集六帙，选唐人五律与五七言绝句。革集两帙，选宋人各体名作。木集一帙选元人各体诗，两帙选明人各体诗。编选是认真而谨严的。

舒梦兰（1757—1835），字白香，晚号天香居士，靖安县人。曾入国子监读书。先后在北京、南昌、南京应试均未中。绝意仕途，闭门谢客，专心著述。所撰《白香词谱》选录自唐代李白至清初黄之隽等59名著名词人各种词牌的代表作100首，以小令、中调、长调为序排列，每调都有分别平仄的声谱，成为当时填词者的规范，风行一时。

舒梦兰力主“文以载道”“正风俗人心”“鸿词丽赋，不衷乎道，无补于人心风俗”[②]，反对一味摹拟。认为如果没有真性情、真面目，诗必不足传。还认为“咏物而必曲且肖，是诗匠也；雕饰摹拟以掩吾性情之真，诗障也；任意造作，而不屑降心师古，叩寂求音者妄也”[③]。他提出“好作皆凡情”，应“以痴憨寓讽，拙朴藏秀，不贵乎有警句也”。他认为杜甫《新婚别》《垂老别》《哀王孙》与前后出塞等乐府，“皆愈拙愈秀，愈朴愈华”，乃“乐府高格”[④]。

龚鉽，字欧可，又作沤舸，南昌县人，生活在嘉庆、道光年间。以贡生历任庐陵、宜黄、永宁训导。诗文见解基本承袭其师舒梦兰的观点，不乏精彩之论。如说：“作诗如善酿，善酿者必先品泉，殆文章之论胎息乎？又必多投而九酝之，积时岁以澄之至清，养之至醇，少饮薄醉而风味有余，始为名酒。夫多投则犹积学

① 徐文弼：《汇纂诗法度针》，《剑邑文库》影印本，百花洲文艺出版社2015年版，第303页。
② 舒梦兰：《天香随笔》
③ 舒梦兰：《越邮小集序》
④ 舒梦兰：《古南馀话》卷三

也，九酝则犹深思也，至清且醇，则学人存养有得也。”[①]以酿酒比喻诗之构思，生动形象。

临川陈奎，著《邻壁斋集》。论诗上自汉魏，下至元明清诸家，无不兼采而并取，而“总以合乎三唐正声者为宗主”。

论诗诗体式始于杜甫，中经元好问，到清代更是名家云起。稍前蒋士铨有《论诗杂咏》30首，以五古形式论明代诗。谢启昆以七绝形式论诗，多达556首，数量之巨，放在整个中国诗学史上也是首屈一指的。

谢启昆(1737—1802)，字蕴山，南康县人。乾隆二十五年(1760)进士，选庶吉士，授编修。乾隆三十五年充河南乡试正考官，迁浙江按察使。嘉庆初，迁山西布政使，移任浙江，几年后擢广西巡抚。为著名学者翁方纲的入室弟子，专力经史金石诸学。他以元好问继承者自居，《读〈中州集〉仿元遗山论诗绝句》六十首中就有四首写元好问，推崇其人品诗风，其中一首云：“慷慨论诗句有神，苏黄以后导迷津。不逢沧海横流日，争识扶鳌立极人。”(《论元好问》其四)。有三组论诗诗鲜明标示“仿元遗山”几个字，如《读全唐诗仿元遗山论诗绝句》一百首，《读全宋诗仿元遗山论诗绝句》二百首，《读〈中州集〉仿元遗山论诗绝句》六十首，其论诗方法与诗学精神与元好问一脉相承。座师翁方纲主“肌理说”，倡导作“学人之诗”。有这样的时代氛围和师承传统，其论诗论人亦有浓厚的史学意识，知人论世，论由史发，对此，其弟子邵志纯表述得很清楚：

> 公之诵诗而论世，殆与史学相表里欤。夫论诗莫盛于遗山，而少陵集中“不废江河”、“别裁伪体”诸诗，实开其先。少陵号称诗史，而公之论诗，即公之所以论史；公之论史，亦即公之所以为政。公固不仅以诗见也。《论唐绝句》已编于前，因请编《论宋绝句》于《补史亭草》后，以寓诗通于史之义。《补史亭草》者，公补《西魏书》时所作也，抑公前后所作诗甚多，凡所论古人诗，虽散见各编，要皆可以诗史例之云。[②]

“选言居要，记事钩元”，说的即是知人论世。这样的例子有很多，在其全部五百多

---

① 龚鉽：《钓石吟草跋》

② 郭绍虞、钱仲联、王遽常编：《万首论诗绝句》，人民文学出版社1991年版，第4册。本节涉及谢启昆的论诗诗均出自该书，不另注。

首诗中，极大部分诗都联系诗人生平事迹来展开论述，比如：

万里投荒逐客孤，新诗一卷付官奴。
楚天梦断黄鹂叫，自起开笼放鹧鸪。（评柳宗元）
居士寻诗墨未干，杏花消息雨声寒。
谁言诗到苏黄尽，万里南行眼界宽。（评陈与义）
草履无完是逸民，高歌煮石鉴湖春。
画梅千树诗千首，绕屋云生月满身。（评王冕）
退隐青丘自葆真，奇才何竟坐亡身？
隔花犬吠知谁刺？不遇乌台雪罪人。（评高启）

作者基于丰富史实的基础上，从历史发展特别是中国诗歌史的宽广视野中来审视诗人诗作，把握住了历史的重要事件、重要人物及诗史进程的基本规律和主要线索。

在谢启昆的论诗诗中，唐代 85 人，五代 30 人，宋代 172 人，金代 57 人，辽代 19 人，元代 68 人，明代 96 人，由唐到明这一时期活跃在诗坛上有一定影响的诗人大多被囊括进去了。大部分诗人用一首诗评论，有一些重要人物用了多首。最多的数苏轼，有八首之多。一条诗歌发展的历史脉络就勾勒出来了。

他论诗注意围绕诗坛上的重要事件来展开。如“弄词未碍拟回波，岭表归来预宴多。声病休訾太严密，四家万古涌江河”。（评沈佺期）“四家”指沈约、庾信、宋之问、沈佺期，在探索近体诗形式方面做出过重要贡献。“沧浪逋客论诗法，第一禅宗数盛唐。海内横流谁杰出，大乘法眼是苏黄”。（评严羽）严羽《沧浪诗话》推尚盛唐之音，批评江西派“以文字为诗，以才学为诗，以议论为诗”。“淋漓大笔侍彤廷，鲑菜盘空腕未停。留得浣花诗法在，谁云何李异门庭”。（评李东阳）在学古、拟古方面，何景明和李梦阳在精神上是一致的，但在具体方法上他们有过剧烈的论争，史称“何李之争”。从上述数例可知，谢启昆扣住了诗坛的重要事件。

论诗不仅注重把握重要人物和重要事件，更重要的是他注意把握诗歌流程的基本规律和基本线索。《诗经》中许多诗反映当时纯朴的民风，谢启昆说：“三百风诗未就删，流传濮上与桑间。”（评庄昹）“切响唐诗少继声，四灵同擅永嘉名。”（评徐照）言永嘉四灵学晚唐诗风。而“风碎鸟声花影重，晚唐诗格极纤浓”（评杜荀鹤），说的是晚唐诗风特点。“宋季文衰换剡源，白岩山舍乱离存”（评戴表元），评宋末文坛。“诗因文掩袭元风，史馆名应铁子充”（评宋濂），评的是宋濂对元诗的继承。“清庙泠泠锦瑟弦，漫推何李抑徐边”（评边贡），评的是复古诗风对明前、明中叶诗坛的统治等，紧扣诗歌发展的脉搏。

谢启昆用历史发展的眼光看待唐诗。评明代李梦阳：“倡言复古数空同，唐后无诗论未公。东里西涯衣钵在，中原二子谁雌雄?”这首诗比较好地体现谢启昆的诗学发展观。其一，“唐后无诗论未公”，唐诗的确取得了相当高的成就，但不能认为唐后无诗。在他看来，五代、宋、元、金、辽、明各代都有各自的成就，从他评各个时代诗人诗作即可看出。代代有新作，代代有新人，文学史包括诗歌史是不断发展不断创新的历史，即所谓“古词瑟瑟锵金石，日月风骚百代新”（评李德裕）。其二，谢启昆反对复古。他批评宋初西昆体说：“同时体格尚西昆，挦扯因人失本根。”（评李商隐）“优孟讥嘲何太甚，西昆犹袭晚唐风。”（评杨亿）赞赏宋徐俯说：“横塘春绿满东湖，不肯因人作步趋。”评李攀龙时说：“学步邯郸笑余子，沧溟可许继空同。”以上数例都是这一思想的反映。谢启昆多处谈及江西派：

> 诗祖休将诗律夸，直凭史笔记年华。
> 捧心应笑东家子，无病呻吟学浣沙。（评杜甫）
> 诗派西江认诗祖，柯亭之笛爨中琴。
> 八珍餍饫筋难下，海上江瑶风味深。（评黄庭坚）
> 参本妙圣本安禅，活法灵均任自然。
> 试问西方与兜率，西江衣钵向谁传？（评吕本中）
> 花市鸡营屋数间，五湖春梦白鸥闲。
> 平生快意歌风作，派异西江见一斑。（评张昱）

充分肯定苏东坡、黄山谷，但对江西末流却多有贬词，说他们是东施效颦，无病呻吟。

谢启昆评唐代许浑有“清吟一字一真珠”，较好地表现了他对清新自然诗风的推崇。所谓清新自然，即不染尘埃，自然天成，浑然一体，不为文造情，不刻意求工，具有真淳淡雅、流丽玲珑、超凡脱俗的审美情趣。以“清新自然”论诗，是谢启昆的一项重要标准。

“诗家触景皆风雅”（评韩愈），“天上珠玑咳唾成”（评李白），“本来诗思清如水，辜负青莲玉蕊花”（评陈陶），“率意为诗珉石混，醉魂埋雪竟无家”（评解缙）等，写真景，抒真情，不有意设景，不为文造情，率意而成，自然天工，这是谢启昆对诗歌的审美追求。这一审美追求可以用一个“清”字来概括。在《论诗绝句》中，谢启昆多次提及“清”“清韵”“清气”“清趣”“清幽”“清景”“清吟”等词，如：

烟萝松月清无滓，六合搜罗见性情。（评施肩吾）
丁卯桥头月漫湖，清吟一字一真珠。（评许浑）
谁知秀老格标清，山月高时虎一声。（评俞紫芝）
乾坤清气入诗脾，准拟黄金铸子期。（评贯休）

谢启昆主张“天葩秀发”“无意求工”“语出平易”的自然语言，反对人工雕琢，反对过分追求形式工巧。这种评语在《论诗绝句》中随处可见：

大业初成揽隽贤，天葩秀发《帝京篇》。（评唐太宗）
露草飞萤视郊岛，空山流水见天真。（评李白）
界破青山瀑布悬，兴公妙语本天然。（评徐凝）
漫嫌雕琢失天然，吹彻浮云奏管弦。（评王琪）

齐梁诗歌“采丽竞繁”，多“艳词”“丽藻”，谢启昆颇有微词：“怆然泪下幽州客，一洗齐梁藻丽浓”（评陈子昂），“余波绮丽飞腾入，未信齐梁步后尘。”（评杜甫）在赞赏陈子昂、杜甫的同时，实际上也是对齐梁诗的贬斥。晚唐诗与齐梁诗相近，谢启昆也没有什么好感：“风碎鸟声花影重，晚唐诗格极纤浓。”（评杜荀鹤）

他也推崇雄浑刚健之美，这一点类似元好问，《论诗绝句》全称有“仿元遗山”几个字，不仅在形式上更在诗学精神上一脉相承。他认为诗应有阳刚之气、英雄气，他推崇建安风骨的后继者，反对绮靡柔弱诗风：

五十为诗未恨迟，《燕歌》慷慨发深悲。
向人磊落倾肝胆，万里岷峨赴难时。（评高适）
西园载酒感前游，胸次崔巍压九州。
流水沄沄夕阳下，杏花时节独登楼。（评元好问）

高适为边塞诗人，多豪迈慷慨之作，李白以承继风雅为己任，推崇气骨劲健的建安诗风。而李益为中唐诗人，多写慷慨悲凉的守边生活。元好问论诗提倡刚健质朴之风，其诗风格沉雄，意境阔远。谢启昆推崇这几位诗人，流露出的是雄浑刚健的美学崇尚。至于评秦观诗，更是和元好问如出一辙，一脉相承，都是指责其妇人气多，阳刚气少。

以“风骚”论诗，这是贯穿于谢启昆论诗诗中的最重要的标准。在论诗中，谢启昆常常提及“风”“雅”“骚”等字眼：

《古风》哀怨激骚人，删述千篇接获麟。
露草飞萤视郊岛，空山流水见天真。（评李白）
遗山绝句阮亭继，千古风骚得尚论。
正为辽人留缺陷，把君诗话胜玙璠。（评周松霭《辽诗话》）
伯贤感兴袭风骚，《琴操》余音味曲包。
刻意公夔同好尚，《白云稿》惜未全抄。（评朱右）
昆仑万派扶河源，李杜虽亡正雅存。
大节不因词赋显，闲居逊志赏音存。（评方孝孺）
三百风诗未就删，流传濮上与桑间。
自从《击壤》传遗派，高帽先生笑定山。（评庄昶）

推崇《诗经》《离骚》传统，也就是要求现实与浪漫的完美结合，因此对一大批既充满时代精神又具有高妙文学才情的诗人大加赞赏：

李侯佳句似阴铿，天上珠玑咳唾成。
讽刺欲回天子意，故将绝调谱《清平》。（评李白）
饭颗山头太瘦生，屋梁落月已吞声。
同时海内相期许，寂寞千秋万世名。（评杜甫）
玉笛横吹赤壁矶，新声一曲鹤南飞。
英雄事去山川在，月白风清梦缟衣。（评苏轼）
万里桥边倚断虹，吴笺三百写春风。
小楼杏雨临安客，早有诗名入禁中。（评陆游）

以“风”“骚”论诗，也是时代精神的反映。乾嘉年间，传统文化进入全面总结时期，出现了复归雅正的文化气象，谢氏论诗正体现了这一时代精神。

吴嵩梁(1766—1834)，字子山，号兰雪、澈翁，别号莲花博士、石溪老渔，东乡人。嘉庆五年(1800)中举，由内阁中书迁黔西知州，先后主讲兴鲁、白鹿洞、鹅湖等书院。

在京时，吴嵩梁是宣南诗社重要成员。其时龚自珍以才，魏源以学，宗稷辰以文，吴嵩梁以诗，端木国瑚以经术，合称"薇垣五名士"。高丽使者得其诗集，称为"诗佛"，筑一龛以供之。

早岁他从蒋士铨学诗法，又与乐钧同师从翁方纲。翁方纲《庐山纪游图序》中说："吾与西江诸友论诗，前则谢子蕴山，今则吴子兰雪最其秀也。"[1]谢蕴山即谢启昆，吴兰雪乃吴嵩梁。

他主张师古法。嘉庆二十一年(1816)为余成教《石园诗话》作序时说："石园所说皆取于唐人诗，多人所习见，妙义则未之前闻。盖其读书得间，高悟出尘，超然脱乎常解，有以窥见古人性情之真。吾故发明其意，俾学者能温故而知新，庶几乎深造自得，毋徇所好于今人也。"所强调的"师古"并不是拘泥于古，而是"温故知新"，以"不变"求"至变"。

所著《石溪舫诗话》两卷，成书于嘉庆十五年(1810)至嘉庆十八年(1813)，形成了较完整的诗论体系，体现出其诗学理论及价值取向。在论诗论人时既讲究诗人与诗作的统一，又注重个人主观情感倾向与诗歌客观价值的统一。

《石溪舫诗话》以论同时代诗人为主。认为宋大樽似李太白之逸气，钱载似林君复之清真逋峭，蒋士铨似杜少陵之沉郁顿挫，程晋芳似白香山之平易明畅，吴锡麒似王摩诘之淡雅幽远，王太岳有如李玉溪之深清绵邈，黎简、黄仲则有如李长吉之幽峭冷艳，洪亮吉、乐裳有如高岑之深雄豪壮，阮元、赵怀玉有如李益之清奇雅正，指出各种诗风体貌。这位"诗佛"因深受佛学影响，偏爱清、淡、闲、远、婉的诗风。如在"曾燠"条中极力推崇"清"：

> 予谓"清"字似易实难，当为诗家第一妙谛。诗不能清，则山无峰峦，水无波澜，槎枒漫衍，不得为奇；剪彩为花，画纸成月，粉饰规摹，不得为艳。清则真矣，清则逸矣，清则雄矣，清则丽矣，清则和矣，清则远矣，清则新矣，清则妙矣。世之为伪体者，皆不从清出者也。

① 翁方纲撰：《复初斋文集》卷四，《续修四库全书》第1455册，第389页。

《石溪舫诗话》将诗之格律与风格结合起来论述，能准确指出某种诗体在诗人诗中的地位，某种诗体与风格之间的联系，并对不同体式特征有精妙之解。如论杨芳灿："集中七古、近体擅场，五言长律尤为绝调，七古嗣响四杰，七律抗衡西昆，人所共知。排律妙处，以义山之工丽，香山之缠绵，加以沉宕开合，具体少陵，不袭其貌而得其意。"将杨诗的体式、风格、流派三者糅合一起，堪称妙论。在对音律的把握方面，如论及杨伦"其诗律细而音和"，论张问陶"音节悲壮，忽如猛将斫阵，忽如高士参禅，忽如舞女簪花，忽如仙人吹笛，别有一种悟境"。

吴嵩梁受沈德潜格调说的影响，对"格调流于空疏"持批判态度。诗要有格调，不为空格调；格高诗自奇。他赞扬秦瀛"诗有高格"，姚鼐"诗有标格"，顾莼诗"格高音雅"，曾燠诗"命意必高，炼格必峻"，充分肯定格调在诗中的地位和作用。

诗之气有正变。他将诗之气分为两种：即雅正之气与变调。正气充盈胸中，而后方能出雅正之诗。如施朝乾"力持清节"故"诗有正声"；阮元"诗亦从经术性情中流出"，"卓然正声"；沈德潜"真气迥出"。而袁枚直抒性灵、自由散漫之风与他坚持的雅正之气相冲突，他认为"非正宗""古文义法未醇"。

变调主要表现为奇气、豪气、雄气等。他四次提到奇气，认为蒋士铨"其至性奇气不可磨灭，故发于诗者如此"，铁保诗"兀傲有奇气"，张问陶"其诗与人皆有奇气"，黄仲则诗"无奇不有，无妙不臻，如仙人张乐，音外有音，名将用兵，法外有法"。论七人有豪气，分别为张问陶、乐裳、杨芳灿、蒋士铨、洪亮吉、曾燠、赵翼。乐裳"其力陷坚阵，其气卷怒潮，其声叶丝管而铿金石也"，洪亮吉之气"如黄河万里卷地而来"。

才情由厚重的学识、学养而形成，是才力与性情的结合。他说："学诗虽一端，其妙兼众体。才力任发挥，性情乃根柢。"（《南昌使院送督学翁覃溪师入都》）作诗要靠才情，方有妙语、奇语。他推崇黄景仁为诗坛第一，能集痴情、怨情、才情于一身，"天纵其才，不能不夺其福；人忌其才，不能不发其光"。又推崇蒋士铨"断为五百年来第一大家"。

《石溪舫诗话》共评述当时诗坛 103 人，其中与吴嵩梁有交往的有 57 人，占总人数的 55%，大部分为交往密切的朋友。涉及的江西人有 11 位，占总人数的 11%。和一般诗话相比，比重甚大，对友情和地域的重视程度可见一斑。

该诗话在对诗、对诗人的评价上基本上可用"精准"二字来概括，但不少场合中，对人物的评价还是带有主观性和个人色彩。如评恩师翁方纲："其诗雄深奇丽，无所不有，尤以七古为极则。"在他眼中，翁诗融合了雄、深、奇、丽多种风格，成为极品。这与后世对翁方纲的评价出入甚大，很显然和吴嵩梁重门第观念密切相关。

又如评论恩师兼同乡蒋士铨："诗史肇自杜陵，至我定甫先生始极其盛。集中序事诸作，以班马之才，行韩杜之法，沉郁顿挫，变化错综，有识有力有声有光，盖其至性奇气不可磨灭，故发于诗者如此，断为五百年来第一大家。"在他看来，蒋士铨有诗才、有师法、有诗情、有诗性，得杜韩真传，沉郁顿挫，变化错综之中更有奇性。《石溪舫诗话》还涉及文、词、曲、书、画。如论姚鼐"古文有义法，清而能深"，王太岳"古文卓然名家"；论汪端光"词尤刻而善，人读之移人"，金农"有自度曲一卷……清婉可爱……曲皆小调，落纸后即付弦唱。不尽拘牌名，自然合拍"；论钱沣"书法专效鲁公，争坐位帖，遒丽可爱。间作画亦工"。之所以对诗人的文、词、曲、书、画、音乐艺术如此重视，固然由于当时不少诗人有多方面艺术成就，也因吴本人对此有兴趣有造诣，信手拈来，挥洒而成。这种论诗兼论其他艺术的特点，扩展了诗话的表现内容。

另有论山水诗诗百首，如评杜甫诗："巨斧摩天孰敢胜？峨眉天半雪崚嶒。后来苏陆探奇遍，第一开山让少陵。"合论王维、孟浩然诗曰："五字超然思不群，襄阳绝唱更谁闻？幽寻偏爱王摩诘，行尽青溪看白云。"评韦应物、柳宗元诗曰："万壑千岩各异姿，苏州澄淡柳州奇。江山妙处凭谁领？都似幽人卷里诗。"这一组绝句把握了各自山水诗的艺术神髓和山水灵性，妙笔生花。

袁守定诗集也有论诗诗百首。袁守定(1705—1782)，字叔论，号易斋，丰城人。雍正八年(1730)进士，颇受朱轼和杨锡绂等江西籍高官的重视。曾任湖南会同知县，乾隆十二年(1747)主豫章书院讲席，后任直隶曲周知县等，升礼部主事。著有《雩上诗说》。

以诗之体格论诗的还有《范金诗话》两卷。撰者谢鸣盛(1727—1789?)，字霁中，号醒庵，又号齐雨山人，南丰人。据兄本量序，乾隆三十六年(1771)作者游吴时成此帙。此书所述为教人作诗之法，分体论述诗法。他说："说诗必先体格，犹剧场之有生旦丑净。以生旦而杂唱丑净腔调，亦将以其名子弟而赞赏乎？"评论古今作者，重在体格之正变，每有不同于古今定论处。如于五古不满杜甫，于七律不满唐诗。指摘唐诗中之俗格、李杜集中粗砺之句，甚有胆识。官崇序云："上薄风骚，下逮汉魏六朝，以迄三唐宋元明诸作者，靡不审观流别，抉其利病。不欺古人，亦不为古人所欺。"又说他论诗之宗旨，"归于诗中须有我在"。有我在即在于"立诚"。此说与前所述魏礼等人之说相近。

论述诗史源流的有《诗学源流考》一卷。撰者鲁九皋(1732—1794)，字絜非，号乐庐，新城(今黎川)人。乾隆三十六年(1771)进士，官夏县知县，卒于任。先后师从朱仕琇、姚鼐。此卷论自屈原至明末屈大均、陈恭尹，尤以明代为详。以曹植、陶渊明、李白、杜甫、韩愈为五大宗，其他支分派别，各有所属。述一时代及代表作家后，再提示风格或诗体演变之迹，如述六朝诗后即论七言诗之兴起，述唐诗后论古近各体正宗，行文颇有条理，持论大体平正，然以文字过于简略，大体不出常识范围。赵勉斋跋称其"黜灵运于晋，不得并于陶；殿翁山于明，直上承乎李，尤为独具只眼"。又论杨素云"越公杨素尤为挺出，薛内史虽负盛名，非其伦也"，论韦应物云"大历而后，风格渐降，独韦应物以古诗称于时。其诗专师陶公，兼取谢氏，前人所谓发纤秾于简古，寄至味于淡泊，气象近道，盖卓乎不为时域者"，则诚有见识之论。文中间亦有疏于考证、出言率尔者，如说"贞观之际，王杨卢骆号称四杰，其诗多沿旧习"，按四杰之得名在高宗龙朔、麟德时代；又称"义山与温庭筠、段成式并为西昆体"，按李商隐与温庭筠、段成式俱工骈文，并行十六，时有称三十六体者，而西昆体缘于宋初杨亿、刘筠等《西昆酬唱集》，与温、段并无关系，犯了常识性错误。

嘉庆以后成书的主要有：

萍乡刘凤诰，乾隆五十四年(1789)进士，曾任编修，官至吏部侍郎。著有《存悔斋集》，其中有《杜工部诗话》五卷，收诗话一百五十条。受乾嘉学风的浸染，注重故实考证、字词校勘，有乾嘉学派特有的凝重厚实之美。或以诗证史，或以史证诗，在诗史互证中见出作者的史学眼光和诗学见解。在杜诗学史上，其视角和方法自有特色。张忠纲所撰《杜甫诗话六种校注》中收有此书。

札记性质的有《谭诗管见》一卷，嘉庆七年(1802)刊本。撰者熊荣，字对嘉，号云谷，新建人，处士。此编皆读古诗札记，间引前人之说论断之。六朝以前大抵老生常谈，唐以后编次无序，论金人甚详，明人仅存李三随一条，后佚。裘行简跋谓"是编溯自魏晋，以及元明，择必精当，语必典赡，但取人之所长，而不攻人之所短，非特诗学深，尤见所养到也"，吕善报《六红诗话》卷一认为其"多所发明"，都有抬高之嫌。

此类还有罗安《吟次偶记》四卷，嘉庆二十年(1815)刊本。罗安，字绥之，号水耘，新建人，举人。作者自言"于所闻见先辈轶事及零章断句，恐其久而湮没，皆笔之。详于山林遗逸、江湖流寓而略于显达之士。……其间闲评浪语，资暇启颜，往往错见。以至于朋友之赠言、家庭之琐事，凡有涉于吟咏者，亦附于后。体例不一，殊觉拉杂。盖其始非欲成书，至是乃汇集之，遂不甚诠次焉"。其书杂论古今诗，纪事多，品评少。卷一纪明至乾隆间乡贤之诗，欲补裘君弘《西江诗话》、沈德潜《国朝诗别裁集》之遗，多采用未刊遗稿，有一定文献价值，内载《诗法度针》作者徐文弼、《谐声别部》编者喻端士事迹，可资考证；卷二皆南昌古迹诗话，辑前人咏东湖竹枝词录为一卷，又载赵牧洲《八大山人绝句诗集歌》，亦多存文献；卷三商榷古今诗话论诗之失，如指出徐世溥《榆溪诗话》所举王邵诗实为王维作，甚确；卷四载并世交游及亲族中能诗者，间及己作。

《石园诗话》两卷，撰者余成教(1778—?)，字道夫，奉新人。嘉庆十三年(1808)举人，以幕客游五省。此书上自三唐，下至本朝，分为上下卷。据《上吴玉松先生书》自述："甲戌之夏，同好数人愿为剞劂，数种手录俱携省垣，旅次比邻失火，延及行箧，新旧纂述俱毁。其宋元明诗话不复记忆，仅忆唐人诗话及杂文数十篇，不得已，先后梓之。"甲戌为嘉庆十九年(1814)，撰作时间应在此前。今其书仅存唐诗卷上下，卷二尤详于晚唐，然论断多浅泛。每摘举一二佳句略评之，又多取常见书中议论申说之，有独到见解者不多。

关于此书的价值和成就，方观序中说："盖不徒为诗家谈吐，而发微显幽，所以资励风会者有在，览者甚毋以附会雷同之旧置之也。"指出诗话的道德教化意义。吴嵩梁序中说："多人所习见，妙义则未之前闻。盖其读书得间，高悟出尘，超然脱乎常解，有以窥见古人性情之真。"评价未免过誉，其实《石园诗话》多前人识见，还没有达到"未之前闻"的境界。不过在某些具体论述中，还是能见作者的诗文悟性。

专论几家诗人的有《三家诗话》一卷。撰者尚镕(1785—1836)，字乔客，一字宛甫，南昌人。少负才名，馆于邑中王氏藏书楼，尽读藏书。先后主讲汜水三山书院、聚星书院，卒于唐县书院。据姜曾序，诗话作于道光五年(1825)八月乡试落榜后第五夜，作者与姜曾同游大安寺，语及欲著《三家诗话》，归来剔灯疾书，一气呵成。其论诗文主推崇"真气充然，本色苍然，老韵铿然"①。此卷分三部分，"三家总论"系合论三家，论杜甫、黄庭坚等，较其同异；"三家分论"论袁枚、蒋士铨、赵翼诗，亦多比较；"三家余论"以古名家相比，论三家之短。他说：

> 三家生国家全盛之时，而才情学力，俱可以挫笼今古，自成一家，遂各拔帜而起，震耀天下，此实气运使然也。子才(袁枚)之诗，诗中之词曲也；苕生(蒋士铨)之诗，诗中之散文也；云松(赵翼)之诗，诗中之骈体也。子才如佳果，苕生如佳馐，耘松如佳肴。子才学杨诚斋而参以白傅，苕生学黄山谷而参以韩、

① 尚镕：《与钦吉堂论诗文书》，载《持雅堂诗钞文集》卷二。

> 苏、竹垞，耘松学苏、陆而参以梅村、初白。平心而论，子才学前人而出以灵活，有纤佻之病；苕生学前人而出以坚锐，有粗露之病；耘松学前人而出以整丽，有冗杂之病。《雨村诗话》以三人皆学宋人，意颇不满。而又推袁为天授，蒋不及赵，殆因蒋诗不数已，遂有意抑之与？

既评述了三人的诗学地位，又加以比较，指出各自不同特征、诗风与渊源，长处与不足。

此卷虽一时兴到之作，实久读有得之言也，不流于浮泛，不流于肤廓。姜曾序中介绍尚镕为学的特点、《三家诗话》的写作过程及其主要特色，言简意赅，精审得当。称其“多戆直而无游移，简核而无剽贩；且论诗之下，于各家之文章性行，传授源流，亦莫不隐括于其中。识者观之，亦可以想见其为人，知其胸次之所有，非徒尽此区区者”，“若存贵远贱近之见，或以为妄下雌黄，或以为互相标榜，则乔客与余皆所不计焉”。

《观我生斋诗话》四卷，撰者钟秀，字官城，赣县人，生平不详，有《靖节纪事诗品》。杨应钊序云：“迨《随园诗话》出，天下靡然从之，则风雅扫地尽矣。……吾钟官城先生《观我生斋诗话》一书所为以庄语力矫流弊，标举正旨，不能已已也。其书凡四卷，曰诗原，曰诗体，曰诗派，曰诗声，总名之曰诗话。举历朝之升降，诸家之异同，义蕴之浅深，音韵之离合，莫不引据制断之，直若聚古人一室，以有声之诗为无声之话。尤严其义例，不录晚近一语。”此序中可见该诗话应作于乾隆、嘉庆年间。“诗原”为本体论，阐述诗学基本范畴；“诗体”为体裁概述，介绍古今诗体之大要；“诗派”为诗史通论及作家论；“诗声”为古今诗歌声律学。述诗学基本范畴有志、品、理、情、境、气、识、趣、学九字。如论“志”说：“自后人以诗为酬应之具，为奔竞之资，遂无处不求悦人，即无处不求欺人，故学诗必先立志”；论“品”曰“以奋发忠孝、出入风雅、足以感动人心者为第一品，以神味高远、寄托遥深、尚不背风人之旨者为第二品，以词色清丽或才气纵横，虽无望复古，亦堪动目者为第三品”；论“境”以为“境非景物之谓，随身之所遇皆是焉”，又说：“学者幸勿贪造奇境，只求于寻常所有之境一一留意，不空放过，自然因物赋形，如十斛水银泻地，无微不到，无孔不入”。论趣则说：“论诗至趣，乃诗中人鬼一大关头，能透此关则为诗，未透此关则犹非诗。”如此之类，皆可谓深于诗学而有心得处。作者已有建立诗学基本范畴的理论意识，但未探究各范畴间的逻辑关系。其余三卷大多为常谈，卷三诗派评述前代名家及流派，大体上平允。

三、清后期的江西诗论家

道光间发生的鸦片战争，标志着中国近代史的开始，闭关锁国的社会开始动荡，内忧外患日益深重。素有诗歌传统的江西诗人，以黄爵滋为首领，结为群体，以广阔的视野与焦灼的忧患意识赋予诗以深刻的内容。同时对当时诗坛的不良风气进行批判，发表了不少议论，表现了他们这一群体的诗学思想。

黄爵滋(1793—1853)，字德成，号树斋，宜黄人。道光三年(1823)进士，授翰林院编修。历任鸿胪寺卿，大理寺少卿，礼部侍郎。曾入林则徐、魏源等倡建的“宣南诗社”。道光十八年(1838)，他首先上疏请严禁鸦片以塞漏卮，言论风采，为一时清流领袖。后来英人入侵沿海地区，有的大臣归咎于他的发难生事，上奏弹劾，他被贬逐出朝。晚年回南昌主持豫章书院、经训书院。著有《仙屏书屋诗集》、《文集》等。

郭曾炘《杂题国朝诸名家诗集后》为黄爵滋题云：“毒草西来杼柚空，鸿胪一疏动宸聪。骚坛晚岁推牛耳，输与谈文柏岘翁。”后有注：“道光末年，都下主诗盟者推陶凫卿、黄树斋两侍郎，讲古文之学者为曾文正、梅伯言郎中。”诗中认为黄爵滋虽曾成为一时诗坛盟主，但身后寂寞，不如桐城派梅曾亮名声大。梅曾亮有《柏岘文集》，故云“柏岘翁”。

黄爵滋认为乾嘉以来的诗坛卑弱无力，空洞无物；或堆砌雕琢，缺少气韵；或华艳媚俗，滥情而肤浅。他对袁枚的浮滑诗风，以及乾嘉以来的考据为诗的风习均持反对态度。他说：“自浮诞之习起而温厚之教衰，其咎在人，不在诗也。方乾隆间钱塘袁氏高踞坛站，海内名流，趋之若鹜；镇洋毕公，凭借地望，奔走天下，一时风靡。”[①]袁氏即袁枚，主性灵，然弊在浮滑；毕公即名臣毕源，亦重性灵，然信笔作诗，草率成篇。他对乾嘉以来诗坛的风习也是持反对态度：“遍取近时闻人诸集读之，喟然叹大道之榛芜，而习俗之波靡也。”[②]于是指斥种种弊病：

> 尝观侪俗之作，有数非焉：或声调便利，靡而不振；或意旨蹇涩，枯而不泽，若是者非体；或驰骤挥霍，剽而不留，或堆垛襞积，滞而鲜通，若是者非气；或貌似神离，虚而不实；或以文饰俗，杂而不清，若是者非理；或苦心束缚，自谓

① 黄爵滋：《云涛山房诗序》，道光二十八年安徽泾县翟西园泥活字本。
② 黄爵滋：《仙屏书屋诗集自序》，道光二十八年安徽泾县翟西园泥活字本。

亲切;或任情泛滥,自谓周至,若是者非法。去兹数非,求其一是,然后可以语山水之助,发智仁之妙也。而其道之靡穷,业之不倦,则又贵有毕生之阅历,同志之观摩焉。[①]

可见他力求在诗之体、气、理、法四方面正本清源,"不乖于体,不乱于气,不悖于理,不诡于法"[②]。以体正、气畅、理顺、法明来纠正诗坛不正之风。因而必须经由唐宋而上溯古诗之源,复汉魏唐宋之古。他自言"生平所学,自汉魏六朝以迄唐宋元明诸大家,靡不略涉藩篱"[③]。并有同道相切磋,方能有所成就,否则"力不坚者,无以永其神也;虑不通者,无以宏其用也"。作诗要有真情,重质实,重骨力,学古而创新。他注重以学力、阅历、道理、性情充实诗创作,反对无病呻吟:"夫无病而呻者非情,有感弗通者非性。自正始荡汩,大雅颓丧,瓦釜鸣而九乳息,百舌奏而长离喑。于是或托无病之戒,昧有感之则,谓诗人之言不必有实。私心剌谬,掩耳却走,彼果自适于无言乎?"[④]有实即内容充实,有蕴义。又说:"情有郁而待舒,义有蕴而始发,藉非长言永叹以昌厥道,则性命何所依倚,光景何所表著。"[⑤]情义须有所郁蕴而后舒发。

黄爵滋主张以理掌控文之神韵,而以神韵掌控诗之理:"文未尝无神韵也,而制胜者必以理;诗未尝无理也,而制胜者必以神韵。"诗寓神明之道,方得味外之味:"诗律固以雕刻藻绘为事者也。及其至也,神而明之之道寓焉。唐人惟得味外味,故其传至今不废。"[⑥]

黄爵滋对黄庭坚诗有不少评述,如评黄庭坚《赣上食莲有感》时说:"比兴杂陈,乐府佳致,效山谷者谁解为此。"评《谢黄从善司业寄惠山泉》诗:"此种变律为古,自成一韵,的是变格。"(同上)《次韵答晁无咎见赠》诗云:"静韵少根,井韵亦觉局促,此次韵之病也。"(《读〈山谷诗集〉正集五言古》)从用韵方面指出其不足,均行家里手体会有得之言。

黄爵滋是作排律名手。曾编《试律赋海》,序中说:"余于甲戌冬有《唐人试律探源》之选,兹复采国朝词馆所传并词馆外讽诵所及者汇而成编,名之曰《汇海》,缘前

① 黄爵滋:《仙屏书屋诗集自序》,道光二十八年安徽泾县翟西园泥活字本。
② 黄爵滋:《仙屏书屋诗集自序》,道光二十八年安徽泾县翟西园泥活字本。
③ 黄爵滋:《仙屏书屋诗集自序》,道光二十八年安徽泾县翟西园泥活字本。
④ 黄爵滋:《味雪斋吟草序》,道光二十八年安徽泾县翟西园泥活字本。
⑤ 黄爵滋:《壶园诗选序》,道光二十八年安徽泾县翟西园泥活字本。
⑥ 黄爵滋:《仙屏书屋诗集自序》,道光二十八年安徽泾县翟西园泥活字本。

喻而博其趣，观止之义也。我朝试律之盛，远轶三唐。”他认为，先要掌握规矩，“藩篱既辟，则驰骋自如”。应当如何着手呢？他以问答方式回答说：“就绳尺而浃以真意，则我可以驭题而不为题所驭。朴属者长于理，豪放者长于气，婉娈者长于情，隽逸者长于韵，学焉而得其性之所近，不求合乎古而自无不合也。”应取其所长。他的编选原则是：“奇正兼收，门径略备。要期无背于刘彦和、司空表圣之旨。俾学者陶铸以成其材，酝酿以得其味。”①

后来他又将搜集的数千篇赋，编为《试赋汇海》。序中说：“因律制体，而体无不正；因律构韵，而韵无不谐。神明变化，因心而生。”至于路径，则在于“博览名理，综会体要。取材于骚选六朝，受范于三唐近代”。但他不无自信地说：“我朝赋学之盛，远轶李唐。”②

符葆森对黄爵滋的诗学主张有高度评价：“先生此论，于今日作诗之弊殆尽之矣。余谓创一艺而不能见道则不精；能见道矣，而又滞于言下，则又不能超脱众妙，万籁毕宣，此等境界非苦心斯诣者未能尽悉也。先生深得此中之秘，旨远词文，苕发颖竖，其诗具在，愿与海内言诗者共按之。”③认为黄爵滋深知以诗见道，而又符合诗自身形神性情的特质。

他的友人艾畅针对南宋严羽以为诗不关理而有别趣之说，提出诗中有理：“天下岂有无理而可立言者，特比兴杂陈，微婉多讽，所主非一理耳。”④黄爵滋也认为诗并非有别才，而与学识有关，所以赞赏艾畅能够“因物绘理，随事触机，如鉴之澈，可以照胆；如镞之利，可以贯札。构思沉冥之乡，得意飞腾之境，江山凄婉，鬼神惊泣。非矜别趣，自发真诠”⑤。郭仪霄认为诗写性情，贵有真气：“作诗写性情，酝酿出天妙”，“肝胆得所泄，真气为之生。”黄爵滋赞他能“浸淫骚雅，冶炼神骨”⑥。这些评述与他的诗学观大体上是适应的。

从他为人所作序中，也可以看出他所认为的诗之高境界，如评高安朱振采诗“质如其劲，韵如其清，落然以远，泊然以淡。想其点水飞毫，意象欲出，造化已奇”⑦，强调内质劲健，声韵清越，方能出意象，奇造化。又评安徽歙县徐廉峰诗“境

---

① 黄爵滋：《试律汇海序》，载《仙屏书屋初集》“文录”五，第 3 页。
② 黄爵滋：《试赋汇海序》，载《仙屏书屋初集》“文录”五，第 5—6 页。
③ 符葆森：《国朝正雅集 · 寄心庵诗话》。
④ 艾畅：《至堂诗钞自序》
⑤ 黄爵滋：《至堂诗钞序》
⑥ 黄爵滋：《诵芬堂诗钞序》
⑦ 黄爵滋：《书朱春坞画竹》

益峻，诣益厚，如晴空片云，自挟山河之气；夜阑疏钟，足动蛟龙之蛰”①，强调境界的奇峻，造诣的深厚。评广东简梦岩的诗“味腴而律细，学似程；格老而气豪，才似黎”②，强调诗味丰腴、韵律精细、风格老到豪爽。好的诗应是“性情刻露，精力弥满，理趣杂陈，华实并著，伟哉！其有所郁而后舒，蕴而后发者，如风之无，足以动闾阖而周广莫；如云之盛，足以合流峙而通变化，又岂方隅所得囿，尺寸所可量哉！且夫诗者心之声也，志之律也，故得失归乎证心，美恶存乎辨志”③。故创作应力求做到“构思必绝，造语遂奇，而巧不伤于镵，隽不病于诡”④。理与趣、华与实，相得益彰。新而不至于尖刻，隽而不失之诡怪。

陈偕灿(1790—?)，字少香，宜黄人。道光二年(1822)中举，后多次进京应试落第，留京教习三年，出知福建长泰县。他主张写诗要有“真气骨”：“天地间一真意所流贯而已。”认为写诗无外乎“性情”“格调”。性情真，格调也要真。什么是真呢？他说：“最初为真，后起非真；信于己者为真，徇于人者非真；足于己者为真，袭于人者非真。”(均见《鸥汀渔隐诗集》自序)无汉魏唐宋之门户，惟以写情真为主。

同时倡真诗之说的还有辛师云(1794—1841)，字京孙，号芝生，辛从益之子，万载县人。道光十二年(1832)进士，曾任户部贵州司主事。主张“人有真情乃有真诗，……其情弥挚者其诗弥工。情也者发乎不能自已，而止乎其所不得止。言之不足故长言之；长言不足，故嗟叹之，故发而为诗”(《周卿珊诗稿跋》)。

咸丰年间，在吉安形成了以刘绎为中心的庐陵诗文群体。刘绎(1797—1878)，字詹岩，号岳云，永丰县人。道光十五年(1835)中状元，授翰林院编修。出任山东学政时，以父老乞假南归，后主讲于青原、白鹭书院三十余年，培养人才甚众。学问渊博，通经史，工诗文。著有《存吾春斋文钞》《存吾春斋诗钞》等。他主张“先教化而后文艺”，以为圣人不废布帛菽樊之言，论诗主张不界唐宋，惟以得性情之真者为宗，“词浅旨近，往往见其真焉”⑤。还要观其理趣之造诣，他说：

> 文以明道，诗以言志，声心所传，古今知人论世，率不外此。顾自来诗人亦有不能文，而文人或不兼工诗者，惟唐之韩、柳，宋之欧、苏，则固各造其极者

---

① 黄爵滋：《徐廉峰还瀛集诗序》
② 黄爵滋：《简梦岩诗序》
③ 黄爵滋：《味雪斋吟草序》。
④ 黄爵滋：《冯子良诗序》
⑤ 刘绎：《存吾春斋诗钞序》，《存吾春斋诗钞》，同治八年刊本。

> 也。夫诗与文非有殊致，要亦观其理趣之所造而已。深于学问者理乃精，笃于性情者趣自永。即此以论古今，庶几得其真焉。①

刘绎的弟子龙文彬，曾编《明纪事乐府》，自序中说："诗之声，乐也；其为教，则史也。古者无诗非乐诗。"此说不无新意。他追述了乐府的产生与唐代创制的新乐府，认为李白、张籍，不沿袭古人之体，特借其题以明己意，杜甫、白居易、元稹，并不袭古题，即事命篇，讽咏时政，以诗补史，而求以合谐乐。得出的结论是诗、乐之分途与靠近："诗也，乐也，史也，积之久而不能不分，分之又久而仍归于不合而合者，又古今文章之一变也，亦天地自然之势也。"甚至认为演唱之乐谱，也有史之价值，他说：

> 伶官之谱，尽协清浊高下之节，而其为教，则依然史也。言者无罪，闻者足戒，但使于贞淫、奢俭、治乱得失之故，犁然有当于心，则音律之高下清浊，与乐合可也，不与乐合可也。②

这一观点在当时无疑有诗史的进步意义。

黎树培(1796—1874)，字定叔，临川人。弱冠举于乡，尔后公车奔驰于南北间，道光二十一年(1841)返赣任南昌教谕。他认为作诗者应遍游名山大川、通都巨邑，以"尽鸣其胸中所欲鸣者"，除广见识外，平时应"揣摩人情物理，得其窾会"，如此才能"形于言者，情真语挚，遂一成而不可易也"(《复诸篪庵书》)。他认为达官贵人写不出好诗，因为"欢娱之人音发与散"。"情真语挚"之作，"非穷在下则不能也"。只有那些"蓬庐风雨中独居深念"，并对"天时、民事、人情、物理、吉凶消长之机，诎伸之故"体会熟透，才能"会于心而宣之于口"。他举孟东野为例，"东野生唐季之时，虑患防微，危悚凄切"，故其诗"如慕如泣如诉"而"能极其至"，这也是因"东野之穷故"(引自《关镜泉文集序》)。

李联琇(1820—1878)，字季莹，号小湖，临川人。道光二十五年(1845)进士，授翰林院编修。历任大理寺卿，福建、江苏学政。咸丰间避乱居通州狼山。尔后曾国

---

① 刘绎：《听雪轩诗钞序》，上官涛、胡迎建编注《江西近代文存》，社会科学文献出版社 2015 年版，第 63 页。

② 上官涛、胡迎建编注：《江西近代文存》，社会科学文献出版社 2015 年版，第 208 页。

藩延请其主持钟山书院。两江总督沈葆桢称誉其学行与钱大昕、姚鼐诸人相近。著有《好云楼集》四十八卷。其自序论诗有四体四用:“缠络为筋,扶植为骨,灌输为血,敷衬为肉。四体合而诗之规模具。铿宏为声,扬诩为色,融会为神,流溢为韵。”体即筋骨血肉,用即声色神韵,诗是这八方面交融的产物。他与叶涵溪论诗云:

> 诗境一苦又一乐,有似更番蛇脱壳。
> 脱时缩作三日僵,脱后陡增一丈长。

此作诗体验有得之处。必历一番冥思苦想,一旦吟安一字一句,如释重负。如此阶段进展,则诗功可大进。

同治、光绪年间,诗论家主要有陈宝箴、陈三立父子与文廷式等。

陈宝箴的观点散见于一些书信题跋中。他主张作诗要有超脱流俗之志,取法杜韩苏黄,反对气矜而辞费之作。推崇其乡人黄山谷,认为最得诗之真:“往尝论今之为诗者,大抵气矜而辞费,否则病为貌袭焉。而窃喜子瞻称山谷‘御风骑气,以与造物者游’之言,谓为得其诗之真。”①

陈三立认为诗关教化:“夫诗之为教,极于性命,察于人伦,非明天地之际,通古今之变,未易言也。”②并认为诗反映时世,句云:“诸公骚雅关运会”(《八月廿八日为渔洋山人生辰补松主社集樊园分韵得鲁字》)。他是同光体诗派领军人物,然与其他重要人物如陈衍相比,未有专门诗论。③ 不过,从他的诗中以及为人所作的大量序跋、评点、题辞中仍透露出不少诗学观点。钱仲联说:“三立工诗而不以论诗称,然散见于其诗文集及并世诗家专集题识中者,微言奥旨,妙诸纷披。如于黄遵宪、沈曾植、陈宝琛、陈曾寿诸家,俱加推许,不抱江西偏见。”④

陈三立将“养气”说引入诗学中,阐发的新义是滋涵天地间元气、阴阳之气。静以养气,待时而发。他说:“滋涵元气于痞寐。”⑤宣统年间,他在江宁与樊山讨论诗学时写到大自然的阴阳之气:

---

① 陈宝箴:《罘罳草堂诗集序》,《陈宝箴集》卷三九,《文录》二,中华书局 2003 年版,第 1869 页。

② 陈三立:《瓣姜精舍主人自书所著五言古诗题词》,《散原精舍诗文集补编》,江西人民出版社 2007 年版,第 248 页。

③ 《祝陈散原七旬寿诗》,载沈曾植著、钱仲联注《沈曾植集校注》,中华书局 2001 年版,第 1490 页。

④ 钱仲联主编:《中国近代文学大系·诗词集》,上海书店出版社 1991 年版,第 580 页。

⑤ 陈三立:《清故候选盐大使刘君墓表》,《散原精舍诗文集》卷七,上海古籍出版社 2003 年版,第 890 页。

骚赋而还接古悲，散为俶诡托娱嬉。要抟大块阴阳气，自发孤衾寤寐思。

愈后谁扬摩刃手，鼎来傥解说诗颐。中声翻觅喧腾里，输与黄钟笋簴知。

《樊山示迭韵论诗二律聊缀所触以报》

他认为骚赋乃在借托“娱嬉”之辞以写“俶诡”之意。诗人应能将天地阴阳之气抟合于己，相感受相濡涵，然后昼夜沉思瞑想以启迪诗思，表达内心最真实、本我的感情。

养气须“胎息自然，不汩其真”①。不可让俗尘汩没了性情之真。如此，人方有真性情、超俗峻洁品格，诗方有根源，方能“破荒日月光初大，独立精神世所尊”（《寿左子异宗丞五十》）。其诗中言“元气”与“养气”如：“天人互无倪，混沌孰能凿。婆娑宙合上，元气为之幕”（《入庐山由三峡泉登五老峰下白石寺》）；“冥寻拂灵境，元气白蒙蒙”（《雨中寻青溪》）；“斯须培我凌云气，屋底初看绝代人”（《湖上赠别玉霜》）；“读书榻有濠梁趣，养气雷生岱岳云”（《次和伯夔生日自寿专言文事以祝之》）。至于评点诗人诗作，也时而谈及到气。评陈仁先《感奋》诗“真气郁勃”；评欧阳述《浩山集》“才豪气盛”；评黄晓浦诗“气逸而味隽”；评黄式叙《松客诗》“有灏气俊语以达之”；论余肇康（字尧衢）诗“格逸而气昌”。②

他的诗弟子胡梓方，号诗庐，铅山人。先后任教于两江师范、震旦公学、复旦公学、中国公学，拜他为师，诗风相近而气韵不及。陈三立在《胡梓方自京师屡寄新篇并索题句别墅萧闲赋此报之》诗中启示说：

兹事无穷垠，辛勤归自赏。万流互腾跃，真宰终昭朗。

要向心地初，灵苗从长养。杂糅物与我，亲切相摩荡。

天诱力所到，过取增惚恍。极览廓神照，专气护儿襁。

论作诗须涵养灵心、物我摩荡，明心见性有己见，方能观照世间事物，认识本来面目，这样作诗，不会陷于蹈袭而有我在。末言对待“气”要像对襁中婴儿般呵护。为王浩作序中也称赞胡梓方有磊砢之气：“同时复有铅山胡诗庐，亦喜效山谷，而有磊

① 陈三立：《见在龛集序》，《散原精舍诗文集》卷九，上海古籍出版社2003年版，第936页。

② 陈三立：《余尧衢诗集序》，《散原精舍诗文集》卷九，上海古籍出版社2003年版，第957页。

砢之气以辅之。”[①]

胡梓方对陈三立以养气说启迪他，“心有灵犀一点通”。所作《写义宁师诗竟，辄书所触以呈》诗云：“大块噫气幻万千，上飞下走日月旋。诗人能事通造化，驱使万物归新篇。吾师读书善养气，胸次浩荡收百川。作诗不须故作势，却自凌厉横无前。”[②]此诗与陈三立所说的“要抟大块阴阳气，自发孤衾寤寐思”可谓桴鼓之应。

陈三立重视诗与现实的关系，评论诗时每着眼于此。论瞿鸿禨诗：“愤时伤乱，形诸篇什，神理有余，蕴藉而锋芒内敛。”[③]称许梁鼎芬“志极于天壤，谊关于国故，掬肝沥血，抗言永叹。”[④]认为梁诗为国事而作，而非为个人得失进退，所以能写出天下纷然杂出之变。

他认为真实是作诗达到灵奇之境的基础：“端从真实发灵奇。”(《萧厔泉画稿第二集题词》)诗是写忧工具：“诗者写忧之具也，故欧阳公推言穷而后工，诚信而有征者。”[⑤]然欧阳修时代尚是承平之世，而他与其同人所遭遇时代乃在国家积弱已甚时，他说：

> 天之生夫人也，蕴其志焉，又植其才焉。志盛则多感，才盛则多营，多感多营而必蕲有以自达，古之人皆然。当是时，天下之变盖已纷然杂出矣。学术之升降，政法之隆污，君子小人之消长，人心风俗之否泰，夷狄寇盗之旁伺而窃发。梁子日积其所感所营，未能忘于心，幽忧徘徊，无可陈说告语者，而优闲之岁月、虚寥澹漠之人境，狎亘古于旦暮，觌万象于一榻，上求下索，交萦互引，所以发情思，荡魂梦，益与为无穷。梁子之不能已于诗，倘以是与？倘以是与？虽然，梁子之诗既工矣，愤悱之情、噍杀之音，亦颇时时呈露，而不复自遏。[⑥]

诗写哀乐之情，来自“志盛则多感”。志气充盈，因理想不得实现而多感慨；“才盛则多营”，才器大则能多多经营其作品。所谓“志深”言诗中传达出个人怀抱的远大与识见的深邃，所谓“味隐”言隐藏在诗中之趣味。“愤悱之情，噍杀之音”，正是天下

---

① 陈三立：《王浩思斋序》，《散原精舍诗文集补编》，江西人民出版社2007年版，第294页。
② 陈衍编：《近代诗钞》下册，上海商务印书馆1935年版，第1592页。
③ 陈三立：《书善化瞿文慎公手写诗卷后》，《散原精舍诗文集》卷十，上海古籍出版社2003年版，第949页。
④ 陈三立：《梁节庵诗序》，《散原精舍诗文集》卷四，上海古籍出版社2003年版，第825页。
⑤ 陈三立：《余尧衢诗集序》，《散原精舍诗文集》卷十，上海古籍出版社2003年版，第957页。
⑥ 陈三立：《梁节庵诗序》，《散原精舍诗文集》卷四，上海古籍出版社2003年版，第825页。

之变所造成，故“掬肝沥血”作诗。陈三立遭革职以后，幽忧隐痛，愤时伤乱，每藉诗以发泄其哀愤：“提携孤愤到荒山，更剖大义督不肖。”（《由崝庐寄陈芰潭》）

好诗应是志深味隐，如锋芒裹其中而不外露。他评瞿止庵诗“神理有余，蕴藉而锋芒内敛”[①]；评陈宝琛诗：“感物造端，蕴藉绵邈，风度绝世，后山所称‘韵出百家上’者庶几遇之。然而其纯忠苦志，幽忧隐痛，类涵溢语言文字之表，百世之下，低徊讽诵，犹可冥接遐契于孤悬天壤之一人也。”论陈曾寿诗：“沉哀入骨，而出以深微淡远，遂成孤诣”[②]；“中极沉郁，而澹远温邃，自掩其迹”，并自责己诗：“激急抗烈，指斥无留遗。”[③]他认为诗的理想境界仍在于含蓄蕴藉。

忧愤还妙在寄托于山水之间，出之以高逸冲淡。陈三立评陈止庵诗：“高逸夷澹，称其为人，独念先生晚岁，虽一往沉冥，寄其孤尚，然所遭为何世？倘犹有零忧奇愤、蹇产无所告语者，凝薄于山岨水涯、草树云岚、苍翠杳霭之间。”[④]认为失志者徜徉于山水之间，或能释其忧愤而能作出高古冲淡之作，此类诗风是他的审美趣尚之一。

关于学诗如何出唐入宋，陈三立指导门生吴天声作诗说：“大抵此事以胸怀高尚、践履笃实为主，而以读书绩学辅之，再精研唐宋诸名家之作，徐当杰然自树立矣。”[⑤]他论诗不主一家，不偏一代，而应转益多师。不必局限于某宗某派，固步自封，各就其性之所近。作诗不可失去自我，即作者个性襟抱：“末流作者沿宗派，最忌人言我亦云。树立还期成一字，声誉安用列三君。”（《次和伯夔生日自寿专言文事以祝之》）吴宗慈记述陈三立论诗之旨，“应存己：吾摹乎唐，则为唐囿；吾仿夫宋，则为宋域。必使既入唐宋之堂奥，更能超乎唐宋之藩篱，而不失其己”[⑥]。兼学唐宋，入而后能出，不为唐宋所束缚。“存己”即诗中要有自己的性情与抱负、风格与个性。

陈三立在与汪辟疆的交谈中，提出过师法江西名诗人系列：“（陈）又尝言：‘诗必宗江西，靖节、临川、庐陵、诚斋、白石皆可学，不必专下涪翁拜也’。”[⑦]认为如果一定要学江西诗，不要求门生弟子都从他学黄山谷诗。所谓“专下涪翁拜”，出自元

---

① 陈三立：《书善化瞿文慎公手写诗卷后》，《散原精舍诗文集》卷十，上海古籍出版社2003年版，第949页。

② 陈三立：《陈曾寿苍虬夜课评语》，《散原精舍诗文集补编》，江西人民出版社2007年版，第302页。

③ 陈三立：《苍虬阁诗序》，《散原精舍诗文集》集外文，上海古籍出版社2003年版，第1139页。

④ 陈三立：《陈止庵冬暄草堂遗诗序》，《散原精舍诗文集》卷八，上海古籍出版社2003年版，第910—911页。

⑤ 陈三立：《吴天声诗题词》，《散原精舍诗文集补编》，江西人民出版社2007年版，第296—297页。

⑥ 吴宗慈：《陈三立传略》，《散原精舍诗文集》附录上，上海古籍出版社2003年版，第1198页。

⑦ 汪辟疆：《近代诗派与地域》，见《汪辟疆文集》，上海古籍出版社1988年版，第810页。

好问《论诗绝句》:“论诗宁下涪翁拜,未作江西社里人。”显见陈三立诗学的圆融包涵。

他看到,元明以后,江西诗派已趋衰落,清代江西虽有蒋士铨、吴嵩梁、高心夔等诗家,但与江西诗派不相关,然晚清江西诗坛在宋诗运动兴起之后,风气为之一变:

> 自曾文正公笃嗜而孤揭之,风趋稍一变。于是吾乡英异少年,则多依山谷,悬其鹄而争自树立。王君简庵、然甫兄弟,才俊而学勤,号尤能窥藩篱而振坠绪者也。而然甫年尤少,迈往不屑之气,愈不可一世,继且博览遐索,通于世变,若不规规求合,而别有以伸其才而旌其学。余每诵其所作,眇情灵绪,日新月异,辄叹为天骥之不可以方域测也。……同时复有铅山胡诗庐,亦喜效山谷,而有磊砢之气以辅之。①

他对江西本土诗人学黄山谷体极为揄扬:“所遭乡里英俊少年六七辈,则类多偏嗜山谷,效其体,殚竭才思,角出新颖,窃退而称异,殆西江派中兴复振时乎?”②他充分肯定曾国藩对提倡宋诗所起的决定性作用,宗黄山谷蔚成风尚,江西人尤多,王浩即杰出者。王浩字然甫,字瘦湘,号思斋;其兄王易字晓湘,号简庵,均同光体赣派的重要人物。可见他抱有振兴江西诗派之志,故满腔热忱推许王氏兄弟、胡梓方、吴天声、邵潭秋等晚一辈江西诗人。

他认为学黄山谷诗,应学其造句新警,力避凡近。认为王浩能做到“吐弃凡近,多骨重神寒之作,力追山谷,笔端可畏,然间有摹拟太似处”③。拈出“骨重神寒”四字作为医治凡俗的药剂,所谓“骨重神寒”,就是骨力厚重,诗的内质要硬健,神即诗的精魂,寒乃孤寂而非热衷,神游荒寒之境。

陈三立认为诗的最高境界就在奇崛中见平淡,寓大巧于拙朴,他推崇黄庭坚诗的境界:

> 我诵涪翁诗,奥莹出妩媚。冥搜贯万象,往往天机备。

---

① 陈三立:《王浩思斋诗序》,《散原精舍诗文集补编》,江西人民出版社2007年版,第293—294页。
② 陈三立:《邵潭秋培风楼诗存序》,《散原精舍诗文集补编》,江西人民出版社2007年版,第306页。
③ 陈三立:《王浩思斋诗评语》,《散原精舍诗文集补编》,江西人民出版社2007年版,第294页。

世儒苦涩硬，了未省初意。粗迹捋毛皮，后生渺津逮。

……

《为濮青士观察文题山谷老人尺牍卷子》

黄庭坚诗于奥莹中见妩媚可爱，如天然造化。冥搜万象，自铸伟词，天机浑涵一片。可是世上的读书人认为其诗生涩峭硬，不知其诗之蕴意，只得其皮毛表面而已。他还有诗称赞黄庭坚："巉刻造化手，初不用意为。"(《漫题豫章四贤像拓本·黄山谷》)评廖树蘅："新诗鲜秀名贵，不独无豆腐气，亦无矿苗气，退之所谓'天葩吐奇芬'，庶为得之。"①好诗出自天然，无沤烂气味，这也是天然造化之美。

陈三立作诗力求避俗避熟，据曾向他请教的曾克端回忆，他主张作诗要避俗，力避平铺直叙，无波澜曲折。他为胡先骕诗稿题识曰："摆落浮俗，往往能骋才思于古人清深之境。"②也可见他主张淘汰凡庸词语以避俗。

陈三立有理性的诗史观，《题师郑〈诗史阁图〉》诗云：

竹垞阮亭标一宗，自许正变归牢笼。君今继起掌甄录，叔季已异歌元丰。
声与政通古有训，不废谣谚征瞽蒙。鉅海荡荡万沤发，挂网几骇珊瑚红。
儒生抱艺目不瞑，昭苏沉魄知无穷。百灵下上匿铅椠，谁怜埋首尘土中？
血气尊亲暨声教，天覆讵遗草木虫？辰韩日南徐福岛，同文应和调商宫。
千年作者亦间出，坛坫屏斥宁谓公？因悟"春秋"别内外，素王犹不删秦风。
况习音容互觇国，义取万物皆为铜。傥广前轨补未备，愿殿篇什综始终。

他认为清初朱彝尊、王渔洋各标一宗，欲梳理诗之正变。而今孙师郑作《诗史阁诗话》，反映晚清政治与社会。处于末世，不同于北宋元丰时代的诗风，是变风而非王风。诗声与政治相通。他还认为，无论韩国、越南还是日本，同文同种，整个汉语文字圈的亚洲诗歌，都应取长补短，不能屏斥他人，而应和谐共处。正如孔子整理诗时不会删《秦风》。希望有志者应镕铸万物，光大诗之传统，开拓途径，补前人之所未备。其论诗的态度是开放的、宽容的。

文廷式的诗论只有些感兴方面的札记。他对清代诗风之变持批判态度："国朝

① 陈三立：《与廖树蘅书》之九，《散原精舍诗文集》集外文，上海古籍出版社2003年版，第1164页。
② 陈三立：《忏庵诗稿题识》，《散原精舍诗文集》集外文，上海古籍出版社2003年版，第1138页。

诗学凡数变，然发声清越，寄兴深微，且未逮元明，不论唐宋也。固由考据家变秀才为学究，亦由沈归愚以‘正宗’二字行其陋说，袁子才又以‘性灵’二字便其曲谀。风雅道衰，百有余年。其间黄仲则、黎二樵辈，尚近于诗，亦滔滔清浅。下此者，乃繁词以贡媚、隶事以逞才。品概既卑，则文章日下，采风者不能不三叹息也。”[①]他以“发声清越，寄兴深微”为至上境界。而清诗的弊病在于学究性，曲行阿谀、清浅，更次一等为繁琐、好用典。

他指斥沈德潜倡别裁说而损神理，纪晓岚批苏轼而损天趣：“本朝诗学，沈归愚坏之，体貌粗具，神理全无，动以‘别裁’自命；浅学之士，为其所劫，遂至千篇一律，万喙雷同。至纪文达之批苏诗，逞我臆谈，损人天趣，风雅道丧，非此种论议职其咎乎？”[②]对“诗界革命派”好以新名词入诗极为不满，为《浩山诗集》所作评语中说：“不必趋新派、作集字诗。新诗取悦一时，不久即当寂灭，终必以唐宋诸大家为归，所谓‘不废江河万古流’也。”[③]

他对词史兴衰的评论主要见于《云起轩词钞序》[④]，认为南宋词最盛，然至南宋而衰，“其声多啴缓，其意多柔靡。其用字则风云月露、红紫芬芳之外，如有戒律，不敢稍有出入焉”。清代词学复振，大家辈出，因有“照天腾渊之才，溯古涵今之思，磅礴八极之志，甄综百代之怀”。但清初朱彝尊宗尚张炎，所选《词综》一书，偏重于吴梦窗、王沂孙一派，视辛稼轩、刘过为仇雠，造成意旨枯寂、字句冗漫的流弊，少有不为笼绊者。他认为曹贞吉“有俊爽之致”，蒋春霖“有沉深之思”，纳兰性德“学阳春之作而笔意稍轻”，张惠言“具子瞻之心而才思未逮”。在肯定诸人成就的同时，也指出其不足，可看出文氏本人对创作的高标准，跳出南宋末词风之羁绊，故取法于辛稼轩词，笔意力求沉着。

志在振兴乡邦诗学的有杨希闵(1808—1882?)，字铁佣，号卧云，新城(今江西黎川县)人。道光间拔贡，候补内阁中书。太平军攻克抚州、建昌(治今南城)，他在乡间办团练，随曾国藩部下攻建昌。兵败后，携家流落福州、漳州为幕僚。著有《乡诗摭谭》正集十卷，续集十卷，有宣统庚戌仲秋夏敬庄重刻本。评述陶渊明以来江西诗人 340 人。自序云：“其体仍诗话之属，而略辅以轶事遗闻，用裨来学。以十九采摭所得，又所谭不越吾乡，不离诗事，命之曰乡诗摭谭。”此书“首列商论江西诗派

---

① 文廷式：《旋乡日记后所附笔记》，《文廷式集·笔记》上，中华书局 1993 年版，第 736 页。

② 文廷式：《琴风馀谭》，《文廷式集·笔记》上，中华书局 1993 年版，第 784 页。

③ 文廷式：《文廷式集·文录》，中华书局 1993 年版，第 154 页。

④ 文廷式：《文廷式集·文录》，中华书局 1993 年版，第 155 页。

图。自后即以图所列者为正集，余蔓衍所及者为续集”；“大概北宋以前，每及古体，南宋而下，近体居多，固风会日趋而薄，亦尺幅以简为宜也。”他反对吕本中《江西宗派图》一祖三宗之说，而主张重绘“江西宗派图”，以陶渊明为初祖，以欧阳修、黄山谷、虞道园为三宗。“此图以同时伯仲者为羽翼，兄弟子侄为一门，受业弟子为及门，异时接迹者为后起。未成大家，亦杰然有立者为附见。”陶渊明附见唐代江西诗人綦毋潜、刘春虚、王季友、郑谷、王贞白五人；宋代欧阳修为复古大宗，以王安石、曾巩、刘原父、刘贡父为羽翼四人，以李觏、晏殊为附见；黄山谷为变化得正之大宗，以黄元明、知命、子耕为一门三人，以洪朋、洪炎、洪刍、谢逸、谢过、饶节、汪革为及门七人，以曾文清、姜白石、杨万里为后起三人，以文天祥为附见一人。元以虞道园为不失古法之大宗，以范德机、揭傒斯、艾天张昱谓为羽翼四人，以傅若金、何中、胡布为附见三人。

还有高安朱振采，榜名栾，字冕玉，仿《全闽诗话》例，辑《江西诗话》一百卷，据方志文献记载，征引书籍一千三百余种，较郭子章、裘君弘之诗话十数倍，然未见刊印藏书之著录。

关于选诗之见解，还有清末胡雪抱《诗课序》也值得一说。此文哀叹诗在晚清不复受到重视：“自吾国以科学教授，编教科书者踵起，以矜尚浮藻，即实学所由替也。故诗歌一科，虽知为《骚》《雅》之遗，为社会所不灭，而编者弗肯措意，间有作者，不过以浅语踏歌等诸秋千、蹴踘，甚非所以昌国粹而适滋以瑕累也。”他认为诗对于个人而言，可范性情，对于社会则有移风易俗的教化功能：“（诗）小之足范一己之性情，使勿纳于邪；大之足移其俗之风尚，而一轨于法度。盖非快意耳目之事所可比伦，即社会所以不灭是者，实亦由此。”提出编选诗的价值与原则：“顾吾谓以诗立教，尤莫如取最近之诗，籀释指示，使与读者相入，则性情风尚距离最近，其事为读者知识所可求。……由是而上规国初明、元之盛，台隶乎两宋，衙官乎三唐，驰骋乎萧《选》之林，偃息乎柏梁之囿，此又诗家天秩之序，而非可以晚近自域才矣。”① 主张取从近代之诗再上溯而选取清初、明、元、宋、唐、南北朝、魏、汉诗，编为诗的教材，这是一种由近而远的选诗方法，与通常做法有异。他还坚持认为诗不可废：“盖诗乃以寄怀抱，淑心性，沉博精丽，通乎鬼神，伟奇灵妙，模于造化，并非如实验科学，徒夺观听，照耀乎人间世也，可废乎哉！”②

---

① 胡雪抱著、胡迎建注：《昭琴馆诗文集笺注》，江西人民出版社 2008 年版，第 214 页。

② 胡雪抱：《淡翠室诗卷序》，《昭琴馆诗文集笺注》，江西人民出版社 2008 年版，第 215 页。

乾嘉诗话论韩愈诗风格

严　明　周晓璇*

韩愈在《醉赠张秘书》中称赞好友孟郊“东野动惊俗，天葩吐奇芳”，而“惊俗”与“奇芳”其实也是韩愈诗歌艺术的主要特色。历代对韩诗风格的评论多着眼于“奇险”，各有褒贬。晚唐司空图最早进行概括：“韩吏部诗歌数百首，其驱驾气势，若掀雷揭电，撑抉于天地之间，物状奇怪，不得不鼓舞而徇其呼吸也。”①揭示韩诗磅礴雄肆的气势，也开启了后世评价韩诗的“奇险”之论。宋代欧阳修赞赏韩愈诗歌“用韵因难见巧，愈险愈奇”，肯定韩愈的才力学识②。张戒论韩诗则说“能擒能纵，颠倒崛奇，无施不可”，并赞其“变态百出”③。都认识到韩愈诗歌有着不同于常人的“奇险”特色，而且多予以肯定和赞赏。

明代之后，批评和贬低韩诗的议论渐多，代表性言论有谢榛（1495—1575）《四

* 严明，上海师范大学人文与传播学院教授，博士生导师。周晓璇，上海师范大学硕士研究生。本文为国家哲学社会科学重点项目“东亚汉诗史初稿”（批准号：14AZW007）、上海市哲社科规划项目“东亚汉诗新论”（批准号：2013BWY005）中期成果。

① 司空图：《司空表圣文集》卷二，《题柳柳州集后》，见吴文志《韩愈资料汇编》第四册，第55页，中华书局1983年版。

② 欧阳修：《六一诗话》，何文焕：《历代诗话》上，中华书局1981年版，第272页。

③ 张戒：《岁寒堂诗话》，丁福宝：《历代诗话续编》下，中华书局2006年版，第460页。

溟诗话》论韩愈联句“字难韵险”，批评其“夸多斗靡，或不可解”。[①] 清初王夫之论及韩诗风格时说：“韩退之以险韵、奇字、古句、方言矜其饾饤之巧，巧诚巧矣，而于心情兴会，一无所涉，适可为酒令而已。”[②]皆认为韩诗缺少诗意兴会，争奇斗巧，无关风雅，只可视为“酒令”消遣。

到了清代乾嘉年间，诗坛上关于唐宋诗之争出现了由双峰并峙逐渐转向兼容并存的趋势，诗坛主流诗家大都兼采唐宋，重视表现自身的性情神采。在此背景下，乾嘉诗话中出现了对韩愈诗歌的诸多论述，韩诗风格论得到了全方位考察和深层辨析，始得细致呈现。笔者在参与上海大学张寅彭教授主持的国家哲学社会科学重大项目“清诗话全编”过程中，遍览清人诗话，对此颇有感悟，特归纳相关材料观点进行辨析。

一、对韩诗奇险的褒贬

乾嘉诗坛开始全面细致地论述韩诗风格的“奇险”特色，此期诗话中多有论述韩愈“奇险”诗风条目，其中多有精当之论，比如：

袁枚《随园诗话》评韩诗风格：“杜韩排奡”“韩孟奇崛。”[③]所谓“排奡”是指刚健有力，而“奇崛”是指奇特挺拔，皆针对诗作风格而论。此论是传统说法，但可看出袁枚对于韩诗的“奇险”风格，是肯定和赞赏的。又如管世铭(1738—1798)《读雪山房唐诗序例》说“韩、孟皆戛戛独造”[④]，认为韩孟诗歌极富创新，而其“奇险”诗风正是韩孟诗派开拓创新的主要表现之一。清末蒋鸣珂则从气格角度评论韩愈诗独特价值：“欲气格豪逸，当看退之、李白”[⑤]，对韩诗奇险风格的推崇不言而喻。总之，韩诗因“险”而“奇”，因“奇”而气格豪逸，这一点逐渐形成了清代诗家论韩诗的共识。

乾隆年间的乔亿《剑溪说诗》比较韩愈、白居易的诗作，阐述诗歌风格奇辟与平易的不同价值：“韩诗多不经人道语，奇辟处惊人；白诗善道人心中事，流易处近人。”[⑥]认为韩诗之所以“奇”就在于言前人所未言。乔亿还进一步指出韩诗“排奡”

---

① 谢榛：《四溟诗话》，丁福宝：《历代诗话续编》下，中华书局 2006 年版，第 1206 页。
② 王夫之：《姜斋诗话》，丁福保辑：《清诗话》，上海古籍出版社 1978 年版，第 14 页。
③ 袁枚著、王英志校点：《随园诗话》，江苏古籍出版社 2000 年版，第 113 页。
④ 管世铭：《读雪山房唐诗序例》，郭绍虞《清诗话续编》，上海古籍出版社 1983 年版，第 1547 页。
⑤ 蒋鸣珂：《古今诗话探奇》，民国石印本。
⑥ 乔亿：《剑溪诗说》，郭绍虞：《清诗话续编》，上海古籍出版社 1983 年版，第 1089 页。

之风得自杜甫，“韩、苏笔力相当，韩排奡，苏雄放，并体出杜陵”[①]。

胡寿之的《东目馆诗见》亦论及韩诗之“奇”，并进一步比较了韩愈、孟郊、李贺的不同之奇，颇有创见：“盖东野奇而古，退之奇而肆，长吉奇而艳。”[②]韩愈、孟郊、李贺都是唐代中期韩孟诗派的代表人物，他们诗作风格都“奇”，但又各有特色。孟郊是奇险而古奥，因其作诗用语雕琢，擅长寓奇特于古拙之中，诗多苦吟内敛。韩诗之奇，呈现气势雄放，才华汪洋恣肆，诗歌力度极为张扬。李贺诗风的奇险源于诗人神奇瑰丽的想象、浓艳华丽的词藻和抑郁哀伤的情感。胡寿之所论相当精准和到位，有了这样的细致辨析，更能准确地把握韩愈“奇险”诗风的特色。

乾嘉诗话中还具体分析韩诗中的语句和内容，对韩愈诗歌中光怪陆离且宏大奇险的艺术想象予以充分肯定。彭端淑（约 1699—约 1779）《雪夜诗谈》通过李商隐的《韩碑》来说明韩诗的奇奥：“《韩碑》矫健奇奥，直与昌黎上下。”[③]他还具体举例分析了韩愈诗歌中的“奇险”诗句并大加赞赏：“退之奇句如‘横空盘硬语，妥帖力排奡。……龙文百斛鼎，笔力可独扛’皆惊人语。又如‘将军欲以巧伏人，盘马弯弓惜不发。……将军仰笑军吏贺，五色离披马前堕。’‘大蛇中断丧前王，群马南渡开新主。’‘年深岂免有缺画，快剑斫断生蛟鼍。’‘跻攀分寸不可上，失势一落千丈强。’皆生龙活虎之笔，能于李杜外别树一帜。”[④]

韩愈诗中表现出的雄伟气势和奇险风格，大多在刻画山水的诗篇中。如《谒衡岳庙遂宿岳寺题门楼》写衡山高耸入云、峰峦如聚的壮美景象，《岳阳楼别窦司直》写洞庭湖的辽阔和波涛汹涌的宏大景象，呈现出的都是场面宏大而风格奇险的山水画面。乾嘉之际的杨际昌就明确看到了这一点：

> 山川景象，诗人无限名作。求其穷极笔力，专工缒幽凿险者，昔则胚胎于谢康乐，神化于杜少陵，怪变于韩昌黎。[⑤]

而韩愈“奇险”诗风的代表作品之一《陆浑山火及其用韵》，写鸟兽鬼怪逃窜，火

---

① 乔亿：《剑溪诗说》，郭绍虞：《清诗话续编》，上海古籍出版社 1983 年版，第 1086 页。
② 胡寿之：《东目馆诗见》，清光绪九年刻本《清代诗文集汇编》，上海古籍出版社 2010 年版，第 249 页。
③ 彭端淑：《雪夜诗谈》，清乾隆四十二年刻本。
④ 彭端淑：《雪夜诗谈》，清乾隆四十二年刻本。
⑤ 杨际昌：《国朝诗话》卷一，郭绍虞：《清诗话续编》，上海古籍出版社 1983 年版，第 1690 页。

神驾车驰骋，天地撼动，万物焦灼，光怪陆离，眩人耳目。无怪乎洪亮吉在《北江诗话》卷一中评韩诗曰："韩昌黎之诗，佳处在字向纸上皆轩昂。"[1]洪亮吉学诗于杜、韩用力甚深，曾评韩愈《南山诗》曰："昌黎《南山诗》，可云奇警极矣。"[2]北江流放新疆伊犁，途中所写天山放歌，震撼乾嘉诗坛，直有韩昌黎奇险诗作的影子。此外，牟原相《小澥草堂杂论诗》则说："韩退之诗如战酣喝日，退舍倒行"、"诗到中唐尽：昌黎艰奥尽，东野劖削尽，苏州、柳州深永尽，李贺奇险尽，元、白曲畅尽，张、王轻俊尽，文房幽健尽。"[3]

清代诗论家常用意象批评法来评点诗人和诗歌，这段评论也以形象的比喻来评价韩诗的奇险风格，认为韩诗风格更为"艰奥"。乾嘉时御修《唐宋诗醇》，对韩诗称誉备至，奠定了韩诗在清代的地位。"其壮浪纵恣，摆去拘束，诚不减李。其浑涵汪茫，千汇万状，诚不减杜。而风骨峻增，腕力矫变，得李、杜之神而不袭其貌，则又拔其于二子之外，而自称一家。"[4]清高宗认为韩诗在继承发扬李杜的基础上，另辟蹊径，出奇制胜。上述评价，皆表明韩诗到了清中叶，无论是在诗的内容、形式还是历史地位上，都得到了主流诗坛的普遍推崇。

但是乾嘉诗坛对韩诗"奇险"风格亦出现一些贬抑之词。胡寿之《东目馆诗见》中就说："险怪则昉于景纯，造语精圆。明远因之，敢趋危仄。退之力摹，颇伤清雅。表圣谓其'掀雷电抉霆蔡'，百衲谓其'山立霆碎'，直是惊孱遻怯也。"[5]郑方坤《全闽诗话》由韩诗之变，点出韩诗"奇险"易于衍生粗疏之病，"韩退之诗，山立霆碎，自成一法。然譬之樊候冠佩，微露粗疏"[6]。又有洪亮吉批评"昌黎诗有奇而太过者，如《此日足可惜》一篇"[7]。而黄子云则说："古人有负才而欺世者三家：曹瞒气杰骜而以诡异欺，昌黎语瑰奇而以强梗欺，义山韵宕逸而以荒诞欺。"[8]整体贬抑韩诗的奇险，不免偏颇。反观乾嘉年间赵翼对韩诗"奇险"的批评，就较为全面和中允：

---

① 洪亮吉：《北江诗话》，清光绪授经堂刻洪北江全集本，第16页。

② 洪亮吉：《北江诗话》，清光绪授经堂刻洪北江全集本，第46页。

③ 牟原相：《小澥草堂杂论诗》，郭绍虞：《清诗话续编》，上海古籍出版社1983年版，第914、923页。

④ 清高宗御定：《御选唐宋诗醇》，春风文艺出版社1995年版。

⑤ 胡寿之：《东目馆诗见》，清光绪九年刻本，载《清代诗文集汇编》，上海古籍出版社2010年版，第249页。

⑥ 郑方坤：《全闽诗话》，清乾隆诗话轩刻本。

⑦ 洪亮吉：《北江诗话》，清光绪授经堂刻洪北江全集本。

⑧ 黄子云：《野鸿诗的》，丁福保辑：《清诗话》，上海古籍出版社1978年版，第848页。

> 然奇险处亦自有得失。盖少陵才思所到，偶然得之；而昌黎则专以此求胜，故时见斧凿痕迹。有心与无心异也。[①]
>
> 诗家好作奇句警语，必千锤百炼而后能成。如李长吉“石破天惊逗秋雨”，虽险而无意义，只觉无理取闹。至少陵之“白摧朽骨龙虎死，黑入太阴雷雨垂”，昌黎之“巨刃摩天扬”，“乾坤摆礌硠”等句，实足惊心动魄，然全力搏兔之状，人皆见之，青莲则不然……《横江词》皆奇警极矣，而以挥洒出之，全不见其锤炼之迹。[②]

赵翼在《瓯北诗话》中对韩愈的“奇险”诗风进行了具体的辨析，认为韩诗的奇险不及杜甫诗的锤炼功夫。因为韩愈是刻意雕琢追求奇险的，而杜甫的“奇险”处是才思充盈后的自然所至。那么，韩愈与李白相比呢？赵翼先是承认“奇句警语”是千锤百炼后才能获得的，且李韩集中都不乏奇句警语。但韩愈的奇句警语虽“惊心动魄”，但其作诗往往用力过甚，其“全力搏兔之状”，一目了然。李白则不然，李白的奇句警语多是超乎天外，飘然而至，没有雕琢的痕迹，浑然天成，触手生春，这一点是韩愈、甚至杜甫都无法企及的。因此可以说杜、韩的奇险之别是无心与有意之别，而李、韩的奇险之别就是仙与人之别了。李白的诗歌达到了“自然”意境，而韩愈诗歌的“奇险”处，却还是有失雕章琢句，镂心刻骨，这也是韩愈诗歌不断遭到后人批评的主要原因。

此外，赵翼提出“盘空硬语，须有精思结撰。若徒挦撦奇字，诘曲其词，务为不可读以骇人耳目，此非真警策也”[③]。并进而对韩愈诗篇进行了具体评说，认为其有得有失：有“措思极细，遣词极工”之诗，如《喜雪献裴尚书》《咏月和崔舍人》以及《叉鱼》《咏雪》等诗。有“磊落豪横”之诗，如《石鼓歌》等杰作。又评：“《送无本师》云：鲲鹏相摩窣，两举快一啖。形容其诗力之豪健也。”[④]认为其属于精思结撰，而《苦寒行》与《竹簟》诗“已不免过火，然思力所至，宁过毋不及，所谓矢在弦上，不得不发也”。[⑤] 赵翼对韩愈的奇诡诗句是不乏赞赏的，因为赵翼论诗主张创新，在其《论诗》中也说“预支五百年新意，到了千年又觉陈”，可见求新求变是符合乾嘉诗坛

---

① 赵翼：《瓯北诗话》，郭绍虞：《清诗话续编》，上海古籍出版社 1983 年版，第 1164 页。
② 赵翼：《瓯北诗话》，郭绍虞：《清诗话续编》，上海古籍出版社 1983 年版，第 1140 页。
③ 赵翼：《瓯北诗话》，郭绍虞：《清诗话续编》，上海古籍出版社 1983 年版，第 1165 页。
④ 赵翼：《瓯北诗话》，郭绍虞：《清诗话续编》，上海古籍出版社 1983 年版，第 1165 页。
⑤ 赵翼：《瓯北诗话》，郭绍虞：《清诗话续编》，上海古籍出版社 1983 年版，第 1165—1166 页。

主流的创作与接受心理的。但若是一味在字词上求奇求变，以至于诗作佶屈聱牙，毫无意义，这就背离了读者的期待视野。所以赵翼对韩愈这类的诗句也进行了批判：

> 至如《南山诗》之“突起莫间篮”，“诋讦陷乾窦”，“仰喜呀不仆”，“堛塞生怐愗”，“达枿壮复奏”；《和郑相樊员外》诗之“禀生肖勦刚”，“烹斡力健倔”，“龟判错衮黻”，“呀豁疚掊掘”；《征蜀》诗之“剟肤浃痍疮，败面碎剠刮”，“岩钩踔狚猿，水漉杂鳣骨”……此等词句，徒聱牙啬舌，而实无意义，未免英雄欺人耳。①

赵翼诗论与袁枚的“性灵说”有较多相似，他反拟古、求创新，在比较中唐诗人的创作特征时，重视诗作要有真挚的情感。《瓯北诗话》在比较韩孟、元白诗派的诗歌风格时，明确指出韩孟尚“奇警”，而元白尚“坦易”，并且通过两诗派风格特色的对比，他认为元白诗派因情真、景真、意真所以更胜一筹。从乾嘉性灵派的基本观点看，艰深奇险的诗歌风格虽然可以振奋人心，但还是比不上语言平易、情感真挚的诗作更具有动人心魄的感发力量。

> 中唐诗以韩、孟、元、白为最。韩、孟尚奇警，务言人所不敢言；元、白尚坦易，务言人所共欲言。试平心论之，诗本性情，当以性情为主。奇警者，犹第在词句间争难斗险，使人荡心骇目，不敢逼视，而意味或少焉。坦易者，多触景生情，因事起意，眼前景，口头语，自能沁人心脾，耐人咀嚼。此元、白较胜于韩、孟。世徒以轻俗訾之，此不知诗者也。②

赵翼这一说法是针对当时宋诗派的，他认为诗歌创作最重要的是感动人心、沁人心脾以及耐人咀嚼。韩诗过于追求奇险风格，势必漠视情感的自然抒发，这一缺陷被当时宋派诗的末流所放大，遂产生了不少弊端。

二、韩诗奇险的成因

前人大多认识到韩愈诗风的“奇险”之变，但很少具体分析韩愈“奇险”诗风的

① 赵翼：《瓯北诗话》，郭绍虞：《清诗话续编》，上海古籍出版社1983年版，第1166页。

② 赵翼：《瓯北诗话》，郭绍虞：《清诗话续编》，上海古籍出版社1983年版，第1173页。

成因。乾嘉诗人们论及韩诗“奇险”与“创新”时，开始从各个方面探讨韩诗“奇险”风格形成的原因，这些探讨和分析对韩诗风格论颇有建树，对后人影响深远。

沈德潜在《东隅兄诗序》中说：“从来读古人书者，贵乎知人论世。”[①]所以他在《姜自芸太史诗序》中从韩愈的生平遭际出发，论及韩诗奇险风格的成因：

> 昔韩退之以言事得谤，斥守揭阳；苏子瞻以触逆权臣，窜逐海外。两贤诗格，较胜于前。大抵遭放逐处逆境，有足以激发其性情，而使之怪伟特绝，纵欲自掩其芒角而不能者也。[②]

从韩愈自身遭际来考察其“奇险”诗风形成的原因，是“知人论世”的传统研究方法。韩愈的一生坎坷曲折，屡次遭贬，历尽磨难。比如他在贞元、元和之际的被贬阳山，一方面使他有机会看到了南国山水的奇异景色，写下了很多描写奇异景色的奇险诗篇，如《宿龙宫滩》《龙移》《八月十五夜赠张功曹》等。另一方面，贬谪是韩愈的惨痛人生经历，使他内心充满了强烈的不平及愁苦情绪，并通过诗文抒发内心的愤懑，这就使他的诗歌中出现了怪怪奇奇、惊世骇俗的用语。

清初吴乔（1611—1695）在其《围炉诗话》中指出：“于李、杜后，能别开生路自成一家者，惟韩退之一人，既欲自立，势不得不行其心之所喜奇崛之路。”[③]吴乔此说阐述韩愈“奇险”诗风的成因，提出了一个新的视角和说法，即认为韩愈因为想“自立于一代”，所以不得不开辟新的诗风，而其心所喜仍在于奇崛一路。

乾嘉年间的赵翼继承并发展了吴乔的观点，他从诗歌发展史的视野，提出了韩愈“奇险”源于杜甫之说。这一说法不仅较好地解释了韩愈追求“奇险”的诗歌发展史因素，而且还具体指明了韩诗“奇险”的渊源。《瓯北诗话》具体论道：

> 韩昌黎生平，所心摹力追者，惟李、杜二公。顾李、杜之前，未有李、杜，故二公才气横恣，各开生面，遂独有千古。至昌黎时，李、杜已在前，纵极力变化，终不能再辟一径。惟少陵奇险处，尚有可推扩，故一眼觑定，欲从此辟山开道，自成一家。[④]

---

① 沈德潜：《归愚文抄》，吴文治：《韩愈资料汇编》，中华书局 1983 年版，第 1128 页。
② 沈德潜：《归愚文抄》，吴文治：《韩愈资料汇编》，中华书局 1983 年版，第 1128 页。
③ 吴乔：《围炉诗话》，郭绍虞：《清诗话续编》，上海古籍出版社 1983 年版，第 560 页。
④ 赵翼：《瓯北诗话》，郭绍虞：《清诗话续编》，上海古籍出版社 1983 年版，第 1164 页。

韩愈身处中唐，他所面对和接受的是鼎盛已极的盛唐诗歌，正如沈德潜在《唐诗别裁集·凡例》中所说："菁华极盛，体制大备。"[①]韩愈十分清楚这一点，他在《调张籍》中写道："李杜文章在，光焰万丈长。不知群儿愚，那用故谤伤？蚍蜉撼大树，可笑不自量。伊我生其后，举颈遥相望。"[②]韩愈对于李、杜是极其推崇、仰慕的，他认识到李、杜诗歌是不可挑战也无法超越的，否则就像"蚍蜉撼大树"那样自不量力。然而以韩愈的为人性格和诗歌理念而言，他是立志要成为诗坛巨匠的。那么既然李、杜诗歌已然在前，若想留名后世，只能另辟蹊径。

但想要在盛唐诗歌之后的诗坛"劈山开道"，实在是一件艰难困苦之事。韩愈以其特立独行的性格，立志要做文坛的领袖，一眼觑定杜诗的"奇险"之处，开辟新境而自成一家，终于取得了巨大成功。赵翼所说韩愈"奇险"处得自杜甫，诚是确论。可以说韩愈是故意"求变"且不得不变，由"求变"而走向"奇险"。这是韩诗自辟新径的必然选择，也是韩愈诗作"求变"的内驱力，是他欲自振于一代的艺术创新的原动力。李畯在其辑的《诗筏橐说四卷》中盛赞韩愈的开创之功，"昌黎当李杜之后，能别开境界"[③]。正如赵翼所言，"大凡才人好名，必创前古所未有，而后可以传世"[④]。可见，"奇险"就是韩愈求变的努力目标，也是其独创新境的途径。乾嘉诗坛多以"变"来评价韩诗，如纪昀《四库全书总目提要》就指出，韩愈诗歌"乃诗家之变"[⑤]，而正是韩诗风格的这一"变"，开了后世宋派诗的先河。

乾嘉时期考据之风盛行，影响到诗坛，使得诗歌创作沉潜古朴有余，而创新求变不足。赵翼痛感诗坛这一时弊，以主张"创新"和"求变"来拯救诗运。"创新"因而成为赵翼评判历代诗人最为重要的标准，故其能从"开山劈道"、"欲自立而不得不变"这些角度来论述韩愈形成"奇险"诗风的原因，比之前的诸多论述要深刻得多。直至今日，学界论及韩诗"奇险"诗风时，仍多尚其说。如舒芜先生论述韩诗特点时就说："他继承并发展了杜甫巉刻铺张的笔法，形成了重奇险的艺术境界。"[⑥]其实，赵翼所指出的韩愈觑定杜甫奇险处，张扬扩大之，也只是韩愈求变创"奇险"诗风的部分原因。

韩愈所处的时代不仅仅只是李、杜在前，欲自立而不得不变，韩愈所处的也是

---

① 沈德潜：《唐诗别裁集·凡例》。
② 曹寅、彭定求等：《全唐诗》，中华书局 1999 年版，第 340 卷第 12 首。
③ 李畯辑：《诗筏橐说四卷》，清乾隆醉古堂刻本。
④ 赵翼：《瓯北诗话》，郭绍虞：《清诗话续编》，上海古籍出版社 1983 年版，第 1175 页。
⑤ 永瑢等撰：《四库全书总目提要·东坡词提要》，台湾商务书局 1983 年版。
⑥ 舒芜：《论韩愈诗》，《中国社会科学》1982 年第 5 期。

整个诗坛皆求新求变的时代。《旧唐书·韩愈传》中说:“大历贞元之间,文字多尚古学,效扬雄董仲舒之述作,而独孤及梁肃最称渊奥,儒林推重。愈从其徒游,锐意钻仰,欲自振于一代。”大历贞元年间,复古思潮的兴起是与当时的士人要求改革社会弊端相互联系的,也可以说是当时社会文化思潮的一部分。韩愈与梁肃等人有着师徒关系,所以韩愈应是在师门氛围的熏陶感染之下,选择了以恢复古道为己任。而由文章的复古追求,走向诗歌的奇险与复古的追求,则是他有意“自振于一代”的艺术创辟。韩愈以其“笔补造化”“不平则鸣”的创作理念,“造端置辞,要为不袭蹈前人”的创作方法,使他的诗歌以独特的“奇险”面貌呈现在世人面前,让人们“且惊且愕”,并“不得不鼓舞而徇其呼息也”。

乾嘉诗话中探究韩诗“奇险”渊源的还有《静居绪言》。此书认为“杜陵之‘沉郁顿挫’,昌黎之‘妥帖排奡’,胎息于《生民》《清庙》”①。李重华《贞一斋诗说》提出:“诗家奥衍一派,开自昌黎;然昌黎全本经学。”②沈德潜亦说韩愈诗“原本《雅》《颂》”③。马位《秋窗随笔》又说:“退之古诗,造语皆根柢经传。故读之如陈列商周彝鼎,古痕斑然,令人起敬。时而火齐木难,错落照眼,应接不暇,非徒作幽涩之语,如牛鬼蛇神。”④

乾嘉时期不少学者皆对韩诗“奇险”特色进行过追根溯源,力图找到其经学源头,这一方面使得韩愈诗歌的正统地位得到提升,另一方面又似乎合理解释了韩愈诗风“奇险”的渊源。而出现这一现象的原因,与当时的时代不无关系,乾嘉时期诗坛上“朴学”盛行,当时的诗论大家往往既是学者又是诗人,他们的诗歌多是“学人之诗”。而韩愈正是学人之诗与诗人之诗合二为一的最早典范,当时的宗宋诗人更是把学习韩愈之诗作为可以上溯杜甫的途径,他们肯定和标榜韩诗的风格特色,就是为了维护自己的诗学和诗论,显示其宗宋诗学的合理性。乾嘉诗论家对韩诗风格特色的追根溯源,对后来道光的宋诗派和稍后的同光体诗人影响深远。后来的陈衍(1856—1937)在其诗论中说:“昌黎、白香山两派,崛起中唐。白诗多近《风》,韩诗多近《雅》《颂》。”⑤

韩愈“奇险”诗风的形成,与其在诗坛勇于开山劈道、独树一帜的诗学理念有

---

① 阙名:《静居绪言》,郭绍虞:《清诗话续编》,上海古籍出版社 1983 年版,第 1635 页。
② 李重华:《贞一斋诗说》,丁福保辑:《清诗话》,上海古籍出版社 1978 年版,第 932 页。
③ 沈德潜:《唐诗别裁集》,吴文治:《韩愈资料汇编》,中华书局 1983 年版,第 1134 页。
④ 马位:《秋窗随笔》,丁福保辑:《清诗话》,上海古籍出版社 1978 年版,第 830 页。
⑤ 钱仲联:《陈衍诗论合集》,福建人民出版社 1999 年版,第 1035 页。

关，也与其人生坎坷遭际和渊博学识有关，那么韩诗的“奇险”与“新变”，主要表现在哪些方面？应该说主要表现在字词结构、意象组合等方面的刻意创新上，而其最具标志性的写作方式，就是宋人所谓的“以文为诗”。乾嘉时期许多诗人都对韩诗的“以文为诗”发表看法，进行了褒贬不一的评价，而乾嘉诗话中也有不少篇章对韩诗的奇险与以文为诗之间的关系进行了辨析。

三、“以文为诗”与奇险用韵

南宋严羽将宋诗的写作特点概括为“以文为诗”，并追溯到韩愈诗的写法，这一观点历代相传，遂成中国诗论史上的定论。在笔者看来，“以文为诗”的写作手法确是韩愈形成其奇险诗风的重要因素，其所开门径，对于宋诗乃至明清诗歌都有着深远的影响。

所谓“以文为诗”，是指以写文的方法写诗，以散文的句法、章法入诗。后世对韩愈“以文为诗”的写法一直褒贬不一，贬之者如陈师道《后山诗话》有云：“黄鲁直云：杜之诗法出审言，句法出庾信，但过之尔。杜之诗法，韩之文法也。诗文各有体，韩以文为诗，杜以诗为文，故不工尔。”[①]又说：“退之以文为诗，子瞻以诗为词，如教坊雷大使之舞，虽极天下之工，要非本色。”[②]而宋释惠洪《冷斋夜话》中则有着这样的记载：“沈存中、吕惠卿吉甫、王存正仲、李常公择，治平中，在馆中夜谈诗。存中曰‘退之诗，押韵之文尔，虽健美富赡，然终不是诗。’吉甫曰：‘诗正当如是，吾谓诗亦未有如退之者。’”[③]可见在南宋时，沈括与吕惠卿对韩愈诗歌“以文为诗”的看法就是针锋相对的，这也开导出了后世对韩诗的两种接受态度。

清初毛先舒（1620—1688）在《诗辩坻》中对韩愈的“以文为诗”提出了尖锐批评：“唐人文多似诗，不害为佳；退之多以文法为诗，则伧父矣。”[④]乾嘉诗话论及韩愈时，对其“以文为诗”多有贬斥。清末胡寿之赞成宋代沈括及苏轼对韩诗的不认同：“律体多有未工，则以文为诗，无已所谓不合，以诗似文样做，言其性也。沈存中云‘退之诗乃押韵文，虽健美而格不近诗’，言其体也。东坡云‘诗格之变自退之始’，言其流也，皆是。”[⑤]而黄子云《野鸿诗的》也分析：

---

① 陈师道：《后山诗话》，何文焕：《历代诗话》上，上海古籍出版社 1981 年版，第 303 页。
② 陈师道：《后山诗话》，何文焕：《历代诗话》上，上海古籍出版社 1981 年版，第 309 页。
③ 惠洪：《冷斋夜话》卷二，见张伯伟《稀见本宋人诗话四种》，江苏古籍出版社 2002 年版。
④ 毛先舒：《诗辩坻》，郭绍虞：《清诗话续编》，上海古籍出版社 1983 年版，第 67 页。
⑤ 胡寿之：《东目馆诗见》，清光绪九年刻本。

> 昌黎极有古音，惜其不由正道，反为盘空硬语，以文入诗，欲自成一家言，难矣！

批评韩愈“以文为诗”是“不由正道”，认为韩诗尽管写得奇险出新，但还是如陈师道所说的“要非本色”，是一种“非诗之诗”。显然，这样的批评基本上否定了韩诗的独创性及诗学价值，属于历代贬韩评论的延续。

而乾嘉诗人沈德潜对韩愈“以文为诗”的辨析，则有褒有贬，其分析更为细致深入，故时有新见。其《说诗晬语》及《与陈耻庵书》论道：

> 昌黎《南山》用《北山》之体而张大之，下五十余“或”字。然情不深而侈其词，只是汉赋体段。①
>
> 诗道之实其气，在根柢于学。以唐人言之：少陵之诗穿穴经、史，太白之诗浸淫《庄》、《骚》，昌黎之诗原本汉赋。②

沈德潜通过列举韩愈诗歌中大量重复使用的字词，认为其“情不深而侈其词”，其根源“原本汉赋”，发前人所未发。同时期的赵翼在《瓯北诗话》中分析说：

> 沈、宋创为律诗后，诗格已无不备。至昌黎又斩新开辟，务为前人所未有。如《南山诗》内铺列春夏秋冬四时之景，《月蚀诗》内铺列东西南北四方之神，《谴疟鬼》诗内历数医师、炙师、诅师、符师是也。又如《南山诗》连用数十“或”字。③

这里所说的“铺列”、“历数”、“连用”等，就是汉大赋的铺陈扬厉的写法文风。赵翼在这里是将韩愈的“以文为诗”写法，与汉大赋中铺陈扬厉的写作手法联系在一起加以评说，揭示写法渊源，褒贬自在其中。

沈德潜与赵翼对韩诗的评价，对清代的韩诗论的进一步拓展影响深远。至道光年间，方东树（1772—1851）深受其影响，举出更多具体例证来证实韩诗创作手法

---

① 沈德潜：《说诗晬语》，丁福保辑：《清诗话》，上海古籍出版社 1978 年版，第 527 页。
② 沈德潜：《归愚文抄》，吴文治：《韩愈资料汇编》，中华书局 1983 年版，第 1129 页。
③ 赵翼：《瓯北诗话》，郭绍虞：《清诗话续编》，上海古籍出版社 1983 年版，第 1167 页。

与汉赋的密切关系，并提出“韩《南山》诗从《京都赋》来”的结论。[①] 胡寿之在《东目馆诗见》中也说：“五古得文一体赋体者，退之《南山》。”[②]此后韩愈的“以文为诗”，在清人诗话中就常被解释为“以赋为诗”。当代学者罗联添在定义“以文为诗”时，就吸取沈德潜、赵翼等人的说法，认为“以赋为诗”是“以文为诗”的一种，即以汉赋铺排有序的方法作诗。

韩诗好用险韵、狭韵，这也是构成其诗作“奇险”、并开启诗风新变的重要因素。历代评论者对韩诗用韵方式褒贬不一，宋代孔仲平说：“退之诗好押狭韵累句以示人，而不知重迭用韵之病也。”[③]张戒则说：“以押韵为工，始于韩退之而极于苏黄。……用事押韵，何足道哉！苏黄用事押韵之工，至矣尽矣，然究其实，乃诗人中一害，使后生只知用事押韵之为诗，而不知咏物之为工，言志之为本也，风雅自此扫地矣。”[④]但也有人为他辩解，如宋魏庆之《诗人玉屑》论及韩愈、白居易、杜甫等人诗作的重韵之处，认为“如此迭用韵者甚多，不可具举，意到即押耳。”[⑤]欧阳修《六一诗话》则说：“余独爱其工于用韵也，盖其得韵宽，则波澜横溢，泛入傍韵，乍还乍离，出入回合，殆不可拘以常格，如《此日足可惜》之类是也。得韵窄则不复傍出，而因难见巧，愈险愈奇，如《病中赠张十八》之类是也。”[⑥]对韩诗用韵之“因难见巧，愈险愈奇”的才气极为叹赏。

乾嘉时期诗话中对韩诗用韵的评论褒贬不一。袁枚指出，韩诗押韵斗险只是在古体诗和联句中偶尔为之：“昌黎斗险，掇《唐韵》而拉杂砌之，不过一时游戏，如僧家作盂兰会，偶一布施穷鬼耳。然亦止于古体、联句为之。”[⑦]

而翁方纲和管世铭对于韩愈诗歌押狭韵、险韵的评价，则继承了欧阳修的观点，对此津津叹赏：

> 昔人为诗，未有用力于韵者。自韩昌黎横空盘硬，妥帖排奡，韵宽者转更出入旁通，韵狭者则界画谨严，险阻不避。欧阳永叔所谓“退之一生倔强”，见

① 方东树著、王绍楹校点：《昭昧詹言》，人民文学出版社 1961 年版，第 35 页。
② 胡寿之：《东目馆诗见》，清光绪九年刻本。
③ 吴文治：《韩愈资料汇编》，中华书局 1983 年版，第 159 页。
④ 张戒：《岁寒堂诗话》，丁福宝：《历代诗话续编》上，中华书局 2006 年版，第 452 页。
⑤ 吴文治：《韩愈资料汇编》第二册，中华书局 1983 年版，第 533 页。
⑥ 欧阳修：《六一诗话》，何文焕：《历代诗话》上，上海古籍出版社 1981 年版，第 272 页。
⑦ 袁枚著、王英志校点：《随园诗话》，江苏古籍出版社 2000 年版，第 140 页。

于此也。然韵愈龃龉，诗愈精神，腕中固宜独有神力。[①]

一篇之中，步步押险，此惟韩公雄中出劲，所以不露韵痕。然视自然浑成、不知有韵者，已有间矣。至若梅宛陵以清瘦之笔，每押险韵，无韩之豪，而肖韩之劲，恐未必然也。[②]

韩愈不仅好押狭韵、险韵，而且喜欢一韵到底，且韵字很少重复。沈德潜在《说诗晬语》中论及长篇歌行时说道：

歌行转韵者，可以杂入律句，借转韵以运动之，纯绵裹针，软中自有力也。一韵到底者，必须铿金锵石，一片宫商，稍混律句，便成弱调也。不转韵者，李、杜十之一二，李如《粉图山水歌》，杜如《哀王孙》《瘦马行》类。韩昌黎十之八九。后欧、苏诸公，皆以韩为宗。[③]

宋代欧阳修、苏轼等人以韩愈为宗，说明了韩诗在一韵到底方面取得了卓越的成就。沈德潜肯定和推崇韩愈在用韵方面的后出转精、另辟蹊径之功。

值得重视的是，赵翼在《瓯北诗话》中从用韵、创体、创格、创句法等方面，多角度和多层面地论述了韩愈的"以文为诗"，并从诗作用韵的角度，阐述了韩诗的成就特色与创新之处：

昌黎古诗用韵，有通用数韵者，有专用一韵者。……今按《此日足可惜》一首，通用东、冬、江、阳、庚、青六韵；此外如《元和圣德诗》，通用语、麌、马、有、㝡五韵；《孟东野失子》诗，通用先、寒、删、真、文、元六韵，余可类推。其用窄韵，亦不止《病中赠张十八》一首。如《陪杜侍御游湘西两寺》一首，又《会合联句》三十四韵，洪容斋谓除"蠓""蛹"二字，《韵略》未收，余皆不出二肿之内。今按"蠓"、"蛹"二字，《唐韵》本收在三肿，则皆本韵也。[④]

昌黎之后，放翁之前，东坡自成一家，不可方物。昌黎好用险韵，以尽其锻

① 管世铭：《读雪山房唐诗序例》，郭绍虞：《清诗话续编》，上海古籍出版社 1983 年版，第 1547 页。
② 翁方纲：《石洲诗话》，郭绍虞：《清诗话续编》，上海古籍出版社 1983 年版，第 1406 页。
③ 沈德潜：《说诗晬语》，丁福保辑：《清诗话》，上海古籍出版社 1978 年版，第 537 页。
④ 赵翼：《瓯北诗话》，郭绍虞：《清诗话续编》，上海古籍出版社 1983 年版，第 1166 页。

> 炼；东坡则不择韵，而但抒其意之所欲言……此固才分各有不同，不能兼长也。[①]

赵翼此处也继承了欧阳修对韩诗用韵的评价，认为韩愈诗歌用韵已经到了挥洒自由、无施不可的境地，并连举六首诗歌来具体辨析韩诗用韵的特点。对韩诗喜押险韵、不拘常格，认为是诗人的刻意因难见巧。赵翼对比了韩、苏用韵的不同，发现韩愈喜爱押险韵，并刻意求新求怪，以逞"奇奇怪怪"之势，形成险怪独特的诗风。而苏轼写诗在用韵上不执着于偏狭险韵，而是纵情之所至，挥洒自如，所以苏轼诗歌不像韩诗那样的偏狭、霸气，而显得冲融、和雅。

更为难得的是，赵翼继承了宋代陈善《扪虱新话》中对韩诗的评价："以文为诗，自退之始。"[②]并进一步从韩诗之变对后世影响的角度，论述"以文为诗"的创新价值，肯定了韩愈的开创之功。"以文为诗，自昌黎始；至东坡益大放厥词，别开生面，成一代之大观"。[③] 苏轼是极其崇拜韩愈的，观其诗词，模拟韩愈的甚多，因而他对韩诗的评价也最高。韩愈的"以文为诗"新写法，通过苏轼而大张于宋代，对宋诗的发展产生了巨大的影响。于是波澜壮阔的宋诗便登上了新的艺术高峰，而韩愈总结的"以文为诗"写法，也成为宋诗的标志之一。

乾嘉时期诗论家对韩愈"以文为诗"艺术手法的辨析与论述，对晚清的韩愈研究也产生了很大的影响，比如胡寿之就继承了前人对韩愈的批评：

> 杜、韩、王、白多重押字，徐子能谓"大手笔人不嫌重复"，胡元任谓"退之好迭用韵，以尽己意，不恤其为病语"，皆似。孔毅甫则谓"退之好押狭韵累句以示工，而不知重迭用韵之为病也。"[④]

但总体来看，清代还是有越来越多的诗论家重视并学习韩愈"以文为诗"的手法。如桐城派诗论家方东树就十分推崇韩愈古诗，注重以文法入诗。他说："韩公诗，文体多，而造境造言，精神兀傲，气韵沉酣，笔势驰骤，波澜老成，意象旷达，句字

① 赵翼：《瓯北诗话》，郭绍虞：《清诗话续编》，上海古籍出版社 1983 年版，第 1202 页。
② 陈善：《扪虱新话》，吴文治：《韩愈资料汇编》，中华书局 1983 年版，第 1396 页。
③ 赵翼：《瓯北诗话》，郭绍虞：《清诗话续编》，上海古籍出版社 1983 年版，第 1168 页。
④ 胡寿之：《东目馆诗见》，清光绪九年刻本。

奇警，独步千古，与元气侔。"[①]诚然，"以文为诗"已经成为韩愈诗歌的重要特色，而"以文为诗"也成为后人批评韩诗及宋诗的一个重要角度。

四、奇险与平淡

韩愈诗歌具有多种风格，既有奇险、雄浑的风格，也有平淡的风格。对于前者，后代诗论家多有论述，但对于后者，人们多不注意。韩愈在评价贾岛诗歌时，曾说"艰穷怪变得，往往造平淡"，其实这也是韩愈的"夫子自道"。韩愈肯定了诗歌中的尽情逞"怪"，但这种"怪"最终还须归到"平淡"上来。

清初及前人论及韩愈诗风几乎都着眼于其独创的"奇险"一路，很少对其诗风进行全面地探讨，而乾嘉时期的诗话开始试图比较全面地认识韩愈诗歌的风格，一定程度上真正认识到了韩愈诗歌"奇险"之外的平淡诗风。

乾隆年间彭端淑(约 1699—约 1779)在其《雪夜诗谈》中，通过具体辨析诗句，揭示韩诗不仅有意境平淡之作，且水平之高少有人能企及：

> 昌黎绝句佳处，如《早春》起句云"天街小雨润如酥，草色遥看近却无。"《楚昭王庙》结句云："犹有国人怀旧德，一间茅屋祭昭王。"又次《潼关》结句云："刺史莫辞迎候远，相公新破蔡州回。"人皆言昌黎奇险，不知昌黎亦工为平淡之作。如《祖席得秋字》云："淮南悲木落，而我亦伤秋。况与故人别，那堪羁旅愁。荣华今异路，风雨昔同忧。莫以宜春远，江山多胜游。"又《送湖南李正字归》云："长沙入楚深，洞庭值秋晚。人随鸿雁去，江共蒹葭远。历历余所经，悠悠子当返。孤游怀耿介，旅宿梦婉娩。风土稍殊音，鱼虾日异饭。亲友俱在此，谁与同偃息。"如此诗何尝不佳？何尝有一奇险语？世之好平淡者，能及之乎？[②]

韩愈一生留下来诗歌约 400 多首，其主要风格为奇险、雄浑，但风格平淡的作品也不少，约占四分之一，其中不乏佳作。如上述彭端淑所列举的《早春》，前两句写景，一行写小雨，一行写草色，通过细致描摹，生动写出了京城早春景色的特点。后两句抒情，作者认为早春的景色远远胜过晚春，表达了对京城早春景色的赞美之

---

① 方东树：《昭昧詹言》，人民文学出版社 1961 年版，卷九，第 219 页。
② 彭端淑：《雪夜诗谈》，清乾隆四十二年刻本。

情。短短四句，新颖脱俗，淡而有味。

袁枚在《随园诗话》中则是借元稹之言，来肯定韩愈诗歌不仅有“硬语横空”的诗歌风格，也有平淡圆转之处：

> 元相称韩舍人诗：“欲得人人服，能教面面全。”又曰：“玉磬声声彻，金铃个个圆。”韩舍人，即昌黎也。昌黎硬语横空，而元相以此二联称之。此中消息，非深于诗者不知。①

赵翼《瓯北诗话》中，较为辩证地分析韩诗风格，并对韩诗风格平淡的一面细加辨析，独具慧眼地指出，韩愈近体诗歌中的平淡之作，“与古诗之奇崛判若两手”②，然能于文从字顺中显出自然雄厚，自成一格。

> 其实昌黎自有本色，仍在文从字顺中，自然雄厚博大，不可捉摸，不专以奇险见长。恐昌黎亦不自知，后人平心读之自见。若徒以奇险求昌黎，转失之矣。③

指出韩诗的本色是“文从字顺”的平易，这种看法似乎与历来谈论较多的韩诗奇险论相悖。其实韩诗“文从字顺”的平易，也是韩诗转变唐诗风貌的另一个重要方面。这方面的诗歌创作成就，主要源于韩愈乐观的处世态度、积极进取的精神以及诗作取材上的生活化。

乐观的态度与积极进取的精神，是韩愈形成平淡诗风的思想基础。比如作于晚年的《南溪始泛》三首：“南溪亦清驶，而无楫与舟。山农惊见之，随我观不休。不惟儿童辈，或有杖白头。馈我笼中瓜，劝我此淹留。……但恐烦里闾，时有缓急投。愿为同社人，鸡豚燕春秋。”这组诗是韩愈“养疾城南时”所写，是韩愈多次遭贬后的心情袒露。诗中全无愁苦之色，而是将平常生活细节娓娓道来，充满恬淡、温和的情怀。诗中可见对生活持坦然、豁达的态度。韩愈旷达的处世情怀，是其诗作展现平和恬淡风格的基础。

---

① 袁枚著、王英志校点：《随园诗话》，江苏古籍出版社 2000 年版，第 141 页。
② 赵翼：《瓯北诗话》，郭绍虞：《清诗话续编》，上海古籍出版社 1983 年版，第 1169 页。
③ 赵翼：《瓯北诗话》，郭绍虞：《清诗话续编》，上海古籍出版社 1983 年版，第 1164 页。

又如著名的《落齿》一诗,写于韩愈遭贬阳山的贞元十九年(803)。人的牙齿与身体健康有着极密切的关系,牙齿的松动与脱落,不免使人觉察身体衰老而心生哀感。若加之境遇艰难,诗人常会将内心悲哀发泄为愁苦诗句。但是韩愈却非如此,他对落齿似乎秉持一种乐观的态度:

人言之落齿,寿命理难恃。我言生有涯,长短俱死尔。
人言齿之落,左右惊谛视。我言庄周云,木雁各有喜。
语讹默固好,嚼废软还美。固歌遂成诗,持用诧妻子。

这首诗学习了陶渊明《止酒》诗的章法,诗中透露出的真率、旷达、随性,也和陶渊明有几分相似。在语言表达上,多是白描手法,一改诗人往常在诗中喜爱用的奇词怪句及险怪意象。日常生活中落齿的小事,成为作者笔下议论人生祸福的诗料,这其中也含有诗人幽默的人生智慧,善于挖掘生活中的事件,来以小见大,把不美的生活意象翻出了新意。诗作意象取材的日常生活化,成为韩诗形成平淡诗风的成因之一。

韩愈诗歌中具有平淡之风的作品,多是一些抒发热爱生活、热爱自然的诗篇,体现了其积极乐观的处世态度。如《湘中赠张十一功曹》,风格平淡,语言明快,道出了诗人对友人的深情,也道出了诗人对生活的热爱。但在韩愈具有平淡诗风的诗篇中,也有部分源于坎坷生活经历,表现忧谗畏讥,抑塞不平的诗歌。如《秋怀十一首》,借用秋花、秋叶、秋草、秋虫、秋风等形象,反复抒发自己心底的愤懑与不满,倾诉自己的不幸遭遇。但他又感到自己势单力薄,无力扭转困境,只能自我排解内心忧愁苦闷。韩愈这类结合生活经历,直接抒发自己内心情感的诗作,多慷慨陈词,不事雕琢,情感多发自肺腑,且以平实直叙之法出之,所以有一种平淡明快而蕴藉感人的特点。

五、结论

清代诗学理论和诗歌批评空前繁荣,是继宋代之后又一高峰。诗话作为清代最重要的文学批评样式之一,凝聚了清代诗学批评的主要观点和精彩评论。以上考察辨析了乾嘉时期诗话对韩愈奇险诗风的各式论评,呈现出韩愈在清人心目中的形象、韩诗的风格特色,以及韩诗在清代诗坛的重要地位与巨大影响。

清初叶燮充分肯定韩诗在唐代诗歌史上的变化之功:“唐诗为八代以来一大

变，韩愈为唐诗之一大变，其力大，其思雄，崛起特为鼻祖。”[①]较之前人，乾嘉时期的诗人对韩诗的风格，有了更为深刻的认识，他们对韩愈的“奇险”诗风褒贬不一，并在继承前人诗论观的基础上，开始进一步地探究“奇险”诗风的成因，得出“欲自振与一代”说。诚然，韩愈的诗风不能徒以“奇险”或“平淡”概括，考察全部韩诗也不难发现，韩诗的“奇险”多在其古体诗与联句中，而近体律诗中则多风格平淡之作。

还有一个现象也值得注意，韩愈早期（贞元十九年之前）的作品平正古朴的较多，韩集中奇险的诗篇大都作于元和五、六年（810—811）前，而此后又是并不奇险的诗作占了较大的部分。如同样是《联句》，元和十二年（817）九月所作的《晚秋郾城夜会联句》，就与元和初年所作的与孟郊等人的《联句》有很大的不同，一扫之前的奇崛诗风，而代之以“平和冲淡”的风格。加之元和十四年（819）“被贬潮州”对韩愈的打击，以及接下来不幸的家庭变故，使得韩愈此后的诗多平淡、沉郁而有深意。

遗憾的是，乾嘉诗话中缺乏对韩诗风格进行更深层次的辨析。韩诗在不同时期、不同体裁的主导诗风是不同的，不能简单地一概而论。但从总体上看，乾嘉诗人已经能够比较全面较为公允地看待韩诗，他们所论对后世诗论家评价韩诗风格产生了深远的影响。如近人陈衍曾提到，“元和以降，各人具有一种笔意，昌黎则兼有清妙、雄浑、磊珂三种笔意……纷红骇绿，韩退之之境界也”[②]。陈衍所说的“清妙”，就近乎乾嘉诗人评韩所说的“平淡”诗风。还有当代学者闫琦在《韩诗论稿》中论韩诗的刚柔相济，莫砺锋先生在《论韩诗的平易化倾向》一文中所言“韩诗有奇险雄骜与平易质朴两种倾向”等[③]，都与乾嘉时期诗论家所言所论有着一脉相承的联系。

---

① 叶燮：《原诗》内篇上·三，霍松林校注本，人民文学出版社1979年版，第21页。
② 陈衍：《石遗室诗话》，人民文学出版社1998年版，第315页。
③ 莫砺锋：《论韩诗的平易化倾向》，载《唐研究》第3卷，北京大学出版社1997年版。

读清人诗话丛札

朱则杰*

清人诗话包括众多专书和零星论诗之语，是一份极其丰富、重要的文化遗产。即在诗学理论之外，清人诗话本身以及后世的研究整理，也有许多可资采择、利用的地方。不过与此同时，由于诗话的性质不同于严肃的学术著作，其中记载疏误之类的现象同样十分普遍，后世的研究整理也难免存在某些不足或其他方面的问题。现在将平日阅读清人诗话的若干札记厘为一束，提供给有关专家和读者作为参考。

一、《在园杂志》不详作者诗二首

清初刘廷玑撰《在园杂志》，卷二有连续两条都是叙述所见前人诗歌作品不详其作者，现予以补订于下。

一是“佳句”条，说：

> “雪压长林万木低，经旬不共野人期。蹇驴借得如黄犊，犹怕山桥未敢骑。”此不知何人佳句，粘贴桃源村舍壁上。或是古作，或是近诗，俱未可定。

* 朱则杰，浙江大学传媒与国际文化学院教授。

惜予读书不多，即多亦弗能记忆耳。一见赏心，何其静雅谨慎之至也。①

这里提到的诗歌，利用今天的科技手段，很容易检索到其作者为元代的郑东，标题作《题范宽小雪山图》，可见元人顾瑛辑《草堂雅集》卷七，或清初康熙《御定历代题画诗类》卷二、顾嗣立辑《元诗选三集》卷十一等②，现今则已辑入杨镰先生主编的《全元诗》③，只不过正文前两句文字与刘廷玑所见略有出入，乃“雪压寒林万木垂，经旬不与野人期”。

另外需要说明的是，这里涉及的几种古籍，据原书序文署款时间等，可知《在园杂志》定稿于康熙五十四年乙未(1715)，而《御定历代题画诗类》《元诗选三集》分别成书于康熙四十六年丁亥(1707)、五十九年庚子(1720)。因此，刘廷玑自然不可能接触到《元诗选三集》，而“粘贴桃源村舍壁上”之人是否来得及接触《御定历代题画诗类》也不一定，其最有可能的直接来源大概就是《草堂雅集》。

又，原诗作者郑东，籍贯温州平阳。其作品为后人所传抄，又为刘廷玑所赞赏，笔者作为温州后学，也感到格外亲切和高兴。

二是“漂母祠题句”条，说：

漂母祠题句颇多，一望皆黄茅白苇，无足取者。惟有一绝：“我携千金来，但买淮阴酒。平生耻受恩，长揖谢漂母。”词意超脱，不与众同。但不落姓名，或曰此海宁陈素庵诗，为人抄袭耳。④

这里提到的诗歌，因其后面已经有一个大致的线索，所以一检核陈之遴(素庵其号)的诗集《浮云集》，就发现确实原载卷十⑤，标题即作《题漂母祠》，正文文字仅第二句“但”字原为“只”。

二、“周渔山”与“周涣山”

雍正前后金埴撰笔记两种——《不下带编》七卷、《巾箱说》一卷，同时记载有一

① 刘廷玑：《在园杂志》，中华书局 2005 年版，第 53 页，总第七十四则。

② 顾瑛：《草堂雅集》，《景印文渊阁四库全书》第 1369 册，第 320 页；康熙：《御定历代题画诗类》，同上第 1435 册，第 36 页；顾嗣立：《元诗选三集》，同上第 1471 册，第 511 页。

③ 杨镰：《全元诗》，中华书局 2013 年版，第 46 册，第 203 页。

④ 刘廷玑：《在园杂志》，中华书局 2005 年版，第 54 页，总第七十五则。

⑤ 陈之遴：《浮云集》，《〈浮云集〉〈拙政园诗余〉〈拙政园诗集〉》本，黑龙江大学出版社 2010 年版，第 220 页。

位百岁老诗人，现加以说明于次。

先从《巾箱说》说起，其原文为：

> 周渔山字复庵者，自号天台山人，善摄生而工诗。康熙壬午，年百有七矣！予与吴子宝崖陈琰举吟社于西子湖头，名流百辈，远近咸集。山人翩跹而来，神韵轻举。诗多不经人道者。曾记其《过湖上》云："金装玉裹梅边鹤，翠绕珠围柳浪莺。"盖缘驾将幸浙，供御者妆缀十景，反失本色，二语如睹已。又《咏明妃》云："却敌和番都要妾，不知何处用将军？"佳句甚伙，予[余]不能记。惜数月山人化去，其遗稿不可得矣。①

这里"壬午"为清康熙四十一年(1702)，逆推周渔山生年为明万历二十四年丙申(1596)。此时周渔山已经一百零七岁高龄，还参加金埴、吴陈琰等人在杭州西湖举行的诗社活动，并至少有两首诗歌中的"佳句"为人传诵。不过"数月"之后——正常理解也就在这一年，周渔山"化去"，享年止于一百零七岁。

《巾箱说》这段记载，不但出自当事人之手，而且所记姓名、字号之类乃至生卒年都相当完整，因此如果孤立来看，那自然是一条比较完美的人物传记数据。但是，《不下带编》卷一的另一段记载，却偏偏带来了混乱，其原文如下：

> 圣祖仁皇帝将五幸杭州(康熙四十六年丁亥)，有司增饰西湖诸景，中一二景亭颇事华艳。有天台山人周复庵涣山，年一百六矣，投诗有司而揭于放鹤亭壁云："金装玉裹梅边鹤，翠绕珠围柳浪莺。浓抹可宜西子污，碧流也识长官清。"盖讽之也。上官过景亭，讶有司增饰，见诗，大责之曰："尔见皇上命名山房耶(御题行宫曰'西湖山房')？圣意本欲敦素崇朴，以惜民力耳，何事华艳为？"命撤去之。驾至，果称旨。②

这里首先需要指出的是原注"康熙四十六年丁亥"(1707)，在"圣祖仁皇帝"是最后第六次而非第五次巡幸杭州，正月二十二日从北京启程。而同样是这位"天台山

---

① 金埴：《不下带编·巾箱说》，中华书局 1982 年版，第 157 页。民国元年(1912)上海国粹学报社排印《古学汇刊》本开头"周渔山字复庵者"作"周渔山者，字复庵"，可见上海书店出版社《丛书集成续编》第 90 册，第 846 页。

② 金埴：《不下带编·巾箱说》，中华书局 1982 年版，第 2 页。原某些字后注有声调，兹从略。

人”，此时不但仍然健在，而且年龄反而还只有一百零六岁，逆推其生年则为万历三十年壬寅(1602)，与《巾箱说》所记相差六年。

这样一来，上述这两条数据，一下子就变得都不可相信了，至少使人无所适从。甚至连人物之名，一作“渔山”，一作“涣山”，也不知究竟当以何者为是。至于“渔山”或“涣山”是否果真是名抑或是字，又“复庵”是否果真是字抑或是号，这些都是次要的了。

鉴于目前这种情况，在介绍这位百岁老诗人的时候，比较恰当的做法应该是以《巾箱说》为正取，而同时附注《不下带编》。

另外类似的百岁老诗人，乾隆时期也有一位名叫王世芳，并且同样是天台(临海)人，具体可见拙作《清代朝廷“九老会”考》第二部分《乾隆三十六年辛卯“九老会”》第二款“人物”有关叙述①。

三、《随园诗话》关于《张忆娘簪花图》题咏

袁枚《随园诗话》卷六第一百十一则说：

> 康熙间，苏州名妓张忆娘色艺冠时，蒋绣谷先生为写《簪花图》小照。乾隆庚午，余在苏州，绣谷之孙漪园以图索题，见……题者皆国初名士。莱阳姜垓云：“十年前遇倾城色，犹是云英未嫁身。今日相逢重问姓，尊前愁杀白头人。”……苏州尤侗云……沈归愚云……。余题数绝，有“国初诸老钟情甚，袖角裙边半姓名”之句，人皆莞然。按莱阳两姜先生，以孤忠直节名震海内，而诗之风情如此。闻忆娘与先生本旧相识，一别十年，尊前问姓，故诗中不觉情深一往云。②

按这里所说《簪花图》云云，后光绪二十三年丁酉(1897)江标曾辑为《张忆娘簪花图卷题咏》(以下一般简称“图卷”)，刊入《灵鹣阁丛书》第四集；《丛书集成初编》据以排印，十分常见。上引具体诗歌，确实都见于卷内。但仔细对照，还是可以发现袁枚的记载颇多错误。

先说这里所引的第一家题诗“十年前遇倾城色”云云，按之“图卷”，作者实际为

---

① 《明清文学与文献》第二辑，黑龙江大学出版社 2013 年版，第 258—259 页。

② 袁枚：《随园诗话》上册，人民文学出版社 1982 年版，第 207—208 页。

“莱阳姜实节”，并有“莱阳主人”等三枚印章①。姜实节的父亲姜采、叔父姜垓，入清之后都寓居苏州，坚持民族气节，即所谓“以孤忠直节名震海内”。据魏禧《魏叔子文集·文集外篇》卷十八《莱阳姜公偕继室傅孺人合葬墓表》，姜垓卒于顺治十年(1653)“癸巳二月二十四日”；“距其生”明万历四十二年(1614)“甲寅”，“享年”仅“四十”②。因此，姜垓绝对不可能在“康熙间”为此图题诗。袁枚这里不但于叔侄二人张冠李戴，而且接下去还做了一番发挥，这就错上加错了。

姜实节这首诗歌，同卷题诗的沈德潜(归愚其号)也曾选入《清诗别裁集》卷二十一③，标题即拟作《题簪花图》。小传说姜实节“字学在”，为“贞毅先生仲子”，“贞毅”就是姜采的谥号。诗后还附有评语：

> 此歌者张乙[忆]娘照，蒋绣谷属杨子鹤图之。同时赋诗者，多浓纤肥腻；独作者盛衰之感，尽倾一座。外此，目存上人亦复超然。

“图卷”蒋恭棐(西原)题辞，也说：“卷中题咏，推姜丈学在再赠一绝擅场。”④所谓“再赠一绝”，指的就是“今日相逢重问姓”云云。另外这里提到的释睿(目存其字)题诗⑤，《清诗别裁集》同样以《题簪花图》为题，选在卷三十二，并明确交代“兹从画卷中采入”⑥。姜实节该诗的来源，应该与此相同。而《清诗别裁集》所选姜实节诗歌凡五题，第一题为《绣谷堂中牡丹今岁惟开一枝，杨子鹤、马扶羲、徐采若暨目存上人各为作图，王石谷补一石，余为题句》，则说明姜实节与有关诸人多有交往。凡此种种，都可以佐证前引该诗确系姜实节所作。

再说袁枚自己的题诗，“图卷”紧次沈德潜题诗之后，末尾有署款：“乾隆辛未夏四月，钱塘袁枚子才题。”并且还有“袁子才”等三枚印章⑦。这里的“辛未”，是乾隆十六年(1751)。而《随园诗话》所说的“庚午”，则是乾隆十五年(1750)，这时间显然也记错了。

---

① 江标：《张忆娘簪花图卷题咏》，《丛书集成初编》第1576册，第2页。
② 魏禧：《魏叔子文集》下册，中华书局2003年版，第980页。
③ 沈德潜等：《清诗别裁集》下册，中华书局1975年版，第364页。
④ 江标：《张忆娘簪花图卷题咏》，《丛书集成初编》第1576册，第6页。
⑤ 江标：《张忆娘簪花图卷题咏》，《丛书集成初编》第1576册，第4页。
⑥ 沈德潜等：《清诗别裁集》下册，中华书局1975年版，第592页。
⑦ 江标：《张忆娘簪花图卷题咏》，《丛书集成初编》第1576册，第8页。

又袁枚这组题诗共有五首，后来加上小序，收入其《小仓山房诗集》卷七[①]，总题《题张忆娘簪花图(并序)》。该卷编年，跨“庚午、辛未”两年。而这组题诗排在第三题，显然也是误为乾隆十五年(1750)所作。

此外，袁枚这组题诗收入其本人诗集时，在文字上做过很多的修订，这是可以理解的。但《随园诗话》征引姜实节的诗歌，文字与图卷多所出入，就应当视为一种错误。特别是开头的“十年”，“图卷”原作“六年”；一加改动，自然会影响到史实。倒是《清诗别裁集》所录，包括释睿该诗，与“图卷”完全一致，最能忠实于原作。

附带关于该本《张忆娘簪花图卷题咏》，卷首江标题记谓有关题咏“半是真迹，半系摹写，殊不可解”[②]。这里“半是真迹”可置不论；而“半系摹写”，则很可能是由于原卷在流传过程中曾经有过脱落，收藏者根据当时条件零星搜集补录。现今我们还能够见到不少明确作于江标刻印之前却不见于该图卷的相关作品，就可以从反面证明这一点。

四、《随园诗话》关于舒瞻《偶占》诗

袁枚《随园诗话》卷七第八十则，全文如下：

> 同年舒瞻，字云亭，作宰平湖，招吾乡诗人施竹田、厉樊榭诸君，流连倡和，极一时之盛。同时，杭郡太守鄂筠亭先生亦修禊西湖，名流毕集，各有歌行。临去时，布衣丁敬送哭失声。云亭《偶成》一首云：“芳草青青送马蹄，垂杨深处画楼西。流莺自惜春将去，衔住飞花不忍啼。”鄂公《修禊序》云：“诗者，先王之教也。山水清音，此邦为最。无与合之则调孤，有与倡之则和起。余安得拘俗吏之规规乎？此拟兰亭之所由作也。”呜呼！似此贤令尹、贤太守，何可再得？(鄂公名敏，上改名乐舜。)[③]

按舒瞻为正白旗满洲人，与袁枚同为乾隆四年己未(1739)进士，曾官浙江桐乡、平湖、山阴、海盐等地知县。乾隆十一年丙寅(1746)闰三月三日，杭州知府鄂敏(筠亭其字)举行“西湖修禊”，并辑为《西湖修禊诗》，其中确实同时有“知桐乡县事

---

① 袁枚：《小仓山房诗文集》上册，上海古籍出版社 1988 年版，第 126 页。
② 江标：《张忆娘簪花图卷题咏》，《丛书集成初编》第 1576 册，第 1 页。
③ 袁枚：《随园诗话》上册，人民文学出版社 1982 年版，第 238—239 页。

满洲舒瞻云亭”(第二十七人)和“布衣钱唐[塘]丁敬龙泓”(第十九人)[①]。但是,舒瞻“临去时”,丁敬是否果真“送哭失声”,我们无法印证;而把舒瞻“偶成一首”当作当时劝慰丁敬的作品,这一点却是错误的。

舒瞻有自撰诗歌别集《兰藻堂集》凡十二卷。该集过去笔者未见,现今已经影印入《清代诗文集汇编》,所以取阅相当方便。其内部作品,既不分体,也无明确编年。但每卷一个小集,大致按照生平经历命名,总体上仍然有一个时间上的顺序。上引“偶成一首”,见于卷一《赏音初编》,原题《偶占》,正文仅第三句“自惜”原作“似惜”[②]。而“西湖修禊”之作,见于卷二《栖桐小草》,题为《闰上巳西湖修禊,效兰亭体,赋四言、五言各一首》[③]。由此可见,所谓“偶成一首”,显然是舒瞻早年在北京所作(其前后诸题多写北京风物),而绝非“栖桐”期间为丁敬而作。也就是说,该诗与“西湖修禊”,不存在任何关系。至于后来舒瞻屡次返京,丁敬是否有过“送哭失声”的情况,自然更加无关了。

舒瞻,其生年不详,谢世时间则已故袁行云先生《清人诗集叙录》卷二十六“舒瞻”条,已据张云锦《兰玉堂诗续集》卷一《哭海盐大令舒云亭先生四首》之一第六句“何堪除夕赋招魂”自注“先生殁于丙子腊月廿九”,考得为“乾隆丙寅[子](二十一年)腊月廿九”[④]。如此换算作公历,即1757年2月17日。某些著作或在农历年份上失误,或在公元年份上标为“1756”,均未妥。

五、《亦园脞牍》版本与影印本错简

清末龚显曾撰《亦园脞牍》,版本情况比较复杂。笔者最初所见浙江大学图书馆藏本,系光绪四年戊寅(1878)诵芬堂刻本,凡八卷,各卷均无小集名称而分列条目,内容都属于一般意义上的笔记。后来又见到《中国稀见史料》第三辑影印本[⑤],底本系厦门大学图书馆藏光绪七年辛巳(1881)明州刻本,凡四卷,卷一至卷三为《葴斋诗话》一至三,卷四为《金艺文志补录》。这个四卷本,虽然书名相同,牌记

---

① 鄂敏:《西湖修禊诗》,《丛书集成续编》第224册,台湾新文丰出版公司,第91页、第90页。

② 舒瞻:《兰藻堂集》,《清代诗文集汇编》第316册,第80页。

③ 舒瞻:《兰藻堂集》,《清代诗文集汇编》第316册,第86—87页。文字仅第一首起句“湖平镜静”,《西湖修禊诗》“镜”作“境”。

④ 袁行云:《清人诗集叙录》,文化艺术出版社1994年版,第1册第917页。原诗已录在同书卷二十七“张云锦”条,见第2册第964页。

⑤ 龚显曾:《亦园脞牍》,《中国稀见史料》第三辑第15册,厦门大学出版社2012年版。

称为"重刊本"[1],却与八卷本完全是两种不同的著作。二者之间的关系,实际上不是版刻的变化,而是内容的叠加,相当于初编与续编。后者所谓"重刊本",如果"重"字改用"续"字,那就很容易理解了。如此则整个《亦园脞牍》,共有十二卷。

这次为了查核《蒧斋诗话》卷一的一段文字,发现影印本《亦园脞牍》在拼版过程中有一个很大的疏误,具体为:底本卷一第 23b 页至卷二第 13b 页,被整块排到了卷四的后面。也就是说,影印本的第 404 页至第 450 页,应该移前到第 301 页与第 302 页之间才是。现在把这个情况记在这里,至少可以为以后其他读者省去翻检时的疑惑与麻烦。

附带关于已故王绍曾先生主编《清史稿艺文志拾遗》,史部金石类据《中国古籍善本书目》著录有"龚显"撰《蒧斋金石目》稿本一卷[2],作者应该就是龚显曾,盖脱漏一个"曾"字。

另外关于龚显曾的生卒时间及字号,王志双先生《〈清人诗文集总目提要〉订误八则》一文第五则考订甚悉[3],读者必要时可以参看。

六、《雪桥诗话续集》记陈治生年

清末民初杨钟羲撰《雪桥诗话续集》,卷二第八十四则说:

> 钱介维,一字立山,号鹿窗,诗曰《淀湄草庐诗存》。……其《题山农雪景》有云:"泖庄老人吾老友,吾生甲戌君癸酉。燕市相逢正壮年,岭南归日俱称叟。比来连榻清吟堂,叙旧言欢共文酒。""山农"者,同邑陈治,号泖庄,工诗好游,足迹半天下。尝却耿精忠之聘。善画,尤工设色。兼精岐黄。《忆旧》云:"清漏沉沉杨柳风,当时送客小园空。春楼烛暗闻花气,人在重帘暮雨中。"言情旖旎,亦何害其风节。[4]

这里所引钱柏龄(介维其字)题陈治(山农其字,一作三农)《雪景》图的诗歌,其中"吾生甲戌君癸酉"一句同时叙及两个人的生年。江庆柏先生编著《清代人物生卒

① 龚显曾:《亦园脞牍》,《中国稀见史料》第三辑第 15 册,厦门大学出版社 2012 年版,第 252 页。
② 王绍曾:《清史稿艺文志拾遗》,中华书局 2000 年版,上册第 988 页。
③ 《图书馆理论与实践》2013 年第 7 期,第 43 页。
④ 杨钟羲:《雪桥诗话续集》,《雪桥诗话全编》本,人民文学出版社 2011 年版,第 2 册第 868 页。

年表》已有钱柏龄[①],资料出处即注《雪桥诗话续集》本卷[②]。现在再依据这句诗,可以知道陈治出生于明末崇祯六年“癸酉”(1633),长于钱柏龄一岁。由于陈治同时还是一位画家和医学家,因此能够解决他的生年问题更加具有多方面的意义[③]。

关于陈治,另外再录道光年间彭蕴璨《历代画史汇传》卷十四小传于次:

> 陈治,字山农,号泖庄,华亭人。国子生。善画。出语率惊座。交游足迹遍天下。能却耿精忠之招,可见风节。晚岁隐居茆湖,与二三知己饮酒赋诗为乐。兼善岐黄。著《贞白堂集》。(《金山县志》、《石田茅屋诗》、《松江诗征》)[④]

这里称陈治籍贯华亭,他书或作娄县,两者同为江苏松江府治(今上海)。又陈治除医学著作外,其《贞白堂集》,以及钱柏龄《淀湄草庐诗存》等,现今很可能都已经失传。只有类似于《松江诗征》的地方诗歌总集内,或许还能够比较集中地读到陈治的作品。

---

① 江庆柏:《清代人物生卒年表》,人民文学出版社 2005 年版,第 633 页。“柏”字误作“伯”。

② 卒年本卷未及,疑另有所据。

③ 例如已故俞剑华先生所编《中国美术家人名辞典》“修订本”,又李云先生主编《中医人名辞典》,该陈治均缺生卒年,分别见上海人民美术出版社 2009 年 4 月第十五次印刷本(版次未详),第 1006 页;国际文化出版公司 1988 年版,第 522 页。

④ 彭蕴璨:《历代画史汇传》,《续修四库全书》第 1083 册,第 271 页。

叶燮与佛教

廖肇亨*

一、前言：问题之所在

以《原诗》一书享誉中国文学批评史的叶燮，字星期，号己畦，康熙九年(1670)进士。晚年定居吴江横山，世称横山先生。关于《原诗》一书的研究汗牛充栋，近年蒋寅先生更倾注多年心血，重新笺注《原诗》，为后学指引迷津。不过对于《原诗》一书的崇高声誉，其作者叶燮固非无名之辈，然研究者于其生平、交游等细节，亦多在含糊朦胧之间。蒋寅先生《原诗笺注》一书后附叶燮简谱，亦颇便于翻览检索。可惜在叶燮年谱部分，举凡佛教相关部分，蒋先生多未注明。今观叶燮文集，晚年心曲尽付空王，佛教似亦不容轻轻看过。是以不揣浅陋，撰就此文，就教海内外方家。

叶燮之父叶绍袁于明清鼎革之际，剃发出家，叶燮亦随其父寄居僧舍①，晚年又留连山寺，其弟子沈德潜(1673—1769)形容叶燮与佛教之宿缘时说道："四岁，虞

* 廖肇亨，台湾中研院文哲所教授。

① 叶绍袁出家的经过，具载录于其日记《甲行日注》当中。叶绍袁道："(顺治二年〔乙酉〕八月二十五日)，甲辰，微雨。四更起栉沐，告家庙辞之。同子世佺(云期)、世侗(开期)、世倌(星期)、世倕(功期)，往圆通庵。"叶仲韶(绍袁)：《甲行日注》，沈云龙选辑：《明清史料汇编》，台北：文海出版社1967—1969年版，第3集，第6册，卷一，第2925页。叶世倌即叶燮。

部公授以《楚辞》，即成诵，稍长，通《楞严》《楞伽》，老尊宿莫能难"，"晚岁时，寓萧寺中，藜羹不糁，不识者几目为老僧，有治具蔬食招往论文者，辄往，而富家豪族欲邀一至，不可得。曰：'吾忍饥诵经，岂不知屠沽儿有酒食耶？'"[①]沈德潜之言固不无夸大之嫌，四岁儿颂《楚辞》尚可说，"通《楞严》《楞伽》，老尊宿莫能难"，则显为夸饰之词。然曰叶燮晚年俨然老僧，则为实录。今考其文集，晚年类如"如老僧之在退院"[②]之说法屡不一见，当为实录。叶燮自言其父"喜释氏言，著《楞严汇解》《金刚经》《参同契》"，"暮年薙发为浮屠于杭之皋亭山"[③]，叶燮虽然没有佛典相关著作，但综观叶燮《已畦文集》与《诗集》全书，其中访寺赠僧篇什亦为数不少。本文从其家世背景、友朋交游以及其诗文著作等不同角度，尝试探索佛教在叶燮内心所产生的影响，希冀对认识叶燮生平及其著作特质有所帮助。

二、坚定佛教信仰的家庭背景

叶燮之父叶绍袁薙发披缁入道机缘固然在于明清鼎革，不过其出家以前已能疏解内典，内学造诣自非等闲。尤有甚者，其一瓣馨香始终在万历三高僧之一，号称德洪觉范后身的紫柏真可身上。其自撰年谱诉说对于紫柏真可孺慕之情不知凡几，紫柏真可屡屡入其梦中。其曰："（十一月上浣），梦紫柏尊者过余，余亟迎入秦斋，师南面凭几坐，余拜几下。师为书二语，遂寐，忘其上句，下句云：'日看孤松淡淡闲'。余家庭中，故有一松，先大夫手植也。征绎语意，似不当为小草之出。而山林趣况，或亦未死。未几，为四子世侗入郡学，从郡返至江干，适余初度日，诸友醵金寿，余不敢虚诸友意，受之，佐刻藏经。因过接待，招提寺主希白为展师遗照，幸一瞻礼，恍如梦境。"[④]、"（崇祯十二年已卯），五十一岁。四月，梦内人如生存日，余对之语曰：'我已薙发，法名开山。'内人云：'此昔昆山一禅衲名也。'余曰：'若尔，不应更袭前人。余曾梦达观大法师，法语指示，当字梦达以表之，仍俟紫柏再来授名可耳。'寐心异之，自念夙因，幸或未泯。然紫柏行藏出处，不甚了晳。塔铭是憨山所撰，试一寻考，而铭载《径山志》中，简志，方启卷目，则第一行书云：'开山第一代国一祖师某'，恍然'开山'二字在上。祖师，昆山人也。余钝根拙性，六情纭扰。西

① 沈德潜：《叶先生传》，《归愚文钞》，卷十六，收入潘务正、李言点校：《沈德潜先生诗文集》，台北：文海出版社 1967—1969 年版，第 3 册，第 1398、1399 页。

② 叶燮：《好石说》，《已畦文集》卷三，收入《丛书集成续编》，台北：新文丰出版社 1989 年版，下同。第 152 册，第 677 页。

③ 叶燮：《西华阡表》，同前注，卷 14，第 770—771 页。

④ 叶绍袁编、冀勤辑校：《午梦堂集（下）》，中华书局 1998 年版，第 858 页。

方大圣，慈航不倦。岂三生石上，固有旧因缘在哉！”[①]“（十三年庚辰，五十二岁）余丁未年，同袁若思寄居莲花峰下寺中，自秋徂冬，迨今三十四载。青山如昔，故人已非，即余已成白首矣。怆然感伤，欲写一二韵语记之。是夜，舟中即梦作一绝，云：‘相寻林壑过幽栖，三十年前识旧题。证得无生真法忍，数声啼鸟尽菩提。’山寺故为紫柏炼魔场，当非偶也。”[②]以上所述梦境其实颇有可述，且俟来日。晚明文人于梦颇有会心，观叶绍袁自撰年谱，不难得知：梦对于加强叶绍袁的佛教信仰，具有决定性的作用。透过梦境，叶绍袁认定其与佛教实属天授，其一意归心紫柏真可似亦出自于某种特殊心理故有以致之，并非如汤显祖、董其昌亲炙有得。

叶绍袁之妻为著名的闺秀诗人沈宜修，其佛教信仰更为虔诚。叶绍袁曾经就沈宜修虔敬佛教信仰历程如是说道：

> 君由是益弃诗，究心内典，竺乾秘函，无不披觌，《楞伽》《维摩》，朗晰大旨，虽未直印密义，固已不至河汉。戊午以后(1618)，儿女累多，禅诵之功或偶辍也。家奉杀戒甚严，蚬螺诸类，未尝入口，蟏蠕虽微，必护视之。湖蟹甚美，遂因绝蟹不食，他有血气者又更无论。儿女扶床学语，即知以放生为乐。[③]

沈宜修弃诗学佛固然与其家庭生活有关，特别是夫家对其学诗颇有微词，佛教成为最重要的心灵慰藉。其虽于内学未必有深刻的造诣，但其家庭之中弥漫着浓厚的佛教色彩殆无疑义。除此之外，叶燮之姊妹叶小鸾、叶小纨皆为知名的闺秀诗人，可惜年寿不永，叶绍袁为此问乩扶鸾，《窈闻》与《续窈闻》书中载之甚详。例如其记叶小纨之事云：

> 余问亡女叶氏纨纨，往昔因缘，今时栖托。师云：“天下最有痴人痴事。此是发愿为女者，向固文人茂才也。虔奉观音大士，乃于大士前，日夕回向，求为香闺丽质。又复能文，乃至允从其愿，生来为爱，则固未注配佳偶也。少年修洁自好，搦管必以袖衬，衣必极淡而整。宴尔之后，不喜伉俪，恐其不洁也。每

---

① 叶绍袁编、冀勤辑校：《午梦堂集(下)》，中华书局 1998 年版，第 858 页。
② 叶绍袁编、冀勤辑校：《午梦堂集(下)》，中华书局 1998 年版，第 861 页。
③ 叶绍袁：《亡室沈安人传》，收入《午梦堂集》(上)之《鹂吹集附集》，第 226—227 页。

自矢心，独为处子，嘻亦痴矣。今归我无叶堂中，法名智转，法字珠轮，恐乱其心曲，故今日不携之归来耳。”（按：无叶堂者，师于冥中建设，取自法华无枝叶而纯真实之义。凡女人生具灵慧，夙有根因，即度脱其魂于此，教修四仪密谛。）①

叶绍袁长女叶小纨勤奉观音大士，某种程度也是来自父母的熏陶。从《窈闻》与《续窈闻》等作品，不难探知：叶绍袁的家庭始终弥漫着浓厚的佛教氛围。虽然叶燮自身的著作中几乎无一言道及，但对于叶燮而言，佛教信仰始终就如空气一般，无时无刻始终环绕左右。

三、叶燮的释门交游

晚明清初虽然号称佛教复兴，不过客观来说，叶燮晚年之际明清佛教界的高峰已过，与国变前后丛林诸山魁硕并峙的盛况不可同日而语。不过叶燮少时随其父亦尝亲炙丛林尊宿，例如时有“散圣”之目的雪峤圆信。其赠庐山开先寺住持颙庵一诗曰：

> 昔梦庐山隔汉峰，此游觌面任从容。君家瀑布三千丈，挂在藤床八尺筇。昔年曾见雪公来余童时曾随先大人至径山，便踏凌霄峰下苔雪公构精舍在峰下。一片孤云亲驻足，万山拜舞法王台。雪公室中挂“孤云驻此中，万山拜其下”联。从来散圣别禅宗，巨擘唯推此一公指雪师。我到庐山无别识，原来两世有家风。②

颙庵上人不详谁人，然此诗侧重于先人遗泽，今观全诗诗意，与颙庵上人几无交涉，而在缅怀先哲。雪峤圆信与密云圆悟同时受法龙池幻有，诗书亦见重当世，清世祖于雪峤圆信颇致推重之情，为丛林一时人望之所归。③ 少年时期随同父亲往谒禅林巨擘雪峤圆信的强烈冲击，始终停留在叶燮心上。综观叶燮集中，叙及诸

---

① 见氏著，收入《午梦堂集上》，第519页。

② 叶燮：《开先寺住持颙庵上人雪峤大师嗣法孙留余止宿，余酤酒独酌，与颙庵谈至夜分，漫拈以赠》，《己畦诗集》，卷四，第900页。

③ 关于雪峤圆信其人及其思想，参见廖肇亨，《第一等偷懒沙门：雪峤圆信与明末清初的禅宗》，《中边·诗禅·梦戏：明末清初佛教文化论述的呈现与开展》，第239—272页。另外陈垣也曾注意到顺治帝对于雪峤圆信情有独钟，详参陈垣：《清初僧诤记》，中华书局1962年版，第64—68页。

山长老子孙处不少，例如嗣法曹洞宗寿昌派天界系觉浪道盛[①]的石濂上人[②]（石濂大汕）[③]、临济宗金粟派木陈道忞[④]法孙心壁上人[⑤]、临济宗三峰派下灵岩继起（1605—1672）[⑥]一脉的三峰硕揆、具德弘礼[⑦]法嗣可绍上人[⑧]、律宗千华派下碧天净律师、贤首宗子孙西怀了惪（弘方德、海印弘）等净侣。叶燮之所以对法脉源流拳拳致意，一方面是缅怀典型夙昔，另一方面也相当反映了当时江南一带的丛林风气。

笔者原拟就叶燮法门师友详加考索，限于时间与篇幅，只能先就部分释门人物加以叙述。

心壁上人

《庐山志》卷九《心壁》叙其生平曰："字超渊，云南人。临济下第三十三世天岳昼嗣。康熙三十一年壬申秋主洪州憩云庵，十月徇众请主开先寺，重新殿宇，广置赡田，立丛林共住规约十条：一敦本尚德、二安贫乐道、三省缘务本、四奉公守正、五柔和忍辱、六威仪整肃、七勤修善业、八直心处众、九安分小心、十随顺规制。康熙四十二年癸未，天子南巡至杭州，江西巡抚张志栋趋觐行在，奉命躬赍御书《般若心经》一卷送寺供奉。四十六年丁亥秋，江西巡抚郎廷极恭送敕赐御书秀峰寺额并

---

① 觉浪道盛，别号杖人，闽浦张氏人。生于明万历壬辰年，卒于顺治己亥十六年，世寿六十八，僧腊四十九。幼习举子业，年十五入赘，十九因大父坐亡，有疑，遂生出尘想。求庆源孤舟榕公出家不果，疑益切，偶于街次闻猫堕声有省，落发于栖邑，遍参诸方，东苑和尚因付寿昌源流。年方三十，与焦太史、周海门诸大居士提唱金陵。国变，因《原道论》事件入狱，门下逃禅文士甚众，以方以智、倪嘉庆（1589—1659）、髡残石溪（约1612—约1692）最为人知，其生平详见刘余谟：《洞上正宗二十八世摄山栖霞觉浪大禅师塔铭》，《天界觉浪盛禅师全录》，《嘉兴藏》，第34册，第685—686页。觉浪道盛系明末清初杰出的曹洞宗僧人，目前关于觉浪道盛的研究，最有系统的研究应推荒木见悟著：《忧国烈火禅》，（东京：研文出版2000年版）一书。另外参见荒木见悟著、廖肇亨译：《觉浪道盛初探》，收录于《中央研究院文哲所通讯》第9卷4期（1999年12月），第95—116页；谢明阳：《明遗民庄子学的定位论题》，《国立台湾大学文史丛刊》，台北："国立"台湾大学出版委员会，2001年版，第115册，页；杨儒宾：《儒门别传——明末清初〈庄〉〈易〉同流的思想史意义》，同注；拙著：《明末清初丛林论诗风尚探析》，《中央研究院文哲所集刊》，第20期（2002年3月），第263—301页。

② 关于石濂大汕的研究，虽然历有年所，目前以姜伯勤《石濂大汕与澳门禅史——清初岭南禅学史研究初编》（学林出版社1999年版）一书最为深入而全面。陈荆和则有重要的拓宇之功，参见陈荆和编，《十七世纪广南之新史料》（台北：中华丛书委员会，1960年）一书。

③ 叶燮：《赠石莲上人》，《已畦诗集》卷四，第898页。

④ 木陈道忞（1596—1674），号山翁，广东潮州潮阳人。曾参雪峤圆信，后嗣法密云圆悟，历主浙江的灵峰寺、云门寺、广润寺、大能仁寺、万寿寺、山东的法庆寺等，两度主持天童寺。清顺治十六年（1659），奉诏入京，与学士王熙等辩论佛儒优劣，顺治帝赐号弘觉禅师。著有《北游记》、《布水台集》以及语录等。

⑤ 叶燮：《大林寺心壁上人以山居诗相示次韵以赠》，《已畦诗集》卷四，第902页。

⑥ 继起弘储，俗姓李，扬州兴化人。早岁出家，师事汉月法藏，为其嗣法弟子，其后十坐道场，以苏州灵岩寺为最久。明清之际，遗民多往归之，当时目之为"浮屠中之遗民"。生平详见全祖望：《南岳和尚退翁第二碑》，《鲒琦亭集》，台北：华世出版社1977年版，卷十四，第176—177页。

⑦ 具德弘礼，嗣法汉月法藏，久住杭州灵隐寺，号称中兴灵隐。

⑧ 叶燮：《始入庐山过万杉寺晤可绍上人具德禅师嗣法孙》，《已畦诗集》卷四，第900页。

东宫书‘洒松雪’三字扁额到山。渊精心禅悟，博学能诗，尝自庐山只身返滇，有《万里省亲图》，时人题和甚多，与宋牧仲往来唱酬尤频。郎廷极称其格调在大历、元和间。有《漱玉亭诗集》《秀峰寺志》。”①

轮庵硕揆

轮庵硕揆为文震亨之子，自陈垣《明季滇黔佛教考》标举以来，成为明清鼎革遗民逃禅的代表人物之一。《云南通志》叙其生平曰：“轮庵和尚名同同，一作超揆，吴县人。相国文文肃弟震亨之子也。少为诸生，名果，字园公。明亡祝发为浮屠。善诗文笔札，工书画山水，多写平生游历之名山异境，故能独开生面，不落时蹊。常住云南大理府，著有《寒溪集》，纪明末轶事甚多，有《鼎湖篇》一首，凄悲虽不如梅村《永和宫词》，而命意正大则较为过之。有序云：丁丑戊寅间，先公受知烈皇，遵旨改撰琴谱，宣定五音正声，被诸郊庙大祀。上自制五皇建极百僚师师诸操令先公付尹紫芝内翰翻谐钩剔。时司其事者内监琴张。张奉命出宫嫔褚贞娥等礼内翰为师，指授琴学，颁赐上方珍物，酒果缣葛之属。又屡赏御书，极一时宠遇。迨闯贼肆逆，烈皇殉国，诸善琴嫔御相率投池死。内翰恐御制新谱失传，忍死抱琴而逃，南归谒先公于香草垞，言亡国事甚悉。从此三十九年不复闻音耗。癸亥秋余在寒溪，内翰忽来相见，如梦寐，意欲祝发从余学佛，为赋此篇以赠。诗云：鼎湖龙去秋冥冥，惊风吹雨秋山青。白头中翰泪凝霰，叫霜断雁栖寒汀。烈皇御宇十七载，身在深宫心四海。一朝地老与天荒，城郭依稀人事改。当年删定南熏曲，内殿填词征召促。琴张好学宜乾清，先公屡赐金莲烛。雅乐推君独擅场，望春楼下拜君王。高山一奏天颜喜，奉敕新翻旧典章。昭仪传谕何谆切，予赉先颁女儿葛。上林避暑抚丝桐，温语贞娥道秘诀。流泉石上坐相邀，薇省风清玉佩摇。神武门前亲执戟，永和宫里薄吹箫。如意初伤泪沾臆，那堪又报河南失。钿蝉零落葬田妃，池水苍茫尚凝碧。寒食花飞不见春，冬青冢树斫为薪。煤山一片凄凉月，犹照疆场血化磷。世间万事须臾梦，老臣别有西台恸。四十年来寄食艰，何人再听高山弄。鉴湖南去云门外，古寺松篁景晻霭。维舟无意忽相逢，恍惚梦魂同晤对。夕阳影里话前朝，天寿诸陵王气消。留得闲身师白足，满头霜鬓影萧萧。住大理时又著有《洱海丛谈》等书。”②

原志硕揆

《三峰清凉禅寺志》卷二叙其生平曰：“原志，字硕揆，盐城孙氏子。父升任侠，

① 《中国佛寺史志汇刊》，第2辑，第16册，第0943—0944页。

② （民国）龙云、周钟岳纂修：《（民国）新纂云南通志》卷二百六十，民国三十八年铅印本。

为人所害，拉血报仇，告祭父墓。顺治三年，年二十三，祝发海州佛陀寺。壬子主三峰。辛酉主灵隐。丁卯和硕康亲王命僧天来赍衣钵到山请说戒。己巳圣祖南巡，幸灵隐，赐帑金，明日诣行在谢恩，传旨留候，至二鼓召对，敕赐御书云林寺额。住灵隐凡十二年。癸酉再主三峰。丁丑六月示微疾，书偈坐脱，年七十。康熙三十六年赐谥净慧禅师。著《七会语录》、杂著、尺牍、诗偈、《借巢诗集》。嗣法弟子练飞量、明岩照、青雷震等三十人。若庚辰进士沈近思亦自三峰□□而玉成者也。塔在虞山中峰。王泽宏、翁叔元并为铭。钱陆灿为行状。旧志参府县志。"①

在此数人之外，另以贤首宗西怀了惪为例，就叶燮之法门因缘略窥一端。盖叶燮虽然与佛门中人往来无间，但观其集中，题赠西怀了惪作品独多，至少有《山居杂兴和永定弘公韵》(诗集卷八)、《信宿永定讲寺漫赋五言近体四首赠海印弘公》《再迭前韵》《和海印弘公除夕韵》(以上俱收入诗集卷十)等诗作，又应西怀了惪之请，作《永定寺大悲殿记》(文集卷七)、《古永定讲寺微密诠法师塔志铭》(文集卷十六)两篇长文，就叶燮文集观之，谓题赠西怀了惪之作品数孤量远过其他僧人当不为过矣。是以叶燮言二人"订方外交"②"与弘公订交廿年"③，两人契若支、许洵非虚言。

西怀了惪与叶燮订交论契始于何时，观两人曾同从三峰硕揆、寂叟仁震参禅，叶燮年辈长于西怀了惪，颇称忘年之交，文献无征，不过从叶燮为永定寺大悲殿撰写的碑记一文，不难看出叶燮对西怀了惪其人的评价极高，其曰：

> 康熙二十八年，诠公之法孙宏方德法师，博贯教藏，妙行庄严，为诸方首。念其师未竟之绪，与里诸善信复营建大悲阁，仍阁址也，善士郑栫与其子焯倡率为众姓先，有节妇顾氏捐赀首倡，康熙三十一年某月日殿落成，凡殿中所宜有者，咸次第具，于是修礼大悲忏法以告终事。④

宏方德，即西怀了惪。叶燮对西怀了惪"博贯教藏，妙行庄严"留下深刻的印象，或许透过西怀了惪，对发心兴复永定寺的微密真诠(1604—1654)之事迹也有一定的认识。

① 《中国佛寺史志汇刊》，第39—41册，第0086页。

② 叶燮：《古永定讲寺微密诠法师塔志铭》，同前注，卷十六，第793页。

③ 叶燮：《信宿永定讲寺漫赋五言近体四首赠海印弘公》第一首下自注，《已畦诗集》卷十，收入《丛书集成续编》，第152册，第952页。

④ 叶燮：《永定寺大悲殿碑记》，《已畦文集》卷七，第710页。

在佛教史上，西怀了惪最值得称颂的成就在于编成明清华严宗最重要的传承史料——《贤首宗乘》一书，此书现存上海图书馆。成就《贤首宗乘》最重要的关键人物是西怀了惪，其弟子转净上修曾编纂其生平，收入《贤首宗乘》增补部分，其曰：

法师名了德，字弘方，别号西怀，吴郡人，朱姓，父仲襄，荫袭指挥，母叶氏。师年十三，父病，祷周孝子祠，刲臂肉羹以进，及父亡，遂怀出世想，皈永定省已师薙染。时慧开法师主猊座，见而器之，曰："此子发上品孝心，出家必为好僧。"命听讲，师默求智慧，礼拜甚勤，三年遂有入处。年二十，受华山见月律师戒，参三峰硕揆和尚，领狗子佛性语，目不交睫者三昼夜，闻香板声，砉然憬悟，呈所得，和尚深契之。遭三藩不靖，归吴门，值杯度际明法师启常期讲席，往听《楞严》、《起信》、《华严悬谈》等经论，凡六寒暑，昼听夜习，祈寒暑雨不少辍，又听慈氏德风法师《楞伽》、慧大师《圆觉》。岁丙辰(1676)秋，大师迁化，受记莂，讲《法华》一期，将阐《大疏》，谓《华严》宗旨圆融无碍，而行布一门，必资《唯识》，因谒普德次大师，请讲《唯识》，三年贯穿疏论，胸次洞然，师曰："未也，能解而无行，何由证入?"将缚茆于西霞，以修禅观，会剃度师病，促归。先是，师有母养于兄，至是兄殁，师遂奉母入华顶，奉侍之余，专修观行。仁叟和尚赠有"鬻薪买米供慈母，挥尘谈玄继父风"之句。三载母殁，仍回寺，本师亦寻归寂。时山门后殿创造未半，师徒手拮据，补故益新，丹垩金碧，从地涌出，成两世未竟之业。启讲《华严》一期，即谢院事，掩关修净土，日课弥陀三万六千声，增至六万八万乃至十万八千，莲池后一人也。师与人接，默然终日，如枯木之兀寒岩；叩而有应，则滔滔汩汩，如众流之注溟渤。尤矜细行，躬劳苦，食粗衣敝，仁心利物，蜎飞无损，病苦必周，真慈悲为室者也。善行草书，工诗，皆弃而不留，所著有《法华略疏》十卷、《贤首宗乘》七卷、《永定寺志》三卷。传法二人：天钧复、念石卓。师生于顺治庚寅(1650)，寂于康熙丁酉(1717)，世寿六十有八，僧腊四十有九。至壬寅(1722)冬，奉遗命荼毘启龛，双趺俨然，毛发齿爪与殓时无异，时距入灭已六年矣。虞山钱秋水铭云："化肉身为金刚，孰证明丙丁光。"且曰："师之戒精学粹，为当世法幢，孰知其潜修密行，积厚坚固，能自证于身后者，有如是耶?"塔于邓尉妙高峰祖茔之侧。[①]

① 释上修编：《贤首宗乘续补》，页2a—3b。

西怀了惪生平目前仅此一见，可谓弥足珍贵，以其为上图本《贤首宗乘》之编纂者，至关重要，是以全文照录。观此得知：其为苏州人，生于顺治庚寅(1650)，寂于康熙丁酉(1717)，世寿六十有八，僧腊四十有九，其入道因缘在于祷免亲疢，在永定寺薙染出家，剃度师为省已法师，依止慧开空朗，为雪浪洪恩四传弟子。又从见月读体受具足戒，随三峰硕揆习禅，其晚年专修净土，亦一时风气所趋。晚年以“教宗贤首，行在净土”一句括之，当无大过。综观此处叙及其生平从学诸师，若慧开空朗、慈世德风、杯度际明、次哲成贤等人，其传记多收入《贤首宗乘》一书当中，其一瓣馨香在贤首教观自不难想见。文中叙及之仁叟，乃指仁叟寂震，其塔铭即由叶燮撰就，收入《已畦文集》卷十六，叶燮与西怀了惪两人同时受教于仁叟寂震，关系之密切又可见一斑。观转净上修此处引用虞山文人钱中枢[①]所撰之塔铭，笔者尚无缘经眼全文。其知识结构在贤首教观外，又结合禅、唯识、净土，亦令人联想到雪浪洪恩，可谓家风不坠。

西怀了惪著有《法华略疏》十卷、《贤首宗乘》七卷、《永定寺志》三卷。除《贤首宗乘》一书外，余者今皆不知何往。《卍续藏》93册云栖系普德勖伊一脉之雪墩智一编《法华科决》一书后尚收有西怀了惪跋文一篇，文中对于贤首法统拳拳致意，其于本门家风致力精诚，不难想见。

叶燮又受西怀了惪之托，为作其师微密真诠塔铭。关于这点，叶燮如是说道：

> 顺治初年，苏郡李御史模、常熟钱宗伯谦益，首倡迎师办复永定讲席，起瓦砾荆榛为金绳帝网，铃铎风旛，无不灿炳，皆师以不思议功德开无量法门者矣。师开法始金陵，终苏都，应道场十二处，登座说法二十余处。世寿五十一，道腊三十。人但知师为永定中兴之主，而实贤首中兴继序之文孙也。[②]

钱谦益为永定寺募缘之文尚见收于《有学集》，且其文字与《贤首宗乘》多所雷同。微密真诠受法碧空性湛(1563—1636)，碧空性湛曾在南京天界寺，故微密真诠得以与金陵士人交接，深获赏识，得主金陵鹫峰寺，后又应吴地士人之请，兴复永定

---

① 钱中枢，字秋水，常熟县学生，与兄良择字玉友，俱以能诗名，有“虞山二钱”之目。无子，女适海宁查祥，遂依女以居。少精于禅，暮年嗜尤笃，注《楞严经》八卷，皆手录。所著诗曰：《未焚游草》、《悟余草》、《存性草》。又《常熟续文献》十卷，壮年所著也。年八十七卒于宁，返葬常熟。见金鳌等纂修：《海宁县志》，台北：成文出版社有限公司1983年版，卷九，第1357页。

② 叶燮：《古永定讲寺微密诠法师塔志铭》，《已畦文集》卷十六，第793页。

寺，作为弘扬华严教学的根据地。《贤首宗乘》的编者西怀了惪同时也编有《永定寺志》，惜今不传，其于永定寺流传故实熟若指掌。从《贤首宗乘》中，确实略可窥见永定寺踵事增华的历程于一斑。例如其谓慧开空朗(1623—1676)“是时永定初兴，诸色未备，师每事不惜胼胝，同其甘苦，均其劳逸。主法十有四年，而永定规模遂底于成”[①]，转净上修谓西怀了惪“时山门后殿创造未半，师徒手拮据，补故益新，丹垩金碧，从地涌出，成两世未竟之业”[②]。历经三代锐意经营，永定寺成为吴地壮丽伽蓝。西怀了惪曾如是描述微密真诠与永定讲寺的关系曰：

> 法师名真诠，号微密，湖广孝感人也。少立志出家，父母强之娶，不可。投大观山金台寺虚中庆和尚披剃，受具足戒于金陵普提场天佑律师，五夏阅大藏，遍参百城。于凤山、石头二大师门下，并得其心要，后得法于天界寺碧空湛师。碧师为雪浪门人，师亲承之下，闻一悟十，机辩不穷，如洪钟赴响，无不快足。金陵宰官方拱乾、吴国琦等，请主鹫峰法席，为教家丛席之冠。顺治(1644—1662)初年，吴郡檀护沈几、宋学显、吴滋等，迎师恢复永定废寺。寺建于萧梁天监二年，吴郡太守顾彦先舍宅为寺，名曰“永定”，递陈、隋、唐、宋、元、明，寺屡兴废不一，至顺治初年，其寺之建已千二百有余岁。师贯花飞锡，插草倡缘。画氍聚沙，假形像而说法；冰床雪被，罄衣钵以命工。诛锄草茅，粪除瓦砾。树宝殿于栋折榱崩之后，如涌灵山；焕金容于风饕雨虐之余，似来兜率。辛勤畚筑，次第经营，永定法席，以仍为创，千余年古刹，一旦中兴，皆师以不思议力开无量法门也。[③]

叶燮晚年经常往来永定寺，与西怀了惪融洽无间。叶燮曾经自述晚年心境曰：“吾一身之外无毫发足系恋，倘获长逝于削成万仞、雪岭天半、丹崖翠壁、古刹名蓝之间便当埋”[④]，心情似乎于俗世已无眷恋，十分洒落。又曰：“我是逃禅行脚师，胸无一物可时宜”[⑤]“浮踪一榻借禅关，架上莲花壁上山”[⑥]“敬礼优波尊，希空诸所

---

① 释了惪编：《贤首宗乘》，卷七，页 15a。
② 释上修编：《贤首宗乘续补》，页 3a。
③ 释了惪编：《贤首宗乘》卷六，17a—18a。
④ 叶燮：《将远游奉别诸同仁》，《已畦诗集》，卷九，第 947 页。
⑤ 叶燮：《上巳后三日遇胡存仁方伯于虎埠精舍示赠邹郎作和之》，《已畦诗集》卷九，第 947 页。
⑥ 叶燮：《宿慧庆山房》，《已畦诗集》卷九，第 947 页。

有”。[①] 观此，其暮年归心空王之倾向清晰可见。叶燮少年时曾一度寄食僧舍，晚年又一意参禅礼佛，或许可以说：佛教既开启了叶燮生命自觉的视野，也是临终归去的方向。

四、“只寻绝壑礼空王”：叶燮佛教观初探

如前所述，叶燮虽然没有佛教经典相关的著述，但佛教知识十分精确而丰富，与诸多开口乱道之野狐禅不可同日而语。其曾言：“昔日西江吸一口，至今不尽长波浏。”[②]这虽然是禅林套语，但也不难看出：叶燮虽然没有出家，也未列名《居士录》当中，但佛教在叶燮心目当中的分量与重要性断非他者可比。

叶燮晚年一意参禅礼佛，不过客观来说，叶燮之学问主张仍以批评家为本色当行。关于佛教与诗文之道的关系，其曾言：

> 世出世法，本无二法，法法皆然。即诗文之道亦尔。然诗不能无大同而小异，世谛之诗不可有俗气、书生气；出世谛之诗不可有禅和气、山人气。论诗者于世、出世法似乎相反，然畅达胸臆，不袭陈言，要归于不染气习，无二谛也。(中略)余乃知世、出世法即诗见异中之同，岂非法尔如然乎？[③]

此处，诗成为贯通世、出世法的重要媒介，重点是“不染气习”，也就是一空依傍，挺立天地。这样的说法基本来自禅宗论式，即使对佛教不甚熟稔的人也不难一眼看穿。不过叶燮的法门师友，包括了律、禅、教，虽以禅门为最大宗，但不拘一格，例如律宗千华派见月读体法嗣碧天净、定庵基，贤首教家南方系子孙西怀了惪，总体而言，叶燮虽然少年曾经亲炙过某些丛林尊宿，但并未留下太多影响的痕迹，从叶燮诗文中看出叶燮主要仍在于修持禅观。叶燮曾自叙其学佛历程曰：

> 忆诗十五六，庄诵《首楞严》。妙奢三摩地，错向文字诠。浮沉四十载，七处纷纠缠。侈口析真妄，杀活竿头黏。近知黜耳目，八识根现前。不婴世网剧，安从解牢衔。世尊问圆通，灰心第一圆。[④]

---

① 叶燮：《宿积善律院次少陵赞公房韵四首之四》，《已畦诗集》卷九，第942页。
② 叶燮：《赠绍宗开士》，《已畦诗集》卷四，第892页。
③ 叶燮：《庐山心壁上人诗序》，《已畦文集》卷八，第728页。
④ 叶燮：《山居杂诗》，《已畦诗集》卷一，第860页。

十五六岁曾诵《首楞严》，其时正是叶燮读书于圆通庵之年。故此诗之圆通亦有双重涵义，一谓佛法圆通，一谓开眼契机在于圆通庵。从诗中"浮沉四十载"，此诗或作于"二弃草堂"落成伊始，回首前尘有感而作。撇开叶燮个人生命发展史不谈，全诗其实类似于习禅心得，晚明以来，《首楞严经》颇为流行，禅门以之为修行指南亦风行一时，叶燮此诗正是体现此等风气的绝佳例证。叶燮又就中峰明本的禅法说道：

中峰国师名幻住，自其行脚以至坐道场，其行止皆不离幻，以为义。中峰为禅宗中兴鼻祖，然深于教典，如《般若》、《圆觉》、《楞严》，各有发明，以授其弟子天如禅师。按《般若》六如，以幻为首；《圆觉》：世尊告普贤、普眼两大菩萨，深发明幻义；《楞严》则观音大士圆通得如幻三昧，然则幻之时义，千佛正印无不于此发明。中峰国师以幻住而居幻又何疑乎？虽然，世尊云："知幻即离，不作方便"，幻既离矣，可住幻而居幻耶？虽然，离幻亦幻矣。即居而离，幻于何有？《圆觉》之远，离亦复远，离则居幻，离仍未尝不离；幻也，何不可之有？[1]

这段拗口的文字相当程度证明叶燮的佛学造诣，藉着对于中峰明本思想的掌握，叶燮也适时地披露他对佛典的造诣。禅法通透，又深于教义，虽是叶燮对中峰明本的赞誉，或许施之于叶燮亦无不妥，是以叶燮亦与贤首教家西怀了惪相视莫逆。深究这段话，其实并无深意，只是要说明参透如幻三昧，世、出世间两端亦能通达无碍。

从佛教思想史的角度来看，中峰明本除了因教说禅之外，更广为人知的是提倡净土，在净土思想史，中峰明本具有重要的一席之地，但叶燮对当时已颇为流行的净土法门几乎不曾一顾。对于念佛往生、极乐净土之类的观念，叶燮毫不以为意。而是侧重于大乘菩萨的深心悲愿与儒者用世施济的情怀并无二致。其曰：

昔我先师孔子之言曰："夫仁者，己欲立而立人，己欲达而达人。"盖尽天下之人共有一欲，而圣人在我，惟有一仁人之欲。以仁者之欲推之，则立人达人，包举已尽。极之为，博施济众，尧舜犹或难之，然理终不诬也。佛之教，以度生为本愿，其意欲使凡有生者，尽厌我欲，与其欲而后止。然既登佛果，则退而处

① 叶燮：《禾郡幻居庵碑记》，《己畦文集》卷七，第860页。

> 乎寂灭。度生之事，自任之菩萨。而观世音菩萨则至仁之人也。然在儒者则谓之仁，在菩萨则谓之悲。儒者以仁应天下之欲，极形容之，则曰其仁如天；菩萨以悲应有生之欲，无象可形容，而极其量，则曰大。[①]

这样的说法并不新鲜，儒家与佛教虽然理论的立足点有所不同，但对于世间众生的关怀与救度并无异同。佛教的大悲心与儒者之仁都从正视世间苦难出发。叶燮虽然对于中峰明本推崇有加，但并未完全重复中峰明本的道路。叶燮基本的立场应该还是儒家，但是一点也不排斥佛教，特别是认为救世济人即是贯串儒佛的重要关目，随着年纪的增长，叶燮对于佛教越发觉得亲近。不过其信仰的基本涵义与以禅为中心的架构并未有太大变动。

五、结语

在中国文学批评史上，叶燮已因《原诗》一书留下不朽声名。但学界对于叶燮生平的认识仍多有余蕴未发，其与佛教之交涉即是一例。虽然叶燮也曾说过“余儒家，言不谈福报”[②]，不过整体来说，佛教在叶燮的生命仍然占有重要的地位，尤其是晚年。叶燮曾经形容当时的佛教曰：“今天下佛法，亦少衰矣。非现大人相如优婆离尊者为如来纲纪以率之，恐将来稗贩如来者不少。”[③]此固然是为了提振律宗而说，却也与当时佛教大致趋势若合符节。本文从叶燮的家族、法门交游、佛教观等面向出发，尝试探究叶燮与佛教的关系。从明清佛教史的角度看，叶燮虽然在佛教史上没有过于显赫的资历或著作，但或许正因如此，反而可以视之为一个寻常奉佛士人的信仰形态。叶燮的信仰形态其实主要渊源于晚明万历以来盛极一时的佛教风气。综观晚明以来的佛教趋势：教家以华严为中心，临济宗金粟派、三峰派的论争、曹洞宗寿昌派也挺立其间，同时，为宝华山隆昌寺的南山律宗千华派一系逐渐掌握东南地方佛教的权威性，在叶燮的诗文集中都有具体而微的反映。本文主要在于探究叶燮佛教信仰的渊源，发掘清代士人与佛教信仰之间的关系，或许对于认识叶燮的内心世界不无裨益，至于叶燮文学理论与佛教的关系，未来仍有待进一步地探索。

---

① 叶燮：《永定寺大悲殿碑记》，《己畦文集》卷七，第 710 页。

② 叶燮：《大觉庵募造水陆圣像引》，《己畦文集》卷二一，第 825 页。

③ 叶燮：《积善庵改建律院碑记》，《己畦文集》卷七，第 711 页。

朱彝尊《静志居诗话》存世三种

邬国平*

朱彝尊为保存有明一代诗歌、以诗存史，且与钱谦益《列朝诗集》立异趣，于晚年编《明诗综》一百卷。其晚年编此书的痕迹在书里《静志居诗话》历历可见，卷六十八“黄孔昭”条诗话曰：“邻有死封疆之臣，耄矣读含美（引者按，黄孔昭字）诗，始克知之，附疏其略，庶后世有述焉。”①即是一例。曾燠认为，朱彝尊撰《明诗综》“所以正钱牧斋之谬”②。这一点于全书所选诗歌及诗话内容也多有逗露，如朱彝尊以为绛云楼遭火灾或是上苍对钱谦益撰史“是非未必皆公”的惩罚（卷四“危素”条诗话），就将此意流露无遗。朱彝尊这一批评一方面是指钱谦益《列朝诗集》以录诗多寡、评诗抑扬徇私情，另一方面又指他取舍诗人受制于党派立场成见，如云：“党祸既成，元朋（引者按，陈翼飞字）一跌遂不复振矣。钱氏与求仲（引者按，韩敬字）、臣虎（引者按，邹之麟字）、元朋皆同籍，而《列朝诗》概削去不录。呜呼，桑海既迁，猿鹤沙虫悉化，而雌黄艺苑者，党论又不释于怀，可为长叹息也。”（卷六十五“陈翼飞”条诗话）可见，“正钱”确是朱彝尊撰《明诗综》主要动机之一。当然朱彝尊撰《明诗

---

* 邬国平，复旦大学中文系教授。

① 朱彝尊《明诗综》，康熙间秀水朱氏六峰阁本。以下引此书仅注卷数。

② 曾燠：《静志居诗话序》，见朱彝尊：《静志居诗话》卷首，第2页，人民文学出版社1990年版。

综》受钱谦益《列朝诗集》影响也显而易见，比如《明诗综》引用钱谦益评语很多。固然书里这一类评语由众多人辑录而成①，但是，他们显然是受朱彝尊邀请做辑评事，所辑评语刻入《明诗综》也应当是得到朱彝尊同意的。《明诗综》有关徐允禄的诗话曰："汝廉（引者按，徐允禄字）抗言持论，具有经世之术，诗则非其所长。"（卷六十五）所辑钱谦益评语曰："天启辛酉，予官詹端，汝廉贻书累万言，谓正统己巳之役，徐元玉得谋国大局，而于廷益为孤注。公等当早决大计，劝请南迁，定商家五迁之议，勿为宋头巾所误。甲申三月，大命以倾，岂知忧危虑早，乃自二十年前一老书生发之，其风义有大过人者。"朱彝尊"具有经世之术"一语的具体含义，实包含在钱谦益所列举的徐允禄书信里面。由此可见钱谦益对朱彝尊的影响，更毋需说《列朝诗集》是朱彝尊编《明诗综》重要的材料来源之一。

《明诗综》康熙四十一年(1702)始刻于苏州白莲泾慧庆寺，四十三年竣工，次年初朱彝尊撰自序，故一般称《明诗综》初刊为康熙四十四年刻本，传世有白莲泾印本、六峰阁印本等②，《四库全书》本删改较多，此外，尚存《明诗综》部分稿本③。朱彝尊编《明诗综》不仅选诗，还撰诗人小传、静志居诗话，请人辑录一部分他人的评语，这些内容列在诗人名字后，所选诗歌前。有些诗人仅有小传，没有诗话或他人评语。《明诗综》问世后即广受瞩目，相比而言，书中的诗话较诸所选诗歌受到更多好评。因为朱彝尊对选入的诗歌有时会作修改，或是加以节录，从而造成与原作之

---

① 康熙刻本《明诗综》题署"小长芦朱彝尊录"，各卷又题辑评者姓名，计有98人，他们是汪森、龚翔麟、胡期恒、何煜、张大受、汪与图、陆大业、钱炌、马思赞、杜庭珠、朱端、周崧、秦道然、朱逢源、徐永宣、席永恂、徐惇复、秦实然、陆秉鉴、陆志谨、朱士谔、席前席、朱从延、范濂、马翌赞、胡任舆、陆稹、乔崇烈、陆赐书、江发、张士俊、宋至（致）、顾嗣立、乔崇修、汤右曾、徐德夏、宋筠、蒋国祚、杨雯、黄昌淳、宋韦金、冯念祖、丘迥、金成栋、陆廷灿、胡期真、李宗渭、张易忬、汪立名、程道原、杨文铎、高不骞、汪文桢、周耒、姚弘绪、曾安世、程岳、高舆、王文柏、秦祖然、金樟、金栻、汪继燝、成文昭、邵士桢、朱岸登、吴元鋐、程元愈、胡范、徐如玉、汪泰来、杨开沅、汪日祺、顾之珽、查克建、汪弘度、裘澜生、傅景俞、吴宝庚、吴宝芝、朱明仪、程仕、朱彝爵、顾以安、吴焯、孙起范、张师孔、徐炯、胡瑛、凌云凤、王锡、朱丕戭、秦敬然、方世举、张有直、朱甫田、江王凤、沈翼。可知书中所辑他人的评语出于众多者之手。

② 关于《明诗综》版本，江庆柏撰有《〈明诗综〉版本考》一文，载《嘉兴学院学报》第27卷第2期，2015年3月。

③ 已知朱彝尊《明诗综》稿本现存有两种。一种为上海朵云轩拍卖有限公司2005年春季艺术品拍卖会上的拍品《明诗综》稿本第五十八卷（一册），署"小长芦朱彝尊录，魏塘朱岸登辑评"，有"乌程周庆云印""云伯审定"等印鉴。另一种为《2014年西泠拍卖十周年庆典秋拍》介绍之《明诗综》稿本，总计156页，每页都钤有戚叔玉鉴印（"叔玉审定"）。该介绍云："戚叔玉所藏此稿，涉及卷一至卷七十中155位诗人的小传、辑评、诗话和诗选，是朱彝尊编纂此书早期的一部手稿，中有大量朱墨笔校改，留存了若干未入刊本的诗作，以及朱彝尊对原诗进行改动的证据，具有重要的学术文献价值。由于朱氏曝书亭藏书在其孙辈时因家境窘迫陆续散出，《明诗综》的原稿本亦已星散，未见公藏著录，藏者宝之。"按以上两种或是同一部稿本散落于不同藏家者。水竹邨人（徐乃昌）《书髓楼藏书目》卷四《集部之总集》曾著录曰："《明诗综》稿本八册，朱彝尊手稿本。"（民国24年铅印本）不知以上拍卖的稿本是否即是徐乃昌所记载的本子？

间很大差异，这在一定程度上降低了《明诗综》文献的可信性，因而受到一些质疑。如卷七十八选顾绛（炎武）《嵩山》一诗，原作是五言古诗十六句，朱彝尊节录其首两句和末六句，变成八句，形式上很像是一首五言律诗，对原作的变异很突出。

《明诗综》刊行以后，“世人苦《诗综》太繇，家不能有其书，即有亦不能遍观而尽识”[①]，可是人们研读明诗，又欲参阅其诗话的内容，故清人有从《明诗综》将其辑出单独成一书者，以便披览流传。尽管各人所辑之书其书名有所不同，因为都是以辑录《明诗综》一书的静志居诗话为主，故不妨并以《静志居诗话》名之，此类辑本也就是本文以下所要介绍的内容。清朝有多种《静志居诗话》抄本，有的完整，有的不完整，对于仅有部分或少量节选者，本文不加论略[②]。此外，在介绍之前再作两点说明：

第一，本文所谓《静志居诗话》是指从《明诗综》辑出而成专书者，非单独辑出者不在此范围。据此，凡朱彝尊《明诗综》各种存世本子，包括西泠印社拍卖有限公司2014年秋季拍卖会上的拍品《明诗综》稿本等，由于都是诗选与诗话的合编，本文均不作介绍。

第二，只要是从《明诗综》单独辑出诗话而成专书者，即使书名没有出现“诗话”，也将根据书籍的实际内容，视其为诗话专书，如藏于上海图书馆的抄本朱彝尊《明代诗甄汇编》一百卷，其实就是一部从《明诗综》辑出的不包含诗选的诗话。

今所见《静志居诗话》之成专书者，以乾隆四年江湑抄本《明诗综诗话》不分卷为最早。此书由从吾读博士学位的龙野君见告，特此致谢。后来，又有抄于乾隆时期之《明代诗甄汇编》，而嘉庆二十四年（1819）扶荔山房刻本姚祖恩辑《静志居诗话》二十四卷则是流传最为广泛、影响也最大的本子。姚祖恩辑本之前还有卢文弨、周中孚所辑《静志居诗话》两种，尚未发现流传本[③]。今人各家清诗话目录皆未记载存世的江湑抄本《明诗综诗话》、佚名抄《明代诗甄汇编》，两书也极少为清诗话研究者所提及。姚祖恩辑本尽管广为流传，人们对姚祖恩的了解却很少，其所辑

---

① 周中孚：《郑堂札记》卷二，《续修四库全书》第1158册，第11页，上海古籍出版社2001年版。

② 清人有《静志居诗话》节抄本数种：福建省图书馆藏乾隆二十六年孟超然抄本《静志居诗话偶钞》一卷（见蒋寅《清诗话考》第91页著录，中华书局2005年版），今人韦力藏乾隆五十九年吴骞跋抄本《静志居诗话》八卷，吴骞跋曰：“不知何人所辑，梧桐乡汪氏旧藏也。观其去取，似亦未必尽当。”（见韦力《静志居诗话》一文，载《光明日报》2013年5月23日）汪氏，汪如藻，汪森四世孙。又据吴骞跋记载，他曾从“武原陶氏借得《静志居诗话》四册不分卷，始自刘基，讫于王宽，每人小传及诸家诗评序次一依《明诗综》全载，而惜乎仅及什之三四。”吴骞跋引春江外史顾惇量语又提到，顾氏从书贾处曾见《静志居诗话》二卷（均见韦力文）。

③ 见周中孚《郑堂札记》卷二，同上。蒋寅《清诗话考》指出：“二家书均未见刊行。”中华书局2005年版，第273页。

《静志居诗话》虽然录自《明诗综》，却又经过他重新编录，与朱彝尊原作相比勘，差异之处其实不少，对此也宜予适当留意。

一、江湑钞辑本《明诗综诗话》不分卷

《明诗综诗话》不分卷，署"竹垞朱彝尊辑，蒿坪江湑录"，乾隆四年(1739)抄本，藏天津图书馆，收入陆行素主编《天津图书馆孤本秘籍丛书》第16册，见该册第379—847页，中华全国图书馆文献缩微复制中心1999年影印出版。水竹邨人(徐乃昌)《书髓楼藏书目》著录曰："《明诗综诗话》五卷，朱彝尊撰，江谞钞。"[①]误，由此可知徐乃昌其实并未见过此书。《中国古籍善本书目》将《明诗综诗话》著录在总集断代部分[②]，而不是归入诗文评类，也不妥。这是现存最早的朱彝尊《明诗综》诗话辑录本。

江湑(1686—1741)[③]，字佩水，号蒿坪，安徽歙县人，诸生。他也自称"练水江湑"，因为练水流经歙县，故以练水代称歙县。他长期生活于扬州。曾先后入励廷仪、唐执玉幕府。励廷仪(1669—1732)，字令式，号南湖，直隶静海人，雍正元年(1723)擢刑部尚书，九年迁吏部尚书，卒谥文恭。著有《双亭清阁诗稿》。唐执玉(1669—1733)，字益功，号蓟门，江苏武进人。雍正七年(1729)任直隶总督，九年(1731)请辞直隶总督获准，十年(1732)任刑部尚书，十一年(1733)第二次任直隶总督，旋卒于任上。江湑入励廷仪、唐执玉幕府当在雍正元年至九年之间，在唐执玉幕府的时间很短。以后他又在山东、浙江过了一段短暂的幕僚生活，回到故乡。阮元《淮海英灵集》说他是"江都瓜洲人，江宁籍，……乾隆丙辰荐举博学鸿词"[④]，所述多有误。

江湑工诗古文词，著诗文盈尺，以善章奏名。擅长书法，尤善小行楷。励廷仪称其小行楷、七言绝句、章奏为三绝[⑤]。著有《桐香书屋诗存》《蒿坪文集》[⑥]。他的诗文集还未发现，现将从其他书籍中见到的数首诗歌抄录如下，以见其诗风之一斑。

阮元《淮海英灵集》载三题五首。《见鹧鸪》二首："青草湖头苦雾侵，黄陵庙里

---

① 水竹邨人(徐乃昌)《书髓楼藏书目》卷四《集部之诗文评类》，民国24年铅印本。
② 《中国古籍善本书目》(集部)，第1720页，上海古籍出版社1996年版。
③ 江湑生卒年据王世清《艺苑疑年丛谈(增补版)》，(台湾)石头出版股份有限公司2008年版。
④ 阮元：《淮海英灵集》丁集卷三，嘉庆三年小琅嬛仙馆刻本。
⑤ 见劳逢源：《(道光)歙县志》卷八之九，道光八年刻本。
⑥ 见石国柱：《(民国)歙县志》卷十五，民国26年铅印本。

落花深。鹧鸪尔是南巢鸟，榆色秋风恐不禁。""能言不比青鹦鹉，一样雕笼锁短翰。从此莫啼行不得，黄芦苦竹好相安。"《送秋》："天半颓云忽不流，悲吟楚客倍添愁。青衫已湿霜前泪，红树难留叶底秋。纵有浊醪消永夜，绝无清兴倚高楼。诗情顿觉多萧索，也逐西风一夕收。"《重过红桥》二首："日落风微暑气清，绿杨城郭一舟横。十年梦里锁魂路，今日重来眼倍明。""曲曲青山滟滟波，易句留处易消磨。关情最是红桥柳，系得愁心尔许多。"[①]郑庆祜《扬州休园志》载江湑《休园雅集》："休园三葺继肯堂，休园诗句皆琳琅。坐君池亭风月古，把诗快读还飞觞。我来登眺春正早，烟月梅花俨蓬岛。语石堂开绿锦茵，湛华池畔书带草。乔木苍苍高入云，栽培四世多辛勤。其中变迁亦多故，代有能贤迥出群。羡君妙年着英异，不爱繁华爱奇字。一卷诗从竹里携，二分长向花前醉。君家园林旧有名，谷口咸推郑子真。兹园继志美尤着，不独占断扬州春。"[②]

江湑与厉鹗有交往。厉鹗《倦寻芳》云："扬州与江佩水别三年矣，辛丑春日，在都下重见于程蓉槎斋中，话旧凄然，因制此曲。"词曰："水萍不定，烟月无端，人海逢又。曲曲萸湾，空老那回杨柳。十二街中灯过五，十三楼上寒销九。数年华，但箫沈梦远，镜窥吟瘦。共细乳，分茶清昼。门外尘缁，侬定能否？浅碧西山，赢得此怀如旧。相见犹怜云聚散，相思应在花前后。似分明，话秋池，雨窗时候。"[③]辛丑是康熙六十年(1721)。程哲(1668—1739)，字圣跂，号蓉槎，师从王渔洋，有《蓉槎蠡说》。他年长于江湑，两人同乡，又都生活于扬州。

江湑珍爱文献，喜欢抄书。他出于对朱彝尊《明诗综》特别是其中诗话部分价值的认识，于乾隆二年(1737)七月开始抄《明诗综诗话》，先后经过二十个月，至乾隆四年(1739)二月完成，两年后去世。所以《明诗综诗话》是他晚年抄录的一部最重要的书籍，不仅将朱彝尊《明诗综》散见的诗话第一次汇为一集，而且它本身还是一部精美的书法艺术作品，是他个人重要的书法作品集。他在《明诗综诗话》自记中说：

> 丁巳夏六月，与鲍子嶶省纳凉桐香书屋，论及竹垞先生《明诗综》选本，萃诸家诗话而断以己意，不特论其诗，且论其人与其世，伟哉一代巨观乎！第卷帙浩繁，不利行箧。余慨然任钞辑之劳，始于是年七月，迄己未二月而竣，阅月

① 阮元：《淮海英灵集》丁集卷三，嘉庆三年小琅嬛仙馆刻本。

② 郑庆祜：《扬州休园志》卷八"诗"，乾隆三十八年察视堂自刻本。

③ 厉鹗：《秋林琴雅》卷三，康熙六十一年刻本。

> 二十，为书五巨册，计篇约九百。洪甥丹山付善手装订成书，置之案头，翻阅甚便。惜老矣，无出门之志，舟车之携，恐不获践，爰志岁月并录书之故，以告后人，其毋覆瓮糊窗幸甚。乾隆四年岁在乙未七月中浣，练水江濬书。①

从他的话里可以感受到，他对这部抄本非常爱惜。

《明诗综诗话》卷首除了收有江濬自记外，还有姚世琦、黎雨稼、江炳炎、鲍倚云四人的识语、题词、题诗、书后，这些对于了解江濬其人以及《明诗综诗话》如何辑录成书，也都很有帮助。兹录姚世琦、黎雨稼文如下。姚世琦识语曰：

> 江子名濬，字佩水，别字蒿坪，歙人也。五岁作家书寄大父，言质而意真，乡人以奇童子目之。八岁而孤，读书于外舅徐氏家，外舅雅爱重之。年十二，外舅移家姑苏，偕内兄鉴一肄业吾家湖雅堂中，先君子期以大器。十八岁归邗上，屡试不售。年二十补江宁郡庠博士弟子员，三十一走京师，诗古文词益进，辇下巨公争夸其贤，一时知名之士愿识面焉。尤长于笺奏，每奏报可。世宗宪皇帝阅所奏牍，必极褒予，署名之人辄受上赏，膺高爵。世无常何，故马宾王不获上达也。尝馆于静海司寇励文恭公廷仪家，故又习为刑名之学。素善病，于折狱之事不惮劳瘁，悉心研究，多所平反。或有失出者，必改正之，不敢枉法，以行辜恤，盖能严以济慈，行不忍之心于法外。使得一官，稍展其才，岂非良吏欤？唐蓟门先生执玉总制直隶，闻其贤，辟入幕府，以不克尽其长，乃辞去，厥后佐朱东溪于山左，佐大阮讱存先生于浙江，俱不得志，遂疏老于家。所著诗文盈尺，稿藏于家，惟以自娱。尤喜手录书，随笔杂记，丹黄甲乙，岁无宁晷焉。先是久于长安，思得一第，当路欲官之，耻从他途进，弗屑也。居恒慎交游，一二知己，咸倾心相与。或有以利乾请托者，累数千金，咸却之。盖义命自安，萧然自远，不汲汲于荣利，不戚戚于贫贱，故望重公卿，争相折节，不徒以词章见称也。今并科名之志亦与齿落发疏，心灰云冷矣，其牢骚拂郁，不屑为不平之鸣，伤时之论。间以暇日录成《诗话》一编，其自遣也，乃自伤也，余知之最悉，阅是编，有深慨焉，乃悉书之。茂苑世弟姚世琦识。②

① 陆行素主编：《天津图书馆孤本秘籍丛书》第16册，第382页，中华全国图书馆文献缩微复制中心1999年影印本。

② 陆行素主编：《天津图书馆孤本秘籍丛书》第16册，第380页，中华全国图书馆文献缩微复制中心1999年影印本。

文中“世无常何，故马宾王不获上达”一语，说的是唐代马周（字宾王）早年落拓，不为州里所敬，后为中郎将常何家客，代为上疏称旨，何常如实向唐太宗称赞马周之才，因得发达，官至中书令。姚世琦以这个例子，为江湑入幕府代拟笺奏有声，却无人为之荐贤才而鸣不平。又以为，江湑晚年抄录《明诗综诗话》一书是“自遣”“白伤”，是藉以寄托精神。

黎雨稼题词曰：

> 蒿坪先生具作赋之才，尤擅临池之妙，口吟手录四十余年，未见其一日辍也。近家居无事，以竹垞先生《明诗综》卷帙繁重，不便行笥，因取其中所载诗话，删繁汰复，手为缮录，阅月二十而竣，去取矜慎，朱墨精好，诚艺林鸿秘也……乾隆四年立冬日，同学愚弟黎雨稼拜书。[①]

撰写诗文题记者多为文人兼书画家。黎雨稼字耕书，安徽怀宁人，善书画，著有《云松坞集》《自长吟集》等。鲍倚云（1708—1778）[②]，字薇省，号苏亭，徽州巖寺人。优贡生，年四十，遂不赴举，以经学授于乡，学者称退余先生。作诗歌古文辞皆有法，嗜兰，工书画，有《寿藤斋诗》三十五卷，古文十卷，《诗剩》五卷，《丛话尺牍》若干卷。江炳炎，一名江灦，字砚南，号冷红，徽州籍，居浙江钱塘。“诗字画称三绝”[③]，“钩染花卉草虫，取法元人，工诗词”。[④] 有《琢春词》。也喜欢抄书，有《白石道人歌曲》抄本，世称精善。他们盛称江湑抄本《明诗综诗话》，可能更多是出于对其书艺的欣赏。

由于是抄本，《明诗综诗话》流传很少，但是在它抄成后不久，似乎在有限范围内也曾经流传过。卢见曾补注王士祯《渔洋山人感旧集》乾隆十七年雅雨堂刻本所引用的朱彝尊诗话亦称《明诗综诗话》，其所据或是江湑抄本。卢见曾乾隆间任两淮盐运使，交结文人、书画家甚众，江炳炎曾与之往来。江湑晚年住在扬州，钞本《明诗综诗话》为他随身所携。鲍倚云写于乾隆五年的题词说：“蒿坪先生《诗话》录成，贻余书志喜，盖去余与先生商订始事之日未及两年。余归装初解，旧学全荒，而先生之

---

① 陆行素主编：《天津图书馆孤本秘籍丛书》第16册，第381页，中华全国图书馆文献缩微复制中心1999年影印本。

② 鲍倚云生卒年据王世清《艺苑疑年丛谈（增补版）》，（台湾）石头出版股份有限公司2008年版。

③ 李斗著、陈文和点校：《扬州画舫录》，第146页，广陵书社2010年版。

④ 王鋆：《扬州画苑录》卷三引彭蕴灿《畊砚田斋笔记》，光绪十一年刻本。

书裒然巨册。今年夏复过扬州，拜观此书，先生喜，余窃自愧，叹不能已也。”[①]卢见曾向他借阅《明诗综诗话》为补注《渔洋山人感旧录》之用，这是完全可能的。若这一推测可以成立，则可以说明此抄本在完成后不久便曾经被引用，产生影响。

江湄从《明诗综》抄录诗人小传、静志居诗话、作者引述的他人评语，而统称为《明诗综诗话》，这已经不属于单纯地抄书，而是做了一件辑书工作，也就是说，江湄实际上是编了一部《明诗综诗话》。与散见于《明诗综》的静志居诗话相比，江湄所辑《明诗综诗话》将诗人小传一并抄入，这显然受到了钱陆灿从《列朝诗集》辑录诗家小传以及评语为《列朝诗集小传》一书的启发，然而《列朝诗集》中的诗人小传和评语原本就是融为一体的，《明诗综》的诗人小传和静志居诗话原本则互相分开，所以，江湄在抄写的同时，重新编录《明诗综诗话》的意义就显得更加突出。

黎雨稼说江湄抄本对《明诗综》原来的诗话“删繁汰复”“去取矜慎”，似乎是有选择的抄录，而不是完全照原样过录。不过一般而言，江湄对于抄录的内容可算是用忠实的态度加以处理，基本采用了逐字抄录的方法，如明朝帝皇谥号，他依原书全称抄录，帝皇葬处，也据原书用双行小字抄录具体葬地位置。而在后来姚祖恩整理的《静志居诗话》中，谥号是简称，双行小字被删。又《明诗综》多引他人评语，其中征引钱谦益语不少，江湄也予以抄录，尚未见忌讳。

二、佚名钞辑本《明代诗甄汇编》一百卷

《明代诗甄汇编》一百卷，抄者不详，藏上海图书馆，著录为“清朱彝尊辑”，归入总集，《中国古籍善本书目》著录同，归入总集断代部分，皆是根据其书名而为之部类[②]，未得其实，而依其内容宜入诗文评类。卷一、卷十一、卷二十一、卷三十一、卷四十一、卷五十一、卷六十一、卷七十、卷八十、卷九十一的首页A面都钤有“天水赵氏”“愓吾”朱文印各一。当是赵敦训的藏书。赵敦训，号愓吾，湖南武陵人。他之所以称“天水赵氏”，是以郡望之故。其父赵慎畛(1761—1825)，嘉庆元年(1796)进士，官云贵总督等职，谥文恪[③]。赵慎畛是著名的藏书家，死后藏书存于后裔。

---

① 陆行素主编：《天津图书馆孤本秘籍丛书》第16册，第382页，中华全国图书馆文献缩微复制中心1999年影印本。

② 《中国古籍善本书目》(集部)，第1721页，上海古籍出版社1996年版。

③ 赵敦训是赵慎畛儿子，姚莹诗歌对此曾经道及，《中复堂全集》之《后湘二集》卷五《道光十年九月至武陵谒赵文恪公墓有作》，诗末自注：“莹舟至武陵城下，是夜，公季子敦诒有事，先莹梦公呼之曰：‘迪光起，有远客至矣。’迪光，敦诒字也。”紧接此诗之后是两首五律，题曰《十月二十七日武陵临沅门外别赵愓吾敦训鄜麓敦诒兄弟》(道光刻本)将他们的父子关系表述得很清楚。

《明代诗甄汇编》当是赵慎畛、赵敦训的藏书。值得一提的是，赵慎畛喜藏朱彝尊著作，他在嘉庆二十四年(1819)花朝(二月十五日)写的二十二卷本《曝书亭诗集注》跋语中说："余家旧藏《曝书亭全集》，后得此本，注释明备，更便下学诵习，上有董浦先生(引者按，杭世骏)批笔，犹可宝贵。往来南北，遗失二卷，亟倩书手补写而丹校之，后来人当奉若拱璧也。"[①]又姚祖恩辑《静志居诗话》卷首也有赵慎畛嘉庆二十四年四月廿三日所撰序，云："先生(引者按，指朱彝尊)著作等身，海内藏书家罗致恐后，余独以是书未得单行为憾。"[②]明此缘故，朱彝尊《明代诗甄汇编》抄本为赵家之藏书也就不难理解，惟不能完全确定此书为赵慎畛收藏而传之于赵敦训，抑或是至赵敦训才收得而庋藏之？不过从赵慎畛嘉庆二十四年序尚曰"余独以是书未得单行为憾"，而数年后他就去世的情况来看，很可能这部《明代诗甄汇编》不是他收藏，而是赵敦训购得的藏品。

卷首录朱彝尊自序："合洪武迄崇祯诗甄综之，上自帝后，近而宫壸宗潢，远而蕃服，旁及妇寺、僧尼、道流、幽索之鬼神，下征诸谣谚，入选者三千四百余家。或因诗而存其人，或因人而存其诗，间缀以诗话，述其本事，期不失作者之旨。明命既迄，死封疆之臣、亡国之大夫、党锢之士，暨遗民之在野者，概著于录焉，析为百卷，庶几成一代之书。窃取国史之义，俾览者可以明夫得失之故矣。康熙四十有四年月正人日，小长芦朱彝尊序。"

次页说明抄本的册数、字数曰：

《明代诗甄汇编》共十本，计壹百卷：
第一本计三万三千肆拾肆字。
第二本计贰万三千肆拾肆字。
第三本计肆万贰千捌百肆拾三字。
第四本计三万柒千壹百伍拾玖字。
第五本计肆万伍千三百贰拾肆字。
第六本计三万陆千肆百贰拾肆字。
第七本计贰万捌千陆百玖拾贰字。
第八本计三万柒百伍拾三字。

① 引自傅增湘：《藏园群书经眼录》，中华书局 1983 年版，第 1436 页。
② 朱彝尊著、姚祖恩辑：《静志居诗话》卷首，人民文学出版社 1990 年版，第 1 页。

第九本计贰万贰千捌百壹拾字。

第十本计壹万玖千贰百壹拾玖字。

总共计三拾壹万玖千三百壹拾贰字。

以上说明册数、字数的书迹与抄本正文的书迹不同，显然是他人在后来统计全书字数时另为书写的。

《明代诗甄汇编》不知抄于清朝何时，然全书避讳“玄、胤、弘”，皆作缺笔，“曆”作“歴”，据此，当抄于乾隆朝。又所抄诗话引钱谦益语，“钱谦益”、“钱受之”皆直书，不像姚祖恩《静志居诗话》多将钱谦益改为“愚山”以谐“虞山”，或以模糊的“钱氏”代替“钱牧斋”。这些说明《明代诗甄汇编》抄录于乾隆朝初期，当时朝廷还未将钱谦益视为必须深加忌讳的对象。《明代诗甄汇编》避讳“玄、胤、弘”三字与姚祖恩辑本代之以“元、允、宏”，避讳方式也不相同。

《明代诗甄汇编》没有目录，卷数及每卷包括的诗人与《明诗综》相一致。卷十“孙蕡”条诗话有数处空阙符号，如“此广州张绩□□所集也”，“此安成王佩□□所集也”，“此□□□□□□□所集也”。这些在《明诗综》康熙四十四年刻本中也是空阙，说明《明代诗甄汇编》抄自《明诗综》。原书的诗歌不抄，只抄录诗人小传、他人评语、静志居诗话（每卷第一条标“静志居诗话”，其他标“诗话”，体例与《明诗综》同），说明抄者真正关注的是《明诗综》评论性数据，是有意识地要将它们辑成一部诗话的。可是，《明代诗甄汇编》不对原书卷数做重新处理，与江湑抄本不分卷、姚祖恩辑本分二十四卷都不相同，这似乎表明抄者想辑成一部诗话的意识相对与江氏、姚氏而言又略显薄弱。

《明诗综》静志居诗话可以分成两类，一类总评某一位诗人，置于诗人小传后，所选诗歌前；另一类评某一首诗歌，或置于所评诗歌诗题后，或置于所评诗歌作品后。《明代诗甄汇编》只抄录第一类诗话，不抄录第二类诗话。比如《明诗综》卷五评徐尊生《读元史偶书》，卷六评张孟兼《漫兴》，卷七评张翨《西湖竹枝词》，卷八评高启《吴宫》，卷十一评张昱《白翎雀歌》，卷十一评蓝仁《赋网巾》，对于这些评具体诗歌的诗话，《明代诗甄汇编》一概不抄录，仅抄录总评这些诗人的各条诗话。有些诗人，《明诗综》只有评其具体诗歌的诗话，没有总评诗人的诗话，如卷四评赵俶《续兰亭会补参军孔盛诗》，卷十三评冯伯初《崔贞姑庙》、评戴奎《秋夜有怀》、评金慎《柿林新居》，卷十五上评游庄《所闻有感》，卷十五下评徐文举《赋得百花洲》，《明代诗甄汇编》不抄录这类诗话，于是就没有了这些诗人的诗话。此是抄录该书体例使然。

对于总评诗人的诗话,《明代诗甄汇编》也有不抄录者。这种情况在卷十三至卷十六尤其突出。如卷十三贝翱、张璧、金絅、刘秩、吴文泰、任原、王泽,卷十四周致尧、刘涣、凌云翰、胡奎、李延兴、袁华、邵亨贞、虞堪、顾禄、黎贞、郑涔、郑真、陈燧、陶振、张时,卷十五上刘仔肩、陈谟、金信、郈经、郭文、沙可学、王句、李铎、范宗晖,卷十五下郑乾、丘辅仁、谢林、顾协、谢常、潘子安、郑洪、胡温,卷十六方孝孺、王叔英、周是修、茅大方、胡闰、郑桓、叶见泰、袁凯,卷十七杨士奇、胡广,他们在此抄本中皆未录有诗话。

也有抄录诗话不全者。如卷四牛谅,所录诗话仅为"尚书在元时中甲午大魁,见张志道同使安南所赠诗句",省略颇多;卷十三管讷少"管师事廉夫"至"讵可遗哉"57字,浦源仅抄22字,阙290字;陈汝言仅抄开头"吴县二陈,居船场巷,并有隽才,俱善诗,工画山水,又皆多须,故有大髯小髯之目",阙后面357字;乌斯道无"矜许至矣"以下107字;俞贞木仅有首句"明府有雕本集二册",阙后面26字;叶子奇阙最后"可资国史采择,诗特余技尔"句。卷十六练子宁仅抄录开头"革除诗文之禁,甚于元丰,然逊志之集,《金川玉屑》之编,久而日星不灭也"数语,后面134字未抄录;刘璟仅抄录开头47字,阙后面65字;高逊志仅抄录开头和结尾数语,阙中间506字;蒋兢阙"然类皆惑于《从亡》《致身》二录"以下276字;许继、郭钰二人各只抄录诗话第一句,阙大部分内容;唐之淳阙最后"萍居诗流传特寡"以下31字,漏喻阙中间引时人纪事诗等内容;卷十七姚广孝阙中间"观其入燕两谒刘太保墓,赋诗云",以及所引五古诗;解缙阙"然就近体而论"以下内容,缺少的部分多有引解缙诗句者。由漏喻、姚广孝、解缙的例子可知,《明代诗甄汇编》不抄诗话中所引用的诗歌,似乎是它的一种体例。

偶有误字、漏抄字者。如卷七"张翨"条诗话"洪武修礼书,吾乡与者三人","吾"误作"吴"。"翨所居有巨梓",漏抄"翨"字。卷二十六赵同鲁"则巡抚都御史陈均之",《明诗综》在"陈均"之间有一格空阙符号□,表示此处阙一个字,《明代诗甄汇编》却连抄,误。

对于《明诗综》所引他人的评语,《明代诗甄汇编》多予抄录,也有不抄录者,表明抄者对于他人评语抄与不抄是有所选择的。如卷十三"王泽"条,抄录徐子元评语,不抄钱谦益评语(姚祖恩辑《静志居诗话》这一条则录钱谦益评语,不录徐子元评语,恰成相反)。《明代诗甄汇编》对于抄录的他人评语,有时也有简省,如卷四刘崧条引刘仲修语,略去"晡时吏退"四字。

此外，抄本《明代诗甄汇编》略留下修改痕迹，比如卷十七晏铎，诗话内容与《明诗综》同，然中间漏抄“编谓是永乐二十二年庶吉士传闻异辞当以登科考为正也黄才伯”27字，后来又补抄于该页的页眉处。这也可以证明它是一种抄本，不是像有人所误以为的是一种未完成的稿本。

三、姚祖恩辑《静志居诗话》二十四卷

有关姚祖恩的资料不多，以前注意到他的人也很少。侯富芳先生《〈静志居诗话〉散论》一文提出姚祖恩辑《静志居诗话》与朱彝尊《明诗综》里的静志居诗话之间存在差别，对此作了一些说明，还指出姚祖恩与《史记菁华录》选评者姚苎田是两个人，对长期以来的误传作了纠正[①]。不过该文关于姚祖恩提供的数据依然很少，本文对此做一些补充，此外，对姚祖恩辑《静志居诗话》与朱彝尊《明诗综》里的静志居诗话的差异，在侯富芳先生的基础上再做进一步说明和分析。

姚祖恩父亲姚思康，贡生。他曾受乾隆帝赏赐，余金《熙朝新语》卷十四载：“（乾隆）三十年，圣驾南巡，……承办金山墨刻之程堂、姚思康，各赏缎二匹。”[②]他于乾隆三十二年（1767）任后补运判，三十五年再任，四十八年任泰州运判[③]。后来被人控告，遭朝廷密查，《高宗纯皇帝实录》五十一年十月甲辰谕：“至骆愉供出江、吴二商人呈控运判陈炯、姚思康二案，现已谕令将原案送京查办。但该二员是否实有情弊，征瑞即行密速访查，勿使该员等闻信，致有意外之虞。”[④]

外祖父金甡（1702—1782），字雨叔，号海住，浙江仁和（今杭州）人。雍正元年癸卯（1723）中举，乾隆七年壬戌（1729）状元，官修撰、侍讲学士、直上书房、礼部侍郎，因病回籍。门下士朱珪《上书房行走礼部左侍郎加二级金公墓志铭》[⑤]对他生平经历记载颇详。姚祖恩、姚祖同兄弟是金甡第三女儿之子[⑥]。姚祖同（1761—1842），字亮甫，一字秉璋，号镜潭，有《南归纪程》一卷，稿本，藏国家图书馆；《钦定平定教匪纪略》，藏上海图书馆。

---

① 侯富芳先生文章载《图书馆杂志》2011年第10期。

② 《续修四库全书》第1178册，第705页，上海古籍出版社2001年版。按原书注“见《南巡盛典》”。

③ 见朱珪：《上书房行走礼部左侍郎加二级金公墓志铭》，《知足斋文集》卷四，《续修四库全书》第1452册，第318页，上海古籍出版社2001年版。

④ 《清实录》卷一千二百六十六，第24册，第25585页，中华书局2008年版。

⑤ 参见朱珪《知足斋文集》卷四，《续修四库全书》第1452册，第316—318页，上海古籍出版社2001年版。

⑥ 金甡：《静廉斋诗集》卷二十三《别三女》之二“秋闱南北利，侍膝蚤详论。”自注：“有令祖同随余就试北闱之意。”（《续修四库全书》第1440册，第626页，上海古籍出版社2001年版）可知姚祖同是金甡三女的儿子，姚祖恩、姚祖同是同胞兄弟。

金甡著有《静廉斋诗集》二十四卷，朱珪编，姚祖恩参与校订并予刊行。姚祖恩所撰《静廉斋诗集》目录后叙一文，载于该书卷首[①]，"谨述纂辑岁月"以及他与弟姚祖同"从学渊源"。从这篇文章可以得到姚祖恩以下信息：

第一，他生于乾隆二十五年(1760)或之前。姚祖恩说他撰写《静廉斋诗集》目录后叙一文时，"已届周甲"，文章末署此叙写于嘉庆二十五年(1820)。因为姚祖恩弟姚祖同(字秉璋)生于乾隆二十六年辛巳(1761)，姚祖恩自当生于1760年或之前。

第二，他于乾隆四十五年(1780)中举，四十六年(1781)中进士。该文云："祖恩庚子乡荐。"又云："祖恩辛丑捷南宫，先生赋诗寄勖。仲秋归省，值八十览揆之辰，犹捧觞为先生寿。"金甡八十岁是乾隆四十六年。张寅彭《新订清人诗学书目》云姚祖恩"乾隆四十六年进士"，核以姚祖恩自述，所言是。潘衍桐《两浙𬨎轩续录》[②]、江庆柏《清朝进士题名录》[③]，皆著录姚祖恩乾隆四十九年甲辰(1784)进士，有误。

第三，扶荔山房是姚祖恩书斋名。该文末署"罗阳官舍之扶荔山房"，时姚祖恩在广东罗阳任官，书斋当时在官舍内。

姚祖恩字柳漪，号笏园(《两浙𬨎轩续录》卷十四)。检金甡《静廉斋诗集》卷十九有诗题《渡江示外孙姚养重祖恩秉璋祖同》，姚祖同字秉璋，则可知养重是姚祖恩字。又据民国《绕府志》载，姚祖恩嘉庆十二年曾任惠来县令。

姚祖恩对刻书业饶有兴趣，所刻书以扶荔山房名。《两浙𬨎轩续录》说："幼嗜《南宋杂事诗》，以为武林掌故之汇，每游湖山，辄携一编印证，既而属惠秋韶严厚民校刊行世，即所称扶荔山房本也。"[④]其刻书最著名者，一是沈德符《万历野获编》，此书后来又由他儿子姚德恒同治八年重校补刻，二是他自己编辑的朱彝尊《静志居诗话》二十四卷。

下面就谈姚祖恩辑《静志居诗话》的一些具体做法。

这部《静志居诗话》虽然根据朱彝尊《明诗综》辑出，可是，它又不仅仅是将原书有关内容简单地归拢在一起，而是对它们重新加以分卷，使各卷内容多寡大致保持平衡，较诸原书发生了很大改变，其变异性比江湑抄本《明诗综诗话》、无名氏抄本

---

① 见金甡：《静廉斋诗集》，《续修四库全书》第1440册，第421—422页，上海古籍出版社2001年版。

② 见潘衍桐：《两浙𬨎轩续录》卷十四。《续修四库全书》第1685页，第342页，上海古籍出版社2001年版。

③ 见江庆柏：《清朝进士题名录》，第637页，中华书局2007年版。

④ 潘衍桐：《两浙𬨎轩续录》卷十四。《续修四库全书》第1685页，第342页，上海古籍出版社2001年版。

《明代诗甄汇编》都显著得多。姚祖恩自己对如何辑集《静志居诗话》的体例没有说明，从该书实际面貌看，大致可以将其体例归纳为以下几点：其一，辑录诗人小传、诗话，并且选择一部分《明诗综》原有的他人评语。对这些他人的评语标以"附录"，以示与朱彝尊撰写的诗话相区别。诗话部分先录总评，再以"又云"起头，录评述某篇作品者。若无总评，只有对具体作品的评述，辑录时对此不另做说明。书里所录评述具体某篇作品者，如卷四"冯伯初"条诗话评《崔贞姑庙》，"戴奎"条诗话评《秋夜有怀》，"金慎"条诗话评《柿林新居》，卷十五下"徐文举"条诗话评《赋得百花洲》，卷十五下"邬修"条诗话评《中秋分韵》，卷十五下"陶琛"条诗话评《过徐良夫耕渔轩次倪元镇韵》，卷十五下"朱友凉"条诗话评《周尊师祷雨歌》，卷十六"黄子澄"条诗话评《枯梅》。《明诗综》将这些诗话都列于具体所评诗歌之后，姚祖恩则将它们列在诗人小传后，与其他总评诗人的诗话在形式上完全一样，不作任何说明，这一点特别容易引起读者对朱彝尊《明诗综》两类诗话的误会①。其二，朱彝尊纂《明诗综》并不是给每一位入选的诗人都撰写诗话，事实上没有写诗话的诗人在书中将近占一半。姚祖恩从诗话没有涉及的诗人中选择一部分编入本书，内容有诗人小传，还有从《明诗综》采撷的他人评语作为"附录"，缀于小传后。如卷七张振、沈恒、童轩，卷八陈昌、邵珪、杨荣、洪贯、罗玘，卷十三方弘静、卞锡，卷十七王志坚，卷二十三"闺门"孟淑卿、陈懿德，等等。虽然只有四十余人，姚祖恩对入选的诗人当有他自己的考虑。这一点与抄本《明诗综诗话》《明代诗甄汇编》相比体例差别尤为明显，形成特色。其三，从《明诗综》选择一部分诗歌，编入朱彝尊所撰诗话和"附录"的评语，原来诗话的篇幅因此有所增加。这在一定程度上改变了朱彝尊诗话和"附录"评语的原貌，是姚祖恩辑《静志居诗话》与朱彝尊所撰诗话最大不同之处。结果使脱离《明诗综》之后的姚辑本《静志居诗话》依然保留了几分诗选的特点。这种评论与诗选互相融合的做法，是符合诗话编纂体例的。其四，《明诗综》原无诗话，又无他人评语的诗人，不作为辑录的对象。其五，在同一条诗话中谈到两位以上诗人，他们一起被辑入书里，如卷七苏正、苏直，卷十田汝耔、左国玑，卷十三卜大同、卜大有、卜大顺，等等。这不算是无诗话或无他人评语者被辑录书中的例外情况。其六，姚祖恩自己对诗话或他人评语欲作说明，用"案"的形式表示，这类情况实际

① 比如姚祖恩辑《静志居诗话》卷二"赵俶"条诗话曰："本初《续兰亭会诗》不见佳，取其有晋人遗韵。"(第43页)朱彝尊《明诗综》则是选取赵俶《续兰亭会补参军孔盛诗》，然后在下面写有一条诗话评此诗："不见佳，取其有晋人遗韵。"

例子不多。此外姚祖恩“案”还包括别的一些内容，如“徐尊生”条诗话在辑录朱彝尊关于徐氏《读元史偶书》的评语后，将这首诗歌辑存在“案”里，以帮助读者理解朱彝尊对这首诗的评述。

姚祖恩从《明诗综》选择一部分他人评语作为“附录”，又从书里采撷一部分诗歌融入诗话或“附录”里面，这些都是他所辑《静志居诗话》新增入的内容，使朱彝尊原来所撰的诗话分量得到较多增加，内容也有丰富。特别是采撷诗歌融入诗话或“附录”，最足以体现他辑《静志居诗话》对朱彝尊原著的共构性，应当说，姚祖恩从《明诗综》采撷诗歌入诗话或“附录”的数量还是比较大的，大概有以下几种情况。

第一，原无诗话。以林章为例，朱彝尊《明诗综》只有林章小传、他人（谢在杭、曹能始、钱受之、周元亮）评语、诗选，没有诗话。姚祖恩辑《静志居诗话》卷十五“林章”条从《明诗综》过录小传，又从其中选他《少年行》《暮春登燕子矶怀古》《河水》二绝、《艳曲》《忆仲姬》等六首诗歌，以“诗话”的形式列在小传后，最后他又采录曹能始、钱受之两条评语作为“附录”，这些构成“林章”条诗话的全部内容。虽然这些内容都来自《明诗综》，经过一番编辑，形式却改变了，诗选体变成了诗话体。

第二，原有总评诗人之诗话。朱彝尊对有些人的诗话写得比较简短，姚祖恩在辑录诗话的同时，又从《明诗综》采撷一些诗歌添入诗话。如《静志居诗话》卷十四“吴旦”条曰：“兰皋，南园后五先生之一也，惜其集不传。《秋夕城闉纳凉》云：‘同游冠盖晚相招，泽国山川正泬寥。宫阁迴临秦代垒，女墙斜带越江潮。流萤草细风先动，绕鹊枝长露易飘。多少高楼人不寐，碧天凉月夜吹箫。’”①前面三句诗话与后面一首七律原来在《明诗综》是互相分开的，经过姚祖恩重新编排，两者相融为一体。这类例子还有卷二“滕毅”条之《秋兴》二首，卷五“潘子安”条之《题画》，卷六“张洪”条之《古东门行》，卷十一“张灵”条之《对酒》，卷十三“余有丁”条之《送张崌崃》，卷十四“林兆恩”之《题室》等。此现象在《明诗综》诗话文字较多的诗人中也是存在的。总之，姚祖恩在辑《静志居诗话》时，如果认为有需要，就会在诗话中添入有关的诗歌作品，使朱彝尊原来的诗话出现变化。

第三，原无总评诗人之诗话，只有具体评某首诗歌之诗话。比如蔡庸，《明诗综》选他《徐氏席上闻歌有感》，具体评此诗：“惟中与镏孟熙、唐愚士、毛鼎臣齐名，时号‘唐镏毛蔡’。《席上闻歌》一绝，宛然刘梦得、杜牧之遗音。”姚祖恩略加整理，云：“惟中与镏孟熙、唐愚士、毛鼎臣齐名，时号‘唐镏毛蔡’。《徐氏席上闻歌》一绝

---

① 朱彝尊著、姚祖恩辑：《静志居诗话》卷十四，第406页，人民文学出版社1990年版。

云：'休遣双鬟唱《竹枝》，听来浑不是当时。自从梦隔巫山雨，赢得秋风宋玉悲。'宛然刘梦得、杜牧之遗音。"①

第四，两位诗人合并为一条诗话。《明诗综》卷二十四选王谊、王怿兄弟诗，各有小传，惟王谊有诗话，王怿则无。姚氏辑《静志居诗话》将两人并在一起，合为一条诗话，又录王谊《关山别意》、王怿《江南意》两首诗，且引魏楚白有关《关山别意》评语，插入其中。②

第五，"附录"的评语。姚祖恩在所辑《静志居诗话》"附录"的评语里，有时也会添入从《明诗综》采撷的诗歌，与上述添诗歌入诗话的做法一样。如陈鹤，"附录"引钱去病评语："海樵七古流丽似李颀，七绝爽朗似王昌龄。"姚祖恩又据《明诗综》在评语后增入陈鹤《题画赠姜明府》《送张伯淳还关中》《吹笛怀友》《池上听陈老琵琶》四绝句。沈仕，"附录"先引岳东伯评语，又据《明诗综》在评语后增入他《村居春日》五律一首。黄姬水，"附录"先引王元美评语，又据《明诗综》在评语后增入他《送汪太学游江都》七绝③。经过姚祖恩重新编排，"附录"所引评语与增入的诗歌相结合，共同组成一条新的诗话材料，这最可以看出姚祖恩将编辑"附录"也视为撰述诗话的态度。当然他这么做还是很谨慎，没有将他人这些评语直接编进朱彝尊诗话，而是用"附录"来表示。一般而言，姚祖恩辑《静志居诗话》与朱彝尊《明诗综》对诗人的评价态度是相一致的，可是有时也不尽然。比如《明诗综》卷四十八选黄省曾诗一首，朱彝尊于小传后，引录皇甫汸（子循）、徐縯（绍卿）、徐泰（子玄）、王世贞（元美）、穆文熙（敬甫）、岳岱（东伯）的评语，这些评语称赞或基本肯定黄省曾及其诗歌，然后再列一条他自己撰写的诗话云："勉之诗品太庸，沙砾盈前，无金可拣。当时从游李、何，漫无师资之益，反不若方山、泭溪二贾人子尚有秀句可采也。"不仅一笔抹杀黄省曾，而且也包含了对前面引用的皇甫汸等人意见的反驳（这也证明《明诗综》诗话和辑评出于不同人之手）。姚祖恩辑《静志居诗话》先录朱彝尊诗话，再据《明诗综》取黄省曾《江南曲》缀于其后，最后引岳岱评语作为"附录"曰："五岳游览之余，操觚靡倦，剪剔绮绣，咀嚼琼英，每篇辍笔，粲然惊目。"④这种先否定再肯定的语段安排方式与《明诗综》一样都是偏正结构，而它们偏正的方向恰好相反，效

① 朱彝尊著、姚祖恩辑：《静志居诗话》卷七，第 174 页，人民文学出版社 1990 年版。

② 朱彝尊著、姚祖恩辑：《静志居诗话》卷七，第 179—180 页，人民文学出版社 1990 年版。

③ 分别见朱彝尊著、姚祖恩辑：《静志居诗话》卷十四，第 414—415 页、第 423—424 页、第 429 页，人民文学出版社 1990 年版。

④ 朱彝尊著、姚祖恩辑：《静志居诗话》卷十四，第 401—402 页，人民文学出版社 1990 年版。

果也不同,或表示姚祖恩对朱彝尊判断的某种纠正,至少流露出在如何评价黄省曾诗歌的问题上,他想维持一种平衡的态度。对于像这样经过姚祖恩重新编排后形成的诗话材料,其中一些新的寓意是需要我们加以留意的。姚祖恩辑《静志居诗话》对前后七子的处理别具心思。朱彝尊对这群诗人,有的诗话写得长,有的写得较短,各人诗歌则选了不少。如果只是将朱彝尊这部分诗话辑出来,对前后七子不少人的评论就会显得单薄,这样就会给人造成一种印象,似乎他们在朱彝尊心目中是不重要的,因为评论文字的篇幅长短也是判断一个诗人是否重要的标志之一。为了避免出现这种情况,姚祖恩从《明诗综》选了不少诗歌编入诗话,增加了前后七子成员有关诗话的文字长度,维持了他们留在人们心目中的印象。这符合朱彝尊对前后七子的认识,当然也真实表达出了姚祖恩对前后七子的评价态度。

姚祖恩辑录朱彝尊静志居诗话而兼采《明诗综》一部分诗歌入诗话,这从某种意义上也可以说,是合朱彝尊撰写的诗话与他编纂的明人诗选为一,从而使他编的这部《静志居诗话》不同于原来分散在《明诗综》的静志居诗话,而另成为一部专书,却又不是诗歌总集。诗歌总集与诗话在体例上有时往往容易混淆,《明诗综》有朱彝尊静志居诗话,又有诗歌作品,两者并列,以诗选为主,所以它是一部总集。姚祖恩从《明诗综》辑出朱彝尊诗话为一集,又从其诗选中采撷一部分作品融进诗话或"附录"中他人的评语,这样它就成了一部诗话,不再是一部总集。两者似乎都是由相似的内容组成,只是组织的形式改变了。而正是形式的这种改变,诗歌总集才变成了诗话,说明诗话与诗歌总集的区别,有时不在内容,而在于形式。古人大都对诗歌总集、诗话体例上的这种区别是清楚的。

由姚祖恩所辑《静志居诗话》还可以从一个侧面认识清朝中期思想文化生态环境,了解姚祖恩对这种环境的态度。朱彝尊《明诗综》对明末天启、崇祯间诗人和作品采录多,对钱谦益《列朝诗集》有许多补充。不过他补充的内容主要关涉史事、典实,体现出借诗人、诗歌存史的意图,着眼点在保存明末史料,而不在于反映诗坛实际的状况,历史的意义远大于诗歌的意义,与《明诗综》前面部分的诗人小传、诗话、诗选既存明史又存明代诗歌史的编纂态度有明显不同,这反映出清初学者特别重视保存明末史料,吸取其历史教训的普遍的著书态度。姚祖恩辑《静志居诗话》对天启、崇祯间诗人作品的采录明显比前面几朝多,其中一个原因是,《明诗综》被收入《四库全书》以后,四库馆臣出于尊清朝的缘故对原书进行了明显修改,大量减少原书所收启、祯间诗人,原书所录的诗歌作品也遭大量淘汰。姚祖恩有鉴于此,在其所辑《静志居诗话》中,对被四库馆臣黜落的这部分诗歌有较多补充。姚祖恩增加诗话中的诗歌作品，相对于朱彝尊原刻《明诗综》来说，意义似乎还不怎么显著，若将它放在乾隆纂修《四库全书》以后形成的新的环境下来考虑，将它与四库本《明诗综》相比较，其意义就获得了显现。

又比如姚祖恩所辑《静志居诗话》的"附录"引愚山评语较多，愚山即钱谦益。自乾隆朝以钱谦益为贰臣之首以后，他的作品遭到严禁，名字也成为深深忌讳的对象。姚祖恩所辑《静志居诗话》引其评语，乃以"愚山"代之，因为钱谦益家乡常熟有虞山，"愚山"与"虞山"谐音，又与钱谦益晚年喜以"愚叟"自称暗通，由此可见古代文人对付忌讳的一种手段。姚祖恩辑《静志居诗话》对同样是指钱谦益的"蒙叟"却不加以掩饰，如卷十一黄佐条，因为"虞山"较诸"蒙叟"更容易被辨认。朱彝尊原书出现"虞山钱氏"，姚祖恩将其写成"钱氏"使它模糊化。个别地方偶因不慎出现"虞山钱氏"者，则在刻本中被挖去（如《静志居诗话》卷十六"区大相"条诗话）。姚祖恩明知引用钱谦益评语不合时宜，还是用各种巧妙的障眼法与风气周旋，不做跟风者，表现出文化人的一种良知，难能可贵。

姚祖恩对朱彝尊《明诗综》原文略有修改，如卷八"杨子器"条诗话有关他的《排节宫词》，说："至于'春花将及九分九，天气又新三月三'，则寻常百姓家皆可道之，不类深宫中语也。"[①]"语"《明诗综》作"女"。他对诗人小传也有所修改，最显著的例子是朱国祚小传。朱国祚是朱彝尊先祖，朱彝尊出于尊祖之情，小传对他介绍尤详，云："先公字兆隆，号养淳，秀水人，以太医院籍补顺天府学生，万历壬午中乡试，明年癸未赐进士第一人，除翰林院修撰，知起居注，己丑充会试同考官，辛卯典试江西，历司经局洗马，迁谕德，丁酉典试应天，进右庶子，戊戌以礼部右侍郎兼翰林院侍读学士，摄礼部尚书事，壬寅转吏部右侍郎，引疾归。光宗即位，起南京礼部尚书，是年命入东阁，加太子太保，进文渊阁，壬戌主会试，寻以户部尚书兼武英殿大学士加少傅回籍，卒赠太傅，谥文恪。有《介石斋集》。"（《明诗综》卷五十四）这相对于其他诗人的生平履历介绍，过于详细。姚祖恩删繁就简，使朱国祚与其他人的介绍文字长度大体接近，又将"先公"改为"朱国祚"，都体现了著书为公的态度。

---

① 朱彝尊著、姚祖恩辑：《静志居诗话》卷八，第230页，人民文学出版社1990年版。

《四库总目提要》辨订

王培军[*]

《四库全书总目》为我国目录学史上最伟大之著作，其价值之高，为从来流略之书所不及，此固学者所公认，不待言而可知者也。惟其所涉范围至广，又复成于众手，加之馆臣久于其事，不免厌心之生，时或塞责，疏于检书覆按，故讹误在在而有，几于无页无之。自近人胡玉缙、余嘉锡以还，订其谬舛者，单篇零什不计，专门著述已六七作，亦云夥矣，而其间之可订处，犹复时时遇之。往者籀读此书，每取其所引书比对，勘校异同，并探其所本，施以长笺，得二十万字，勒为一编。后以事冗性懒，弃去不复为，稿亦置于箧衍，灰积盈寸矣。今夏无事，忆及前所为，遂刺取二十余条，写为一文，竹头木屑，固无当于大雅，过而存之，或亦聊贤于博弈乎。愿并世之通人，有以教焉。

引用之书，《总目》用中华书局1997年校点本，所引之文，每条之后，辄用括号注出卷数、页码，不复另为脚注；所及他书，若关乎考辨者，亦据《四库全书》本，以馆臣目睹之书，多即此种；否则必用今之学人整理本，并详注版本、页数，便读者之检读也。

一、《曹子建集》十卷

《弃妇篇》见《玉台新咏》，亦见《太平御览》，……皆弃不载。（卷一百四十八，第

* 王培军，上海大学中文系副教授。

1984页）

按：余嘉锡《四库提要辨证》云："《弃妇诗》全篇，见《玉台新咏》卷二，而《太平御览》卷九百七十引其四句，则作《弃妻诗》。"[①]是也。然馆臣此数语，亦非自为之说，盖别有所袭也。杨慎《丹铅总录》卷二十一"曹子建遗诗"条云："曹子建《弃妇篇》云云，此诗郭茂倩《乐府》不载，近刻子建集亦遗焉。幸《玉台新咏》有之，遂以传。"[②]《玉台新咏》本作"弃妇诗"，杨记为"弃妇篇"，馆臣遂袭之。一字之异，于升庵之撰述，固无关弘旨，而于校勘之家，则可考见所本。又《百三家集》本曹集则收此篇，明冯惟讷《古诗纪》卷二十三、梅鼎祚《古乐苑》卷三十四、陆时雍《古诗镜》卷五，亦皆收此诗，而俱题作"弃妇篇"，是必亦本杨说。

二、《谢宣城集》五卷

此本五卷，即绍兴二十八年楼炤所刻，前有炤序，犹南宋佳本也。（卷一百四十八，第1986—1987页）

按：此说误。绍兴二十八年，为戊寅，即1158年；楼序则作于丁丑，是绍兴二十七年（1157）也。楼序云："绍兴丁丑秋七月朔，东阳楼炤题。"[③]馆臣断为二十八年刻，不知何所据？岂意其刻必蒇工于作序之明年耶？

又洪迈之孙洪伋《识语》云："谢公诗名重天下，在宣城所赋为多，故杜少陵以'谢宣城'称之。在宣城宜有公之集矣。后公六百五十馀年，枢密楼公始克锓之木，距今又六十四年，字画漫毁，几不可读，是用再刻于郡斋，以永其传。嘉定庚辰冬十二月望，鄱阳洪伋识。"[④]嘉定庚辰，为宁宗嘉定十三年（1220）。据之上推"六十四年"，则为绍兴二十七年（1157）；云为二十八年刻本，必不然矣。

又《天禄琳琅书目》卷三"谢宣城诗集"云："宋楼炤序。序后有宋洪伋识。《宋史》：楼炤字仲晖，婺州永康人。……除知宣州。此书序中称，至郡视事之暇，锓版传之云云，盖即知宣州时所定。考其年月，系宋高宗绍兴二十八年。……序后有嘉定庚辰鄱阳洪伋识。庚辰为宋宁宗嘉定十三年，故伋称'枢密楼公锓木，距今六十四年，字画漫毁，几不可读，用再刻于郡斋'。"[⑤]其误同于《提要》。

---

① 余嘉锡：《四库提要辨证》，中华书局2008年版，第4册，第1243页。
② 杨慎撰、王大淳笺证：《丹铅总录笺证》下册，浙江古籍出版社2013年版，第1010页。
③ 谢朓著、曹融南校注集说：《谢宣城集校注》，上海古籍出版社1991年版，第426页。
④ 谢朓著、曹融南校注集说：《谢宣城集校注》，上海古籍出版社1991年版，第426—427页。
⑤ 于敏中、彭元瑞等：《天禄琳琅书目　天禄琳琅书目后编》，上海古籍出版社2007年版，第59页。

三、《庾开府集笺注》十卷

周庾信撰，国朝吴兆宜注。信《周书》有传。然考集中《辛成碑》文，称“开皇元年七月某日，反葬河州”，则入隋几一载矣。（卷一百四十八，第1988页）

按，《辛成碑》当作《辛威碑》，即《周上柱国宿国公河州都督辛威神道碑》，见《庾开府集笺注》卷九[①]；倪璠注《庾子山集注》卷十四题为《普屯威神道碑》[②]，与吴注本异。威“旧姓辛，陇西人”，“赐姓普屯氏”[③]，《周书》卷二十七、《北史》卷六十五皆有传。

四、《王子安集》十六卷

洪迈《容斋随笔》亦称今存者二十卷，盖犹旧本。（卷一百四十九，第1991页）

按：此说误。《容斋四笔》卷五“王勃文章”条云：“勃之文，今存者二十七卷云。”[④]称“二十卷”者，见《文献通考》卷二百三十一《经籍考》五十八所引《容斋随笔》[⑤]，或为偶尔脱文，殆未可知，而馆臣即据《文献通考》，不复检按《随笔》，殊为粗疏。

五、《李太白集》三十卷

考杜甫作《崔端薛复筵醉歌》有“近来海内为长句，汝与山东李白好”句，杨慎《丹铅录》据魏颢《李翰林集序》有“世号为李东山”之文，谓杜集传写误倒其字，似乎有理。然元稹作杜甫墓志，亦称“与山东人李白”，其文凿然。（卷一百四十九，第1994页）

按：此节暗袭钱谦益《钱注杜诗》卷二《苏端薛复筵简薛华醉歌》注。钱注云：“元微之作杜工部墓志，亦云‘山东人李白’，盖白隐于徂徕，时人皆以山东人称之，故杜诗亦曰‘山东李白’。……近时杨慎据李阳冰、魏颢序，欲以为东山李白。阳冰云：歌咏之际，屡称东山。颢云：迹类谢康乐，世号为李东山。此亦偶然题目，岂可

---

① 《四库全书》本。

② 庾信撰、倪璠注：《庾子山集注》，中华书局1980年版，下册，第879页。

③ 语见《北史》第七册，中华书局1974年版，第2311页。“普屯氏”，《周书》作“普毛氏”，误；见《周书》第二册第460页校勘记一八引张森楷说，中华书局1971年版。

④ 洪迈：《容斋四笔》，上海古籍出版社1996年版，第672页。

⑤ 马端临：《文献通考》，中华书局1986年影印本，下册，第1844页。

援据为称谓乎。杨好奇曲说，吾所不取。”[①]所引杨慎之说，见《丹铅总录》卷十“东山李白”条：“杜子美诗：‘近来海内为长句，汝与东山李白好。’流俗本妄改作‘山东李白’。按乐史序李白集云：‘白客游天下，以声妓自随，效谢安石风流，自号东山。时人遂以“东山李白”称之。’子美诗句，正因其自号而称之耳，流俗不知而妄改。近世作《大明一统志》，遂以李白入山东人物类，而引杜诗为证，近于郢书燕说矣。”[②]又《总录》卷十四“晁公武读书志多误”条云：“晁公武《读书志》载人名、地理多误。如云李太白为山东人，不知乐史所序谓太白携妓游山，慕谢安之风，自称‘东山李白’，杜工部因有‘汝与东山李白好’之句，而俗士不知，倒之为山东也。”[③]

又按：杜甫《苏端薛复筵简薛华醉歌》，《提要》误“苏端”为“崔端”。杨慎云乐史序，亦误，实为魏颢《李翰林集序》，其略云：“间携昭阳、金陵之妓，迹类谢康乐，世号为李东山。”[④]钱注已改正之。

六、《杜诗详注》二十五卷《附编》二卷

其中摭拾类书，小有舛误者，如注“忘机对芳草”句，引《高士传》“叶干忘机”，今《高士传》无此文，即《太平御览》所载嵇康《高士传》几盈二卷，亦无此文。（卷一百四十九，第1997页）

按：所引句见《遣兴三首》之三（《杜诗详注》卷七）。所谓“叶干忘机”，明吴琯辑刻《古今逸史》本皇甫谧《高士传》卷中“老商氏”条有之，云：“眼耳都融，叶干忘机。”[⑤]是篇末之《赞》。仇注当据此。馆臣仅索之《御览》，宜其无从获之，斥为“摭拾类书”，亦不足服仇也。

又按：明黄省曾《五岳山人集》卷三《高士颂九十一首》之《老商氏》，有“叶干忘机”二句[⑥]，知《逸史》本《高士传》所附之赞，即取之黄《颂》，而不标主名，或意在售欺，仇注引之，遂堕其术中，馆臣之严诃，固亦无以辩。

七、《王右丞集笺注》二十八卷《附录》二卷

其笺注往往捃拾类书，不能深究出典。即以开卷而论，……“八荒”字见《淮

---

① 杜甫著、钱谦益笺注：《钱注杜诗》，上海古籍出版社2009年版，第47—48页。
② 杨慎撰、王大淳笺证：《丹铅总录笺证》中册，浙江古籍出版社2013年版，第340页。
③ 同上，第559页。
④ 见王琦注《李太白集注》卷三十一附录一，中华书局1977年版，下册，第1451页。
⑤ 《丛书集成初编》影印《古今逸史》本，商务印书馆1937年版，第47页。
⑥ 《四库全书存目丛书》影印明嘉靖刻本，集部第九四册，齐鲁书社1997年版，第564页。

南子》，而引章怀太子《后汉书注》；……皆未免举末遗本。（卷一百四十九，第1998页）

按，此见卷一《奉和圣制天长节赐宰臣歌应制》："彤庭曙兮延八荒。"赵注："章怀太子《后汉书注》：八荒，八方，荒忽极远之地。"[①]赵引《后汉书》注，固太晚，然馆臣谓出《淮南子·泰族训》，亦未得其朔，所谓"楚则失矣，齐亦未为得也"。实则"八荒"一词，早见于《史记·秦始皇本纪》引《过秦论》："囊括四海之志，并吞八荒之心。"[②]（亦见贾谊《新书·过秦上》[③]）此亦无人不知之名篇，五尺童子，皆能讽诵，馆臣博讨穷搜，居然失之眉睫。

八、《孟浩然集》四卷

洪迈《容斋随笔》尝疑其《示孟郊诗》，时代不能相及。今考《长安早春》一首，《文苑英华》作张子容；而《同张将军蓟门看灯》一首，亦非浩然游迹之所及，则后人窜入者多矣。（卷一百四十九，第1999页）

按：所云疑《示孟郊》诗者，实为陆游之说，非出《容斋随笔》也。《渭南文集》卷三十一《跋孟浩然诗集》："此集有《示孟郊》诗，浩然开元、天宝间人，无与郊相从之理，岂其人偶与东野同姓名邪？"[④]《容斋随笔》中无此类语。《示孟郊》不见宋蜀刻本《孟浩然集》，最早见于《唐文粹》卷十六上[⑤]。

又，《全唐诗》卷一百五十九亦录此诗，题下注云："按浩然与郊，年代邈不相及，诗题疑有谬误。"[⑥]当亦本陆说。《同张将军蓟门看灯》，则见通行本《孟浩然集》卷四、《全唐诗》卷一百六十，俱无"军"字，"张将"或为人名，并非"将军"，是馆臣所引，肊增一字[⑦]。

---

① 王维著、赵殿成笺注：《王右丞集笺注》，上海古籍出版社1984年版，第1页。

② 见点校本二十四史修订本《史记》第一册，中华书局2013年版，第347页。

③ 贾谊撰、阎振益、钟夏校注：《新书校注》，中华书局2000年版，第1页。

④ 《陆游集》第五册，中华书局1976年版，第2293页。严羽《沧浪诗话·考证》亦云："孟浩然有《赠孟郊》一首。按东野乃贞元、元和间人，而浩然终于开元二十八年，时代悬远，其诗亦不似浩然，必误入。"当即本陆说。参观郭绍虞《沧浪诗话校释》第240—241页（人民文学出版社1961年版）。又，宋长白《柳亭诗话》卷十九"高深"条云："襄阳集有《示孟郊》诗一首曰：'当时高深意，举世无能分。钟期一见知，山水千秋闻。'处士终于开元二十八年，东野生值永、元之世，相去已百馀岁，有云误编入者，是已。"（张寅彭辑《清诗话三编》本，上海古籍出版社2014年版，第一册，第541页。）

⑤ 《四部丛刊》本。

⑥ 《全唐诗》第五册，中华书局1960年版，第1631页。

⑦ 今人李景白《孟浩然诗集校注》第509页，（巴蜀书社1988年版）、佟培基《孟浩然集笺注》第416页（上海古籍出版社2000年版），并疑"将"后脱一"军"字，均羌无根据。

九、《韦苏州集》十卷

然字画精好，远胜毛氏所刻《四家诗》本，故今据以著录。（卷一百四十九，第2002页）

按：此说误。据《汲古阁校刻书目》[①]，明毛晋刻《唐四名家集》，其目为：《窦氏联珠集》，一卷；《（李贺）歌诗编》，四卷，集外诗一卷；《唐风集》，三卷，杜荀鹤；《唐英歌诗》，三卷，吴融。并无《韦苏州集》。又毛晋又尝刊《唐六名家集》（崇祯中刊），其目为：《常建诗集》，三卷，附录一卷；《韦苏州集》，十卷，拾遗一卷；《王建诗》，八卷；《鲍溶诗集》，六卷，集外诗一卷；《姚少监诗》，十卷；《韩内翰别集》，一卷，补遗一卷。中有《韦苏州集》，则所谓"四家"，或"六家"之误耶。

又考清汪立名亦尝编《唐四家诗》，刊于康熙三十四年（1695），入四库存目，其目为：《王右丞诗集》，二卷；《孟襄阳诗集》，二卷；《韦苏州诗集》，二卷；《柳河东诗集》，二卷[②]。韦苏州在焉，是馆臣之误，或缘此而致，亦未可知。

十、《苏学士集》十六卷

宋文体变于柳开、穆修，舜钦与尹洙实左右之。然修作洙墓志，仅称其"简而有法"，苏辙作修墓碑，又载修言"于文得尹洙、孙明复，犹以为未足"，而修作是集序，独曰"子美齿少于余，而余作古文反在其后"，推挹之甚至。（卷一百五十二，第2044页）

按：此语误。苏辙撰《欧阳文忠公神道碑》，今见于《栾城后集》卷二十三，通篇无此语[③]。考苏辙别有《颍滨遗老传》，见《栾城后集》卷十二，中有云："欧阳文忠公以文章独步当世，见先生而叹曰：'予阅文士多矣，独喜尹师鲁、石守道，然意常有所未足，今见君之文，予意足矣。'"[④]馆臣所指，当是此节，而误记所出。中所云"先生"，指苏洵。

---

① 《明代书目题跋丛刊》本。又陶湘编《书目丛刊》（窦水勇校点，辽宁教育出版社2000年版）中所收《明毛氏汲古阁刻书目录》，有"唐人诗集四种十二卷"、"唐人诗集六种三十七卷"，其下所列子目，与《汲古阁校刻书目》同。

② 见《四库全书存目丛书》集部第四〇八册。《四库全书总目》卷一百九十四汪立名编《唐四家诗》提要云："是编合刻唐王维、孟浩然、韦应物、柳宗元四家之诗，前有自序，称四家诗为宋元人鼻祖，学宋元诗者，当仍于唐诗求之。故以此矫其弊云。"

③ 见《苏辙集》第三册，陈宏天、高秀芳点校，中华书局1990年版，第1129—1137页。

④ 同上，第1014页。

十一、《元丰类稿》五十卷

吴曾《能改斋漫录》所载《怀友》一首，庄绰《鸡肋编》所载《厄台记》一首，高似孙《纬略》所载《实录院谢赐砚纸笔墨表》一首，及世所传《书魏郑公传后》诸佚文见于《宋文鉴》、《宋文选》者，当即《外集》、《续稿》之文，故今悉不见集中也。（卷一百五十三，第2053页）

按：此数语本何焯，《四库提要辨证》已指出，讥为"用其言而不著其所本，非掠美欤"[①]。何语见《义门读书记》卷四十四："南丰有《怀友一篇寄介卿》，见《能改斋漫录》第十四卷中；又有《厄台记》，见庄绰《鸡肋编》中，但似非全文，《厄台记》亦见《圣宋文选》中；高似孙《纬略》有南丰《谢实录院赐砚纸笔墨表》，疑亦《续稿》。"[②]

又按，《谢赐砚纸笔墨表》见《纬略》卷十二"阴璞"条，所录不过二联，云："南丰《谢实录院赐研纸笔墨表》曰：'阴山坚石之璞，阙二字芳松之烟。妍妙晖光，水苔之质；圆和正直，秋兔之毫。'其阙于笔墨推美之辞，固为精惬，然阴山之璞，盖用晋傅玄《研赋》曰：'采阴山之潜璞，简众材之攸宜。'此赋之妙，压倒古今众作，正为此句第一。一句之中，又以'潜璞'二字为妙。今若用'坚璞'，或恐研有怨言。李贺《研诗》：'孔研宽顽何足云。'亦病其坚耳。曾公似未知研也。"[③]馆臣不检其书，仅据《义门读书记》，遂误为"一首"，亦太想当然矣。

十二、《广陵集》三十一卷

明冯惟讷编《古诗纪》，以其《于忽操》三章，误收入古逸诗中，以为庞德公作，岂非其气格遒上，几与古人相乱，故惟讷不能辨欤。（卷一百五十三，第2063页）

按：此本冯舒《诗纪匡谬》，而未注出处。《于忽操》见《广陵集》卷一。其序云："刘表见庞公，将起之，而公不愿也。表曰：'然则何谓？'公曰：'我可歌乎。'既歌，命弟子治之。凡三操。"[④]冯惟讷《古诗纪》卷十四录此诗，作"庞德公"；《诗纪匡谬》"庞德公于忽操"条云："《于忽操》三章，《选诗拾遗》云：'出《襄阳耆旧传》。'此书亡亦已久。初尚意余辈见闻寡陋，用修或有此书，今按宋王令逢原所著《广陵先生

① 余嘉锡：《四库提要辩证》，中华书局2008年版，第4册，第1345—1346页。

② 中华书局1987年版，中册，第855页。

③ 《守山阁丛书》本。

④ 王令著、沈文倬校点：《王令集》，上海古籍出版社2011年版，第10页。

集》，其外孙邵说所编者，共二十卷，其第一卷赋后第九篇，即此操。”①

又《总目》卷一百八十九《古乐苑》提要云：“是编因郭茂倩《乐府诗集》而增辑之，……其所补者，如琴曲歌词庞德公之《于忽操》，见《宋文鉴》中，乃王令拟作，非真庞所自作也。”亦本冯舒之说，而云其出处，在《宋文鉴》中，已是前后不一。而《总目》卷一百九十四《汉诗说》提要云：“其中仍冯氏《诗纪》、梅氏《诗乘》之谬，皆不及订正。他姑勿论，如庞德公《于忽操》三章，本王禹偁所拟，今载于《宋文鉴》中，而列于汉诗之内，一例推尊，茫无鉴别，是可云识曲听真乎。”又复以其著作权，归之王禹偁，则是记忆舛错，颠三倒四矣，而斥他人“茫无鉴别”，岂非五十笑百步乎。

十三、《山谷内集注》二十卷、《外集注》七卷、《别集注》二卷

黄罃所编庭坚《年谱》云：“山谷以史事待罪陈留，偶自编《退听堂诗》，初无意尽去少作。胡直孺少汲建炎初帅洪井，类山谷诗文为《豫章集》，命汝阳朱敦孺、山房李彤编集，而洪炎玉父专其事，遂以《退听》为断。”（卷一百五十四，第 2067 页）

按：据《山谷年谱》，“汝阳”当作“洛阳”，“敦孺”当作“敦儒”。《山谷先生年谱》卷一嘉祐六年：“按赵伯山《中外旧事》云：先生少有诗名，未入馆时，在叶县、大名、德州、德平，诗已卓绝。后以史事待罪陈留，偶自编《退听堂诗》，初无意尽去少作。胡直孺少汲建炎初帅洪井，首为先生类诗文，为《豫章集》，命洛阳朱敦儒、山房李彤编集，而洪炎玉父专其事，遂以《退听》为断。”②

又按，《山谷年谱》此节，陈鹄《西塘集耆旧续闻》卷三亦载之，亦作：“胡直孺少汲建炎初帅洪州，首为鲁直类诗文，为《豫章集》，命洛阳朱敦儒、山房李彤编集。”③《耆旧续闻》数录赵子崧《中外旧事》，此条则未注所出，而据《山谷年谱》观之，亦必出赵书无疑；是“汝阳朱敦孺”五字误也。

又自来文献，皆以朱敦儒为洛阳人，无作汝阳者，可参观邓子勉《朱敦儒杂考五则》二“祖籍考略”④。

《外集》有嘉定元年晋陵钱文子序，而《内集》鄱阳许尹序，世传抄本皆佚之，惟刘壎《水云村稿》载其大略。（卷一百四十九，第 2002 页）

---

① 《知不足斋丛书》本。
② 《适园丛书》本。
③ 孔凡礼点校：《师友谈记曲洧旧闻西塘集耆旧续闻》，中华书局 2002 年版，第 313 页。
④ 见《南京师大学报》1992 年第 1 期。

按：此说亦误。考许尹《黄陈诗注原序》，并不见《水云村稿》，而见《隐居通议》卷六，其略云："蜀士任子渊尝注黄陈诗，番阳许尹为之序，其略云云。许公此序断制古今诗体，深合绳尺，自三百篇沿汉晋以来，下至唐宋，数语核之，靡不的确，而于黄陈所学，又窥其奥，信名言矣。愚观许公，必力于学、深于诗者，尚未见其佗文，可恨耳。"[①]又《四库全书总目》卷一百二十二《隐居通议》提要云："壎所著《水云村稿》，世有二本，其一本别题曰《泯稿》，卷帙颇少，不知何人删取是书三分之一，附诸稿末，殊为阙略。"是《隐居通议》尝为人删取，题作《水云村泯稿》，其与《水云村稿》本非一书，而名则易混。所谓"《水云村稿》载其大略"云云，必指《泯稿》，非《水云村稿》也。

十四、《简斋集》十六卷

方回《瀛奎律髓》称《简斋集》中无全首雪诗，惟以《金潭道中》一首有"后岭雪槎枒"句，编入"雪类"。今考集中，古体、绝句并有雪诗，与回所言不合，盖回所选录，惟五七言近体，故但就近体言之，非后人有所窜入也。（卷一百五十六，第 2097 页）

按：此说误。《瀛奎律髓》所选陈与义雪诗，明明是两首，即《年华》、《金潭道中》，俱见卷二十一。方回评云："陈简斋无专题雪诗，此二首一云'春生残雪外'，一云'后岭雪槎牙'，皆于雪如画，佳句也。且诗律绝高，特取诸此，以备玩味。"[②]（按"春生"句见《年华》）。此亦可谓言之昭昭矣，而馆臣犹昏昏，殆不可晓。

又方回说亦不确，检《简斋集》卷十二有《又用韵春雪》一首，即是七律，何得云无近体雪诗[③]？

十五、《茶山集》八卷

又《诗人玉屑》载赵庚夫《题茶山集》曰：'清于月白初三夜，淡似汤烹第一泉。咄咄逼人门弟子，剑南已见一灯传。'其句律渊源，固灼然可考也。（卷一百五十八，第 2112 页）

按：引诗字误，殆凭记忆，又未覆按也。《诗人玉屑》卷十九："陆放翁诗，本于茶山，故赵仲白题曾文清公诗集云：'清于月出初三夜，澹似汤烹第一泉。咄咄逼人门弟子，剑南已见一灯传。'剑南谓放翁也。然茶山之学，亦出于韩子苍，三家句律，

---

① 《海山仙馆丛书》本。

② 方回选评、李庆甲集评校点：《瀛奎律髓汇评》中册，上海古籍出版社 2005 年版，第 870—871 页。

③ 方回说之误，日人笕文生、野村鲇子《四库提要南宋五十家研究》已指出，见魏小虎编《四库全书总目汇订》第八册引，上海古籍出版社 2012 年版，第 5035 页。

大概相似，至放翁则加豪矣。"[①]是"月白"当作"月出"。

赵庚夫(1173—1219)字仲白，莆田人。其《读曾文清公集》云："茶山八十二癯仙，千首新诗手自编。吟到瘴烟因避寇，贵登从橐只栖禅。新如月出初三夜，澹比汤煎第一泉。咄咄逼人门弟子，剑南已见祖灯传。"[②]是"清于月出"当作"新如月出"，"澹似汤烹"当作"澹比汤煎"，"一灯传"当作"祖灯传"；《诗人玉屑》所引二联，或亦凭记忆。

十六、《剑南诗稿》八十五卷

故朱彝尊《曝书亭集》有是集跋，摘其自相蹈袭者，至一百四十馀联，是陈因窠臼，游且不能自免，何况后来。(卷一百六十，第2143页)

按："一百"二字，或为衍文。检《曝书亭集》卷五十二有《书剑南集后》一篇，所摘为三十九联[③]，尚不满四十，距一百更远。日人筧文生、野村鲇子《四库提要南宋五十家研究》云"实举四十馀联"[④]，亦谬，岂不解数数耶。

十七、《玉台新咏》十卷

明代刻本妄有增益，故冯舒疑庾信有入北之作，江总滥擘笺之什。(卷一百八十六，第2601页)

按：此说误。冯语见所校《玉台新咏》卷首题识，所云非江总，乃指徐陵。其语为："每疑此集缘本东朝，事先天监，何缘子山窜入北之篇，孝穆滥擘笺之曲。"[⑤]孝穆，徐陵字。又赵均《玉台新咏后序》云："虞山冯己苍未见旧本时，常病此书原始梁朝，何缘子山厕入北之诗，孝穆滥擘笺之咏?"[⑥]并可证佐。

十八、《唐文粹》一百卷

宋姚铉编。陈善《扪虱新话》以为徐铉者，误也。(卷一百八十六，第2609页)

---

① 魏庆之著、王仲闻点校：《诗人玉屑》下册，中华书局2007年版，第602页。

② 见宋陈起编《江湖后集》卷八(《四库全书》本，据《永乐大典》辑)。又《宋诗纪事》卷八十五录此诗，则据元韦居安《梅硐诗话》，今人编《全宋诗》(北京大学出版社1998年版)第五五册第34296页从之，只"新如"作"新于"，一字小异，其他无不同。

③ 《四部丛刊》本。

④ 见《四库全书总目汇订》第八册第5156页引。

⑤ 见《四库全书存目丛书》影印康熙砚丰斋刻本冯舒、冯班校《玉台新咏》，集部第288册，齐鲁书社1997年版，第331页。

⑥ 见《四库全书存目丛书》影印乾隆三十九年刻本吴兆宜注、程际盛删补《玉台新咏》，集部第288册，第447页。

按：此说不然。检《儒学警悟》本《扪虱新话》下集卷一“姚铉以表为序、萧统以赋为序”条云：“柳子厚《寿州安丰县孝门铭》，自‘寿州刺史臣承思’而下，盖序也，以表为序，亦文之一体也。而姚铉所编《文粹》，乃录铭于前，而于题下注云：‘并寿州刺史表。’录表于铭后，以附见焉。此铉之陋也。”[①]是陈书不误。惟明刻《津逮秘书》本《扪虱新话》卷六“萧统徐铉文选文粹之陋”条，则确作“徐铉”。

又按：王士禛《居易录》卷七云：“《扪虱新话》云：柳子厚《寿州安丰县孝门铭》云云，以表为序，而徐铉所编《文粹》，乃录铭于前，而于题下注云：并寿州刺史表。此铉之陋也。云云。按《文粹》吴兴姚铉所撰。陈善以为鼎臣，谬。”[②]是馆臣此节，本王士禛说，为掠美已。

诗中如陆龟蒙《江湖散人歌》、皎然《古意》诗之类，一概收之，亦未免过求朴野，稍失别裁。（卷一百八十六，第2609页）

按：所说误。检《四库全书》本《唐文粹》卷十六上有陆龟蒙《散人歌》，又卷九十九有陆龟蒙《江湖散人传》，惟无《江湖散人歌》[③]；此自属记忆不清，以文题杂诗题，乃成此“四不象”。又检同书卷十四上有皎然《效古》诗，在《效古》之前，则有贾岛《古意》[④]，却无皎然《古意》。此亦馆臣“看朱成碧”，以“瓜皮搭李皮”也。一行之中，舛谬如此，实可骇也。

十九、《万首唐人绝句诗》九十一卷

刘克庄《后村诗话》亦谓其但取唐人文集杂说，抄类成书，非必有所去取。盖当时琐屑摭拾，以足万首之数，其不能精审，势所必然，无怪后人之排诋。（卷一百八十七，第2616页）

按：此说不见《后村诗话》，而见《四库全书》本《后村集》卷二十四《唐人五七言绝句序》；馆臣误记出处。《唐人五七言绝句序》云：“野处洪公编唐人绝句，仅万首，有一家数百首，并取而不遗者，亦有复出者，疑其但取唐人文集杂说，令人抄类而成

---

① 宋俞鼎孙、俞经辑刊《儒学警悟》，中华书局2000年影印本，第952—953页。

② 《王士禛全集》第五册，齐鲁书社2007年版，第3799页。

③ 《四部丛刊》影印明嘉靖刻本《唐文粹》亦同。《江湖散人传》见《唐甫里先生文集》卷十六，《散人歌》见卷十七（《四部丛刊》本）。

④ 《四部丛刊》本《唐文粹》同。《古意》见《长江集新校》卷一（李嘉言新校，上海古籍出版社1983年版）；《效古》见《皎然集》卷六（《四部丛刊》本）。又，《唐文粹》十四卷另有王绩《古意》三首、贺兰进明《古意》二首、释贯休《古意》九首及孟郊、祖咏、李白、陆龟蒙《古意》各一首，卷十八又有孙合《古意》一首。

书，非必有所去取也。"[①]

二十、《诗品》三卷

案约诗列之中品，未为排抑，惟序中深诋声律之学，谓"蜂腰、鹤膝，仆病未能；双声、迭韵，里俗已具"，是则攻击约说，显然可见，言亦不尽无因也。（卷一百九十五，第 2738 页）

按：引文误。所引之语，见《诗品》序："余谓文制本须讽读，不可蹇碍，但令清浊通流，口吻调利，斯为足矣。至平上去入，则余病未能；蜂腰、鹤膝，闾里已具。"[②]其语间所及，原为"平上去入"，非"双声、迭韵"也，馆臣漫凭记忆书之，失真甚矣。

二十一、《筠溪乐府》一卷

有鹏举座上歌姬唱《夏云峰》一首。考岳飞与汤邦彦皆字鹏举，皆与弥逊同时，然飞于南渡初，倥偬戈马，不应有声伎之事，或当为汤邦彦作欤。（卷一百九十八，第 2787—2788 页）

按：此说之误，非止一端。《筠溪乐府》为李弥逊撰。汤邦彦为汤鹏举孙，汤鹏举字致远，汤邦彦字朝美，馆臣误名为字，又张冠李戴，混淆孙祖，一也；李弥逊（1089 年生）与汤鹏举（1088 年生）年相若，而汤邦彦为汤鹏举孙，年辈自较晚，且李弥逊卒（1153 年）二十年，汤邦彦始举词科（1172 年），二人不及唱酬必矣，二也；"歌姬唱《夏云峰》"，为词后小注，并非词题，三也。

考此处所云"鹏举"，实指连南夫。连字鹏举，湖北安陆人，1088 年生，事迹见韩元吉《南涧甲乙稿》卷十九《连公墓碑》[③]。与岳飞固无涉，与汤邦彦、汤鹏举亦马牛风。李弥逊词为《浪淘沙 · 连鹏举坐上次康平仲留别韵》，题中已明言"连鹏举"，馆臣只见"鹏举"，不见"连"字，亦殊可怪也。

《筠溪集》附《乐府》亦有此词，题无"连"字，或为后人妄删；王鹏运辑刻《四印斋所刻词》本《筠溪词》有之[④]，与《四库全书》本《筠溪乐府》同。其词云："乐事信难逢，莫放匆匆。飞红撩乱减春容。临水不禁频送客，风袖龙钟。小阁画堂东，绮绣相重。

① 《四部丛刊》本《后村先生大全集》载此序，在卷九十四，字句亦小异。

② 何文焕辑《历代诗话》本。参见锺嵘著、曹旭集注《诗品集注》（增订本），上海古籍出版社 2011 年版，第 452 页。

③ 《武英殿聚珍版丛书》本。

④ 上海古籍出版社 1989 年影印本，第 716 页。

樽前谁唱夏云峰。醒后欲寻溪上路，烟水无穷。”自注：“是日歌姬首唱《夏云峰》。”[①]

又《筠溪集》卷二十《宝学连公挽诗》有句云：“绝域英声宜早岁，楚庭高议补明时。壮怀自感中流楫，旧爱今存岘首碑。”“弱冠论交老更坚，平生风义想前贤。银峰告政一千里，雁塔联名四十年。”揆其词意，与连之生平均符，亦堪证佐。宝学，指宝文阁学士[②]，宋人惯用之称。

至词题中“平仲”，则为康执权字，《筠溪集》卷十七有《次韵康平仲侍郎从丞相张公登倚云亭二首》、《次韵平仲侍郎移居见简》、《和平仲侍郎再用移居韵》诸诗，具见交谊。

二十二、《于湖词》三卷

又《耆旧续闻》载孝祥十八岁时，即有《点绛唇》“流水泠泠”一词，为朱希真所惊赏，或刻孙和仲，或即以为希真作，皆误。今集不载是篇，或以少作而佚之欤。（卷一百九十八，第2791页）

按：此说误甚，盖缘误读《耆旧续闻》所致。《点绛唇》“流水泠泠”一词，为朱翌（字新仲）作，见唐圭璋编《全宋词》第1171页[③]。检陈鹄《西塘集耆旧续闻》卷一“待制公朱新仲诗词文”条云：“待制公十八岁时，尝作乐府云：‘流水泠泠，断桥斜路横枝亚。雪花飞下，全胜江南画。白璧青钱，欲买应无价。归来也。风吹平野，一点香随马。’朱希真访司农公不值，于几案间阅见此词，惊赏不已，遂书于扇而去，初不知何人作也。一日，洪觉范见之，叩其所从来，朱具以告。二人因同往谒司农公问之，公亦愕然。客退，从容询及待制公，公始不敢对，既而以实告。司农公责之曰：‘儿曹读书，正当留意经史间，何用作此等语耶。’然其心实喜之，以为此儿他日必以文名于世。今诸家词集及《渔隐丛话》皆以为孙和仲或朱希真所作，非也。”[④]所谓“待制公”，指朱翌（字新仲）；所谓“司农公”，则指其父朱载上。《耆旧续闻》开卷之第一条“东坡钞汉书”，即及朱载上，称之为“朱司农载上”；第二条“欧公荆公辩诗”，即及朱翌，称之为“中书待制公翌新仲”[⑤]；第三条即是馆臣所引者。所述至为明白，而竟亦致误，甚不可解，岂馆臣于此书，未尝一繙帘耶。

① 唐圭璋辑《全宋词》第二册第1057—1058页录此词，据四库珍本《筠溪集》。
② 据陆心源《宋诗纪事小传补正》（《续修四库全书》本）卷二，连南夫于绍兴六年（1136），为宝文阁学士。
③ 中华书局1965年版。
④ 见《师友谈记曲洧旧闻西塘集耆旧续闻》，中华书局2002年版，第291页。
⑤ 同上，第289—290页。

又洪迈《容斋四笔》卷十三“二朱诗词”条云：“朱载上，舒州桐城人。为黄州教授，有诗云：‘官闲无一事，蝴蝶飞上阶。’东坡公见之，称赏再三，遂为知己。中书舍人新仲翌，其次子也，有家学，十八岁时戏作小词，所谓‘流水泠泠，断桥斜路梅枝亚’者，朱希真见而书诸扇，今人遂以为希真所作。”①与陈鹄之所记，足相印可。

① 上海古籍出版社 1996 年版，第 763—764 页。

《雨村诗话》并称群体及其对乾嘉诗史的建构

王宏林*

中国诗学中的并称群体①是对具有相似特征的两个以上诗人的美称，或依据创作成就，如“曹刘”“李杜”；或艺术风貌，如“徐庾”“王孟”；或诗学宗尚，如“苏黄”“前后七子”；或才性，如“建安七子”“初唐四杰”；或籍贯，如“永嘉四灵”“公安三袁”；或家世，如“大小谢”“二陆”，等等。并称群体蕴含着对诗人价值的高度肯定，表达方式言简意赅，极易风靡诗坛，因此成为评论家标举典范时的常用手段。

本文从并称群体这一视角考察《雨村诗话》②的史料价值，主要缘于李调元身为诗学大家，交游相当广泛，十六卷和四卷本补遗正是乾嘉诗坛之实录，如《自序》

* 王宏林，河南大学文学院教授。

① “并称群体”的提法来源于陈凯玲《清代诗人并称群体研究》(浙江大学 2011 年博士论文)。陈凯玲博士指出，“并称群体”有狭义和广义两种含义：狭义上的并称群体，一般是人数和成员相对固定的创作团体，其内部成员在诗歌创作方面具有群体化、类型化的特点，或者能够给人某种相似乃至一致的印象。同时，还具有自封的或被封的集体性称号，从而标志成员特定的并称关系。广义的并称群体，其内部构成，少则两人，多则十数家，各成员之间并无稳定的组合形态。对于群体关系的描述，可以没有特定的并称修饰语，往往是在评论家个人主观意愿下，临时性地将某几位诗人相提并论。(第 4—5 页)

② 李调元：《雨村诗话》有三个版本：两卷本主要评论前代诗人，成于 50 岁以前，因收入《清诗话续编》而比较通行；十六卷本主要评论当代诗人，成于 62 岁时；四卷本是对十六卷本的补遗，成于 71 岁时。关于李调元三部《雨村诗话》的具体情况，詹杭伦、沈时蓉：《雨村诗话校正 · 前言》(巴蜀书社 2006 年版)有详细的说明，可以参看。下文所引《雨村诗话》如无特殊说明，均指十六卷本，仅在正文中注明卷数和页码，不再一一出注。

所言："兹之作也，上自名公巨卿、高人宿士，下逮舆台负贩、道释闺媛，无论只字单词，莫不口记手录。"据郑家治先生统计，两书入选诗人应该在千人左右[①]。在记录当代诗坛活动时，李调元引述或自创了很多并称群体，这些称号来源不一，包含着他对乾嘉诗坛大家和诗坛格局的建构，是当代人评当代诗的原始记录，值得深入考辨。

一、《雨村诗话》并称群体叙录

《雨村诗话》虽论及众多当代诗人，但仅提到18个并称群体，涉及66人，现胪列如下：

（一）钱陈群与沈德潜诗名齐驱

> 大司寇嘉兴钱文端公香树，诗名与长洲尚书沈归愚齐驱。（卷一，第27页）
>
> 钱文端公与归愚齐名，有《和沈山居杂咏》云："吴下诗名大，声华圣主闻。衔恩归故里，闭户阐微文。每结渔樵侣，闲随湖海云。石公山畔路，烟月欲平分。"末二句隐然自命两宗主。（卷十二，第284页）

按钱陈群与沈德潜常被清人并称为"东南二老"。两人皆为乾隆词臣，钱陈群以刑部侍郎致仕，沈德潜以礼部侍郎致仕，归里后仍受优渥，又加尚书衔。乾隆二十七年(1762)，乾隆第三次南巡，赐诗有"二老江浙之大老，新从九老会中回"[②]，此后，"东南二老"的称号被广为传诵。袁枚《赠归愚尚书》云："手扶文运三朝内，名在东南二老中。"[③]徐世昌《晚晴簃诗汇》评钱陈群曰："进诗必赐和，奖许备至。与沈文悫并称江、浙二老。"[④]"东南二老"之称反映出乾隆时期最高统治者对文治的重视，尤其是沈德潜长期沉沦下僚，直至67岁方进士及第，十年之间高居礼部侍郎，堪称以诗而达，对广大学子献身诗歌创作所起的激励作用十分巨大，故为诗坛美称。

---

① 郑家治：《李调元三种〈雨村诗话〉述评》，《地方文化研究辑刊》第四辑，第100—107页。

② 沈德潜：《沈归愚自定义年谱》"乾隆二十七年"条，潘务正、李言《沈德潜诗文集》附录二，人民文学出版社2011年版，第2138页。钱仪吉：《文端公年谱》卷下，《北图珍本年谱丛刊》第93册，北京图书馆出版社1999年版，第434—435页。

③ 袁枚：《小仓山房诗集》卷十七，周本淳标校：《小仓山房诗文集》一，上海古籍出版社1988年版，第410页。

④ 徐世昌著，傅卜棠编校：《晚晴簃诗话》卷六十一，华东师范大学出版社2009年版，第415页。

(二) 袁、蒋、赵三家

近时诗推袁、蒋、赵三家，然皆宗宋人。子才学杨诚斋，而能各开生面，此殆天授，非人力也。心余诗学山谷，而去其艰涩，出以响亮，亦由天人兼之。子才亦自言："余不喜山谷而喜诚斋，心余不喜诚斋而喜山谷。"云松则立意学苏，专以新造为奇异，而稗家小说，拉杂皆来，视子才稍低一格，然视心余，则殆有过之无不及矣。（卷一，第33页）

袁枚、蒋士铨与赵翼曾被清人称为"乾嘉三大家"。此称最早见于袁枚《随园诗话》："赵云松观察谓余曰：'我本欲占人间第一流，而无如总作第三人。'盖云松辛巳探花；而于诗只推服心余与随园故也。"[①]袁枚《仿元遗山论诗》第十九首又云："云松自负第三人，除却随园服蒋君。"[②]袁枚"三大家"之说，有自我标榜的嫌疑[③]，但却被诗坛广为传颂。吴蔚光寄赵翼云："三分鼎足称袁蒋，旗鼓相当尽必传。"[④]赵翼《袁子才挽诗》云："三家旗鼓各相当，十载何堪两告亡（自注：谓君与蒋心余）。"[⑤]《雨村诗话》所载应是继承《随园诗话》而来，其新意在于指出三家诗学渊源和艺术风貌各具特色。

(三) 丁敬与厉鹗齐名

余视学粤东，幕友钱塘丁傅，名士也。父敬，字敬身，与厉太鸿齐名，鲁启人。（卷一，第39页）

李调元把丁敬与厉鹗并称是转述幕友丁傅之语。从相关记载来看，丁敬曾被列入"西泠三布衣"，杭世骏《词科余话》云："吾乡有三布衣，以其所诣，律之于古，诚可以不愧；而皆辞荣却聘，守贞抱白，其品尤可尚也。"依次列举钱塘金农、仁和吴颖

---

① 袁枚：《随园诗话》卷十四，人民文学出版社1982年版，第491页。

② 袁枚：《小仓山房诗集》卷二十七，周本淳标校：《小仓山房诗文集》卷二，第689页。

③ 钱锺书说："盖'三家'之说，乃随园一人捣鬼。瓯北尚将计就计，以为标榜之资。"（钱锺书：《谈艺录》，中华书局1984年版，第137页。）

④ 赵翼《次韵吴竹桥别后见附之作》所附吴蔚光原诗，《瓯北集》卷三十六，《续修四库全书》第1447册，上海古籍出版社2002年版，第20页。

⑤ 赵翼：《瓯北集》卷三十九，《续修四库全书》第1447册，第61页。

芳和钱塘丁敬。[1] 三人与厉鹗、杭世骏交往密切，论诗取径于宋人，诗学宗尚相近。但就诗学成就和影响而言，三人皆远远不及厉鹗。《雨村诗话》把丁敬与厉鹗并称主要是借厉鹗而推奖丁敬，此称也未见后代文献承袭。

(四) 江南十五子

> 江南宋中丞漫堂荦，瓣香东坡，所定本朝江南十五子：王式丹方若、吴廷桢山抡、宫鸿历友概、徐昂发大临、钱名世亮工、张大受匠门、杨抡青村、吴士玉荆山、顾嗣立侠君、李必恒百药、蒋廷锡扬孙、缪沅湘芷、王图炳麟照、郭元釪于宫、徐孝廉永宣学人也，皆俎豆苏诗，虽意在广声气，亦各有所长焉。(卷二，第 61 页)

王式丹、吴廷桢等 15 人曾被称为“江南十五子”，此名缘于宋荦所编《江左十五子诗选》。此书刻行于康熙四十二年(1703)，入选 15 人皆为吴地名士，诗风效仿中晚唐和宋元，是宋荦试图示宗立派的产物。此选在清代盛行不衰，沈德潜《清诗别裁集》评宋荦曰：“商丘公官部曹时，列《十子诗选》中，抚吴时，有《渔洋绵津合刻》。又尝选江左十五子诗，以提唱后学，固风雅之总持也。所作诗，古体主奔放，近体立生新，意在规仿东坡，时宗之者，非苏不学矣。”[2]袁枚《随园诗话》亦云：“扬州郭元釪，字于宫，江左十五子之一也。”[3]宋荦对这十五人的标举是康熙诗坛唐宋之争的产物，也是清人宗宋诗风的记录，故被后人反复提及。

(五) 江南七子

> “江南七子”者，阁学嘉定王鸣盛凤喈、学士钱晓征大昕、曹来殷仁虎、进士长洲吴企晋泰来、光禄清浦王兰泉昶、主事上海赵璞函文哲、布衣王芳亭文莲也。为沈归愚所定，大抵所选声调仍不出明七子窠臼，而佐以剪红刻翠，失之靡丽矣。其中杰出者，来殷、兰泉、晓征、璞函而已。凤喈反列压卷，殆以爵，非定论也。(卷三，第 80 页)

---

① 杭世骏：《词科余话》卷七，《四库未收书辑刊》第 1 辑第 19 册，北京出版社 1997 年版，第 722—727 页。
② 沈德潜：《清诗别裁集》卷十三，上海古籍出版社 1984 年版，第 529 页。
③ 袁枚：《随园诗话》卷二，第 63 页。

王鸣盛、钱大昕等 7 人被为“吴中七子”，此名缘于沈德潜所编《吴中七子诗选》。乾隆十六年(1751)正月，江苏巡抚王师请沈德潜担任紫阳书院院长，接替去年冬天因病请辞的王峻。秋，选录王鸣盛等七人诗为《吴中七子诗选》。由于沈德潜在诗坛的巨大声望，“吴中七子”遂名扬天下。如陈康祺《郎溪纪闻》云：“归愚尚书主吴下坛坫时，门下士王光禄鸣盛、钱詹事大昕、王少寇昶、曹侍讲仁虎、赵少卿文哲、吴舍人泰来、黄明府文莲，汇刻吴中七子诗，以文章气节重天下，谈宗派者，至今称颂。”①江藩《国朝汉学师承记》评王昶云：“是时沈尚书归愚为院长，选先生及王光禄凤喈、吴舍人企晋、钱少詹晓征、赠光禄寺少卿赵升之、曹学士来殷、上海黄芳亭、泌阳令文莲七人诗，称为吴中七子。流传日本，大学头默真迦见而心折，附番舶上书于沈尚书，又每人各寄《相忆诗》一首，一时传为艺林盛事。”②“吴中七子”反映出沈德潜标举宗派的意识，沈德潜《七子诗选序》云：“予惟诗之为道，古今作者不一。然揽其大端，始则审宗旨，继则标风格，终则辨神韵，如是焉而已。”③所谓“宗旨”“风格”“神韵”，正是清代沈德潜所代表的格调派的论诗纲领。因此，“吴中七子”反映出沈德潜所代表的格调派的巨大影响力，遂为诗坛习称。

(六) 通江三李

通江李锡征蕃，顺治丁酉孝廉，官黄县，有《鸿雪堂集》，《咏木兰》云：“揽辔提戈坐锦鞯，长途无复着花钿。若教有梦眉重化，伙伴先惊十二年。”长子(笔者注：应为次子)钟莪(笔者注：应为峨)芝麓，康熙丙戌进士，由庶吉士历太常少卿。雍正年上疏，请分省点庶吉士，敕部议，竟允其请。至今著为例，芝麓请也。著《云亭集》，诗有“野艇浮于汉，祈求我峰划彼苍”句。弟(笔者注：应为兄)钟璧，字鹿岚，康熙丙子孝廉，官广西平南令，有《燕喜堂集》，皆能诗，黄汾阻风，有“客行惯下千猿啸，潮至如闻万马声”句，与其父蕃，人称“通江三李”。(卷三，第 91—92 页)

李调元所言“通江三李”指李蕃、李钟峨、李钟璧父子三人。三人政绩显著，著

---

① 陈康祺：《郎溪纪闻》二笔卷八，中华书局 1984 年版，第 459 页。
② 江藩：《国朝汉学师承记》卷四，中华书局 1983 年版，第 53 页。
③ 沈德潜：《归愚文钞》卷十四，潘务正、李言：《沈德潜诗文集》三，第 1360 页。

述丰富，且诗文集均以“雪鸿堂”为名，康熙五十七年（1718）汇刻为《雪鸿堂文集》[1]。大概是李调元出于表彰先贤之义，故有“三李”之称。今人刘显卫等人整理《通江三李雪鸿堂文集》，由巴蜀书社出版。

（七）江西两才子

江西有两才子：南昌彭芸楣冢宰、铅山蒋苕生编修也，皆丁丑进士，彭出廷尉嶍峨周立厓先生本房，与余先后同门。苕生授职后，即奉其母太夫人，浮家泛宅，游于天台、雁荡之间，曾掌教山阴，后买宅金陵，携家住之。二人名达宸聪，芸楣为冢宰时，上屡询之，辄叹息久之，有御制句云：“江西两才子，惟卿官九卿。”（卷四，第113页）

“江西两才子”指彭元瑞与蒋士铨，因乾隆推举而得名。王昶《湖海诗传》也有类似记载：“裘文达公曰修，尝以君与彭司空元瑞并荐上前，故御制诗有江西两名士之目。”[2]不过，由于彭元瑞诗歌创作远逊于蒋士铨，故乾嘉诗坛多把蒋士铨与袁枚、赵翼并称为“三大家”。另外，袁枚《随园诗话》把蒋士铨与杨垕、汪轫、赵由仪并称为“江西四子”[3]；曾燠《国朝江右八家诗选》入选蒋士铨与陈允衡、王猷定、曾畹、帅家相、汪轫、杨垕、何在田八人诗作，并称为“江右八家”。

（八）胡氏三才女

乾隆中，闺媛诗以胡氏为最。胡慎容字卧云，山阴人，会稽冯坦配，有《红鹤山庄集》。与同怀姊慎淑字景素、堂姊慎仪字采齐，俱有诗名，称胡氏三才女。（卷六，第152页）

“胡氏三才女”指胡慎容、慎淑、慎仪三姐妹，因擅诗而著称。清代诗风兴盛，闺媛多有能诗者。袁枚《随园诗话》引蒋士铨《红鹤山庄集序》称赞道：“玉亭名慎容，

---

① 赵光明：《清代通江“三李”与〈雪鸿堂文集〉关系考辨》，《内江师范学院学报》2011年第7期。

② 王昶著，周维德校点：《蒲褐山房诗话新编》卷上，人民文学出版社2011年版，第79页。

③ 袁枚：《随园诗话》：“乾隆初，江西有四子：杨、汪、赵、蒋是也。”（袁枚：《随园诗话》卷八，第251页。）

姓胡，山阴人，嫁冯氏，所天非解此者，遂一旦焚弃之。然其韵语，已流播人间，有《红鹤山庄诗》行世。其女兄弟采齐、景素，亦皆能诗，俱不得志。”[①]把三人并称。又符葆森《国朝正雅集》引《彤管新编》云：“胡氏本山阴望族，寄籍燕京。采齐及次妹景素、三妹卧云俱有隽才，时人比之刘家三妹。”[②]由于李调元是袁枚性灵说的拥护者，又熟悉《随园诗话》，故李调元“胡氏三才女”之称可能受袁枚影响。不过，相对于叶小鸾、席佩兰、顾太清等人，“胡氏三才女”诗歌成就要逊色些，故此称后人较少提及。

(九) 宗吴

会稽宗价藩圣垣，与山阴吴渔汀尊盘齐名，人称“宗吴”，有合刻诗，皆工于古体。（卷六，第155页）

“宗吴”指宗圣垣和吴尊盘。此称不见前代诗学文献，按《清人诗文集总目提要》评吴尊盘《三雁斋诗稿》云：“所撰先有《渔汀诗钞残卷》一卷，附于宗圣垣《九曲山房诗钞》，乾隆间刻，诸暨市图书馆藏。”[③]可知两人曾有合刻诗集，这大概是李调元把两人并称的主要依据。袁枚《随园诗话》多次称赞宗圣垣诗作，未提及吴尊盘。阮元《两浙輶轩录》、潘衍桐《两浙輶轩续录》、陶元藻《全浙诗话》也无两人并称之记载。

(十) 吴树萱与吴俊齐名

学使吴寿庭，少与兄蠡涛齐名，永宁道秦州石梅溪作瑞送吴诗云：“景文著述逾公序，苏老朋侪独子由。”最切。（卷六，第157页）

按吴树萱，字寿庭，吴县人，乾隆四十五年(1780)进士，曾任四川学政，有《霁春堂诗集》。兄吴俊，字昙绣，号蠡涛，乾隆三十七年(1772)进士，官山东布政使，有

① 袁枚：《随园诗话》卷二，第56页。
② 钱仲联：《清诗纪事》第四册，凤凰出版社2004年版，第3944页。
③ 柯愈春：《清人诗文集总目提要》上，北京古籍出版社2001年版，第860页。

《荣性堂集》。前代文献均无吴氏兄弟并称的记载。吴树萱曾任四川学政，期间对落职在家的李调元极其尊崇，其《见怀》云："西川江水六朝山，醒园随园差并偶。"(《雨村诗话》卷三，第102页)把李调元与袁枚并称。李调元视吴树萱为知己，在诗话中多次称赞其诗作，他对吴氏兄弟的标举恐怕也是出于私交甚笃之故。

(十一) 陈兆仑与杭世骏名望相埒

钱塘陈太常星斋兆仑，与大宗名望相埒，友谊最笃。(卷六，第162页)

按符葆森《国朝正雅集》引《鹤征后录》云："丙辰登大科者十五人，杭郡居其四，当时称为极盛。而角艺坛坫，主持骚雅，尤推堇浦、句山两先生。辛酉，先生以侍讲典试湖北，翻得多知名士。生平和易近人，有以诗文请质者，备极奖借，人故乐亲之。"[①]杭世骏《榕城诗话》对陈兆仑相当推重，而袁枚《随园诗话》、王昶《湖海诗传》对两人均赞赏有加，但未曾基于诗歌创作并称之语。李调元可能基于陈兆仑与杭世骏交谊深厚且同举乾隆元年博学鸿词，故加以并称。

(十二) 蕺山四凤

蕺山四凤者，唐载歌、骆叔夜、孙宣化、王舜举也。舜举名元恺，山阴明经，有《夜赴济宁》云："草明微见露，马疾但闻声。"写长途夜景逼肖。(卷九，第219页)

李调元把唐载歌、骆叔夜、孙宣化和王元恺并称为"蕺山四凤"。此称又见阮元《两浙輶轩录》，其评王元恺曰："《越风》：先生弱冠能文，与唐载歌、骆叔夜、孙宣化有蕺山四凤之目。"[②]然陶元藻《全浙诗话》及其他清代文献未有类似记载。考李调元父亲于乾隆十八年(1753)至二十二年(1757)先后任浙江余姚、平湖、秀水县令，李调元长期随侍左右，对浙地诗人较为熟悉，"蕺山四凤"或许曾被当地人称许。

---

① 钱仲联：《清诗纪事》第二册，第1181页。

② 阮元：《两浙輶轩录》卷九，《续修四库全书》第1683册，第369页。

(十三) 钱塘四布衣

乾隆年间，杭州布衣符曾药林、唐学潮雨江、俞大受槐谷、符元嘉树谷，杭太宗称为“钱塘四布衣”，有《半春唱和集》，皆一字题，语淡而意远。（卷十，第232页）

李调元声称杭世骏曾把符曾、唐学潮、俞大受、符元嘉合称为“钱塘四布衣”。按袁枚《随园诗话》、王昶《湖海诗传》均对符曾赞赏有加，阮元《两浙輶轩录》也曾收录符曾和俞大受，但均无“四布衣”之称。考现存《道古堂文集》并无“四布衣”相关言论，但王昶曾言杭世骏“生平著述甚伙，今付剞劂者，未及其半”[①]，或许当日曾言。

(十四) 越中三吴

吴觉先尊尹与其弟橡村尊莱、渔汀尊盘，称“越中三吴”。（卷十，第239页）

李调元把吴尊尹、尊莱、尊盘兄弟三人称为“越中三吴”。按阮元《两浙輶轩录》引《越风》云：“吴氏一庭风雅，觉庵与其弟橡树、渔汀，越中称‘三吴’者是也。诗质清丽，七言断句尤工，直至古人不古着力处。”[②]袁枚《随园诗话》、王昶《湖海诗传》等均无相关记载，李调元“三吴”之称或是源于《越风》。

(十五) 丹棱三彭

丹棱彭端淑，字乐斋，乾隆丙辰进士，官至广东肇罗道，有《白鹤堂集》；次肇洙，字仲尹，雍正癸丑进士，历官河南道御史，有《抚松亭集》；次遵泗，字磬泉，乾隆丁巳进士，官至江防同知。兄弟皆由庶常起家，世称“三彭”，皆有诗名。（卷十二，第276页）

李调元把彭端淑、肇洙、遵泗兄弟三人称为“三彭”。按马荣祖《白鹤堂文集序》

---

① 王昶著，周维德校点：《蒲褐山房诗话新编》卷上，人民文学出版社2011年版，第21页。
② 阮元：《两浙輶轩录》卷三十六，《续修四库全书》第1684册，第367页。

云:“予所交丹棱三彭君,出群才也。”[①]当为李调元所本。王昶则有“二彭”之称,《湖海诗传》曰:“乐斋与弟遵泗以诗古文名蜀中,时号二彭。”[②]之后,王培荀《听雨楼随笔》、张维屏《国朝诗人征略》均把三人并称。

(十六) 丹棱三杨

人皆知丹棱有“三彭”,而不知先有“三杨”。一杨岱,字东子,康熙丙午举人,有《村山集》;一岐,字周子,有《碧萝亭集》;一昆,字葛山,有《三树堂集》,皆以诗名。东子名句如《送孙默去》……三彭以科名显,而三杨仅一孝廉,故人多不传,其实能诗不系科名也,世有能诗而不第者岂少哉?(卷十二,第 275 页)

李调元把杨岱、杨岐、杨昆兄弟三人并称“三杨”。按李调元《蜀雅》云:“魏惟度云:余读东子诗,气力雄健,知为词坛英俊。近董耕伯、蔡方山从维扬来,道东子年十九,其器宇沉沉,似有道者。侍乃翁研连先生,恂恂乎儒子,不特其诗之妙也。益叹予暗中摸索,能因其诗知其人焉。”[③]可知“三杨”乃李调元对乡贤之美称,但未见其他清代文献有相关记载。

(十七) 怀宁二鲁

鲁星村瑸与兄研山琢,诗称“怀宁二鲁”,瑸尤佳,有意想不能到者,如“猫穿隔花戏,鱼负小萍移”,为王梦楼先生所称赏,遂负重名。(卷十三,第 303 页)

李调元把鲁瑸、鲁琢兄弟称为“怀宁二鲁”。按此称未见其他清代文献。袁枚与鲁瑸交谊深厚,《随园诗话》曾对“猫穿隔花戏,鱼负小萍移”称赏[④],又把李葂与鲁瑸并称为“二村”,《随园诗话》云:“安庆诗人以‘二村’为最。一李啸村葂,一鲁星村瑸。”[⑤]但未有“二鲁”之誉。

---

① 马荣祖:《力本文集》卷五,《四库未收书辑刊》第 9 辑第 26 册,第 514 页。
② 王昶著,周维德校点:《蒲褐山房诗话新编》卷上,第 18 页。
③ 钱仲联:《清诗纪事》第一册,第 636 页。
④ 袁枚:《随园诗话》卷十,第 334 页。
⑤ 袁枚:《随园诗话》卷十,第 361 页。

(十八) 朝鲜四家

朝鲜四家诗颇多可采，附载于后，以见我朝文教诞敷，属国皆然。一、完山李书九洛瑞著《姜山小稿》，……二、柳得恭惠风著《歌商楼小稿》，……三、朴齐家次修著《䞉游集》，……四、李德懋懋官著《青庄馆小稿》。（卷十六，第370—371页）

李调元把李书九、柳得恭、朴齐家、李德懋称为"朝鲜四家"。此称未见其他清代文献。按李调元《韩客巾衍集序》，乾隆四十二年(1777)，柳得恭叔叔柳琴随同副使徐浩修来到中国，把所带的手抄本四家诗选集《韩客巾衍集》带给李调元，并求赐序。李调元欣然作序，之后又书信来往。[①]《诗话》所言"四家"之名应源于《韩客巾衍集》这部选本。

二、《雨村诗话》并称群体与李调元的诗学视野

由于交游范围和学术背景的不同，不同诗家所呈现的同一时代的诗坛面貌往往存在很大差异。如袁枚《随园诗话》所言："自余作《诗话》，而四方以诗来求入者，如云而至。"[②]王昶也明确指出《湖海诗传》是自己诗学活动的记录，《湖海诗传序》指出："予弱冠后，出交当世名流，乃洊登朝宁，扬历四方。北至兴桓，西南出滇蜀外，贤士大夫之能言者，揽环结佩，率以诗文相质证。"[③]《雨村诗话》同样是李调元诗学活动的记录，下面我们结合《雨村诗话》并称群体来探讨李调元所依据的材料，进而对其诗学视野加以推断。

在《雨村诗话》所提及的18个并称群体中，"东南二老""江西两才子"和"乾嘉三大家"来自诗坛习论。"东南二老""江西两才子"出自乾隆帝对文士的赞誉，尤其是沈德潜，不数年官至礼部侍郎，倍受乾嘉诗家羡慕，他的遭遇了就成为清代众多诗论家津津乐道的素材[④]。"乾嘉三大家"虽是袁枚的自我标榜，但由于袁枚在诗坛的巨大影响力和三人创作成就确实超凡拔俗，这个称号也就得到众人的认可。

---

① 参见朴现圭《韩国的〈四家诗〉与清朝李调元的〈雨村诗话〉》相关论述，《四川师范大学学报》1998年第4期，第87—92页。

② 袁枚：《随园诗话》补遗卷五，第691页。

③ 王昶：《湖海诗传》，商务印书馆1958年版，第1页。

④ 《雨村诗话》云："近代诗人之荣，无过长洲大宗沈归愚。"（卷五，第130页）《随园诗话》云："沈归愚尚书，晚年受上知遇之隆，从古诗人所未有。"（卷九，第293页）

李调元生活在这一时期，对当代诗坛这些美谈应该不陌生，《雨村诗话》对这些并称群体加以叙录乃是自然之事。

诗歌选本是李调元编写《雨村诗话》另一个重要素材。诗选之所以起到如此重要的作用，一方面是明清诗论家常常通过诗歌选本的方式展现诗学观念，诗选本身就包含着标宗立派的意识；另一方面，限于经济条件，许多诗家的全集难于刊刻，诗话作者只有通过选本才能了解到众多诗人的作品。《雨村诗话》“江南十五子”来自宋荦所编《江南十五子诗选》，“江南七子”来自沈德潜《吴中七子诗选》，“宗吴”可能来自两人的合刻诗选，“朝鲜四家”来自《韩客巾衍集》，这些并称群体都是李调元阅读诗选的产物。

《雨村诗话》还有大量地域并称群体，如“通江三李”“蕺山四凤”“钱塘四布衣”“越中三吴”“丹棱三彭”“丹棱三杨”“怀宁二鲁”。这种情况一方面缘于清代地域文化的兴盛，从督抚到县令均把地方文化研究整理作为要务。在省志、府志、县志的编撰过程中，地方乡贤、文士都是方志史家刻意标举的内容，地域诗话应运而生，如杭世骏《榕城诗话》、郑方坤《全闽诗话》、曾燠《西江诗话》、陶元藻《全浙诗话》等，地域并称群体大量出现也就不足为奇。另一方面，当代诗话本以记载耳目闻见之事为主，面对未经洗汰的众多诗家诗作，诗话作者对亲故旧交青眼有加乃是人之常情。李调元年轻时曾随父亲在江浙生活 5 年，乾隆四十八年(1783)落职后一直生活在蜀中家乡，《雨村诗话补遗序》云：“乾隆乙卯六月，余已著有《雨村诗话》刊行矣，一时求之者颇盛，海内以诗见投者日踵于门。”可以推测，这些投赠者自然以蜀人为主。因此，《雨村诗话》对江浙和蜀中的并称群体多有记载。

此外，《雨村诗话》中并称群体也存在故为谀词的情况。一种方式是借助诗坛公认的名家来对亲友故旧加以揄扬，如“丁敬与厉鹗齐名”中的丁敬虽然是著名布衣诗人，但成就难与厉鹗比埒，但由于丁敬的儿子丁傅是幕友，故李调元特意借厉鹗来褒奖丁敬。另一种方式是借前代并称群体比附今人，如李调元借苏氏兄弟称赞吴树萱与吴俊，只因吴树萱是李调元的仰慕者和追随者。

总之，举世公认的当代著名诗人和诗歌选本是包括《雨村诗话》在内的当代诗话必不可少的素材，也是取信于当代读者的必要手段，但大量材料来自作者的阅历和交际。可以说，李调元在《雨村诗话》中所建构乾嘉诗史只是作者耳目所及的亲身体验。从《雨村诗话》并称群体来看，并称群体的来源直接决定了它的影响力。那些来自诗坛习论、诗选和其他诗话的称呼容易被读者所接受，而对于乡贤和亲旧的推崇则很少上升为诗坛共识。并称群体的影响力还取决于首倡者的政治地位和诗坛地位，首倡者政治地位越高、诗坛影响力越大，他们所标举的并称群体越容易成为诗坛共识。“东南二老”“乾嘉三大家”“江西二才子”“江南十五子”“江南七子”被包括李调元在内的乾嘉诗家反复提起，正与乾隆、袁枚等人的地位和《江南十五子诗选》《吴中七子诗选》的广泛流行直接相关。

三、《雨村诗话》并称群体与乾嘉诗派之比较

并称群体往往包含着一定的流派意识，因为有些并称群体正是根据相似的艺术风貌和诗学宗尚而确立的，已经具备了诗学流派形成的基本条件。基于这一原因，我们把《雨村诗话》并称群体与当代学者所划分的乾嘉诗学流派进行比较，藉以考察李调元对乾嘉诗坛格局建构的特点。

目前，对乾嘉诗歌发展历程加以系统论述的著作有刘世南先生《清诗流派史》、朱则杰先生《清诗史》和严迪昌先生《清诗史》。《清诗流派史》指出乾嘉诗歌流派有浙派、格调诗派、肌理诗派、性灵诗派、桐城诗派、高密诗派、常州诗派 7 个流派。朱著《清诗史》明确提到格调派、浙派、秀水派、肌理派、性灵派、桐城派 6 个流派，另把黄任、胡天游、黄景仁、舒位、王昙、黎简等知名诗人单列成节加以论述。严著《清诗史》提到格调说、肌理说、性灵说、八旗诗人、浙派、秀水派、高密诗派、岭南诗群、常州诗群 9 个诗派或群体，另单列屈复、胡天游、黄景仁、王昙、孙原湘、舒位、郭麐、彭兆荪等知名诗人。综合来看，当代学者认为乾嘉重要诗学流派大致包括浙派、秀水派、格调派、肌理派、性灵派、岭南诗派、常州诗派、桐城诗派、高密诗派，共 9 个流派，它们构成了乾嘉诗坛的基本格局。与当代学者所建立的 9 大流派格局相比，《雨村诗话》并称群体所反映的诗坛格局存在三种情况：

其一，《雨村诗话》并称群体所提及的一些诗人被当代学者视为乾嘉诗派中的重要人物。“浙派”在乾嘉时期已被明确视为诗派流派。沈德潜《清诗别裁集》评厉鹗云：“樊榭学问淹洽，尤熟精两宋典实，人无敢难者，而诗品清高，五言在刘眘虚、常建之间。今浙西谈艺家，专以饤饾挦扯为樊榭流派，失樊榭之真矣。”[①]袁枚《随园诗话》云：“吾乡诗有浙派，好用替代字，盖始于宋人，而成于厉樊榭。”[②]洪亮吉《道中无事，偶作论诗绝句二十首》之十二云：“近来浙派入人深，樊榭家家欲铸

① 沈德潜：《清诗别裁集》卷二十四，第 969 页。
② 袁枚：《随园诗话》卷九，第 320 页。

金。”[①]钱锺书沿袭了这种说法,《谈艺录》云:“浙派西泠诗家多南宋江湖体,惟秀州诸作者知取法西江大家,上续梨洲坠绪,汪丰玉仲鈖一诗最便例证。”[②]之后,《清诗流派史》和两部《清诗史》都从流派的角度对此派的成员、观念、创作成就加以系统论述。《雨村诗话》“丁敬与厉鹗齐名”涉及浙派盟主厉鹗,“陈兆仑与杭世骏名望相埒”涉及浙派主将杭世骏,“钱塘四布衣”中符曾也被当代学者视为浙派的重要成员,以上三个并称群体均涉乃浙派,可知李调元深刻感受到浙派在当时的巨大影响,只是未从流派角度加以论述。

“格调派”只是当代学者的称呼,清人偶而称为“吴派”。阮葵生《茶余客话》云:“记前辈慨诗道陵夷,厥分二派:一曰吴派,谓以盛唐为宗,起承转合法,一成而不易。……一曰浙派,谓以南宋为宗,自度学识不能及人,于是爱僻耽奇,一字词组,分门收拾,自诩碎金。”[③]清代多数诗论家只是强调此派注重格律、师法盛唐的内涵,并没有视为一个诗派,如钱泳《履园丛话》所云:“沈归愚宗伯与袁简斋太史论诗,判若水火。宗伯专讲格律,太史专取性灵。自宗伯三种《别裁集》出,诗人日渐日少;自太史《随园诗话》出,诗人日渐日多。然格律太严固不可,性灵太露亦是病也。”[④]这一群体明确被称为“格调派”乃是现代学术,铃木虎雄《中国诗论史》在辨析明七子诗学内涵之后,首次把清代沈德潜称为“温和的格调派”。之后郭绍虞在《性灵说》和《中国文学批评史》中也以“格调”概括明七子和沈德潜诗论。[⑤] 严迪昌《清诗史》以“格调说”论沈德潜,未明确视为诗派。刘世南《清诗流派史》则专列“格调诗派”一章,朱则杰《清诗史》则专列“沈德潜和格调派”一章。总体而言,以沈德潜为代表的这一群体被当今学界普遍视为一个流派。《雨村诗话》“东南二老”其中之一是格调派盟主沈德潜,“江南七子”是格调派的核心成员,这两个并称群体都涉及格调派。《雨村诗话》对沈德潜以诗获荣大加称赞,并标举了“吴中七子”一些作品,同样没有从宗派的角度加以立论。

“性灵派”的命名也是来自现代学者,清人只是把“性灵”视为袁枚的标志,并没有明确视为流派。如孙星衍《游随园赠袁太史七首》其五云:“等身诗卷著初成,绝地天通写性灵。我愧千秋无第一,避公才笔去研经。”[⑥]赵怀玉《寄袁丈(枚)》曰:

---

① 洪亮吉:《更生斋集》诗集卷二,《续修四库全书》第 1468 册,第 132 页。
② 钱锺书:《谈艺录》,中华书局 1984 年 9 月版,第 145 页。
③ 阮葵生:《茶余客话》卷十一,《续修四库全书》第 1138 册,第 97 页。
④ 钱泳:《履园丛话》卷八,《续修四库全书》第 1139 册,第 117 页。
⑤ 陈国球:《明代复古派唐诗论研究》,北京大学出版社 2007 年版,第 323—331 页。
⑥ 孙星衍:《孙渊如先生全集·芳茂山人诗录卷八》,《续修四库全书》第 1477 册,第 646 页。

“早辞簪绂住烟萝，坐享名山册载过。举世共推文福备，先生独占性灵多。”[①]钱泳《履园丛话》曰：“宗伯专讲格律，太史专取性灵。”现代学者铃木虎雄《中国诗论史》和郭绍虞《中国文学批评史》则明确把袁枚所代表的诗学群体称为“性灵派”，这种观念也被刘世南《清诗流派史》和朱则杰《清诗史》所因袭，但严迪昌《清诗史》仍然以“性灵说”命名袁枚。《雨村诗话》“乾嘉三大家”中论及袁枚和赵翼，另有众多条目对两人加以评价，但同样没有从宗派的角度加以立论。

对比《雨村诗话》“东南二老”“乾嘉三大家”“丁敬与厉鹗齐名”“陈兆仑与杭世骏名望相埒”“钱塘四布衣”与当代学者对浙派、格调派、性灵派的论述，古今学者面对相同的诗学对象，所呈现的诗坛格局时却存在明显差异。当代学者注重流派，重在揭示各家诗学观念之“异”。由于派别之间壁垒分明，故当代学者所建构的诗坛格局比较清晰。古代学者注重并称群体，重在揭示各位诗家之“同”。并称群体不利于全景式观照诗坛格局，但却能够看出诗学团体之间的密切交游，有助于把握历史的真实细节。

其二，《雨村诗话》并称群体没有涉及当代公认的乾嘉诗学流派，包括肌理派、秀水派、高密诗派、岭南诗派、常州诗派和桐城诗派。

就肌理派而言，乾嘉时翁方纲只是被视为诗坛盟主之一。陶梁《红豆树馆诗话》曰：“乾隆中畿辅前辈以宏奖风流为己任，首推朱文正、纪文达两相国，而覃溪先生鼎峙其间，几欲狎主齐盟，互执牛耳。”[②]张际亮《刘孟涂诗稿书后》云：“自诗道之衰，南则袁子才，北则翁覃溪，咸自命风雅以收召后进；后进者名能诗而不染其流弊者寡矣。”[③]一直到铃木虎雄，才首次从流派的角度命名翁方纲。

秀水派在乾嘉时期已经得名，钱仪吉《山西广灵县名宦朱君事状》云：“本朝自君家竹垞太史名重海内，世谓秀水派。乾隆间吾从父萚石先生父子、汪厚石、桐石兄弟及王谷原孝廉、万柘坡诸先生振兴古学，君与同里蒋先生元龙及寓公戚先生芸生，皆学诗于萚石先生。”[④]秀水派是以不同于浙派的面貌出现的。浙派主要成员多仕途蹇塞，而秀水派多为馆阁文人。同为学宋，浙派排斥黄庭坚，而秀水派对黄氏情有独钟，讲究字句锤炼，追求生硬奇崛与平淡靖深的融合。但袁枚、王昶等乾嘉众多诗论家论及钱载、王又曾、金德瑛、祝维诰、万光泰等人时，均未从秀水派的

① 赵怀玉：《亦有生斋集》诗卷十一，《续修四库全书》第1469册，第384页。
② 陶梁：《国朝畿辅诗传》卷三十九，《续修四库全书》第1681册，第486页。
③ 张际亮：《张亨甫文集》卷四，《清代诗文集汇编》第601册，上海古籍出版社2010年版，第457页。
④ 钱仪吉：《珩石斋记事稿》卷八，《续修四库全书》第1508册，第638页。

角度加以论述。

"高密诗派"之称见于民国所编《高密县志》:"李怀民与其弟宪暠、宪乔以中晚唐律诏后进,海内宗之,称为李高密派。"[①]乾嘉诗人只是称他们为"高密三李",没有称为流派。较早以诗派为名的是汪辟疆《论高密诗派》,对此派始末、成员、诗学主张皆有详细考论,且云:"然则高密二李之诗派垂二百年犹未绝也。"[②]刘世南《清诗流派史》和严迪昌《清诗史》认可这一说法,而朱则杰《清诗史》未论及此派。总体而言,高密诗派只是一个地域诗派,李宪乔虽然在当地和所游宦的广西、岭南有一些响应者,但影响力似乎不大。

"岭南诗派"最早标举者是明代胡应麟,《诗薮》云:"国初吴诗派昉高季迪,越诗派昉刘伯温,闽诗派昉林子羽,岭南诗派昉于孙蕡仲衍,江右诗派昉于刘崧子高。五家才力,咸足雄据一方,先驱当代,第格不甚高,体不甚大耳。"[③]乾嘉时期则很少称派,梁善长《广东诗粹》、温汝能《粤东诗海》、刘彬华《岭南群雅》皆为篇幅较大的诗歌总集,专选广东诗人,论诗有"岭南四家""岭南三大家"之称,并没有命名为"岭南诗派"。汪辟疆《近代诗人述评》最早以"岭南派"为名,之后严迪昌《清诗史》列"岭南诗群"一章,而朱则杰《清诗史》和刘世南《清诗流派史》均未涉及岭南诗人,未沿袭流派的提法。

常州旧称"毗陵",赵怀玉曾提及"毗陵诗派",其《竹初诗钞序》云:"吾乡风雅盛于康熙间,邹进士、董文学倡国依社,后君家湘灵,继开毗陵诗派,学者翕然从之。于后复有醉吟、浣花、峨眉,一时旗鼓竞雄,故查悔余尝称吾常为诗国。"[④]但其他乾嘉诗人并未提及此名,只是把洪亮吉、黄景仁、吕星垣、孙星衍、杨伦、赵怀玉、徐书受称为"七子"。《洪北江先生年谱》"乾隆三十九年"条:"是岁,始与孙君星衍订交,同里则孙、黄、赵诸君外,复偕杨君伦、吕君星垣、徐君书受,唱酬无间,里中号为七子。"[⑤]"七子"之称在清代影响很大,钱维城曾辑《毗陵七子诗》。刘世南《清诗流派史》把此派命名为"常州诗派",严迪昌《清诗史》只是单列"常州诗群"一章,但"常州诗派"或"毗陵诗派"的提法在乾嘉时期并不普遍。

---

① 余友林、王照青:《高密县志》卷十六,《中国方志丛书》华北地方第63号,台北成文出版社1968年版,第1594页。

② 汪辟疆:《论高密诗派》,《中华文史论丛》第二辑。

③ 胡应麟:《诗薮》续编卷一,中华书局1958年版,第337页。

④ 钱维乔:《竹初诗钞》,《续修四库全书》第1460册,第2页。

⑤ 吕培等编:《洪北江先生年谱》,《北京图书馆藏珍本年谱丛刊》第116册,北京图书馆出版社1999年版,第377—378页。

"桐城派"本指以"桐城三祖"方苞、刘大櫆、姚鼐所代表的古文流派，不以诗见长，王昶有"皖桐诗派"之称，《湖海诗传》评韦谦恒云："皖桐诗派，前推圣俞，后数愚山，以啴缓和平为主。约轩承其乡先生之学，故不以驰骋见长。六一居士序《宛陵集》，谓古雅纯粹；汪尧峰序愚山诗谓'简切淡远'。举似约轩，可谓得其法乳者。"[①]与当代学者所言桐城诗派全然不同。钱锺书《谈艺录》始列"桐城诗派"一条[②]，之后刘世南《清诗流派史》也专列"桐城诗派"一章，朱则杰《清诗史》有"姚鼐和桐城派"一节。按钱锺书、刘世南所论，此派源头可追溯到遗民诗人钱澄之，正式成派应归功于姚鼐，但乾嘉诗人尚未有桐城诗派之称。

从以上诗派的定名可知，《雨村诗话》虽未涉及乾嘉时期这些重要诗派，但并不是李调元视野狭隘所导致的缺陷，而是因为这些诗派是当代诗学的产物。出于梳理清代诗学发展脉络的需要，当代学者比较倾向把清代诗学描述成一个个壁垒分明、观念各异的诗学集团，清代诗学是在交锋斗争中前进的，而实际情况并非如此。众多乾嘉诗人能够以宽广的胸怀尊重包容其他诗人，又能够转益多师，汲取众长，很少出现明代流派之间相互激烈攻讦的情况。如乾隆三十八年(1773)钱载有《小庭桃树作花，翁编修(方纲)、朱编修(筠)、曹赞善(仁虎)、程选部(晋芳)、姚秋曹(鼐)过饮，翁编修有诗并及。余正月以来为丁辛老屋厚石斋编次遗集，奉答二首》[③]。《纪晓岚年谱》"乾隆三十九年"条载："三月三日，与《四库全书》总纂官陆锡熊、纂修翁方纲、朱筠、林澍蕃、姚鼐、程晋芳、任大椿、周永年、钱载等人，出右安门十里，至草桥，举修禊故事，且集于曹学闵斋中，会者凡三十九人。"[④]乾隆四十年(1775)，吴蔚光有《朱学士筠、何明经(青)招同翁学士(方纲)、程主事(晋芳)、孝廉(瑶田)、丁孝廉(逵鸿)、家助教(省兰)、孝廉(兰庭)、洪孝廉(榜)、汪子廉(端光)、温舍人(汝适)、黄秀才(景仁)、金秀才(翀)、杨上舍(芳灿)饮于陶然亭，分得乱字，时十二月二十六日也》[⑤]。从这些记载来看，乾嘉时期的众多修禊、赏花、登高、消寒等诗酒文会并无门派之分。因此，《雨村诗话》未从流派角度论及钱载、翁方纲、黄景仁等实属自然。

其三，《雨村诗话》众多并称群体没有上升为诗学流派，如"通江三李""蕺山四

---

① 王昶著，周维德校点：《蒲褐山房诗话新编》卷上，第 98 页。
② 钱锺书：《谈艺录》，第 145—148 页。
③ 钱载：《萚石斋诗集》卷三十四，《续修四库全书》第 1443 册，第 280 页。
④ 孙致中、吴恩扬、王沛霖、韩嘉祥校点：《纪晓岚文集》第三册，河北教育出版社 1995 年版，第 356 页。
⑤ 吴蔚光：《素修堂诗集》卷七，《清代诗文集汇编》第 405 册，第 664 页。

凤”“丹棱三彭”“丹棱三杨”“怀宁二鲁”“朝鲜四家”等。虽然李调元对他们大加推崇，但当代学者并没有把他们视为一个流派。之所以出现这种情况，一方面是李调元出于对乡贤及域外诗歌的推崇而标举这些诗人，但他们的实际成就十分有限，难孚盛名。另一方面，李调元虽在乾嘉诗坛有一定知名度，但影响力远远不及沈德潜、袁枚、王昶这些诗人，他们要么是高居台卿，要么是顶尖诗人，李调元只是一位退居故里的诗人，影响力也只是局限于蜀中，因此李调元的论述在当时并没有引起足够的重视和关注。

综上所述，李调元《雨村诗话》是个人生活阅历和诗坛体验的真实记录，既有重要的诗学价值，也存在明显的缺陷。它记载了一千多位诗人的诗歌创作和诗学交往，许多诗人仅靠此书而被后人所知，因此具有不可泯灭的史料价值。从并称群体的角度来看，《雨村诗话》仅涉及格调派、性灵派、浙派的一些代表诗人，对肌理派、常州派等乾嘉诗坛其他影响巨大的诗学群体较少反映，就范围而言稍显狭窄。同时，它对乡贤、亲故的推崇有时刻意比附“七子”“四杰”，故为谀词，章学诚曾批评清人诗话败坏世道人心[①]，《雨村诗话》没有完全避免这一陋习。总体而言，《雨村诗话》并称群体真实地反映了李调元对乾嘉诗坛格局的初步定位，虽然主观色彩鲜明，不能全面客观反映乾嘉诗坛全貌，却是我们了解乾嘉诗坛的一扇重要窗口，并有助于深刻认识乾嘉诗坛丰富多彩的风貌。

---

① 章学诚曰：“前人诗话之弊，不过失是非好恶之公。今人诗话之弊，乃至为世道人心之害。失在是非好恶，不过文人相轻之习，公论久而自定，其患未足忧也。害在世道人心，则将醉天下之聪明才智，而网于人于禽兽之域也。”（章学诚著，叶瑛校注：《文史通义校注》卷五《诗话》，中华书局 1985 年版，第 560 页。）

稿本《梅花诗话》述略

李保阳*

一、引言

清代是我国诗学的总结时期，也是集大成的时期。诗话是具有民族特色的诗学批评形式，清代的诗学理论家继承和发扬了这一形式，撰著了数量空前的诗话著作，如袁枚《随园诗话》及《随园诗话补遗》三十二卷、李调元《雨村诗话》、赵翼《瓯北诗话》、陈衍《石遗室诗话》，等等。张诚的《梅花诗话》，稿本四册，迄未刊印。从大诗人袁枚起，前贤时修，凡称引该书者，于其书卷帙，众说悬殊，莫衷一是。它的出现，不仅丰富了乾嘉间诗话著作的数量，更丰富了清代诗话著作门类。然《梅花诗话》因未刊行，故全书内容至今学者无从窥见。本文拟对《梅花诗话》稿本予以简要介绍。

二、平湖张氏家族及张诚其人

平湖张氏为浙西清望，从清初到民国年间，不仅科第世家，且代有作家作品传世。据新编《平湖县志》统计，截至 20 世纪 80 年代末，平湖境内张姓 34 546 人，占

* 李保阳，浙江大学图书馆副研究员。

全县人口7.53%，为平湖境内第一大姓。[①] 张氏家族是一个典型的以风雅传家的江南文化世家。从康熙后期直至清末民初，祖孙六代，闻人辈出，在当湖畔修造园林、结社吟咏、丹青棋弈，诗酒流连绵延二百余年。仅现存于世的张氏一门之著作，即多达六十余部。其家族的文化成就表现在经学、史学、医学、弈学、文学、绘画等各个方面。在存世的六十余种著述中，文学作品占2/3强。张氏的文学创作，在诗、词、文章和文学批评方面，都有杰出的成就，代有作者，人有著述。张氏族人保存和传刊其先人作品的意识很自觉。除了其家族自刊作品外，张氏后人还邀请友朋为其先人汇纂作品总集、建专门的藏书楼以储先人作品。张氏家族作品之所以能完好地保存至今且数量庞大，与其家族后辈这种有意识的保存是分不开的。除了代有其人和作品数量丰富之外，张氏家族的闺秀创作无论是数量还是质量，也是不容忽视的一个重要方面，笔者寓目的有作品传世的张氏闺秀作家即涉及23世至27世5代共9人。雍正年间，二十三世张云锦尝应浙江总督李卫之聘，与沈德潜、厉鹗等人修纂《浙江通志》；乾隆时，二十四世张诚是位博学渊雅集大成式的人物，其《梅花诗话》二十七卷，是一部梅花百科全书，在中国诗话史上，有填补空白的首创之功；嘉道年间，二十六世张金镛与其弟炳堃有"二陆"之目，兄弟二人的《绛跗山馆词录》和《抱山楼词录》在清代中后期享有很高的声誉。金镛尝出任湖南学政，王闿运即出其门下，为晚近湘学繁兴之肇端；炳堃尝协助海盐黄燮清汇编《国朝词综续编》；清季二十七世张宪和，是位著述颇富的经学家，他汇总其祖上著述，刊布曾祖熙河公（諴）《婴山小园诗集》《文集》、其父金镛《绛跗山馆全集》，又选编《当湖诗文逸》二十二卷、《当湖脞录》十六卷，对于保存乡邦文献，厥功甚伟。咸丰年间，张氏子侄在当湖畔的张氏私邸南园结竹林诗社，社员除沈钦禄外，皆为张氏叔侄兄弟，这是一个以张金镛为首的家族诗社，在中国诗歌史上不多见，此足见张氏一门文风之盛。张氏除了注意先世作品的传刊外，还尝六修家乘，不仅保存了其家族清晰的传衍脉络，也保存了大量文学作品。最早对张氏作家进行评述的有《（光绪）平湖县志》《（民国）平湖县志》《当湖外志》《续当湖外志》《当湖历代画人传》《平湖经籍志》等平湖地方文献，这些书中都收录了大量张氏作家的传记数据和作品评论。其次，张氏作品还被历代选本所收录。袁枚《续同人集》选录张诚诗作若干首。王昶编《国朝词综》，卷三十三收录张云锦词十三首。后来海盐黄燮清编纂《国朝词综续

---

① 浙江省社科联《世家大族》课题组主编《"金平湖"下的世家大族》第四章转引，中国文史出版社2008年版，第130页。下引版本同此，不另出注。

编》,张炳堃为之增订,其中卷二收录其祖父张诚词六首,卷七收其父张湘任词二首,卷十八收其兄张金镛词三十九首,收他本人词十一首。徐世昌《晚晴簃诗汇》、胡昌基《续檇李诗系》、张元济等辑《檇李文系》、叶恭绰《全清词钞》分别选录张氏族人作品若干首,等等[①]。这些选本中有一部比较特殊的是《清河六先生诗选》,收二十三世世昌、世仁,二十四世諴、诰,二十五世达庆、庆成诗,这是张氏后人敦请平湖清望朱为弼等人为其先祖选刊的诗歌专集,不能算作完全意义上的文学批评选本,却是一部颇为独特的家族诗选。近年来平湖张氏的文学成就亦颇引起研究者的注意,如钱仲联先生《清诗纪事续编》对张氏作家史迹的梳理及作品的选录,严迪昌先生《近代词钞》选录张金镛词 24 首,炳堃词 34 首,词作之前都有三百余字的作者小传,对金镛兄弟及其词有较为客观的评价,这是对张氏作家第一次现代学术意义的研究。蒋寅先生《清诗话考》和张寅彭先生《新订清人诗学书目》对《梅花诗话》皆有著录,尤其是前者,还对这部诗话有评论,值得参考。杨柏岭《近代上海词学系年》对张炳堃在上海的词学活动也有记载。

张诚就是生活在这样一个诗书氛围浓郁的文学家庭中。张诚(1749—1815)[②],字希和,一字熙河,晚号婴上散人,浙江平湖人。邑庠生,例贡。乾隆四十二年(1777),以书经中顺天乡试一百三十六名举人。乾隆四十五年(1780)南巡召试,截取[③]知县。嘉庆十七年(1812)奉吏部截取,十九年(1814)赴吏部谒选,次年(1815)正月初三卒于京邸,享寿六十七。著有《婴山小园文集》六卷、《诗集》十四卷,词一卷,《梅花诗话》二十七卷。张诚一生好游,足迹遍及燕赵齐鲁关陇巴蜀,诗集卷四《岱游集》,卷十、十一、十二为《蜀游集》,分别纪其游历所见。其子湘任于《岭上白云集》卷首云:"先君子殁之明年,湘任捡箧中遗诗十二卷,乐府一卷,皆戊申以前先人手定者。既复于故纸中得诗若干首,汇成二卷。始戊申,迄甲戌。敬取书室名,题曰《岭上白云集》,承先志也。同付诸剞劂氏。先君子少壮时,性耽吟咏,自四十岁后,潜心《易》学,吟兴阑珊。"[④]湘任说乃父"自四十岁后,潜心《易》学,吟兴阑珊"是有根据的,今平湖图书馆藏《张熙河子》《大元九统乘》不同抄本各两种,

---

① 关于张氏家族文学作品在历代的选本中选录情况,可参见李保阳《清代平湖张氏文学家族研究》,广西大学 2010 届硕士学位论文,未刊本。

② 严迪昌先生《近代词钞》第 569 页张金镛小传中将"张诚"误作"张诚"。江苏古籍出版社 1996 年版,下引同此版本,不另出注。

③ 截取,清代官制术语。凡举人考中后经三科,由本省督抚给咨赴吏部候选,称截取。又以食俸年限及科分、名次为资格之官员,由吏部核定其截止日期而选用,亦称截取。

④ 张湘任《婴山小园诗集·岭上白云集》卷首题记,嘉庆二十二年(1817)刻本。

即是此类著作。张诚于诗古文辞倚声兼擅，晚年手定稿仅取文二卷、诗二卷、词一卷十一阙，可见其删汰去取之慎。张诚季弟论序《婴山小园诗集》，道出了乃兄的诗学趣尚，谓其诗凡历三变："先生蚤岁学诗，取法晚唐，尤心折《义山集》。故丙申以前诸作，大率温柔艳丽为多。既而尽弃旧学，语必惊人，其遣辞也醇而肆，其发声也闳而远，其意态之昭宣雄且杰。殆出入盛唐诸大家，骎骎乎上追汉魏，盖先生之诗一变矣。丁酉举京兆试后，学益进，望誉日隆。所交皆海内贤豪。若先生之鸿裁巨制，自宜鼓吹休明，赓扬盛治。乃屡黜礼闱，郁郁不得志。散发江湖，视万里奚啻户牖。入名山，探极幽险，能人之所不能。下笔空灵，夭矫亦如之，见者谓身有仙骨。先生之诗，至是又一变矣。三十年来，壮怀非昔，终岁矻矻。穷经交游，虽旧相识，辄引避庭前。采石成山，标识山中二十四景，具有奥义。先生《易》学深邃，于此窥见一斑。诗不多作，间以自抒怀抱。不求工，并不屑工，先生之诗又一变。"①张诚诗歌创作最富特色的是描述南北羁旅和闺闱亲情以及悼亡诸作。如《婴山小园诗集》卷二《执砚集·丁酉除夕》《执砚集·去岁二首》《执砚集·送亡妻陆氏榇厝于北郊》等。张诚中举后尝七赴礼闱试，皆报罢，遂绝意仕进，作壮浪游，晚岁居里，诗书著述自娱。张诚是个很具风雅情怀的人，不仅其本人能诗，而且合家主仆妻孥皆能诗。其侄庆成有《挽家汉贤》诗序云："汉贤馆予家，为叔父熙河先生司会计出入，无丝毫苟且。暇则以诗自娱，予时与唱和。"《婴山小园诗集》卷十一有《访钱塘袁简斋太史于金陵之随园太史有诗赠行并题〈梅花诗话〉夜宿小仓山房赋呈四首》，其末首注云："（袁简斋）太史称余诗似竹垞，文似尧峰。"足见时誉之隆。张诚自称"性不爱填词，然源流正变颇能识"。词的创作活动，主要在乾隆甲辰至蜀游归来之后，此后不复再作。张诚蜀游时，道出梁溪（今江苏无锡），应退休归养的杂剧作家杨潮观之嘱，为其《吟风阁杂剧》题词三十二阕，现存三十一阙中保存下来的有十九首。每剧一阙，述该剧梗概。②

三、《梅花诗话》历代著录和撰著体例辨正

《梅花诗话》稿本卷首有王昶、卢文弨、顾光旭、毕沅、吴泰来、查虞昌、郎秋牧等人的题词，尤其是王昶，除给《梅花诗话》题词外，还专门就是书和张诚通信讨论，又

① 张论《婴山小园诗集序》，嘉庆二十二年（1817）刻本《婴山小园诗集序》卷首。

② 杨潮观（1712—1791），字宏度，号笠湖，金匮（今无锡）人，清代著名杂剧作家，其书斋曰吟风阁，遂以名其所作。《吟风阁杂剧》包括三十二个短剧，每剧一折，演述一个相对完整的故事。

在其《湖海诗传》卷三十六对张诚推誉有加。袁枚《随园诗话》卷十四称张诚“作《梅花诗话》一百卷”，后世多有沿其说者，如王昶《湖海诗传》、钱仲联《清诗纪事·乾隆朝卷》；张诰《张氏家乘》谓二十卷，光绪《嘉兴府志》、光绪《平湖县志》、今人傅逅勒《嘉兴历代人物考略》因之；蒋寅先生据中国社会科学院文学研究所图书馆藏光绪年间张宪和刊《婴山小园文集》的选辑本[①]著录为 卷，张寅彭先生《新订清人诗学书目》亦著录一卷。1975 年，台湾学生书局出版台湾师范大学郑静若教授的《清代诗话叙录》、1977 年台湾吴宏一先生博士论文正式出版，后附《清代诗话知见录》(2002 年，台湾中研院文哲研究所单行《清代诗话知见录》)，1982 年 12 月，台湾大学中文系毕业生宋隆发以吴文为基础，为学生书局《书目季刊》辑《中国历代诗话总目汇编》(刊《书目季刊》第十六卷第三、四期)。本世纪初，鉴于清代诗话书目散佚难求，吴宏一先生在香港中文大学中文系成立“清代诗话考述”研究小组，于 2002 年出版《清代诗话知见录》。该书的出版，是对港台诗话文献的一次总结，该书根据蔡镇楚、蒋寅两家目录著录《梅花诗话》为一卷。自 20 世纪 90 年代始，中国社科院研究员蒋寅先生亦从事清代诗话文献的搜集整理工作，并于 2005 年出版了《清诗话考》一书，该书又是对此前研究成果的一次整合。此外，蔡镇楚先生是大陆研究诗话的专家，也曾有诗话书目著作，但吴宏一先生的目录已吸收了蔡录的相关成果，所以蔡著对《梅花诗话》的研究，也不会超出吴、蒋诸家之研究。

张诚粹其一生精力之作，是《梅花诗话》二十七卷。而历来关于此书传云种种，有必要在此一辩。《梅花诗话》书首有乾隆五十一年( )春张诚自序一篇，据此则成书约在此前后。但据《梅花诗话》稿本现存情形来看，这很可能还是一部未完之作，所以稿本上布满了作者的删改、补充内容。诗话卷端署“平湖张诚希和著”。自袁枚《随园诗话》卷十四称张诚“作《梅花诗话》一百卷”之后，后世多有沿其说者[②]；光绪《嘉兴府志》谓“二十卷，未刊”[③]，《张氏家乘》亦谓二十卷；平湖图书馆藏本系张诚稿本[④]，也是该书迄今唯一的传本。笔者整理校点后，实得二十七卷，与上述众说不同。惟卷次之间、每卷字数之间相差极大。据笔者统计，最多的卷二十六内容多达七十五条，而最少的卷十六则仅三条；字数多者，一卷近万字，而少者尚不足千字；全书每卷平均七千字左右。关于《梅花诗话》的卷数，笔者认为原稿本四

---

① 平湖图书馆藏《婴山小园文集》中无此一卷本《梅花诗话》。

② 如钱仲联《清诗纪事·乾隆朝卷》。

③ 《(光绪)嘉兴府志·艺文志》。

④ 原稿“花”字册第五卷卷首有“张诚”朱文、“字希和”白文、“楳花太史公”朱文印章，可证是作者稿本。

册极有错简的可能。原稿分装“梅”“花”“太”“史”四册，不分卷，每卷卷首只标明“梅花诗话卷□平湖张诚希和著”。因为保存条件不好，书皮已看不清有什么内容，订线也已断尽，只有订书的纸捻在。又因年久无人翻阅，有些内页已开始板结。作者原用蓝笔作的删改已因受潮而褪色，部分蓝色字迹已完全湮褪。稿本每卷的卷端，是当日抄誊时就预留出来的，由于某种原因，没有写上卷次数位。可能是当日抄誊工作尚未结束，还不知道全书最终能形成多少卷次的规模。全书每卷平均三十至七十条内容左右，惟卷十二、十四、十五、十六和末卷的条目数分别是十条、四条、七条、三条和七条。除末卷是记录与其张氏家族相关本事，可能本身内容就不多外，其余四卷分别属于“花”字册后半部和“太”字册前半部。这四卷无论是条目数还是字数，均与全书平均数相差悬殊，所以很可能在张诚身后流传过程中经过重装，而这四卷在重装中发生了错简，其一部分内容被装订到其他卷次中去。此外，原稿已标示的卷次也多显混乱，如“梅”字册正文笺端标明“梅花诗话卷一”，之后标明“梅花诗话卷二”，再往后的四卷则不复标明卷数，只留出“梅花诗话卷□”的位置；而“花”字册的第一卷正文笺端又署“梅花诗话卷二”，第二卷笺端署“梅花诗话卷三”，第三卷笺端署“梅花诗话卷四”，第四卷笺端署“梅花诗话卷五”，第五卷笺端署“梅花诗话卷六”，之后的五卷又不复标明卷数；“太”字册第一卷卷首标明“梅花诗话卷六”，之后的六卷不再标明卷数；“史”字册五卷俱不标明卷数。这些错简，很可能就是后世所谓四卷本的来由。平湖图书馆所藏稿本四册中的已标明卷次者，其顺序是错乱重复的，与稿本四册顺序不合，则这些卷数肯定不是张诚本人标注的，如果是其他人标写的，那么又怎么会出现卷数重复的现象呢？因为该书的流传过程已不得而知，故这些问题还不能解决。但上述情况，却正可以说明为什么二百余年来关于这部书的卷次众说纷纭，莫衷一是。

张诚著书极其细谨，原稿四册约三十万字左右，按其版式字体及增改情况推测，应是请人代笔的誊清稿本。后来他对原书进行过大规模的削删增补，有的地方一连十数页尽行删去，所删内容有的是与前条重复者，有的是作者无法确考史实者，有的是一时无法确定是非者。此外作者还对原作进行了大规模的增补，增补内容皆附抄在稿本所有四册的前后插页处。由于增补内容甚夥，还另加纸张补附于每册前后，所增补内容多达几十页，三万字左右。这部分增补文字，除少数字迹清楚工整外，多数是细若游丝的行草。誊清本一页约二百字左右，而同样大小的增补页往往一页多达千余字，加上年代久远，保藏不力，这些文字多有缺损，辨认也极其困难。另外，还有一部分增补文字是写在书眉上。这部分文字分两类：一类是作者覆校清稿本时发现了错漏，即在相应条目书眉处删改，这些文字都可以在原文中找到适当的填补位置；另一类是作者覆校时觉得原来内容有不足和缺陷，又添加了新的内容，这些内容无法在原文中找到相应的补充位置。

四、《梅花诗话》的内容特色

《梅花诗话》属于纪事类诗话著作。王昶《湖海诗传》云："（张诚）性好梅，作《梅花诗话》凡若干卷，搜采辩论，颇称繁缛。"诗话的特殊之处在于取材只限于和梅花相关者，如关于梅花的诗词、文章、轶事，甚至关于梅花的种植、烹饪、药理、梅花相关名物的考证，等等，实不限于说诗一项。如卷一开篇便考证梅花的得名来源、梅花的分类等，直至第十四条才说到王渔洋的咏梅花诗，而释梅一种的篇幅则有五条之多。又因梅花及梅雨、梅时，对梅雨、梅开时令进行考证。张氏一门数代爱梅、种梅、护梅，其父亲、叔父殁后，于墓旁广植梅花数百棵，《随园诗话》卷十四云："平湖张香谷，与其兄敦坡最友爱。敦坡殁后，香谷逾年亦病；临终，有'清魂同到梅花下'之句。敦坡之子熙河孝廉，继先人之志，墓旁种梅三百树，题云：'卜兆经营亲负土，栽花爱护当承欢。'可谓孝矣。"张诚孙金镛不仅擅画梅花，且夫妇唱和，其妻诗集即命名为《梅花阁遗诗》；从孙显周享寿八十，尝题墓门联曰：一笑慰生平，余荫新成环柏树；万缘空梦想，前型常记咏梅花。可见张氏一门的梅花情结之深，加之张诚腹笥丰滥，博闻强识，故诗话所涉内容亦博杂丰富，不拘一种，实可称作一部关于梅花的百科全书。诗话在成书当时，在小范围内的学者名士中，极被推崇，除上引袁枚评赞外，简斋还为题诗云："熙河孝廉真奇士，自言生性无他嗜。好同山水结良缘，惯替梅花作花史。穿穴寒香二十年，梅诗梅话手亲编。蚕眠细字盈万千，字字皆带梅花烟。君貌清癯如鹤古，相访随园月端午。随园七百七枝梅，望见君来一齐舞。送君西游巴蜀中，折梅赠别行匆匆。好将五月江城笛，吹上峨嵋第一峰。"[①]领袖一时风会的毕沅亦题诗云："云水相违已卅年，雨窗翻写旧丛编。吟魂蓦入香溪路，重证三生未了缘。""怅望寒枝万万株，卷中如见故人呼。昨宵梦逐春风远，吹去乡心落五湖。""慧业清葩妙夙音，虚空绘出玉精神。生花笔变龙门格，今古无多独行人。""逝将香国寄幽踪，问我灵岩第几峰。余灵岩山馆有问梅禅院。绕屋植梅花一千本。晴雪未消花欲放，水边林下一相逢。"[②]海宁查虞昌曾致张诚书云"俟诗话

① 袁枚：《小仓山房诗集》卷三十一，《袁枚全集》本，江苏古籍出版社 1993 年版。

② 上引诸家题词俱见《梅花诗话》稿本卷首。

刻竣，再赓长篇，以质高明”，[1]但《梅花诗话》终究还是没有刊刻，[2]仅由其孙宪和选刻其中一卷于《婴山小园全集》中，[3]故其在后世的影响极其有限。

《梅花诗话》中表现出乾嘉学风中浓厚的考证风气。张诚一生除两次进京谒选外，先后游历江、浙、齐、鲁、豫、陕、川，作壮浪游。袁枚《随园诗话》卷十四云：“熙河爱游山，作《梅花诗话》一百卷，至随园，一宿去。《登峨嵋绝顶》见怀云：‘峨嵋高绝天，八月雪浩浩。我持谪仙筇，飘然上秋昊。众星向檐低，群峰入望小。佛光日中明，圣灯夜半皎。五色兜罗绵，迭迭岩前绕。苍茫四顾间，忽忆随园老。奇景不共赏，何以惬幽抱？焉得缩地方，与公立云表。’熙河在峨嵋，见神灯佛光，又到净土山下，观小龙在池中，长四寸，五爪，携过雷洞坪便死。佛光飞至台上，掬之，乃木叶一片。”与乾嘉时期多数不遇文人之为稻粱谋而游迥异。从现有文献考察，我们基本上看不出他与其时势方炽的乾嘉学者有什么学术交流的记载。但在《梅花诗话》这部书中却明显地带有时代学风留下的印记。这种印记一个突出的表现即是引考据入诗话。中国传统学术在清代进入到了一个大规模的总结期。就文学而言，各门类的批评均达到了前所未有的广度和深度。与此同时，各个门类的总结反思，也都不同程度地受时代学风的影响。就诗词来说，此时已深受考据学的影响。如此时翁方纲所倡的“肌理说”，就要求诗的最高境界是以学问为诗；此外如清代二百七十余年间不绝如缕的宋学风气，虽然在具体语境下它们的主张倾向是不同的，但都和清代这一主导的学术风气相关。词历来士大夫均认为是“小道”“末技”，但在这一时期的吴中词派，却涌现出了一大批学人型的词人，他们以治经的方法治词，在音韵、考据方面取得了辉煌的成果，如戈载《词林正韵》、凌廷堪《燕乐考原》，等等。就诗话而言，乾嘉时期的几部重要的诗话著作，如袁枚的《随园诗话》，主要是为其“性灵说”张本，赵翼《瓯北诗话》羽翼之。洪亮吉《江北诗话》和李调元《雨村诗话》也都各有己说。而《梅花诗话》的考据色彩之浓，其中一些名物考证的条目，几乎相当于名物考证专论。

《梅花诗话》在诗话类型上具有开创先河的意义。历代学者对诗话有众多的分类，从四库馆臣对诗文评的五分法，章学诚、郭绍虞等对诗话的两分法，至于日本学

---

① 上引诸家题词俱见《梅花诗话》稿本卷首。

② 蒋寅先生提及的《婴山小园文集》选刻本在笔者所经眼的版本中皆付阙如，故云《梅花诗话》迄无刻本流传。

③ 蒋寅：《清诗话考》下编，中华书局 2005 年版，第 389 页。但笔者所经眼的数种《婴山小园集》仅有诗文词，并无诗话一卷之作，不知蒋先生所据何本。

者青木正儿的六分法等，都对诗话这一中国传统诗学批评著作形式进行过探讨研究。当代有学者对诗话的分类提出过新的划分标准，如从评说对象来看，有综论各家各体的诗话和专论某一范围诗人诗作的诗话等，在后者之下又细分断代诗话（如《全唐诗话》）、专论某一家或数家的诗话（如《李杜诗话》）、专论某一流派的诗话（如《江西诗派小引》）、专论某一地域诗人的诗话（如《全浙诗话》）、闺秀诗话（如《名媛诗话》）、地域闺秀诗话（如《闽川闺秀诗话》），等等。[①]《梅花诗话》在传统纪事类诗话著作上没有其他方面的突破，但它专以梅花为取材对象，丰富了诗话题材类别，是历代专题诗话所不具备的。梅花在中国传统文化中含有丰富复杂的文化意向，历代文人骚客不断在诗歌、书画等各个领域丰富其人文内涵，从而使梅花具备了一种超乎其自然特性的文化象征。《梅花诗话》在开掘梅花的人文内涵方面，已经达到空前绝后的高度，它是对历代梅花文化的汇总，其意义已不局限于一般的诗话，更突出的是其关于梅花的文化总结，具有突破一般诗文评的文化意义。

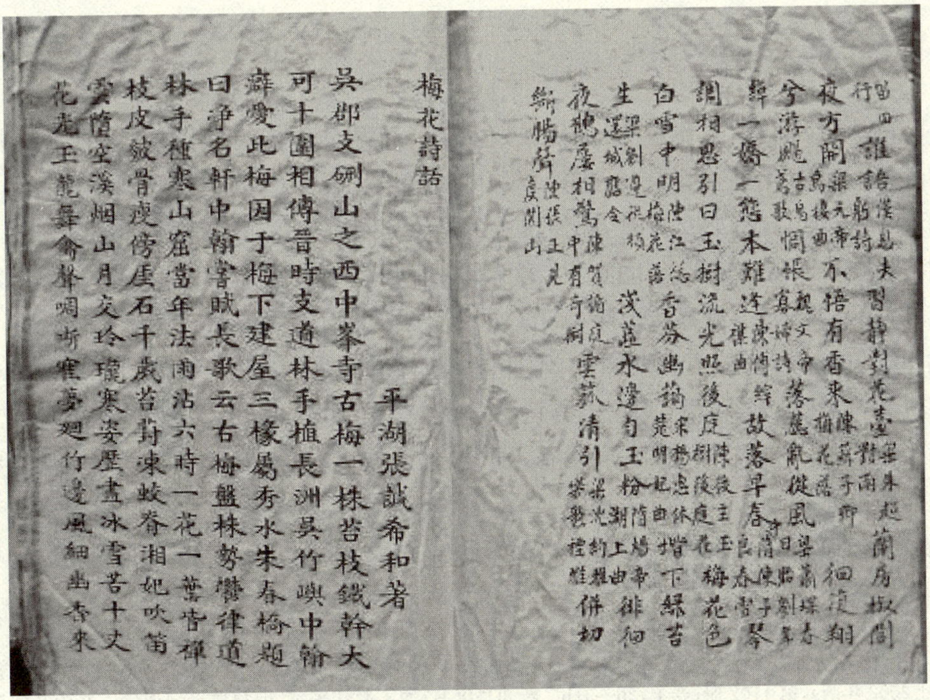
梅花詩話
平湖張誠希和著
吳郡支硎山之西中峯寺古梅一株苔枝鐵幹大
可十圍相傳晉時支遁林手植長洲吳竹嶼中翰

张诚《梅花诗话》稿本

① 刘德重、张寅彭：《诗话概说》，安徽教育出版社 2009 年版，第 18 页。

梁章钜《闽川闺秀诗话》及丁芸《闽川闺秀诗话续编》意旨初探

钱南秀*

闽中(今福建,主要指福州府治)妇女向有诗歌创作传统,明清之交臻盛。闽派男性诗评家对此多有著录与评论。郑方坤,清雍正元年(1723)进士,辑《全闽诗话》(刊于1754年),有妇女专章,起传说中的唐玄宗梅妃江采苹(卒于756年),迄其母黄昙生(约1650—1730年间在世,寿79岁)[①],共41人。梁章钜(1775—1849),字茝林,福建长乐人,清嘉庆七年(1802)进士。著《闽川闺秀诗话》(刊于1849年),记载103位女诗人,除明中期两人,晚明一人,其余皆为清人[②]。丁芸(1859—1894),字耕邻,福建长乐人,著《闽川闺秀诗话续编》(刊于1914年),复增清130人[③]。沈瑜庆(1858—1918),字志雨,号爱苍,别号涛园,福建侯官人,清光绪十一年(1885)举人;陈衍(1856—1937),字叔伊,号石遗,福建侯官人,清光绪八年(1882)举人,撰《福建通志》,其《列女传》一改明清以来正史列女独重贞烈,复归刘向原构,有《辩

* 钱南秀,美国莱斯大学教授。

① 见郑方坤:《全闽诗话》,十二卷,《续修四库全书》影印乾隆十九年(1754)本,全1800册(上海古籍出版社2002年版),第1702册,卷十,2b—31b。新、旧《唐书》均不载江采苹,但福建士绅似皆以其为真实历史人物,乡梓之荣。郑方坤:《全闽诗话》江采苹条依宋人《梅妃传》为沈瑜庆、陈衍收入《福建通志·列女传·辩通》,置卷首(卷六,1a—2b)。

② 见梁章钜:《闽川闺秀诗话》,四卷,《续修四库全书》影印清道光二十九年(1849)本,第1705册。

③ 见丁芸:《闽川闺秀诗话续编》,四卷,侯官丁氏族吉云轩,1914年。

通》类，纪“有文学者”凡 260 人，占通志《列女传》人数约三分之一，计唐 1 人、宋 19 人、元 2 人、明 27 人、清 211 人，多为从上述三种节录，并添加清末人物①。陈衍后从《福建通志・列女传・辩通》中录得 117 人，成《闽侯县志・列女传・辩通》，计宋 2 人、明 7 人、清 108 人②。

综上五种，《闽川闺秀诗话》及《闽川闺秀诗话续编》实为承前启后，最具规模，且为明清两代有限几种妇女诗论专著，故本文以此两种为研究对象，以观察清代闽派男性诗论家的妇女诗歌论。尤其是梁章钜与丁芸均注意咨询女性意见。梁氏倚重堂妹梁韵书（字蓉函，约 1806—1849 年前后在世）搜集资料，并嘱其作序③。丁芸生前未及出版《闽川闺秀诗话续编》，身后其子遵父嘱，仍梁氏成例，特邀杰出福州女诗人薛绍徽（1866—1911）作序，以彰显其父意旨④。综观二书，均以人物小传为主，辅以主要诗作，以凸显传主生平事迹、诗歌风格与诗学贡献，并追溯诗歌群体形成，而对闽中妇女诗学有整体把握。本文拟分三节，首叙两书中所记主要诗人群体的形成，次叙两书中所呈现的闽中妇女诗歌特色与诗学贡献，末叙两书从女性立场出发，对明清妇女贞节观的质疑与颠覆。

一、闽中妇女诗人群体的形成

薛绍徽于 1908 年应丁芸之子所请，为丁芸《闽川闺秀诗话续编》作序，对闽中妇女诗歌传统有整体描绘。其略云：

> 迨国朝以来，衍光禄之派。黄家姊妹，香草留其遗徽；梁氏妇姑，茝林创为专集。遂使建安旧郡，扬列女之声；武夷曾孙，唱诸娘之词曲者矣！⑤

则闽中妇女诗歌，是因光禄派的兴起而蔚为大观。然则何为光禄派？薛氏女陈芸（1885—1921）在由薛氏指导所作《小戴轩论诗诗》中有句云：“派传光禄记吾

---

① 沈瑜庆、陈衍：《福建通志・列女传》“序”谓：“自来通志之传列女，专重贞烈，其余贤淑闺秀，偶及一二而已。今仿刘向《列女传》分类而稍变通焉。一母仪、二贤明、三仁智，皆仍之。四贞顺之贞，五节义之节，并为节烈。增节义之义为孝义，以孝女孝妇未有所归也。六辩通仍之。刘传小序云：‘文辞可从’，故有文学者归焉。七孽嬖仍之。六者足法，其一足戒也”（《福建通志・列女传》卷一，1a）。

② 见陈衍：《闽侯县志・列女传・辩通》（闽侯县地方志编纂委员会，1933），卷一百，“闽县”，1a—6b；卷一〇一，“侯官”，1a—8a。

③ 见梁韵书：《闽川闺秀诗话》“序”，1ab。

④ 见薛绍徽：《闽川闺秀诗话续编》“序”，2a。

⑤ 薛绍徽：《闽川闺秀诗话续编》“序”，2a。

乡，姊妹黄家草亦香”，并附如下介绍：

> 福州城内有巷曰光禄坊，宋法祥院旧地。中有小丘曰玉尺山。熙宁时知州事程师孟以光禄卿游其地。并书“光禄吟台”四字刻于石。明末为邑绅许豸宅。清初，豸子友仍居之，著《许有介集》。其家妇女皆能诗，多与戚属女眷相赠答。诗筒往返，婢媪相接于道。轻薄子弟，恒贿赂而盗窃录之，称“光禄派”。[①]

可知光禄派乃闽地特有的妇女诗歌传统，形成于明清之际。薛氏母女念兹在兹的黄家姊妹，其父乃光禄派创始家族许氏外孙黄任(1683—1768)。任字莘田，福建永泰人，清康熙四十一年(1702)举人，其福州“香草斋”本为外祖许友(字有介，号瓯香，1615—1663)“墨斋”。二女黄淑窕、黄淑畹均有诗作，附于黄任《香草斋诗集》后。以黄任父女为核心，其福州亲友世谊，包括光禄许氏的直系后裔，以及与黄任为中表亲的郑方坤家族[②]，组成妇女诗歌创作群体，活跃于清代乾隆年间。降及道光，又有梁章钜家族，妇女皆能诗。鸦片战争前后，林则徐(1785—1850)、沈葆桢(1820—1879)、陈衍、陈季同(1852—1907)及其弟陈寿彭(1857—1928?，薛绍徽夫)诸家族中，女诗人代有其人，此即薛氏所谓“迨国朝以来，衍光禄之派”。

这些以大家族为中心的诗歌群体一般具有如下性质：其一，通常会由一位才学兼备、富有原创精神的女性充当母师角色，从身体与心灵两方面作育后辈子女。其二，经由婚姻和社群，女诗人们把诗学传统扩散至更多家族之中。其三，一批热心男女支持者，收集、出版、评介“诸娘之词曲”，使之传世，并成为后辈教科书。下文即就此诸种特点，依据梁、丁二书材料，对上述各大诗歌群体一一介绍。

光禄诗派的创始者福州侯官许氏家族，自明末许豸开始。许豸(1595—?)字玉史、玉斧，明崇祯四年(1631)进士。经由其子许友，至友之第五代孙女许琛(1731—1789?)，“七世同居”，“代以诗画仕宦显其家”[③]，其中当然包括了许氏女眷。许友之女嫁入黄氏，是为黄任之母。黄任是光禄诗派中较少的父师角色，教育了两位出色的诗人女儿，惠及两位外孙女。黄任父亲的一位堂姐妹即黄昙生，嫁入郑家，是这一群体最为杰出的母师。其子郑方坤在《全闽诗话》中，引录了同里女诗人庄九

---

① 陈芸：《小黛轩论诗诗》卷上，5a，此集附其母薛绍徽《黛韵楼遗集》(福州：陈氏家刊本，1914年)后。
② 见梁章钜：《闽川闺秀诗话》卷二，4a，“郑徽柔”条。
③ 梁章钜：《闽川闺秀诗话》卷一，14a—16a，“许琛”条。

畹为黄氏所作传记：

> 黄夫人名昙生，字护花，蕉溪郑先生（善述）妻也。父处安公（黄晋良）闽县诸生，沉酣六籍，有志当世……郁郁无所试，寄情书史。时夫人幼，日侍几案，听说忠孝事。受经学，作诗文温纯大雅，不为闺阁香艳之句。处安公喜曰："是伏生女、曹大家流，苏若兰岂足方哉！"尝曰："必择快婿！"既见郑先生，遂受聘，年二十于归……。
>
> 郑先生令固安，期年政平。招戚友滞都下者，至署作竟岁欢。拈韵赋诗，觥政具举。夫人在捆内，亦与群从子婿通家子倡和。除日，夫人剪绢成梅花，插胆瓶奉客。偶作小诗，诸子（竟）[竞]次其韵，为夫人寿……。
>
> 著作甚富，秘不示人，惟吴兴臧夫人（丁瑜）《皆绿轩诗》、西陵林大家（林瑛佩）集，奉处安公命为序，两家寿梨枣，今得脍炙人口。他有藏者，皆女孙翰莼所录，椟而藏之。①

以其卓越学识，黄昙生亲身教育了三子、二女、十女孙及众多男孙。甚至在两眼失明之后，仍坚持课孙。子方城、方坤、孙天锦皆中进士，女及孙女人人皆有诗集出版②。以致梁章钜赞叹道："自古至今，一家闺门中诗事之盛，无有及此者。"③经由婚姻，郑家诗脉下传六代、延亘十余家，除原许、黄、郑等家族外，复增林、李、郭、冯、王等。后代中尤杰出者为黄昙生孙女郑翰莼，她开启了另外五代家学。

各家自课子女、吟诗唱和之外，戚里之间，亦多有诗文往还，如庄九畹"尝与同里戚属结社联吟，若廖淑筹、郑徽柔、郑翰莼、许德瑗[琛]、及黄淑窕、淑畹，皆衡宇相望。每宴集各拈韵刻烛，或遣小女奴送诗，无不立酬者"④。俨然光禄余韵。而这类诗文交往，甚至超越性别界限。如黄任八十寿辰，正逢中举一甲子，得以与当年新科举子同赴鹿鸣宴，十分难得，因为很少有人可以在中举后活过六十年。亲友纷纷献诗，其中便有五位妇女。

继许、黄、郑群体，便是"梁氏妇姑"，其母师为许鸾案，是梁章钜三叔梁上国

---

① 庄九畹：《九畹古文》，《全闽诗话》卷十，30b—31b。

② 见梁章钜：《闽川闺秀诗话》卷二，5b；林昌彝（字惠常，号芗溪，1803—1876，道光十九年（1839）举人）：《射鹰楼诗话》，《续修四库全书》影印本，第1706册，卷十六，6a；丁芸：《闽川闺秀诗话续编》卷四，1b—2b；沈瑜庆、陈衍：《福建通志·列女传·辩通》卷六，15b；陈衍：《闽侯县志·列女传·辩通》，卷一百，2ab。

③ 梁章钜：《闽川闺秀诗话》卷二，5b。

④ 陈衍：《闽侯县志·列女传·辩通》卷一〇一，1b。

(1748—1815),清乾隆四十年(1775)进士的夫人。梁章钜对之有如下记载:

> 先叔母许太淑人,字鸾案,侯官人,……生长名家,濡染庭训,敦诗悦礼,蔚为女宗。事九山公相敬如宾,虽日以诗律唱酬,而内政肃然,三党咸钦式之。余总角时即从太淑人受五七言句法。膝前三女,皆娴吟咏,至今内外群从,人人有集者,太淑人之力为多。
>
> 少尝随宦汾、晋间,又两度入京师,旋出山海关,遍游辽沈,所历几半天下,年逾八十,神明不衰,善鼓琴,自额所居为"琴音轩",有《琴音轩诗草》,藏于家。①

一如黄昙生,许鸾案博学多才,且富游历,教育家族内男女后辈,兼及其配偶。亦如许、黄、郑三家,梁氏诸女经由婚姻,将琴音诗韵带入其他家族。最出色者为许鸾案次女梁韵书,为下代闽中才女领袖,梁章钜称其诗艺,"吾乡女士,当首推之"②。编写《闽川闺秀诗话》,多仗其力。

梁氏家族亦十分重视族内及与其他家族之间的诗艺交流。这类唱和,于诗题、诗体、诗韵往往有严格规定,与者须兼备勇气才学。梁家妇女不仅敢于参与,且每有出色表现。如福建布政使徐嗣曾,号雨松,1790 年卒,清乾隆二十八年(1763)进士,"首唱《素心兰》四律,一时都人士次韵者至数百家。旁及闺秀,亦有和章"。梁章钜母王淑卿之作,大得鳌峰书院院长孟超然(1731—1797,清乾隆二十五年[1760]进士)赏誉③。又如梁家整修藏书楼,亲朋作诗贺,梁韵书和其兄云镛(清嘉庆二十四年[1819]举人)七古,用苏轼韵,较其兄作"更为沈雄",有句云:

> 凌空翚翼翩欲起,赖有琅嬛万书压。遂令多景聚楼中,远树遥云吞嶜嶜。④

韵书此诗共二十四行,叶入声辖韵,韵险字奇,更显层楼高峻、藏书珍稀。远树遥云,多景入楼,是实景,也是隐喻所藏书籍之美好,蕴含之丰富。

鉴于梁章钜偏重于福州大家族,丁芸《闽川闺秀诗话续编》有意识地增添同时

① 梁章钜:《闽川闺秀诗话》卷三,3ab。
② 梁章钜:《闽川闺秀诗话》卷三,8b。
③ 梁章钜:《闽川闺秀诗话》卷三,2b—3a。
④ 梁章钜:《闽川闺秀诗话》卷三,9b。

代一些不太为人所知的妇女诗人与群体，如福州红楼吟社，其精神领袖为许亭亭(1827—1845)。亭亭"门第寒微，故名不出里塆"。但她才具出众，"其诗书法工丽，词句秀雅，穆如清风"；美丰姿，"白如玉，瘦如梅，风趣亭亭，已有遗世独立之意"。更兼天性纯孝，为人慷慨好施，故为社众拥戴①。丁芸还记载了林云铭(清顺治十五年[1658]进士)妾林云心，清初歌伎邵飞飞和衣工之女王贞仙(1818—1848)等出身寒微而富诗情的女子②。诚如薛绍徽所称道："博搜记载，扬彤管之辉光；细刻苕华，征故乡之文献。"③

以鸦片战争为界，前有梁氏家族，后继晚清名臣林则徐(1785—1850)家族及其乡党里戚，统领这以下数代闽中才女的母师为林则徐之女、沈葆桢妻林普晴(1821—1873)。作为闽才女文化传人，林普晴之坚韧卓拔，以才学处理危机，应对世变，报国救民，为后人树立了杰出榜样。如1856年9月，沈葆桢为江西广信知府，时在外筹集军饷，逢太平军来攻，林普晴独守危城，刺血修书，敦促守浙江玉山总兵饶廷选(1803—1862)越省驰援。血书援引古今忠烈事迹，包括普晴之父、去世不久的林则徐，以激励饶廷选。饶赶至，与沈葆桢并肩退敌，免民涂炭。④ 林普晴孙女、戊戌六君子之一林旭之妻沈鹊应(1877—1900)、晚清妇女维新领袖薛绍徽及其母家夫家妇女，以及陈衍妻萧道管等，均属普晴精神继承者，于闽中妇女诗歌才情，在清末维新变法运动中有最长足的发挥⑤。

二、闽中妇女诗歌特色与诗学贡献

相对五四之后的中国现代社会而言，中国传统文人对妇女的文学活动反而更加欣赏支持，比如闽诗派男性诗人即是⑥。他们的评鉴有助于后人了解闽派女诗人的成就贡献。

总体说来，妇女诗人向自然寻找寄托，有大量独创之作。如道光年间福州女子何氏《斋中口占》：

---

① 见陈德铨：《许氏女墓志铭》，丁芸：《闽川闺秀诗话续编》卷二，7b—8b。

② 见丁芸：《闽川闺秀诗话续编》卷一，2b—3a"林云心"；3b—6a"邵飞飞"；卷二，13ab"王贞仙"。

③ 薛绍徽：《闽川闺秀诗话续》"序"，1b。

④ 见陈衍：《闽侯县志·列女传·仁智》卷九十七，1a—2；丁芸：《闽川闺秀诗话续编》卷二，14a—15b。

⑤ 参阅拙著，Nanxiu Qian. *Politics, Poetics, and Gender in Late Qing China: Xue Shaohui and the Era of Reform*. Stanford, CA: Stanford University Press, 2015。

⑥ 参阅拙著《女性视界中的晚清诗学：薛绍徽及晚清闽派女诗人对闽诗派的历史建构》，见王风、蒋朗朗、王娟合编：《解读文本：五四与中国现当代文学》，北京大学出版社2014年版，第145—165页。

轻风飒飒拂衣频，隔院蛩声听未真。薄醉只缘花劝酒，迟眠却似月留人。研池绿印窗前竹，烛影红摇镜里身。流水浮云忙底事，闲消月夕共芳晨。[①]

此诗明显仿作李白的《花间独酌》，但李白意在描写自身的孤独，“举杯邀明月，对影成三人”，却并未赋予月、影以对等人格，故结句为“相期邈云汉，永结无情游”，自然只是遣怀客体，不具人间情愫。而何氏笔下，花可劝酒，月知留人，即连“绿”、“红”颜色也参与了场景设置。梁章钜谓：“三四语为时所传诵。”但笔者以为“研池绿印窗前竹”一语尤具深蕴：窗前林下风，乃由诗人研池写出。全诗所描绘的人与自然，是同具人格、互为知己、相识相伴、相生相立的关系，洋溢着一派融融暖意。

而妇女对人与自然关系的描述，最具独创者是将诗歌创作与闺中其他艺术创作活动，尤其是女红的结合。其中道光年间闽县女子汪淑端《咏五色蝶次韵》最能表现闽中女诗人这方面的成就。诗共五首，分咏青、黄、赤、白、黑五蝶，叶“稀”“飞”“衣”“肥”“归”五韵，叙绣、曲、绘、舞、染五种创作活动。以下试以其一与其五为例：

帘前弱翅望依稀，每到花阴不见飞。上下浑疑风度叶，飘摇似爱翠为衣。春真可踏娇无力，黛纵能描瘦未肥。欲剪碧罗依样绣，南园扑得两三归（青）。

漆园梦里往来稀，树暮箐深自在飞。野径何须着金粉，深秋休与认乌衣。饶他黛色凭须染，拭得蓝光竟体肥。细雨浓烟春漠漠，柳阴多处正宜归（黑）。[②]

此组诗严格遵守“咏物”不犯题意规范，写蝶的颜色与活动，均通过蝶与其他自然风物的联系。故青翅与翠叶难分，黑蝶与乌衣共色。诗人于最后一首点题，引入庄周梦蝶一典，蝴蝶即为诗人自我之体现，是可以穿越梦幻与现实、出入各种艺术领域的自由精灵，不慕金粉豪华，乌衣贵胄，只愿与自然相颃颉，与万类共翱翔。

除与自然相关的题材之外，闽中女诗人在其他各种诗题中亦有开拓。尤其是一些传统上被指认为男性领域的主题，如论政、咏史等，女性诗人因其与男性有别的社会生命体验，而有不同的表现阐释。

首先，最为明清男性社会中心的科举仕宦制度，在女诗人笔下全不见禄蠹之

① 梁章钜：《闽川闺秀诗话》卷二，12b—13a。
② 梁章钜：《闽川闺秀诗话》卷四，11ab。

气。林寿图（1809—1885，道光二十五年[1845]进士）之母教导其子："学到能贫殊不易，士无自贱乃为高。"[①]对于林母，读书的主要目的不是为了求取功名，而是为了自我道德操守的完善。故陈衍评曰："对句千古名言，为士者皆宜终身诵之者也。"[②]梁章钜致仕，其妻郑齐卿（1833年卒）写道："侍宦何知昼锦殊，寒闺那解梦莼鲈。正欣久客得归好，懒与人言田有无。"[③]闺中人并不在意官宦的显荣，也不附庸退隐的风雅。盖因妇女既被排斥在政治体系之外，则政治语汇中的"出""处"，以及相关的财富田禄，也就与妇女无干，她们更关心的是归去与家人团聚。同理，"重赴鹿鸣"是清代科举殊荣，林氏《贺黄莘田[任]先生重宴鹿鸣诗》：

> 丹桂花开六十秋，振衣又到广寒游。嫦娥细认曾相识，前度人来竟白头。[④]

梁章钜谓其"别出手眼，为一时所传诵"[⑤]。盖因此诗一改贺诗常例，语带戏谑，描述黄任的月宫艳遇，显示女诗人更有兴趣的、也认为更能代表黄任成就的，乃是黄氏的"香奁艳体"。于此陈衍《石遗室诗话》谓黄任："另编有《香草笺》一集二卷，凡《香草斋》中香奁之作，皆在其中，几欲追微之、冬郎而及之。"[⑥]《香奁集》为冬郎韩偓诗集，辑于闽中，开闽艳体先河。但韩偓《香奁》，涉及与妇女生命关联的各种主题，并不止于男女私情[⑦]，黄任仍之，故得林氏等女诗家追慕认同。

情作为闽诗轴心，将妇女生命中一切举足轻重之因素结为一体，故身处世变，家室之爱便可成为家国之忧。晚清外患频仍，福州首当其冲，边塞战事、政治纷争逼近家门，也进入女诗人笔下。在《晚清女诗人薛绍徽与戊戌变法》一文中，笔者曾介绍了薛氏对清末局势所作编年诗史。[⑧] 而其他福州女诗人也积极参与了此类题材的创作。姚怀祥（1783—1840），字斯征，号履堂，侯官人，清嘉庆二十三年（1818）进士，鸦片战争时为定海县令，抗击英军而战死，女弟子萨莲如以诗祭之：

---

① 丁芸：《闽川闺秀诗话续编》卷一，7b。

② 陈衍：《石遗室诗话》卷十五，第211页。

③ 郑齐卿：《到家杂诗》，梁章钜：《闽川闺秀诗话》卷三，7ab。

④ 梁章钜：《闽川闺秀诗话》卷一，16b。

⑤ 梁章钜：《闽川闺秀诗话》卷一，16b。

⑥ 陈衍：《石遗室诗话》，收入张寅彭主编《民国诗话丛编》全六册，上海书店出版社2002年版，卷二十六，第349页。

⑦ 参阅拙著《女性视界中的晚清诗学：薛绍徽及晚清闽派女诗人对闽诗派的历史建构》。

⑧ 钱南秀：《晚清女诗人薛绍徽与戊戌变法》，陈平原、王德威、商伟：《晚明与晚清：历史传承与文化创新》，湖北教育出版社2002年版，第352—376页。

吾师素志本横行，穷海何年此恨平：倘使孤军出遥岛，岂忧强寇入重城。（师宰定海，闻寇将入，请于镇戎某以兵卫。某逡巡不战亡去，师募盐哨数百余人，拒南门终日。城陷，遂以身殉。）仓皇拒敌嗟何及，慷慨捐躯志已成。一片丹心常照日，九原含笑尚谈兵。（余尝梦师坐拥六韬，阴符诸书，含笑以示。）①

本是作育才女的慈师，却战死海疆。在姚虽是求仁得仁，忠荩忧勇与仁慈温厚本无二致。但手无寸铁的书生何以被逼上战场，而本该御敌的将军却不战亡去？女诗人的笔锋，显然是直指朝廷的无能。诗尾尤使人心酸。女诗人将恩师生前授徒的亲历注入梦中，只是将诗文换作兵书，这看似轻松一笔，强化了姚之忠勇报国，至死不渝；也体现了女诗人对书生应亦可领兵的期冀。

三、对明清妇女贞节观的质疑与颠覆

梁、丁为闽川妇女诗人立传，正值明清时期，“女子无才便是德”之说高度流行之际②。梁、丁既欲弘扬女子之才，不免要为她们占领道德高地，表明妇德乃才女生命中应有之义。梁章钜《闽川闺秀诗话》所录103名女诗人中含贞妇烈女19名，占18%；丁芸《闽川闺秀诗话续编》所录130名女诗人中含贞妇烈女43名，占三分之一。但细读梁、丁叙事文本及所引传主诗作，却分明可以读出梁、丁对于明清贞操观的异议。

即以光禄诗派直接传人许琛（号素心老人）为例，据梁章钜记载，她具高才，“乾隆间吾乡闺媛之能诗者，无过素心老人”，“有《疏影楼稿》，已梓行。闽中女士家有其书”。但她“遇亦最苦，妇孺皆能详其事”。盖因许琛早寡，翁姑、继子相继亡故。以茕茕一弱妇，尽鬻衣钗图书之属，为营圹土。如此苦节终身，她却拒绝朝廷旌表，而宁可由同里名士作传。较之身后名节，许琛似更愿以才学传世③。

又如陈若苏例，若苏为梁章钜好友妻，早寡，为勖儿读书，夫死后曾截耳自残。儿成立后又决定自裁，随亡夫于地下。梁章钜从兄梁运昌（字曼云，嘉庆四年[1799]进士）闻知后，写长诗“纪苦节”极力劝阻。他首先指出若苏当年截耳，是“误

① 梁章钜：《闽川闺秀诗话》卷二，16b—17a。

② 有关“女子无才便是德”之说的起源及在明清两代的流行，参阅刘咏聪(Clara Wing-chung Ho)：《德、才、色、权：论中国古代女性》，台北麦田出版公司1998年版，第六章，第165—252页。

③ 见梁章钜：《闽川闺秀诗话》卷一，14—16b；沈瑜庆、陈衍：《福建通志·列女传·辩通》卷六，29a—30a；陈衍：《闽侯县志·列女传·辩通》卷一〇一，2b—4a。

读列女传”，盖因前此史书所载妇女自残，往往是自身贞操面临威胁[①]，而若苏“本无逼迫患”，故无需步此极端[②]。他然后向若苏痛陈大义：

> 有男未成名，有女未成姻。夫人事未了，岂是殒玉辰！九原不相见，此死为何因？九原倘相见，转恐贤大嗔。男婚女嫁毕，夫人发如银。宁闻老嫠妇，随夫入幽窀。所以古制礼，常称未亡人。朝廷树棹楔，唯理旌霜筠。守贞乃可贵，从死非所珍。弃绝儿女恩，况又非慈仁。嗟嗟贤明媛，闻义乃能遵。[③]

可知梁运昌所提倡的“大义”，非指父权社会订立的贞操信条，而是由人性出发的自然常理。梁章钜全文引录运昌诗及序，显然是赞成其兄说辞的。

然而梁氏兄弟也明了若苏的困苦。运昌诗中，有如此感慨：

> 我昨闻此事，涕流为嗟咨。上天耀白日，不照寡妇帷。大地回春气，不暖寡妇楣。……独缫寡妇丝，哀机闻四邻。[④]

运昌此语，呼应若苏当年《割耳自述》，其诗曰：

> 持刀割耳吁苍天，但愿书香绍昔贤。矢志抚孤如此苦，须知残毁即求全。[⑤]

若苏“自毁求全”深刻体现了寡妇生命的悖论：为妻为母（很多时候亦为媳）的多重责任、情感以及来自社会的道德期待，相互勾连缠杂，逼使妇女采取极端手段，

---

① 正史列女传中，很少妇女为保贞操而自残之例。所见有刘向《[古]列女传》一例，其“贞顺”篇载寡妇梁高行割鼻拒梁王。（《丛书集成新编》，台北新文丰出版公司 1986 年版，卷四，第 101 册，第 27—28 页）；范晔：《后汉书》一例，记刘长卿妇桓氏，早年丧夫，中年丧子，截耳誓不再嫁。中华书局 1965 年版，卷八十四，第 10 册，第 2797 页）；魏收：《魏书》一例，记魏溥妇房氏，“溥卒，……房氏操刀割左耳，投之棺中，……相期泉壤”。（中华书局 1974 年版，卷九十二，第 6 册 1979—1980 页）；魏征等《隋书》一例，记郑善果母崔氏，截耳薙发，誓不再嫁。（中华书局 1973 年版，卷八十，第 6 册，第 1804 页）；刘昫等《旧唐书》二例，一为李德武妻裴氏，被逼离婚，“操刀欲割耳自誓”。（北京：中华书局 1975 年版，卷一九三，第 16 册，第 5138 页）；一为楚灵龟王妃上官，夫死截耳鼻自誓（卷一九三，第 16 册，第 5143 页）；宋濂（1310—1381）等《元史》一例，耶律忽都不花妻移剌截耳绝食殉夫。（中华书局 1976 年版，卷二百，第 15 册，第 4492 页）。

② 梁章钜：《闽川闺秀诗话》卷四，5b。

③ 梁章钜：《闽川闺秀诗话》卷四，6ab。

④ 梁章钜：《闽川闺秀诗话》卷四，5b。

⑤ 梁章钜：《闽川闺秀诗话》卷四，5a。

以周全各方要求。梁章钜《闽川闺秀诗话》多次引录此类贞女烈妇自陈守节、殉死缘由及个中艰辛,可使读者直接了解,明清妇女并非单纯服膺儒家父权道德教条,而是各有心声。如权氏未婚夫病重,使辞婚,权氏坚持婚约,侍病三年,夫亡抚嗣子。及五旬,将殁,忽微吟,云:"结发为夫妇,三年失所天。五旬犹处子,且订后生缘。"[①]

可知权氏对于此生未能有正常的夫妇生活,并非无憾。又如王巧姐,闻知未婚夫赴日本途中亡于水难,父母欲将她另字他人,遂悬梁自尽。临死赋绝命诗曰:

数载深愁血泪输,早知形影逐时枯。伤心未识陈郎面,难画人间举案图。[②]

则巧姐一如权氏,期待夫妇举案齐眉。但未婚夫之死,使她明白在那样的社会条件下,改字纵然无可厚非,自身心理却难得宁静,既不能安享人间欢乐,一死也是解脱。

丁芸《闽川闺秀诗话续编》对妇女绝命诗亦屡有记载。如扈氏解释殉夫缘由是为情所困:

飞燕伯劳此日分,断肠无计暗消魂。愿从野蝬依青草,携手双双到鬼门。[③]

而曾如兰更严正宣告殉夫是为情而非理:

我自归家去,人休作烈看。西陵松柏下,夫妇共盘桓。[④]

梁、丁书中,亦屡现才学妇女对婚姻的不满,诸如"所适非偶,抑郁以死"[⑤]"不得志,遽卒"[⑥]"夫不类,郁郁发为诗词,以怨死"[⑦]等记载,比比皆是,且每将之比例于东晋著名咏絮才女谢道韫。道韫是谢家"芝兰玉树"中最杰出者,却嫁给了王羲之诸子中最为平庸的王凝之,故有"天壤王郎"之叹,虽有悖于传统礼教,却受到伯

① 梁章钜:《闽川闺秀诗话》卷一,5ab。
② 梁章钜:《闽川闺秀诗话》卷一,6a。
③ 丁芸:《闽川闺秀诗话续编》卷三,10a。
④ 丁芸:《闽川闺秀诗话续编》卷三,1a。
⑤ 梁章钜:《闽川闺秀诗话》卷一,8a。
⑥ 梁章钜:《闽川闺秀诗话》卷四,8b—9a。
⑦ 陈衍:《闽侯县志·列女传·辩通》卷一百,1b。

父东晋太傅谢安的理解与安慰，遂开后代妇女怨叹“所适非偶”先河[①]。梁、丁对此类妇女亦极表同情[②]。

因爱才而起的同情心，导致梁、丁刻意描画一些特殊女性，其恃才傲物、睥睨世俗，即于现代社会，亦不遑多让。下文试对两书中两位代表人物各作介绍，可略窥梁、丁的理想才女模式。

洪龙征（字兰士，乾隆末年在世）是梁章钜着力介绍的人物之一。梁氏在岳父郑光策（字苏年，1755—1804，乾隆四十五年[1780]进士）家初遇龙征，她的外表：“美鬒发，长身玉立，貌清严如寒冰”，她的谈吐：“议论常出人意表”，她的诗作《病中谢苏年伯父遗兰花》中有“爱花也似怜儿女，障雨迎风苦费心”句，且书法“清挺可喜”，凡此皆足以给梁氏深刻印象。更出奇之处在诗纸上有“仆本恨人”一小印，则龙征有何恨？这一悬念，引发梁氏对龙征更多兴趣。然“未几闻其化去”，后经由进士吴清夫（乾隆末年在世）所作龙征传记（足见龙征之志行广为人知），才得详知龙征身世[③]。

龙征之恨，似源于婚姻。幼年失母，少年失父，惟余祖母在堂，故龙征“恒欲不嫁，养亲学道，冀道成度所亲人鬼”。但祖母为其订婚许氏，“至聘乃知，痛苦至不能持聘物，盖以嫁人碍修道也”，兼“性豁达，喜谈忠孝。闻当世卓绝行，辄凝睇神往，书空咄咄，恨首巾帼不能与齐”。志行如此，足引其夫婿不快。

> 兰士既埃壒尘俗，而婿猜卞，恶兰士议论奇，以议酒食责兰士，不中程辄厉声色，甚及其亲。[④]兰士痛以己故上累，又恐失祖母意，恒不言而心伤。进士[郑光策]觉而诘之，微露焉，然亦不竟其绪。归许之次年，即劝许寘妾，……妾入门，作诗志喜……。[⑤]

夫妇既乖戾，龙征情另有所托，一于闺友心香，彼此“才色相匹……誓白首同

---

① 见《世说新语·贤媛》；参阅拙著《乳与香：〈女世说〉初探》，《中国文学学报》2012年第3期：第139—162页。

② 丁芸：《闽川闺秀诗话续编》卷二，13b，陈若兰例。

③ 梁章钜：《闽川闺秀诗话》卷四。

④ 《诗经·小雅·斯干》谓女子须“唯酒食是议，无父母诒罹”（《毛诗正义》，《十三经注疏》本，卷十一）。后世儒者以此为妇女守则。如宋道学家张载（1020—1077）谓：“采枲耳，议酒食，女子所以奉宾祭厚君亲者”（王夫之：《张子正蒙注》“乐器”，《续修四库全书》影印清康熙十九年本，第945册，卷八上，4a）。

⑤ 梁章钜：《闽川闺秀诗话》卷四。

依”,然而心香年十六夭,令龙征“峭然以悲”。另是对于世伯郑光策的依恋,“常深知已死不恨之感”,已超出晚辈对父执的情感,故吴清夫评其有“爱河恨海净业之累”。龙征卒“郁郁而终”[①],置之于死地者,应是她的如火激情与如冰坚毅,惊世骇俗,却正是梁章钜欣赏所在。

丁芸《闽川闺秀诗话续编》,着墨最多者之一为朱芳徽(清嘉庆年间在世)。丁芸记芳徽襁褓失怙,依伯父朱锡谷(清嘉庆六年[1801]进士),长归同邑姜承雯,“早寡无子”,“贫困无依,受聘为闺塾师”,“年八十完节终”。又称其“诗笔娴雅,出于情性”,有《绿天吟榭诗稿》刊行传世。一切均如一传统节妇而有才学者。但丁芸特别引述了芳徽《咏镜》诗,有句“纵教颠倒持,面目自端正”,却又似暗示芳徽生平,不无争议[②]。这一模糊之处,需待陈衍著《闽侯县志·列女传·辩通》方有明白陈述:

> 芳徽……长婚于同邑姜承雯,有纨绔气,夫妇意不相洽。芳徽自怡然,终日吟咏。未久,承雯卒,芳徽不屑拘闺房常态,或窃议其非孀守常度,辄自吟《圆镜》一首以见志。末句云:“任他颠倒持,面目自端正。”后贫且老,蜀中向焘者,锡谷门下士,知闽县事,礼延芳徽至署,教子女读书。有上行禀牍,皆烦手削,岁入修金颇丰。于家之左轩辟一精舍,奉白描观音大士。又立义学,招贫苦子弟,使侄孙某教之。[③]

陈衍笔下,芳徽精神自由、学识超群,尤可贵者,是以其才学,赢得经济独立,并以此造福乡里。种种可贵品质,丁芸《闽川闺秀诗话续编》或隐或显,均有触及,但须待进入民国,妇女解放已成共识,才得以明白释放。

闽中才女文化在清末与福州船政文化结合,孕育了一批具有维新思想的男女知识分子,在变法运动中表现杰出[④]。追溯他们的独立精神、自由思想,实在渊源有自,在其才女传统中已见端倪。研读有关文献,可使我们对古代妇女思想、精神的力量及其社会文化资源有更为具体深入的了解。

---

① 梁章钜:《闽川闺秀诗话》卷四,6b—8b;陈衍:《闽侯县志·列女传·辩通》卷一〇一,3b—4a。

② 丁芸:《闽川闺秀诗话续编》卷二,4b—7a。

③ 陈衍:《闽侯县志·列女传·辩通》卷一〇一,3ab。

④ 参阅拙著,Nanxiu Qian. *Politics, Poetics, and Gender in Late Qing China: Xue Shaohui and the Era of Reform*. Stanford,CA: Stanford University Press, 2015.

复旦大学图书馆藏稿本《涵晖书屋诗话》考

刘　奕*

《复旦大学图书馆善本书目》集部诗文评类著录《涵晖书屋诗话》一种，稿本一册，不分卷，不著撰人。蒋寅《清诗话考》据此著录，别无提要或说明。张寅彭《新订清人诗学书目》则云："涵晖书屋诗话不分卷，佚名撰，复旦大学藏清初稿本。按此书以记晚明诗为主，然有四则署年入清。其中三则为顺治中事，一则为康熙三十二年癸酉事。书似作于康熙中，不应晚于康、雍间。书中所录，颇涉明、清鼎革之际江浙一带社会及士大夫情状。"

今审读是书，为十行朱丝栏抄本，无作者署名，首页首行顶格书"涵晖书屋诗话"，次行顶格即开始正文。书前无序，书后无跋，也没有题记、识语。又该抄本不避讳，无法依据避讳做出时代判断。唯首页钤印四方。除"复旦大学图书馆藏"印外，另有有白文印两方，经上海大学李清华博士辨认，为"锡晋之印""王氏稚侯"。又朱文印一方"涵晖堂"。据"涵晖堂"一印，大致可以确认为稿本。而作者是王锡晋的可能性比较大。经李清华博士提示，查清代盛泽王鲲于道光九年(1829)编撰刊刻的《松陵见闻录》，卷三"科第备采"中载道光元年辛巳恩科江南乡试举人有王

* 刘奕，上海大学文学院副教授。本文是国家社会科学基金重大项目"清代诗话全编"中期成果，项目编号：12&ZD16。

锡晋，其人字稚侯，号迟鸥，与所钤印章吻合。又《同治苏州府志》卷六十五“选举七”也记录了道光元年举人“震泽王锡晋”，小字注：“迟鸥，原名锡鬯，府学。”清代叫王锡晋的人不少，但字稚侯的似只有此人，那么此诗话或许即是这位震泽王锡晋所撰。又《同治苏州府志》卷一百三十三“列女二十一”，“未经旌表”者名录中有“举人王锡晋妻曹氏”，看来王氏或早逝。此外，在其他文献中暂时未能检到更多关于王氏的材料，只能留待今后。如果《涵晖书屋诗话》的确是王锡晋所作，那么时代当在嘉道之际。

按此书唯复旦收藏，其目仅见，当是海内孤本，似乎具有极高的价值。但细核其内容，却发现这本书其实成于抄纂，且所抄之书也不过寥寥几种。

该诗话共 358 则，经比对，可以完全确定抄自清褚人获《坚瓠集》的共 287 则，可以确定抄自清赵吉士《寄园寄所寄》的有 53 则，二者合计 340 则。其余则抄自《全浙诗话》等书。另有 5 则暂未能查到出处，但相信也是抄袭而来。现依次将各则出处列出，再做进一步地分析说明。

《坚瓠集》六十六卷，清初褚人获编撰。其书共分十五集，前十集以天干为序，后五集则分别是续集、广集、补集、秘集、余集。此书汇抄前人著述，又杂记见闻近事，而其中诗词联语本事特多，几乎可以视为诗话著作。今人李梦生据上海图书馆藏康熙刊本点校，上海古籍出版社印行，今即据该点校本加以核对。

《涵晖书屋诗话》(后简称《诗话》)其一至十七，出自《坚瓠集》己集卷一，分别是“春梦婆”“题柳”“翰林风月”“东坡带笠”“逸少联句”“头插花枝”“高明善对”“山中宰相”“格天阁颂”“金陵养闲”“艺祖属猪”“陆沧浪”“于少保口占”“章刘友善”“造洛阳桥”“张胡参禅”“黄陵庙诗”。按，《坚瓠集》己集卷一共 61 则，都属于杂记诗事的性质，此处 17 则文字基本上全同原书，但看不出抄选标准何在；另外时有错乱原书前后次序的现象，显然是有意为之。其后往往如此。另外，《坚瓠集》原书各条前有小题，《诗话》抄录时一律删去。

其十八至二十七，出自《坚瓠集》己集卷二，分别是“起复损誉”“文留两相”“讥射不中”“题村壁”“吴履斋拜相”“杨党题孔庙诗”“箕仙不可频招”“贞伯反嘲”“幔亭仙”。按，原书“起复损誉”条记载两事，《诗话》将其拆分，且颠倒顺序，作为十八、十九两则。

其二十八至三十三，出自《坚瓠集》乙集卷三，分别是“张翼德对”“独韵词”“九九谚语”“昔昔盐”“捉迷藏”“画马食禾”。

其三十四至五十七，出自《坚瓠集》乙集卷四，分别是“箕仙诗句”“羊羹”“杨妃菊”“吴门上元”“聂碧窗”“地仙丹”“梅开一花”“童子能诗”“邓文龙”“杜善甫”“吃死饭”“武庙微行”“淡酒”“婢仆诗”“龙宫海藏”“金陵十六楼”“商文毅对”“张江陵对句”“讥教授”“僧妓相讥”“邱文庄对句”“诗规铁崖”“巾诗”“一钱觅酒”。按,“淡酒”条录一词一诗,《诗话》删其词。

其五十八至六十九,出自《坚瓠集》壬集卷三,分别是“萧汉冲”“乐官山诗”“小碧笺题诗”“蔡真人词”“谐声桂枝香”“卢丞相题诗”“鞋杯”“佳人出浴”“相思词”“嘲秃”“遗溺”“癞子”。

其七十至八十一,出自《坚瓠集》壬集卷四,分别是“慧空胜迹”“陈立兴孝感”“倪王齐名”“冯犹龙抑少年”“杨妃小字”“四书陈二”“陈眉公”“杨升庵逸词”“李空同词”“念佛智慧”“字带刀锋”“画学考试”。按,这11则打乱原卷顺序特甚。

其八十二至八十六,出自《坚瓠集》癸集卷一,分别是“俚诗有本”“妓缀巾带”“召乩演戏”“门神赞”“戏台对联”。

其八十七至九十四,出自《坚瓠集》癸集卷二,分别是“新嫁娘词”“代妓詈所欢”“泥美人词”“一字一文钱”“童生府试”“尹山猛将会”“贫娼”“荒年谣”。

其九十五至一一〇,出自《坚瓠集》戊集卷三,分别是“神仙太守”“燕京酒肆”“陈贤德遇仙”“汪若水”“高丽国”“题驿舍”“曲巷垂杨”“诗讥朱希真”“七人同舟诗”“项羽庙”“诞日优语”“石工能诗”“寒山寺”“雪将军”“因诗免役”“秋风”。

其一一一至一二三,出自《坚瓠集》戊集卷四,分别是“黄上舍”“批改嫁”“采桑娘”“黑鸲鹆”“罗江怨词”“一字不苟”“榕城”“改海棠诗”“补湿字”“老翁兴叹”“得失有时”“弓手儿”“雪庵和尚”。按,《诗话》对本卷是从后往前倒序抄写的。

其一二四至一三七,出自《坚瓠集》丙集卷二,分别是“妇散重婚”“悼陆全卿”“浪花诗”“金鲤赋诗”“梦征”“悼内诗”“纩衣诗”“蒸猪头”“旧舞衣”“寻常百姓”“真西山生祠”“竹夫人”“严分宜幼颖”“钱鹤滩”。按,这14则也是倒序抄写,偶有错乱。“纩衣诗”条原书载两事,《诗话》仅抄其二。“竹夫人”条原载三事,《诗话》删其第一事。

其一三八至一五四,出自《坚瓠集》丙集卷一,分别是“诗嘲执政”“盗水供状”“和靖墓”“半边月”“嫁妇休妻”“人中龙”“上巡按诗”“观灯对”“七字吟”“陆世明”“空定慧箴”“缠足”“妇人朱粉”“髻异”“裈袴”“袜”。按,这17则也是大致从后往前倒抄,而时有错乱。“髻异”一条原书载四事,《诗话》将第四事拆分作独立的第152则。

其一五五至一六二,出自《坚瓠集》丁集卷三,分别是“蓬山不远”“秀才甲天下”

“援引士类”“诗鬼”“金带围”“僧还俗”“吕徽之”“广文嘲语”。按,“援引士类”“僧还俗”都是原书载两事,《诗话》仅抄其二。

其一六三至一七七,出自《坚瓠集》丁集卷四,分别是“郑所南”“唐六如”“钱振之无题诗”“神童诗”“王雨舟宫词”“应制词”“索宠姬”“张芸叟”“寄文恪诗”“玉箫宫词”“张璧娘”“梦携酒楼”“典史对”“杨一清”“一子三教”。

其一七八至二〇〇,出自《坚瓠补集》卷一,分别是“画状元”“神鬼吟诗”“赏菊贾祸”“沈山人飞霞”“巧对”“琪树”“孝梅”“女仙赋诗”“双投桥”“苏长公墨竹”“吴氏儿”“王古渔”“后懊鸟”“西湖竹枝词”“天香国色”“钦天监对”“西涯待友”“紫姑赋牡丹”“女冠还俗”“歌妓为尼还俗”“玉真观女冠”“宫人入道”“题尼姑”。按,“女冠还俗”原载两事,《诗话》删其第一事。又,原卷中另有记道姑事两条未抄,看不出理由。

其二〇一至二二一,出自《坚瓠补集》卷二,分别是“白香山好游”“弹棉花槌谜”“诗字辨”“咏傅岩”“赏桃应制”“华岩洞石壁诗”“吴文之对”“顺理随天”“题林灵素像”“沈娘词”“诗鬼降乩”“王文恪和寿词”“王彦龄词”“汪啸尹祝诗”“自责责人”“初夏小曲”“独宿吟”“美人过桥”“人世炎凉”“梅娇杏俏”“刺绣”“元载妻诗讽”。按“人世炎凉”一条原文前有议论,《诗话》删去,仅存其诗。

其二二二至二三〇,出自《坚瓠补集》卷三,分别是“子由寄诗”“文信国词”“赠妓”“孝宗孝养”“机工善诗”“鼓吹续音”“元宵词”“儒生对句”“王文端雅量”。

其二三一至二四六,出自《坚瓠补集》卷四,分别是“题席舍”“赠娉娉词”“示子诗”“剪灵运须”“阙里灾”“陕府驿壁词”“邱氏召仙”“罗周召乩”“剑池石扉”“谢逸工诗”“李黄书翰”“木偶能诗”“纸窗诗”“鹤衔书”“禽虫名”“铁崖小史”。按,“题席舍”原在诸则之后,《诗话》挪置第一。又,“邱氏召仙”录有一联一诗,《诗话》删其诗。“鹤衔书”原有两事,《诗话》删去其二。

其二四七至二五四,其二六〇至二六四,出自《坚瓠集》甲集卷三,分别是“誓俭草”“阿痖痖”“阳明前身”“郭清狂”“敖东谷”“晚达”“题何吉阳轴”“米虫”“十七字诗”“钱鹤滩”“缩脚诗”“成语赋谑”。按,“成语赋谑”原书两事,《诗话》拆分成263、264两则。

其二五五至二五九,其二六五至二七五,出自《坚瓠集》甲集卷四,分别是“酱油豆腐干”“点酥娘”“郑宪题诗”“舜禹诗”“续诗赐第”“扬州琼花”“五角六张”“大小孤山”“李翰批诏”“杜荀鹤”“长安举子”“黄莺”“生公”“保俶塔”“鹊粮”“岩栖草堂”。

其二七六为《坚瓠续集》卷三“阿滥堆”。其二七七、二七八为《坚瓠续集》卷四

"渭塘芦蓼""金陵词客"。其二七九为《坚瓠续集》卷一"钟祥淘河"。其二八〇为《坚瓠集》乙集卷四"伐松"。其二八一为《坚瓠集》壬集卷四"葛道人"。其二八二为《坚瓠集》壬集卷二"李霜涯"。其二八三《坚瓠集》丁集卷四"上糖多令"。其二八四为《坚瓠集》甲集卷四"蜀僧渔翁诗"。其二八六为《坚瓠集》戊集卷三"玉牌镌词"。其二八八为《坚瓠集》庚集卷四"飞来峰"。其二八九合《坚瓠集》庚集卷三"沈石田"与《坚瓠集》壬集卷一"沈石田诗"为一则。按,以上诸条出处最为杂错。

《诗话》二八五条为:"钱塘王生与陶氏女名师儿,月夜共沉西湖。吴礼之赋《霜天晓角》吊之曰:'连环易阙,难解同心结。痴騃佳人才子,情缘重,怕离别。意切人路绝,共沉烟水阔。荡漾香魂何处?长桥月,短桥月。'"按,此事首见于宋周密《癸辛杂志》,但是书仅云"有人作'长桥月,短桥月'正其事也",未录全词,也未出现吴礼之及《霜天晓角》之名。清人朱彝尊《词综》则于吴氏名下收录此词,词下小注有云:"王生、陶氏月夜共沉西湖,赋此吊之。"但没有出现"师儿"之名。因此目前较难确指本条是否一定出于《词综》。查对各书,要像《诗话》那样,同时出现陶氏姓名、吴礼之之名、《霜天晓角》词牌名以及全词的,似乎仅见于晚晴同光时人谢朝徵做的《白香词谱笺》卷三的笺注中。但此书时代后于嘉道,所以仍只能阙疑。又《诗话》第二九七条"薛道衡聘陈",同见于明蒋一葵《尧山堂外纪》卷二十一与《白香词谱笺》卷二。《诗话》中屡屡提到《尧山堂外纪》,经核对,基本都是《坚瓠集》摘录《尧山堂外纪》,《诗话》再直接抄录《坚瓠集》。似乎《诗话》"作者"并没有真正见过《尧山堂外纪》,那么,"薛道衡"这一则似乎从《白香词谱笺》中抄出的可能性更大。《白香词谱笺》初刻于光绪十一年(1885),如果《诗话》的确抄了此书,那么它抄成的时间非但不是嘉道之间,而且要迟至晚清,甚至民国时期。所以也不能完全排除王氏后人抄成此书而加盖先祖印章的可能。

其二八七"贯酸斋"条,也是事见多书,但只与清乾嘉时人冯金伯《词苑萃编》卷二十二所载文字全同,当是从此书中抄出。《词苑萃编》初刊于嘉庆十一年(1806),所以《诗话》抄成的时间无论如何不可能太早。

其二九〇"钟狂客"可能抄自明徐伯龄《蟫精隽》卷十"钟狂客"。

其二九一至二九三,经文字比对,应当抄自清陶元藻《全浙诗话》五十四"无名氏题西湖壁"、卷三十八"法聚"、卷二十五"钱惟善"。

其二九四则记苏小小墓事,经比勘,似乎是将清陆次云《湖壖杂记》"苏小小墓"与清沈嘉辙《南宋杂事诗》卷一所载捏合改动而成。

其二九五则记冯小青诗多首,经比对,诸书载小青诗都少于此则,只有王猷定

《小青传》中所收之诗多于此处，很可能是其所本。按，王氏《四照堂文集》不常见，但是常见的张潮《虞初新志》卷一即收入此传，后者可能是《诗话》的真正来源。

其二九六记洞庭湖渔翁赋诗事，大致相同的文字，见于明陈继儒《畲山诗话》卷下、《坚瓠集》乙集卷四"洞庭渔人"、清宋长白《柳亭诗话》卷二十五"无鱼有诗"、清吴肃公《明语林》卷七等各处，不能确切判定其来源。

其二九八至三〇〇三则，杂论杜甫写景诗、梦夫诗和写愁诗，暂时未能查到出处。

其三〇一，可能出自冯梦龙《古今谭概》颜甲部卷十八"僧题壁"。

其三〇二至三三〇，其三五一至三五三出自清赵吉士《寄园寄所寄》卷四，分别是"王孟端舍人""米元章""临海赵太守""明兵围集庆路""明高帝在军中""毗陵李氏""高皇帝诛蓝玉""明太祖初渡江""钱塘吴憷""来复字见心""周子羽名翼""建文初茅大方""苏城淤川""周宪王""弘治间海宁""李西涯当国时""杨文理""宁庶人""都南濠""陆静逸""陈仲醇""稗史汇编云""刘师皋""诗贵确切""教谕刘固""甲午余偶与桐城方尔止""烟霞隐者诗小引""安陆州故有岳武穆祠""沈特贬筠州""吴江叶氏""邵飞飞""洪武辛酉林鸿"。赵吉士生于明末，卒于康熙四十五年(1706)，所著笔记《寄园寄所寄》十二卷，各条无标题，笔者所引是各条开头几字。

其三三一似乎来自清代章履仁乾隆二十年(1755)所刻《姓氏人物考》卷七"孙何、孙仅"。

其三三二、三三三"杨亿""施盘"两则，暂未能考出来源。

其三三四可能来自清初潘柽章《松陵文献》卷十一"陈昉"。

其三三五至三五〇出自《寄园寄所寄》卷六，分别是"解学士缙幼时""傅黄门凯""永乐中江南""于肃愍幼时""王文恪公""王阳明""李空同督学江西""一审官""女状元""靖难后""薄少君""嘉靖宫人""木生泾""徐氏居莆之北关""瑶华""四川石砫女帅"。

其三五四至三五八出自《寄园寄所寄》卷十一，分别是"休宁吴克敏""大司马程公""汪京府""休宁金野仙""唐子畏祝希哲"。

以上是对《涵晖书屋诗话》全书的溯源。分析溯源的情况，大概可以得出以下结论：

第一，如果抄录《白香词谱笺》的情况无误，那么本《诗话》抄成的时间只能是晚清，甚至民国。此外《诗话》还抄了刊刻于嘉庆十一年的《词苑萃编》，总之，其成书不会太早。

第二，从抄写《坚瓠集》和《寄园寄所寄》的情况看，抄者不但将两书卷帙颠倒错杂，且同卷之中，亦往往将前后条目颠倒。如果说《坚瓠集》等书卷帙繁多，抄者不按卷次，随手抄录，因此卷帙顺序混乱可以理解的话，那么同一卷内条目顺序的颠倒错杂又该做何解释？是否是有心作伪，故意杂糅呢？笔者认为这一可能性颇大。又抄者在抄写时对原书内容去取较为随意，似乎看不出有什么特别的标准。

第三，虽然有王锡晋的印章，但《诗话》作者是否就是王氏，也还不敢完全确信，只能存疑俟考。何况此书没有任何个人撰述的内容，很难将其视为一种个人著述。与一般诗话作者不同，抄写者并不认识任何一个《诗话》述及的人物；他抄袭他书，却毫无说明，此书也不具备"汇纂"的性质；全书只是抄录，并无一点抄者个人意见，也看不出他对诗歌、诗学、诗事有何修养。

第四，抄袭来源非常狭窄，所抄的书都原书俱在，而且都是常见书，也毫无辑佚价值可言。

最后，可以总结认为，《涵晖书屋诗话》是一部抄袭之作，其价值似在有无之间。清代诗话中是否有必要为此书留一席地呢？笔者也不敢确信，只能留待高明裁断了。

郑珍(1806—1864)的现代性

J. D. Schmidt(施吉瑞)*

尽管郑珍对中国文学的贡献不会随其现代性而增加或减少,但仍需花些功夫去审视这一问题,因为这有利于更好地理解郑珍的 19 世纪及紧随其后的 20 世纪。[①] 本篇还涉及很多超越本篇研究范畴的其他问题,比如参与五四运动的那些作者们对中国古代文学的继承,及与之相关的中国的现代性多少是来自本民族内部的、多少是从西方舶来的。中西方学者就这些问题已经争论了几十年,本篇虽不准备对这些问题发表新的见解,但文中关于现代中国的解析将有助于更确切地了解 19 世纪的文人的所知所想。也许最终我们会得出这样的结论:五四运动的第一代作家,如鲁迅(1881—1936),大部分是他们所受的西方教育、所体悟的西方经历、所阅读的西方原作和翻译作品的产物,但我们却不能盲目地忽视了他们所受的西式教育大多是始于那些由宋诗派和洋务运动成员所创办的机构,那些让他们求学西方的文人也都是宋诗派和洋务运动成员,而他们阅读的首批西方作品的翻译

* 施吉瑞,英属哥伦比亚大学教授。

① 关于郑珍现代性的最新研究,参见胡晓明的《血肉乾坤春自在——读郑珍巢经巢诗集》。请注意,我并非强调郑珍的作品必须被当作文学现代性的范例,这可被胡晓明在其文章中所引用的我们之间的私人对话证明。我们首先应对"文学现代性"重新定义。"文学现代性"常被西方文论界用于描述 20 世纪 20 年代西方文学界中的主流趋势。重新定义能帮助"文学现代性"摆脱西方文学的阴影,从而有助于更好地解读 20 世纪的中国文学作品。但这项重新定义的任务不属于本篇范畴。

版中大多数都是由这批革新派人物资助译成,或如林纾(1852—1924)、严复(1854—1921)这些宋诗派和桐城派成员自己翻译的[①]。

中国"现代"进程的研究中,最大的障碍之一是学者们对于"现代性"没有统一的定义,对于"现代"在中国和西方开始的年代也未定论。新版的《剑桥现代史》和老版的《剑桥现代史》将 1493 年(文艺复兴)定为现代的开始。[②] 卡尔·马克思(Karl Marx, 1818—1883)将资本主义和革命资产阶级的兴起作为新时代的开始,这样他所说的现代社会开始于 18 世纪中叶。西奥多·阿多诺(Theodor Adorno, 1903—1969)、齐格蒙·鲍曼(Zygmunt Bauman)等当代学者认为现代社会开始得更晚,因为他们所作的大量的关于我们这个时代的负面评论都是针对 20 世纪大众文化的发展。如众所料,许多研究思想史的学者都对现代性研究抱以长远的眼光,将其哲学根源追溯到勒内·笛卡尔(René Descartes, 1596—1650)或者弗兰克·培根(Francis Bacon, 1561—1626),将 18 世纪的启蒙运动视作这两位思想家观念的延伸和发展。一些学者甚至认为奥卡姆的威廉(William of Ockham,约 1288—1348)的唯名论是中世纪灭亡和现代社会产生的主要推手。[③]

中华人民共和国的学者将英文所说的"现代"社会分为两段:第一次鸦片战争到 1911 年清朝灭亡被称为"近代"(但我认为"现代早期"更贴切),从 1911 年到"当代"被称为"现代"(西方学者常用"modern"一词)。这样的分段便将中国现代化的本源完全外来化——中国在第一次鸦片战争虽然是因为积贫积弱而失败,但没有西方的强力推动,中国的现代化难以开始。[④]

很多人认为中国的现代性始于 19 世纪 40 年代或更早的几十年,因为那时清朝的统治已经岌岌可危,少数有远见的人认识到大变局即将来临(是以崭新的方

---

① 关于林纾、严复与桐城派的关系,参见吴微:《桐城文章的别类风景——以严复、林纾的翻译为中心》,第 15—29 页。这篇文章也可在线查阅 www. rocide. com/roc-789。

② 关于将这个时间点定为现代的开始的支持和反对的理由的讨论,参见 G. R. Potter ed., *The New Cambridge Modern History*, vol. 1, *The Renaissance* (*1493—1520*), Cambridge: Cambridge University Press, 1957, xviii - xix and 1 - 5。

③ 参见 Michael Allen Gillespie, "The Nominalist Revolution and the Origin of Modernity", in *The Theological Origins of Modernity*, Chicago: University of Chicago Press, 2008: pp. 19 - 44。

④ 钱锁桥赞同中国现代性的西方渊源,并强调了西方军事挑战在其中的重要作用:"中国的现代性的最初的本质体现在军事方面",将中国现代性看作鸦片战争后中国的"危机感"的产物。参见钱锁桥 Qian Suoqiao, *Liberal Cosmopolitan: Lin Yutang and Middling Chinese Modernity*, Leiden: Brill Press, 2011: p. 25。Elman 认为,中国的现代性虽然和西方有关,但更大程度上是 18 世纪已有的思想发展的必然结果。参见 Benjamin Elman, *From Philosophy to Philology*, Harvard: Harvard East Asian Monographs, 1984: p. 36。

式）。1832 年，郑珍的老师、清代宋诗派的创始人之一——程恩泽（1785—1837）在广东主持科考后和诸名士聚会时曾说过：

> 粤东今日可谓盛极矣。然盛极而衰，天之道也。此后二十余年，乱从粤东起，再过十年，乱将天下，不堪设想矣。①

这段话中，程恩泽似乎在预告太平天国运动的爆发。太平天国运动可谓中国历史上最惨烈的国内战争之一，它是清政府垮台的重要原因，也是西方科技进入中国的初始阶段。

关于"不堪设想"，龚自珍有段话更有预见性：

> 俄焉寂然，灯烛无光，不闻余言，但闻鼾声，夜之漫漫，鹖旦不鸣。② 则山中之民，有大音声起，天地为之钟鼓，神人为之波涛矣。③

这些"预言"都未提及来自西方的威胁，程恩泽和龚自珍都认为即将来临的危机是内政不治所造成的。

尽管上述两段引文都主张中国的现代性是源于内部的，但许多当代的中国学者仍接受官方的说法——在中国历史中分出"近代"和强调外来影响的"现代"。然而，随着对中国现代性源于内部的认识的逐渐增加，以及对从 19 世纪早期延续至今的中国发生的不间断的变化的探索，学者们倾向于将这两个阶段合二为一（至少是在非正式的场合），将 19 世纪早期到当代称为"近现代"。这种说法说明，他们认为"现代"的开始时间早于清代灭亡，并可追溯至第一次鸦片战争前。④

当我第一次读郑珍和他的朋友以及沙滩派成员的作品时，我对他们那么"现

---

① 夏敬观：《学山诗话》，第 45 页，收录于张寅彭编：《民国诗话丛编》，上海书店出版社 2004 年版，第三册。这段话被胡晓明在其所写的一篇绝佳的关于郑珍和 20 世纪初的晚期宋诗派的论文的开始引用：胡晓明：《斯文留脉傥关天——郑子尹与同光体：文化诗学的意味（论纲）》，见于黎铎编辑：《遵义沙滩文化论集（一）》，第 14—23 页。

② "鹖旦"是种鸟（可能是蝙蝠），在黎明中找寻光。

③ 龚自珍：《龚自珍全集》，上海人民出版社 1975 年版，第 88 页，《尊隐》。遗憾的是，我尚不能断定这篇写于何时。因为龚自珍的那些抽象的作品往往有多种解读。

④ 关于外在因素和内在因素的讨论参见（汪熙）Wang Xi，"Approaches to the Study of Modern Chinese History：External versus Internal Causations"，in Wakeman and Wang. *China's Quest for Modernization*，Berkeley：Institute of East Asian Studies，1997，pp. 1 - 21。

代”感到震惊。我也惊诧于郑珍之后的沙滩派成员能那么迅速地接受了被西方国家主宰的充斥着海洋文明和工业化的世界。于是我开始研读郑珍的诗作，以评判这些诗作如何影响到它的读者能毫无困难地发生这些复杂的变化，尤其是郑珍和大多数沙滩派成员都生长和居住于“落后地区”——偏远的贵州——在那里他们很少有机会接触到西方。根据绝大多数已有的关于中国文人对西方文化接受的研究，只有那些住在如广东、上海等地的文人才能如此迅速地接受西方，因为他们自幼就接触到西方的这些影响。[①]

我的研究很快揭示出郑珍的诗作给他的弟子带来的影响，并将他的“现代性”归结为我所谓的“积极的”和“消极的”两个方面。郑珍现代性的积极方面全部来源于中国，没有西方文化的影响。具体而言是：① 他从汉学考据中汲取了实事求是的理性主义。② 他对个人的强调、对群体或传统的质疑。这些亦可见于他的文学创作论和他的叙事诗。他所写的叙事诗诗作远多于清以前任何诗人。③ 他善于包容性思维，在思想上包容并蓄，特别是他反对偏执于汉学的某一派，并坚持汉宋学的调和。④ 他的种族偏见相对较少，这可从他所写的关于苗族和其他非汉族的诗作所知。这点明显影响到他和他的弟子们的国家观。⑤ 他对于女性的同情。⑥ 他的乐观的世界观。⑦ 他对利用医学、科学和技术来改进下层社会生活状况的支持和身体力行。⑧ 他对现状的不满和他对于社会、政治变革的推动。⑨ 他将他的现代性传承给他的弟子、亲戚和朋友，以使他们在他去世后仍能发展这些现代性。[②] 最后这点特别重要，因为倘若郑珍的现代性是孤立的个案，没有持续的发展，那就不值得我们如此去关注他的现代性如何影响其他人。

以上这些应该都是有助于郑珍和他的沙滩群体较同时代的人更容易接受现代

① 例如，尽管 Paul A. Cohen(柯文)指出内陆的人能够接受改革是因为他们事先接触过西方。他以黄遵宪在 1870 年的香港之行来说明，内陆改革先行者的经验证明了 19 世纪中国遭受某些沿海文明的影响对铺平未来的改革之路有重要作用。而我们遇到的问题是，为什么参与洋务运动的第一代文人，特别是曾国藩，是来自湖南；而更年轻的那些成员，如郑珍的弟子黎庶昌在离开中国前根本没有任何沿海生活的经历，他们却能明白革新的需要，能接受来自外国的影响，而其他一些来自沿海地区的文人，如广东文人刘锡鸿(举人，1848)反而对变革和来自外国的知识非常敌视。参见 Paul A. Cohen, *Between Tradition and Modernity, Wang T'ao and Reform in Late Ch'ing China*, Harvard: Harvard University Press, 1987, pp. 270 - 272。

② 对于将国家观列入郑珍的现代性我少许有些不情愿。因为这一点在他的现代性中不是那么突出，不像在他的弟子和同辈中那样显著。另一个原因是这个词有很多不同的解释，其中一些是政治的产物。同时，我也想指出，尽管中西方在中国现代性的研究中都将民族主义置于显著的地位，但我认为，二者没有必然关联。在本篇完成后不久，我高兴地发现，我的许多关于郑珍现代性的积极方面和邱明正在其专著《上海文学通史》(复旦大学出版社，2005)第一卷中所指出的 19 世纪上海文学的进步特点非常相似。邱明正没有研究消极方面，我打算在将来的上海文学的研究中对其有所揭示。

社会的积极方面，但郑珍的现代性中亦有其时代的"消极性"，主要体现在：① 强烈的内疚和焦虑感。② 疏离和迷茫的情绪。③ 思想上的危机感。④ 日渐强烈地意识到某些根本性的东西在不可逆地流逝殆尽。前三点在他的早期诗作中即有体现，并在 1840 年以后更加强烈。

郑珍的现代性大多也能从在他之前的中国文学作品中找到。但我要说的是，他的作品中所反映出的现代性的这个综合体是新的、不同于先前那些作者所表现的，因为他直接促动他的朋友、亲戚、弟子去进一步发展他的现代性。一些学者在比我所提及的更早的中国文学作品中发现了中国的现代性。葛瑞汉（A. C. Graham）认为熟悉"现代"西方文论的读者也会喜欢晚唐的诗作，因为其中也有燕卜荪（William Empson，1906—1984）所说的"现代"。[①] 华兹生（Burton Watson）认为，"宋代……有显著的现代特点"，"这就是为何他们的很多诗作读起来好像是我们现代的作品"。[②] 卜正民（Timothy Brook）在他的著作 *The Confusions of Pleasure, Commerce and Culture in Ming China* 中指出，中国明代的社会貌似颇具现代社会所谓的"现代性"。苏文瑜（Susan Daruvala）在其周作人研究中，将这类早期的发生于亚洲或者西方的"现代性"称为"first order modernity"（第一重现代性），而将 20 世纪初及其后发生的现代性称为"second order modernity"（第二重现代性）。[③] 根据这些学者的研究可知，无论欧洲、中国还是世界其他地方，现代性都有其深厚的渊源，但早期作者表现的现代性和郑珍及西方现代主义者所表现的不同之处在于，前者不像 19 世纪末和 20 世纪的现代性那样，引发那么急剧的、翻天覆地的变化。不过，早期现代性和郑珍以及中国的现代性有巨大的关联，因此在拙著 *The Poet Zheng Zhen and the Rise of Chinese Modernity*（《诗人郑珍与中国现代性的崛起》）的第三章和第八章（特别是在"为什么是宋诗"一节）中将促发郑珍现代性产生的宋代文学和科学称为"现代性雏形"（proto-modernity），在第六章中讨论了葛瑞汉所说的晚唐作者如韩愈等人的"现代性"如何强烈地影响到郑珍的现代性，特别是在他的现代性的消极方面。

尽管我比许多中西方学者都更强调中国现代性的本土起源，但我并不想否认

---

① 参见 A. C. Graham（葛瑞汉），*Poems of the Late T'ang*，Harmondsworth：Penguin Books，1965：pp. 19－20。

② 参见 Burton Watson（华兹生），*Su Tung-p'o*，*Selections from a Sung Dynasty Poet*，New York：Columbia University Press，1965：pp. 3－4。

③ 参见 Susan Daruvala（苏文瑜），*Zhou Zuoren and an Alternative Response to Modernity*，Cambridge，Massachusetts：Harvard University Press，2000：pp. 28－29。

西方的影响即使在郑珍早年业已存在,因为在第一次鸦片战争以后及更早的时候,外面的世界对中国的政治和经济方面的影响便与日俱增。[①] 郑珍参加科考失败后表现出的强烈的内疚感可作例证。郑珍和他的同一个时代的人肯定认为这种失败和中国以外发生的事无关,可是因为他们那时中国的人口较清朝初年已经翻番,而科考所录用的官员的数目却没变,所以郑珍等通过科考的难度至少比过去增加了两倍。[②] 促动中国人口增长的原因很多,但在 20 世纪公共卫生条件大幅度改善之前,一个很重要的促动因素是农业产量的增加。农业产量的增加和农业技术的改进有关,但更主要的是因为 16 世纪西班牙和葡萄牙人发现美洲后,新大陆的粮食作物被引入中国。尽管当时的中国人不了解这些变化,但晚明以后,中国人的生活与世界的变化越来越息息相关。[③]

虽然郑珍会认为他在科举考试失败后的内疚感完全是与中国内部的发展相关,但源于郑珍的、即使是在郑珍在世时就被其弟子及追随者继承的现代性中的消极方面与西方越来越有关系。无论源于中国内部或者外部世界,这些现代性的消极方面直到 19 世纪末、20 世纪初仍出现在文言诗作中。Jon von Kowallis(寇志明)认为易顺鼎(1858—1920)的诗歌有种"深刻的失落感",陈三立的诗歌传达出"信仰危机",而活跃于清末最后二十年间及民国初年的诗人们则伴随着"精神混乱、自我怀疑和对未来变化的无法预知"来"接受人生中的不测"。[④] 这些诗人们中的大多数也是宋诗派成员。从他们对郑珍作品的尊重可知,他们的现代性的重要

① 谈到这点,Jaroslav Průšek(普实克)关于中国现代社会和文化的起源的评论很有启发性:"中国现代的巨大变化起源于明代,它发源于中国内部,是中国人自己的力量所推动,它的起源是纯粹中国的。西方的入侵只是加速了这种必然会实现的进程。"Průšek, *The Lyrical and the Epic: Studies in Modern Chinese Literature*, Bloomington: Indiana University Press, 1980: p. 28。

② 何炳棣(Ho Ping-ti)的《明初以降人口及相关问题(1368—1953)》(*Studies in the Population of China, 1368—1953*, Harvard University Press, 1959)是中国人口增长方面的开创性研究著作。何炳棣的另一篇文章"The Significance of the Ch'ing Period in Chinese History", *Journal of Asian Studies*, 26(2) (February, 1967), 189 - 195 也与此相关。关于这一时期中国人口增长的最新研究,参见 William Lavely, James Lee, and Wang Feng, "Chinese Demography: The State of the Field", *Journal of Asian Studies* 50(1) (November), 807 - 834 and James Lee, "Historical Demography in Late Imperial China: Recent Research Results and Implications", in Wakeman and Wang ed. *China's Quest for Modernization*, pp. 65 - 86。

③ 关于中国如何引入美洲的作物及这些作物又怎样影响中国的相关文章数量繁多、内容庞杂。欲了解相关讨论和参考书目可参见何炳棣的"The Introduction of American Food Plants into China", *American Anthropologist*. New Series, Vol. 57, No. 2, (April, 1955): pp. 191 - 201。关于晚明、清初中国经济和世界的关联研究,参见 Frederic Wakeman Jr., "China and the Seventeenth Century World Crisis",收录于 Wakeman, *Telling Chinese History*. Berkeley: University of California Press, 2009: pp. 27 - 43。

④ Kowallis, *The Subtle Revolution*, Berkeley: Institute of East Asian Studies, University of California, 2005: pp. 151, 152, 182 - 183。寇志明所说的"人生中的不测"是引自埃默森(1803—1882)。

特质很多是源于郑珍和他的沙滩派。

因此，尽管没有直接接触西方，但郑珍已有许多“现代”的特点，这些特点更适于作为一些当代学者如以色列社会学家什穆埃尔·艾森斯塔特（Shmuel Eisenstadt，1923—2010）等所说的“别种现代性”（alternative modernity）的例证来研究。“别种现代性”既不同于西方“规范的”现代性，但还应该算现代。① 郑珍积极的现代性（特别是他的理性主义、乐观主义和对科学的支持）让他相信世界有向前进步的可能性，但因为同时看到了政治和社会的滞后，他又怀疑这种可能性。从1840年（特别是从1850年后），郑珍逐渐认识到：形成于太平天国运动和西方列强侵入后的、以金钱和武器为基础的新的中国社会并不比它所取代的旧的社会更好，甚至不断进步的科技也会带来如污染和加剧社会不平等的负面影响。

郑珍并未真正地接触过西方的“现代性”，但他的作品中却传达出许多当代学者所谓的“现代性的矛盾”——类似于许多现代西方人即使由于现代化而对世界有更多地了解、拥有了更丰富的物质生活，可他们仍在经受迷失和幻灭的撞击。② 社会学家马克斯·韦伯（Max Weber，1864—1920）是第一位对此现象进行细节性研究的西方学者，其后，西奥多·阿多诺和齐格蒙·鲍曼也像韦伯一样，对现代性的负面性进行抨击，他们所抨击的方面包括二战中纳粹德国对犹太人的大屠杀和政治、经济及技术的效率化、合理化。③ 郑珍的疏离和幻灭源于中国，但他的自我怀疑和思想的危机与同时代在西方世界发生的类似，而且他后期思想发展中的消极方面至少间接地受到新的政治动向和国际相关的经济的影响，特别是那些中国遭遇到的不幸。

---

① Shmuel Eisenstadt 引入的“多元现代性”是基于整个西方的经历而将现代性的原始概念扩大化。参见他的论文“Multiple Modernities in an Age of Globalization”，pp. 519 - 533 and “Multiple Modernities”，pp. 535 - 559，in Eisenstadt，*Comparative Civilizations and Multiple Modernities*. Leiden and Boston：Brill，2003。

② 在郑珍的时代，现代性带给他的期许远不如带给他同时代的西方人那样多，而且直至郑珍去世后，沙滩派成员的物质生活也未因现代性而大幅改善。

③ 关于众所周知的韦伯的现代性思想参见 Jürgen Habermas，Frederick Lawrence tr.，*The Philosophical Discourse of Modernity*，Cambridge，Massachusetts：MIT Press，1987：pp. 1 - 5。在 Scott Lash and Sam Whimster ed.，*Max Weber*，*Rationality*，*and Modernity* London：Allen & Unwin，1987 年中，收录了大量关于韦伯的现代性的论文，特别是 Guenther Ross，“Rationalization in Max Weber's Developmental History”，pp. 75 - 91；Barry Hindess，“Rationality and the Characterization of Modern Society”，pp. 137 - 153；and Ralph Schroeder，“Nietzsche and Weber：Two ‘Prophets’ of the Modern World”，pp. 207 - 221 这几篇。鲍曼最著名的研究是关于现代性如何导致二战中德国对犹太人的大屠杀的发生，参见 Zygmunt Bauman，*Modernity and the Holocaust*，Ithaca，New York：Cornell University Press，2000。阿多诺的观点参见 Theodor W. Adorno，E. B. Ashton，tr.，*Negative Dialectics*，London：Routledge，1973，特别是“After Auschwitz”，pp. 361 - 365 及他的评论“Genocide is the absolute integration”，p. 362。郑珍自然会像赞同一般原理一样来赞同技术合理化，而且，尽管韦伯和他的追随者写了那些著述，我们却不该忽视当代现代性的积极方面。

郑珍和他追随者所具备的现代性中那些最明显的特点普遍存在于20世纪初大多数中国作家的现代性中，而那个时期，西方的影响已经日益显著。王德威曾详细地论证过19世纪末中国小说中的一些现代性在20世纪初已经被忽视，但郑珍诗歌中的无论消极或积极的现代性在20世纪早期却被完全继承。[①] 许多20世纪激进的知识分子，如鲁迅，在其晚年并不赞同郑珍所珍视的中国的文化遗产，更愿意从西方文化中寻求榜样，但他们同时也具有郑珍所赋予的现代性的基本特点。[②] 许多彼时不太激进的作家，包括鲁迅的弟弟周作人(1885—1967)和被世界广泛认可的林语堂(1895—1976)，不仅支持郑珍的现代性，也积极地从中国古代文学汲取营养以丰富其白话小说和散文的写作，所以周作人和林语堂颇受明朝小品文影响。[③] 对于五四运动的口号(或者说是陈独秀提出来的)“德先生(Democracy，民主)和赛先生(Science，科学)”，郑珍已经预知了一半(科学)，就在郑珍去世之前，他的挚友莫友芝(1811—1871)在其日记中对美国的民主予以高度评价。[④]

---

① 关于王德威对被忽视的现代性的讨论参见 David Der-wei Wang, *Fin-de-siècle Splendor*, Stanford: Stanford University Press, 1997: pp. 13 - 52。王德威发现对晚清白话小说中的一些现代性，包括“堕落的”爱情(同性恋)、荒诞的揭露、(反)英雄小说和科幻等，在民国初的思想界和文学界不再成为主流，但郑珍的现代性即使不是全部也是大部分存在于那个时代。王德威认为，根据他的研究，这些被压抑的现代性在其后的当代中国文学作品中重新出现并成为主导。参见同书313—342页。

② 参见 Anthony Giddens 的关于现代人对“过去”的观点：“现代性比过去任何一种社会秩序都有更巨大的活力。它更是社会性的——而非仅是机械方面的更新、组织机构的复杂化，它不像先前任何一种文化，它是未来永远比过去好。”参见 Anthony Giddens, *Conversations with Anthony Giddens: Making Sense of Modernity*, Cambridge: Polity Press, 1998: p. 94. 林毓生(Lin Yü-sheng)在其著作 *The Crisis of Consciousness: Radical Antitraditionalism in the May Fourth Era*, Madison: University of Wisconsin Press, 1979年中揭示出20世纪20年代以后中国现代性中更激进的方面。但我们应该知道，一些20世纪早期的现代主义者中有许多是当时著名的作家，比如鲁迅，他们都花了很多精力去研究中国古代文学和历史，如鲁迅就对中国古代小说颇有研究。中国“传统的”和早期“现代的”思想文化的关联在王泛森的《中国近代思想与学术的系谱》(台北：联经出版，2003)和魏秀梅、郝延平编辑的两卷本的中英文纪念文集《近世中国之传统与蜕变》(台北：“中央研究院”，1998)中都被关注。Anthony Giddens 所指的更可能是20世纪西方的现代性，也可以被用来评价19世纪欧洲的现代性——那个时候上等人家的孩子还在学习拉丁语和希腊语，大多数建筑也是根据古典样式设计的。我们不禁再次产生疑问——现代社会究竟从何时算起？

③ 关于20世纪作家如何受晚明作家影响的一般性研究参见 Lynn Struve(司徒卢威)，“Modern China's Liberal Muse: the Late Ming”, *Ming Studies* 63 (April, 2011), pp. 38 - 68。关于明代公安派对周作人的影响参见 Daruvala, Zhou Zuoren, pp. 135, 144 - 146, and 150 - 152。关于明代作家对林语堂的研究参见钱锁桥，*Liberal Cosmopolitanism*, p. 60。根据钱锁桥的研究，林语堂也受到袁枚的影响，而如拙著所论，袁枚是许多19世纪作品所遵从的范式。尽管袁枚未必承认，但他深受晚明作家的影响。

④ 陈独秀是五四运动的领导之一，也是中国共产党的缔造者之一。关于他的传略参见 Boorman ed., *Biographical Dictionary of Republican China*, New York: Columbia University Press, 1970, Vol. 1, pp. 240 - 248。陈独秀关于科学和民主的观点发表于《新青年》1919年1月号。这篇文章核心内容的英文译稿，参见周策纵(Chow Ts'e-tsung), *The May Fourth Movement: Intellectual Revolution in Modern China*, Cambridge, Massachusetts: Harvard University Press, 1960: p. 59。关于莫友芝的那篇日记，参见莫友芝：《郘亭日记》，第287页，收录于张剑：《莫友芝年谱长编》，中华书局2008年版。

就消极方面而言，寇志明的研究所指出的那些出现在民国初年的文言诗歌中的、郑珍和他的追随者的作品所清晰地传达出的焦虑和对当时的绝望感，也出现在鲁迅和周作人的短篇小说和散文中，出现在激进作家茅盾（原名沈雁冰，1896—1981）的小说《子夜》（1933）中。普实克（Jaroslav Průšek，1906—2006）对 1919 年到二战爆发前的中国的文学评论中最常被引用的一句话是："悲观和对人生悲剧的体验伴随着反叛和自我毁灭的倾向"——他的这个评论可能是从他所阅读茅盾的小说中得出的。尽管评论中所说的无望能从西方文学中找到根源（极大可能是来自歌德写于 1774 年的书信体小说《少年维特的烦恼》），但它说的绝望和自我毁灭的调子在郑珍困顿时也常出现在其作品中。[①]

目前还很难说宋诗派在多大程度上影响了如鲁迅、茅盾这些反传统的作家，因为对他们的大量研究都是从 20 世纪末的白话文的角度出发，而几乎没有人关注他们作品的大多数的显著特点中都有中国古代文学的渊源。[②] 不过毋庸置疑的是，通过影响他的亲戚、弟子和读者，郑珍的现代性深刻地影响到晚清现代性的发展，在那些被他直接影响的人中，又有人给予鲁迅深刻地影响。[③]

当然，有些学者基于他们已有的理论体系和由此所获的现代性的定义，可能会对本篇所述的郑珍的现代性产生质疑。过去的几十年中各种喷涌而出的现代性的理论将为未来的希望重新检视 19 世纪中国现代性的学者提供许多可能性。拙著 *The Poet Zheng Zhen* 手稿的匿名审读者中，有人鼓励我在分析郑珍的现代性时结合瓦尔特·本雅明（Walter Benjamin，1892—1940）的观点，也有人建议我根据皮埃尔·布迪厄（Pierre Bourdieu，1930—2002）文化资本的理论重写

---

① Jaroslav Průšek, *The Lyrical and the Epic*, pp. 3 - 4. 茅盾：《子夜》，第 90 - 91 页，收录于茅盾：《茅盾全集》，人民文学出版社，1984 年版，第三卷。关于茅盾的传略参见 Boorman, *Biographical Dictionary*, pp. 110 - 115。关于作品的创作背景、对普实克批评如何理解及对茅盾作品的理解参见刘禾（Lydia Liu），*Translingual Practice: Literature, National Culture, and Translated Modernity — China, 1900—1937*, Stanford, California: Stanford University Press, 1995: pp. 77 - 78。

② 关于鲁迅的旧体诗，参见 Kowallis, *The Lyrical Lu Xun*. Honolulu: University of Hawai'i Press, 1996。茅盾也有相当不错的古典文学的基础，参见 Boorman, *Biographical Dictionary*, p. 10。

③ 鲁迅极有可能读过对 19 世纪末的中国影响巨大的作品之一、黎汝谦翻译的乔治·华盛顿的传记，参见 J. D. Schmidt, *The Poet Zheng Zhen (1806—1864) and the Rise of Chinese Modernity*, Leiden: Brill Press, 2013, chapter 3, p. 233. 参见工藤贵正（Kudō Takamasa），"Ru Shun no honyaku kenkyu (1)—Gaigoku bungaku no juyō to shisō keisei he no eiykyō soshite tenkai — honyaku jumbi shiki"《鲁迅の翻訳研究(1)—外国文学の受容と思想形成への影响，そして展开——翻訳准备时期》，*Ōsaka kyōiku daigaku kiyō, Daiichi bumon: Jimbun kagaku* 大阪教育大学纪要，第 I 部门：人文科学 38. 2 (February 28, 1990)，第 137—148 页；林辰：《鲁迅、黎汝谦、〈华盛顿传〉》，《鲁迅研究月刊》，1992(3)，第 35—37 页；陈福康：《民国文坛探隐》，上海书店出版社 1999 年版，第 3—4 页。

我的书。[①] 无论这些建议是否真能得出什么有趣的结论，我相信，在对 19 世纪中国文学史的历史还没投入更大的精力之前，第一步是切实搞清楚彼时的作者都在写和想些什么，而不是用西方的理论模式去框套。然而，即使我有意避免在我的书中用那些理论模式，我也仍然无可回避地发现郑珍现代性的积极和消极方面清晰地说明了他也经受了马克斯·韦伯及其追随者提出的“现代性的矛盾”。今后的研究肯定会发现中西方有更多平行的经历，但在我们就现代性这个题目得出这样的结论前，我们还需要仔细研读数以千计的中文著作，而拙著只是在此方向上迈出了一小步。目前，我能把握十足地得出的结论仅是——郑珍是中国伟大的作家，他也是中国现代性的主要先驱之一。只有更多的研究著作发表后，我们才能确切地知道郑珍在彼时复杂的文学史和思想史中所处的真正地位。[②]

---

① 关于本雅明对现代文学和艺术的影响的文章，参见 Andrew Benjamin and Charles Rice ed., *Walter Benjamin and the Architecture of Modernity*, Melbourne: Anamnesis, 2009。布迪厄的文章中被广泛阅读的一篇的英译版参见 Bourdieu, “The Forms of Capital”, in J. G. Richardson, *Handbook of Theory and Research for the Sociology of Education*, Westport: Greenwood Press, 1986: pp. 241 - 258.

② 建议我采用布迪厄理论的读者也建议我花更多时间去比较郑珍和 19 世纪的作者，而非去将郑珍和前代作者的诗作比较。不过，鉴于本书的一大任务是质疑五四时期形成的中国文学史的重建的法度，我必须证明郑珍同那些被法度尊崇的唐代大师们一样杰出，而且又和他们不同。我还必须将郑珍和宋代诗人比较，以便响应有些当代学者所认为的宋诗派只是宋代诗作的改写。尽管有的读者提出异议，但我仍在第三、四、七章中花了大量篇幅去记述郑珍同时期的作者。但很难细致地比较郑珍和他同期作者，因为和这些重要的同期作者相关的论文极少，专著几无，很多重要的信息还是从马亚中发表于 1992 年的对整个时期的研究中获得的。

吴汝纶诗学初窥

汪春泓*

吴汝纶是桐城派最后的大家之一，一生相继入曾国藩、李鸿章之幕府，深得曾、李器重，由于因缘际会，在晚清内政外交诸领域之一线层面，吴氏历经磨砺，一生由上到下，由中至西，由古而今，由政转学，其思想、精神之历练，亦属三千年大变局之一部分，显然与旧式士大夫迥然有别。吴氏《与桐城县令龙赞卿》说："又况强邻环伺，自非高视远揽，驰域外之观，岂易坐谈宏济，咫尺之士，焉能为有无轻重哉！"① 所谓"驰域外之观"，就是指要把握西学知识，深谙世界潮流，此种胸襟气度和知识结构，令吴氏走在了时代的前头。吴氏《答程曦之》说："又久涉世途，知穷达之有命，富贵之不足为荣，营营者未必得矣，而所获不如所亡，甚或年命不延，祸福并域。久远者不必论，自某释褐以后，所见此等，不下数十百人。苏诗有云：'深恐造物怪多取。'有味乎其言之也。故某于仕途，不求善地，不羡美仕，等贵贱于一量，委升沉于度外。其所以贪恋微禄者，徒以眷累众多，衣食无以自给耳。为贫而仕，分应辞尊居卑，又况骨相屯蹇，无载福之器；性情狷介，无逢时之术。"② 此种参透人生的通

* 汪春泓，香港岭南大学教授。

① 吴汝纶著，施培毅、徐寿凯校点：《吴汝纶全集》第三册，黄山书社2002年版，第108页。

② 《吴汝纶全集》第三册，第22页。

达观念亦令吴氏善于静观世态，且处变不惊，见解深得大之中道，显示出客观公允之人格特质。因此，作为晚清之俊杰，吴氏在各个方面，均值得今人重新审视和研究。

一、吴汝纶的《诗经》学研究

作为晚清学者，吴汝纶受清代考据学影响，四部兼治，尤重经学，关于《易》《尚书》学等，用力尤勤，成就巨大。吴汝纶总结自己成就，其《与王子翔》云："拙作古文，千万不可付刻。古文最难成，我所作甚少，皆凡下无卓立者。刻本必能自成一家方可传后，若为有识所弃，则所谓播其恶于众，岂相爱者所宜出此耶！吾说《书》《易》二经，自信过于诗文，以说经易而文字难也。然冀州人欲为我刻《尚书故》，我尚坚辞不敢问世。岂敢遽刻拙文，以贻讥后贤！惠卿必欲为此，非我徒也。其代抄拙文，应令小儿留之，不复寄还。我一生未能大彻大悟，方深自愧恨，岂可益我惭耻。吾祖、父皆积学，所著诗文，皆未刻以行世，我亦不敢谋刻，但写藏家塾，留示子孙可耳。文章若能传后，此莫大之荣，吾一生无望，尚望后世子孙，有能继志专精，真能与于文家，则吾不虚此生，否则死即速朽，凭吾著作不足久留世间也。此事得失自知，岂他人所能代谋，幸为我力阻惠卿，勿为我献丑，使我魂魄不安，至要至要！"[①]可见其人之谦逊自抑，如《论语・述而》曰："子曰：'述而不作，信而好古，窃比于我老彭。'"真正有意义的诗文之作，亦谈何容易！唯有说《书》《易》二经，吴氏尚较为自信。实际上，关于《五经》，吴氏都有深入的研究，当诗被视作一种文体，在中国古代，它源出乎《诗》，《诗》学不出广义诗学的范围，所以，要考察吴氏之诗学，关注吴氏之《诗》学，亦属题中应有之义[②]。

吴氏《诗序论一》云："汉初言《诗》者四家，师异指殊，转相传授。而故训之兴，则自韩婴、辕固生、申公、毛公始。先是师弟相承，虽未著于文字，然一诗必有一诗之义，其为某事、言某人，亦必明揭其指以相示，使后之为故训者皆得据以为说，则所谓序者是也。齐、鲁、韩三家皆有序，今惟《韩诗》之序，散见于《后汉书》注、《文选》注诸书，齐、鲁无传。先儒谓刘向习《鲁诗》，《新序》《烈女传》所引蔡人妻作《芣苢》、周南大夫妻作《汝坟》等说，实本鲁序，则《齐诗》有序，又可例推。郑浃漈以三

① 《吴汝纶全集》第三册，第 249 页。

② 曾国藩著《古文四象》之《少阴情韵》之属选取《诗经》八十篇，可见曾国藩视《诗经》在广义古文范畴之内，中国书店 2010 年版。

家惟韩有序者非也。

唯毛《序》之作，或以为子夏，或以为孔子，或以为国史之旧，而皆无明文可考。愚谓毛《序》若信孔子及国史之旧，则故与经并传，三家《诗》岂有不承于孔子者，何至纷纷异解？且彼以为国史者，谓非国史无以知美刺之实也。然则韩《序》'《关雎》刺事也，《芣苢》伤夫有恶疾也，《黍离》伯封作'云云，彼何以知之？鲁《序》又国史作耶？此说不可通者也。以为孔子作者，谓《序》似《易·系辞》也，不知《易》之有《系辞》，唯信其出于孔子，故汉初传《易》者分门裂户，不闻于《系辞》有异也。今《毛诗》之《序》，其毛氏一家之说耶？抑亦四家之说无有异焉者耶？此又说之不可通者也。至以为子夏作者，其说始于《隋志》，然按《隋志》亦弟谓'先儒相承'云云尔，无确实可凭之说也。韩昌黎首疑之，谓汉之学者欲显其传，因藉之子夏。其说盖近是。后之儒者虽极尊信《小序》，皆不能明证为子夏作也。考《唐·艺文志》谓'《韩诗》卜商序'，晁说之亦云'说《韩诗》者谓其《序》子夏作'。盖《诗》之教传于子夏，三家皆承其学，故当时经师作序皆争托焉，以溯其渊源所自，不独一《毛诗》然也。然则《序》也者，汉初传《诗》之说，其非真出于子夏抑又明矣。"此与清儒关于齐、鲁、韩《诗》之教传自子夏，大致相近。

吴氏接着说："《后汉书》又以毛《序》作于卫宏，论者谓《序》首一语为古序，以下申说为宏所续。考韩、鲁《序》皆止一语，毛不应独异。盖古序者，即毛公以前师弟相承之大指，而《毛传》据以为说者也。续序若赘疣，文气不相承属，即有事迹备见于《左传》《国语》《仪礼》《孟子》诸书而续序能详其说者，亦皆不如古序之隐括，甚且有与古序抵牾不合者。以为卫宏所作，盖确然无疑。然古序既本师传，初非有未终之义、未竟之文待后人之补缀，宏乃擅以己意掺入，如出一人之手，不应淆乱古书若此。余尝推求其故，盖毛公传《诗》，注经不注序，宏因援据师说，参以己见，以为序注而附于各序之下，其后误入序文，则转写讹耳。玩其词意，类皆训明序旨，其于古序下，时以'言'字承之，明为释序之文。而《野有死麕》之序，孔氏谓'本或以"天下大乱"以下为注'，《桓》之续序云'桓志武也'。至郑康成又从而为之注，而卫宏之注，盖已与序混而为一。范蔚宗不知其本实序注，遂谓宏作《毛诗序》，此后儒疑议所由起也。续序谬误，不可枚举，序意多为之晦，今还为序注之旧，而古序复见真面矣。至朱子所云'首句已不得《诗》意而肆为妄说'者，则汉初传《诗》之误，不得以此疑古序亦出后人也。"[①]此考证非常翔实，首先辨析三家《诗》之序与孔子、国史之旧

① 《吴汝纶全集》第三册，第 342 页。

及子夏之间可能存在的关系，认为三家说《诗》，实际上是当时经师作序皆争托于子夏，而非真出于子夏。此论颇有见地者，指出《后汉书》记述毛《序》作于卫宏，此属误解，是将卫宏“援据师说，参以己见”，本为序作注，而附于各序之下，其后转抄，导致注文混入序文，至郑玄又为之作注，已不明卫宏之注和原序已经混然为一了，以致范晔遂谓卫宏作《毛诗序》云云。汉代以来，关乎《诗序》，聚讼不已，在此公案史上，吴氏此论当引起研究者的注意。

吴氏《诗序论二》指《毛诗》之序，本自为一编，他推测：“然则序在篇首，既非毛氏所分，则分之当自谁始？曰孔氏云就经为注，始于后汉，则引经附传，当亦始于后汉，但不必自马融始耳。然则此序之分，亦在后汉之世，其卫宏之徒欤？”①此说亦颇有识见。

吴氏十分推崇欧阳修的《诗经》学，其《录欧阳公诗本义跋》评曰：“独欧阳公以文章大师，平议笺传，所为《诗本义》指摘毛郑谬误，如凿精米而扬糠秕，一以古人属辞之法为准，虽时有泥于序说或疏于古训未尽宜当者，要不过什一二而已。”②

吴氏《答廉惠卿》曰：“顾氏《毛诗订诂》自是佳著，独其间时时杂用俚俗语，亦是一失，此王荆公所云：‘言之渊懿，而释以浅陋’者也。我朝诸儒，往往如此，亦不独顾氏然也。萧敬甫校刊刘选《历代诗》，闻其遍考善本专集，又无他人相助，以此不能克期竣事。”③关于清代顾栋高撰《毛诗订诂》，吴氏既表彰此作为佳著，又指出此书所存在的瑕疵，而且，对友人萧敬甫校勘刘选《历代诗》，亦表示关注。

二、吴汝纶关于历代诗歌写作、诗人成就之评论

作为桐城派大家，吴汝纶论诗，虽然是其文章学事业中并不突出的部分，然而，由于受其论文惯性之影响，显然与桐城派所谓“义法”思维存在着难解之缘。桐城“义法”探索古文写作的奥秘，既重视“言有物”“言有序”之古文经纬，而且，自桐城三祖，以至曾国藩、吴汝纶、张裕钊等，承传有序地探寻古文风格、体貌诸问题。总之，此派要解决古文写作诸多疑惑，并上升到古文写作规律之摸索，想对历代古文成就作彻底性的总结，在曾、吴身上，体现了此种包孕古今的学术气魄。而诗学也处于其总体文章学范畴之内，像姚鼐等，在诗歌写作及诗歌理论方面，建树颇丰，古

① 《吴汝纶全集》第三册，第345页。
② 《吴汝纶全集》第一册，第366页。
③ 《吴汝纶全集》第三册，第137页。

代文章大家一般诗文兼擅，此种“诗文评”传统影响深远，以至桐城后期之曾、吴也同样涉猎诗学，并提出了其独到的见解。

桐城派前辈中，诗学理论建树卓越者，当推方东树。吴氏《答方存之》说：“植翁《昭昧詹言》尚拟校勘开雕否？此书启发后学，不在归评《史记》下，或乃谓示人以陋，此大言欺人耳。陋不陋，在学问深浅。学浅，虽诹经考史，谈道论性，未尝不陋；学深，虽评骘文字，记注琐语，亦自可贵。故鄙论尝谓植翁此书，实其平生极佳之作，视《大意尊闻》《汉学商兑》为过之，幸存鄙言。不具。”[①]指《昭昧詹言》为方东树平生第一大著作，此种意见颇为公允，实际上，吴氏论诗，与其说受《昭昧詹言》影响，还不如认为方东树的论诗门径，所体现扎实的考据工夫，分析精到，识见深湛，在论诗之方法论上，吴氏与之相近，所以对此深表赞赏。

吴氏《桐城吴先生日记》曰：“借方植之《昭昧詹言》，读王、姚所选古今体诗，摘其精当者抄入卷中，俾余弟得其眉目。其读玉溪七律不甚精，然途径甚正，既读竟，复摘其精论数则如左。章法：须一气贯注，开合动荡，忌率漫复乱。句法：须先学坚峻用力，进以雄奇杰特，典贵警拔；须奇警、华妙、典贵、高亮，忌砌凑、软弱，忌巧。主意：一题有一题本意本事，须交待分明，忌影响流移；总挈、倒找、横截、补点、离合、错综，忌正说、实说、平叙挨讲、呆滞、钝、死；一题数首，每首又各有主句，寻绎分明，然后乃见用意、用法、行文变化之妙。起法：震川论《史记》，起势来得勇猛者圈，杜公多有之。转法：换笔换势，大开大阖，寻常五六多作转势，不如仍挺起作扬势更佳。结法：别出一层，补完题蕴，须有不尽远想；要出场。用意：须高深沉着，忌佻浅凡近。用字：须典核，忌熟旧、生僻。隶事：以苏、黄为极则，韩公翻用，亦一秘巧，忌编事。音节：调高则响，大约即在所用之字平仄阴阳上，用一仄声，而上、去、入音响全别。运思：出之勿易，韩公‘艰穷怪变得，往往造平淡’；取境之时，须至艰至险，始见奇句。学古：七律宜先从李义山、黄山谷入门，又忌挦撦饤饾，成西昆派。”[②]此为一篇关于诗歌作法的日记，可能为论诗高妙者讥作兔园册子[③]。然而，吴氏身为桐城派巨擘，且接受方东树诗学之影响，讲究作诗之具体方法，化玄虚为质朴，具备较高的实用价值。如上引述者，譬如谈章法、句法、用典、主意、起转结法以及用意、用字、隶事、音节、运思、取境、学古等关节点，参熟之后，实有便于上手

---

① 《吴汝纶全集》第三册，第 20 页。

② 吴汝纶著，宋开玉整理：《桐城吴先生日记》(上、下)，河北教育出版社 1999 年版，第 815 页。

③ 王夫之《姜斋诗话》卷二曰：“起承转收，一法也。试取初盛唐律验之，谁必株守此法者？”舒芜校点，人民文学出版社 1961 年版，第 151 页。

作诗。而且，吴氏也不受诗家宗唐、宗宋之争的影响，泯灭畛域，惟善是从。

吴氏《日记》卷第四《文艺》云："夜与张廉卿久谈为文之法。廉卿最爱古人淡远处。其谓'气脉即主意贯注处'，言最切当。又谓'为文大要四事，意、格、辞、气而已'。

与张廉卿、方存翁夜话，畅言文章，兼及经史。

曾相论文八字：'雄、直、怪、丽、质、淡、茹、远。'

晨起作七律二首，虽仓促应酬，而功力实浅，意境平庸，可愧也。

读王文公诗数首，无所得，略窥其峭悍之致，兀傲之抱而已。

校阅《史记》毕。熙甫圈识《史记》，极能开后人读书法门，余得数本校之，虽转相传写，不无脱误，而大致颇为精善。

至凤池书院，与廉卿留连竟日，畅论文字。"①

此节日记体现吴氏和挚友张裕钊之间论文谈诗之雅，张氏"最爱古人淡雅处"，此乃桐城"义法"所不能到处，也折射张氏竭力超越本派之局囿，论文较重形而上者；而吴氏则依然要化无为有，引述曾国藩"论文八字"，文章若能呈现此八字之风格、趣味，则自有佳处；而读归有光圈识之《史记》，亦着眼于其"极能开后人读书法门"之价值，观吴氏此种意识，不能不窥见此与其人西学学养之渊源。吴汝纶《日记》卷第八《西学上》，涉及法国"实物之学"②，吴汝纶《与萧敬甫》说："昨见贵局刻《西医大成》最为奇制，程曦之一序，十得八九。曦之近日何如？渠与贵局赵君元益相善，赵君长于译书，兼通化学，曦之能怂恿赵君，邀能化学者，将《伤寒金匮》中药品，一一化分，考其质性，则为功于中土甚大。"吴氏懂得化学元素分析之概念③缘于接受科学知识，吴氏一生鄙夷中医，其《答萧敬甫》说："今西医盛行，理精凿而法简捷，自非劳瘵痼疾，决无延久不瘥之事。而朋好间，至今仍多坚信中国含混医术，安其所习，毁所不见。宁为中医所误，不肯一试西医，殊可悼叹。"④中国传统诗学似可归于"含混诗学"之类，往往以己昏昏使人昭昭，而西医之优长则有理有法，可见西学之善于明其所以然，必然影响到吴氏之诗文评观念。上述日记还叙述自己作七律二首，在功力和意境之两端，均不能满意，而读王安石诗，则体悟到王文公峭悍兀傲之风格特征。

上述《日记》又云："在金陵留七日，读廉卿近著文字，视前益奇。留凤池书院，

① 《吴汝纶全集》第四册，第 288 页。
② 《吴汝纶全集》第四册，第 533 页。
③ 《吴汝纶全集》第三册，第 52 页。
④ 《吴汝纶全集》第三册，第 54 页。

与之盘桓连日，临别尚依依也。

近读《瀛奎律髓》，知文字佳恶，全于骨气辨之。作家必沉雄，其未至者率浮弱。因识曾文正所称‘当者立碎’之意。

曹子建谓‘刘季绪才不逮于作者，而好诋诃文章，掎摭利病’，其言最足警人。季绪有诗赋颂六篇，见纪于挚虞《文章志》，今不传，不知其何如，虽为子建所轻，未必不贤于今世文士。若著述并无可纪，而徒能诋诃，是又季绪所不齿矣。可不戒哉！

久不作诗，偶作诗殊不成章，《和姚》与《答程》相去未久，而‘兄弟’一联与‘徂岁’一联便自同调，而不自知，殊可笑也。

……

抄五言诗，自汉魏讫于李、杜、韩、柳，备于阮亭，视曾公断以九家者亦稍广，而为诗殊约，恐有遗美，则识力故未至也，要亦自适吾好而已。”

此节日记记述吴氏读《瀛奎律髓》，悟到作诗文字之好坏，端在乎“骨气”之强弱，依此可以辨别，这也与曾国藩所称“当者立碎”相通；至于刘季绪似为曹植轻诋者，但是，吴氏根据挚虞《文章流别志》记载，此人有诗赋颂六篇，吴氏认为刘季绪自非一无是处者，告诫今人若无作品，只会酷评他者文字，然则刘季绪不如也；吴氏抄五言诗，自汉魏以至李、杜、韩、柳，对照吴氏《诒甫生子喜而有作》曰：“家有万卷书，祖父之所遗。六籍逮诸子，文字足娱嬉。盛汉两司马，刘扬班踵随。中间曹阮陶，骚雅亦未亏。唐世盛文章，开元元和时，惟李杜韩柳，前空后难追。欧王苏黄元，明代惟一归。吾县方与姚，国朝所宗师，此人皆千载，至精有留遗。学者如牛毛，成比麟角稀。汝伯所师友，曾张多文辞。惜哉冉求画，垂老无能为！”[①]在《诗》《骚》传统之下，此诗关于诗歌，推崇魏晋之曹植、阮籍和陶潜，而唐代则唯李杜、韩柳马首是瞻，两者完全契合，体现吴氏的诗歌史观念之建立，很大程度上与推重唐宋八大家文相重叠，是从古文承传谱系，来梳理诗歌发展史，而重韩柳之五言诗，则更与其古文家的身份不可谓之无涉[②]。

上述日记还述及：“《唐诗鼓吹》，元遗山所选。遗山友人贾之谦有《读唐诗鼓吹》七律一首。后人因遗山集中未尝言及此书，郝经所为墓志及《元史》本传亦皆不及，疑非遗山所选。杨升庵又以是书中阑入胡宿，决其非遗山之书。余考其卷首柳

① 《吴汝纶全集》第一册，第 423 页。

② 上述日记写到：“读韩文数首，如故人久别乍见也。”吴氏特别敬重韩愈文章家的地位。吴氏《范荫堂先生寿序》曰：“惟其文章，天之缄机。文王既没，畀之圣丘，孟公熊熊，屈愤庄恢，马扬代兴，籥云拂霓，太史将圣，嗣者退之，旁逮甫白，风骚之遗，后有述作，瞠乎莫追。”（《吴汝纶全集》第一册，第 54 页。）

子厚诗中即杂有刘梦得再授连州之作，不仅胡武平杂入唐诗为可疑。但此等乃后人窜乱，非必元书本然。观郝天挺于诸诗人各立小传，独胡宿无有，知郝作注时尚无胡诗阑入也。遗山题《中州集后》绝句云：'陶谢风流到《百家》，半山老眼净无花。'此选大率亦以《百家》为蓝本。又所选诗多慷慨激昂豪迈沉着之篇，与遗山所为诗同条共贯。以此推之，其为遗山所选，决非妄托，况有赵孟俯、武乙昌、姚端父诸人为序，岂得尽目为伪撰哉！其诗初盖分类，大约柳子厚至韩致光五人为一类，王右丞至陆鲁望六人为一类，包佶至杜荀鹤十五人为一类，崔颢至罗邺十七人为一类，钱起至姚鹄七人为一类，杜牧之、高骈二人为一类，王初至吴子华五人为一类，李义山、温飞卿为一类，刘长卿至郑准七人为一类，章八元至李山甫五人为一类，武元衡至李远三人为一类，权德舆至卢弼三人为一类，独孤及、苏广文中附胡宿为一类，王建至司空图三人为一类，袁不约至胡曾为一类，王表至徐铉为一类；凡为类十有六，今不知其所以分类之故，以温李考之，盖犹可窥见涯略。李颀与崔颢为类，而不附于右丞，则识过李于麟远矣。遗山《论诗绝句》以柳州为发源谢客，此选以柳为首，固无足怪，至刘梦得则论诗绝句'刘郎亦是人间客'，殆不甚推服；而此选以继柳后者，昔人论刘为豪放，其体为东坡七律所自出，固不得轻议之也。

陈惟庚兄弟以郑子尹诗文及《经说》见惠。张廉卿谓子尹七言古诗为国朝第一家，吾以未见为憾，今获读之，甚喜。

抄七言古诗，起汉武帝《秋风词》，以阮亭选周秦诸诗多出传记难信，诗亦未工；李杜前名作殊少，独鲍诗惊矫；苏黄前欧王卓然成宗；元白亦别成一队，亦依阮亭不入选，恐学之人滑易也。下至虞伯生而止。"

此节日记则于诗学大有发明，前边大段文字考证了元遗山选《唐诗鼓吹》之事实，此若置于《四库全书总目提要》，亦属上乘的考订文字，指出遗山选《唐诗鼓吹》，确有其事，后出种种诸如杨慎等疑此书非遗山所选之议论，皆由于所见盖经后人之改动，已非遗山《唐诗鼓吹》之原貌矣。吴氏进一步判断元遗山选诗之旨趣，其书将数人归为一类，吴氏分析其合理性，"今不知其所以分类之故"，亦表疑惑，不强作解人，惟以为苏轼之七律实出自刘禹锡，亦属别具只眼也，足见吴氏学术之"实事求是"已经融入现代科学之元素和方法。此日记还提及陈惟庚送来郑子尹作品，张裕钊推许郑氏七言古诗为当代第一家，吴氏读后也表甚喜；而抄七言古诗，起汉武帝《秋风词》，吴氏以其学者思维来观察，认为周秦一些诗篇作者存疑，诗作亦不成熟，以李杜划界，此前并无多少名作，此与好古者所持诗歌亦代不如前的观点相左。而于六朝，吴氏唯独褒扬鲍照诗风"惊矫"，在苏轼、黄庭坚之前，欧阳修和王安石获得吴氏“卓然成宗”的表彰；而元稹、白居易一路七言古诗实不可轻忽，王士祯从神韵趣味出发，竟不采其作品入《古诗选》，恐会误导后学者落入“滑易”之歧途，吴氏也有所会心。吴汝纶批梁代吴均诗曰：“叔庠诗过徐陵远甚！”[①]认为徐陵诗远不及吴均，透露他对沾染浮艳风气的诗歌绝无好感；《跋所书柳子厚诗》云：“柳州五言佳处在长篇，世徒赏其短章，以配韦苏州，未为知言。又称柳多以五言，不知其七言古诗，清深高迈，足与韩公相敌如此。惜其所作殊少，不足衣被后世耳。”[②]排比上述诗论，吴氏称赞鲍照、李杜、韩柳、欧王、元白等，可见吴氏诗学有置内容情感于形式技巧之上、重儒家敦实精神胜于释道飘忽神韵之特点，此中潜藏着“言有物”“言有序”的桐城派文论基因，也透露出游于曾、李幕府的吴氏的淑世情怀[③]。

南朝齐代已有“永明声律论”的重要讨论，催生了近体诗的萌芽、成熟，在中国诗歌史上占据着里程碑的地位。而曾国藩师徒继续探讨文字声音之道，实与曾氏及门下研究文章风格、体貌紧密相关，他们发现在文字、章句声音之中包含着相对应的情感、风格，声音实乃文章之关键。故而，吴氏上述日记又曰：“曾公《日记》云：‘余昔年钞古文，分气势、识度、情韵、趣味为四属，拟再钞古近体诗亦为四属，而别增一机神之属’云云。所钞古文即‘四象’也。黎莼斋为编年谱，不知此书。余藏其文目，惟《庄子》多节钞，未载其起止。今遍求元书而不能得。曾公古文之学，今真《广陵散》矣。古近体诗后未成书，惟五古尝用四类标记，则气势、识度、情韵、工律，而无机神一类，盖仍用‘四象’也。”曾国藩之绝学蕴藏于《古文四象》概念之中，所指四象乃太阳、太阴、少阴、少阳之谓也，此构成文章的体貌、风格及神气，而最终决定文章阴阳归属者，却归诸声音之道也[④]。

所以，张裕钊《书札》有云：“挚甫仁兄大人阁下：……裕钊近看惜抱文集及《古文辞类纂》，似姚氏于声音之道，尚未能究极其妙。昔朱子谓韩退之用尽一生精力，全在声响上着功夫。匪独退之，自六经、诸子、《史》《汉》，以至唐、宋诸大家，无不皆

---

① 《汉魏百三家集》吴汝纶批点本，浙江人民出版社 1985 年影印本。

② 《吴汝纶全集》第一册，第 306 页。

③ 吴氏《答王子翔》曰：“豪杰之士，安于时命，不忧贫贱，但一志力学。学有三要：学为立身，学为世用，学为文词。三者不能兼养，则非通才。非奉教贤哲，刻苦求进，不易成也。吾所望于甥者如是，若乃以姑息相爱，非所能也。”（《吴汝纶全集》第三册，第 106 页）此亦反映吴氏一生志趣。

④ 吴氏《记古文四象后》云：“自吾乡姚姬传氏以阴阳论文，至公而言益奇，剖析益精，于是有‘四象’之说。又于四类中各析为二类，则由四而八焉。盖文之变，不可穷也如是。至乃聚二千年之作，一一称量而审定之，以为某篇属太阳，某篇属少阴，此则前古无有，真天下瑰伟大观也。顾非老于文事者骤闻其语，未尝不相与惊惑。文之精微，父不能喻之子，兄不能喻之弟，但以俟知者知耳。此扬雄氏所以有待于后世之子云也。”（《吴汝纶全集》第一册，第 301 页）足见吴氏对曾国藩此书无比推崇。

然。近惟我文正师深识此秘耳。”[①]所谓深识此秘，揭示曾国藩编撰《古文四象》，乃从声音入手也；再对照吴氏《答张廉卿》曰：“承示姚氏于文未能究极声音之道。弟于此事，更未悟入。往时文正公言：‘古人文皆可诵，近世作者，如方、姚之徒，可谓能矣，顾诵之而不能成声。’盖与执事之说，若符契之合。近肯堂为一文，发明声音之故，推本《韶》《夏》，而究极言之，特为奇妙。窃尝以意求之，才无论刚柔，苟其气之既昌，则所为抗队、诎折、断续、敛侈、缓急、长短、伸缩、抑扬、顿挫之节，一皆循乎机势之自然，非必有意于其间，而故无之而不合；其不合者，必其气之未充者也，执事以为然乎？”[②]据此可知，以桐城先贤“声音之道”有欠发明，张、吴所论述，乃由曾国藩发其端者，曾国藩、张裕钊及范伯子竭力要补方、姚之未逮，以探寻文字声音之规律，而吴汝纶则与之见解略有差异，按韩愈《答李翊书》云：“气，水也；言，浮物也。水大而物之浮者大小毕浮，气之与言犹是也，气盛则言之短长与声之高下者皆宜。”[③]在师友影响下，吴氏虽然也意识到姚、方作文声音之不足，也思考文章写作中“声音”运用之规律，但是，还是认同韩愈气盛言宜之观点，认为气包含了声音种种之变化，并与锺嵘《诗品》、刘勰《文心雕龙·声律》篇之主旨相近，认为“气之既昌”，则声律自然调谐。然而，曾国藩及其门下对文字声律作深刻的探索，确实把握了中国语文之核心问题，而关于文字训诂实践，乾嘉以来学者肯定声训一途，以及倾力于诗歌写作，诗人无不琢磨四声和谐之妙趣，曾文正与门下博综精华，为研究古文指出了精微、深湛的路向，而此种戮力的成果无疑也关乎中国诗学。

吴汝纶谈论桐城前辈之诗歌造诣，由于对桐城三祖，他一生服膺姚鼐，因此，比较姚鼐、刘大櫆两家，也径分轩轾。吴氏《与萧敬甫》曰：“窃谓姚公所诣，过刘甚远。故姚七言律诗，曾文正定为国朝第一家，其七古曾以为才气稍弱，然其雅洁奥衍，自是功深养到。刘虽才若豪横，要时时有客气，亦间涉俗气，非姚敌也。”[④]认为姚远在刘之上，此堪谓的论也。

三、吴汝纶关于当代诗人成就之评价

吴汝纶曾经沧海，阅人甚多，世俗之村夫子气已然摒弃，其《答黎莼斋》中说：“今得全集，则佳篇至多，其体势博大，动中自然，在曾门中，已能自树一帜，非廉卿

① 张裕钊著，王达敏校点：《张裕钊文集》附录一，上海古籍出版社 2007 年版，第 476 页。
② 《吴汝纶全集》第三册，第 35 页。
③ 韩愈著，马其昶校注，马茂元整理：《韩昌黎文集校注》，上海古籍出版社 1986 年版，第 169 页。
④ 《吴汝纶全集》第三册，第 258 页。

所能掩蔽……曾、张深于文事，而耳目不逮；郭、薛长于议论，经涉殊域矣，而颇杂公牍、笔记体裁，无笃雅可诵之作；余子纷纷，愈不足数：此数百年不朽之大业也。”[①]据此可见，能入吴氏法眼者，屈指可数，其眼界之高，当世盖罕有其匹。严复是吴氏真心折服之人，其《答严幼陵》说：“前接惠书，文艺至高……独执事博涉兼能，文章学问，奄有东西数万里之长，子云笔札之功，充国四夷之学，美具难并，钟于一手，求之往古，殆邈焉罕俦……而屈贾诸公不得志之文，虞卿、魏公子伤心之事，举不得援以自证，尚望俯纳刍荛，珍重自爱，以副见慕之徒之所仰期，幸甚幸甚！”[②]然而，当时这样的人物毕竟属凤毛麟角，可遇而不可求！此令在判断当代诗人时，吴氏亦不同凡俗，虽知人论世，却限制了他对同代诗人的纯诗学评论，非就诗论诗，而是在诗学本体中，尚掺杂着时务人品等因素。吴氏《马佳公梦莲诗存序(宝琳)》指出：“其诗不为浮靡丽艳，读之恳恳乎忠孝人也。蕴积厚则传嬗也远，宜公后之多贤哉！”[③]此种诗歌审美观念实与其大儒的学养身份相一致，重乎诗作内在之质朴厚实，鄙夷语词之绮靡浮夸。

吴氏《答姚叔节》谈及：“中倭兵衅既开，颇难收拾。来书谓事势之坏，由才杰不谈洋务，谈者皆势利小人，临事张惶，一无足恃，诚为卓论。鄙意：不谈者，未必才杰；谈者，亦不尽小人。从古士大夫，持论有清浊二流，泥古者多介，识时者多通。介者，未必果贤；通者，未必果不肖。要其议既不同，遂至彼此冰炭耳。至谓当局好疏正人、亲憸士，目前西学未兴，人才不出，正人、憸士，同归于无用，是可叹也！”[④]在吴氏眼里，若未能涉猎西学，则尽属无用之人，晚清士人清流议论未必得吴氏之认同，而当时诗人多出自清流清谈，吴氏对此辈并不以为然。譬如在当时诗坛声誉甚隆的陈三立(字伯严，号散原)，其诗就几乎未曾得到吴氏的赞许。

吴氏《答陈静潭》云：“来示谓：自少好经世大略，无以为养，始刻意于文，实用为深耻，具见志意雄俊。‘文章一小技，于道未为尊’，执事用心似古人矣。至用为深耻，则似矫枉过正。鄙意文患不工耳，诚工矣，则虽将相之尊，旗常之绩，不足以易吾乐。夫何不足而当用为耻乎！来示又谓湘军人才以左文襄为独奇，鄙意亦不谓然。……目前用兵与往昔不同，专以军械新旧分胜负，国家威势，专以所辖海面广狭为强弱。我国士大夫不明洋务，李傅相制购船炮，访求新式枪弹，此本谋国良

① 《吴汝纶全集》第三册，第100页。
② 《吴汝纶全集》第三册，第118页。
③ 《吴汝纶全集》第一册，第192页。
④ 《吴汝纶全集》第三册，第94页。

图,而中朝士大夫交口讥弹,连章参劾,朝廷深入其说,近数年未尝添置一船一炮,以此海军遂无精进之观。倭奴廿年来,切实讲求西人兵法,兵轮多于我,其统领水师将帅,皆深明西学,研究驶船开炮理法,故其水师一出,遂能横行渤海。我军不能海战,纵陆军获胜,犹不足恃也,又况陆军并不能胜哉!”[①]在吴氏心目中,认同“文章乃经国之大业,不朽之盛事”[②],只是文之工否,必须包含作为一个处在全球相连新形势下国民之胸襟和识见,田园山水不谙世事的旧式文人已不复存在!吴氏此书表达了许多真知灼见,慨叹士大夫不明洋务,与世界潮流脱节,李鸿章雄才大略,自曾文正公去世之后,一人而已。他苦撑危局,却横遭掣肘,吴汝纶深为之不平[③]!他已意识到“国家威势,专以所辖海面广狭为强弱”,其思维绝非朝野仅读四部旧书者能望其项背矣。

吴氏《与范肯堂》议论:“海上多事,而吾辈乃从容而议文事,真乾坤腐儒也。大诗谨据所窥测者,记注眉端,以识私叹,未能得其深处。前议《光禄碑》,容迟再奉覆。相国此时军国事重,吾此二文但成稿,俟事小定再献上耳。日本此次争高丽,蓄谋已久,特乘俄人铁路未成时发难;俄路成,则日本无可措手,日本得之,则俄必拱手分地,而吾国大势去矣。高丽不能立国,无愚智皆知之。往年黎莼斋在英时,吾尝寄书莼斋,谓越南、高丽皆当该为内藩,遣督抚治之,否则必为他人所得。黎覆书服吾论为英伟,而亦不敢坚持也。高丽亡久矣,此廿年来赖相公经营保全之,是以弥留不绝,今难以虚声守矣。”[④]他与范肯堂谈论作诗,同时也涉及时政军事,尤其指出“谓越南、高丽皆当该为内藩,遣督抚治之,否则必为他人所得”,真振聋发聩之见也,体现高瞻远瞩的战略思想,吾国当今东海、南海所陷之困局,被吴氏不幸而言中,令人扼腕唏嘘!所以,吴氏并不交好以写诗为生涯之诗人,当得起吴氏诗友之称者,也是吴氏心灵上的契合者,足以谈论肺腑之言,直抒郁积于胸之焦虑。

在明代万历年间,程孟阳是钱谦益最推崇的诗学楷模,谓自己诗学出自程氏,而观程孟阳诗学之堂庑,其实并不到明代一流之层级。与此相类,吴汝纶之与范伯

---

① 《吴汝纶全集》第三册,第 93 页。

② 曹丕:《典论·论文》。

③ 吴氏《答陈右铭》力陈在平壤之败、旅顺与威海失守、海军覆没以及马关被刺等事件中,李相殚精竭虑,愤不欲生的事实。说:“中国不变法,士大夫自守其虚骄之论以为清议,虽才力十倍李相,未必能转弱为强。忠于谋国者,将何以自处!李相之欲变法自强,持之数十年,大声疾呼,无人应和,历年奏牍可复按也。今断国者,持书生之见,采小生妄议,必欲与之为难,使国事败坏至此,反委过于外,不闻有一人议其非者,乃群集矢于李相,而隐托正论以自附于政府,其意殆别有所为,岂大贤而亦为之,必不然矣。鄙见如此,知必不为执事所许,要不妨各尊所闻,各行所知,不必强人同己。”(《吴汝纶全集》第三册,第 104 页)

④ 《吴汝纶全集》第三册,第 91 页。

子，恰如钱牧斋之与程孟阳，当时属莫逆之交的文友，身后则被视作地位悬殊之二者。从评论当代诗人而言，范当世，堪称最得吴氏青睐的晚清诗人。

范当世(1854—1905)，字无错，号肯堂、伯子，与吴汝纶、张裕钊过从甚密，虽亦列名桐城派后学，却主要以诗人身份名重诗坛。吴氏对范氏关怀备至，范氏元配故世，缘于“故剑情多，誓不更娶”，吴氏热心帮助范氏续弦。范氏曾作李鸿章府邸西席，当他与李鸿章公子李季皋产生龃龉之际，吴氏驰书李季皋，从旁缓颊，指“人如肯堂，似不宜遗弃也”①，他还建议范和李季皋一起撰修《李鸿章年谱》。从中可以见到吴氏对范氏怀有满腔热忱，爱才之心溢于言表。吴氏《与姚慕庭》说：“今海内文笔，如范肯堂者，某实罕见其对……今范氏昆弟，文采奕奕，其老翁亦隐德君子，其可议者，但坐一贫字耳。”②吴氏《答姚叔节》云：“当今文学无出肯堂右者，其穷固其所也。”③对于范伯子文坛地位的肯定，吴氏几乎斩钉截铁，毫无犹豫。吴氏《答范肯堂》说：“大诗纯乎大家，此数诗尤极纵恣挥斥之致。文二首，风味翛然，盖养到之候至，陈义皆有为而发，读来示并《寄秋门书》，知将北渡，复托辞以归，鄙意殊不谓然。执事去年南归，其时后事不可知，盖受人托孤重寄，去就不宜太轻。若缘世人讥讪，则流言止于智者。虽在近亲密友，尊闻行知，各有所守，不必同也。且与人交分，岂但当群疑众谤之际，随波逐流，掉头径去哉！吾谓台从，仍以北来为是，非徒吾二人欢聚有私快也。沿海筑堤办团，以为御倭妙策，此种儿戏举动，吾国仰为祥麟威凤；他国三尺之童闻之，未有不喷饭者。削国殃民，至于此极，而朝野议论，颠倒眩瞀，愈昏谬则愈得民誉，天下安得有是非！吾辈会观其通，俗所是者殆未必是，俗所非者殆未必非，则亦何必断断于其间哉！导岷竟已作古，廉卿后人，何以如此，此真令人憾愤！秋门欲以百金赙之，君家兄弟，真能轻财，吾所万不能逮也。吾子姓似三桓子孙，而君家诸季鼎盛如此，霍氏世衰，张氏兴矣！”④尽为师友之间推心置腹之叙谈，字里行间，真情表露，叮咛化解，温厚之至。《答杨蓉初》云：“执友范无错名当世者，海内作手，未见匹俦。”⑤对于范氏的诗人才情，吴氏赞美以至无以复加。吴氏《答范肯堂》赞曰：“大诗所诣益高，赋品当在鲍、江之间，此乃追还古风，非时俗所有。吾读竟，不以为君喜，乃反怨恨，既叹老颓，又深惜执事诗赋益奇，益

---

① 《答李季皋》，《吴汝纶全集》第三册，第128页。
② 《吴汝纶全集》第三册，第50页。
③ 《吴汝纶全集》第三册，第138页。
④ 《吴汝纶全集》第三册，第102页。
⑤ 《吴汝纶全集》第三册，第29页。

复无人知者，奈何奈何！”[①]指范氏赋品当在鲍照和江淹之间。吴氏《与范肯堂》感慨：“昨承惠书，深喜文字间有辅仁之友，犹还冀州时旧观，此吾徒之至乐也。拙文疵累，曾不自知，其诗辞平列四事，蹇滞可笑，执事所教皆是。”[②]在吴氏眼里，范伯子是自己文字上的畏友，相互间颇得切磋之乐。吴氏《前韵和范肯堂》曰：“有夫白皙又甚口，世才一石君八斗，谪仙雄笔乞与君，问君久假何当还？”“遗我新诗十七纸，使我置身开宝间。元凯论才霄汉上，草茅珍怪知谁赏。”[③]吴氏竟然视范氏为当代谪仙，其诗作具有盛唐气概，此应属范氏一生所得最高的评语！

吴氏《与范仲林》述及：“去年和诗，勉强学步，尊函中乃复谬如赏爱，执事岂欲使弟闻而自壮乎！不然，则仲林好妄，叹不如曹子建远矣。令兄又示陈伯严所著文，见伯严自跋云‘欲附于不立宗派家数’。吾告肯堂曰：此殆以曾文正自命者也，伯严闻此以为有当乎？近作想又成帙，吾辈早成没字碑，看公等文书传道，并不自愧恨，但微妒耳！”[④]对于自己的诗作，吴氏怀有十分清醒的认识，显得谦虚低调，可见其人对于诗歌写作，一生怀有深深的敬畏之意。

吴氏《答许仙屏河帅》云：“刘才父所选诗，已在上海锓板。选本专以圈点启发后人；所恶于圈点者，村学俗儒之为耳；若乃名家评点，政当奉为典则，乌可去哉！才父读书，尤以圈点擅长，敬遵来教，并评点刻之，不遗一字。《王节妇诗》真传作，公之表彰节义，不遗余憾矣。”[⑤]并观《答廉惠卿》说：“往时金陵刻姚氏《今体诗钞》，削去圈点，亦张啸山、唐端甫诸人之过也。古书刻圈点，诚不免陋，若昔人论说文字之书，奈何亦去圈点乎！今尊刻虽附果亲王本圈点，然《举要》又自不同，且其评语亦自着圈点，不如仍之之为愈也。”[⑥]选诗付梓时，如何对待圈点，吴氏态度审慎，认为名家评点，实能授人以学习的方便，譬如刘才父精于圈点，因而，吴氏主张在刻书时，宜于全部保留其圈点，不可删除。这也与吴氏探究可掌握的作诗之道的观念是相吻合的。

吴汝纶是晚清政坛、文坛和学界具有标杆意义的人物，其身后传世的历史文化遗产非常丰厚，可以供今人作多方面的研究，仅就其诗学而言，取一斑而窥全豹，亦可想见其人之风采与人格、学识与涵养，以及其背后那个波澜壮阔的艰难时世，此必将留给后世之人以无尽的启迪。

---

① 《吴汝纶全集》第三册，第 96 页。
② 《吴汝纶全集》第三册，第 64 页。
③ 《吴汝纶全集》第一册，第 429 页。
④ 《吴汝纶全集》第三册，第 71 页。
⑤ 《吴汝纶全集》第三册，第 96 页。
⑥ 《吴汝纶全集》第三册，第 131 页。

论白雨斋之诗学

彭玉平*

一、《骚坛精选录》与陈廷焯失传之《诗话》

在近代词学史上，陈廷焯的词学①带有新旧交替的特征。他致力于编辑选本、撰写词话，传承了"旧"的批评方式；但同时注重理论体系的建构，体现了"新"的著述理念。他改变了以往词话往往思想涣散、缺乏理论核心的情况，以"沉郁顿挫"为理论纲领，在诠释其内涵的基础上，评论历代词人词作，形成了一个以横向理论贯穿纵向历史的理论格局，透示出比较明显的近代气息。

与清代学者多兼治诗学与词学一样，陈廷焯的词学也与诗学有着非常密切的关系。据笔者考索，陈廷焯编辑成的诗选至少有《希声集》和《骚坛精选录》两种，拟编的有《唐诗选》等。《希声集》曾见载于方志中②，但其稿本或刻本至今未被发现。《骚坛精选录》则从未在文献中提起。1989 年 11 月，我在唐圭璋、吴调公二先生的

* 彭玉平，中山大学中文系教授。

① 关于陈廷焯词学的基本情况，请参阅拙文《陈廷焯词学综论》，《中华文史论丛》第 71 辑，上海古籍出版社 2003 年版，第 119—144 页。

② 清光绪十六年《丹徒县志摭余・儒林文苑》和民国十九年《续丹徒县志・文苑》都称陈廷焯编选有《希声诗集》八卷。但陈廷焯在《白雨斋词话》卷十中则称编有"《希声集》六卷"。

介绍下，专程造访了陈廷焯子媳张萃英女史，意外获见诗选《骚坛精选录》。我曾将选本的情况和有关评语抄了数十页纸，部分内容写进了我的硕士学位论文《陈廷焯词学研究》中。但《骚坛精选录》上陈廷焯的批语繁多，当时我尚没有全文摄录的条件，所以只是抄录其中很少的一部分。2006年末，应南京大学张宏生教授之约，我将当年抄录的评语整合为《陈廷焯〈骚坛精选录〉初探》一文，刊发于《文学评论丛刊》2007年第2期。此文曾引起台湾中研院林玫仪先生的关注，在2009年南京大学主持召开的"两岸三地清词学术研讨会"上，林先生也曾向我问询《骚坛精选录》一书的情况。2009年上海古籍出版社约请我"导读"《白雨斋词话》一书，此书出版后，因为导读的第五部分乃专论"陈廷焯词学与诗学之关系"，其中颇多论及《骚坛精选录》的内容，这引起了《骚坛精选录》稿本的持有者、陈廷焯嫡孙陈昌先生的注意。陈先生遂驰书于我，希望我能将《骚坛精选录》一书校点出版，以光耀陈廷焯的诗学。2010年春节，陈昌先生携稿本南下广州，我遂在初见《骚坛精选录》二十多年后，再度获睹此书，并承蒙陈先生慨允我摄录全书。因为稿本已不全，我当时即对陈先生说，全书校点出版可能有难度。我可以将其中批语摘录出来，再汇录陈廷焯其他选本如《云韶集》《词则》和著作如《词坛丛话》《白雨斋词话》中的论诗之语，新编一本《白雨斋诗话》。这一主张得到了陈昌先生的支持。我提出辑录一本《白雨斋诗话》的想法并非完全是因着自己的兴趣，而是陈廷焯似乎确实撰写过一部"诗话"。《云韶集》卷二四评郑燮《贺新郎》(诗法谁为准、经世文章要)说：

> 板桥平日论诗以沉着痛快为最，而以温厚和平者笑其一枝一节为之，不免有小家气，此说近偏，余《诗话》中论之详矣。

《云韶集》编选于1874年，则陈廷焯的这部《诗话》应该在此之前即已完成。但除了在此处述及此《诗话》外，似乎未见其他地方有提及或称引其中内容。现在这部《诗话》已失传，此诗话曾被冠以何名？主要内容如何？现在都难以一窥究竟了。陈廷焯弟子包荣翰说陈廷焯"著作林立"，王耕心也说陈廷焯去世后"遗书委积，多未彻编"。看来陈廷焯著作散失的不仅有未彻编者，也有已成书者。但这部《骚坛精选录》中的大量批语应可视为是其《诗话》的基础，将其批语录出，合诸其他论诗之语以成《白雨斋诗话》一书，应该可以多少弥补陈廷焯原著《诗话》失传的遗憾。新编《白雨斋诗话》以《骚坛精选录》中的批语为"上编"，以出于《云韶集》《词坛丛话》《词则》《白雨斋词话》之诗论为"下编"。鉴于《骚坛精选录》中的批语在本书中的主体意义，前言所论即以此为基石。希望此书能对关注近代诗学特别是陈廷焯诗学者有所帮助。

二、南北朝与盛唐诗史断片

《骚坛精选录》原选情况已难精确描述，我经眼的止有三册，无序跋，残损处颇多，合六朝与盛唐诗选和评论。书心写"陈廷焯一字亦峰丹徒耀先陈世焜评选"。第一册为南北朝诗选，自卷七至卷十一，卷七选宋、齐诗，宋末附歌谣；卷八选齐、梁诗，齐末附歌谣；卷九选梁诗，卷十选梁、陈、北魏、北齐诗，其中梁、北魏、北齐末附歌谣；卷十一选北周、隋诗，隋诗未完。第二册为盛唐诗选，自卷十七至卷二十一，卷十七选王维与孟浩然两家诗，卷十八选储光羲至李白诗，卷十九、二十专选李白诗，卷二十一选李白、杜甫诗。第三册亦为盛唐诗选，自卷二十二至二十七，为杜甫诗专辑，其中卷二十五首页缺，卷二十六末数页缺。以上三册，计存十六卷。残本的具体选录情况是：南朝宋诗 63 首，录鲍照最多，共 39 首；齐诗 39 首，录谢朓最多，共 27 首；梁诗 151 首，江淹、沈约、何逊三家选录较多，分别为 23 首、21 首、20 首；陈诗及北朝诗选录较少，分别是：陈诗 24 首、北魏诗 14 首、北齐诗 14 首、北周诗 32 首。陈廷焯以庾信归北周，录其诗 27 首，故而北周诗在数量上胜于北魏、北齐。隋诗录 38 首，其中杨素诗最多，占 13 首。而残本现存的盛唐诗已达 669 首，又以李、杜两家为最，杜诗 331 首，太白诗 213 首，其次是王维，共 60 首。从残本留存的这些来看，原选很可能是通代诗选，非止二十七卷，册数也当在五册以上。因为现存陈廷焯编选的词选本都是通代选本，而且篇幅巨大，如《云韶集》凡二十六卷，录词 3 434 首；《词则》凡二十四卷，录词 2 360 首。《骚坛精选录》仅选至杜甫即已达二十七卷，其规模当可想见。

现存《骚坛精选录》残本虽无序跋，使我们无法从陈廷焯或与此相关人员的具体文字来直接考察其编选时间、编选目的和编选标准。但从其现存的诗歌选目及其丰富的评论文字，也可窥见其诗学观之一斑。特别是他的一些断代（如齐、隋）诗歌的总评以及对一些重要诗人如谢朓、李白、杜甫等的长篇评论，不仅大致梳理出诗歌发展的历史片段，而且也表现出相当自觉的理论追求。

陈廷焯的诗史观，从现存《骚坛精选录》残本来看，主要体现在对南朝、隋和唐（盛唐）的评论方面。对于南朝诗风，他的总体评价是逊于汉魏两晋，南朝的各个朝代之间，梁、陈又逊于宋、齐。这一观点尽管在严羽《沧浪诗话》和胡应麟《诗薮》中已有提出，但在具体诗史描述中，我们依然可以看出陈廷焯批评视角之特殊和识力之准确。

在宋代诗人中，他颇推许谢灵运、鲍照、颜延之三人，而齐代则对谢朓独致青睐。他在齐诗的总评中说：

> 诗至六朝，世风日薄。萧梁之代，又不若宋、齐。宋所赖者，康乐、明远二公，能令诗风独振，其外更有一颜延之，几欲与谢、鲍并驱，故诗风薄如六朝，而宋则犹能进退于汉魏两晋之间，以其有三人故也。至于齐，则兴起者寥无人焉，几叹天意有所偏也。忽尔元晖一出，文质俱备，陵轹千秋，遂使诸家尽掩，其微妙处能达康乐之所不能达，能穷明远之所不能穷。呜呼！齐所以与宋争锋者，赖有元晖一人而已。（卷七）

对于梁、陈的诗，他认为是愈趋愈下。他对梁武帝的《东飞伯劳歌》尚且有“清词丽句”的好评，而对简文帝时代的诗风，则只有诟责了。他说：“诗风至简文帝，君臣上下惟以艳情为娱，失温柔敦厚之旨，远不及武帝。”这与他在评论阴铿诗歌时提出的“诗教之衰，始于梁、陈”的说法也可以对勘。在对南朝四个朝代诗歌的评论中，陈廷焯评价最低的是陈代。他在陈诗总评中说：“梁、陈之代，风格日卑，陈之视梁，抑又降焉。盖梁诗虽卑弱，犹尚风格，合通篇观之，亦间有高古处。陈诗如阴、徐、江、张之辈，专工琢句，不尚体格，可叹人也。”（卷七）他选陈诗也特严，除阴铿、徐陵作品入选略多，余如周弘正、江总、张正见、何胥、韦鼎、陈昭、沈婺华等，均只有寥寥数首，可见其去取之严格。

北朝诗歌显然在陈廷焯梳理的诗歌史上并不具有重要的地位。他选北魏诗仅选刘昶、常景、温子升、胡叟、胡太后、冯太后、谢氏尼、陈留长公主八人，北齐诗选邢邵、祖珽、高昂、郑公超、颜之推、冯淑妃、崔娘、斛律金八人，每人入选作品都只两三首。北周则主要选庾信、王褒两家，且吝于下语品评。

隋代在中国历史上具有过渡意义，其诗也在南北朝与唐代的转换中起着桥梁的作用。在隋代以前，古体诗渐趋式微；隋代以后，近体诗积成规模，并最终衍变为唐一代之文学的主要体式。隋代介乎其中，故古、近体交汇于此。陈廷焯的隋诗总评就是从这种文体的离合着眼的，他说：“诗至于隋，风气一大转移之机也。盖自此以往，古音愈杳，律体竞作，流于薄弱之渐也。”（卷十一）把隋代作为从“古音”到“律体”的“风气一大转移之机”，从诗史上说，确实是符合实际的。陈廷焯对于隋代诗人，选了隋炀帝、杨素、卢思道、薛道衡、孙万寿等十五人，作品则大多兼有“古音”与

“律体”的嬗变之迹。

从现存选本的规模来看，唐诗大约是陈廷焯的选录重点。据《白雨斋词话》记载，他还一度拟编《唐诗选》，并已粗具纲目。《骚坛精选录》已佚之卷十二至卷十六，当为初唐诗的专册（也可能有少量盛唐诗），现存卷十七至卷二十七两册共十一卷即为盛唐诗的专选，且尚无结束的迹象。按照现存此选南北朝及隋代部分的体例，陈廷焯在唐诗的开篇，应该有一段总评。惜“初唐”一册已佚，我们无法看到这些文字。不过从他对盛唐诗人的品评，我们也可以大致理出在陈廷焯心目中的唐诗史片断。

陈廷焯对于初唐陈子昂的倡导复古，予以高度评价，他在隋诗总评中即认为陈子昂的复古，对于纠正南北朝特别是隋以来的“薄弱”诗风，具有极其强烈的针锋意义。特别是五言古体，“发源于西京，流衍于魏晋，颓靡于梁陈，至唐显庆、龙朔间，不振极矣。陈伯玉力扫俳优，直追曩哲。读《感遇》等章，何啻在黄初间也”[①]。对其五言古诗中内蕴的建安风骨，表示了赞赏，这实际上为后来杜甫的集大成奠定了重要的基础。对于盛唐诗歌，陈廷焯的评论可以大致分为以王维、孟浩然为代表的山水诗派，李白，杜甫三个方面。第二册卷十七、十八为山水诗专选，这两卷集中选录品评了王维、孟浩然、储光羲、邱为、裴迪、万楚、梁献、薛奇童、李嶷、张巡及李白的部分作品，而以山水诗为主要选录对象。

陈廷焯对盛唐山水诗的品评侧重在诗人心境的淡泊、诗中情景的真实和境界的高远与陶渊明诗歌的渊源关系三个方面。他评王维《答裴迪》云：“四语之中，绘出一片苍茫景象。胸中有山水，笔下走云烟。”又引于庆元《唐诗三百首续选·姓氏小传》评孟浩然诗“清闲浅淡中，自有泉流石上，风来松下之音”。评孟浩然《南阳北阻雪》云：“读此一章，而知此老胸中早有遗世之意。”陈廷焯的这些评论虽然所评的诗人和作品不同，但都注意作者个人心境造化的“清闲浅淡”。他评王维的“胸中有山水，笔下走云烟”二语，堪作他这方面立论的基础。

山水诗以山水为题材的基本特色，也在相应的创作中表现出来。陈廷焯要求能在真实的山水中表现出深远的境界和意趣。他评王维《奉和圣制从蓬莱向兴庆阁道中留春雨中春望之作应制》云：“五六语的是一幅名画。”并在“云里帝城双凤阙”一句后批注“仰看”二字，在“雨中春树万人家”一句后批注：“俯看。摩诘诗中有画，信不诬也。”评孟浩然《宿扬子津寄润州长山刘隐士》云：“三四语一片微茫境

---

① 沈德潜：《唐诗别裁集·凡例》卷二十一。

界。"评邱为《登润州城》云:"通首如画,句句是登临境界。"(卷十七)这些评论注意真情与画境,尤其注重境界的"微茫"超远,体现了陈廷焯对山水诗在诗画交融方面的特别关注。

山水诗在中国虽然历史悠久,但只有到了东晋时期的陶渊明,才在诗歌创作中将山水意蕴与人文情怀充分结合起来,这当然与魏晋时期玄学的昌盛及随之而来的"发现自然"有关。自此以后,陶渊明的山水田园诗便成为一种基本的创作范式,而为后来的诗人所规摹效仿。陈廷焯对盛唐山水诗的评论,非常注重其与陶渊明山水田园诗的对比勘察,即可视为是这一历史观念积淀的表现。他评王维的《鹿柴》与陶渊明"采菊东篱下,悠然见南山"诗句"同一化境"。评储光羲《田家杂兴五首》之五云:"储老田家诸诗,清灵中自沉厚,源本陶诗,而得其真至,永宜独有千古",等等,都大致遵循这一批评理路,追溯它们在境界、风格、情感等方面的渊源关系。而且陈廷焯还在同一继承陶渊明这一创作现象下,注意分辨其不同的风格内蕴。如卷十七引于庆元《唐诗三百首续选·姓氏小传》辨别王维、孟浩然诗的同中之异云:"右丞学陶而得其清腴,山人学陶得其闲远,同得渊明之妙。"这实际上把盛唐山水田园诗派的两条创作支流勾勒了出来,其理论意义值得重视。

在唐代诗歌史上,李白和杜甫一向被视为双子星座,辉映今古。陈廷焯选盛唐诗,李白、杜甫入选特多,就体现了他对历史的认同,亦严羽《沧浪诗话》所谓"论诗以李、杜为准,挟天子以令诸侯也"。不过在具体作品的选录和品评上,陈廷焯表现出来的识力也是相当可圈可点的。他首先认为在忠君爱国这一点上,李白与杜甫本心无异,只是具体的表现方式不同。卷十八引于庆元《唐诗三百首续选·姓氏小传》评李白云:"子美每饭不忘君国,太白亦然。特天性不羁,故放浪于诗酒间,其忧时伤乱之心,实与少陵无异也。"其次,李白与杜甫在诗歌体裁上各擅其长,各臻高峰。李白的五律自成一家,五绝可以和王维媲美,七绝不遑多让王昌龄,而且从总体来说,"太白诗豪情逸兴,独步古今,前此惟子建、渊明足以抗衡,同时惟一杜少陵,自此而后,绝无人矣"(卷十八)。卷二十一杜甫总评也是从唐诗发展的角度来审视杜诗的体裁特征。陈廷焯引《唐诗别裁集·凡例》云:"五言古体,发源于西京,流衍于魏晋,颓靡于梁陈,至唐显庆、龙朔间,不振极矣。陈伯玉力扫俳优,直追曩哲。读《感遇》等章,何啻在黄初间也。张曲江、李供奉继起,风裁各异,原本阮公。唐诗中能复古者,三家为最。少陵一出,法乎古而变乎古,《三百篇》不得专美于前,遂使诸家一齐抹倒。"而杜甫的七言古诗也被陈廷焯誉为"千古一人",他隐括《唐诗别裁集·凡例》说:"初唐七古风调可歌,气格未工。至王、李、高、岑四家,驰骋有余,安详合度,为一体。李供奉鞭挞海岳,驱走风霆,自是仙才,非人力可及,为一体。韩文公拔出于贞元、元和间,踔厉风发,为一体。白香山长篇巨制,浓淡相兼,别具古朴神味,为一体。温、李为一体,又体之卑者矣。少陵出而沉雄激壮,奔放险幻,如万宝集陈,千军竞逐,天地浑奥之气至此尽泄,终唐之世,无出其右者。"(卷二十一)在梳理唐代七古发展历程的基础上,突出杜甫的杰出地位。按照这一批评理路,陈廷焯还从唐诗学术史的角度对唐代五言长律、五绝、七绝等的历史发展,作了粗线条的勾勒,而大致以李白和杜甫为集其大成、迥拔诸家的代表人物。也许陈廷焯整理勾勒的唐诗学术史不免流于简单,而且对李、杜二人的评价时或过高,但他立足于诗体演变的轨迹,注意"风骨"在唐诗中的起落变化,并以此作为评判的标准,在比较鉴别中分辨不同时期、不同诗人之间的特色,体现了他独有的认知方式和认知标准,值得唐诗研究界重视。

三、诗歌历史中的"大将"与"名将"

在陈廷焯的观念世界里,每一时期的诗歌历史,都与一二杰出人物的特殊贡献有关,这些杰出诗人的作品不仅使诗人本身屹立于诗歌历史的殿堂,而且由此成为某一时代诗歌的特殊景致。所以陈廷焯在广泛选录历朝诗歌的基础上,十分注重突出这些杰出诗人的作品,并通过点评反映出自己的文学和美学定位。

就全部诗史而言,他说:"骚坛大将,余独举四人:陈思、彭泽、太白、少陵……余所以独以四人为大将者,以四人之圣于诗也,而少陵尤为圣中之圣。"(卷七)这四位诗人是诗史上的四座高峰,而杜甫则以其兼备众体而被誉为巅峰。《骚坛精选录》第一至第六卷已佚,南朝以前诗歌的入选情况难闻其详,所以曹植和陶渊明的入选总数和具体入选篇目,我们无法得窥原貌。但选本中四位大将中的李白和杜甫二人幸存,李白诗跨越卷十八至卷二十一,其中卷十九与卷二十为李白诗的专选。杜甫诗跨越卷二十一至二十七凡七卷之多,除了卷二十一是李白与杜甫诗的合选外,其他六卷更是杜甫诗的专选。依此之例,曹植和陶渊明诗的入选总数也必然相当可观。则此选本虽为存通代诗歌的历史,实则是一部大力标举陈廷焯诗学观念的著作,藉以构成他选本形态的诗学体系。

骚坛四位大将之外,陈廷焯还在不同的朝代标举出与"四将"相羽翼的人物。宋代则以谢灵运、鲍照为主,以颜延之为辅;齐代则独标谢朓一人,称之为"大家""名将",以此形成与宋代诗坛实力差堪媲美的局面。梁、陈和整个北朝则没有特别标举的人物。初唐的陈子昂,陈廷焯则从复古之功的角度,称其为"骚坛第一坐"。

盛唐的王维也颇入陈廷焯法眼，称他的诗“当目之为华岳”。这虽是另一系统的“授衔”，但王维的诗在陈廷焯心中的地位是可以想见的。孟浩然的诗则被定位在“亚于摩诘”（卷十七）的层面。储光羲的诗被认为“直与摩诘分道扬镳，各有千古”（卷十八），似乎还稍稍在孟浩然之上。按照陈廷焯的批评理路，各个朝代堪为“四将”羽翼的，应该还会有一些，但现存选本的情况也就大致这些了。

现存《骚坛精选录》开篇选录品评的诗人是鲍照。陈廷焯大体以杜甫“俊逸鲍参军”一语为基本品评思路，他在鲍照《玩月城西门廨中》的评点中说：“杜少陵所云‘俊逸鲍参军’应指此种。明远诗奔放处有驱走风霆之势，其清丽处则风流蕴藉，潇洒绝尘，而一种刚劲之气依然不减。”他认为鲍照的拟古诗“得陈思、太冲遗意”，《拟行路难》诗“开前人所未有”，并以“清而幽”的风格而成为唐人之先声，所以在南朝堪称别有一种姿态。“姿态”是陈廷焯评论鲍照诗歌常用的一个概念，很可能来自许学夷《诗源辨体》所称“鲍明远步骤轶荡”（卷七）之意。他评《代东门行》诗说：“既超俊复委婉，有气有度，姿态亦不乏，真绝技也。”评《代淮南王》诗中“怨君恨君恃君爱”一句为“绝有姿态”，等等。这种“姿态”又是主要通过笔法而体现出来的，有的表现在起笔上，如他评《拟行路难》（泻水置平地）“起得奇拔”，评《登黄鹤矶》“起笔绝佳”等；有的表现在结句上，如他引何义门的话评《代放歌行》“结得婉，有味外味”（卷七），等等。这种笔法的起与结，不仅使作品顿挫有致，而且别具韵味。

齐代的谢朓在陈廷焯的诗学中具有相当特殊的地位，他自称在14岁时读到谢朓诗句“大江流日夜，客心悲未央”而“为之拍案惊绝，十余日不敢起视焉”（卷七）。陈廷焯在齐诗总评中称誉谢朓的诗“文质俱备，陵铄千秋”，以一人之力而得与宋代谢灵运、鲍照、颜延之三人抗衡，且“能达康乐之所不能达，能穷明远之所不能穷”。李白曾有“一生低首谢宣城”之句，陈廷焯尊太白而上溯谢朓，正有其自然之理。在陈廷焯看来，如果说鲍照是以其特有的“姿态”而崛起一时的话，谢朓则是以其兼擅多能而迥出时人，他在谢朓诗歌总评中说：“元晖诗，雅淡处如陶公；沉着处似康乐，而清俊过之；滔莽处似汉乐府；描写处实开唐人先声。”这种对雅淡、沉着、清俊、滔莽诸多风格的涵摄，使谢朓的诗显示出特有的广博气象，而且正是这种广博而成为唐人师法的对象[①]。陈廷焯评其《江上曲》云：“用意深婉而出以清浅之笔，最是元晖神妙处。后来王、孟二公有此风派。”又评《入朝曲》云：“通首纯用排偶，开五、七

① 宋代严羽就曾说：“谢朓之诗，已有全篇似唐人者，当观其集方知之。”郭绍虞《沧浪诗话校释》，人民文学出版社1983年版，第158页。

言近体先声，妙在极其浅近，风骨自在唐人以上。”（卷七）即着眼于这一点。大概在陈廷焯“授衔”之初，可能考虑过将谢朓纳入“大将”的范围，但最终还是列为“名将”，他带有解释意味地说：“骚坛大将，余独举四人：陈思、彭泽、太白、少陵，而元晖不与焉。……特以六朝绮靡之时，而元晖独能振起，所以可贵。其不目为骚坛大将者，以元晖之长，四人无不概之也，余故列元晖为名将。”（卷七）平心而论，谢朓与四位“大将”相比，确实有一定的距离，位列“名将”也堪称名副其实。看来陈廷焯的“授衔”并非是闲作游戏之论，而是以浅语来表深思的。

骚坛四员“大将”，曹植、陶渊明生当魏晋，李白、杜甫躬逢盛唐，其间数百年诗坛，虽也有谢灵运、鲍照、颜延之、谢朓等诗人构成一线流脉，但未能聚成峰峦。王维、孟浩然、储光羲初有波澜，但也只是为“大将”的出现蓄势而已。其中王维的诗既被视为“唐代之正宗”、诗坛之“华岳”，自然可以说是陈廷焯青眼视域中的重要人物。陈廷焯在评论其《叹白发》诗中说：“右丞诗或壮丽，或清远，或冲淡，或雄浑，各体兼善。视高、岑则过之，视储、孟则兼之，别乎李、杜，独自成一大家，宜为唐代之正宗也。”以往的学者论王维的诗，大多集中在其清远、冲淡的风格方面，陈廷焯则同时关注到其壮丽、雄浑的特点，可见其诗学眼光之独特。他评王维的《送刘司真赴安西》诗说：“英武之气浮于纸上，少陵外罕有其匹。右丞五律，有自然，有雄浑，此雄浑者。”评《观猎》起四语“魄力雄大”等，都是这一理念的反映。在文体和师承方面，陈廷焯认为王维“尤妙在有似众家处，有不似众家处”（卷十七），注意揭出其风格的复杂性，理解的层面显然更为深沉。

孟浩然虽然与王维并师陶渊明，其山水诗也与王维齐享盛名，但其实不如。陈廷焯明确把他放在“亚于摩诘”的地位，究其原因，大概与孟浩然诗歌风格的相对偏于“清闲浅淡”有关。孟浩然的诗歌，语言不刻挚，意思也不深沉，但自有一种与物俱化的境界，让人留恋。他评孟浩然的《南阳北阻雪》诗“妙在绝不激烈”等，就体现了这种观念。不过陈廷焯对于孟浩然的“一味妙悟”“总留地步”（卷十七），并不十分赞赏，所以评价要略微低一些。

唐诗的蓄势到了盛唐，终于厚积而薄发为李白、杜甫双星辉映的璀璨局面。陈廷焯在李白诗的总评中说：“少陵诗包罗万象，太白诗驱走风雷，一以大胜，一以高胜，千古诗坛，无出二公之右者。”又引王渔洋语云：“七言诗歌，子美似《史记》，太白似《庄子》。”以“大”喻杜诗，以“高”喻李诗，实在是一种精妙的形容。李白诗歌之“高”之“似《庄子》”，主要源于其天纵之才情，有非人力可及处。陈廷焯引于庆元《唐诗三百首续选·姓氏小传》认为李白诗中“兴酣落笔摇五岳，诗成啸傲凌沧州”

二语，堪作其自我写照。又引沈德潜语云："太白七言古想落天外，局自变生；大江无风，波浪自涌；白云从空，随风变灭。此殆天授，非人可及。"洵为知言。陈廷焯认为读李白的诗要能在雄快之中得其深远宕逸之神，方是"谪仙人面目"，可见他对李白诗歌的认知路径。值得注意的是，陈廷焯还致力于抉发李白诗中的教化意蕴。他引萧士赟之语认为"世人作诗评，乃谓太白诗全无关于人伦风教，是亦未之思也"（卷十八）。又引《唐宋诗醇》评《夷则格上白鸠拂舞辞》诗云："诗妙比兴，苟无关风义，不可作也。盖自李林甫为相，而聚敛之臣进，严酷之吏多，此诗所以刺也。"这种批评思路在诸多关于李白诗歌的评论中显得相当醒目。不过陈廷焯同时也认为，关注李白诗歌中的教化意蕴，并不意味着批评路径的单一，限此一路，必然会泥煞不少作品的本旨。他评《白头吟》诗引沈德潜语云："太白诗固多寄托，然必欲扭合时事，谓此指废皇后事，殊支离也。"（卷十九）其立论之圆通可见一斑。

杜甫是陈廷焯最为膜拜的人物，而且这种膜拜从少年时期即已形成[①]。《骚坛精选录》中选录杜诗近七卷，超过李白一倍以上，即可见其鲜明的倾向性。在陈廷焯列的所谓"大将""名将""大家""正宗""华岳"等一系列诗人名位中，杜甫就像是一轮被众星围拱的明月，独享着至尊的地位。

陈廷焯论杜甫诗是结合论杜甫的为人而进行的，他引苏轼语云："若夫发乎性，止乎忠孝，岂可同日而语哉！古今诗人众矣，而子美独为首者，岂非以其流落饥寒，终身不用，而一饭未尝忘君也欤！"苏轼的这一段话，曾为潘彦辅所转录，陈廷焯并加引录，可见其认同之深。他在引潘彦辅语后说："发乎性，止乎忠孝七字，评杜实至精矣。"又在杜诗总评中说："少陵诗本性情，厚伦纪，达'六义'，绍《三百》，足表洙泗无邪之旨。"将杜甫源于天性的忠孝作为其诗歌创作最为深沉的思想内核，确实是颇具识力的。他评杜甫《前出塞九首》之三"磨刀呜咽水"一首"全从性真中流出，一副血性语"（卷二十一），又评《哀江头》诗"俯仰悲伤，纯是忠爱之情"（卷二十三），等等，就非常注重揭出诗中的血性和忠爱之情。

杜甫的诗歌素被誉为"集大成"，唐代元稹所撰杜甫墓志即称其"尽得古今之体势，而兼人人之所独专"，杜甫的"学博才大"、超越众家其实是建立在博师众长的基础上的，元稹在墓志里提到的颜延之、谢灵运、徐陵、庾信等，就是杜甫曾用心学习过的诗人。但杜甫的可贵在于能入能出，故能聚沙成塔，凌拔众上，由凡入"圣"，啸傲千古。

---

① 王耕心《白雨斋词话序》云："吾友陈君亦峰，少为诗歌，一以少陵杜氏为宗，杜以外不屑道也。"

具体而微，杜甫的集大成主要表现在文体的兼备上。陈廷焯在杜诗总评中分别从五古、七古、七律、五律、七绝、五绝、五七言排律以及拗体等多种体裁的角度，在梳理各体历史的基础上，博引诸家评论，加以裁断，以凸现杜甫无可替代的地位。如关于杜甫的七律，陈廷焯转引沈德潜的话说："杜七言律有不可及者四：学之博也，才之大也，气之盛也，格之变也。"从才、学、气、格四个方面分析了杜甫在文体创造上的深厚内功。其中"格之变"一项，尤其值得重视。杜甫律诗的变格主要体现在"拗体"的创造上，陈廷焯说："少陵七律生拗一体，在少陵偶一为之，风骨自高，姿态更觉横逸。"这是所谓才人伎俩，无施不可，但"他人欲依样描摹，鲜不失之生硬矣"。（卷二十一）宋人学少陵拗体的颇有其人，如黄庭坚虽尊杜甫为"一祖"，但其创作偏于技法一路，又缺乏少陵深沉雄健的情感和艺术底蕴，难免误入歧途。

杜诗笔法的千汇万状，也是其集大成的一个重要表现。陈廷焯说："杜诗之妙，全在胸有造化，绝不依傍古人，所以为至。"先法古而后变古，始能纵横挥霍，翻新出奇。他引沈德潜之语论杜甫五言长篇云："少陵五言长篇，意本连属，而学问博，力量大，转接无痕，端倪莫测，一似不连属者。"揭示了杜甫五言长篇似断若连的流转之势。实际上，在整个杜诗评论中，陈廷焯用得最多的"顿挫"一语，即堪作杜诗笔法的中心用语。如他评《画鹘行》"笔力起伏顿挫"（卷二十二），评《观公孙大娘弟子舞剑器行》通篇"淋漓顿挫之极"（卷二十五），等等，都体现了他对杜诗笔法的特别关注。

在历史的观念上，陈廷焯显然认同杰出人物的特殊贡献。他认为："万事万理，有盛必有衰。而于极衰之时，又必有一二人焉扶持之，使不灭。"（《词话》卷五）所以在诗歌历史上，他以曹植、陶渊明、李白、杜甫四人为"骚坛大将"，以此领袖诗史，把他们放在整个诗史的发展中来认定其跨越时代的作用和意义。同时又标列一些在总体上略逊于四位通代"大将"，但在不同的历史时期曾发挥影响、具有承传诗史之功的断代"名将"，以此构成诗史发展的核心框架。这在以往的诗史研究中，不仅是首创的，而且是用心独到、自成统系的。

四、诗学渊源与诗学体系

在晚清学术界，陈廷焯的诗学具有相当特异的个性。他对古代诗歌沉潜往复、从容含玩经年，从中提炼诗学理念，并通过选本和品评来进行具体的批评实践，形成了自己的诗学体系。但他的诗学理论也是渊源有自，他博观而腾踊于诸家，取精而裁断于一己，其中浸润着前代和当时许多学者的学术智慧。

在《骚坛精选录》中，被选录作品最多、评价最高的诗人是杜甫。陈廷焯对于杜甫诗歌的别具青眼，有着很深的历史积淀。他在杜诗前的眉语中赵次公语说："杜公之诗，人之推服至极者，如秦少游以为孔子大成，郑尚明以为周公制作，黄鲁直以为诗中之史，罗景纶以为诗中之经，杨诚斋以为诗中之圣，王元美以为诗中之神，亦蔑以加矣。"(卷二十　)在杜诗总评中，他又次第援引严羽"集人成"之誉，苏轼"发乎性，止乎忠孝"之论，以及潘彦辅、王安石、黄庭坚、元好问、陆象山、沈德潜等人的评语，间加辨证，以明其渊源。陈廷焯在《骚坛精选录》中把杜甫誉为"圣中之圣""永为骚坛首座"(卷七)，即明显继承了杜诗学术史上对杜甫诗歌的价值定位。在这些前人的评论中，陈廷焯引用频率最高的批评家是沈德潜[①]。他对杜甫人品、思想的基本观点有很多就是直接来自沈德潜。沈德潜以"温柔敦厚"诗教为核心的格调说，我们从《骚坛精选录》的选目和具体品评中，都很容易寻到这一学说的烙印。

关于骚坛四位"大将"的说法，其实也是陈廷焯在前人观点的基础上概括而成的。陈廷焯在杜诗总评中曾引录潘彦辅语云："子建诗如文、武，文质适中；陶公诗如夷、惠，独开风教；太白诗如伊、吕，气举一世；子美诗如周、孔，统括千秋。"(卷二十一)潘彦辅用先秦历史人物来比拟对应曹植、陶渊明、李白、杜甫四位诗人，也许是他中心有得之论，但泛泛的比拟毕竟缺乏明确的内涵。陈廷焯没有对这一比拟作评价，但他继承了将这四位诗人并举的传统，标为诗坛"大将"，在诗人的选择上无疑是受到潘彦辅的影响。

除了上列沈德潜和潘彦辅等对其诗学主旨和主流产生直接影响的批评家外，陈廷焯在作品评论中还曾广泛引用司空图、范温、刘辰翁、谢枋得、萧士赟、钟惺、王渔洋、冯班、何义门、孙月峰、范梈、方伯海、邵子湘、吕居仁、吴昌祺、陈宏谋、陆梅垞、徐文弼等人的观点，以作为一种辅助的证据。其间的理论传承同样值得我们关注。

按照陈廷焯的著述习惯，他早年在编选《云韶集》，即同步撰写有《词坛丛话》；晚年编选《词则》，又同步撰写《白雨斋词话》。则他在编选《骚坛精选录》的同时，应该即开始撰写"诗坛丛话"或"白雨斋诗话"，两书相完成的时间应该相近；或者

---

① 陈廷焯在《词坛丛话》中即坦陈自己早期编辑的词选《云韶集》兼收"方外缁流，闺中淑质"的作品，就是"遵沈氏诗选之例"。本文所引《词坛丛话》，均转引自屈兴国《白雨斋词话足本校注》(下)附录二"词坛丛话"，齐鲁书社 1983 年版，第 814—846 页。

说，将散布在各卷的断代诗歌总评、重要诗人总评和对具体作品的品评汇集起来，也宛然形成了一部自具体系的诗话著作。如果我们再将陈廷焯的诗学理论与其词学理论详加勘察的话，我们更可以从总体上把握陈廷焯文学思想的本质特征。

只是残存的诗选，留给我们的是残存的“诗话”。四位“大将”仅存其二，“名将”的损失就更多，完整而详备的体系已不复存在，我们只能求其大概而已。从现存的诗选与“诗话”来看，陈廷焯在以曹植、陶渊明、李白、杜甫四人纵贯诗歌的整个历史，以谢灵运、鲍照、颜延之、谢朓、阴铿、陈子昂、王维、孟浩然、储光羲等横串各个时代，构建出兼具历时性和共时性的诗史框架和体系，此外的诗学思想大概可以从他悬格以求汉魏风骨、沉郁而富于教化、顿挫而饶有姿态三个方面来探究。

陈廷焯对汉魏风骨的强调，应该与他对杜甫诗歌的极力推崇有关，因为杜甫的诗素来即被认为是“宪章汉魏，而取材于六朝”[①]的。杜甫也曾说自己“颇学阴铿苦用心”，称赞鲍照的诗歌“俊逸”等，对汉魏六朝的诗歌颇多斟酌取舍。陈廷焯把风骨作为一种重要的审美标准，显然有本于杜甫而沿波讨源的用意在焉。四位“大将”中的首将曹植即历来被视为建安风骨的典范[②]，其他三位亦都风骨岸然，陶渊明的诗在《骚坛精选录》中已佚，但陈廷焯在评论谢朓时，认为谢朓的“风骨在陈思、彭泽下”（卷七），则他对陶诗风骨的推崇固不待详言。李白虽学谢朓，但“气魄骨力亦过之”（卷七），他在李白诗歌总评中引沈德潜评李白诗歌“风格俊上”之语，都是对李白诗歌饶有风骨的一种肯定。陈廷焯对杜诗风骨的分析更是三复致意，时时流淌在品评的文字中间。他在杜诗总评中先后引陆象山评杜甫“追蹑风雅，才力宏厚伟然，足镇浮靡”，沈德潜评杜甫七古“沉雄激壮，奔放险幻”等语，都意在描摹其风骨内涵。他评杜甫《遣兴五首》：“五诗风格遒劲，建安之正声也。”（卷二十二）评《日暮》：“‘风月’十字，语极悲凉，意极沉痛，一诗之骨；五六凄清，冷气刺骨。”以上诸论，都持“风骨”为基本的品评标准。凡此都已逸出沈德潜“格调说”的范围了。

被陈廷焯列为断代“名将”的诗人，其“风骨”虽稍逊于四位“大将”，但也有焕然可表之处。如他评鲍照诗具“清刚之气”，评南朝宋代因得谢灵运、鲍照、颜延之三

---

① 郭绍虞：《沧浪诗话校释》，第171页。

② 锺嵘《诗品》以“风力”和“丹彩”相结合以论诗，曹植的诗被评为：“骨气奇高，词采华茂，情兼雅怨，体被文质。”

人而使诗风总体比较薄弱的宋代“犹能进退于汉魏两晋之间”，实际上是肯定了宋代诗歌对汉魏风骨的继承。他比较谢灵运与谢朓诗风“一则风骨高，一则神气清”，评谢朓《入朝曲》“风骨自在唐人以上”（卷七）。而梁、陈的诗歌之所以不如宋齐，其根源正在于“风格日卑”（卷十）。初唐陈子昂因为提出恢复汉魏风骨和兴寄而被陈廷焯誉为复古之功的“骚坛第一座”。对盛唐山水诗派的解读视角历来大都偏向于清新淡远一路，陈廷焯则注意发掘出山水诗中的风骨内涵。如他评王维《送刘司真赴安西》“英武之气浮于纸上”，评《观猎》“魄力雄大”，评《杂咏》“品高骨高”，评孟浩然的诗“风骨自远”（卷十七），就都体现了这一批评理念。

陈廷焯对整个诗史成就高低的评价，以是否具有风骨为其中一个重要的衡量标准。他标举的四“大将”中，曹植与陶渊明属于魏晋，是诗歌风骨的最初锻造者。李白和杜甫是以能从“复古”中“化古”而被标举为另外两位“大将”，其所谓“古”正是指的魏晋时期以“风骨”为代表的审美风尚，所以诗史的创作高峰便因此而相对集中在魏晋和盛唐两个时期。其间南北朝和隋代初唐对“风骨”的取舍虽有不同，但总体上要低于这两个时期。所以诗歌历史的发展在魏晋达到高峰后，便渐趋而下，至梁、陈、隋代而跌至谷底。初唐陈子昂大力复古，风骨再起，至盛唐李、杜，复达高峰。陈廷焯勾勒的诗史发展线索，从总体上说，是符合历史事实的，而且颇具理论色彩。

在陈廷焯的诗学体系中，“沉郁”也是一个非常重要的批评范畴，它与另外一个范畴“顿挫”一起，共同构成了后期撰写的《白雨斋词话》的理论核心[①]。其理论渊源遥接杜甫余绪[②]，近则承续何义门、潘德舆之论。陈廷焯在谢朓诗歌总评中曾引潘德舆“康乐沉郁未若元晖”（卷七）之语，又引何义门以“沉郁顿挫”来总评谢朓诗风之例。则其批评话语中的“沉郁”一词，既与他最为推崇的杜甫诗风有关，也与当时的批评语境有关。关于“沉郁”范畴的内涵，陈廷焯在《词话》卷一中说：“所谓沉郁者，意在笔先，神余言外。写怨夫思妇之怀，寓孳子孤臣之感。凡交情之冷淡，身世之飘零，皆可于一草一木发之。”作为诗学概念的“沉郁”主要是指基于对哀怨之情的表达而形成的深厚隽永的艺术境界。实际上与儒家温柔敦厚的诗教也相仿佛，他曾在《词话》卷九中说：“温厚和平，诗教之正，亦词之根本也。”在“温厚和平”

---

① 陈廷焯《白雨斋词话》自序云：“撰《词话》十卷，本诸《风》《骚》，正其情性，温厚以为体，沉郁以为用，引以千端，衷诸一是。”本文所引《白雨斋词话》均为屈兴国《白雨斋词话足本校注》本。以下简称《词话》。

② 杜甫在《进雕赋表》中说：“臣之述作，虽不足鼓吹六经，先鸣数子，至沉郁顿挫，随时敏给，而扬雄、枚皋之流，庶可企及也。”即以“沉郁顿挫”来概括自己的创作特点。

这一点上，他认为诗词的学理是同样的。在《骚坛精选录》中，他评储光羲《独游》"仁人君子心胸，落笔便自沉厚"，评李白《古风》(孤兰生幽园)"温柔敦厚，上追风雅"，评李白《黄葛篇》"忠厚之意，发乎性情之作也"(卷十八)，等等，都大体将沉郁从忠厚一端来加以阐释。至于杜甫诗的"本性情，厚伦纪"(卷二十一)就更是人所共知的事实了。在《骚坛精选录》中，陈廷焯以"沉郁"来评论杜甫诗之例触目可见，也可证明"沉郁"一词当是他由对杜甫诗歌的感悟而后推而广之的。

"顿挫"一词虽常常与"沉郁"一起构成一个相对稳定的词组：沉郁顿挫，但实则"顿挫"一词更注重的是笔法，所谓"沉郁之中运以顿挫，方是词中最上乘"(《词话》卷九)，即集中体现了陈廷焯以"顿挫"笔法来表现"沉郁"意境的基本思想。"顿挫"的基本意义主要是指笔法的吞吐抑扬，在反复缠绵中表达其深沉之思①，就《骚坛精选录》而言，"顿挫"虽也可能与他对六朝鲍照等人诗歌"姿态"的推崇有关②，但更主要的应该来自他对杜甫诗歌创作特点的独特感悟。在今本《骚坛精选录》中，"沉郁"一词尚时时出没在六朝诗歌的评论当中，而"顿挫"一词则惟有在杜诗评点中出现。如他评杜甫《画鹘行》说："刻意写生，笔力起伏顿挫，譬之书家，几于入木三分。"(卷二十二)评《曲江三章》引浦二田语云："首句顿挫，第三句又顿挫，诗只五句，凡作三截，如歌曲之有歇头也。"(卷二十四)评《韦讽录事宅观曹将军画马图》引张溍语云："杜诗咏物，必及诗事，故能淋漓顿挫。"评《观公孙大娘弟子舞剑器行》说："淋漓顿挫，独出冠时"(卷二十五)，等等。这些评语大都结合篇章结构，从语言句法角度来分析其创作特色，即如魏碑书家运笔，一顿一挫，自有其独特风骨姿态，非一味求圆润流转者可比。

在陈廷焯的诗学体系中，杜甫的中轴和核心地位明晰可鉴，他的"授衔"方式、诗史框架、诗学理念都大体以杜甫及其诗歌为学术背景。他以杜甫夫子自道的"沉

---

① 此意可从他评周邦彦词中得之。《词话》卷一云："美成词，极其感慨，无处不郁，令人不能遽窥其旨。如《兰陵王・柳》云：'登临望故国，谁识京华倦客。'二语是一篇之主。上有'隋堤上，曾见几番，拂水飘绵送行色'之句，暗伏'倦客'之根，是其法密处，故下接云：'长亭路，年去岁来，应折柔条过千尺。'久客淹留之感，和盘托出。他手至此以下便直抒愤懑矣，美成则不然，'闲寻旧踪迹'二迭，无一语不吞吐，只就眼前景物约略点缀，更不写淹留之故，却无处非淹留之苦。直至收笔云：'沉思前事，似梦里，泪暗滴。'遥遥挽合，妙在才欲说破，便自咽住，其味正自无穷。《六丑・蔷薇谢后作》云：'为问家何在？'上文有'怅客里光阴虚掷'之句，此处点醒题旨，既突兀，又绵密，妙只五字束住。下文反复缠绵，更不纠缠一笔，却满纸是羁愁抑郁，且有许多不敢说处，言中有物，吞吐尽致。"

② 陈廷焯论周邦彦词也曾揭出"顿挫"与"姿态"的关系，《词话》卷一中说："词至美成，乃有大宗……然其妙处亦不外沉郁顿挫。顿挫则有姿态，沉郁则极深厚。既有姿态，又极深厚，词中三昧，亦尽于此矣。"同卷评辛弃疾《摸鱼儿》(更能消)一词也说："词意殊怨，然姿态生动，极沉郁顿挫之致。"

郁顿挫”为理论基点，上溯杜甫倾慕的汉魏风骨，近接沈德潜的格调学说，追求沉郁顿挫与风骨姿态的融合，形成了自己新的学术理念[①]，并通过选本与点评立体地呈现出来，值得我们高度重视。

五、陈廷焯诗学与词学之关系

陈廷焯的诗学研究目前还基本上是一个空白，至其诗学与词学之关系更少人问津。实际上除了《骚坛精选录》外，《白雨斋词话》中也有相当丰富的诗学材料，加上陈廷焯相当数量的诗歌创作[②]，其诗学的源流本末还是大致可以厘清的。

诗与词是陈廷焯致力的两个重要领域，他认为诗与词实际上是同体异用的关系，本源一致，但表现各异。诗不仅是词的源头[③]，而且也是学词的基础，“诗词一理，然不工词者可以工诗，不工诗者断不能工词，故学词贵在能诗之后。若于诗未有立足处，遽欲学词，吾未见有合者”（《词话》卷九）。像王沂孙等人的诗歌虽然不能卓立千古，但“要其为词之始，必由诗以入门，断非躐等”（《词话》卷九）。陈廷焯以温厚为体、沉郁为用以论词，其批评话语虽来自杜甫的文章，其理论内核也与他对杜甫诗歌特点的感悟有关，但其立论的本源其实还是以《诗经》《楚辞》为原点的，他在《词话》自序中说：“……飞卿、端已首发其端，周、秦、姜、史、张、王曲竟其绪。而要皆发源于《风》《雅》，推本于《骚》《辩》。”这八家的词被陈廷焯誉为“沉郁”的典范，而其根源正在其对《风》《骚》艺术精神的传承和弘扬。而《风》《骚》的最大特点即在忠厚沉郁，《词话》卷一云：“作词之法，首贵沉郁……不根柢于《风》《骚》，乌能沉郁？十三国变风，二十五篇楚词，忠厚之至，亦沉郁之至，词之源也。”《白雨斋词话》对词史的勾勒、对词人词作的品评，其批评标准正在于这些词人对《风》《骚》精神是把握还是疏离。

“《风》《骚》为诗词之源”（《词话》卷九），而《风》《骚》的忠厚缠绵又同是诗和词

---

① 陈廷焯有相当强烈的创新意识，他在《白雨斋词话》自序中直言要“独成一家言”，卷一也说：“余窃不自量，撰为此编，尽扫陈言，独标真谛。”言或有过，但其宗旨可见。

② 陈廷焯著有《白雨斋诗钞》，由同里高寿昌评选，其受业甥包荣翰校订，并经陈廷焯父亲陈铁峰审定，光绪甲午年(1894)，由许正诗等与其《白雨斋词话》和《白雨斋词存》一同刊行，今南京大学图书馆有藏。《白雨斋诗钞》不分卷，存诗78首，诗尾间附有高寿昌简短评语。陈廷焯诗歌的实际数量当远在78首之上，高寿昌在其《闺中秋咏》十四首题下注曰：“亦峰喜为香奁体，余悉裁汰之。”故入选的诗歌只是其中部分而已。

③ 关于诗、词文体体性的转变，陈廷焯《骚坛精选录》选录隋代侯夫人《看梅》诗“砌雪无消日，卷帘时自颦。庭梅对我有怜意，先露枝头一点春。”并评论说：“音节近词，诗之入于词也，盖以渐而入矣。”从音乐及其相关语言句式的不同，揭示出从诗到词的渐变轨迹。

的根本[①]，这是陈廷焯并治诗词且将诗学与词学多加贯通的根源所在，所以在陈廷焯的思想体系中，“沉郁”是连接诗与词的重要纽带。不过陈廷焯同时也认为“沉郁”在诗与词中间的表现方式和重要程度是有差异的，他说：“诗词一理，然亦有不尽同者。诗之高境，亦在沉郁，然或以古朴胜，或以冲淡胜，或以巨丽胜，或以雄苍胜。纳沉郁于四者之中，固是化境；即不尽沉郁，如五七言大篇，畅所欲言者，亦别有可观。若词则舍沉郁之外，更无以为词。”（《词话》卷一）又说：“诗词皆贵沉郁，而论诗则有沉而不郁，无害其为佳者。杜陵情到深处，每多感激之辞，盖有万难已于言之隐，不禁明目张胆一呼，以舒其愤懑，所谓不郁而郁也。作词亦不乎是，惟于不郁处，犹须以比体出之，终以狂呼叫嚣为耻，故较诗为更难。”（《词话》卷六）又说：“诗之高境在沉郁，其次即直截痛快，亦不失为次乘。词则舍沉郁之外……更无次乘也。”（《词话》卷十）陈廷焯三复其言，申论诗与词在“沉郁”问题上的不同取向。在陈廷焯看来，诗歌的“沉郁”只具有或然性，且表达方式比较自由；而词的“沉郁”则具有必然性，且是唯一和最高的价值标准。而在语言表现上，陈廷焯认为诗与词具有“同体而异用”的关系，他说：“温厚和平，诗词一本也。然为诗者，既得其本，而措语则以平远雍穆为正，沉郁顿挫为变，特变而不失其正，即于平远雍穆中，亦不可无沉郁顿挫也。词则以温厚和平为本，而措语即以沉郁顿挫为正，更不必以平远雍穆为贵。诗与词同体异用者在此。”（《词话》卷十）这是诗与词在“沉郁”问题上的同中之异。在《骚坛精选录》中，沉郁固然是入选的基本标准，但他对汉魏的风骨，谢朓、鲍照等人的清刚之气以及王维、孟浩然等人的冲和淡远也有相当程度的认同，可见其诗学之豁达。而词则端正“沉郁”一路，毫不松懈，其诗学与词学理念之不同，就其批评实践即已表现得很充分了。

在诗词发展的规律方面，陈廷焯持基本相同的观点，即大体经过创古、变古、失古、复古的过程。他在《词话》卷十中说：

> 温、韦创古者也。晏、欧继温、韦之后，面目未改，神理全非，异乎温、韦者也。苏、辛、周、秦之于温、韦，貌变而神不变，声色大开，本原则一。南宋诸名家，大旨亦不悖于温、韦，而各立门户，别有千古。元、明庸庸碌碌，无所短长。至陈、朱辈出，而古意全失，温、韦之风，不可复作矣。贞下起元，往而必复，皋文唱于前，蒿庵成于后，《风》、《雅》正宗，赖以不坠，好古之士，又可得寻其绪焉。

① 《词话》卷九云：“温厚和平，诗教之正，亦词之根本也。”

这是他以温、韦之词为正宗而梳理出来的简明词史发展观，即大体以唐五代为创古时期，代表人物是温庭筠和韦庄；两宋为变古时期，代表人物是晏殊、苏轼、辛弃疾、周邦彦、秦观等人；清代前中期为失古时期，代表人物是陈维崧、朱彝尊；清代中后期为复古时期，代表人物是张惠言、庄棫。陈廷焯大力标举温、韦的词宗地位，其实还是立足于“温厚以为体，沉郁以为用”的词的本体意识，与他论词而必上溯《风》《骚》的思维定式是一致的。因为“飞卿词全祖《离骚》，所以独绝千古”，“飞卿《菩萨蛮》十四章，全是《楚骚》变相，古今之极轨也”，“韦端己词，似直而纡，似达而郁，最是词中胜境”（《词话》卷一），温、韦两人对于确立词中的《风》《骚》传统，具有奠基的意义，所以陈廷焯独致青睐，并以此作为词史发展的基点和支点。

陈廷焯对诗歌发展的基本规律的认识与此相仿佛。他在《词话》卷六中说：

> 《楚辞》二十五篇，不可无一，不能有二。宋玉效颦，已为不类。两汉才人，踵事增华，去《骚》益远。惟陈王处骨肉之变，发忠爱之忱，既悯汉亡，又伤魏乱，感物指事，欲语复咽，其本原已与《骚》合。……嗣后太白学《骚》，虚有形体；长吉学《骚》，益流怪诞；飞卿古诗，有与《骚》暗合处，但才力稍弱，气骨未遒，可为《骚》之奴隶，未足为《骚》之羽翼也。

又说：“余谓自《风》《骚》以迄太白，诗之正也，诗之古也；杜陵而后，诗之变也。”（《词话》卷九）他认为李白的诗尚在古人的绳墨当中，而杜甫则“无一篇不与古人为敌，其阴狠在骨，更不可以常理论”，所以他明确反对以李白为“变”而以杜甫为“正”的说法，因为杜甫在不悖离《风》《骚》的前提下，将汉魏六朝的面目洗脱殆尽，“不变而变，乃真变矣”（卷九）。杜甫的“变”实际上是一种“化”，他说：“不知古者，必不能变古，此陈隋之诗所以不竞也。杜陵与古为化者，惟其与古为化，故一变而莫可复兴。”（《词话》卷九）这种“化”其实就是在继承“古”的基础上，结合特定时代和个人超迈绝伦之才，从而熔铸成一种新的牢笼百家的传统，旧传统中的“古”也就在这种新传统中淹没无痕了。所以虽然词史发展在唐宋创古、变古，元明和清代前中期失古以后，到了清代中后期尚可再行复古；而诗歌的发展则有些特殊，创古、变古与复古在杜甫之前就已完成了轮回，杜甫之后就是新的天地了，所以他说：“诗有变古者，必有复古者。（原注：如陈伯玉扫陈、隋之习是也。）然自杜陵变古后，而后世更不能复古。（原注：自《风》《骚》至太白同出一源，杜陵而后，无敢越此老范围者，皆与古人为敌国矣。）何其霸也！”（卷九）这是陈廷焯在诗词历史观念上的同中之异。

六、陈廷焯诗学的时代意义

陈廷焯倡导的创作途径是由诗以入词，从《骚坛精选录》与《白雨斋词话》的对勘中，我们可以发现有许多类似或可以互证的地方，特别是在对于“沉郁”在诗词中的不同地位和表现形态，两本的观点十分接近。所以《骚坛精选录》的编选年代虽然难以确考，但其以杜甫沉郁为宗，上溯《风》《骚》的批评理念，与其在《白雨斋词话》中表现的理念颇为相似，两书思想的传承之迹还是可以清晰地考虑出来的。

陈廷焯诗学和词学的根基是建立在对杜甫诗歌的理论解读上的，他从早期诗歌创作追步杜甫，到后期在《骚坛精选录》和《白雨斋词话》中全面解析杜甫，杜甫的身影通贯一生。他以《风》《骚》的忠厚沉郁为诗词共有之本源和本原，标举以沉郁顿挫为特征的杜甫诗歌为创作典范，梳理诗史的发展，形成了自成一格的创古、复古、化古的理论格局，并以杜甫的“化古”为诗史一大结穴。在此基础上，陈廷焯把作为诗学核心之一的“沉郁”升格为词学核心的唯一，力辨其在诗词体性和表现形态方面“同体异用”的关系，体现了其诗学与词学之间的紧密关系和彼此区别，建构了相当完整的诗学和词学体系，在理论发达但理论形态相对涣散的晚清，颇具理论疏凿手段，已肇新诗学和新词学理论体系之端倪。他大力提倡的忠厚之性情、沉郁之境界、顿挫之姿态和风骨之意蕴，在晚清朝代更替、内忧不断、外患频仍的时代巨变时期，特别是甲午之战以后，在诗词创作界得以鲜明体现，王鹏运、朱祖谋等的《庚子秋词》即与陈廷焯之学说契若针芥[①]。而自端木采、王鹏运、况周颐绵延一线的“重拙大”说以及王国维的境界说等，其理论内涵与沉郁说之间正有着丝丝缕缕难以分割的关系[②]，则陈廷焯的文学思想不仅是传统文学创作的一个总结，对于晚清的诗词创作和诗词理论也有着重要的启示和引导意义。

七、关于《白雨斋诗话》一书编选的若干说明

《白雨斋诗话》分上、下两编，上编为《骚坛精选录》批语专辑，下编为《云韶集》

---

① 徐珂《近词丛话》云：“光绪庚子之变，八国联军入京城，居人或惊散，古微与刘伯崇殿撰福姚，就幼霞以居。三人者，痛世运之陵夷，患气之非一日致，则发愤叫呼，相对太息。”三人约为词课，拈题唱酬，后集为《庚子秋词》。李佳《左庵词话》卷下则称《庚子秋词》“多悲愤苍凉之作”。郭则沄《清词玉屑》评论《庚子秋词》“皆隐约其词”。综合诸家所论，则“沉郁”二字，实可概括《庚子秋词》的基本风格特征。

② 况周颐《蕙风词话》卷一解释“重”就是“沉着”，又说“填词先求凝重。凝重中有神韵，去成就不远矣”，“真字是词骨”，等等。“重拙大说”的基本内涵，与陈廷焯解释的“沉郁”说完全可以沟通。王国维“境界说”中“有我之境”对悲哀之情的重视，也正是沉郁说的一个重要内涵。

《词则》两种选本的序文和评点以及《词坛丛话》《白雨斋词话》中相关诗论的汇集。上编的辑录按照选本原序，先朝代，次作家，次作品。为省篇幅，作品仅列诗题，一题多首者，则标出首句，依次而下。凡对一朝代或一诗人的总评则附于朝代或诗人之下，而对作品的评点，凡书于书眉者，直接录于作品之下，不再标明“眉批”，因原书主要是眉批。少数附在作品之中的批语，则特标“夹批”二字以示区别。下编除《词坛丛话》之外，均按照原书卷次为序，相关诗论即系于原卷次之中。《云韶集》中的诗论逐卷而下，先系作品，再系批语。《词则》则按其四集各分其卷次，各集之中，也各以批语系于各作品之下。《词坛丛话》不分卷，则按原序次抄录。《白雨斋词话》则按卷次逐录相关论说。需要说明的是：下编的诗论因为采录于《云韶集》《词则》两种词选和《词坛丛话》《白雨斋词话》两种词话，故所谓“诗论”往往并非纯粹论诗之语，或论词及诗，或诗词合论，或泛论文学，或只是以诗为喻，因为其中包含了陈廷焯的诗学，故一并采录。事实上，陈廷焯的词学本身便多来自诗学。

《骚坛精选录》中的眉批和夹批虽多陈廷焯自撰，但也广泛征引诸家论语以为佐证，或直接以引代论。所引前人评语一般只著评者字号，鲜著书目，很多时候甚至直接抄录或隐括前人评论，不作任何标识，以至覆勘为难。本书在编辑过程中，为了便于阅读，尽量对照原书，覆勘原文，特别是未作任何引文标识的内容，尽量在引文后标注出来。但限于学力，恐仍有本为引文而未能标注者，希望以后在修订再版时进一步完善。

兹将陈廷焯征引各家的基本情况及引文来源略作说明，分“南北朝诗、隋诗”及“盛唐诗”两个部分。“南北朝诗、隋诗”部分征引书目主要是清代沈德潜（号归愚，书中常作“沈归愚”）《古诗源》、王尧衢《古唐诗合解》、潘德舆《养一斋李杜诗话》、于光华编纂《重订昭明文选集评》四种，其中引用明代孙矿（号月峰，有《孙月峰先生评文选》三十卷）、清代何焯（号义门，有《何义门评点昭明文选》六十卷）、李光地、邵长蘅（字子湘）、方伯海诸家评语均转引自于光华编纂《重订昭明文选集评》。

“盛唐诗”征引书目包括清代仇兆鳌《杜诗详注》、王尧衢《古唐诗合解》、潘德舆《养一斋诗话》、沈德潜《唐诗别裁集》、浦起龙（号二田）《读杜心解》、乾隆御选《唐宋诗醇》、于庆元《唐诗三百首续选》所附《姓氏小传》、陆昶《历朝名媛诗词》、徐文弼《汇纂诗法度针》等。其中引自《唐宋诗醇》最多，诸如引录宋代王安石、李荐、吕本中、蔡宽夫、赵次公、刘辰翁，元代范梈、萧士赟，明代赵汸、胡应麟、钟惺、敖英，明清之际的申涵光、陆时雍、顾宸、王嗣爽、洪仲、黄生、唐汝询、冯舒、冯班、卢世漼、李因笃、朱鹤龄、卢元昌、王士禄、王士祯、吴昌祺，清代赵执信、张远等诸家评语，其中虽多或编有诗选，或撰有诗话者，特别是评点杜诗者甚多，如赵次公著有《杜诗先后解》、赵汸著有《赵子常选杜律五言注》、申涵光著有《说杜》、顾宸著有《杜律注解》、王嗣爽著有《杜臆》、洪仲著有《苦竹轩杜诗评律》、黄生著有《杜诗说》、李因笃批点《钱注杜诗》、朱鹤龄有《辑注杜工部集》、卢元昌著有《杜诗阐》、张远著有《杜诗荟萃》，等等。但陈廷焯引录之语实都转引自《唐宋诗醇》一书。另有引用“陈宏谋”之语者，也出乾隆御选《唐宋诗醇》，而《唐宋诗醇》的选编及评注者其实是吏部尚书梁诗正等人，陈宏谋并未列名其中。陈廷焯所记或有误耶？待考。

（本文原为笔者纂辑《白雨斋诗话》一书之“前言”，这里略作修订。）

附：《白雨斋诗话序》

丹徒陈廷焯亦峰以词学名世，其初瓣香竹垞，浸淫《词综》者有年，增删其间而成《云韶集》一编，凡廿六卷，并词论百余则名《词坛丛话》者，冠于斯编。光绪丙子间，亦峰偶闻中白先生之余绪，嘱以清真、白石之外，尚须深悟碧山，而后可以穷极高妙。由是潜心碧山十余年，境地迥别，识力亦开，遂因循中白而接迹于毗陵二张之派也。录词廿四卷成《词则》四集，以大雅为正，而以放歌、闲情、别调三集副之。复于岑寂萧斋，撰《白雨斋词话》十卷，本诸《风》《骚》，独标真谛，以温厚为体，沉郁为用，所谓“引以千端，衷诸一是”者是也。清季民国词学一时称盛，若静庵、蕙风、强邨之属，虽各有门径，而沾丐亦峰，殆亦匪浅。至瞿安《通论》，则似为亦峰百计牢笼，亦其尤者也。

亦峰素持诗词一理之说，盖其发端《风》《骚》，同源而分派也。由诗以入词，以其根柢盘深，方使衬合无间。故不明亦峰诗学蹊径，实无由进窥其词学端倪。余检其《词话》，有“余选《希声集》六卷，所以存诗也；《大雅集》六卷，所以存词也”之语，《大雅》乃其《词则》之正集，则《希声》或亦为“诗则”之一部耶？今《希声集》已佚，“诗则”则更渺无踪影矣！又其拟录《唐诗选》一种，纲目已具，似未藉手以成。职是之故，欲明亦峰诗学之源流本末，犹别无他径，唯面断港绝潢而驰想于海，岂可得乎！

然天佑斯文，终不可弃。其《骚坛精选录》于其诸种诗选失传之时，竟独存人间，幸何如哉！余摩挲残卷，恍如于白雨斋晤对亦峰，聆其清音，能无感乎！因亟迻录其眉批、题注、夹评，合诸词选词话之或论词及诗、或诗词合论、或泛论文学、或仅以诗为喻之语，成此一编。犹记《云韶集》评板桥论诗偏嗜沉着痛快而以温厚和平者为枝节之语，乃“小家”有偏之论，并言及“余《诗话》中论之详矣”，则亦峰曩撰诗话，因之征实焉。余特疑此《诗话》或即与《骚坛精选录》相辅而行者也。盖选、论合一，固亦峰之常例也。惟亦峰未著其名，余黾勉名之曰《白雨斋诗话》。

亦峰论诗以陈思、彭泽、太白、少陵为骚坛四将，而以少陵为“首座”，故其诗学濡染少陵尤深。少陵平生追慕汉魏，窃攀屈宋，其诗风沉郁而饶有风骨。亦峰心香独奉少陵，《词话》于此亦三复致意。若《骚坛精选录》所选所论，固已肇其先声也。然诗旨要眇，亦如谷风阴雨，虽自期以同心，而其离合之间，实有莫可究极者在焉。

红蓝印本系列之三《松邻遗集》提要

柳向春*

《松邻遗集》，仁和吴昌绶著，女蕊圆辑录并校。十卷一册，民国十八年己巳红印本。十二行二十二字。黑口，双鱼尾。版心中镌题名、卷数、页码。

首邵章题签“松邻遗集”，下署“己巳邵章署”，并“伯褧”朱文小方印。次又邵章题签，落款则为“己巳秋中邵章题”，又有“邵章小记”白文小方印。次“松邻遗集目录”十七叶，次正文。正文首行顶格镌“松邻遗集卷一”，次行退十格镌“仁和吴昌绶伯宛著”，再次行退一格镌“文一”，再次行顶格镌篇名，再次行顶格镌正文。全集以体分编，首文，次诗，次词。每题复分次，如文、诗各分为四，词则分作上下，共计十卷。每卷之中，不惟各篇自为起讫，即同篇之中，亦各分段落，以清眉目。集中多所避讳，如“玄”“弘”“淳”“仪”等字，皆缺末笔，可见作者本心。每卷之末，镌“女蕊圆辑录并校”一行。然据叶景葵戊寅四月二十一日作《松邻遗集》一跋云[①]：“印臣先生故后，友人章式之、傅沅叔、邵伯褧等搜集遗文，交式之担任编辑。辑成交琉璃厂文楷斋刊刻。”则此书之发起，当出吴氏之诸友。叶跋又云：“印臣遗稿丛杂，诗词尤伙，多未成之作。此集颇为一时传诵，式之编次之审慎，实居其功，可谓不负死友

* 柳向春，上海博物馆研究馆员。小文多承友兄上海大学教授王培军博士指点，特此致谢。

① 见顾廷龙编：《叶景葵杂著》，上海古籍出版社 1986 年版，第 154 页。

矣。”又己卯小雪后四日叶氏所撰《吴伯宛先生遗墨》一跋中云①:“又编定者为章式之同年,以谨严为主,淘汰不少假借,式之亲为余言之。式之与先生以文章道义相砥砺,自任身后定文之责,以为非如是,不足以报死友也。”则此书之辑录去取,校勘编纂,实成于长洲章钰之手。《章氏四当斋藏书目》中,载有《松邻遗集》两部,其一之下注云②:“(式之)先生手写本,代吴女蕊圆编,三册,有邵章校注。”亦可为式之实主吴氏遗集之证。

伯宛刊书,多倩式之为之校阅,如《松邻丛书》中之《四库全书荟要目》一卷、《南熏殿尊藏图像目》一卷、《茶库藏贮图像目》一卷、《道藏阙经目录》二卷等,即曾请式之代校③。即平日所读之书,亦有函请式之代为校读者,如《章氏四当斋藏书目》卷上之五“结一庐朱氏剩余丛书四种一百十二卷”条中④,即可多见式之代伯宛校书之状。又《仁和吴氏双照楼影刊宋元本词》十七种中,可以确知为式之代校者即有:《影宋吉州本欧阳文忠公近体乐府》三卷、《影宋本醉翁琴趣外篇》六卷、《影宋本卢川词》二卷、《影宋本于湖居士乐府》四卷、《影宋本渭南词》二卷、《影宋本鹤山先生长短句》三卷、《影宋本可斋词》七卷、《影宋本石屏长短句》一卷、《梅屋诗余》一卷、《影元延祐本知常先生云山集》一卷、《影明正德仿宋本花间集》十卷、《影元至大本中州乐府》一卷、《影元风林书院草堂诗余》三卷,以此十三种皆存式之手跋,言其系为吴氏代校者⑤。而另外四种,虽无确证,然以情理推之,其校对当亦出式之之手。式之校书,精细不苟,不仅为时人见重,即其本人亦颇自负,其乙丑闰月曾手跋明万历四十八年《词坛合璧》本《花间集》云⑥:“钰曾为之详校,逐字逐笔,无少苟者。百年后当与北宋本等价耳。”吴氏与章式之情好甚笃,其赠式之所刊《酒边集》云⑦:“年来常与茗簃主人晤对,狂谭快论,辄于酒边倾泻。今芗林《酒边集》刻成,不可不志此一段因缘。三十年后展玩此箧,得勿风景不殊之感!乙卯十日,仁和吴昌绶。”孰料未及十年,伯宛即遽尔云逝,且需式之为其编集,黄庐之痛,可胜道哉!

撰者吴昌绶,据其友人虞山孙雄后为东方文化委员会所撰《松邻文集》四卷提

① 见《叶景葵杂著》,第 155 页。

② 见《章氏四当斋藏书目》卷上之四,顾廷龙编,燕京大学图书馆,1938 年铅印本,28a。

③ 《章氏四当斋藏书目》卷中之二“四库全书荟要目一卷南熏殿尊藏图像目一卷茶库藏贮图像目一卷”条有吴氏手跋云:“原本已还馆中,绶只看出一误字,仍求详阅一过,记其叶数、行数,示知改补。”9b 又“道藏阙经目录二卷”条吴氏手跋云:“此本亦求详校……如兄有考证,加一跋语更妙。”第 11 页。

④ 《章氏四当斋书目》卷上之五,5a—5b。

⑤ 见《章氏四当斋藏书目》卷上之四,35b—37a。

⑥ 见《章氏四当斋藏书目》卷上之四,37a。

⑦ 见《章氏四当斋书目》卷中之四,27a。

要中云[①]:“昌绶字伯宛,号印丞,晚号松邻,浙江杭县人。光绪丁酉举人。博雅工诗古文词,长于考证经史金石目录版本之学,著有《龚定庵年谱》及《吴郡通典》行世,又刊有《松邻丛书》二十余种。卒于民国十三年甲子季秋,年五十六。遗集由至友章钰、王式通编次筹资付刊……昌绶曾选刊宋元及明初人词,合别集、总集凡十有七家,精校印行,世称双照楼本。后将书版归武进陶氏,并以未竟诸本付之。兹事始末,详见卷二《陶兰泉续刊影宋元本词目序》中[②]。”此所言之王式通,想仅系出资鸠工之人,非如式之之亲操笔政者。而徐世昌挂名主编之《晚晴簃诗汇》中,亦曾言[③]:“伯宛读书贯串,精目录金石之学,诗词笺奏,涉笔皆工。少时随宦侨吴,为黄子寿方伯所奇赏。洎居京师,以食字自给,未尝一干要津。辛亥后究心掌故,仿谈孺木《国榷》义例,辑成四考。重修顾祠,躬亲其事。刻《松邻丛书》《宋元明词》十(六)[七]家、《墨说》。殁后葬西山大觉寺塔院。遗著次第刊行。妇陈,女蕊圆适海宁陈氏,并娴词翰。”伯宛所著书另有《宋金元词集现存卷目》,收录宋元间主要词集197家。又曾与缪荃孙、章钰合力搜辑黄丕烈题跋,编为《荛圃藏书题识》十卷《荛圃刻书题识》一卷。除此之外,伯宛又雅尚藏书,叶景葵《吴伯宛先生遗墨》一文中言伯宛于陇海路局秘书任中,“其时收入尚丰,因喜购故籍及金石精本,整理刊印,不惜重资。性又豪迈,用度仍苦不足。民国六七年间,将嫁女蕊圆,检出所藏明刊及旧抄善本四十种,定价京钞一千元出售,以充嫁资。”[④]所言固为不虚,然伯宛之藏书生涯并非始自其陇海铁路秘书之时,以其本有清中叶杭州藏书家瓶花斋后裔,家道虽中落而犹多存旧籍,然屡经摧折,皆为过眼。伯宛所撰《莫君楚生以吾家绣谷老人诗稿见示用族祖瓯亭翁于京师重获瓶花斋旧藏丁卯集得长律三首韵酬之》中,曾吟曰:“云烟过眼剧堪怜,东阁囊游感逝川。故物漫搜元氏谱,轻装未返米家

---

① 见《续修四库全书总目提要(稿本)》第12册,齐鲁书社1996年版,第658页。

② 《武进陶氏续刊景宋元本词目序》:“昌绶自光绪晚季专意搜舂宋以来名家词,在南中则石莲、艺风、强村诸先生相与论次。自来京师,授经大理助之尤勤。女儿蕊圆十余岁时,钞校日为常课。灵清旧居,积卷累至数尺。人事淹冉,中经丧乱,夙疴终篓,不可久支。乃择宋元与明初诸旧本,选工墨版,合别集、总集裁十有七家,今世所传双照楼本也。自余丛帙,悉付强村,精意勘订,所刊三十二册,实为倚声巨观。昌绶濩落无似,虽二三朋旧时以古本相假,不遑更事摹刻。兰泉雅志笃好,遂举书版归之,而偿吾值,并畀以未竟诸本。授经复旁为寻索,甫阅岁余,遂成此编,其精美远出昌绶旧刻上,才智相悬,讵不信哉!”又可参陶湘《影刊宋金元明本词四十种叙录》:“吾友吴子伯宛……旧与吾邑董授经大理同在京师,探掔尤富,乃创意嫥探宋元旧本,景写刻之,使后来获见原书面目,所辑皆善本足本,藉证向时一切钞本之陋,旧有阙误者亦存其真,不失乾嘉前辈景刻诸书家法。始成十有七种,戊午岁以刊版归湘,数载以来,湘复踵其义例,选工精刻,又得二十三种,海内藏去之家名编珍帙可据以传摹者,大致备于是矣。”

③ 卷一八二“吴昌绶”条引《诗话》,闻石标点,中华书局1990年版,第7970页。

④ 见《叶景葵杂著》,第155页。

船。重经兵火摧残劫，缅想官私簿录年。”自注云：“丁酉北行，有书数千卷，留归安吴布政所。布政殁，为一残客肤窃殆尽。中多旧帙，叹恨不已。”又注云：“今岁北事起，存都门者未及载归，所失亦不少。”可见其收藏生涯，亦属屡蹶屡振。

伯宛处世恬淡，不乐干求。李思清《民国时期的光宣文人——以清史馆文人群体为中心》一文中曾言[①]：“清史馆协修吴昌绶似乎不太爱凑热闹。在参与《清史稿》的编纂之余，他的精力主要放在刻印词籍方面。吴昌绶喜与师友书信论学谈诗，仅写给缪荃孙的书札就有213封之多。此外，清史馆同人还参与了不少文学性的社会活动。如1921年张一麐集资重建慈仁寺顾炎武祠，吴昌绶即多有参与。吴昌绶且撰有《重建慈仁寺顾亭林先生祠记》，吴昌绶此记，多关文坛掌故，从中可以看到光宣文人对传统文脉的自觉传承。”[②]于伯宛之文献意识多有表彰。钱锺书亦曾于伯宛之学评曰[③]：“吴昌绶伯宛《松邻遗集》十卷。吴氏精于版本目录，烂熟清人掌故，诗文皆修饬雅令，而乏气韵，自是学人之制也。文自云私淑汪容甫（卷一《吴郡通典叙录》云：‘特于江都文学私淑最深，口沫手胼，粗涉堂奥。’），诗颇仿龚定厂（卷五《梅祖厂杂诗》四十一首、卷六《梅祖厂续诗》四十首，又卷五《口号呈叔问》第一首云：‘杭州几席乡先辈定公句，准拟遗编次第镌。一种温黁心底贮，羽琌禅悦碧城仙。’），皆苦才情不足以副之。”钱公言其才情不足，系以定庵、容甫为标的，自不可以此轻言吴氏之文学。且以钱公之盘盘大才，一言之褒，已如华衮，乃言伯宛“精于版本目录，烂熟清人掌故，诗文皆修饬雅令”，誉之不可谓不高。吴氏所为诗文清异，多关艺林掌故，甚为可贵。孙雄撰《松邻文集》四卷提要云[④]：“松邻文集四卷。文凡四卷，卷一《清孝献皇后行状》及传跋、《东朝崇养录跋》、《校邦畿水利集说跋》，均有关掌故……卷三《书杨太守沂孙观濠居士文存后》，谓包安吴论书多特识，恨过事矜张，品目时贤，匪皆征信，太守劬学深思，粹然一轨于正，其于篆法，雅重完白山民。又谓张编修惠言篆，淳雅和平之气，实过于邓。昌绶窃意邓书神骨骏迈，诚足震荡一时，第誉者过当，学之多弊，编修与渊如、北江覃寍小篆，通儒之笔，与邓蹊径不同，太守更博综许书，上追古籀，彝器文字，秦汉石刻，靡不兼采，蔚成大家，

① 见《中国现代文学研究丛刊》2012年第7期，第1—14页。

② 《重建慈仁寺顾亭林先生祠记》多存故实，尤以所言顾祠民国重建情形为人所未曾道及者：“今年辛酉，吴县张一麐与同人集资重建，易飨堂为南向，中龛奉先生神位，仍以石洲附祀，缭以周廊。中门之外，筑房三楹，为憩坐所，取李子德诗意，牓曰炊羹庐。其旁为四柿亭，补植双宋以存慈仁故迹。祠中别有先生象刻石，亦摹补焉。”

③ 见《钱锺书手稿集·容安馆札记》第一百十二则，商务印书馆2003年版。

④ 见《续修四库全书总目提要（稿本）》第12册，第658页。

千载以还,一人而已。昌绶所言实非过誉。卷四唐栖劳氏三君传,李玉如、包承善两墓志铭,《叶姬张氏玉真墓志铭》《杨氏丰华堂藏书记》,均为传作。昌绶《梅祖庵杂诗》有云:秾纤外自具风骨,浑朴中能见性情。强学单寒何所苦,平生文派薄桐城。'秾纤'二句,盖即自评其文,所谓得失寸心知也。光绪庚子之乱,慈仁寺被毁,改寺基为昭忠祠,独西(遍)[偏]顾亭林祠屋数楹仅存,有唐开成井阑与王锡振书祠记刻石犹未佚。民国十年辛酉,江浙旅京士人,集资重建,昌绶躬亲其役,并撰《祠记》,文见卷四。顾祠本以平定张穆附祀,昌绶卒后,同人公议,与张穆同设位附祀焉。"又所撰《松邻诗集》四卷《词》二卷提要云①:"松邻诗集四卷词二卷……昌绶先人墓庐,在杭州艮山门外皋亭山麓,地有甘墩村,亦曰甘遯,尝乞吴俊卿篆'甘遯居'额,以牓寓斋。又属友绘图,自题云:绕郭家山望渺漫,烦君为我写林峦。苦思偕隐无多志,青鬓归来二等官。时方盛年,而萧散恬淡如此,真似魏晋间人。诗凡四卷,断句如《酬莫楚生》云:亡书积岁犹心恋,煮字长年笑腹枵。《秋草》云:平添秋士萧憀思,孤负春皇浩荡恩。香荄几日红心活,宿莽他年碧血痕。《和闵黄山》云:学道自称天隐子,疗贫羞乞鬼遗方。语均酸楚。昌绶性情中人,《题篝灯纺读图》绝句云:悲母生天不可呼,泪痕狼藉墨痕枯。寒檠尽有伤心事,未忍人间乞画图。凡无母者读之,无不涕零如雨。昌绶光绪丁酉登贤书,戊戌覆试列高等,受知于翁协揆同龢,瓶社追祭诗云:金爵觚棱往事哀,玉阳史笔亦蒿莱。孤亭落照衔荒埂,头白门生掩袂来。亦极沉痛。古体如《戊午岁除祭书会诗》,及《题巩伯模文待诏卧雪图》《和伯葭精忠柏词》诸篇,并矫矫不群,有似缑山鹤唳。词凡(一)[二]卷,《题临桂王氏四印斋仿元巾箱本清真集》有句云:伤心千古才人泪,都在倚声中。又云:吴门家住,长安久旅,憔悴应同。且共尊前,莫思身外,一晌疏慵。《题垂虹感旧图》句云:一曲垂虹,顿成千古伤心地。灵均怨思,祇托微波寄。昌绶于倚声致力至深,此二阕不啻自为小传也。"于伯宛之诗文,虽不无阿私过誉之处,然亦见吴氏诗文,并非仅关一己之心曲而已。

《松邻遗集》一书,传世甚罕。叶景葵《松邻遗集》跋云②:"文楷刻成,而刻资无人担任,闲置数年,文楷甚窘。壬癸间,葵入都,伯褧告葵曰:'文楷急于结账,只需付四百元,便可印刷数十部。'葵允出二百元,分得红印二十部。尔时沅叔正作峨眉之游,葵固未知伯褧未与接洽也。迨沅叔回京,甚怒文楷之专擅,不许再印。文楷

① 见《续修四库全书总目提要(稿本)》第12册,第659页。

② 见《叶景葵杂著》,第154页。

乃以原板改作他用。葵携二十部出京，同好分索，让去十九部，只剩此一册矣。十九部中，有赠平湖葛氏一部、松江图书馆一部，此次倭患，不知已付劫灰否？”又己卯小雪后四日叶氏所撰《吴伯宛先生遗墨》一跋中云[1]：“及先生捐馆舍，后再入京，则《松邻遗集》刊成，无人任剞劂之费，板存文楷斋。由邵伯褧同年发起，付文楷斋四百元，刷印五十部，余出二百元，得书二十部……此二十部携至上海，分赠同志，求者纷至，无以应之。寒斋仅存一部，今捐藏合众图书馆矣。《遗集》卷帙无多，因先生文稿随手散佚，未曾汇写，故搜集至难。”不过，据孙雄所言，则《松邻遗集》其实系事后所冠之名，原书本系诗文分行者。孙氏《松邻文集》四卷提要云[2]：“《松邻文集》四卷。己巳仲秋杭县吴氏刻本，板归傅氏双鉴楼。”《松邻诗集》四卷《词》二卷提要则云[3]：“《松邻诗集》四卷《词》二卷。己巳仲秋杭县吴氏（刻本）……诗词共六卷，本与《文集》别行，刊竣后始并入《松邻遗集》。”孙氏与伯宛同为翁叔平弟子，所言自有所本，当可取信。然无论如何，文楷既已将板片改作他用，此《遗集》当再无印本。自民国初年至今，已历百年，当日所刷之五十部，所存恐已无多，则此本其珍稀自不待辞费。

《松邻遗集》中所收诸作，或别有所本，或曾经式之斧削，其文其诗，多与他处所见者有所同异，如伯宛《景元至大本中州乐府》一卷书后所附跋云：“《中州乐府》一卷，从江安傅沅叔假所收日本五山版《中州集》景雕。其源出于至大庚戌本，较明人翻刻为古。甲寅四月，昌绶志。”下镌“词山”白文小方印。而《松邻遗集》卷二所收《中州乐府跋》则为：“案《中州集》元代凡二本，初刻于至大庚戌龙山赵氏国宝，标题‘翰苑英华中州集’。再刻于延佑二年，即题为‘乙卯新刊’者。昌绶以傅沅叔所收日本五山翻乙卯本重刊《乐府》成，李木斋先生出示张芙川重摹士礼居藏毛钞本，荛圃据蒋氏元本手校。检对此刻，知毛钞亦出乙卯本，惟多缺蚀，不及五山所据原本之完善。独蒋氏乃‘翰苑英华’本，故有‘至大庚戌良月平水进德斋刊’碑牌。两本相距只五年，核其文字，似后刻较胜。今易签为‘仿元延祐本’，附荛圃校语，并摹至大碑牌于后，以著两本异同，且愧前此校证之疏。非木翁良书通假，无以发其蒙也。”集本较书后之跋详尽许多。再以集本《景明正德仿宋本花间集跋》校诸吴氏翻刻本卷末之跋文，则其文末之“今以陆本重摹上版，正德刊书古雅，远胜嘉靖。近代

① 见《叶景葵杂著》，第155页。
② 见《续修四库全书总目提要（稿本）》第12册，齐鲁书社1996年版，第658页。
③ 见《续修四库全书总目提要（稿本）》第12册，“松邻诗集四卷词二卷”条，第659页。

椠工，即乾嘉间刻，且不能仿佛万一，此则时代为之，非人力所可强几已。意有感触，聊发其凡。甲寅八月，仁和吴昌绶"句，亦未见于集本。此则又系集本较为简略者。

伯宛之诗，与艺风酬唱独伙，然此集所收虽富，仍非全豹。伯宛曾自述与艺风之唱和云[①]："艺风寄《辛壬稿》二册，其一当是赠兄者。曩年酬和，尚不止此，知其稍有别择。独取绶'梅村象'二绝，殆以各有寓意。其余鄙作，过涉诙谐，本不足言诗矣。甲寅九月四日……"可见付梓之时，皆有抉择，并非有见即录。章式之当年据以编录之伯宛遗文底本，未及与集本对勘，然想来差异较小。今尚幸存伯宛致缪艺风函多通，中多有其诗词在焉，可与集本对勘，互补互证[②]。如卷十【天香】"和艺风先生马湘兰熏炉拓本"词"夜阑悄闻软语"，《艺风堂友朋书札》作"似闻"，且注明写作日期为辛亥人日立春。同卷【蝶恋花】"春阴连雨薄寒犹殢悄焉疚怀拟冯正中"词"还又风兼雨"，《艺风堂友朋书札》作"风和雨"，又注明写作日期为宣统辛亥三月望。同卷【好事近】"艺风老人别一年矣频得诗函重辱眷眷顷授经自海外归从狩野博士得元刻草堂诗余将寄南中景摹上板因以小词奉酬来怡"词，其小题《艺风堂友朋书札》作："壬子重九前一日得艺风先生书适授经自日京归为假狩野博士所藏至正本草堂诗余将寄南中摹刊且出新收各本互赏回忆客秋文宴之乐渺若隔世率占小词奉艺风先生一粲并录示授经叔蕴静庵诸子当同兹累息也甘遯村萌记上"；又"恰经年隔别，萸荒菊瘦"句，《艺风堂友朋书札》作："恰经年离别，萸荒菊老。"他处字词小异尚夥，不赘录。

诗题亦有差异者，如《艺风堂友朋书札》作：《内阁前哲张诗舲侍郎赠潘功甫舍人诗以酒和墨作书著篛装册属题敬次原韵多用诗中本事》，而集中则作：《张诗舲先生与潘功甫舍人诗简以酒和墨作书式之装册属题谨次其韵多用原诗本事》；再如《艺风堂友朋书札》作：《艺风夫子以售书诗手书寄示仍用吾乡陈氏闺秀韵奉和二篇昌绶自乙卯以来颇谙此况殆所谓当仁不让耶》，而集中则作：《艺风老人寄示售书二律仍用吾乡闺秀陈氏韵赋答此境绶所亲历不觉言之亲切也寄著篛索和》，两者

① 见《章氏四当斋书目》卷中之四，22b。

② 伯宛诗文于此集之外，多存遗珠，顾廷龙《跋吴伯宛先生遗墨》云："松邻先生一代通儒，读其所著所刻，赡博精审，近罕其俦。昨游厂肆，得先生丛残一束，手墨如新，至可珍也。先将所撰诗文稿理治成册，乞张孟劬丈为之审定，承以所藏手札为赠。朱蓉江君见之，亦以新得先生遗像相贻，并冠册首，以志景仰。诸稿多集外之作，虽有出于酬应之笔，而有关故实者甚多。先生遗集前仅试印五十本，闻将列诸《双鉴楼丛书》以广其传。然失收之文，辄有所觏，他日倘能辑刊补遗尤善。"（见于《顾廷龙全集·文集卷》，上海辞书出版社 2015 年版，第 646 页。）顾氏所辑，叶景葵曾为撰序，已见前引。惟此书后似未曾面世，颇可憾也。

相较，其不同者，似出章式之之手所改定。卷六有《癸丑八月艺风师七十生朝写示近作即和其韵为寿》，而《艺风堂友朋书札》作：《癸丑中秋前六日，艺风吾师七十生朝，绥遣一力，南行修问。以宋本王定国〈甲申杂记〉、〈闻见近录〉持献为寿。先生复书，缅缅数千言，弥见精采，兼写示近什居庸路次臭埃轮铁间，先和第一篇奉寄，犹是向时游戏意境。二千里外见之，当为把盏一笑》。集本中此诗题下收录七绝四首，然据此诗题，则知四诗系先后两次和韵艺风原作，并非同时所咏者。又集本有《寒云以渊雅堂夫妇书画箑见贻，按墨琴以乾隆甲辰归惕甫，年二十三。此题漱绮山房，尚是未嫁时笔。惕甫仿思翁山水作于丁未，在其后三年。绿沈漆竹扇骨纤丽，盖墨琴奁中物，距今百三十年矣。画迹罕传，矧为双璧。珍玩不已，酬以小诗》，而《艺风堂友朋书札》中，伯宛按语之前尚有句云："近得渊雅堂夫妇画箑，墨琴作落花芳草戏蝶，分书自题云：蝶蹴花初落，花飞蝶共抟。风前围作阵，空际搅成团。墨琴女史(曾)[曹]贞秀写于漱绮山房。"两题合读，此卷之来龙去脉，方始得以明了。而另有诗题全然不同者，未知何故。如《艺风堂友朋书札》作：《萧同年方骏重九见投诗简依韵酬之(萧工医时为治疾五六语皆今年病状也)》，而集本则作：《重九前二日蛰公见招有诗即依韵奉酬》，所和原韵之作者到底为萧为郭，竟成悬案。

又两者相较，知集本尚有未曾收入者，如第八十九通所收："饯春余酒待重温，日为安车盼国门。命简尚谦师弟谊，谈书真合祖宗尊(申耆先生事)。史家杰笔名山业，词客空花病枕痕。苦语笺天颠倒甚，道元讹本早成吞。小诗呈艺风师傅笑，仁和吴昌绶。乙卯立夏后三日。"再如第一百六十六通所收二绝："使者曾抛青鼠裘，虞山藏目至今留。倾身障簏卿何苦，滂喜原难敌敏求。""曾记桐城第一流，娘娘眉眼笑苏州。纵然不嫁浑过半，好祝明年抱阿侯(惜抱先生以仇画近苏州娘娘眉眼者为伪迹，然则必似凤阳婆乃为明代真本耶？尝与茗理引为笑乐，兹特借喻耳)。"又第一百七十四通之《艺风夫子书来秋冬见子受、子彬各举一男然弟先于兄也戏呈赋小诗为抱孙贺》："闻道双龙戏海来，名山芝皓笑颜开。大登科步郊祁武，小比肩兼亚夏才。熊鸟经方无量寿，蠡麟诗教不凡胎。先生试和新吴体，头白邻松我尚孩。"皆未见于集中，未知系为章式之所删落，抑本属遗珠，为章氏所未见者？

又有可言者，集中"诗一"所收"梅祖庵杂诗"四十一首，亦即丙寅年吴定所刻《梅祖庵杂诗》。两者相较，仅若干文字小异。而"诗二"收"梅祖庵续诗"四十首，则未为吴定所录。《梅祖庵杂诗》本仅四十首，故吴定所刊单行本卷末《附录山荷手笺》开首即云："伯宛录示《梅祖庵杂诗》四十首。"而今存之第四十一首，乃系伯宛向山荷致谢之言，其自注云："庚戌岁暮，写此诗求正山荷，为删汰十数字，大抵涂饰时人语以博笑者。爱护之挚，诤论之公，感与惭并，附诗谢之。”正可说明。至于吴定刊行《梅祖庵杂诗》之缘由，可见其自跋，云：“去年秋，伯宛遽归道山，感怆无已。此《杂事诗》一卷，囊存箧中，检付手民，以志宿草之感。乙丑嘉平，丹徒吴定识。”此系伯宛逝后，友朋所刻相关文献之首发。而《松邻遗集》则尚后出者。

伯宛虽年寿不永，然殁后先后得若干死友之助，为刊遗文。九原可作，想亦瞑目矣。

陈宝箴为慈禧密旨赐死说再考辨

——从陈三立“门存”诗谈起

陈　斐*

陈宝箴（字右铭）、陈三立（字伯严）父子是近代政治史、文学史上的重要人物。光绪二十一年（1895）陈宝箴任湖南巡抚，在其子陈三立的襄助下推行新政。正当各项举措稳步推进之时，戊戌政变发生，陈宝箴、陈三立父子被以“滥保匪人”“招引奸邪”的罪名“革职永不叙用”“交地方官严加管束”[①]，湖南新政随之流产。光绪二十六年（1900）六月二十六日，闲居在南昌府新建县西山崝庐的陈宝箴突然去世。对于其死因，其子陈三立在《皇授光禄大夫头品顶戴赏戴花翎原任兵部侍郎都察院右副都御史湖南巡抚先府君行状》（本文简称“《行状》”）中记述道：

> 二十六年四月，不孝方移家江宁，府君且留崝庐，诫曰：“秋必往。”是年六月廿六日，忽以微疾卒，享年七十。卒前数日，尚为《鹤冢》诗二章。前五日，尚寄谕不孝，勤勤以兵乱未已、深宫起居为极念。不孝不及侍疾，仅乃及袭敛。通天之罪，锻魂锉骨，莫之能赎。天乎，痛哉！……不孝既为天地神鬼所当诛

* 陈斐，中国艺术研究院中国文化研究所助理教授。本文另刊于《文史哲》2015 年第 6 期。

① 《清实录·德宗景皇帝实录》卷四百二十八光绪二十四年八月壬寅（二十一日）上谕，《清实录》第 57 册，中华书局 1987 年版，第 615 页。

灭，忍死苟活，盖有所待。[①]

1982年，宗九奇在《陈三立传略》一文中公布了近人戴明震之父远传翁（字普之）《文录》中的一条材料，为陈宝箴死因提出另外一种说法：

光绪二十六年六月二十六日，先严千总公（名闳炯）率兵弁从巡抚松寿驰往西山崝庐，宣太后密旨，赐陈宝箴自尽。宝箴北面匍匐受诏，即自缢。巡抚令取其喉骨，奏报太后。[②]

自此，学界对陈宝箴死因持两种看法。刘梦溪、邓小军二先生结合当时政治形势从陈三立诗歌中寻绎线索，证实戴远传《文录》所记"慈禧密旨赐死"说[③]。胡迎建、李开军、张求会、汪叔子、马卫中、余英时等先生认为"赐死"记载为孤证，不可遽信，当仍以《行状》"以微疾卒"的说法为准[④]。

这个问题近年来之所以会引起学界重视，成为一个比较热门的话题，原因有三：首先，陈宝箴是近代史上的重要人物，探究其死因有助于深化近代政治史的研究。其次，陈三立是近代诗坛祭酒，被汪辟疆《光宣诗坛点将录》比作"及时雨宋江"。其父卒于西山崝庐后，始致力于作诗。西山《水经注》作"散原山"，陈三立晚

① 《散原精舍诗文集》，上海古籍出版社2003年版，第856—857页。

② 载《江西文史资料选辑》第3辑，江西人民出版社1982年版，第119页；又见作者《陈宝箴之死的真相》，载《文史资料选辑》第87辑，中国文史出版社1983年版。

③ 参见刘梦溪先生《慈禧密旨赐死陈宝箴考实》，连载于《中国文化》2001年第17、18期；经修订后收入作者专著《陈宝箴和湖南新政》（故宫出版社2012年版），题作《陈宝箴之死的谜团及求解》。近日刘先生又发表《陈宝箴系慈禧密旨赐死新证》，载2014年9月2日《光明日报》。邓小军先生《陈宝箴之死考》，载《陈寅恪与二十世纪中国学术——纪念陈寅恪先生诞辰一百一十周年》（浙江人民出版社2000年版）；经修订后收入作者专著《诗史释证》（中华书局2004年版），题作《陈宝箴之死的真相——散原精舍诗表微之一》。去年邓先生又发表《"殉国"：陈宝箴之死的新证据——夏敬观、陈三立赠答诗二首笺证》，载《东南大学学报》2013年第3期；经修订后收入作者专著《古诗考释》（商务印书馆2013年版），题作《"殉国"：陈宝箴死因的新证据——夏敬观、陈三立赠答诗二首笺证》。刘、邓二先生的主张得到不少学者认同，参见马英典《陈宝箴与近代警察制度》，载《兰台世界》2006年第23期；陶江《崝庐与陈宝箴之死》，载《创作评谭》2007年第3期；郑海麟《陈宝箴、黄遵宪交谊与湖南新政》，载《文史知识》2008年第6—9期；郑海麟《从黄遵宪〈与陈伯严书〉看晚清变局》，载《文史知识》2009年第10期等。

④ 参见胡迎建先生《一代宗师陈三立》（江西高校出版社2005年版，第62—63页）。李开军先生《陈宝箴"赐死"考谬——与刘梦溪、邓小军两先生商榷》，载《文史哲》2011年第1期；在专著《陈三立年谱长编》（中华书局2014年版，第547页）中作者重申其说。另外，张求会先生《陈寅恪的家族史》（广东教育出版社2000年版，179—185页），汪叔子、张求会先生编《陈宝箴集》"叙言"（中华书局2003年版，第10—11页），马卫中、董俊珏等先生编《陈三立年谱》（苏州大学出版社2010年版，第247—248页），余英时1996年8月15日致刘正信（影印件见刘正《陈寅恪先生的列祖列宗》，载《寻根》2008年第1期）亦质疑"赐死"说。

年自号“散原”，并颜所居曰“散原精舍”，名集为“散原精舍诗（文）集”，主要原因是为了“识隐痛也”[①]。他后半生频繁创作的悼念父亲的述哀诗，堪称集中成就最为突出的代表作。正如王揖唐《今传是楼诗话》所云：“散原集中，凡涉崝庐诸作，皆真挚沉痛，字字如迸血泪。苍茫家国之感，悉寓于诗，洵宇宙之至文也。”[②]章士钊《论近代诗家绝句》亦曰：“至情不碍开云手，第一崝庐谒墓时。”[③]故对陈宝箴死因的分析，直接影响到对其子陈三立及其诗作的研究，甚至可以说是走进陈三立心灵世界和阐释评价其诗的一个关键。再次，陈寅恪诗歌和史著中蕴含着深沉的家国情结[④]，弄清其祖父陈宝箴之死因，有助于探究此种情结生成的家族渊源。

笔者以为，探究陈宝箴死因，其子陈三立的叙述是重要文献，但不能仅仅依据其所撰《行状》就率尔断案（因为《行状》的写作要考虑当时的政治形势等），而应全面分析陈三立对其父死因的记述，然后在系统考辨已知诸种文献的内容、文体属性、功用、来源及相互关系的基础上“合众证而质之”“参众说而核之”[⑤]，最后再做出判断。

笔者近日细读陈三立诗文，即在其“门存”诗中发现了数处对其父死因的流露。若知人论世，考虑到作品构思上的系统性和诗作得以生成的友朋唱和场域，联系陈三立所有诗作遣词抒情的特征以及中国诗学的传统，会发现：陈三立“门存”诗流露的其父陈宝箴之死的真相，完全和戴远传《文录》所记被慈禧密旨赐死说相合。另外，陈宝箴卒前三四个月，二月二十一日《清议报》披露“西后现降密谕”捕拿陈宝箴，三月宋恕《致孙仲恺书》又云：“荣、刚又下密电于江西，着将陈宝箴中丞就地正法。”这些都可以说是“赐死说”的有力证据。

一、“属镂魂”之所指

陈三立“门存”诗，是指其寓居江宁时，在著名的门存唱和中创作的诗歌。光绪二十七年（1901）秋冬之际，陈锐（字伯弢）以知县候补需次江宁，陈三立过访，各出所藏书牍，展玩咨嗟，伤今触往。陈锐赠之以诗，陈三立次韵答之。由是同人，如易

---

① 吴宗慈：《陈三立传略》，《散原精舍诗文集》，上海古籍出版社 2003 年版，第 1196 页。

② 张寅彭编：《民国诗话丛编》第 3 册，上海书店出版社 2002 年版，第 276 页。

③ 《汪辟疆说近代诗》，上海古籍出版社 2001 年版，第 53 页。

④ 刘梦溪先生曾精辟地指出，陈寅恪《乙巳冬日读清史后妃传有感于珍妃事为赋一律》之“家国旧情迷纸上，兴亡遗恨照灯前”，“可以看做是陈寅恪全部诗作的主题曲，同时也是我们开启陈寅恪精神世界隐痛的一把钥匙”（参见刘梦溪《陈寅恪的“哀伤”与“记忆”》，载《学术月刊》2007 年第 6 期）。

⑤ 纪昀等：《钦定四库全书总目·史部总叙》，中华书局 1997 年版，第 611 页。

顺鼎、张伯纯等，用此韵互相酬答，“海内和者殆千数百首不止”[1]。陈三立拈起结韵，辑为《门存诗录》十卷梓行，后又编为《续刻》三卷出版。《诗录》以人系诗，卷二收录陈三立诗作30首[2]。这些诗作，虽然各有诗题，但眷怀君国、忧心世变、抚昔伤今的基调十分明显。正如陈三立作于同时的《与皮锡瑞书》所云：“回忆囊游，梦影重重而已。”[3]某些诗篇寓公于私，通过对湖南新政的追忆和对新政领导者——其父陈宝箴的凭吊，来抒发抱负难以实现的苦闷。正是在这些诗作中，陈三立情不自禁地将其父被慈禧赐死的真相流露出来。

《遣兴二首》云：

九天苍翮影寒门，肯挂炊烟榛棘村。
正有江湖鱼未脍，可堪帘几鹊来喧？
啸歌还了区中事，呼吸凭回纸上魂。
我自成亏喻非指，筐床刍豢为谁存？

刺绣无如倚市门，区区思绕牧牛村。
晓移觞榼溪桥稳，晨听篝车田水喧。
俯仰已迷兰茝地，伶俜余吊属镂魂。
江长海断风雷寂，阴识雄人草泽存。[4]

二诗当作于光绪二十七年(1901)十月十四日前后[5]，时距其父陈宝箴之死不足一年零四个月。不久，陈三立即赴南昌西山为父扫墓。

先看第一首。首联“九天苍翮影寒门，肯挂炊烟榛棘村”，写寓目所见之景，同时比喻、象征心境。此时陈三立赁居江宁中正街，算不上荒凉，然而他在诗中多次描写寓居环境的萧瑟冷凄，实乃政治心理之感觉。全联意谓：那曾在高空翱翔的

---

① 陈锐：《袌碧斋七言律序》，《袌碧斋集·七言律》卷首，清末刻本。

② 《散原精舍诗集》卷上选录了八题九首。李开军等先生据《门存诗录》将余者辑入《散原精舍诗文集补编》(江西人民出版社2007年版)。一年后陈三立又作有《用“门存”韵寄和黎薇生郎中并示谭组安，破戒缀此，后不复徇之矣》两首，因相隔时间较远，且与本文论题关系不大，不再论及。

③ 《散原精舍诗文集补编》，江西人民出版社2007年版，第259页。

④ 《散原精舍诗文集》，上海古籍出版社2003年版，第33—34页。

⑤ 《散原精舍诗集》卷上收录了此二首诗，前面一首题为《十月十四夜饮秦淮酒楼，闻陈梅生侍御、袁叔舆户部述出都遇乱事，感赋》，后面相隔数首即录陈三立冬至为父扫墓的述哀诗。

鹰隼息影于寒门，拼得在炊烟袅袅、荆棘丛生的村野栖身；比喻自己曾在朝廷任职，志存高远，但现在被打击冷落，拼得在远离政治中心的江宁居处。颔联"正有江湖鱼未脍，可堪帘几鹊来喧"意谓：自己正想着回乡归隐，岂料喜鹊飞到帘幕和几案旁边来聒噪，莫非又有什么喜事（形势或有转机）？将颓唐和热望交织起伏的复杂心情淋漓尽致地刻画出来，可见作为"神州袖手人"[①]的陈三立难以真正忘怀世事。下文承此直接抒情。

颈联曰："啸歌还了区中事，呼吸凭回纸上魂。""啸歌"，指长啸歌吟。"区中"，犹区寰，即人世间、天下。"区中事"，即人世间形形色色的事情，这里主要指家国大事。陈三立另一首诗亦曰："变灭区中事，悠悠负我怀。"[②]"呼吸凭回纸上魂"指剪纸招魂，古人有此风俗，如夏完淳《细林夜哭》："肠断当年国士恩，剪纸招魂为公哭。"[③]尾联云："我自成亏喻非指，筐床刍豢为谁存？"用了几个《庄子》典故。《齐物论》曰："以指喻指之非指，不若以非指喻指之非指也……天地一指也……其分也，成也；其成也，毁也。凡物无成与毁，复通为一。唯达者知通为一。"[④]又曰："道之所以亏，爱之所以成。果且有成与亏乎哉？果且无成与亏乎哉？"[⑤]亦曰："丽之姬，艾封人之子也。晋国之始得之也，涕泣沾襟；及其至于王所，与王同筐床，食刍豢，而后悔其泣也。"[⑥]末二联意谓：人世间形形色色的事情带来的遗恨还能通过长啸歌吟排遣，亡人（特指其父陈宝箴，详见下文）的魂魄却只能通过剪纸来呼唤；我自是知晓成亏相对、复通为一的道理，安适的方床、美味的肉食又是为谁而存设呢？言外之意为：自己将坚守操守和理想，不会因为贪恋舒适生活而改变初衷。

第二首承前首不贪恋舒适生活而言，一开头即表明自己的心愿是在村舍隐居："刺绣无如倚市门，区区思绕牧牛村。"《史记·货殖列传》："夫用贫求富，农不如工，工不如商，刺绣文不如倚市门。"[⑦]泷川资言《史记会注考证》云："刺绣文，工之事；倚市门，商之事。颜师古曰：'言其易于得利也。'"[⑧]首联意谓：虽然人们常说"刺绣

---

① 陈三立《赠梁启超》残句云："凭栏一片风云气，来作神州袖手人。"（《散原精舍诗文集》，上海古籍出版社 2003 年版，第 737 页）

② 《同石钦、仁先、絜先、恪士寻富春山水，宿桐庐逆旅，明日易小舸上溯七里泷，登钓台，复还抵桐庐宿焉，赋纪三首》，《散原精舍诗文集》，上海古籍出版社 2003 年版，第 548 页。

③ 《夏完淳集》，中华书局 1959 年版，第 80 页。

④ 郭庆藩撰：《庄子集释》，中华书局 1961 年版，第 66—70 页。

⑤ 郭庆藩撰：《庄子集释》，中华书局 1961 年版，第 74 页。

⑥ 郭庆藩撰：《庄子集释》，中华书局 1961 年版，第 103 页。

⑦ 司马迁：《史记》，中华书局 1982 年版，第 3274 页。

⑧ 司马迁著，泷川资言会注考证《史记会注考证》，新世界出版社 2009 年版，第 5163 页。

文不如倚市门”，但自己的一点微薄心愿却是在牧牛村舍隐居。颔联“晓移觞榼溪桥稳，晨听篝车田水喧”描写乡居生活，大意为：天亮以后，把酒杯和酒壶搬到溪桥上稳稳当当地慢饮；早晨田间水车忙碌着，听起来有些喧嚣。“境由心生”，“田水喧”三字，景中含情，由此折射出陈三立内心翻腾的波澜。情感的闸门就此打开，下文顺势而下，道出了郁蟠于胸的心结。

颈联云：“俯仰已迷兰芷地，伶俜余吊属镂魂。”“俯仰”，低头和抬头，喻时间短暂。“兰芷”，即兰草与白芷，为《楚辞》常见意象。“兰芷地”当指楚地湖南。光绪二十一年(1895)陈宝箴任湖南巡抚，以“变法开新”为已任，陈三立襄助其父推行新政，期望“营一隅为天下倡，立富强根基”(《行状》)[①]。倡导董吏治、辟利源、变士习、开民智、敕军政、公官权，设置矿务局、官钱局、铸币局、保卫局、工商局等，兴办电信、轮船及制造公司，创立时务学堂、算学堂、南学会、武备学堂等，支持谭嗣同等刊行《湘学报》《湘报》，使湖南风气大开，成为全国最有生气的省份。正当新政取得初步成效时，戊戌政变发生，陈氏父子俱被革职，“永不叙用”，新政随之流产，两年后陈宝箴在南昌西山崝庐突然去世[②]。可见，对于陈三立一门来说，湖南新政的流产及先人陈宝箴的突然死亡，实乃关涉家国兴衰的重大事变，故化为心结郁蟠在其胸中，成为吟咏遗怀的重要主题。正如陈宝箴卒后半年余，即光绪二十七年正月二十二日，陈三立致信汪康年时所云：“国变家难，萃于一时，集于一身。呜呼！”[③]陈三立诗亦云：“每从桑海觅湖湘”[④]“早晚西山万念存”[⑤]。笔者曾将此诗呈与刘梦溪先生请教，刘先生有文精辟地指出：“‘俯仰已迷’则是对湖南新政故地的流连沉醉。此句与陈寅恪诗‘儿郎涑水空文藻，家国沅湘总泪流’‘死生家国休回首，泪与湘江一样流’，以及‘家国旧情迷纸上，兴亡遗恨照灯前’等，可连类比照，都是抒写对湖南新政及其悲剧结局的记忆。陈宝箴、陈三立父子虽籍江西义宁州，然事业所成、情感所系、悲剧之酿，实在三楚之地的湖南。”[⑥]

颈联“伶俜”，指孤单无依。潘岳《寡妇赋》：“少伶俜而偏孤兮，痛切怛以摧心。”

① 《散原精舍诗文集》，上海古籍出版社2003年版，第852页。

② 详见刘梦溪先生的专著《陈宝箴和湖南新政》(故宫出版社2012年版)。

③ 上海图书馆编：《汪康年师友书札》第2册，上海古籍出版社1986年版，第1984页。

④ 《于乱书堆中忽得吾友廖荪畡广文重刊诗卷，不省何时投寄，末附近岁之作，所未经见，惊喜诵之，系以小诗》，《散原精舍诗文集》，上海古籍出版社2003年版，第154页。

⑤ 《返西山墓庐将过匡山赋别》，《散原精舍诗文集》，上海古籍出版社2003年版，第35页。

⑥ 《陈宝箴系慈禧密旨赐死新证》，载2014年9月2日《光明日报》。

《文选》李善注:“伶俜,单孑貌。偏孤,谓丧父也。”①陈三立言“伶俜”,是在强调自己丧父后的孤儿身份。“属镂”,又作“属卢”“属娄”等,剑名。《左传·哀公十一年》记吴王夫差赐伍子胥属镂之剑自刎事,“王闻之,使赐之属镂以死”。杜预注:“属镂,剑名。”②后《史记》“吴太伯世家”“越王勾践世家”“伍子胥列传”皆有记载。赵晔《吴越春秋·勾践伐吴外传》又记越王赐文种属卢之剑自刭事,“越王遂赐文种属卢之剑,种得剑又叹曰:‘南阳之宰而为越王之擒。’自笑曰:‘后百世之末,忠臣必以吾为喻矣。’遂伏剑而死。”③后来“属镂”常用作忠臣被赐死的典故。如李廌《天封观将军柏》:“尚方属镂赐,朝服东市戮。君看古功臣,牖下死为祝。”④刘基《钱塘怀古得吴字》:“鬼蜮昭华衮,忠良赐属镂。”⑤《左传》《史记》乃古代士子常备书,陈三立自应十分熟悉。故联系陈三立身世、心境,考虑到他将“兰芷地”和“属镂魂”对举,再用“伶俜”强调其“孤儿”身份,可知“属镂魂”乃特指其被“赐死”之尊翁、湖南新政领导者陈宝箴之魂魄。“俯仰已迷兰芷地,伶俜余吊属镂魂”意谓:俯仰之间,曾经在湖南推行的新政已化为陈迹;只剩下自己孤零零一人,凭吊那被最高统治者赐死的父亲。《行状》云:“俯仰之间,家国君父无可复问,此尤不孝所攀天斫地、椎心酾血者也。”⑥恰可与此联相互映发,且所用语词、所抒情感也非常相似:“俯仰已迷”即是“俯仰之间”“无可复问”,而“兰芷地”“属镂魂”则是对“家国君父”的阐释。而这,正是令陈三立“攀天斫地、椎心酾血”的心结所在。尾联“江长海断风雷寂,阴识雄人草泽存”,抒发了对未来形势的惊惧、担忧,意谓:事变是暂时平息了,但自己隐隐觉察到还有非常之人藏身于草泽之中,正酝酿着新的风暴。

综上所述,《遣兴二首》其二“俯仰已迷兰芷地,伶俜余吊属镂魂”,乃陈三立追忆关涉家国兴衰的湖南新政、凭吊新政领导者——其尊翁陈宝箴。若考虑到全诗构思抒情上的系统性,则其一“啸歌还了区中事,呼吸凭回纸上魂”亦当如此理解。陈三立用“属镂魂”指称其父之魂魄,更是将陈宝箴之死的真相流露出来,即和吴王赐忠臣伍子胥属镂之剑自刎一样,是被最高统治者赐死的。这和戴远传《文录》所记陈宝箴系被慈禧密旨赐死、“巡抚令取其喉骨,奏报太后”之说,若合符契。

《遣兴二首》之“纸上魂”“属镂魂”乃陈三立特指其亡父之魂魄,从陈三立和友

---

① 萧统编,李善注:《文选》,上海古籍出版社 1986 年版,第 735 页。
② 左丘明著,杜预集解:《春秋左传集解》,上海人民出版社 1977 年版,第 1775—1778 页。
③ 赵晔著,张觉校注:《吴越春秋校注》,岳麓书社 2006 年版,第 285 页。
④ 傅璇琮等主编:《全宋诗》第 20 册,北京大学出版社 1995 年版,第 13560 页。
⑤ 《刘伯温集》,浙江古籍出版社 2011 年版,第 532 页。
⑥ 《散原精舍诗文集》,上海古籍出版社 2003 年版,第 856 页。

朋就此诗进行的唱酬亦可得到证实。发起门存原唱的陈锐和陶宾南曾皆和陈三立此诗[①]。陈锐《奉和伯严遣兴之作》云:"康寠巨鬼瞰高门,此是南无乞食村。弹指楼台空际灭,撑肠龙虎静中喧。大悲世界恒河劫,终古西山片石魂。强借酒杯浇块垒,旁人微笑旧狂存。"[②]陈锐"弹指楼台空际灭"是对陈三立"俯仰已迷兰芷地"的回应,"强借酒杯浇块垒"是对陈三立"啸歌还了区中事"的回应,而"终古西山片石魂"则明显是对陈三立"呼吸凭回纸上魂"和"伶俜余吊属镂魂"的回应。按:"片石"指石碑。"西山片石"特指后人为纪念饿死西山(即首阳山)之节士伯夷、叔齐[③]所立的石碑。如周日藻《伯夷叔齐与》:"独醒独清,今人岂必效其奇行,乃采薇遗烈,终不可企矣,阅千年而凭吊,西山片石,尚在人间,当时圣主贤臣未敢褒,而忽动景仰于知人论世。"[④]有时也用来模拟或借指纪念忠贞、气节之士的石碑。如李鸿庥纪念武训联语曰:"生为义丐,死为明神,俎豆祀千秋,真无愧西山片石;文未丧天,道未坠地,胶庠传一脉,大有光东鲁杏坛。"[⑤]再如《古今图书集成》"明伦汇编·官常典·第七百三十七卷·忠烈部·名臣列传三十二·清溪二义士"云:"贵池人,未详姓氏。当金川失守,建文帝出亡,二士方乘舟,闻燕王已即大位,不禁相向而哭,失声,遂赴水以没,竟不欲以身显。此其与矫皦沽名者相去远矣。迄今都人士泊舟其间,见一泓空渌,直与西山片石相映,而月白猿啼之下,二子忠魂隐隐尚在,直应立懦之一助也,以故清溪有专祠。"[⑥]陈宝箴卒于南昌西山崝庐,后又葬于西山。陈锐所谓"西山片石魂"乃特指陈宝箴之魂魄,别无他解;就用典而言,可谓十分恰切。"大悲世界恒河劫,终古西山片石魂"意谓:世间充满了像恒河沙数一样多的劫难(令尊之死及天下大事带来的遗恨不过沧海一粟罢了,要看开一些),令尊的忠魂,将像伯夷、叔齐一样,和记载其节操、德政的西山之碑一起流芳百世。可见,陈锐已看出"呼吸凭回纸上魂"和"伶俜余吊属镂魂"乃陈三立凭吊其亡父陈宝箴之魂魄。

---

① 《门存诗录》卷六所录陶宾南《漫成和伯严》当系陶氏和作,因与本文论题无涉,不再征引。

② 陈三立编:《门存诗录》卷一,清末刻本。

③ 《史记·伯夷列传》:"武王已平殷乱,天下宗周,而伯夷、叔齐耻之,义不食周粟,隐于首阳山,采薇而食之。及饿且死,作歌,其辞曰:'登彼西山兮,采其薇矣……'遂饿死于首阳山。"(《史记》,第2123页。)

④ 许振祎编《明清文才调集》,吉林人民出版社1998年版,第820页。黄鹗《圣人百世之师也》亦曰:"噫!饿夫之薇可采,抚西山片石,不偕云物以俱移;死士之垄可登,访东国残碑,不仅诔辞之有据。"(颜建华编《清代湖南朱卷选编》,湖南师范大学出版社2012年版,第240页。)

⑤ 张明主编《武训研究资料大全》,山东大学出版社1991年版,第135页。左宗棠《答吴清卿学使》亦云:"已令李佐兴双钩,觅石刻成……嵌之山巅,以当西山片石。"(《左宗棠全集·书信二》,岳麓书社2009年版,第474—475页。)

⑥ 陈梦雷等编:《古今图书集成》第314册,中华书局1934年版,第27—28页。

后来，陈三立答谢陈锐、陶宾南酬和的诗作《宾南、伯弢皆有见和遣兴之作，掇此酬之》认可了这种理解，而且，心绪难平的他在情感波澜的推动下，又一次将其父陈宝箴之死的真相流露出来。

二、"负石魂"之寓意

陈三立《宾南、伯弢皆有见和遣兴之作，掇此酬之》诗云：

何人大嚼过屠门，为指初霜梅柳村？
天放湖山兼晚色，陆沉怀抱有孤喧。
居夷莫问乘桴事，掌梦难招负石魂。
赢得风流说江左，新亭明灭谢墩存。①

首联用设问句式直接抒情："何人大嚼过屠门，为指初霜梅柳村？"桓谭《新论·祛蔽》："关东鄙语曰：'人闻长安乐，则出门西向而笑；知肉味美，则对屠门而大嚼。'"②曹植《与吴季重书》："过屠门而大嚼，虽不得肉，贵且快意。"③首联描写友朋相见的惊喜、快意，意谓：是谁不嫌荒僻，于清霜初降的时节到梅柳夹道的村庄来访了？大家虽然理想不能实现，但在一起忘形畅谈，各抒怀抱，也十分快意！陈三立《文芸阁学士同年挽词六首·其二》："狂言人尽避，大嚼日相存。"④恰可为"何人大嚼过屠门"一句做注脚。

颔联上句写景，下句抒情："天放湖山兼晚色，陆沉怀抱有孤喧。""天放"，指放任自然。《庄子·马蹄》："一而不党，命曰天放。"成玄英疏："直置放任，则物皆自足，故名曰天放也。"⑤"陆沉"，比喻埋没，不为人知。黄庭坚《次韵答张沙河》："丈夫身在要勉力，岂有吾子终陆沉？"⑥全联意谓：自己在湖山之间放任自然、隐居而处，虽然尚能欣赏傍晚的景色，但埋没不为人知、抱负无法实现，难掩胸中的孤傲不平之气。由此，情感的潮水再次决堤，倾泻出耿耿于胸的心结。

颈联云："居夷莫问乘桴事，掌梦难招负石魂。"上句用孔子欲"居夷""乘桴"典。

---

① 《散原精舍诗文集》，上海古籍出版社 2003 年版，第 34 页。
② 桓谭：《新论》，上海人民出版社 1977 年版，第 29 页。
③ 曹植著，赵幼文校注：《曹植集校注》，人民文学出版社 1984 年版，第 143 页。
④ 《散原精舍诗文集》，上海古籍出版社 2003 年版，第 132 页。
⑤ 郭庆藩撰：《庄子集释》，中华书局 1961 年版，第 334—335 页。
⑥ 黄庭坚著，任渊等注：《山谷诗集注》，上海古籍出版社 2003 年版，第 663 页。

《论语·公冶长》:“子曰:‘道不行,乘桴浮于海。’”[①]《子罕》:“子欲居九夷。或曰:‘陋,如之何?’子曰:‘君子居之,何陋之有?’”[②]皆是孔子对“道不行”的感喟,乃一事两记。许慎《说文解字》“羌”字条把这两章合在一起解说:“夷俗仁,仁者寿,有君子不死之国。孔子曰:‘道不行,欲之九夷,乘桴浮于海。’有以也。”[③]《汉书·地理志》亦曰:“然东夷天性柔顺,异于三方之外,故孔子悼道不行,设浮于海、欲居九夷,有以也夫。”[④]“夷”泛指东方土著族群,这里当指陈三立寓居所在地江宁,因江宁一带古为淮夷之地。《尚书·禹贡》谓:“海岱及淮惟徐州……淮夷蠙珠暨鱼,厥篚玄纤缟。浮于淮泗,达于河。”[⑤]《禹贡锥指》云:“淮夷盖在东方荒服之内,故亦谓之东夷。今淮、扬二府近海之地皆是也。”[⑥]可见淮夷居于淮河下游流域及近海处,江宁正在此范围之内。陈三立此处用“居夷”“乘桴”典,言外之意亦是对“道不行”的感喟。联系到陈三立一生的出处进退,所谓“道不行”,正和《遣兴二首·其二》“俯仰已迷兰芷地”一样,主要指湖南新政的流产。故“居夷莫问乘桴事”是说:既然自己因“道不行”——湖南新政流产,选择了在古蛮夷之地江宁隐居,就不要再谈什么浮海出国的事了。可能陶、陈二人曾以此劝陈三立,当是为他的安全考虑。因为戊戌变法失败后,慈禧大肆屠杀新政领袖,康、梁等都曾出国避难。

“掌梦”,指主管占梦的官员。《楚辞·招魂》云:“帝告巫阳曰:‘有人在下,我欲辅之。魂魄离散,汝筮予之。’巫阳对曰:‘掌梦。’”王逸注:“巫阳对天帝言:‘招魂者,本掌梦之官所主职也。’”[⑦]又王逸认为,《招魂》乃宋玉为招屈原之魂而作。下文“负石魂”,古典正指屈原之魂魄。《史记·屈原贾生列传》记屈原“于是怀石遂自投汨罗以死”[⑧]。“负石”“怀石”意同,有时也作“任石”。南人自幼习水,不如此不能自沉。《荀子·不苟》:“故怀负石而赴河,是行之难为者也,而申徒狄能之。”[⑨]正将“怀”“负”两个近义词连用。“掌梦难招负石魂”一句,是对陈锐和作的回应。为便于分析,现将诸诗颈联胪列如下:

---

① 《论语注疏》,《十三经注疏》本,上海古籍出版社1997年版,第2473页。
② 《论语注疏》,《十三经注疏》本,上海古籍出版社1997年版,第2491页。
③ 许慎著,段玉裁注:《说文解字注》,上海古籍出版社1988年版,第147页。
④ 班固:《汉书》,中华书局1962年版,第1658页。
⑤ 《尚书正义》,《十三经注疏》本,上海古籍出版社1997年版,第148页。
⑥ 胡渭:《禹贡锥指》,上海古籍出版社1996年版,第134页。
⑦ 洪兴祖:《楚辞补注》,中华书局1983年版,第197—198页。
⑧ 司马迁:《史记》,中华书局1982年版,第2490页。
⑨ 王先谦撰:《荀子集解》,中华书局1988年版,第37页。

陈三立《遣兴二首·其一》:"啸歌还了区中事,呼吸凭回纸上魂。"

陈三立《遣兴二首·其二》:"俯仰已迷兰芷地,伶俜余吊属镂魂。"

陈锐《奉和伯严遣兴之作》:"大悲世界恒河劫,终古西山片石魂。"

陈三立《宾南、伯弢皆有见和遣兴之作,掇此酬之》:"居夷莫问乘桴事,掌梦难招负石魂。"

陈三立用"掌梦难招负石魂"回应陈锐"终古西山片石魂",一方面,乃认可陈锐对自己诗句的理解,即"纸上魂""属镂魂"特指其父陈宝箴之魂魄;另一方面,又难以抑制心中的悲痛,言下之意为:虽然您说先君的忠魂将会流芳百世,但毕竟他是像屈原一样自尽了,即使专门负责招魂的官员,也难以召唤他的冤魂啊!屈原于怀王时因造为宪令、以图变法而屡遭谗陷,流放凡十余年。国破家亡之际,悲愤不能自已,终至自沉汨罗而死。这里陈三立用屈原代指其父,除了地域相同外(湖南为古楚国之地),更重要的原因当系两人遭际相似。就死因而言,尽管屈原迫于国破家亡而自尽,陈宝箴为受命自尽,但在迫于情势、自尽而亡这一点上,却是相同的。故陈三立用屈原之"负石",暗示其父之死因。而这,又和戴远传《文录》所记陈宝箴被慈禧密旨赐自尽之说,若合符契。

尾联"赢得风流说江左,新亭明灭谢墩存",综合使用东晋贤相王导、谢安二人之事,乃自我排遣,同时又从正面响应陈锐"终古西山片石魂",意谓:先君主持的新政,将像王导、谢安的风流轶事那样,永远在人们口中流传。

前面已经分析过,湖南新政的流产及先人陈宝箴的突然死亡,乃关涉家国兴衰的重大事变,化为心结郁蟠在陈三立一门胸中,成为吟咏遣怀的重要主题。这在陈三立 30 首"门存"诗中,十分醒目。除上文分析的三联外,还有下面两联抒写这个主题,且抒情模式类似,都是上联侧重追忆湖南新政,下联凭吊其尊翁、新政领导者陈宝箴:

《园夜和答姚叔节、陶宾南》:"噤吟已了秦庭客,《橘颂》终伤楚些魂。"①

《酬叔舆》:"琴尊空了黄虞梦,天地孤寻屈贾魂。"②

---

① 《散原精舍诗文集》,上海古籍出版社 2003 年版,第 33 页。

② 《散原精舍诗文集补编》,江西人民出版社 2007 年版,第 257—258 页。

“噤吟”,《汉书》卷八七下《扬雄传》引《解嘲》曰:“蔡泽虽噤吟而笑唐举。”“师古曰:噤吟,鎮颐之貌。”[①]《汉语大词典》释为“下巴上曲貌”[②]。《史记·范雎蔡泽列传》云,蔡泽干诸侯不遇,从唐举相,唐举戏之曰:“先生曷鼻,巨肩,魋颜,蹙齃,膝挛。吾闻圣人不相,殆先生乎?”[③]蔡泽笑谢而去,后游说秦相范雎,因其荐拜为客卿。范雎谢病免相,昭王乃拜蔡泽为相,东收周室。然仅“数月,人或恶之,惧诛,乃谢病归相印,号为纲成君”。[④] 后人多用“噤吟”指蔡泽微时被人嘲笑的奇特相貌。如黄山谷《次韵答张沙河》:“丈夫身在要勉力,岂有吾子终陆沉?鄙人相士盖多矣,勿作蔡泽笑噤吟。”[⑤]《橘颂》乃屈原早期作品[⑥]。通过赞美橘树,诗人表达了追求美好志向和理想的坚定信念,如:“深固难徙,更壹志兮……精色内白,类可任兮……深固难徙,廓其无求兮。苏世独立,横而不流兮。”[⑦]又《楚辞·招魂》沿用楚国民间流行的招魂词之形式写成,句尾皆有“些”字作语助。后因以“楚些”指招魂歌,亦泛指楚地的乐调或《楚辞》。“噤吟已了秦庭客,《橘颂》终伤楚些魂”的古典意当为:下巴上曲的蔡泽在秦国拜相、东收周室的辉煌,因有人构陷,已经结束;品德高尚的屈原因“信而见疑,忠而被谤”投江自尽,捧读其明志之作《橘颂》,让人不禁伤悼其魂。又“楚”乃湖南一带,结合陈三立父子的生平经历,可知此联的今情当为:自己襄助父亲在湖南推行的新政虽然已成陈迹,但每每捧读父亲遗留下来的述志之作,还是让人难以忘怀,不禁为其所受的冤屈悲痛不已。新政“已了”,还在“终伤”乃父之魂,足见其中隐含着极大的冤屈。

“琴尊”,指琴与酒尊,乃文士悠闲生活用具。“黄虞”,黄帝和虞舜的合称。“黄虞梦”,指治国平天下的理想、抱负,杜甫诗“致君尧舜上”(《奉赠韦左丞丈二十二韵》)[⑧]可为此作注脚。对于陈三立而言,“琴尊空了黄虞梦”依然是对可能实现治平抱负之湖南新政的追忆、惋惜和慨叹。此诗首联云:“翩翩辞赋照湘门,记否行吟又一村?”[⑨]即在追忆湖南生活,由此起兴。“屈贾”,指屈原和贾谊。“天地孤寻”,

---

① 班固:《汉书》,中华书局 1962 年版,第 3568—3570 页。

② 罗竹风主编:《汉语大词典》第 3 卷,汉语大词典出版社 1989 年版,第 515 页。

③ 司马迁:《史记》,中华书局 1982 年版,第 2418 页。

④ 司马迁:《史记》,中华书局 1982 年版,第 2425 页。

⑤ 黄庭坚著,任渊等注:《山谷诗集注》,上海古籍出版社 2003 年版,第 663 页。

⑥ 赵逵夫先生认为系屈原行冠礼时所作,可从。详见其所著《屈原的冠礼与早期任职》,载《屈原与他的时代》,人民文学出版社 2002 年版,第 110—129 页。

⑦ 洪兴祖:《楚辞补注》,中华书局 1983 年版,第 153—154 页。

⑧ 杜甫著,仇兆鳌注:《杜诗详注》,中华书局 1979 年版,第 74 页。

⑨《散原精舍诗文集补编》,江西人民出版社 2007 年版,第 257 页。

正和“伶俜余吊”以及另一首“门存”诗《漫赋一首》尾联“师友平生成洒涕，东南吟望一身存”①一样，都是陈三立抒发师友凋零后的孤独之感，特别是在强调丧父后的“孤儿”身份。因为若是父亲未亡，无论如何也不能说“孤”“伶俜”或“一身”。此联意谓：湖南新政流产、自己治国平天下的抱负随之破灭，由此带来的遗恨只能在琴与酒尊之间化解；天壤之间，只剩下自己孤零零一人，寻觅、凭吊父亲的亡魂。

可见，追忆湖南新政，凭吊其父、新政领导者陈宝箴，是陈三立“门存”诗的一个突出主题。而在典故和意象选择上，他又频繁使用与湖南相关的《楚辞》意象及自尽之伍子胥、屈原典故，如“兰芷地”“掌梦”“《橘颂》”“属镂魂”“负石魂”“楚些魂”“屈贾魂”，等等。不少友人和作对此有所回应。除上文已举陈锐诗外，再如《门存诗录》卷十所录陶森甲《伯严示近诗多凄楚语，赠一律》：“千年骚怨探修门，如鹤唳野猿啸村。大声直使金石裂，幽韵一洗筝琶喧。于今天地无正色，终古湘潭有断魂。不忍劝君芟苦语，西山浩气赖诗存。”“西山”乃陈宝箴的死亡之所和墓地所在。“湘潭断魂”“西山浩气”正是对陈三立“属镂魂”“负石魂”等语词的回应。再如《门存诗录》续刻卷三所录陈芰潭《依韵柬伯严、宾南》：“记随宾从莅章门，单外犹余劫后村。阅尽沧桑同涕泪，铸成错铁任嘲喧。脊令梦断增余痛，楚些歌残惨客魂。漫道崝庐人境远，岁寒盟在定相存。”“崝庐”乃陈宝箴晚年斋名。陈芰潭系陈宝箴挚友，曾协助陈三立葬父。《诗经·小雅·常棣》云：“脊令在原，兄弟急难。”②陈芰潭用“脊令梦断”指称陈宝箴之死，实乃暗指其死于仓促之“难”。“楚些歌残惨客魂”一句，明显是对陈三立《园夜和答姚叔节、陶宾南》“《橘颂》终伤楚些魂”的回应。总之，陶森甲、陈芰潭二人诗都强调、响应了陈三立“门存”诗对湖南新政的追忆和对其尊翁陈宝箴的凭吊，而且，“千年骚怨”“湘潭断魂”“苦语”“劫后”“涕泪”“铸成错铁”“脊令梦断”“痛”“楚些惨魂”等语词，亦在暗示陈宝箴之死隐含着极大的冤屈。

一般来说，用典乃原有的典故文本和现在所欲说写的文本之间的相遇融合。同一个典故，因说写语境和抒情重心不同，可以衍生出不同的典面。③“属镂魂”“负石魂”之典面，皆突出、强调了伍子胥、屈原死亡之方式和原因，说明起码在这一点上，陈三立以为其父之死与这两位古人相似：用“负石魂”指称其父之魂魄，说明其父和屈原一样，皆忠贞为国，最后在家国巨变之际自尽而亡；而用“属镂魂”凭吊

① 《散原精舍诗文集补编》，江西人民出版社 2007 年版，第 254 页。

② 《毛诗正义》，《十三经注疏》本，上海古籍出版社 1997 年版，第 408 页。

③ 参见罗积勇：《用典研究》，武汉大学出版社 2005 年版。

其父，更是流露了其父被最高统治者慈禧赐自尽的真相。

三、《清议报》和宋恕信披露的隐情

戊戌政变后，以慈禧为首的后党一直谋废光绪帝，但因外国公使及海内外各方反对，未能如愿。光绪二十五年（己亥）十二月二十四日，慈禧诏立溥儁为"大阿哥"，预定庚子年元旦举行光绪帝让位礼，改元"保庆"。不料此举引发国内外广泛而强烈的反对：各国公使拒绝入贺，上海绅商经元善等联名一千余人上书谏止，蔡元培等维新人士和海外保皇党华侨号称数十万人亦纷纷电奏反对，迫使慈禧不得不搁置"建储"计划。这些风波的发生使慈禧感觉到自己的政治权威大为动摇，她那自戊戌政变以来的不安心理愈加严重，于是"重提旧案，而欲流血新党"①。不少在戊戌政变时遭贬逐的大臣被重新拿究诛杀，以防他们被新党、帝党拥护②。如张荫桓，即晚于陈宝箴之死一月（光绪二十六年七月二十六日）被处死于新疆贬所。而在陈宝箴卒之前三四个月，已有慈禧下密旨将他拿究正法的消息流出。

《清议报》光绪二十六年二月十一日《汇志立嗣事及京内外近日情形与外人议论》报道，清廷既行立嗣：

> 又谕各省督抚将前岁政变已获咎诸臣再行拿究，牵连之人，闻颇不少。③

二月二十一日，该报《续志立嗣事及京内外近日情形与外人议论》继续报道：

> 西后现降密谕，着各省督抚捕拿各地之维新党人，内有有名望者数人，即翁师傅、沈鹏、前湖南巡抚陈宝箴、御史宋某、翰林张某等。沈鹏前已被拘。翁师傅住宅，现亦派人严行看守，以防脱逃。观其情形，未必其敢将翁师傅正法，以犯众怒。惟其必逼使之自尽，而后乃能绝皇上之羽翼也。④

明确提到"西后现降密谕"捕拿陈宝箴。而捕拿之目的，即为"绝皇上之羽翼也"。

---

① 《续志立嗣事及京内外近日情形与外人议论》引《字林西报》言论，清议报报馆编《清议报》第39册，中华书局2006年影印版，第2544页。

② 参见桑兵：《庚子勤王与晚清政局》，北京大学出版社2004年版，第51—53页。

③ 清议报报馆编：《清议报》第38册，中华书局2006年影印版，第2468页。

④ 清议报报馆编：《清议报》第39册，中华书局2006年影印版，第2542—2543页。

同年三月前后，即距陈宝箴卒前三四个月，宋恕在《致孙仲恺书》（一九〇〇年四月[①]）中亦谈到“建储”风波以来，慈禧最重要的亲信荣禄、刚毅着将陈宝箴等帝党拿究正法的消息：

> 正月函所述客腊京师要闻及经太守被拿得保情事，想已入鉴！刻下风波大作……经既得保，成济、贾充辈大怒，于是下密电两江，着将翁师相、沈太史立刻就地斩决以绝帝党之领袖。现已监禁苏狱（笔者注：指沈鹏），陆中丞（编者注：指护理苏抚陆元鼎）欲免其死，电奏假报疯求宽，未知得免否？翁师相住宅已发兵围守（数日内事），闻有日本义士救之出难，或云已逼令自尽，二说未知孰实？荣、刚又下密电于江西，着将陈宝箴中丞就地正法，其余稍涉帝党，无不着令严拿。上海派密差七八人专拿帝党，除文廷式学士、宋伯鲁御史、张元济主事指拿立决外，计开发电谏阻之五十人，一一严拿……五十人之外又开新党，闻有二百余人……看来陈中丞如不出亡海外，必不能免死……闻此外各省指拿名士又共有三百余人（此信已确，惟名单未传于外）。但未知地方大吏实在举行否耳？情形已与明代末年无异。[②]

宋恕（1862—1910），字平子，浙江平阳人，是近代重要的启蒙思想家。少时受知于侍读学士孙锵鸣，从而成为其女婿。曾问学于孙诒让、俞樾等人，后到上海、南京等地接受西学，逐渐形成了从古文经学出发托古改制的变法维新思想，著有《六字课斋卑议》《山左陈言录》等。谭嗣同赞其可作后王之师，李鸿章惊为“海内奇才”。宋恕虽和康有为等人在变法维新看法上存在分歧，但当康、梁等发动维新运动时，他又放弃门户之见真诚地拥护康、梁，赞扬康、梁有“转移天下之人心风俗”的功绩。戊戌政变后，他曾悲愤地写诗哭悼“六君子”。孙仲恺为宋恕内弟，光绪诸生，民国时曾任总统府顾问，兼国务院顾问、国史馆纂修等。写此信时，宋恕时寓维新派舆论活跃的上海，消息较为灵通。他之所以详述时事，目的是为了让内弟孙仲恺读给岳丈孙锵鸣听。此信详述“建储”以来，以慈禧为首的清廷大肆搜捕新党、帝党之严峻形势，特意提到“荣、刚又下密电于江西，着将陈宝箴中丞就地正法”，并十分肯定

---

① 《宋恕集》所收信件下编者所注年月皆为阳历，本文除引此书外，他处所言年月皆为农历。编者在该信“便知其详”下注云：“据买二月报，可知本函写于夏历三月。”（胡珠生编《宋恕集》，中华书局 1993 年版，第 701 页。）

② 胡珠生编：《宋恕集》，中华书局 1993 年版，第 700—701 页。以下所引宋恕信出处同此。

地推测“陈中丞如不出亡海外，必不能免死”。宋恕如此言说，有着可靠的消息来源。此信末云：

> 阁下欲知其详，可买本年正、二月《同文沪报》及《中外日报》《苏报》《国闻报》《天南新报》《闽报》《亚东时报》《游戏报》等细阅，便知其详。

知宋恕信中所言，乃综合当时报章消息而来。

报章所云清廷欲将陈宝箴拿究正法之消息，是否可靠，可从当时的新闻生态和政治形势两方面分析判断。就新闻生态而言，当时清廷对媒体的管控能力有限，很多报章是民间独立的商绅、士绅所办，更有不少国外或租界的报章营销国内。这些报章的政治倾向不一，有些甚至站在慈禧或清廷反面。此种新闻生态决定了某些报章有可能提前披露政治隐情。特别是一些有新闻操守、反对慈禧或清廷的报章，披露清廷政治隐情的可能较大，因为这正是它们所关注的。如上文所引《清议报》即为康、梁流亡日本后创办，在国内影响较大，“李合肥且公然对人赞赏，并传语梁卓如‘嘱其珍重’，官幕私买者络绎不绝”①。从李鸿章和幕僚们的追捧看，《清议报》极有可能发布政治隐情。宋恕经常阅览各种报章，对不同报章的新闻操守及其变化了然于心。他介绍消息来源的那些报章，应该也是比较敢于披露政治隐情的。所以，他在列举完这些报章后，紧接着用小字注了一段：

> 《申报》主笔受贿，不齿于人类！②《新闻报》客冬以前亦大着公论，近被某大臣以三万金买其主笔，渐讳京中隐情，然不如《申报》之甚！

除宋恕所言收买外，清廷及其大臣还会查禁某些报章。这亦从反面证明它们会披露政治隐情。对此，宋恕在这封信中亦有提及：

> 两湖于去秋后已禁阅各报，甚严，惟受贿之《申报》许阅。直隶现亦禁官民

---

① 宋恕：《致孙仲恺书》（一八九九年十二月三十日），胡珠生编《宋恕集》，中华书局 1993 年版，第 694 页。

② 宋恕《致孙仲恺书》（一八九九年十二月三十日）亦云：“上海《申报》馆得执政贿二十万，一味颠倒是非。盖执政以《申报》牌子最老，营销最远，故独行重贿，其计毒矣！”（胡珠生编《宋恕集》，中华书局 1993 年版，第 693 页。）

> 阅报。两江新督、两湖总督均派密员查上海《申报》以外诸报馆主笔姓名，以便密电下拿。现诸主笔势甚危急。

再看政治形势。“建储”引发的轩然大波令慈禧甚是不安，为了以绝后患，不少已遭贬逐的帝党大臣被重新拿究诛杀。荣禄、刚毅为慈禧宠臣。荣禄时任军机大臣、文渊阁大学士，管理兵部事务，节制北洋海陆各军，统近畿武卫五军；刚毅时任军机大臣、兵部尚书、协办大学士。二人正是执行慈禧旨意，诛杀新党、帝党的总头目。虽然荣禄曾经举荐过陈宝箴之子陈三立，并有可能在戊戌政变发生时为陈宝箴说情，但在慈禧感觉到新党、帝党的威胁陡然提升并大开杀戒之时，深谙权术的荣禄岂能拂逆老佛爷旨意继续为陈宝箴说话？诚如英人濮兰德和白克浩司合著的《慈禧外纪》所云：“（戊戌四月）二十三日，帝降决意变法之谕。未降谕之先，帝曾往颐和园禀商于太后，又特召见荣禄一次。太后告帝：‘凡所施行之新政，但不违背祖宗大法，无损满洲权势，即不阻止。’同时又言‘必去翁同龢’，不可迟疑，谓‘彼近日煽动排满，恐其危及朝廷也’。荣禄力荐一维新之人物于帝，乃湖南巡抚陈宝箴之子。此事言之极有趣味，盖欧人皆谓荣禄始终反对变法也，观于此，则知荣禄初亦非坚持反对者，其后情势所迫，乃成势不两立之势。虽其前日所力荐者，亦不得不反而为仇矣。”[①]至于刚毅，则一贯力请斩杀翁同龢、沈鹏等帝党。沈鹏上疏倡议归政皇上，并立诛荣禄、刚毅和李莲英“三凶”。因沈和翁同龢系同乡，“刚毅见此稿大怒，曰：‘此必翁同龢主使，吾必先杀翁同龢，再杀此人。’自有此折，翁师傅之性命盖危于累卵矣。自去年八月以后，翁公日居破山寺，非僧人不敢接见，然犹密旨再三着督抚严密查看，幸两江督抚尚肯保全正类耳”。[②]“建储”时，刚毅再次献策：“‘翁同龢不死则祸根不除，必先急除！’于是主者即饬拿翁。旨未下而廖大臣寿恒力争，求免其拿，遂蒙斥出军机之谴。王大臣文韶继以苦求，李合肥亦求免其死，于是暂得免拿。”[③]

戊戌政变后，陈宝箴被视为帝党首要分子[④]，且有传言云其欲起兵“自称湘南王”[⑤]。二月十一日《清议报》报道“建储”引发的各地风波时，又云：

---

① 濮兰德、白克浩司著，陈冷汰、陈诒先译：《慈禧外纪》，中华书局 1916 年版，第 135—136 页。

② 宋恕：《致孙仲恺书》（一八九九年十二月三十日），胡珠生编《宋恕集》，中华书局 1993 年版，第 693 页。

③ 宋恕：《致孙仲恺书》（一九〇〇年二月），胡珠生编《宋恕集》，中华书局 1993 年版，第 696—697 页。

④ 范当世《故湖南巡抚义宁陈公墓志铭》：“而人遂汹汹，目公以康党。”（陈宝箴著，汪叔子、张求会编《陈宝箴集》，中华书局 2003 年版，第 1990 页）

⑤ 陈寅恪：《寒柳堂记梦未定稿》，《寒柳堂集》，生活·读书·新知三联书店 2001 年版，第 216 页。

> 江西省南昌府居民皆归心皇上，互激忠勇之气，谓西后如将皇上废去，而使溥儁登位，则该处必起勤王之师云。[①]

陈宝箴当时正住在南昌西山，颇有名望。而慈禧拿究已贬逐帝党大臣的目的，恰是为了防止他们被人拥护起来反对自己。南昌府居民欲起勤王之师的消息，无疑更有可能坚定慈禧杀害陈宝箴的决心。《清议报》云清廷"谕各省督抚将前岁政变已获咎诸臣再行拿究"，又云"西后现降密谕"捕拿陈宝箴等人。宋恕亦云："荣、刚又下密电于江西，着将陈宝箴中丞就地正法。"综合来看，应该是慈禧下密旨给荣禄、刚毅，由他们电致江西巡抚——旗人松寿执行。至于行刑方式，当如《清议报》所分析清廷可能对待翁同龢的那样，迫于陈宝箴的名望，为了不犯众怒，应"逼使之自尽"。

正是因为"建储"以来，慈禧严拿新党、帝党逐臣的风声很紧，所以当时有不少友人为陈宝箴的安全担忧不已。如刘梦溪先生所指出的，皮锡瑞《师伏堂日记》二月五日云："闻居停言萍乡学士（笔者注：指文廷式）又有刊章之捕，汉庭萧傅（笔者注：指翁同龢）恐遭骈首之冤。若戮士不已，至于戮师，元气尽矣！此心怦怦，夜不能寐！不知右老乔梓（笔者注：指陈宝箴、陈三立父子）封神榜无名否？"[②]所谓"封神榜"，即慈禧捕杀新党、帝党之黑名单。五月十七日，邹代钧《致汪康年书》（九十二）云："陈右丈乔梓行止，祈属中外日报馆不必登载，千万！陈氏父子实可告无过于天下，公当敦属……伯严已到金陵，而右丈仍在南昌之西山。"[③]

可见，不论从当时的新闻生态还是从政治形势分析，《清议报》和宋恕《致孙仲恺书》所言光绪二十六年（庚子）(1900)上半年，慈禧密谕各省督抚，着将翁同龢、沈鹏、宋伯鲁、张元济、文廷式、陈宝箴等人拿究正法之消息，无不属实。翁同龢赖有两江督抚庇护，避居破山寺等处，不敢见客。沈鹏归乡后寓居曾朴家，庚子年正月二十七日，"常熟知县忽然登门造访先生（指曾朴），袖出廷寄密电，令捕沈鹏"（张鸿《籀斋先生哀辞》）。所谓"廷寄密电"，当即慈禧密旨。沈鹏被捕后，先由县衙监管，半个月后移苏州省监[④]，幸亏苏抚陆元鼎报疯求宽，幸免一死。宋伯鲁挈眷避沪，

---

① 《汇志立嗣事及京内外近日情形与外人议论》，清议报报馆编《清议报》第 38 册，中华书局 2006 年影印版，第 2469 页。

② 皮锡瑞：《师伏堂日记》第 4 册，国家图书馆出版社 2009 年版，第 144—145 页。

③ 上海图书馆编：《汪康年师友书札》第 3 册，上海古籍出版社 1986 年版，第 2798—2799 页。

④ 何振球：《沈鹏疏谏史事论辩》，《常熟文史论稿》，南京大学出版社 1989 年版，第 229 页。

易姓为赵，庇于英领事，“初居日本，旋匿申江”，居沪上三年许[①]。文廷式避居日本、上海，庚子六月潜行入湘，为清廷鹰犬发觉，湘抚严敕密拿，文闻警远扬[②]。张元济韬晦淞滨，尝刻一小印云“戊戌政变孑遗”，足见幸免之意[③]。以上诸人或因地方官暗中庇护，或因自己暗中匿迹，侥幸躲过一劫。陈宝箴性格耿直、襟怀坦荡，即使听到风声也绝对不会躲避，而事实上他也未曾匿迹，所遇江西巡抚又是颟顸备位之旗人松寿，故罹难在所难免。后来，戴远传《文录》记载，陈宝箴系被慈禧密旨赐死。这和《清议报》、宋恕《致孙仲恺书》所言一前一后，若合符契。

四、诸说考辨

由上可知，《清议报》和宋恕《致孙仲恺书》披露、戴远传《文录》记载、陈三立诗歌（特别是“门存”诗）流露的陈宝箴死因，皆为慈禧密旨赐死。然而陈三立所撰《行状》，又说是“忽以微疾卒”。我们若考虑到已知诸种文献的内容、文体属性、功用和来源，等等，并全面、系统地分析文献间的相互关系，会发现慈禧密旨赐死说更接近真相。

首先，就文献的内容、文体属性、功用和来源等而言，《行状》用微言的可能最大。按“行状”，又称“状”或“行述”，是为已故之人所作的传记，多由死者子孙、朋友或门生故吏写作，用途主要有三：一是上达朝廷，给死者请谥；二是呈送史馆，请求将死者的生平事迹载入国史[④]；三是递送亲朋故交，为撰写墓志铭提供依据。这种公共性和实用性，决定了写作时难免考虑政治形势和人事纠葛，等等，有些至不能不用微言。陈宝箴卒之当年，陈三立曾将《行状》单独付梓[⑤]，并分发投寄[⑥]。《行状》云陈宝箴“忽以微疾卒”。虽然典籍中不乏某人“以微疾卒”的说法，但若联系全篇和陈三立对其父之死的态度等，仍让人觉得弦外有音。其一，一般来说，病亡会

---

① 清史编委会编：《清代人物传稿·下编》第1卷，辽宁人民出版社1988年版，第125页。

② 清史编委会编：《清代人物传稿·下编》第4卷，辽宁人民出版社1988年版，第152页。

③ 汤志钧编：《戊戌变法人物传稿》，中华书局1982年版，第97页。

④ 有些行状直接在正文中对此有所交代。如光绪十年（1884）张謇《清建威将军广东水师提督三等轻车都尉世袭云骑尉瑚敦巴图鲁谥壮武吴公行状（代黄侍郎体芳作）》云：“上之史官，备采择焉。”（李明勋等主编《张謇全集》第6册，上海辞书出版社2012年版，第54页）“台湾故宫博物院”所藏档册中，有清国史馆为修纂人物列传所整理的“传包”，传包内容包括了国史馆为修纂列传所咨取或摘钞的各种传记资料，其中即有行状、行述等。此注承邓小军先生指教，特此致谢！

⑤ 今上海图书馆和江西省图书馆等单位皆有藏本。

⑥ 陈宝箴墓铭为范伯子所作，但散原将《行状》给其他亲朋故交亦有递送。如皮锡瑞《师伏堂日记》光绪二十七年十月十六日云：“得伯年书，寄示右老行状，述湘事颇能张目。”（皮锡瑞《师伏堂日记》第4册，国家图书馆出版社2009年版，第510页。）

有一些先兆，而且往往先病，至病重不治而亡。陈宝箴、陈三立父子精通中医，能为人疗病。陈寅恪《寒柳堂记梦未定稿》"吾家先世中医之学"一节对此有详细记载[①]。陈宝箴晚年身体一直很康泰。其卒之前一年，邹代钧来南昌相访，当时陈家生计已陷入困境，但陈宝箴依然"天怀泰然，甚是康强"[②]。卒前两月，陈宝箴还和其子相约，到了秋天就搬到江宁一起居住；卒前数日还曾赋诗二章，卒前五日还写信给陈三立，"勤勤以兵乱未已、深宫起居为极念"(《行状》)[③]。一点死亡的征兆也没有。若真的是因病而亡，精通中医的陈三立不会一笔带过，连得的什么病、病亡时的症状一点都不提。其二，陈三立在此处和其他诗文中，提及其父之死，往往用的是"锻魂挫骨"这样表达沉哀巨痛的词汇。而且，葬父之后，陈三立以其尊翁墓地所在"散原"为号，以"识隐痛"。每年清明和冬至，他都要返回西山为父扫墓，每次祭拜，都痛哭不止。据陈小从回忆："一九八一年，我到南昌，曾前往西山扫曾祖陈宝箴之墓，距随侍先父(隆恪)最后一次扫墓时间，已隔三十六年之久。当地之程姓老人，年已八旬，谓彼曾见过先祖，当时彼尚在童年，说先祖每年要来扫两次墓，清明节来过后，冬至节还要来，每次来后，匐伏在墓前痛哭不止，一两个小时都不肯起来。"[④]若是一般的因疾病自然死亡，不至于如此。其三，陈三立的叙述颇耐人寻味，似乎不忍、不便说什么，但又不能不说。这从"忽""微疾""卒"三个词之间的张力、陈三立言自己"忍死苟活，盖有所待"[⑤]并不厌其烦地补叙、交代其父卒前数日、卒前五日"尚"如何如何的行事便可看出。

而诗歌这一文体，更具有排遣愁绪、陶写郁积的功能，即使是唱和诗，也仅限于少数几个友朋间酬答，相对来说隐私性、抒情性更强一些。这使作者在情感波澜的推动下，更有可能通过用典等方式含蓄委婉地流露真相。"门存"诗中的《遣兴二首》，从诗题看，创作动机正是为了抒发情怀、解闷散心，没有说假话的必要。至于《清议报》和宋恕《致孙仲恺书》披露的隐情是否可靠，上文已做过分析，此处不赘。

---

① 陈寅恪：《寒柳堂集》，生活·读书·新知三联书店2001年版，第188—190页。

② 邹代钧：《致汪康年书》(七十八)，上海图书馆编《汪康年师友书札》第3册，上海古籍出版社1986年版，第2777页。

③ 《散原精舍诗文集》，上海古籍出版社2003年版，第856页。

④ 宗九奇：《陈三立传略》注8，《江西文史资料选辑》第3辑，江西人民出版社1982年版，第132页。

⑤ 邓小军先生指出："'忍死苟活，盖有所待'，亦是微言，当是暗指自己等待着清廷为右铭公平反冤案的那一天。"(邓小军《"殉国"：陈宝箴之死的新证据——夏敬观、陈三立赠答诗二首笺证》，载《东南大学学报》2013年第3期)所言甚是，若云所待者乃"陈宝箴在湘时的'孤怀苦志'"(李开军《陈宝箴"赐死"考谬——与刘梦溪、邓小军两先生商榷》，载《文史哲》2011年第1期)，则陈三立所撰《行状》已"述湘事颇能张目"，何待之有？

再看戴远传《文录》。其一，披露它的宗九奇在《陈宝箴之死的真相》1992年增订稿中明确交代了材料的来源经过："一九五二年冬，家父（宗远崖）与闵孝同（江西省文史馆馆员）、汪际虞（九江一中语文教师）二位先生在戴宅与远传翁晤谈，言及陈三立《巡抚先府君行状》一文中措辞之痛心疾首，戴翁特将其《文录》手稿出而观之。"①其时清社已屋四十多年，陈家也已败落，完全没有了现实利益或人事纠葛的顾忌。由友朋间的闲谈引出这条材料，十分自然，没有造假的迹象。其二，《文录》由当事人之子所记，可信度不言而喻。如戴远传转述其父行令时的场景云："陈宝箴自缢时，一时气难断，作挣扎状。先父睹之不忍，为减其痛苦，以手猛一拽，气乃绝。"②此情此景，绝难伪造。其三，正如刘梦溪先生所指出的："此一记载，时间、地点、人物、情景，均正确无误，不类造假或误记误传之属。"③

其次，就文献间的相互关系而言，戴远传《文录》在证实《清议报》和宋恕《致孙仲恺书》披露慈禧下密旨将陈宝箴拿究正法消息、支持陈三立诗歌流露其父陈宝箴死因的同时，又能够解释《行状》用微言的原因，故更接近真相。

《行状》作于陈宝箴卒后不久，要上报朝廷和史馆，并递送亲朋故交。这种公共性决定了陈三立不敢、也不会违背最高统治者慈禧太后意志，将其密旨公布出来。而慈禧之所以采取下密旨赐死的方式，一方面是担心陈宝箴逃走，更重要的是她顾忌陈宝箴的声望，以避免犯众怒引发风波。另外，家族中有人被朝廷赐死，对于陈氏一门来说是至为沉痛的悲剧，站在传统伦理立场看，非光彩之事。陈三立多次在诗中提到自己有口、有舌却不能言，当与这个隐衷有关。如《除日祭诗和剑丞》：

> 奎蹄缘蠕蠕，不避焫沃灭。棘丛飞翻翻，不戒网罟设。寰壤着大群，颠挤得跛躄。指掌白马岁，灾变固已烈。四张麒麟楦，辉我炎黄国。宪法顿输灌，合彼海裔辙。猥以资汹汹，霾电诡一掷。吾衰泛江湖，向人有瘖舌。刺取剩余景，咀嚼吐楮墨。且哦且自羞，么禽啾微雪。归欤收视听，蛇尾亦赴穴。瞥君

---

① 见1992年宗九奇《陈宝箴之死的真相》增订稿。宗氏增订稿未发表，转引自邓小军先生《"殉国"：陈宝箴死因的新证据——夏敬观、陈三立赠答诗二首笺证》，《古诗考释》，商务印书馆2013年版，第186页，脚注1。宗九奇《陈三立传略》注2亦云："戴明震，五十年代任教九江二中，'文革'中去世。其父远传，字普之，藏书甚多，五四年卒于浔；其《文录》有关陈宝箴之死的记录，家父曾与闵孝同、汪际虞二老于五二年冬同观于戴宅，当即手录。"（《江西文史资料选辑》第3辑，江西人民出版社1982年版，第131页）

② 见1992年宗九奇《陈宝箴之死的真相》增订稿。宗氏增订稿未发表，转引自邓小军先生《陈宝箴之死的真相——散原精舍诗表微之一》，《诗史释证》，中华书局2003年版，第371页。

③ 《陈宝箴系慈禧密旨赐死新证》，2014年9月2日《光明日报》。

祭诗作，哀锵碎冰铁。所极弄窈冥，霓敷灵草悦。扬我缕缕气，澹与蜃楼结。云龙逐东野，古泪复谁咽？猛掣日月开，划照心头血。[①]

此诗作于光绪三十二年(1906)除夕。“剑丞”即夏敬观，是陈三立之忘年交。两年后，夏敬观致陈三立诗云：“告墓终伤殉国先。”[②]邓小军先生认为系陈宝箴被赐死的又一证据[③]。这首诗乃酬和夏敬观《除日祭诗呈伯严》，诗中提到的“白马”“灾变”，古典当指唐“白马之祸”。天祐二年(905)，梁王朱全忠为减少称帝阻力，谋除朝廷名臣。宰相柳璨素为朝廷宿臣所轻，盛赞其谋。六月，朱全忠聚原宰相裴枢、独孤损等朝廷名士三十余人于白马驿(今河南滑县境内)，以“浮薄”的罪名，敕赐自尽，投尸于黄河，史称“白马之祸”。“指掌白马岁，灾变固已烈”，乃陈三立用唐朱全忠屠杀裴枢等清流之古典，指戊戌政变后慈禧大肆屠杀新政党人之今事。陈寅恪《寒柳堂记梦未定稿》“清季士大夫清流浊流之分野及其兴替”及“孝钦后最恶清流”两节亦云，清季士大夫实分清流、浊流，清流多为主张新政之党人，“其所言，实中孝钦后之所忌，卒黜之杀之而后已”[④]。陈氏父子自在清流之列。《资治通鉴》卷二六五天祐二年六月所载朱全忠杀清流之方式——“并所在赐自尽”[⑤]，更与陈宝箴之死完全一样。此诗之“灾变”，对陈三立一门而言，当和《由崝庐寄陈芰潭》“前年朝政按党锢，父子幸得还耕钓……无何昊天示灾凶，坐使孤儿仆且叫”[⑥]之“灾凶”、《崝庐述哀诗五首·其五》“惟彼夸夺徒，浸淫坏天纪。唐突蛟蛇宫，陆沉不移晷……儿今迫祸变，苟活蒙愧耻”[⑦]之“祸变”一样，指陈宝箴被赐自尽。由“指掌”二字，足见陈三立记忆之刻骨铭心。故下文在叙述完戊戌政变及其后名实不符、每况愈下的政局后，陈三立紧接着说：“吾衰泛江湖，向人有瘖舌。”“瘖”指发音不出或说话无声。《说文解字》云：“瘖，不能言也。”[⑧]可见，戊戌政变带来的极其惨烈之灾变——父亲陈宝箴被赐自尽，实乃陈三立菀结于心、难以向人诉说之隐衷。从诗末“古泪复谁咽”“猛掣日月开，划照心头血”等语句，可以看出它给陈三立内心带来了

---

① 《散原精舍诗文集》，上海古籍出版社 2003 年版，第 208 页。

② 夏敬观：《寄怀陈伯严》，《忍古楼诗》，中华书局民国二十六年(1937)版，第 13 页。

③ 邓小军：《“殉国”：陈宝箴之死的新证据——夏敬观、陈三立赠答诗二首笺证》，《东南大学学报》2013 年第 3 期。

④ 陈寅恪：《寒柳堂集》，生活·读书·新知三联书店 2001 年版，第 219 页。

⑤ 司马光等：《资治通鉴》，中华书局 1956 年版，第 8643 页。

⑥ 《散原精舍诗文集》，上海古籍出版社 2003 年版，第 17—18 页。

⑦ 《散原精舍诗文集》，上海古籍出版社 2003 年版，第 17 页。

⑧ 许慎著，段玉裁注：《说文解字注》，上海古籍出版社 1988 年版，第 349 页。

多么巨大的深创剧痛！他时刻盼望着天日重开，朝廷能够为父亲平反昭雪（此即《行状》所云“忍死苟活，盖有所待”者[①]）。然而一直到清廷倾覆，他也没盼到这一天。

正是因为迫于政治压力和纲常名教的规范，父亲被赐自尽乃陈三立晚年有口难言之隐衷，所以他在慈禧当权时期撰写的公共性较强的《行状》中谈及父亲之死时，运用了微言。正如邓小军先生所云：“按‘忽以微疾卒’一节文字……皆是弦外有音之微言，暗指陈宝箴死于非命……何以要用微言？此因密旨赐死，恐怖政治下，不能明言，但又不能不言之故。亦因陈宝箴被害至惨，孝子隐痛至深，不忍直言之故。但是，陈三立毕竟是用微言揭示了陈宝箴之死之真相，用血泪之诗抒写了刻骨铭心之隐痛。微言，是中国经史子集作品在政治压力下揭露现实真相之一大传统。”[②]

综上所述，陈三立所撰《行状》云其父“忽以微疾卒”乃微言，陈宝箴之死的真相，当以《清议报》和宋恕《致孙仲恺书》披露、戴远传《文录》记载、陈三立诗歌（特别是“门存”诗）流露的被慈禧密旨赐死说为是。

附记：感谢刘梦溪先生的护持、鼓励和指教，如果不是有缘结识先生，根本不可能有这篇习作问世。感谢赵逵夫、赵伯陶、邓小军等先生的耐心指教！拙作肯定还存在不少疏漏，只能归因于笔者的浅陋，恳请方家不弃赐教！

① 陈三立《崝庐述哀诗五首・其五》亦曰：“平生报国心，只以来訾毁。称量遂一施，堂堂待惇史……儿今迫祸变，苟活蒙愧耻。”（《散原精舍诗文集》，上海古籍出版社 2003 年版，第 17 页。）陈寅恪在《读吴其昌梁启超传书后》一文中，将康、梁托古改制的激进变法与其祖、父“历验世务欲借镜西国以变神州之法者”做了明确区分，并云“据是可知余家之主变法，其思想源流之所在矣”。（陈寅恪《寒柳堂集》，生活・读书・新知三联书店 2001 年版，第 167 页。）可见，陈三立父子虽因新政受到牵连，但他们自认为和康、梁不同，而政变又是因康、梁而起。所以，尽管在康、梁等帝党被通缉的险恶环境下，陈三立依然怀着朝廷有朝一日为其父平反昭雪的期望，希望未来的“惇史”能够如实评价其父之生平业绩。

② 邓小军：《“殉国”：陈宝箴之死的新证据——夏敬观、陈三立赠答诗二首笺证》，《东南大学学报》2013 年第 3 期。

清末民初阅读与批评中的散原诗歌

李开军[*]

诗歌经典总是在世代的阅读和批评中生成。这些阅读和批评的史料不但保存在人们瞩目的诗话、序跋、专门论文中，也存留在笔记、书信、日记、诗歌等零星论及的文献里，甚至晚清以后报刊的诗歌刊载，它不但是诗歌阅读的窗口，同时可能也是编刊者批评态度的隐秘表达，可以一并归入到这一文献的阵营中来。本文即试图通过对清末民初陈三立诗歌阅读和批评文献的清理，从阅读的角度来观察和理解散原诗歌的经典之路。

一、早期诗歌的阅读与批评

从目前览及的文献来看，陈三立较早的诗歌集子是《七竹居诗存》，所收大概是光绪七年(1881)——陈三立29岁——之前的作品，他曾于光绪七年岁末自河南武陟将此集寄呈时居长沙的郭嵩焘，郭嵩焘于次年正月十五日收到。据此推断，当时同在武陟陈宝箴河北道幕府的几位青年人如杜俞、陈凤翔、吴绩凝、杨灏等人，作为陈三立的朋友，他们大概都读过这本诗集。但我们没有看到他们对《七竹居诗存》的评论，只有接到此集的长辈郭嵩焘，有一句针对《七竹居诗存》《杂记》《耦思斋文

* 李开军，山东大学文学院教授。

存》《老子注》等书的总评："伯严年甫及冠，而所诣如此，真可畏。"[①]这应该包括对其诗歌成就的肯定。

但到目前为止，我们都没有看到《七竹居诗存》，也没有看到此后藏书目录对此集的著录。——它应该没有刊行。不但如此，光绪七年之前陈三立的诗歌作品，几乎没有存世。这致使我们对《七竹居诗存》的总体面貌，对陈三立 29 岁之前的诗歌写作情况，无从确切掌握。所幸的是，他这一时期交游密切、经常论学并"尤称"[②]其诗的廖树蘅，曾在其《笔记》里说："伯严诗凡数变，己卯、庚辰之岁，与何璞元、陈伯弢诸人唱和，微涉轻冶。"[③]"己卯、庚辰"即光绪五、六年（1879、1880）；所谓"轻冶"，则指当时何、陈等长沙年轻人规模六朝初唐"纷披古藻，雅丽铿锵"之风气[④]。当然，陈三立的"轻冶"中，应该还包括李商隐的底色，俞大纲曾引述陈三立的"自谓"："三十以前，诗宗义山，三十以后，始变体。"[⑤]陈三立三十，在光绪八年（1882）。尽管廖树蘅言语之间流露出一定的不满，但他的这句话却十分重要，它让我们知道早年陈三立诗歌写作的一种面相，他"变体"的开始。

光绪七年至二十一年间（1881—1895）陈三立的诗歌作品，绝大部分收在了《诗录》中。《诗录》抄本四卷，第三、四两卷有大量的黄遵宪亲笔评点，这让他成为陈三立光绪十七至二十一年间（1891—1895）诗歌的最重要的读者。从最后总评所署时间看，黄遵宪的《诗录》阅读发生在光绪二十一年（1895）四月十五日之前的数日内。当时黄遵宪以金陵洋务局总办身份，因办理江南五省教案事，大概于四月初来到武昌，五月十九日还金陵。其时陈三立正都讲武昌两湖书院，于黄来有接风之宴，别有饯行之席，甚是相得，以至于次日即将别赴金陵，黄遵宪还写信邀请陈三立"作半夕之谈"，因"到武昌来，屡承大教，卓识挚爱，平生得此于人盖寡，是以惓惓不能自已"，虽"明日即东下矣，胸中无数言语，实非一时所能倾泻"，但"尚有一二要事欲就公面商"。[⑥] 二人间的那种知音相惜之感溢于言表。

---

① 《郭嵩焘日记》（第四卷）光绪八年（1882）正月十五日，湖南人民出版社 1983 年版。

② 杜俞《珠泉草庐诗集序》："丁丑秋，以事来长沙，访荪畡闲园，读其诗，信茀荄言之妄。而荪畡尤称分宁陈伯严之诗。已晤伯严茀荄邸，观伯严诗，而知荪畡之得友诚良也。"（《珠泉草庐师友录》卷二，1948 年衡田刊本）

③ 廖树蘅：《笔记》，《珠泉草庐师友录》卷三所录陈三立《荪畡新秋归家赋此赠之》诗后。

④ 陈三立：《张昭汉白华草堂诗序》，《散原精舍诗文集》（增订本），上海古籍出版社 2014 年版，第 1465 页。

⑤ 俞大纲：《寥音阁诗话》，《俞大纲全集》"诗文诗话卷"，台湾幼狮文化事业公司 1987 年版，第 143 页。

⑥ 黄遵宪：《致陈三立函》，陈铮编《黄遵宪全集》上册，中华书局 2005 年版，第 351 页。

黄遵宪的《诗录》阅读评点涉及如下几个方面[①]：

(1) 以圈点的方式，标示陈三立诗歌中的"名句"，其中双圈21句，单圈153句，点30句。双圈之句如《送赵翰林启霖黄优贡忠浩还湖南》"可怜几日悬吾眼，烛衅尊前更饱看"；《雪夜咏一首》"了了琴书外，依依角吹残"；《月夜携客步雪至山亭》"鬓外星辰迷岛屿，唾余江汉接波澜"；《高观亭春望》"凭栏一片风云气，来作神州袖手人"；《冬夜怀易顺鼎易方葬母居墓所》"孤烛江湖上，模糊见汝啼。诸天攀惨澹，微命与提携"；《甲午上元夕高观亭登望》"三年闲思无新故，一片沧波已浩漫"；《送胡元仪泛海入都》"独夜星辰偕入座，微尘瀛海见飚旌"；《莫愁湖四客图为梁节厂题》"吾侪虽贱士之一，江山今昔看成痴。因君颠倒念行乐，悬瓢应许寒鸥窥"。黄遵宪所欣赏的，均是有"我"之句，有"感慨"之句，甚至可以说是情感笼罩，所有景物，均奔赴于情感旗下，无一风景流连者。

(2) 改易诗句，14处。如《夜饮答范仲林》"离合十年今夕贵，凄凉终古一灯多"，"凄凉终古"改为"笑啼万绪"；《南皮尚书于展重阳日谯集菱湖露台作》"江城一雨同喧寂，忧乐千春接杳茫"，前一句改为"高低□雨流周匝"，"杳茫"改为"混茫"；《送赵翰林启霖黄优贡忠浩还湖南》"当代英雄一笑尽"，"当代"改"千□"，"笑尽"改"梦去"；《乃园冬望》"归鹊暮衔城郭影，残蝉旧倚管弦听"，"暮衔"改"尚遥"，"旧倚"改"曾记"；《癸巳元夕述怀次前韵》"他时涂抹得仿佛"改"儿时匆匆如梦去"，"所治糟粕偿蠢顽"中"所治"改"专贪"；等等。多是避熟避俗，求新求生，如其总评中所指出的："唐宋以来，一切名士才人之集所作之语，此集扫除不少。"勉励陈三立生新独创。

(3) 批语点出诗句的优缺，15处。如《人日得易仲实镇江舟中寄诗感和》"世外楼船兼雁暝，梦中江海挟蛟行"一句，"兼雁暝"旁批云"未极圆惬"，当是指"暝"字位置应仄，原诗用"雁暝"有失格律之流转。《易仲实属儿子衡恪作匡山草堂图为题长句》"鄂州见君意萧瑟，怅别名山五百日"，天头批此句"接甚好"。此句前述易顺鼎移居庐山，倦游倦仕，此接武昌不肯向人，命陈衡恪写庐山以寄意，"萧瑟""怅别"二词前顾庐山，后联命画，故谓"接甚好"。《孟春乃园观梅歌》"临繁冶兮态又殊"天头批"兮字句调谪仙常用，而杜韩极少，诗格不称故也，君诗亦不可用"，此言应以杜韩为祈向。《送杨舍人还蜀饮饯江楼寻取舟泛月归作示同游》"波外青山片片新，夹堤杨柳远生春。眼前惟有东流水，凭赠峨嵋绝顶人"，天头总批："此亦初唐，然有太白

---

① 以下所引黄遵宪批点，均见抄本陈三立《诗录》第三、四卷，为避烦琐，不一一注出。

意，尚可用”；“客去歌残月满船，空明万顷凌苍烟。还拂夜珠霄汉上，照取城头人未眠”，天头批云：“初唐音调，与集中不称。”此数句是诗人从前规模六朝初唐的“遗产”，黄氏提示应予弃掷。《蔆湖行戏赠郑刑部同年》“文章独用穷屯显，禄仕遑云晚节美。纵累功行高邱山，与龄未许过一纪”，天头批：“此数语当设浓色。”“吾怪造化颇崛强，何以唯阿顺君指。念倾赀财丐司命，又称耿介了不喜。四人相视杂涕笑，准备骸骼饱蝼蚁。”天头批：“真韩诗。”此黄氏赏其有韩诗恢诡之趣者。《园亭春望时红梅已残白梅盛开占此句》“微禽未解春如海，犹自衔泥葬落花”，旁批：“调熟，不可用。”即韩愈“陈言务去”之意，等等。

（4）批语点出全诗的优缺，26 处。如评《人日得易仲实镇江舟中寄诗感和》“挚情逸兴，一时并集”；评《易仲实属儿子衡恪作匡山草堂图为题长句》“睥睨一世，横扫千人”；评《月夜携客步雪至山亭》“融会古人精神，自辟意境，兴高神远”；评《别范大当世携眷还通州》“神在诗外，意据诗顶，俯唱遥吟，不可一世”等，实即总评中所云：“胸次高旷，意境奇雅，当其佳处，有商榷万古之情，具睥睨一切之概。”又如评《送赵翰林启霖黄优贡忠浩还湖南》“真山谷诗，神骨气味无一不佳”；评《乃园冬望》“意境孤淡”；评《除日大雪叠韵柬节庵》“甚老健，气最清”；评《除夜念山园梅株雪冻未花再次前韵答节庵》“此种和韵诗不必多作，造诣至坡老而止，不能更上也”；评《题通州范一当世大桥图》“此诗佳矣，而未臻妙处，因韩杜苏各露本色，未能共炉而冶之也”；评《蔆湖行戏赠郑刑部同年》“使昌黎出手为之，必更恢诡”；评《冬夜怀易顺鼎易方葬母居墓所》“何处得此苍凉沉郁之境”；评《送胡元仪泛海入都》“气未融贯。古今七律，惟放翁、工部无此患，余皆不免”；评《立秋日闻蝉同黄笃恭赵启霖范锺》“得杜神髓，其中五律往往有此”；评《莫愁湖四客图为梁节厂题》“极沉郁顿挫之致，揩眼细读，复抚膺坐思，为之废寝忘食矣”等，可知黄遵宪读诗时心中有杜韩苏黄等大家在，尤其强调变创之杜韩，如其在总评中所云：“然尚当自辟境界，自撑门户，以我之力量，洗人之尘腐。古今诗人，工部最善变格，昌黎最工造语。故知诗至今日，不变不创，不足与彼二子者并驾而齐驱。义理无穷，探索靡尽，公有此才识，再勉力为之，遵宪当率后世文人百拜敬谢也。”

总之，黄遵宪光绪二十一年(1895)的阅读评点，自觉贯彻了一种成我之诗的变创意识[①]，这一变创，是沿着杜韩开创的方向前行，偏向宋诗一路。因此他肯定了

---

① 黄遵宪对诗歌创新之自觉追求，见其《人境庐诗草自序》，黄遵宪著、钱仲联笺注：《人境庐诗草笺注》卷首，上海古籍出版社 1981 年版。

陈三立诗中表现出的学宋努力，这对于正处于诗风转变中的陈三立而言，无疑具有极大的鼓舞作用。

相对于陈三立对黄遵宪《人境庐诗草》的阅读评点[①]，黄遵宪对陈三立《诗录》的阅读更为细致深入，正如黄氏在《诗录》卷三前批语中所云："公论仆诗，宽假过当，而仆于公诗，断断持论，作迫狭之状。公当改称伯宽先生，仆则可谓公无度矣。"[②]但黄遵宪这些细心阅读所留下的圈点批评，大部分时间里随着《诗录》藏于行箧高阁，在光绪二十一年(1895)至民国二十六年(1937)陈三立病逝，从未见人提及，所以它的作用影响，应该及陈三立之身而止。

《诗录》四卷中的大部分作品没有公开发表过，除了当年一起诗酒酬唱的师友如郭嵩焘、王闿运、陈锐、何承道、罗正钧、梁鼎芬、易顺鼎、范锺、赵启霖、黄笃恭等，后来读过这些早期诗歌、明白陈三立早期诗歌写作变化的人很少，但幸运的是，《诗录》卷四所收光绪十九年(1893)四月庐山之行的四十题诗作，曾与同行之易顺鼎、范锺、罗运崃所作诗歌合集刊行，题作《庐山诗录》，时在同年六月。相对于抄本《诗录》的"闺中深藏"，《庐山诗录》则是在师友中公开流传，尤其是两位与陈三立诗歌经典化密切相关的人物，都先后看到了此集。一是陈衍，他于光绪十二年(1886)京师、光绪十五年(1889)长沙已颇闻陈三立"能文"，而得见《庐山诗录》大概在光绪十九年(1893)来游武昌之时。[③] 次年(1894)十二月八日，时在南京的郑孝胥得梁鼎芬所示《庐山诗录》，中旬，回鄂的梁鼎芬又以郑诗示陈三立，陈"叹为绝手"[④]。这大概是陈衍、郑孝胥首次接触陈三立诗歌。郑孝胥未留下评论文字，陈衍则许以"学韩"[⑤]，这是他对陈三立诗歌写作的最初印象。几乎与郑孝胥同时，范当世似也读到了《庐山诗录》，光绪二十年(1894)十一月，他嫁女至武昌，十二月十四日"携大

① 陈三立共为《人境庐诗草》撰写总评二则，分评四则，见《人境庐诗草笺注》第1083、421、423、517、676页。

② 见《散原精舍诗文集补编》卷首书影"黄遵宪在陈三立《诗录第三》前的题署和眉批"，江西人民出版社2007年版。

③ 陈衍最早提及《庐山诗录》乃在其所编《石遗室师友诗录》评语中，云："君诗少学韩，刻有游庐山作一卷，皆韩体也。"《石遗室师友诗录》最迟于光绪三十一年(1905)已动议，刊载于宣统元年(1909)的《国学萃编》，似即刻成于是年。细味发表于《庸言》第一卷第二期(1912年12月16日)《石遗室诗话》所云："丙戌余在都门，己丑在长沙，闻张铁君亨嘉屡称其能文。见其《游庐山诗》一卷，学韩，与易实甫诸人同作者。后识李亦元希圣，言君为文在陈承祚、范蔚宗之间。迟之又久，始相见，君已中更患难，憔悴垂垂老矣。赠余一律云云。"则见《庐山诗录》当在光绪三十一年二陈武昌初次相见之前。据陈衍年谱，知其有光绪十九年(1893)武昌之游，或即在是年。

④ 劳祖德整理：《郑孝胥日记》，光绪二十年(1894)十二月八日、十二月二十九日，中华书局1993年版。

⑤ 陈衍：《石遗室诗话》卷一，张寅彭主编《民国诗话丛编》(一)，上海书店出版社2002年版，第25页。

集"还通州，他诗中云："窃把君诗海上城"[①]，则此"大集"似即《庐山诗录》，不过他也没有留下评论。光绪二十一年(1895)四月，黄遵宪因为庐山诗已刊刻，遂于《诗录》抄本中"不复细论，倘欲细论，他日再就刊本商榷也"，但我们至今没有看到他的"商榷"之语。不过他在《诗录》中已有一个整体性的评价："游庐山多好诗"，"其中颇有卓绝之诣，江山之助，良不诬耳。"[②]光绪二十、二十一年间，还有两位陈三立诗歌的读者值得我们注意：一位是主讲湖北经心书院的谭献，他曾审定过梁鼎芬等人的诗歌，并将自己的诗词交与范锺、陈三立评阅。陈三立在光绪二十年(1894)写给谭献的一封信里手录《寄怀易顺鼎》《梁鼎芬居焦山忽传暴病怃然成句》《月夜十七柳亭携诸子对酒》《送胡元仪入京》《感题海上歌者素秋所画兰》等五题律绝，请"教削之"[③]——其实谭献属于较早看到《庐山诗录》的那拨人。光绪十九年(1893)时六月二十日，他接到范锺所赠该集，以为其中"颇有擅胜者"[④]；另一是光绪二十一年(1895)二月结束西湖之游还长沙过武昌的廖树蘅，他"读其与孝达尚书及范明经当世往来之作"，以为"沉雄高浑，骎骎入少陵之室矣"[⑤]。与张之洞、范当世往来之作，作于光绪十八至二十年间。

从陈衍、廖树蘅、黄遵宪等所表达的阅读感受来看，大家的见解比较接近：光绪十九、二十年前后，陈三立在学习杜、韩。但樊增祥有不同的感受，他在光绪二十六年(1900)《评陈公子庐山诗五叠前韵》一诗中写道："珠玉噌呟下九天，西江社里染香烟。气辛渐觉生姜老，骨峭肯规方竹圆。生硬未逢张八面，神仙最小葛三年。君家老凤曾相识，今日虚横野渡船。"[⑥]他从陈诗中读出了"气辛""骨峭""生硬"，以为濡染江西派之风气。揆之于《庐山诗录》，樊氏之言有所偏离，还是陈衍"学韩"一语较为贴合。

陈三立光绪二十一至二十六年(1895—1900)间的诗歌，从郑孝胥《散原精舍诗序》来看，他在为陈三立选诗时，应该读过，但至今下落不明，也未见有人提及；甚至当年师友别集中，也一无唱和之踪迹，令人十分惊讶。稍微可以据以窥探此六年陈

---

① 范当世：《余既与伯严稍稍赠答无几而决行矣携大集以归用韵而成惜今日之作》，《范伯子诗文集》，上海古籍出版社 2003 年版，第 190 页。

② 黄遵宪评语在陈三立《始去浔阳入庐山》一诗后，见抄本陈三立《诗录》卷四。

③ 陈三立：《与谭献书》，钱基博整理编纂：《复堂师友书札精华》(下)，人民文学出版社 2015 年版，第 1027—1033 页。

④ 谭献：《复堂日记》，光绪十九年(1893)六月二十日，河北教育出版社 2001 年版。

⑤ 廖树蘅：《笔记》，《珠泉草庐师友录》卷三所录陈三立诗后。

⑥ 樊增祥：《樊樊山诗集》(中)，上海古籍出版社 2004 年版，第 933 页。

三立诗歌写作情况的，除了郑序（下文详述），还有梁启超作于光绪二十七年（1901）春的《广诗中八贤歌》及发表于光绪二十八年（1902）的一则《饮冰室诗话》。梁氏的两论陈诗，看法基本一致：《广诗中八贤歌》云："义宁公子壮且醇，每翻陈语逾清新。啗墨咽泪常苦辛，竟作神州袖手人。"[①]《饮冰室诗话》云："其诗不用新异之语，而境界自与时流异。醲深俊微，吾谓于唐宋人集中，罕见伦比。记其《赠黄公度》一首云云。"[②]都专注于陈三立诗歌自传统中翻新而自成风格这一特点。考虑到戊戌政变后梁启超逃亡日本，无缘读到光绪二十四至二十七年（1898—1901）间陈三立诗歌作品这一点，梁启超在诗歌和诗话中所表达的，应是他光绪二十三年（1897）十月至次年二月在长沙时务学堂担任中文总教习时读陈三立当时和稍前几年诗歌的印象，其诗话所录《赠黄公度》作于光绪二十一年，就未收入《诗录》。梁启超的阅读感受与此前陈衍、廖树蘅、黄遵宪等人可谓一脉相承，可见陈三立仍然沿着武昌时的写作道路前行，并未因为光绪二十一年年底由武昌回到长沙这个由王闿运汉魏六朝诗风笼罩的旧地而发生偏转。[③]

二、《散原精舍诗》时期的阅读与批评

所谓的"《散原精舍诗》时期"指自《散原精舍诗》收诗所起的光绪二十七年（1901）至宣统二年（1910）诗集刊行的十年，本节主要讨论这十年中诗坛对陈三立诗歌的阅读与批评。毫无疑问，这十年中最重要的阅读和批评来自郑孝胥。他宣统元年（1909）四月应陈三立之请为选定《散原精舍诗》，并于四月三十日大雨夜为撰诗序：

> 伯严诗余读至数过，尝有越世高谈、自开户牖之叹。己酉春始欲刊行，又以稿本授余曰：'子其为我择而存之。'余虽亦喜为诗，顾不能为伯严之诗，以为如伯严者，当于古人中求之。伯严乃以余为后世之相知，可以定其文者耶？大抵伯严之作，至辛丑以后，尤有不可一世之概。源虽出于鲁直，而莽苍排奡之意态，卓然大家，未可列之江西社里也。往有巨公与余谈诗，务以清切为主，于当世诗流，每有张茂先我所不解之喻。其说甚正。然余窃疑诗之为道，殆有未

① 梁启超：《广诗中八贤歌》，《新民丛报》第3期，1902年3月10日。
② 梁启超：《饮冰室诗话》，《新民丛报》第11期，1902年7月5日。
③ 请参观拙文《陈三立早期诗歌写作与晚清湘鄂诗坛》，《文史哲》2015年第1期。

能以清切限之者。世事万变，纷扰于外，心绪百态，腾沸于内，宫商不调而不能已于声，吐属不巧而不能已于辞。若是者，吾固知其有乖于清也。思之来也无端，则断如复断，乱如复乱者，恶能使之尽合？兴之发也匪定，则倏忽无见，惝怳无闻者，恶能责以有说？若是者，吾固知其不期于切也。并世而有此作，吾安得谓之非真诗也哉？噫嘻！微伯严，孰足以语此？[①]

此序最重要的见解，存于"大抵伯严之作，至辛丑以后，尤有不可一世之概。源虽出于鲁直，而莽苍排奡之意态，卓然大家，未可列之江西社里也"一句：第一，首次明确竖立起"辛丑"(1901)这块界碑[②]，不但表明前后之差别，而且认为"辛丑以后，尤有不可一世之概"，所谓"越世高谈，自开户牖"也；第二，指明陈诗源"出于鲁直"，但又不为江西诗派所限，已"卓然大家"；第三，拈出"莽苍排奡"四字作为散原诗歌风格("意态")的标识。除了这三点，郑孝胥还郑重论述了散原诗歌与"巨公"(即张之洞)"清切"论诗的背离，实是标举了陈三立不为"清切"笼罩的独立追求。在这一点里，郑孝胥还触及了陈三立诗歌发生的动力问题，即他何以"不能已于声/辞"；当然，这一点大概也是郑孝胥对张之洞诗学观点的曲折回应。

郑孝胥认为散原诗歌源"出于鲁直"，这和15年前陈衍、黄遵宪、廖树蘅的看法差别比较大，难道是郑氏独具只眼，截断众流，一举窥破陈三立诗歌写作宗尚(渊源)之奥秘？实则不然，在郑孝胥之前，不少人都已经发现了这一点。光绪二十一年(1895)黄遵宪评点《诗录》时，已经大赞《送赵翰林启霖黄优贡忠浩还湖南》一诗"真山谷诗，神骨气味无一不佳"，只不过他从陈三立诗歌中看到的更多的是杜甫、韩愈的影子，而且树杜、韩为陈三立诗歌写作的榜样。而六年之后，大约在光绪二十七年(1901)，陈三立的好朋友陈锐就直接说："拙劣黄山谷，吾兄颇似之。眼穿吟不断，名在命如丝。"[③]而几乎同时，袁绪钦也有"人来坡老雪堂门，诗寄涪翁玉版村。南国英灵河岳集，西江主客画图喧"之戏拟，袁诗注云："唐人选诗有《河岳英灵集》，《西江主客图》宋人论诗派作，伯严喜读山谷集，故戏及之。"[④]光绪二十九年

---

① 郑孝胥：《散原精舍诗序》，《散原精舍诗文集》(下)，上海古籍出版社2014年版，第1530页。

② 石三友《金陵野史》"《散原精舍诗集》"条云："我见到的未收进诗集的诗稿，年代要较早些，是其中年时期所作，风格略有不同，工力直追汉魏，意境典雅高古，故选定诗集时，梁鼎芬(节庵)以为和后来所作，格调不尽相同，乃建议不必编入集中，以保存同光诗体之面貌。"(江苏人民出版社1985年版，第469页)这是20世纪80年代的追述，不知其所从来，亦未见相似说法。

③ 陈锐：《怀陈伯严白下寓园》，《袌碧斋诗》卷四，光绪三十一年刻本。

④ 袁绪钦：《再题唱酬集后》，《门存诗录》卷三，光绪刻本。

(1903)，李详在代柬诗中赞陈三立“一祖嬗涪翁，劆垒搴我旃”[①]，而同居南京的魏繇题陈三立近诗则云：“平生渴忆西江水，犇注尾闾声莽苍。羡子清吟动寥廓，累予洒涕不成行。熊姿豹气喧何切，虎瑟鸾车乐未央。起坐中宵□北斗，浑茫兵霭塞东方。”[②]光绪三十年(1904)重九陈三立姻亲黄嗣东有“莫倚西江格调高，题糕九日负诗豪”之语[③]。李葆恂在光绪三十一年(1905)赠陈三立的诗里也说《赠陈伯严吏部》：“句健规双井，杯深藐二豪。”[④]可见进入20世纪以后，陈三立“学黄”已是众口一词，成为陈三立诗歌读者的共识。当年黄遵宪大提特倡的杜、韩，极少有人提及，只有光绪三十四年(1908)，陈三立乡试座师陈宝琛在为陈氏诗卷题词时说：“老于文者必能诗，此道祇今亦少衰。生世相怜骚雅近，赋才独得杜韩遗。”[⑤]

这十年中一反众论的，是陈衍。光绪三十二年(1906)秋，他在《读渔洋诗话有怀伯严》一诗中说：“酷忆西江陈伯玑，栖栖清瘦不胜衣。争传格律凌坡谷，谁识门庭本柳韦。”[⑥]竟指陈三立出唐人柳宗元、韦应物。王士禛《渔洋诗话》卷下论南城陈伯玑：“清羸如不胜衣，双瞳碧色。最工五言，如‘寒日明孤城，斜风下飞鸟’云云，此类数十句，皆王、韦门庭中语也。伯玑食贫，寓居白门。”[⑦]故引发陈衍此论。然柳韦之淡远与散原五古距离似较远，故无人应和陈衍此论，甚至他自己稍后在所辑的《石遗室师友诗录》中评论陈三立时，也没有接续“门庭本柳韦”的见解，他说：“(陈三立)中年论诗益恶俗恶流易，尝评某也纱帽气，某也馆阁气。所作务求沉博险丽，土视金玉，尘视罗绮，举珊瑚、木难、吉光、火浣、诈马、固姑、纳石、古刺水、火失毡房之属，杂然前陈，与沈乙庵颇有同嗜。然佶屈聱牙中，有清言见骨，真宰上诉者……尝论梦窗词‘檀栾金碧，婀娜蓬莱’，固险丽矣，而‘何处合成愁’等本色语，时复遇之。君与乙庵，殆诗中之梦窗也。”[⑧]将“沉博险丽”视为陈三立诗歌的主要追求，而赏其诗中“清言见骨，真宰上诉者”，如此评论，显与“门庭柳韦”有极大不同。

然而这十年的诸种批评中，鲜有触及陈三立早年追随王闿运摹写汉魏六朝诗

---

① 李详：《简陈伯严吏部三立》，《李审言文集》(下)，江苏古籍出版社1989年版，第1187页。
② 魏繇：《邵阳魏先生遗集》，《台湾近代中国史料丛刊》影印本，第423页。
③ 黄嗣东：《再叠伯弢九日韵赠伯严亲家并柬恪士彝恂次中伯弢诸君子》，《鲁叟诗存》卷二，1912年本。
④ 李葆恂：《赠陈伯严吏部》，《红蠃山馆遗诗》，《义州李氏丛刻》1916年京都刻本。
⑤ 陈宝琛：《题伯严诗卷》，《沧趣楼诗文集》，上海古籍出版社2006年版，第109页。
⑥ 陈衍：《读渔洋诗话有怀伯严》，陈步编《陈石遗集》，福建人民出版社2001年版，第138页。
⑦ 王士祯：《渔洋诗话》卷下，《清诗话》(上)，上海古籍出版社1978年版，第187页。
⑧ 陈衍：《石遗室师友诗录》卷六，晨风阁丛书甲集本。

风的，大概是因为无从获睹陈氏《诗录》前二卷光绪六至十六年(1880—1890)间的诗歌作品。不过陈锐是个例外，他本与陈三立共同经历那一写作时期，知道陈之“家底”，所以光绪二十九年(1903)，他题陈三立近诗述及陈三立诗歌渊源时，见解就与众不同，五首题词的前二首云：“气骨本来参魏晋，灵魂时一造黄陈。故知文字诵三昧，可向金荃认化身。”“诗到乾嘉界说芜，咸同作者各矜殊。踢翻高邓真男子，不与壬翁更作奴。”[①]这一揭示，不但使陈三立的诗歌写作道路更加完整地呈露于天下，而且十分有助于人们理解此时陈三立诗歌中的一些表现技艺。

对于陈三立的诗歌风格，除陈衍的“沉博险丽”之外，同时侪辈亦有种种体会。如袁绪钦拟作“清雄博大”，并形象地描述为“鲸丽心抽春茧密，龙吟耳震夏虫喧。冥机坐照诸天幻，哀响苏回大地魂”。[②] 陶森甲感觉散原诗“多凄楚语”，其上接“千年骚怨”之传统，诗中“大声直使金石裂，幽韵一洗筝琶喧”。[③] 陈锐将陈诗比作“出海珊枝一世惊，陆离长剑曼胡缨”。[④] 李详则许以“清深”，“引指出哀弹，燥湿区鸣弦。飞蓬谢膏沐，痗心自成妍”。[⑤] 魏繇比喻陈诗如西江一样“声莽苍”，“熊姿豹气喧何切，虎瑟鸾车乐未央”。[⑥] 狄葆贤的感受与后来陈三立读沈曾植诗相似：“读伯严诗如入世族厅事，睹樽壶彝鼎，光怪陆离，眩摇心目，固非寒俭家所能窃效也。”[⑦]郑孝胥宣统元年(1909)为陈三立选诗时赞其诗“恣肆自得处非时贤所及”[⑧]，又云：“伯严不急仕，峻节如其诗。栖迟对蒋山，睥睨郁深悲。天将纵其才，授子肆与奇。神骨重更寒，绝非人力为。安能抹青红，搔头而弄姿。”[⑨]陈氏弟子胡朝梁以为其师读书养气，胸次浩荡，“作诗不须故作势，却自凌厉横无前。便尔悠扬亦有致，细流冷然鸣曲泉”[⑩]。这些描述，不论是“清雄”“大声”“清深”，还是“莽苍”“光怪陆离”“恣肆”“凌厉”，等等，自然各有偏重，但细细体味，似乎可以发现其中藏有共同之处，即对诗中所蕴含的巨大情感力量的揭示。

此一时期，陈三立的诗歌写作已经颇生影响，朋辈间开始陈、范(范当世)或陈、

① 陈锐：《题陈伯严近集》，《袌碧斋诗》卷四。
② 袁绪钦：《读伯严近集》，《门存诗录》卷三。作于光绪二十七年(1901)。
③ 陶森甲：《伯严示近诗多凄楚语赠一律》，《门存诗录》卷十。作于光绪二十七年(1901)。
④ 陈锐：《题陈伯严近集》，《袌碧斋诗》卷四。作于光绪二十九年(1903)七八月。
⑤ 李详：《用前韵重答伯严》，《李审言文集》(下)，第1188页。作于光绪二十九年(1903)。
⑥ 魏繇：《题伯严近诗后》，《邵阳魏先生遗集》，第423页。
⑦ 狄葆贤：《平等阁诗话》卷一，有正书局1910年。
⑧ 《郑孝胥日记》宣统元年(1909)三月六日。
⑨ 郑孝胥：《海藏楼杂诗》，《海藏楼诗集》，上海古籍出版社2003年版，第191页。
⑩ 胡朝梁：《写义宁师诗竟辄书以呈》，《诗庐诗文钞》之诗钞，民国间铅印本。作于宣统元年(1909)。

郑(郑孝胥)对举,如刘慎诒诗中有“天下君宗数陈范”之语[①],而范当世本人不但在与其三弟范铠书札中推重陈、郑[②],且于《近代诸家诗评》中将郑、陈与自己并举:“吾辈中已成名家者,苏堪一人而已”,而“伯严文学本我之亚匹,加以戊戌后,变法至痛,而身既废罢,一自放于文学间,襟抱洒然绝尘如柳子厚也,此其成就且大于苏堪矣。伯严诗已到雄伟精实、真力弥满之时,所欠者自然超脱一境。”[③]但范当世于光绪三十年(1904)病逝,诗功止于此,未能继续与陈、郑角逐诗坛;而陈、郑的诗歌写作跨过晚清,进入民国,一直持续到20世纪30年代,遂成为“同光体”的两面大旗。而在清末,狄葆贤已经在《平等阁诗话》里赞叹陈、郑二人乃“诗坛两雄,云龙角逐,固无异韩孟之交情也”[④]。陈三立、郑孝胥可谓一山中之二虎矣,但陈能谦恭地请郑任选政,并乞序,而郑亦当仁不让,又于二序中极力揄扬,所谓“交情也”,何有于“文人相轻”?

陈衍宣统元年(1909)有选刊《石遗室师友诗录》之行,所录九人:卷一张之洞,卷二宝竹坡、陈书,卷三陈宝琛,卷四沈曾植、沈曾桐,卷五梁鼎芬,卷六冯煦、陈三立。虽曰“师友”,但显有标举推尊之意。他虽早闻陈三立声名,但相见相识仅在光绪三十一年(1905),可谓甫相识即选入师友诗录,虽有急就之嫌[⑤],但难掩其欣赏之意,尤其为后来《石遗室诗话》中的种种评述埋下伏笔。

三、后《散原精舍诗》时期的阅读与批评

本文将宣统二年(1910)正月《散原精舍诗》刊行之后的近三十年(至民国二十六年陈三立病逝北平),称作“后《散原精舍诗》时期”,以此来凸显《散原精舍诗》一集之于陈三立诗坛地位确立的重要性。

《散原精舍诗》刊成后,陈三立便忙着向师友寄送。除了宁沪苏皖等近便之处

---

① 刘慎诒:《公约寄近近与伯严肯堂赠酬诗次韵奉和》,《龙慧堂诗》卷上,民国铅印本。

② 范当世《与三弟范铠书》(光绪三十年九月十四日)答铠问诗可与谁比近:“只有二人,陈、郑而已。郑已小成,自然处每不可及,然不必方比。伯严则犹未成,而进不可量。伯严极处能碎,吾弟则能整,深造之皆各成一家。”(《南通范氏诗文世家》范当世卷)

③ 范当世:《近代诸家诗评》,台湾文海近代中国史料丛编《范伯子先生全集》,第863、864页。

④ 狄葆贤:《平等阁诗话》卷二。

⑤ 《石遗室师友诗录》首刊于沈宗畸所编《国学萃编》第5、6/7、9—14、17—26、31—32期,后刊入《晨风阁丛书》甲集。所选陈三立诗除光绪三十四年《北极阁访悟阳道长》一首外,其余均为光绪三十一年(1905)之作,从《散原精舍诗》来看,起自《同晓暾璧元往观日本人幻剧》,终于《鬻园公谶赋别分韵得菊字》,共47首,一首不落,整体切下,无所谓“选”也。应是陈衍得见新刊《散原精舍诗》后之急就章。此录之选,陈衍虽自许传世,其间亦有种种曲折,可参观沈宗畸致冒鹤亭书,见《冒广生友朋书札》,第210—211页。

常与往来的俞明震、缪荃孙、樊增祥、杨锺羲、张彬、徐绍桢、林开谟、吴学廉、杨文会、欧阳渐、陈庆年、郑孝胥、狄葆贤、陈诗、沈曾植、夏敬观、李拔可、朱祖谋、陈锐、梁鼎芬等，长沙的廖树蘅可能是较早看到陈三立诗集的人之一。宣统元年（1909）九月，陈三立即已向廖氏报告将有诗集之排印[①]；二年三月，陈三立随信将诗集“寄呈哂教”，廖树蘅在复函中表达了由衷的赞赏，所谓“偏嗜”也[②]；九月，陈三立又“因恪士之便”，再次带给廖树蘅八部诗集，请其“布施”[③]。他如长沙梁焕奎，广东易顺鼎、王景沂，南昌曹范青、蔡可权，北京陈衍、王易、赵熙，过金陵之释敬安、罗惇曧、方守彝、王揖唐等，都在宣统三年（1911）辛亥革命发生前，看到了《散原精舍诗》。于是，各家《散原精舍诗》题词纷来沓至，兹举其三：

> 义宁伯子真诗霸，独造深思数十年。字暖肝肠晴噈日，格高心力上摩天。谭陶鼎峙公为最，范郑分庭世亦传。我取蠡杯斟海水，摩挲醉眼出灯前。[④]

此为夏敬观所作。夏氏乃陈三立乡人，《散原精舍诗集》之刊行，即由他与李拔可主谋，也是他将陈三立诗稿六册带给郑孝胥选定的。题词中表彰陈三立诗“独造深思”“字暖”“格高”，并记录了当时诗坛陈、范、郑鼎峙而立的共识，与前所举呼应。

> 吾家诗祖仰涪翁，独辟西江百代宗。更有白头陈吏部，又添波浪化鱼龙。[⑤]

此乃释敬安所作。敬安是陈三立长沙时期的诗友，陈三立曾于光绪十四年与罗正钧一起为他编刻诗集五卷。此题主要揭示陈三立诗歌开辟了黄庭坚江西诗派谱系上的新篇章，与郑序意同。敬安俗姓黄，故云“吾家诗祖”。

> 当代数文豪，二妙未识面。零缣与碎锦，宝光时一见。瘿公江汉回，东南走群彦。贻我双琅玕，入案忽璀璨。卓哉散原诗，千淬复百炼。字字双井心，

---

① 陈三立：《与廖树蘅书》（十四），《散原精舍诗文集》（下），第1166页。
② 陈三立：《与廖树蘅书》（十五）、（十六），《散原精舍诗文集》（下），第1167页。
③ 陈三立：《与廖树蘅书》（十六），《散原精舍诗文集》（下），第1167页。
④ 夏敬观：《题伯严散原精舍诗》，《忍古楼诗》卷一，中华书局1937年排印本。
⑤ 释敬安：《题寄陈伯严吏部〈散原精舍诗〉》，梅季点辑《八指头陀诗文集》，岳麓书社1984年版，第409页。

篇篇小雅怨。载咏彊村词，旨远非近玩。七宝绚楼台，拆碎成片断。忆从同光来，文体亦屡变。根柢荡词林，俗子耳目眩。译语杂侏儒，新名纷点窜。家法抉樊篱，宗派益支蔓。义宁名父子，辛苦守遗研。侍郎笃师友，腹痛情缱绻。挑灯百回读，心维自不倦。古来工文章，端在多忧患。二公廊庙姿，目睹家国难。江湖悬魏阙，忠爱托豪翰。流传此文字，身世已可叹。峨峨文选楼，屹屹灵光殿。裁诗报故人，愧未涉涯岸。①

此诗作者王易亦是陈三立乡人，民国十四年(1925)陈三立曾序其弟王浩《思斋集》。宣统二年(1910)王易在京师大学堂读书，才22岁，显然是后生。此诗于陈三立诗学渊源的认识，一承郑序，惟此诗将陈与朱祖谋并举，表彰二人忧患积于心中，忠爱流于笔端，誉为鲁殿灵光，此虽以双集并至而巧合，亦可谓有眼光之论。同年稍早些时候，梁启超在日本写给麦孟华的信里曾美誉朱、陈："荷庵此次归来，为言古微、伯严两君有凤翔千仞之概、皭然不滓之志，相与徙徊于其为人，而还求其故，则皆有所主而已。古微举天下之美，不以易词，伯严举天下之美，不以易诗，古微、伯严无所往而不得诗词，故常有以自乐，诗词可以致伯严、古微于不朽，故常有以自信，而其卓然自拔于流俗者，则亦在此矣。夫雕虫小技，壮夫不为。吾辈维敬二君，亦岂必相师者，然其效则固可睹矣。故吾辈所主，不必与宋、明诸哲同，而必当师其有主，谓之师晦庵、阳明可，谓之师伯严、古微亦可也。"②此后朱、陈并举之论，如姚鹓雏《生春水簃诗话》、俞大纲《寥音阁诗话》等，大抵即起于此时。

此外如梁焕奎、赵熙、吴庆焘、方守彝、王景沂、蔡可权、曹范青等，都有题词之作。③

在陈三立赠阅的同时，《散原精舍诗》也开始在一些书局中寄售，有的甚至还在报纸上刊出了售卖广告。如上海广智书局在宣统二年(1910)十月二十日的《申报》上登载了《精刻精校诗集词集》寄售广告，共七种，第一种即"陈吏部《散原精舍

---

① 王易：《瘿庵寄赠新刻散原精舍诗彊村词索诗为报赋此寄呈》，《国风报》第一年第33期，宣统二年十二月一日。

② 梁启超：《致麦孺博书》(夏初)，转引自《梁启超年谱长编》，上海人民出版社1983年版，第708页。

③ 梁焕奎《陈伯严寄近刻诗卷奉怀二首》，《青郊六十自定稿》卷四；赵熙《杨子传陈考功语命题所著散原精舍诗》，《国风报》第三十四期；吴庆焘《伯严寄所著散精舍诗集寒宵展读中有安庆舟中见赠之作次韵答寄》，《簳珠仙馆诗存》卷七；方守彝《读陈伯严吏部散原精舍诗感题四首》，《网旧闻斋调刁集》卷八；王景沂《观察公枉和前什因及陈吏部再用原韵奉呈并寄吏部》，《琴志楼诗集》下册(上海古籍出版社2004年版，第1123页)；蔡可权《读散原精舍诗题寄》，《或存草》卷二；陈三立《携曹范青新诗至山中读之题其后》"赏音适有嗜痂癖"句下注："辱题拙集诗，推奖甚至。"(《散原精舍诗文集》上册，第310页)

诗》”，售价“八角”，紧随其后的是“朱侍郎《姜村词》”，售价“四角”。

《散原精舍诗》的刊行，第一次较为集中完整地向近代诗歌读者展示了陈三立的诗歌面貌，而随着赠阅和销售的展开，陈三立诗歌为越来越多的师友之外的其他读者所了解，尤为重要的是，它开始大量进入诗话的评论视野。

梁启超的《饮冰室诗话》可能是较早评论陈三立诗歌的诗话作品，然仅一条（见前引）。接下来出场的狄葆贤《平等阁诗话》则已多至 20 条。不过这两部诗话基本上都写于《散原精舍诗》刊行之前，不能视作以《散原精舍诗》一集为阅读对象的批评行为。真正从《散原精舍诗》起步的诗话，首称陈诗宣统二年（1910）连载于上海《国风报》的《江介隽谈录》，中有“《散原精舍诗》”一条，云：“义宁陈伯严吏部《散原精舍诗》，上下凡二卷，牢笼两宋，自辟轨途，集西江之大成，为一代之作者。古近各体，靡不兼善。摘录数首于此，饮海水一滴，可知味矣。”①下摘五七古、五七律、五七绝各若干首，然多景光流连之选，极少家国忧患、峙庐泣血之作。之后的《石遗室诗话》《抒怀斋诗话》《光宣诗坛点将录》《今传是楼诗话》《定庵诗话》《读广雅堂诗随笔》《瓶粟斋诗话》《卧雪诗话》《忍古楼诗话》《学山诗话》《无尽藏斋诗话》《诗史阁诗话》《十朝诗乘》《宜秋馆诗话》《丽白楼诗话》《鱼千里斋随笔》《尊瓠室诗话》《天演阁诗话》《桐风萝月馆随笔》《生春水簃诗话》《草堂之灵》《养和室随笔》《药里慵谈》《新语林》《梦苕庵诗话》《现代中国文学史》《散原精舍集外诗评语》《读散原诗漫记》《读散原精舍诗笔记》《四十年来北京之旧诗人》《近代诗派与地域》等都或多或少的论及散原诗，当然，其中有些论述已不再局限于《散原精舍诗》，而是扩展至后来刊行的《散原精舍诗续集》（1922）和《别集》（1931）。

在这些诗话著作中，从有益于陈三立诗坛地位建立的角度来看，《石遗室诗话》无疑是最重要的一种，陈衍在诗话中提出了四点重要的关于陈三立诗歌的整体性认识：

第一，建构陈三立的诗歌谱系和诗歌史地位。诗话将道光以来宋诗派之发展别为两派，一为“清苍幽峭”，“近日以郑海藏为魁垒”；一为“生涩奥衍”，以沈曾植、陈三立为表率。陈衍简单勾勒了两派的诗歌史谱系，“生涩奥衍”一派“自《急就章》《鼓吹词》《铙歌十八曲》，以下逮韩愈、孟效、樊宗师、卢仝、李贺、黄庭坚、薛季宣、谢翱、杨维桢、倪元璐、黄道周之伦，皆所取法。语必惊人，字忌习见。郑子尹珍之《巢

① 《国风报》第一年第 24 期（宣统二年九月一日），转引自王培军、庄际虹《校辑近代诗话九种》，上海古籍出版社 2013 年版，第 43 页。

经巢诗钞》，为其弁冕，莫子偲足羽翼之。近日沈乙庵、陈散原，实其流派。而散原奇字，乙庵益以僻典，又少异焉，其全诗亦不尽然也。”[①]观其大端，仍是陈、郑并峙，仍是学韩学黄，但此则论述溯其源，通其流，在鼓吹铙歌、韩孟黄薛、郑莫、沈陈之间建立起一条承传演进的诗歌谱系，并以“生涩奥衍”四字概括这一谱系的风格，陈衍通过这一描述不但确立了陈三立在当代诗坛格局中的崇高地位，而且彰显了其诗风追求和诗坛地位的合法性。诗话此条刊于民国二年（1913）3月1日《庸言》的第一卷第七号上，应该撰于当年年初，其中沈、陈同流的观察，承续了宣统二年（1910）《石遗室师友诗录》陈三立诗评中的见解，但在此后的《石遗室诗话》中，沈、陈同流的表述渐有改变，卷三十一不再以沈、陈与郑并峙：“近来诗派，海藏以伉爽，散原以奥衍，学诗者不此则彼矣。”[②]整个诗话中，陈衍多次述及学散原，或在陈三立倡导下学江西诗派的诗人，从而客观地反映出陈三立在当时诗坛的影响，所以民国二十二年（1933）陈衍再续诗话时，则独尊散原矣：“五十年来，惟吾友陈散原称雄海内，后生英俊，谬以余与海藏侪诸散原，方诸北宋苏、王、黄三家，以为海藏服膺荆公，遂以自命，双井为散原乡先哲，散原之兀傲僻涩似之，皆成确证。因以坡公属余。”[③]

第二，重提“伯严诗避俗避熟，力求生涩，而佳语仍在文从字顺处”的看法，并进一步指出，散原诗之生涩非学于山谷，而是得力于薛季宣。陈衍将后一点视为独得之秘，不但在诗话中直言“无人知者”，并曾“持浪语诗示人，以证此说，无不谓然”[④]。民国十二年（1923）印行《近代诗钞》，陈衍评述陈三立诗歌时仍持此论：“少时学昌黎，学山谷，后则直逼薛浪语，并与其乡高伯足极相似。”[⑤]他还在为夏敬观诗卷题词时述及这一看法：“命词薛浪语，命笔梅宛陵。散原实兼之，君乃与代兴。”[⑥]

第三，概括描述了入民国后散原诗歌的变化：“辛亥乱后，则诗体一变，参错于

① 《庸言》第一卷第七号（1913年3月1日），转引自陈衍《石遗室诗话》卷三，张寅彭主编《民国诗话丛编》（一），上海书店出版社2002年版，第48页。

② 陈衍：《石遗室诗话》卷三一，《民国诗话丛编》（一），第445页。

③ 陈衍：《石遗室诗话续编》卷三。陈衍并不认同时人以东坡相比拟，他在所引之后接着辩解道：“余于诗不主张专学某家，于宋人，固绝爱坡公七言各体，兴趣音节，无首不佳，五言则具体而已，向所不喜。双井、后山，尤所不喜。”（张寅彭主编《民国诗话丛编》（一），第579页）

④ 陈衍：《石遗室诗话》，《东方杂志》第12卷第7期（1915年7月），转引自张寅彭主编《民国诗话丛编》（一），第204页。

⑤ 陈衍：《近代诗钞》（中），商务印书馆1923年版，第984页。

⑥ 陈衍：《题映庵诗稿后》，《陈石遗集》，第269页。

杜、梅、黄、陈间矣。”[①]

第四，两次提及“作健逢辰领元老”一句的诗坛掌故（1914 年 2 月 15 日《庸言》第二卷第一、二期合刊，1915 年《东方杂志》第十二卷第十一期），陈衍的记述里彰显了“清切”张之洞与“僻涩”陈三立间的诗歌趣味之别。

《石遗室诗话》的如上四点论述在此后有关陈三立的诗学论述中颇有影响，产生了不少回响。

关于陈、郑诗歌谱系构建之问题，汪国垣民国二十三年（1934）在金陵大学中文系演讲“近代诗派与地域”时，就完全采用陈衍之看法，将生涩奥衍、清苍幽峭视作“闽赣派诗家”的两个分支，但他舍弃了沈曾植，只说“至义宁陈散原则集此派之大成者也”[②]。钱仲联 19 岁（1926）时作《近代诗评》“衡量并世诗流”，“瓣香北宋，私淑西江”一派中“大之于后”者只列出“散原、海藏、苍虬”[③]；30 年代撰写《梦苕庵诗话》时，谈及“迩来风气”，以为“多趋于散原、海藏二派”，但“学者肖其所短以相夸尚，此诗道之所以日下。惟乙庵先生诗，博大沉郁，八代唐宋，熔入一炉，为纪其乡钱萚石以后一大家，可以药近代浅薄之病”[④]，显然已将沈曾植外于陈三立所在的“生涩奥衍”；后其所撰《论同光体》一文，裂“生涩奥衍”为赣、浙两派，沈曾植赫然为浙派之代表矣。

避俗避熟、得力浪语之论，钱基博在《现代中国文学史》中全盘袭用，胡先骕《四十年来北京之旧诗人》亦承其论，徐珂则几乎未作丝毫变动地抄录在《清稗类钞》里，诸人均未作丝毫反思。第一个公开反对得力浪语之论的，当是周达，他在民国二十六年（1937）的挽诗《哭散原先生》中，发出了“如何拟浪语，皮相论岂笃”的质疑之声[⑤]；钱锺书大概在初读《石遗室诗话》时“即不解其说”，50 年代“再籀绎，益信为无稽之谈”，他在《容安馆札记》里的分析举证，令人信服。[⑥]

陈衍可能是描述辛亥之后散原诗风变化的第一人，他“参错于杜、梅、黄、陈间”的论断直接为钱基博的《现代中国文学史》所继承。王逸塘《今传是楼诗话》则以为

① 陈衍：《石遗室诗话》，《东方杂志》第 12 卷第 7 期（1915 年 7 月），转引自张寅彭主编《民国诗话丛编》（一），第 204 页。

② 汪国垣：《近代诗派与地域》，《汪辟疆文集》，上海古籍出版社 1988 年版。

③ 钱仲联：《梦苕庵诗话》，张寅彭主编《民国诗话丛编》（六），第 217 页。

④ 钱仲联：《梦苕庵诗话》，张寅彭主编《民国诗话丛编》（六），第 209 页。

⑤ 周达：《哭散原先生》，《今觉庵诗》卷四，1940 年排印本。

⑥ 参观拙文《钱锺书眼中的散原诗歌》，《汉语言文学研究》2014 年第 1 期。

"辛亥以后,君诗境一变,闵乱伤时,多变雅之作"①。之后汪国垣的概括涵盖了陈三立晚年之作:"散原诗亦经数变,早年专事韩黄,大篇险韵,尽成伟观。辛壬避地海上,又兼有杜陵、宛陵、坡、谷之长,闵乱之怀,写以深语,情景理致,同冶一炉,生新奥折,归诸稳顺,初读但惊奥涩,细味乃觉深醇。晚年佐以清新,近体参以圆海,而思深理厚,尚不失自家面目。"②民国三十一年(1942)吴宓重读散原诗,发现"庚申"(1920)前后,陈三立"所作诗益少,而更变为超逸冲淡"③。俞大纲《寥音阁诗话》曾较细致地论到辛亥之后散原诗风的变化转折:"散原先生入民国后,诗境渐造洮瀁泬寥之境,与辛亥以前,略有不同,然其傲挺之姿,苍郁之气,犹盘纡于文字间。自民国十二年癸亥悼亡丧子后,诗境如九逝诗魂,近于冥默矣。大抵先生之诗,辛丑至辛亥,感情奔放,多激越之音;自民国元年迄十二年,感情渐趋凝敛,其诗如秋气之清而肃;十二年以后,则铸冶人间之衰乐,融会天地之精神,冥合天人,诗境颇近于宗教矣。"④众人之论,大体已经将陈三立一生诗风之变化及原因,勾勒清晰。

陈衍民国三年(1914)初在《庸言》上揭破张之洞对陈三立《九日从抱冰宫保至洪山宝通寺饯送梁节庵兵备》诗中"作健逢辰领元老"一句之不解后,颇引起后来者的兴趣。陈曾寿民国七年(1918)刊于《东方杂志》的《读广雅堂诗随笔》一文,认为"公谓元老不应为人所领。此特戏语",并力言"两贤固无所芥蒂"⑤。钱基博《现代中国文学史》将此重公案置于张之洞论诗不喜江西派的背景上论述,但基本上是对陈衍、陈曾寿记述的整合。吴宓从《石遗室诗话》和《东方杂志》上知晓了此事,他在《读散原精舍诗笔记》中认为张之洞误解诗意,"实则原意乃谓'元老领众士'也"⑥。由云龙《定庵诗话》略引《石遗室诗话》的记述,以为"此则南皮骄贵之习,不足以语于诗道,非散原诗之失检也"⑦。沈其光《瓶粟斋诗话》论及此事时,大概仅凭从前记忆,未曾检书,将散原误作了石遗,并认为此"领"字本韩愈"夜领张彻投卢仝"一句,就是诗人"以之施文襄,岂挟其齿德之尊乎?"⑧钱锺书《容安馆札记》竟也谈及此事,认为同光体诗人效仿宋诗"好倒装字句"之风气,故而散原诗句"为张文襄所

---

① 王揖唐:《今传是楼诗话》,张寅彭主编《民国诗话丛编》(三),第 277 页。
② 汪国垣:《近代诗派与地域》,《汪辟疆说近代诗》,上海古籍出版社 2001 年版,第 27 页。
③ 吴宓:《读散原精舍诗笔记》,《国学研究》第一卷,北京大学出版社 1993 年版。
④ 俞大纲:《寥音阁诗话》,《俞大纲全集》"诗文诗话卷",第 150 页。
⑤ 转引自王培军、庄际虹:《校辑近代诗话九种》,第 166 页。
⑥ 吴宓:《读散原精舍诗笔记》,《国学研究》第一卷。
⑦ 由云龙:《定庵诗话》卷下,张寅彭主编《民国诗话丛编》(三),第 585 页。
⑧ 沈其光:《瓶粟斋诗话》三编卷二,张寅彭主编《民国诗话丛编》(五),第 658 页。

嘲”[①]。俞大纲显然也是经由《石遗室诗话》和《读广雅堂诗随笔》知道“领元老”一事的，其《寥音阁诗话》认为文襄批驳散原此句，“是文襄不嘉散原诗也”，散原“以赤子之心及物，出尘之态窥天，其诗沉郁之境，激越之气，绵渺之音”，“固非”张之洞这样的“功名之辈所能解者也”[②]。这么多人加入到对“作健逢辰领元老”一句的解释中来，我们甚至可以名之以“领元老”诗案了。众人的解读，大多都是从陈三立与张之洞诗学观念对立出发来进行的，强调诗歌的不可通解和诗人品格的差异；只有陈曾寿视之为“戏语”，从陈、张的互相尊重立论，揆之以情境，最可信从。

从以上的简略分梳可以看出，《石遗室诗话》在民初散原诗歌的阅读和批评中，具有“议程设置”的功能，它所提出的话题，后来者或承其绪，或辩其诬，或实其阙，使对陈三立诗歌的阅读和认知变得更加丰富多彩。不过我们也不可轻视其他诗话作品，它们在《石遗室诗话》之外，对散原诗歌也有许多独到的阅读发现。

王揖唐在《今传是楼诗话》(1927 年国闻周报始刊)里特别表彰了陈三立的“崝庐诗”：“凡涉崝庐诸作，皆真挚沉痛，字字如迸血泪，苍茫家国之感，悉寓于诗，洵宇宙之至文也。”“为崝庐作者，几无一不工。情至者文特至，陈情、泷冈诸表，独有千古，胥此旨也。”[③]杨声昭赞散原“扫墓之作，多而且工，几于篇篇动心魂，字字感鬼神”[④]。章士钊已经定崝庐诗为散原集中最上之作[⑤]，吴宓亦以为崝庐之作“皆真挚感人，为集中之骨干”，“眷怀君国，忧心世变，寓公于私，尤可得知先生之抱负与时代之历史精神也”[⑥]。诸家之论皆着眼于“崝庐诗”的写挚情和寓世变。

吴宓还发现陈三立所为挽诗、寿诗之类“皆从历史、政治、国局、世运大处落墨，持论精严，可为其人之最好评传”，“是杜工部《八哀诗》之义法”[⑦]。

诸家诗话亦有分体谈论散原诗者。南村《抒怀斋诗话》认为古体不易学，“近人惟王湘绮、陈散原古体诗为不俗”[⑧]；杨声昭以为陈三立“古诗工组织，富词采，似从汉赋得来”，其中“五古似韩似杜，亦似大谢”[⑨]。二论似已窥到散原五古早年从湘

① 钱锺书：《容安馆札记》第三十七条，商务印书馆 2003 年版，第 57 页。

② 俞大纲：《寥音阁诗话》第二一条，《俞大纲全集》“诗文诗话卷”，第 182 页。

③ 王揖唐：《今传是楼诗话》，张寅彭主编《民国诗话丛编》(三)，第 276 页。

④ 杨声昭：《读散原诗漫记》，《青鹤》第 5 卷第 14 期，1937 年 5 月 16 日。

⑤ 章士钊《论近代诗家绝句》“陈伯严”其三：“至情不碍开云手，第一崝庐谒墓时。”(转引自汪国垣《光宣诗坛点将录》，《汪辟疆说近代诗》，第 52 页)

⑥ 吴宓：《读散原精舍诗笔记》，《国学研究》第一卷。

⑦ 吴宓：《读散原精舍诗笔记》，《国学研究》第一卷。

⑧ 南村：《抒怀斋诗话》，张寅彭主编《民国诗话丛编》(五)，第 227 页。

⑨ 杨声昭：《读散原诗漫记》，《青鹤》第 5 卷第 14 期，1937 年 5 月 16 日。

绮学汉魏六朝的经历。对于散原近体之作，人们关注的主要是七律。庄蔚心认为“散原七律，近人中殆无其匹”，“奇而有〇，琐而不碎，若呻殊吟，一唱三叹”[①]，杨声昭誉为“气势驱迈”[②]。至于其源，庄蔚心、钱仲联均认为学黄庭坚，同时钱仲联进一步说：“不为山谷门户所限，固是健者。”[③]至于五律，杨声昭认为“专意于杜”[④]，钱锺书誉为“尤炼”[⑤]。

在典范学习这一问题上，除人们普遍认同的杜、韩、黄外，亦有新论。郑孝胥指出陈三立习效郑珍，而他又认为郑珍“稍稍近似”孟郊[⑥]，所以郑氏散原效子尹之论，实即学孟。后来梁启超在《巢经巢诗钞》跋语中顺着《石遗室诗话》和郑孝胥的思路，也认为：“郑子尹诗，时流所极宗尚，范伯子、陈散原皆其传衣。”[⑦]郑珍《巢经巢诗》陈三立读过，光绪三十年(1904)正月，他从缪荃孙处借得此集。此集陈三立读得比较仔细，他一封写于宣统二年(1910)的信里有送还《巢经巢诗》的记录[⑧]，如果不是六年来一直在看，那也是反复有多次借阅。林纾提出陈三立诗学孟郊[⑨]，杨声昭解释说：“盖言诗骨也。韩诗豪而孟诗坚，散原莽苍排奡中，独饶气骨，异乎世之貌为豪肆者，故畏庐以上接贞曜许之。”[⑩]另有两位论者谈及陈三立早年宗尚问题，姚鹓雏确指散原“四十八岁以前作，咸学魏晋六朝，踵湘绮之后”，未具“奇崛清矫之风气”[⑪]。此论略误，从《诗录》来看，陈三立 39 岁以后即弃湘绮而去。倒是说得笼统些的汪国垣，似乎更接近散原早年习诗的真实经历：“盖散原早年习闻湘绮诗说，心窃慕之。颇欲力争汉魏，归于鲍谢，惟自揣所制，不及湘绮，乃改辙以事韩黄。”[⑫]揣其言之凿凿之态，似闻于散原者。

自范当世去世之后，陈、郑并峙已渐成诗坛的常识，陈衍已在《石遗室诗话》中

---

① 庄蔚心：《不言无楼诗话》，《大公报》1919 年 12 月 21 日。

② 杨声昭：《读散原诗漫记》，《青鹤》第 5 卷第 14 期，1937 年 5 月 16 日。

③ 钱仲联：《梦苕庵诗话》，张寅彭《民国诗话丛编》(六)，第 251 页。

④ 杨声昭：《读散原诗漫记》，《青鹤》第 5 卷第 14 期，1937 年 5 月 16 日。

⑤ 钱锺书：《中文笔记》第二册第 120 页，转引自王培军《钱边缀琐》，浙江大学出版社 2014 年版，第 150 页。

⑥ 狄葆贤：《平等阁诗话》卷一。

⑦ 梁启超：《巢经巢诗钞跋》，《饮冰室合集》(五)，中华书局 1989 年影印本，文集之四十四(下)，第 2 页。作于民国七年(1918)

⑧ 陈三立：《与缪荃孙书》(三)，《散原精舍诗文集》(下)，第 1185 页。

⑨ 林纾《胡梓方诗庐记》：“伯严师贞曜，神骨皆肖。苏堪初亦取径于孟，已而归陶，近乃渐为山谷临川，仍宋骨而唐面。”(《畏庐续集》，商务印书馆 1916 年版)，署“癸丑嘉平”。

⑩ 杨声昭：《读散原诗漫记》，《青鹤》第 5 卷第 14 期，1937 年 5 月 16 日。

⑪ 姚鹓雏：《桐风萝月馆随笔》，《姚鹓雏剩墨》，社会科学文献出版社 1996 年版，第 86 页。

⑫ 汪国垣：《近代诗派与地域》，《汪辟疆论近代诗》，第 27 页。

明其异途，并以“清苍幽峭”“生涩奥衍”进行标示，后来论者又有新的阐发。汪国垣瞩目于陈氏句法：“义宁句法高天下，简淡神清郑海藏”，强调“散原句法尤高，海内外无与抗手”[①]。章士钊特别拈出陈郑二家诗成后改与不改的分别：“诗癖堂堂征在今，新诗改罢复长吟。骨头输与海藏叟，大戟长矛相向森。”[②]沈其光则专注二人作法之异：“苏戡胸中先有意，以意赴诗，故不求工而自工；散原胸中先有诗，以诗就意，故刻意求工而或有不工，此二人诗派之不同者了。”[③]钱基博在陈衍八十寿序中谈及陈郑：“散原奥峭，而出之以磊砢；海藏枯涩，而抒之以清适”[④]，似有与石遗相反对之意。杨声昭则以为“光宣诗坛，首称陈郑，海藏简淡劲峭，自是高手。若论奥博精深，伟大结实，要以散原为最也”[⑤]，出论有汪国垣的影子。胡先骕以更形象的方式表达了与杨声昭十分接近的看法：“郑诗如长江上游，水湍石激，郁怒盘折，而水清见底，少渊渟之态；陈诗则如长江下游，波澜壮阔，鱼龙曼衍，茫无涯涘。”[⑥]而在钱仲联眼中：“散原之诗巉险，其失也琐碎；海藏之诗精洁，其失也窘束。”[⑦]不论如何论述，众人都是在陈郑岳峙的框架里施展拳脚，基本上有并誉而无轩轾。

对于散原诗歌之缺陷，此一时期诗话也略有提及。首要一点即艰深，陈衍、章士钊、李渔叔、钱锺书、沈其光持此论[⑧]；其次是调哑，陈衍、钱仲联持此论[⑨]；第三是用字造语略有窠臼，汪国垣、钱锺书持此论[⑩]；第四是酬应唱和之作过多，章士钊、汪国垣、吴宓持此论[⑪]；第五是琐碎，钱仲联持此论[⑫]。此五点中，用字造语略有窠

---

① 汪国垣：《论诗绝句十一首》，《汪辟疆论近代诗》，第 288 页。

② 章士钊：《论近代诗家绝句》，转引自汪国垣《光宣诗坛点将录》，《汪辟疆说近代诗》，第 52 页。

③ 沈其光：《瓶粟斋诗话》初编卷九，张寅彭主编《民国诗话丛编》（五），第 571 页。

④ 钱基博：《陈石遗先生八十寿序》，《青鹤》第 3 卷第 13 期，1935 年 5 月 16 日。

⑤ 杨声昭：《读散原诗漫记》，《青鹤》第 5 卷第 14 期，1937 年 5 月 16 日。

⑥ 胡先骕：《四十年来北京之旧诗人》（1947），《胡先骕诗文集》（下），黄山书社 2013 年版，第 647 页。

⑦ 钱仲联：《梦苕庵诗话》，张寅彭主编《民国诗话丛编》（六），第 209 页。

⑧ 陈衍《石语》：“陈散原诗，予所不喜。凡诗必须使人读得、懂得，方能传得。散原之作，数十年后恐鲜过问者。”李渔叔《鱼千里斋随笔》：“闻其作诗，手摘新奇生崭之字，录为一册，每成一篇，辄以所为词句，就册中易置之，或数易乃已，故有时至极奥衍不可读。”钱锺书《容安馆札记》第二八四则：“散原诗竟体艰深。”沈其光《瓶粟斋诗话》：“曩读乃翁《散原精舍诗》，苦其奥涩。”

⑨ 陈衍《陈石遗先生谈艺录》：“所谓高调者，音调响亮之谓也。如杜之‘风急天高’是矣。《散原精舍诗》，则正与此相反。”钱仲联《梦苕庵诗话》：“然恨其（七律）音调多哑，时人大抵犯此病。”

⑩ 汪国垣《展庵醉后论诗》：“惜晚年用字造语略有窠臼，全集中能删去酬应之作，存其至者，则一时豪杰为之敛手。”陈衍《石语》：“早作尚有沉忧孤愤一段意思，而千篇一律，亦自可厌。”钱锺书《中文笔记》：“五律尤炼，惜多复语。古诗直所谓‘艰深文浅陋’者……屡用照字、疮雁字、携字、魂气字、摇鬓字。”

⑪ 章士钊《论近代诗家绝句》“陈伯严”：“羔雁何能尽玮奇，枝辞苦语偶难知。”吴宓《读散原精舍诗笔记》：“先生避居上海，所作虽有佳篇，然在沪与樊山等诸遗老，开社联吟，往复叠韵，技术词藻非不工，顾皆纤巧琐屑，不足观矣。”（《国学研究》第一卷，北京大学出版社 1993 年版）

⑫ 钱仲联《梦苕庵诗话》：“散原之诗巉险，其失也琐碎。”

臼和酬应之作过多，允为的论，艰深、调哑、琐碎三项“指控”，则带有批评者的个人阅读趣味，如琐碎，范当世就曾经以赞赏的口气说陈三立诗“极处能碎”[①]。

在《石遗室诗话》之后的众多诗话中，民国十四年(1925)8月15日开始连载于《甲寅》第五期上的汪国垣的《光宣诗坛点将录》尤其值得注意。尽管有人认为此点将录入选诗人和诗人排序有乡曲之私，但它仍是一份具有诗史眼光的诗人“排行榜”[②]，其中将陈三立点为“及时雨宋江”，真实客观地反映了诗坛上陈三立的地位和影响。

“木秀于林，风必摧之。”当有人反对“同光体”或“旧文学”时，陈三立——很多时候是“陈郑”——便成为攻击的靶子。当时闹得最沸沸扬扬的一桩公案，当然非民国初年南社内部尊、倒“陈郑”两派的论争莫属。此事关系纠缠颇多，研究成果也不少，是非比较清楚，此处不赘。另一位著名的“攻击者”是“新文学”代表胡适，他在民国五年(1916)先后所作《吾国文学三大病》和《寄陈独秀》里，对“陈郑”有十分严厉的批评：“晚近惟黄公度可称健者。余人如陈三立郑孝胥，皆言之无物者也。”[③]“言之无物”是其所谓“文学三大病”之一。又云：“更进，如樊樊山陈伯严郑孝苏庵之流，视南社为高矣，然其诗皆规摹古人，以能神似某人某人为至高目的，极其所至，亦不过为文学界添和件赝鼎耳，文学云乎哉！”[④]批评陈郑“规摹古人”，不过“赝鼎”，不能与于文学之列。他的名文《文学改良刍议》则专举陈三立《涛园夜过纵谈杜句》(1914)一诗，来说明“今日‘第一流诗人’摹仿古人之心理”，批评旧派诗家不作“我自己的诗”、只作“古人的诗”的“奴性”。[⑤] 胡适这些话，当然是“擒贼先擒王”的意思，这也从反面说明，陈三立——或者“陈郑”——正是“新文学家”眼中旧诗的代表，在某种意义上也是一种“认同”。

四、诗话中的散原诗篇

伟大的诗人要有优秀的作品。作为诗坛领袖的陈三立，有哪些诗篇为时人所津津乐道呢？本节将对清末民初诸诗话[⑥]进行检阅，统计所论及的散原诗篇。

---

① 范当世《与三弟范铠书》(光绪三十年九月十四日)：“伯严极处能碎，吾弟则能整，深造之皆各成一家。”(《南通范氏诗文世家》范当世卷)

② 请参观王培军《光宣诗坛点将录笺证》之“前言”。

③ 胡适：《吾国文学三大病》，姜义华主编《胡适学术文集：新文学运动》，中华书局1993年版，第5页。

④ 胡适：《寄陈独秀》，姜义华主编《胡适学术文集：新文学运动》，第16页。

⑤ 胡适：《文学改良刍议》，姜义华主编《胡适学术文集：新文学运动》，第22页。

⑥ 此处“诗话”一词之使用实不过权宜之计，便于行文也。所指宽泛，包括一般意义上的诗话、诗歌评述专文、文学史著作等与诗歌品评相关之文献形式。

表 1 清末民初诗话中散原诗歌篇目统计表

<table>
<tr><th>序号</th><th>篇目</th><th>写作时间（年）</th><th>诗话名称</th><th>撰写时间（年）</th><th>评语</th></tr>
<tr><td rowspan="2">1</td><td rowspan="2">《赠黄公度》</td><td rowspan="2">1895</td><td>《饮冰室诗话》</td><td>1902</td><td>其诗不用新异之语，而境界自与时流异。醲深俊微，吾谓于唐宋人集中，罕见伦比。</td></tr>
<tr><td>《平等阁诗话》</td><td>1910</td><td>断句“欲挈颓流还孔墨，可怜此意在埃尘”，如黄金铸蠡，恰如身份。</td></tr>
<tr><td rowspan="2">2</td><td rowspan="2">《遣兴》“而我于今转脱然”</td><td rowspan="2">1900</td><td>《平等阁诗话》</td><td>1910</td><td rowspan="3">此二诗乃先生罢官后，庚辛之际寄寓秣陵时作。沉忧积毁中，乃能吐属闲适如此，与东坡谪宦南海诗同一达观也。</td></tr>
<tr><td>《现代中国文学史》</td><td>1933</td></tr>
<tr><td>3</td><td>《王义门陶宾南两塾师各有赠答之什次韵》</td><td>1901</td><td>《平等阁诗话》</td><td>1910</td></tr>
<tr><td>4</td><td>《赠范肯堂》“文章”二句</td><td>1894</td><td>《平等阁诗话》</td><td>1910</td><td>如黄金铸蠡，恰如身份。</td></tr>
<tr><td>5</td><td>《赠张季直》“避世”二句</td><td>1894?</td><td>《平等阁诗话》</td><td>1910</td><td>如黄金铸蠡，恰如身份。</td></tr>
<tr><td>6</td><td>《酬陈子言》</td><td>1904</td><td>《平等阁诗话》</td><td>1910</td><td>黄垆谓沪上言茂源酒肆也。</td></tr>
<tr><td>7</td><td>《赠敬安上人还天童》</td><td>1903</td><td>《平等阁诗话》</td><td>1910</td><td>情景真挚，故谐语亦复佳。</td></tr>
<tr><td rowspan="2">8</td><td rowspan="2">《哭次申》</td><td rowspan="2">1906</td><td>《平等阁诗话》</td><td>1910</td><td rowspan="4">纪薛华培与其姬事。
学山较略。</td></tr>
<tr><td>《学山诗话》</td><td>1941</td></tr>
<tr><td rowspan="2">9</td><td rowspan="2">《由津门还秣陵走视雨花台殡宫》</td><td rowspan="2">1906</td><td>《平等阁诗话》</td><td>1910</td></tr>
<tr><td>《学山诗话》</td><td>1941</td></tr>
<tr><td>10</td><td>《味莼园晚坐》</td><td>1903</td><td rowspan="2">《平等阁诗话》</td><td rowspan="2">1910</td><td rowspan="2">张园固胜区，得名流歌咏，纪其景物而游骋之娱，乃盛称于海内已。</td></tr>
<tr><td>11</td><td>《再至张园》</td><td>1906</td></tr>
<tr><td rowspan="2">12</td><td rowspan="2">《阅邸钞前安徽青阳知县汤寿潜着赏道衔》“飞书”二句</td><td rowspan="2">1903</td><td>《平等阁诗话》</td><td>1910</td><td>佳句。</td></tr>
<tr><td>《今传是楼诗话》</td><td>1933</td><td>纪汤却聘事。</td></tr>
<tr><td rowspan="4">13</td><td rowspan="4">《过天津戏赠瘿公》</td><td rowspan="4">1906</td><td>《平等阁诗话》</td><td>1910</td><td>虽戏语，其意弥深，录之以存佳话。</td></tr>
<tr><td>《今传是楼诗话》</td><td>1933</td><td>纪吴保初事。</td></tr>
<tr><td>《学山诗话》</td><td>1941</td><td>纪吴保初旧事。</td></tr>
<tr><td>《读散原精舍诗笔记》</td><td>1943</td><td>此诗传诵一时。</td></tr>
</table>

续 表

<table>
<tr><th>序号</th><th>篇　目</th><th>写作时间（年）</th><th>诗话名称</th><th>撰写时间（年）</th><th>评　语</th></tr>
<tr><td rowspan="2">14</td><td rowspan="2">《城北道上》</td><td rowspan="2">1906</td><td>《平等阁诗话》</td><td>1910</td><td rowspan="4">真气旁薄，不假雕饰，自然语妙天下。</td></tr>
<tr><td>《现代中国文学史》</td><td>1933</td></tr>
<tr><td rowspan="2">15</td><td rowspan="2">《至沪访郑太夷》</td><td rowspan="2">1906</td><td>《平等阁诗话》</td><td>1910</td></tr>
<tr><td>《现代中国文学史》</td><td>1933</td></tr>
<tr><td>16</td><td>《望城冈》“坡陀”二句</td><td>1906</td><td>《平等阁诗话》</td><td>1910</td><td>排奡</td></tr>
<tr><td>17</td><td>《崝庐月夜楼望》“郁郁”二句</td><td>1905</td><td>《平等阁诗话》</td><td>1910</td><td>哀感</td></tr>
<tr><td>18</td><td>《宿实甫崇福山寓庐晦若亦至》</td><td>1906</td><td>《平等阁诗话》</td><td>1910</td><td>读伯严诗如入世族厅事，睹樽壶彝鼎，光怪陆离，眩摇心目，固非寒俭家所能窃效也。</td></tr>
<tr><td>19</td><td>《发南昌月江舟行》</td><td>1903</td><td>《平等阁诗话》</td><td>1910</td><td>奇语突兀，二十字抵人千百。</td></tr>
<tr><td>20</td><td>《夜渡宫亭湖》</td><td>1904</td><td>《平等阁诗话》</td><td>1910</td><td>隽逸处飘飘欲仙，是豫章山有有数文字。余随侍先君子屡次道出其间，读是诗益令人流连慨慕也。</td></tr>
<tr><td>21</td><td>《哭范肯堂》</td><td>1904</td><td>《平等阁诗话》</td><td>1910</td><td>范肯堂先生客死于沪，归葬通州，挽之以诗者綦众，兹汇记于此。</td></tr>
<tr><td>22</td><td>《病起玩月园亭感赋》</td><td>1907</td><td rowspan="2">《平等阁诗话》</td><td rowspan="2">1910</td><td rowspan="2">此二诗有为而作。</td></tr>
<tr><td>23</td><td>《贻季词》</td><td>1907</td></tr>
<tr><td>24</td><td>《哭顾石公》</td><td>1906</td><td>《平等阁诗话》</td><td>1910</td><td>“君有平生友，郑卿最缱绻。耳热广坐间，称君奖其短。”叙事精确，俱足以貌顾公之生平。</td></tr>
<tr><td>25</td><td>《雪夜感述》</td><td>1908</td><td rowspan="3">《平等阁诗话》</td><td rowspan="3">1910</td><td rowspan="3">三诗语语有含蓄。无机心者，外物举莫能撄宁滑和，故能行歌自适，声若金石也。</td></tr>
<tr><td>26</td><td>《二月二十一日同悟阳道长赴西山展墓作》</td><td>1908</td></tr>
<tr><td>27</td><td>《东城驰道晚眺遣怀》</td><td>1908</td></tr>
</table>

续表

序号	篇目	写作时间(年)	诗话名称	撰写时间(年)	评语
28	《寄题太夷海藏楼》	1909	《平等阁诗话》	1910	陈伯严事部自秣陵寄诗题其楼，太夷先生亦有赋答之篇。此二诗两先生皆为余书扇，特录于此，以志诗坛两雄云龙角逐，固无异韩孟之交情也。
29	《人日遣兴》	1907	《平等阁诗话》	1910	(忆石公事)嘅慕曩游，记述嘉会，爰识之以为金陵之故实也。
30	《秋讯依韵答樊山》	1909	《平等阁诗话》	1910	余极嗜"钟阜雨"一联，谓当与"落叶满城声似雨，家家楼上有钟山"之句同为秣陵士女传诵也。
31	《陈次亮户部以云岁五月卒于京师追哭一首》	1901	《江介隽谈录》	1910	"罪言杜牧佯狂废，遗行东方世俗非。"伤其不遇也。
32	《读汉书盖宽饶列传聊短述》	1901	《江介隽谈录》	1910	
33	《十一月初二夜大雷电楼望有作》	1906	《江介隽谈录》	1910	
34	《崝庐墙下所植花尽开甚盛感叹成咏》	1904	《江介隽谈录》	1910	
35	《为子培题姚云东文字饮卷子》	1906	《江介隽谈录》	1910	
36	《庐旁被雹灾聊记之》	1906	《江介隽谈录》	1910	
37	《月夜》	1901	《江介隽谈录》	1910	
38	《江夜》	1905	《江介隽谈录》	1910	
39	《雨中寻青溪》	1906	《江介隽谈录》	1910	
40	《春晴晚步塘外作》	1901	《江介隽谈录》	1910	
41	《楼望醉吟次韵伯弢》	1903	《江介隽谈录》	1910	

续表

序号	篇目	写作时间(年)	诗话名称	撰写时间(年)	评语
42	《壬寅长至抵峙庐谒墓》	1902	《江介隽谈录》	1910	
			《今传是楼诗话》	1933	散原集中，为峙庐作者，几无一不工。情至者文特至，陈情、泷冈诸表，独有千古，胥此旨也。第二首余最喜诵。
43	《十一月十四夜发南昌月江舟行》	1903	《江介隽谈录》	1910	
44	《渡湖至吴城》	1906	《江介隽谈录》	1910	
45	《雨中题峙庐壁》	1901	《江介隽谈录》	1910	
46	《雨晴看庐后桃花》	1903	《江介隽谈录》	1910	
47	《过樵舍》	1903	《江介隽谈录》	1910	
48	《开岁逾七日与次申对门居》	1904	《江介隽谈录》	1910	
49	《赠陈石遗监督》	1905	《石遗室诗话》	1912	纪二陈之相见。
			《今传是楼诗话》	1933	其(陈衍)为时贤推重如此。
50	《由九江之武昌夜半羁邮亭待船不至》"庐峰"四句	1905	《石遗室诗话》	1912	(与夏敬观《南归十九日仍北行》)可称二妙，一上铁道，一九江邮亭候江轮船也。
	全诗			1912	伯严亦有二诗，诗意极相似(与梁鼎芬《过镇江》)。山阳子期，所思尤悲苦也。
51	《过黄州忆癸巳岁与杨叔乔屠敬山汪穰卿同游》	1905	《定庵诗话》	1934	峭挺奇恣
			《四十年来北京旧诗人》	1947	"鼋鼍"二句、"胜地"二句，陆离光怪。
52	《酬李文石》	1905	《石遗室诗话》	1913	纪葆恂。
53	《九日从抱冰宫保至洪山宝通寺饯送梁节庵兵备》	1905	《石遗室诗话》	1914	此在伯严最为清切之作。广雅不解其第七句，疑元老不宜见领于人。伯严告余云。

续 表

序号	篇　目	写作时间(年)	诗话名称	撰写时间(年)	评　语
53	《九日从抱冰宫保至洪山宝通寺饯送梁节庵兵备》	1905	《现代中国文学史》	1933	诗在三立为最清切之作，而之洞诵之，哂曰："元老那能见领于人。"又称"逢辰"二字为不经，盖亦不解之一。
			《读散原精舍诗笔记》	1943	世传张文襄公不喜此诗，谓元老不宜为人所领，实则原意乃谓元老领众士也。
54	《雪中携叔澥由甫次申饮酒楼》"瓦鳞"二句	1905	《天演阁诗话》	1917	
			《抒怀斋诗话》	1915	
55	《九江江楼别益斋》"卧堤"二句	1906	《石遗室诗话》	1915	写景名句。高者唐人，次者亦宋人，然人亦不过一二联也。
56	《北极阁访悟阳道长》"雨了"二句、"际天"二句	1908	抒怀斋诗话	1917	"际天"二句。
57	《由沪还金陵散原别墅杂诗》"夙恋、钟山"二首	1913	《石遗室诗话》	1915	前首叙述曲折，后首即以郁怒、呜咽二语还赠此诗。
	"入门""夙恋"二首		《现代中国文学史》	1933	前两首（入门、夙恋）叙述曲折，后一首郁怒呜咽，乱离归后情景，可谓极绘写之能，诵者恍若闻睹焉。
	全诗		《读散原精舍诗笔记》	1943	真挚悲壮，允为集中上选。第四首之末段，亦为正论。
58	《留散原别墅杂诗》"闲愁"二句	1913	《石遗室诗话》	1915	（数句）皆戛戛生新，而绝不钩棘者。
			《梦苕庵诗话》	1935	极为奇警。樊榭红桥春游曲起句云"客愁当春乱如丝，挂在红桥新柳枝"，知此意前人已先有。
	全诗		《读散原精舍诗笔记》	1943	皆佳，与前同工。

续 表

序号	篇目	写作时间(年)	诗话名称	撰写时间(年)	评语
59	《江上望焦山有怀昔游》	1914	《石遗室诗话》	1915	颇不似伯严平日诗。樊樊山云：此诗即在黄集中亦是上品。
60	《挽陈石遗翁长男公荆》"我祗"句	1925	《石遗室诗话》	1917	沉痛。盖前二年散原方丧其长子师曾。师曾与洎儿同官京师，甚相稔也。
			《读散原诗漫记》	1937	
61	《拔可寄示晚翠轩遗墨展诵黯然》	1935	《石遗室诗话》	1935	首四字史笔，兴亡全系在此，岂但颇哉！冬郎《送春》句，实指唐亡于朱三。
62	《于江永汽船和答何鬯威孝廉见赠》	1904	《鞮芬室诗话》	1913	此老傲兀，气概固自不侔，惟激奖为愧耳。
			《今传是楼诗话》	1933	"尔祖光辉动乡国，后生传述不能忘"纪其家传。
63	《题碧梧翠竹山馆两图》	1913	《诗史阁诗话》	1913	陈子言布衣诗所著《红柳庵诗话》甄录是诗，谓散原先生盖深有慨于改革以来，孔教废弃，学术沦丧，冀复彰明之，以维持世教也。
64	《枕上"暗灯"二句》	1907	《四十年来北京之旧诗人》	1947	点染眼前景物，有点铁成金之手段。
65	《月夜江行抵南昌》"岸回"二句	1903	《抒怀斋诗话》	1915	其造句炼字之法，亦异常新警，多为前人所未道过。 皆光彩陆离，奇思警响。此才洵不多觏。
66	《峭庐楼望》"雉翻"二句	1903			
67	《月夜》"砌虫"二句	1904			
68	《月夜步墓上野望》"枯草"二句	1901			
69	《过武昌宿曾二园馆》"阴柯"二句	1906			
70	《晓去西山》"霜陌"二句	1905			
71	《阁子春望示闺人》"水明"二句	1901			

续表

序号	篇目	写作时间（年）	诗话名称	撰写时间（年）	评语
72	《园居三首》“飞虫”二句	1901	《抒怀斋诗话》	1915	
73	《遣兴》“群鸡”二句	1901	《抒怀斋诗话》	1915	
74	《百花洲湖亭眺雨》“浴凫”二句	1905	《抒怀斋诗话》	1915	
75	《戏柬小鲁》“芋魁”二句	1905	《抒怀斋诗话》	1915	
76	《人日石公酒集龙蟠里》“墙花”二句	1905	《抒怀斋诗话》	1915	
77	《十月十四夜饮秦淮酒楼》“九州岛”二句	1901	《抒怀斋诗话》	1915	
78	《月夜楼望》“松枝”二句	1905	《抒怀斋诗话》	1915	
79	《题彭菽斋关中诗册》“帝王”二句	1902	《抒怀斋诗话》	1915	影声本实字，作虚字用，最奇。《定庵诗话》(1934)：过于锤炼，遂近纤涩。
			《四十年来北京之旧诗人》	1947	宏恢
80	《辛丑书感》	1901	《天演阁诗话》	1917	
81	《黄公度京卿由海南人境庐寄书并附近诗感赋》	1902	《天演阁诗话》	1917	
			《今传是楼诗话》	1933	答其见怀之作也。
			《读散原精舍诗笔记》	1943	宜录。按此时期之诗人，如吴保初《北山楼诗集》等，其诗皆不外此一首之格调，固知当时风气所趋，而先生实俨为山斗也。
82	《送沈小沂舍人入都》	1904	《天演阁诗话》	1917	
83	《送严几道游伦敦》	1904	《天演阁诗话》	1917	
84	《和实甫怡园观女优》	1905	《天演阁诗话》	1917	

续 表

序号	篇 目	写作时间(年)	诗话名称	撰写时间(年)	评 语
85	《哭熊季廉》	1906	《天演阁诗话》	1917	
86	《和恪士登楼感愤之作》	1907	《天演阁诗话》	1917	
87	《寿左子异宗丞五十》"破荒"二句	1906	《天演阁诗话》	1917	均佳。
88	《纪哀答剑丞见寄》"月中"二句	1908			
89	《赠程子大太守》"运斤"二句	1905			
90	《建昌兵备道蔡伯浩重来白下》"滔天"二句	1907			
91	《清明日上冢》	1914	《柏岩感旧诗话》	1922后	恻恻动人,读之泪下。
92	《月夜墓上》	1914			
93	《无题》"生逢"二句	1911	《柏岩感旧诗话》	1922后	亦佳句也。
94	《月夜》"片月溪山上"	1915	《卧雪诗话》	1924	较之宛陵、庐陵,几于后来居上。
95	《峭庐述哀》"昏昏取旧途""忆从葬母辰"二首	1901	《今传是楼诗话》	1933	散原集中,凡涉峭庐诸作,皆真挚沉痛,字字如迸血泪,苍茫家国之感,悉寓于诗,洵宇宙之至文也。"平生"以下,亦可作戊戌诗史读也。
			《读散原精舍诗笔记》	1943	真挚悲壮,为集中上上之作。"平生"至"苟活"一段,将右铭公之志事遭遇,出处大节,简明叙出,类谢灵运《述祖德诗》。
	全诗		《四十年来北京之旧诗人》	1947	"平生"至"愧耻":愤痛郁勃之情跃然纸上,不但为披肝沥血之言,亦诗史也,散原集中为峭庐而作者无一不佳,言为心声,固当尔也。

续 表

序号	篇　目	写作时间（年）	诗话名称	撰写时间（年）	评　语
96	《到墓上时节庵按事城中丁前七日拜墓而云》	1906	《今传是楼诗话》	1933	按节庵拜墓，散原曾有诗纪之……并著于此，以见先民风义。
97	《墓上》	1904	《今传是楼诗话》	1933	“岁时”一联，最为刻挚。
98	《长至抵崝庐上冢》	1901	《今传是楼诗话》	1933	亦佳，读之增人永慕之情。
99	《题张季直荷锄小照》	1902	《今传是楼诗话》	1933	余曩主议坛，曾有演说，谓“许行为吾国谭社会主义者之鼻祖……”云云。当时颇博听众鼓掌。读散原此诗，盖不啻先余言之矣。
100	《雨中过安庆有怀姚叔节》	1903	《今传是楼诗话》	1933	纪姚永概事。
101	《法相寺古樟》	1916	《今传是楼诗话》	1933	海内咏樟诗，要以此为大观矣。
102	《赠纪香骢诗》	1906	《今传是楼诗话》	1933	纪钜维事。
103	《挽吴彦复》	1913	《今传是楼诗话》	1933	
104	《十桂堂赋呈抱冰宫保》	1905	《今传是楼诗话》	1933	述十桂堂。
105	《赠邵潭秋时授课之江学校》	1926	《今传是楼诗话》	1933	纪邵祖平事。散原诗所谓“江上塔”，盖指六和塔言。
106	《登五老峰绝顶》	1930	《定庵诗话》	1934	峭挺奇恣。
107	《侵晓舟发金陵次韵答义门赠别》“一万”二句	1901	《定庵诗话》	1934	虽浑成而近于空阔，皆不宜轻易效法。
108	《黄泽生以候选道授狼山镇总兵》	1904	《十朝诗乘》	1935	诗意以文武互用为创举，不知国初以来此例固多有之。
109	《沪上酒楼过高啸桐太守》“怪事”一首	1908	《十朝诗乘》	1935	言官用舍，权贵持之，君子知朝事之不振矣。

续 表

序号	篇　目	写作时间（年）	诗话名称	撰写时间（年）	评　语
110	《题豫章四贤像搨本“黄山谷”》	1904	《现代中国文学史》	1933	世人只知以生涩学庭坚，独三立明其不然，此所以敻绝人人。
			《梦苕庵诗话》	1935	今日做宋人一派，以钩辀格磔为山谷者，皆浅尝者也。惟陈散原为能参山谷三昧。
111	《为濮青士观察丈题山谷老人尺牍卷子》	1904	《梦苕庵诗话》	1935	（散原）所论足与曾说相发。
			《现代中国文学史》	1933	论定黄氏，有不同人云亦云者。
112	《乙庵太夷有唱和鬼趣诗三章语皆奇诡兹来别墅怆怳兵乱亦寄咏之》	1913	《梦苕庵诗话》	1935	沈乙庵《简苏戡》三章，皆鬼趣诗也。陈散原亦有和作。
113	《子言归自兰州为题红柳庵行卷》	1912	《尊瓠室诗话》	1935	
114	《赠方地山泽山兄弟》“维扬”四句	1903	《藏斋诗话》	1937	两诗（另有李小石一诗）一庄（指散原诗）一谐，可见地山之为人。
115	《六月十二日山谷生日乙庵作社集》	1913	《读散原诗漫记》	1937	“咀含”二句。诗论正自相同（与曾文正书义山集一首）
116	《夜观西人菊花会场》	1914	《读散原诗漫记》	1937	散原生平孤芳自赏，不屑驰逐声誉，而领袖诗坛，名实并茂。晚年身愈隐，节愈竣，时而徜徉庐阜，时而翱翔旧都，独来独往，不落恒蹊。观此诗“转抱”二句，可以觇其怀抱矣。
117	《出太平门视次申其时归途望孝陵》“血染”二句	1917	《读散原诗漫记》	1937	集中感时之作，如此数句，感慨不减元裕之，而风力实出其上，谥为诗史，良无间然。
118	书亡儒或坑，何处收汝骨	?			
119	低徊功德三千牍，痛哭燕云十六州。	?			
120	《醉后漫题》“典谟”二句	1912			

续 表

序号	篇目	写作时间（年）	诗话名称	撰写时间（年）	评语
121	《次答蒿叟叠用东坡聚星堂咏雪韵寄怀》“老去”句	1926	《读散原诗漫记》	1937	丧妻哭子，皆无专篇，见于诗者，仅此二语，而哀情深挚，正可于此得之。
122	《初度日写愤示亲朋其一》	1915	《读散原诗漫记》	1937	诗人自寿，例有篇章，铺陈身世，每涉矜炫，而散原此诗，何等斩绝，何等沉痛。
123	《步门前菜圃》	1915	《读散原诗漫记》	1937	直书所见，不用故实，而意义极深刻。
124	《侯府街张氏园六朝二栝树歌》“岐幽”二句	1915	《读散原诗漫记》	1937	辛亥以后之作，颇涉时事，而意义均极含蓄。此诗二句，刺遗老之归附袁氏者。
125	《双鱼》	1915	《读散原诗漫记》	1937	似皆为袁氏作。
126	《上赏》 《上赏》以下六首	1915	《读散原精舍诗笔记》	1943	皆刺袁氏帝制。
127	《行园戏占》“薇蕨”二句	1916	《读散原诗漫记》	1937	造语深曲，耐人寻味。
128	《对雨》	1929	《读散原诗漫记》	1937	未录诗。吾最爱二诗，意境高夐，字句矜慎，曾涤生氏所谓下笔迟重绝伦者，此类是也。
129	《别俞氏女往柏灵》	1930	《读散原诗漫记》	1937	
130	《过邻居梁公约不遇》“菜花”二句	1913	《读散原诗漫记》	1937	皆佳绝。
131	《晴望》“深居”二句	1929	《读散原诗漫记》	1937	
132	《宋殿生移居招饮未赴》“倚楼”二句	1926	《读散原诗漫记》	1937	晚岁所为绝句，殊多奇作。此数句，任意抒写，发前人所未发。
133	《重伯为人索题画梅》“我有”二句	1920	《读散原诗漫记》	1937	
134	《出松树林观溪水》	1930	《读散原诗漫记》	1937	于闲适中极写凄楚之意，读之真堪断肠也。

续 表

序号	篇　　目	写作时间（年）	诗话名称	撰写时间（年）	评　　语
135	《冯君木逃空图》"氛霾"二句	1928	《读散原诗漫记》	1937	雄警处自是此翁本色。
136	《中秋夕楼居看月》"分来"二句	1926	《读散原诗漫记》	1937	
137	《题黄龙寺倚树摄影图》"兵戈"二句	1930	《读散原诗漫记》	1937	
138	《夕望》"屋山"二句	1926	《读散原诗漫记》	1937	
139	《夜坐》"虫声"二句	1930	《读散原诗漫记》	1937	风骨遒上，意态萧森，诗品人品，两俱夐绝。
140	《衡儿就沪学须过其外舅肯堂》	1901	《现代中国文学史》	1933	志意牢落可想。
			《读散原精舍诗笔记》	1943	寅恪言胡先骕英文评述散原诗之文中，引首二句有误。
141	《崝庐书所见》	1901	《读散原精舍诗笔记》	1943	识怀宏远，杜工部之精神。
142	《崝庐墙侧有蜀葵数株戏赋其二》	1903	《读散原精舍诗笔记》		寅恪《挽王静安先生诗》"南皮太保方迂叟"本此。
143	《感春五首》	1904	《现代中国文学史》	1933	不能忘情经世，则一发之于诗。皆戛戛生新而绝不为钩棘者。
			《读散原精舍诗笔记》	1943	说理精湛，类顾亭林《述古》三首，亦可见先生之志事。尤以二、三两首最为重要。四首论日本富强之因。时日俄战争，日方击败俄海军也。
144	《文芸阁学士同年挽词其五》	1904	《读散原精舍诗笔记》	1943	寅恪一九二七年挽王静安先生七律"并世相知妒道真"本此。"妒道真"原出刘歆《移让太常博士书》，而文廷式曾补《晋书艺文志》，故以刘歆比之。
145	《十月二十七日江南派送日本留学生》	1904	《读散原精舍诗笔记》	1943	此时先生始任南浔铁路协理，设局九江。
146	《除夕被酒奋笔写所感》	1904	《读散原精舍诗笔记》	1943	黄师《岁暮吟》格调意旨，悉似此篇。

续 表

序号	篇　　目	写作时间（年）	诗话名称	撰写时间（年）	评　　语
147	《樊山示迭韵论诗一律聊缀所触以报》	1908	《读散原精舍诗笔记》	1943	可见先生作诗之义法。“要抟”二句，可以自况。
148	《下关与胡子靖话别》	1909	《读散原精舍诗笔记》	1943	此诗将乐诚老人一生志事完全写出。宜参《耐庵言志集》。
149	《抵上海别儿游学柏灵》	1909	《读散原精舍诗笔记》	1943	此诗可与曾重伯送女宝荪游学英伦诗比读。
150	《无题》	1911	《读散原精舍诗笔记》	1943	此叙逊清之亡。寅恪挽王静安先生诗“生逢”二句必系改用此诗之三、四句者。
151	《除夜》	1911	《读散原精舍诗笔记》	1943	
152	《潜庐读书图题寄幼云青岛》	1912	《读散原精舍诗笔记》	1943	可选钞。
153	《秋日愚园茗坐》“奇服”二句	1912	《读散原精舍诗笔记》	1943	中有寄托。
154	《重九敬安上人招同樊山秉三实甫集静安寺》	1912	《读散原精舍诗笔记》	1943	略述熊秉三与毛彦文事
155	《十月七日为端忠敏公殉节周一岁》	1912	《读散原精舍诗笔记》	1943	可选钞。
156	《楼外楼茗坐》	1912	《读散原精舍诗笔记》	1943	中二联甚好，可选钞。
157	《莫愁湖》	1913	《读散原精舍诗笔记》	1943	由此篇及类此者可看出先生诗得力于杜工部拙直浑厚之处。
158	《胡梓方自京师屡寄新篇》	1913	《读散原精舍诗笔记》	1943	自言作诗之法。
159	《涛园宅超社第六集题听水斋图》“循廊”四句	1913	《读散原精舍诗笔记》	1943	责袁世凯。与王静安先生“楚汉龙争”二句之诗意同。
160	《人日饮张氏女甥宅》“老贪”二句	1914	《读散原精舍诗笔记》	1943	此二句正宓今之生活及境界，弥感其真切。
161	《清明日上冢》	1914	《读散原精舍诗笔记》	1943	真挚悲壮。

续 表

序号	篇　　目	写作时间（年）	诗话名称	撰写时间（年）	评　　语
162	《峙庐三首》	1914	《读散原精舍诗笔记》	1943	与前同工。
163	《七月十二日还金陵散原别墅》	1914	《读散原精舍诗笔记》	1943	并佳。
164	《留别墅遣怀》	1914	《读散原精舍诗笔记》	1943	
165	《清明日祭墓》	1915	《读散原精舍诗笔记》	1943	甚佳。
166	《哭于晦若侍郎》	1915	《读散原精舍诗笔记》	1943	其二首中有议论。
167	《消息》	1915	《读散原精舍诗笔记》	1943	刺请诸儒赞成袁氏帝制。
168	《得长沙友人书》	1915	《读散原精舍诗笔记》	1943	议王湘绮之出山。
169	《读史偶书》	1915	《读散原精舍诗笔记》	1943	护杨度之倡帝制。
170	《寿庸庵六十》“妖腰”二句	1916	《读散原精舍诗笔记》	1943	妖腰乱领虽出于杜诗，然寅恪挽王静安先生诗“再起妖腰乱领臣”似由此句引起者。
171	《雪中楼望》	1916	《读散原精舍诗笔记》	1943	因小思大，有杜工部之怀抱及格调。
172	《浴佛日峙庐上冢》	1917	《读散原精舍诗笔记》	1943	仍为佳诗。
173	《瞿止庵相国挽诗 康、郑、瞿、梁、沈、俞、沈、郑等寿挽之作》	1918—1919	《读散原精舍诗笔记》	1943	似杜工部《八哀诗》。 凡先生所为挽诗寿诗，皆从历史、政治、国局、世运大处落墨，持论精严，可为其人之最好评传。此是杜工部《八哀诗》之义法。
174	《法相寺樟亭》“游侣”二句	1921	《读散原精舍诗笔记》	1943	
175	《挽严几道》“众噪”二句	1921	《读散原精舍诗笔记》	1943	
176	《除夕作》“为忆”二句	1921	《读散原精舍诗笔记》	1943	二雏指寅恪、登恪，时在美国、法国留学。
177	《江行杂感其一》	1901	《四十年来北京之旧诗人》	1947	感慨时局。热血坌涌，不能自已，其音则凄厉噍杀，屈子之怀沙，晞发之恸哭，差相仿佛也。

续 表

序号	篇目	写作时间(年)	诗话名称	撰写时间(年)	评语
178	《移居》"禽鱼"二句	1901	《四十年来北京之旧诗人》	1947	要眇幽深。
179	《徐先生宗亮萧先生穆偕过寓庐作》"天云"二句	1902			
180	《盆玩水仙》"炉火"二句	1918	《四十年来北京之旧诗人》	1947	静细。
181	《步门前菜圃看晚食于露地者》"可怜"二句	1915	《四十年来北京之旧诗人》	1947	点染眼前景物，有点铁成金之手段。

以上 189 题(句)[①]诗歌之征引，诗篇写作年度数量统计如下：

年度	1900	1901	1902	1903	1904	1905	1906	1907	1908	1909	1910	1911
数量	4	19	5	13	17	16	20	6	7	4	0	3

年度	1912	1913	1914	1915	1916	1917	1918	1919	1920	1921	1922	1923
数量	7	10	9	16	3	2	7	2	1	3	0	0

年度	1924	1925	1926	1927	1928	1929	1930	1931	1932	1933	1934	1935
数量	0	1	5	0	1	2	5	0	0	0	0	1

以下是据以制作的诗歌写作年度数量变化趋势图：

据以上统计，1901—1908 年间作品为 102 首，可见《散原精舍诗》是最重要的引用源，次之是《散原精舍诗续集》(1909—1921 年间)，贡献了 63 首，《散原精舍诗别集》(1922 年之后)人们引用不多，杨声昭刊于《青鹤》第 5 卷第 14 期上的《读散原诗漫记》是主力，在全部 15 首中占 80%。这似乎可以表明：在陈三立诗坛领袖地位获得和诗歌经典化过程中，宣统二年(1910)刊行的《散原精舍诗》居于最重要的地位。

① 表中第 118、119 号诗未能检出，故无从定其年度；第 126 号中再析出 1915 年 4 题，第 173 号中再析出 1918 年 5 题，1919 年 2 题。如此合计，共有 189 题。

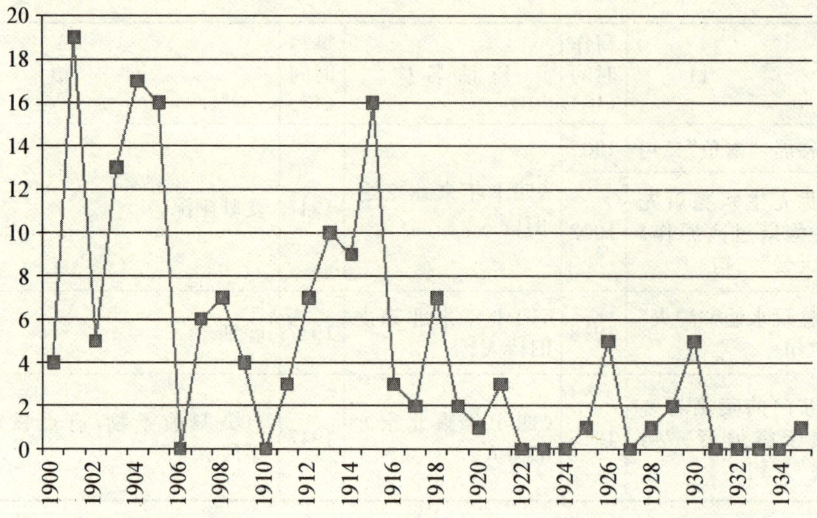

这近190首诗，除了像《过天津戏赠瘿公》《九日从抱冰宫保至洪山宝通寺饯送梁节庵兵备》等因涉及人物、诗坛掌故，被多种诗话引用外，其他诗歌在艺术表现上被两种以上诗话认同并征引的其实并不多，也就十数首，其中以崝庐诗和散原精舍别墅诗最为引人注目：如《江介隽谈录》《今传是楼诗话》均以《壬寅长至抵崝庐谒墓》为佳作，《崝庐述哀》同时入选《今传是楼诗话》《读散原精舍诗笔记》和《四十年来北京之旧诗人》，王揖唐、吴宓、胡先骕三人异口同声誉为血泪之作；《由沪还金陵散原别墅杂诗》《留别散原别墅杂诗》也分别进入三部诗话。这些诗篇，确有打动人心的力量，百年之后读来，依然为其挟裹。

五、清末民初报刊中的散原诗歌发表

报刊发表诗歌，可以视作编者对诗人及其作品的选择和认同，不啻为一种诗学评价；同时，诗歌通过报刊进入读者的阅读视野，这些读者往往超越诗人的师友范围和地理阈限，因此可以扩大诗歌的读者范围，增强诗人的影响。陈三立的诗歌曾与众多的清末民初报刊结缘，据初步统计，至少有50余种，期刊包括《东方杂志》《小说月报》《庸言》《国粹学报》《国风》《国闻周报》《选报》《广益丛报》《文艺丛录》《实报半月刊》《辽东诗坛》《铁路协会会报》《寰球学生联合会报》《学衡》《政艺通报》《华国》等，报纸如《大公报》《晨钟》等，下面是清末民初散原诗歌期刊发表年度数量及变化图：

表 2　清末民初散原诗歌期刊发表年度数量统计表①

年度	1902	1903	1904	1905	1906	1907	1908	1909	1910	1911	1912	1913
数量	6	1	0	0	9	3	2	8	22	6	1	40

年度	1914	1915	1916	1917	1918	1919	1920	1921	1922	1923	1924	1925
数量	19	43	96	47	35	57	22	4	2	10	6	2

年度	1926	1927	1928	1929	1930	1931	1932	1933	1934	1935	1936	1937
数量	11	3	1	9	15	15	13	27	19	30	29	5

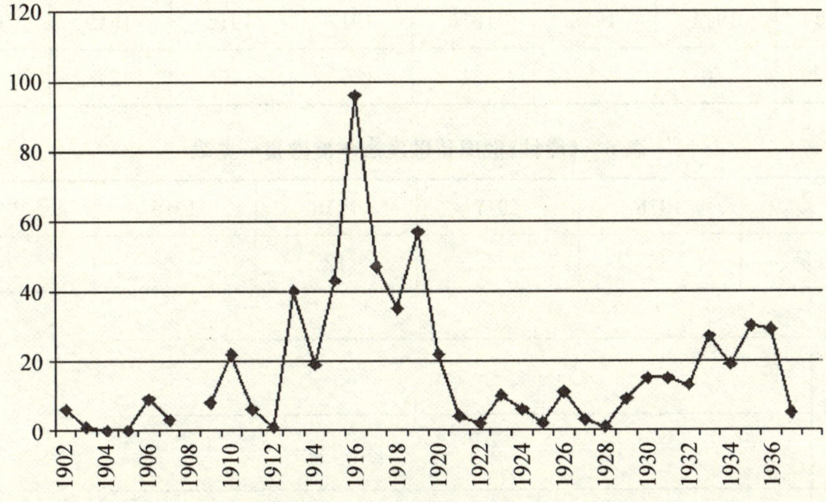

清末民初散原诗歌期刊发表年度数量变化趋势图

如上表显示，1902—1937 的 36 年间，期刊中共发表陈三立诗歌 618 题，再加上无法确认具体年份的 55 题②，共计 673 题。而报纸《大公报》截至 1920 年 4 月 15 日共发表 158 题，《晨钟》共发表 154 题。如此，报刊综合统计，共发表陈三立诗歌 985 题，年均 27 题。下面是刊行时间长、散原诗歌发表数量比较多的四种报刊年度发

① 本表数据除《小说月报》《大公报》《晨钟》由本文作者统计、《东方杂志》参用了商务印书馆的全文数据库之外，其他主要通过检索上海图书馆上海科学技术情报研究所研制的《晚清期刊全文数据库》《民国时期期刊数据库》获得。统计中未剔除古文，但未统计《青鹤》，以其发表陈三立作品全为古文。

② 此 55 题刊载于大公报馆印行之《文艺丛录》。

表数量统计情况及变化趋势图：

表 3 《东方杂志》散原诗歌发表年度数量一览表

年度	1908	1909	1910	1911	1912	1913	1914	1915	1916	1917	1918	1919	1920	1921
数量	1	1	0	1	0	0	0	29	48	38	27	43	13	0

表 4 《小说月报》散原诗歌发表年度数量一览表

年　度	1914	1915	1916	1917	1918	1919	1920
数　量	0	12	43	9	6	6	0

表 5 《大公报》散原诗歌发表年度数量一览表

年　度	1914	1915	1916	1917	1918	1919	1920
数　量	0	7	31	48	40	24	8

表 6 《晨钟》散原诗歌发表年度数量一览表

年　度	1916	1917	1918	1919	1920
数　量	36	96	12	10	0

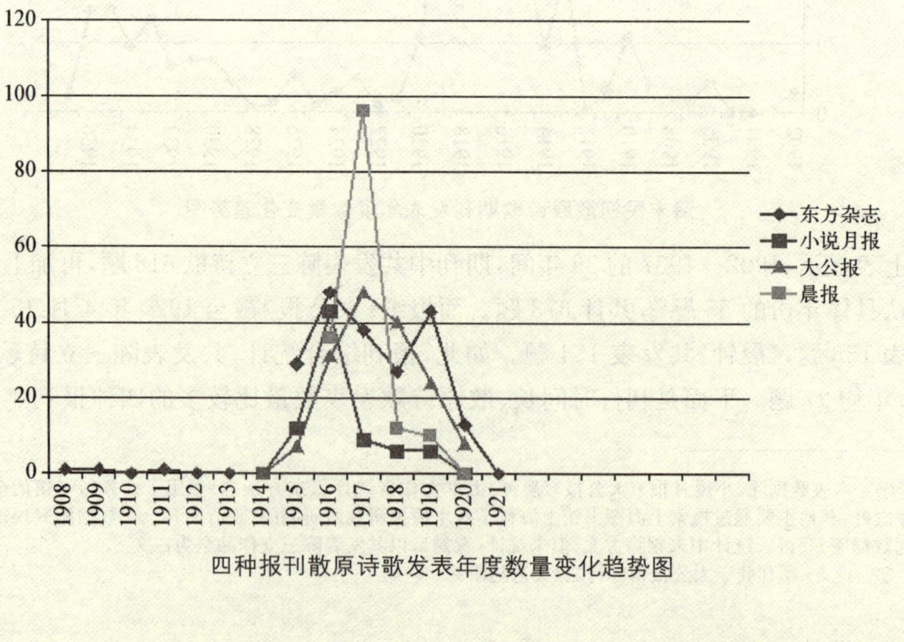

四种报刊散原诗歌发表年度数量变化趋势图

如果我们对照前面的"清末民初散原诗歌期刊发表年度数量变化趋势图"，就会发现，作为期刊中发表陈三立诗歌数量最多的两种，《东方杂志》和《小说月报》，基本上形塑了清末民初散原诗歌期刊发表年度变化的趋势，尤其是形成了1916—1917年前后诗歌发表的巅峰时期；而特别有趣的是，两份报纸《大公报》和《晨钟》对散原诗歌的刊载，其数量变化趋势与《东方杂志》《小说月报》保持了惊人的一致。

《东方杂志》创刊于1904年，《小说月报》创刊于1910年，《大公报》创刊时间更早，在1902年，我们要问的是：为什么1916—1917年前后，会同时成为这三家报刊发表散原诗歌的巅峰时期？——《晨钟》创刊于1916年，它可以视为对三家报刊的应和。笔者尝试着给出这样的推断性解释：1910年《散原精舍诗》的刊行，使陈三立的诗坛影响渐渐扩大，1913、1914年间，报刊上散原诗歌渐多，至1916—1917年前后攀上顶峰，这是古典诗坛对其诗歌艺术和地位的承认；1918、1919年间，报刊上的散原诗歌数量减少，这应该是新文学对旧文学挤迫的产物，是古典诗歌在"新文学"兴起之际处境的真实反映。

这一"猜想"的后半部分，是个比较重要的命题，将另文细论；这里笔者想指出的是：1913—1919年间报刊散原诗歌发表数量的变化，正是散原诗歌受关注和阅读状况的反映，报刊诗篇和《散原精舍诗》《石遗室诗话》等一起，共同促成了陈三立古典诗坛领袖地位在20世纪20年代的确立，对散原诗歌的经典化起到了重要作用。

六、结语

通过上文对清末民初散原诗歌阅读和批评文献的清理，我们大体可以看到，在1880—1937年这半个多世纪里，陈三立诗歌渐次被读者阅读、发现和认同，终至于20世纪20年代，他成为诗坛领袖。读者的阅读和批评经常纠缠于陈三立诗歌的渊源、技艺、风格特色及其变化、原因，并乐于找寻发现其诗风的追随者；"陈郑"成为人们津津乐道的诗坛双璧，二人诗歌的同异辨析，是诗学文献中的重要话题；具体诗篇的解读，有相当部分仍关注作品的掌故性，那些从表现艺术角度进行的简要分析，则往往强调时代记载与个人情感的完美融合。如此阅读之中，当然有浓重的传统诗歌阅读的底色，同时，也彰显了彼时诗歌阅读的时代尺度，如重视宋代诗歌典范、重视诗风传承的发掘、重视诗歌的"诗史"品质与个人情感的融合等，其实这就是时代风气。

在读者阅读推动散原诗坛地位确立和诗歌经典化的过程中，师友意见的口耳相传、诗歌别集的刊行、诗话的表彰、报刊的诗歌发表等都起到了重要作用。这四者之中，前三个方面是清末之前诗家已有的方式，而报刊发表则为晚清之后诗人所独享，甚至诗话表彰作用的发生，也要通过报刊发表来实现。人们一般认为，新式报刊是晚清文学变革、“新文学”发生发展最重要的平台。其实，新式报刊也为古典诗歌打开了一扇门。围绕着报刊，形成了新的诗人聚集、作品发表和意见表达的方式，可称为“纸上的诗坛”，是对受地理空间限制的传统诗坛的突破。当然，从陈三立诗歌的报刊发表来看，古典诗歌在新文化运动之后，受到了“新文学”的压抑，它“横行天下”的时代结束了。但是，在清末、尤其民初，我们可以看到报刊上的古典诗歌发表、古典诗歌专栏，甚至是专门的古典诗歌期刊，通过这些方式，古典诗歌力量得以凝聚，渗透进“新文学”世界，顽强生存。

在以上研究的过程中，我还在思考两个问题：一，如何理解晚清以来诗学表达的方式和文献范围？即，我们还要把自己囿于传统的诗话、诗文等形式吗？私以为，至少应该把报刊的诗歌发表视作诗学表达方式之一，甚至，是一种更为重要的形式，它在不少时候表征的可能是一个时代的诗学追求。二，如何利用包括诗话在内的诗学文献？私以为，应该突破传统的视为理论观点表达、传承的文学批评史的研究方式，至少视为阅读经验、思考之资料的留存是一个有益的视角[①]。若此，我们的关注点就会转换到他们怎样选诗、如何读诗、体现了怎样的阅读趣味、蕴含着什么样的阅读尺度，等等这样一些与时代诗歌写作有着天然联系的问题上，从而进入到彼时代诗歌阅读与写作的生动场景中。

---

① 记得陈国球的一篇介绍西方文论的文章谈到这一问题，但一时未能找出。

清代东亚诗学的环流及研究

张伯伟*

一、从"东传"到"环流"

2007年,笔者出版了一册《清代诗话东传略论稿》①,该书以书目、史书、日记、文集、诗话、笔记、序跋、书信、印章、实物等十类数据为阅读范围,考察了清代诗话在朝鲜和日本的传播。具体说来有传播的途径,包括采购、输入、翻刻、馈赠;有传播的时间和数量,大致勾勒出清代诗话东传的基本规模,比如传播到朝鲜的约38家40余种,传到日本的大约120种;有东传后的不同反响,也有东传朝鲜和日本的异同比较。兹就总体结论述之于下:

清诗话之东传朝鲜、日本,其传播的途径、数量及接受状况是不同的:从数量上看,传入日本者多,而传入朝鲜者少;从接受态度上看,日本较虚心,而朝鲜较自负;从产生的结果看,日本汉诗写作水平在整体上得到提高,使得朝鲜不免有些瞠乎其后。

以上的结论当然谈不上精密的考证,描绘的只是一个大致的状况,但即便随着

* 张伯伟,南京大学域外汉籍研究所教授。

① 中华书局,2007年版。

资料收集的深广有所增补，其基本结论应该还是成立的。

2014年，笔者又发表了一文《书籍环流与东亚诗学——以〈清脾录〉为例》[1]，与七年前的著作相比，这是一则个案研究，有利于通过较为详细的论述，展现东亚诗学内部较为丰富的互动。而从“东传”到“环流”，不只是术语使用的改变，更是一种研究理念和路径的更新。

以往的工作偏重在汉籍的“东传”或“回流”，而较少着眼于“环流”。无论曰“东传”或“回流”，其考察的路径往往是单向的，而“环流”的视角所见者，则是曲折的、错综的、多元的流动，而且这种流动还是无休止的。前者所获往往是书籍传播的“表象”，而“环流”着重探索的是书籍传播、阅读之后的“心象”。2010年举办的“印刷出版与知识环流——十六世纪以后的东亚”国际会议，尽管其主旨已有新意，会议论文在具体问题的探讨上或多新见，但实际成果依然属于单向的[2]，能够在文献、历史、理论和方法上达到“环流”要求的实为罕觏。沈国威先生在论文集的《跋》中指出：“环流的视角要求我们，不仅关心书籍的印刷出版，还要注意书籍的流通、阅读（包括对流通、阅读的限制）；当然更主要的是书的著者、内容。”[3]笔者基本赞同他的意见，但认为核心问题乃在阅读，书籍的内容是通过“阅读”或“误读”而发生影响。所以，笔者理解的“书籍环流”，包含了书籍本身在传播中的多向循环，书籍内容的阅读、接受并反应的互动，以及由此引发的观念和文化立场的变迁。

关于书籍“环流”而非仅仅是“东传”或“回流”，以下试以朝鲜文人李德懋的《清脾录》为例以说明之。

《清脾录》是一部诗话，据作者自序，书名取自唐人贯休诗：“乾坤有清气，散入诗人脾。千人万人中，一人两人知。”此书写作时间应在朝鲜在正祖元年冬至二年春（1777—1778），脱稿后经李书九“删订”，便由作者携至北京，开始其“西行”的旅程。李德懋入燕前，已经与李调元多次书信往返，关心清代学术及文坛现状，所以一到北京，便非常渴望相见。李调元此时恰以吏部员外郎出为广东学政，所以未能谋面。只见到其弟李鼎元以及潘庭筠、唐乐宇、祝德麟等人，曾经一起观摩讨论了《清脾录》。祝德麟为之撰序，潘庭筠加以删订。在离开北京之前，李德懋给李调元

---

① 载《中国社会科学》2014年第2期。

② 参见关西大学文化交涉学教育研究中心、出版博物馆编《印刷出版与知识环流：十六世纪以后的东亚》，上海人民出版社2011年版。又最新出版的王勇主编之《东亚坐标中的书籍之路研究》（中国书籍出版社2013年版），其第二编命名为“典籍环流”，夷考其实，讲的还是单向的传播。

③ 《印刷出版与知识环境：十六世纪以后的东亚》，第497页。

写信，希望他也能够为自己的书写序。但超乎李德懋的期待，李调元将其书刻入《函海》，这是《清脾录》的中国刻本，也是第一个刻本。然而有关这一刻本的传说，腾播于朝鲜人之口，既无实物留存，也几乎不为今人所知。关于这个问题，讲述得最详细的莫过于李德懋之孙李圭景，他在《诗家点灯》"《清脾录》刻本"和《五洲衍文长笺散稿》"《清脾录》大小刻本辨证说"中，曾一而再地予以说明。《函海》本在中国文献里略无记载，究竟在历史上是否真有此本很难完全相信。但无论历史真相如何，重要的是，作为朝鲜人的李圭景确信《清脾录》曾分别刻入《函海》和《续函海》，并且一而再地予以说明，即便是误传，也同样发生了影响。现存的《清脾录》刻本，唯一的就是李调元的《续函海》本，在朝鲜则有若干抄本保存至今。

《续函海》本刻成于嘉庆六年(1801)，该本于嘉庆十四年(1809)由金正喜从北京带回朝鲜，并将此书赠给李德懋之子。此书俨然成为一部名著，被朝鲜人收罗、援引、珍藏。无论是作为一般的朝鲜文人还是李氏后裔，对于此书之入刻《续函海》，都怀有一种崇高的荣誉感。如金正喜对李德懋之子说："海东著述为华士所刻，真旷世希觏。"李圭景又得其父之传，也慨叹"华士勤意，深感玄兰购传也"[①]。刻本与抄本之间存在差异，这是显然的。李圭景说："与家中《全书》合校，则椠本简甚，此乃王考以正庙戊戌入燕时未暇修正本，略抄之投示雨村，雨村仍为入刻，故如是耳。"[②]《青庄馆全书》本《清脾录》是朝鲜纯祖十年庚午(1810)夏典设司书员洪继忠抄写，内容较刻本详赡。尽管如此，朝鲜人更看重的还是李调元的刻本。比如金正喜从北京将《清脾录》刻本带回赠送李德懋之子光葵，光葵又转授其子圭景，皆是一番郑重珍藏之意，但不久就有人假金正喜的名义，从李圭景手中将书借走，再也没有归还。由于对中国刻本的珍视，人们视同秘籍，所以在社会上的实际流传反而是不广的，但这丝毫不影响其地位，反而是物以稀为贵。李彦瑱后人刊刻其《松穆馆烬余稿》，卷首列《清脾录》一则，特别注明"出雨村李调元《函海》"。可是如果将这段文字与刻本相较，文字差别甚大，反之，与《青庄馆全书》的抄本文字则若合一契。分明使用的是抄本，却要特别注明出自中国刻本，其心理状态是不难推知的。

柳得恭《古芸堂笔记》卷四"东人著书"条列举李氏代表作，《清脾录》赫然在目。李德懋曾有心编一部海东丛书，将东人代表性著作汇为一编以传后，其事未果。门人李义准、徐有榘、徐有棐等有意继其遗志，编《小华丛书》。据李圭景所记，李义准

① 《五洲衍文长笺散稿》卷二十一，上册，东国文化社，1959年影印本，第622页。

② 同上。

拟编之《小华丛书》为类有三，"翼经"17种，"别史"16种，"子余"41种，李德懋一人占九种，其中就包括了《清脾录》[①]。又朝鲜宪宗（1834—1849年在位）时建立承华楼，贮藏书画，恒常披览，有《承华楼书目》传世，其中"诗类"便著录《清脾录》二册[②]。虽然我们无法确定该书是刻本或抄本，是中国版或朝鲜本，但既然入藏王室书库，则此书在朝鲜人心目中的珍视程度，亦不难想见。

《清脾录》的流传并不仅限于中国与朝鲜之间，它还传播到日本。西岛长孙（1780—1852）《弊帚诗话附录》曾引用此书，并加以评论。据西岛自述，《附录》乃其"少作"，"实在廿岁左右也"[③]。西岛出生于安永九年（乾隆四十五年，1780），如此看来，《清脾录》之传入日本，应该在宽政十二年（嘉庆五年，1800）前后。嘉庆六年（1801）李调元刊刻《续函海》后，不久便传入日本，西岛长孙也因此而读到《清脾录》。以当时中国书籍传入日本速度之快、频率之高，"刻成不一年，自极西而及于极东，所谓不胫而走"[④]，绝非一时一书如此。连当时的朝鲜人也感叹："何其邮传之速而先睹之快也！近来中国书籍，一脱梓手，云输商舶。"[⑤]在这样的背景下考察，《续函海》在刊刻的次年便传入日本，绝对是一件顺理成章的事。《清脾录》也随之传入，为西岛阅览所及。今日本二松学舍大学图书馆藏西岛长孙手抄本《雨村诗话》，虽然未分卷，但考其内容，实出于十六卷本，这是西岛接触过《续函海》的一项旁证。在该丛书中，《清脾录》收入第三函，十六卷本《雨村诗话》及《补遗》收入第五、六函。

又日本内阁文库藏有《清脾录》，卷末钤盖两枚印章，一曰"昌平阪学问所"，一曰"天保年"。核其内容及版式，显然是《续函海》本。可见在日本天保年间（1829—1843）还有《续函海》的传入，无疑，《清脾录》也随之再次传入。

从以上的大致描绘中不难看到，《清脾录》一书在六十年中，先从朝鲜带到中国，经刊刻后，既在中国流行，其抄本也在朝鲜传播。其后，刻本又被朝鲜使团成员购回，还从中国传入日本，终于形成了一个有意味的"东西流传"（借用井上惠《唐诗绝句注解序》语）。

---

① 《五洲衍文长笺散稿》卷十八"小华丛书辨证说"，上册，第549页。

② 见张伯伟编：《朝鲜时代书目丛刊》第3册，中华书局2004年版，第1351页。

③ 《弊帚诗话附录·跋》，新日本古典文学大系本，《日本诗史·五山堂诗话》，岩波书店1991年版，第575页。

④ 朝川善庵：《清嘉录序》，《乐我室遗稿》卷二，"崇文丛书"第二辑之五十一，崇文院1931年版，第8页。

⑤ 李尚迪：《读〈蔫录〉》，《恩诵堂集》续集"文"卷二，《韩国文集丛刊》第312册，第242页。

二、多元的研究取向

以上描绘了书籍环流的图景，面对这样的现象，其实是有很多不同的研究取向的。

一种是文献学的方法。比如考证《清脾录》的不同传本，举其荦荦大者，现存的就有"端坐轩笔，农丈馆藏"两卷本，有《续函海》本（四卷），有《青庄馆全书》抄本（四卷），还有传说中的《函海》本（三卷）；又比如调查保存于各个国家图书馆的不同藏本，一一考证其来源，又字字校证其异同，最终完成一个值得信赖的定本；如果以"对书本本身的研究"来定义文献学的话，还可以在许多技术和物质的层面展开研究，比如刻本或抄本的纸张、书体、版式、装帧等。

一种是传播学的方法。首先是传播者，包括作者、序跋者、出版者（有时会一身兼二任），其意图如何，显然不同的人会有不同的倾向。试比较李德懋《清脾录》自序、李书九序、柳得恭序（假如能够考证辑佚出朴趾源、祝德麟的序，同样可以加入比较之列），便不难得知；其次是传播媒介，比如刻本和抄本的不同途径；再次如传播内容，可比较各本的不同；再次如各地的读者；最后是传播效果。

一种是书籍史的方法。自 20 世纪 80 年代以来的欧美书籍史研究领域中，人们越来越普遍地认识到，"书籍史是一门重要的新学科，是一种用社会史和文化史的方法研究人类如何沟通和交流的学问"，"人们的想法和观念是怎样通过印刷品得到传播的，阅读又是怎样反过来影响人们的思想和行为"[①]。可见，近三十年来的欧美书籍史研究，已经完全摆脱了纯物质、纯技术的观念，而是试图采用社会史、文化史等方法，探讨书籍在人类沟通和文化转移方面的作用。达恩顿指出："从性质上来说，对图书史的研究必须在范围上跨国际，方法上跨学科。"[②]其中当然包括了作者、出版者、运输者、销售者和读者的研究。这些内容并不能决定其研究方法，还取决于研究者的兴趣和目的。

笔者在这里试图表明一种综合的方法。"环流"一词，最早见于《鹖冠子》，其书第五篇即以"环流"命名，篇末云："物极则反，命曰环流。"陆佃注："言其周流如环。"张之纯注："循环不穷，故曰环流。"[③]可见，在自然现象和社会现象中，"环流"是一

---

① 罗伯特·达恩顿(Robert Darnton)《书籍史话》，收入《拉莫莱特之吻：有关文化史的思考》(*Kiss of Lamourette: Reflections in Cultural History*)，萧知纬译，华东师范大学出版社 2011 年版，第 85 页。

② 《书籍史话》，《拉莫莱特之吻》，第 112 页。

③ 黄怀信：《鹖冠子汇校集注》卷上，中华书局 2004 年版，第 89 页。

种常见的状态，而这种状态还是往复无穷的。在文学史研究中使用“环流”一词始于刘勰，《文心雕龙·时序》云：“蔚映十代，辞采九变。枢中所动，环流无倦。”[①]刘勰审视此前十代文学的历史（指唐、虞、夏、商、周、汉、魏、晋、宋、齐），或绮丽或质朴，变化多端，他指出其中心在时代风气，文学则应时而变，无穷无止。然而文学史上“环流无倦”的变化，与书籍“环流”的关系如何，从理论到实证，依然是十分匮乏的。

以书籍史的研究而言，中心环节是阅读。但同样一部《清脾录》，三个国家的读者却读出了三种不同的意味。李调元从中读出了虚荣，把他的刊刻本和《青庄馆全书》本作个对比，例如“李雨村”条中，李调元为了让自己的形象更加富有光彩，他利用刊刻者的身份不惜修改原书，将原书所举佳句改为自己更加得意的作品[②]；原书说这些佳句“皆可以传诵也”，被他改为语气更加强烈的“皆必传无疑也”；而详细罗列朝鲜人为他庆生之举以及共作贺诞诗，更是原书所绝无者。又如“袁子才”条引用李氏评语：“天下知与不知皆称道之，余《雨村诗话》详言其事。”[③]然而《青庄馆全书》本作“余《尾蔗轩闲谈》备言其事”[④]。《青庄馆全书》本卷四“李雨村”条列举李氏著述，有《尾蔗轩闲谈》十卷，无《雨村诗话》。案李氏详言袁枚的内容，见十六卷本《雨村诗话》，此书完成于乾隆六十年（1795），此时的李德懋也已经在两年前辞世，故其书绝无可能被李德懋引用，只能是出于李调元的更改。所以，我们可以得出这样的结论：从文献学的意义上看，李调元刻本《清脾录》是一个不忠实于原本的“改造本”。《清脾录》经过李调元的阅读（他必然十分重视与自己相关的条目），就大笔一挥，直接予以增删损益了。从文化传播的意义上说，《清脾录》的刊刻倒是反映了出版者的意志和权力。朝鲜人从《清脾录》在中国的刊刻中读出了荣耀。现存《雨村诗话》略涉《清脾录》者，仅仅在十六卷本中可以看到，而且痕迹不多。但透过朝鲜人的文献，我们知道在《雨村诗话》的二卷本与十六卷本之间，还有一个四卷本，即十六卷本的前身[⑤]，其特色也是“话今人”，其中涉及《清脾录》的内容也许更多也更为明显，而朝鲜人阅读后的反应就是“荣耀”。如柳得恭《燕台再游录》记载

① 范文澜：《文心雕龙注》卷九，下册，人民文学出版社1958年版，第675页。

② 《雨村诗话》卷十一列举他所见之《清脾录》抄录其诗四联，与《青庄馆全书》本内容顺序皆一致，可见原稿即如此，他的自我感觉是“皆非得意作也”。而《续函海》本标举李调元六联“佳句”，仅有一联与原书同，显然是出于他的故意更改。

③ 《续函海》本，卷四8b。

④ 《青庄馆全书》卷三十五，《韩国文集丛刊》第258册，第58页。

⑤ 参见张伯伟：《清代诗话东传略论稿》，第146—150页。

自己访问李鼎元之问答：

> 余曰："《涵海》中《诗话》可见否？"墨庄曰："当奉赠。"……《雨村诗话》四卷携归馆中见之，记近事特详，李懋官《清脾录》及余旧著《歌商楼稿》亦多收入。中州人遇东士，辄举吾辈姓名者，盖以此也。①

这是柳得恭经眼并阅读者，似无可疑。由于李调元的宣传，扩大了李德懋等人的知名度，所以朝鲜人到中国与清代文人笔谈时，《清脾录》往往成为一个话题。朴思浩《心田稿》记载他与吴嵩梁的问答，既有吴问"《清脾录》有持来刻本否"，又有朴问"李雅亭《清脾录》览否"②。金正喜将刻本《清脾录》从中国带回朝鲜，也是因为"海东著述，为华士所刻，真旷世希觏"。即便在朝鲜本土阅读或引用了抄本《清脾录》，也会故意注明"出雨村李调元《函海》"。至于李圭景在自己著作中一而再地宣称《清脾录》的"大小刻本"，也是为了突出这一"旷世希觏"的光耀，凡此皆足以表明朝鲜人所刻意表露出的荣誉感。而日本人从《清脾录》中又读出了另外一番意思，那就是自大和骄傲。西岛长孙曾经读过此书，并且在自己的著作中加以引用评论说：

> 观此二节，则韩人神伏于本邦，可谓至矣。如高兰亭、葛子琴，易易耳。若使一见当今诸英髦，又应叹息绝倒。③

这显然是一种"误读"。《清脾录》中对当时日本文学的评价，承认了其水平较之以往有很大进步；元重举也说日本诗文"差过十数年，则恐不可鄙夷而忽之"④；柳得恭等人以自身为大国，尊中国为上国，视日本为小国，其中所寓高低之意也是明显的，哪里称得上"韩人神伏于本邦，可谓至矣"呢？西岛自年轻时就喜好本国诗，一而再地表示："余幼学诗，好读邦人诗。"⑤"余幼学诗，好读近人诗。"⑥而他对本邦近人之诗也确有高度评价，《清脾录》中所涉及的日本诗人，例如合离（斗南），

---

① 《燕台再游录》，林基中编《燕行录全集》第60册，第207页。
② 《心田稿·兰雪诗龛》，《燕行录全集》第86册，第53—54页。
③ 新日本古典文学大系《日本诗史·五山堂诗话》本，第574页。
④ 《和国志》卷二"诗文之人"，第326页。
⑤ 《孜孜斋诗话跋》，新日本古典文学大系《日本诗史·五山堂诗话》本，第570页。
⑥ 《弊帚诗话附录跋》，新日本古典文学大系《日本诗史·五山堂诗话》本，第575页。

在他看来，也不过“声价高于一时，然其所作殊无可诵者”[①]。日本文明进步到他的时代，在西岛眼中，不要说朝鲜早已瞠乎其后，就是比之中国，也不遑多让。他曾举物徂徕带有自谦意味的诗句“日本三河侯伯国，朝鲜八道支那邻”，贬之于“将为乃公沉诸江中藏其拙而已”[②]之列。他又引蓝田东龟年《心赋》中对康熙帝的赞美，以为“其言大害于事”，并指出：

> 况生吾土，受昭代之泽，以笔耕，以心织，四体不勤，五谷不分，而称臣于异邦主，且谓为圣人，可谓不天日出处之天，而天日没处之天者矣。[③]

这种意见，在当时已经不是偶然一现。在这三种不同读法的背后，更是蕴涵着东亚三国内部的文化变迁和势力消长，其意味值得深长思之。

就内容而言，《清脾录》一书的最大特色是蕴含了“东亚视野”和“并世意识”。以往的朝鲜半岛诗话，或专论本国，或兼论中国。而《清脾录》的论述范围，用李书九《序》中的话来说，便是“上逮魏晋以来历代名家之诗，外而罗丽本国诸公之作，与夫闺人释徒海外异邦之所流传”，算得上全面，如“日本兰亭集”“蒹葭堂”“倭诗之始”“蜻蛉国诗选”诸则论日本诗，“芝峰诗播远国”涉及安南诗，“柳醉雪”“李虞裳”两则又有关朝鲜诗人在日本的影响，“白露国”条甚至涉及欧洲，至于论及中国诗坛的内容就更多。特别值得注意的是，其重心不是魏晋以下之“历代”，而是集中在清代。因此，其视野为东亚诗坛之整体，重心在并世当代。需要指出的是，“东亚视野”和“并世意识”不是两不相干，而有着密切联系。其中的契机就是朝鲜通信使在英祖四十年甲申(乾隆二十九年，日本宝历十四年、明和元年，1764)的日本之行，对于这一年在东亚汉文学史上的意义，笔者曾经写过《汉文学史上的1764年》加以探讨[④]。甲申年朝鲜通信使的日本之行，使得他们近距离切实观察到日本文明的快速进步，由此而对其诗文关注有加。又深思其快速进步的根源，在于源源不断从江南输入清朝书籍到长崎，由此而改变了以往对清朝文化的偏见。在此基础上，就形成了“东亚视野”和“并世意识”。在甲申年朝鲜通信使团中，成大中为正使书记，元

---

① 《孜孜斋诗话》卷下，新日本古典文学大系《日本诗史・五山堂诗话》本，第566页。

② 新日本古典文学大系《日本诗史・五山堂诗话》本，第563页。

③ 新日本古典文学大系《日本诗史・五山堂诗话》本。

④ 原载《文学遗产》2008年第1期，后收入《作为方法的汉文化圈》一书，中华书局2011年版。又此文由早稻田大学内山精也教授译为日语，收入堀川贵司、浅见洋二编《苍海に交わされる诗文》，汲古书院2011年版。

重举为副使书记，前者是李德懋的好友，一度还比邻而居；后者与李德懋为姻亲，元氏之子乃李氏妹婿。他们从日本返回后，与李德懋皆有交流，作为读者和听者，李德懋接受了他们的影响。而当他的角色转换为作者的时候，这种影响就导致了其立场和著述观念的变化。现存李调元《雨村诗话》有二卷本、十六卷本及《补遗》四卷本。二卷本先出，约成于乾隆四十三年（1778）之后，所论皆古人。十六卷本后出，完成于乾隆六十年（1795），并续有增补。《补遗》成于嘉庆六年（1801）。据其自序，二卷本与十六卷本的最大区别是“前以话古人，此以话今人也”，并且标榜曰：“谈诗者不博及时彦，非话也。”[①]也可以说，此书具有强烈的“并世意识”。这一点，可能更多是受到《随园诗话》的影响，而与《清脾录》之重视当世亦适相呼应。至于其“东亚视野”，多处论及朝鲜、安南、琉球诗，则不能不说是受到了李德懋等人的刺激。《雨村诗话》卷十六有两则集中论及朝鲜诗的内容，一以柳琴奉朝鲜进贺兼谢恩副使徐浩修之命拜访，回国后同为李调元庆生贺诗为中心，一以朝鲜四家（即李书九、柳得恭、朴齐家、李德懋）诗选为中心。尽管其用心一在自我标榜，一在文化优越，所谓“以见我朝文教诞敷，属国皆然”[②]，但还是肯定了这些作品自身的审美价值。刻本《清脾录》卷四“芝峰诗播远国”条，记载了李睟光诗远播安南、琉球之事。《雨村诗话》卷一“仁和孙补山先生”条历叙其为安南国王黎氏恢复王位事，并引袁枚《为补山作平安南歌》；卷三“本朝蜀中鼎甲”条载康熙六年安南黎维禧与高平莫元青构怨侵杀事，李仙根著《安南纪使略》；卷十五“安南探花阮辉偿能诗”条载其诗多首曰：“文教覃敷，属国皆然，若阮辉偿可以诗矣。”[③]又卷四“海上天后甚灵验”条以下数则记载琉球事甚多；又卷六“同年进士湖南潘闰章为琉球教习”条亦载琉球人作品“甚工”。《雨村诗话补遗》卷四录张乃孚《和玉溪题雨村诗话韵》：“由来性命怜才切，一句忘收便不安。”评曰：“末句实道得我心出也。”[④]如果不以自我标榜看待这句话，李调元把东亚视野带入诗话写作之中，表达其对于东亚诗学世界的理解和认识，是很值得注意的。其他的中国文士从《清脾录》中读到了东国的佳作，由此而更加关注朝鲜文坛的动向。在汉文学的世界观中，就逐步形成了一个结构性的变化——注重东亚视野。

① 《雨村诗话序》，上海鸿章书局石印本，1a。
② 《雨村诗话》卷十六，9a。
③ 《雨村诗话》卷十五，4a。
④ 《雨村诗话补遗》卷四，1b。

三、余论

在东亚书籍史的研究中，以往人们注意到的传播，无论是中国书籍的东传，抑或东国书籍的西流，多是单向的考察，而本文所强调的是"环流"。同样一本书，在东亚范围内，发生了多向的流动，而在流动的过程中，也不断被增添或减损。这就比从单向流动的视角看问题得到了更为丰富、更为复杂的历史信息。把这些信息置于汉文化圈的知识共同体或曰文艺共和国中，我们就能够既看到枝干，也看到树叶，并且在其相互联系中观察各自的位置和意义。这样，一方面可以避免根据现成的文学史框架去解读以往未能认识的现象；另一方面，也不会陷入于历史碎片之间而迷失了大体。东亚书籍史上的传播"环流"是一个颇为普遍的现象，以诗文评著作而言，如宋代的《唐宋分门名贤诗话》《诗人玉屑》等书，都是较为典型的例子。

诗话在中国文学史和文学批评史上并不是重要的著述体式，在中国人的观念中，对诗话颇为轻视，甚至有"诗话作而诗亡""诗话日夥，诗道日衰"之说①。这一点在朝鲜半岛或是日本，都与中国不同。朝鲜人对诗话的认识，不妨以李圭景的一段话来概括："诗话者，诗之流亚而作诗之模楷也。"②日本雨森芳洲（1669—1755）《橘窗茶话》卷下云："或曰：学诗者须要多看诗话，熟味而深思可也。此则古今人所说，不必覙缕。"③正因为是古今通说，所以无需多加阐释。但即便是这一类著述，我们也可以用来实践一种研究方法，提炼某种观念和意识。

"环流"在阅读环节是一个非常重要、难度较大同时又研究不足的方面，为了将书籍史研究与文学史研究相结合，抓住阅读环节作深入分析更显得尤为必要。这个问题是由法国学者丹尼尔·莫奈（Daniel Mornet）在1910年提出的：18世纪的法国人阅读什么作品？启蒙思想家的著作是否法国大革命的思想根源？他的研究表明，18世纪的法国人可能对言情小说或探险故事更加热衷，对卢梭或伏尔泰的作品（这些被人们视作18世纪的文学经典）反而兴趣不大。这些问题困扰了后来的学者达四分之三世纪之久，"继续笼罩文学史，一如既往地耐人寻味"。直到罗伯

---

① 丁绍仪《听秋声馆词话》卷十五载："沈君秋卿尝语余云：昔人言诗话作而诗亡，盖为宋人诗话穿凿辨论而发，藉以攀援标榜者无有也。今也不然。非诩其己作，即广搜显者之诗，曲意贡谀，冀通声气。甚或不问佳恶，但助刊资，即为采录，且以为利矣。故诗话日夥，诗道日衰。"唐圭璋编《词话丛编》第3册，中华书局1986年版，第2763页。

② 《五洲衍文长笺散稿》卷三十五"历代诗话辨证说"，下册，第54页。

③ 《日本随笔大成》第二期第8册，吉川弘文馆，1974年版，第421页。

特·达恩顿对莫奈所忽视的“非法文学作品”进行了深入研究,其状况才得到了改变[①]。需要指出的是,他在有关阅读的研究中,过于关注了直接阅读,却忽视了间接阅读。而在笔者看来,间接阅读或者误读误传,其产生的影响有时大于甚至远远大于直接阅读。尽管他研究的是“畅销禁书”,而笔者处理的只是一部诗文评,既不畅销,也非禁书。由于印数有限,因此,很多人没有机会接触到该书的刻本或抄本,是通过口耳相传而扩大了影响。以《清脾录》的“大小字本”来说,所谓“大字本”,既没有实物流传于世,在文献记载中,也没有一个人是亲眼所见,但在口耳相传中,无论是中国还是朝鲜,《清脾录》俨然成为一部很有代表性的朝鲜书籍,被中国人一而再地刊刻。这实际上就是由间接阅读而形成的公众舆论,并导致群起关注的结果。细味“畅销禁书”四字,其实也是一个富有“张力”的表达。一般来说,既然是“禁书”,就不可能如何“畅销”,即便存在警察或检察官的“视而不见”,也是在一定的限度之内。因此,同时兼顾间接阅读,对于达恩顿的课题来说,也仍然是必要的。

费希尔曾在21世纪初满腔热情地断言:“东亚昔日的‘拉丁文’,作为世界上最伟大、最具影响力的一种文化载体,必将在未来的许多世纪一如既往地影响和引领东亚文化。”[②]我想说的是,东亚汉籍是一座无比丰富的宝库,深入于这一宝库之中,不仅能够而且应该对于今日世界的学术研究,不管在理论上还是方法上,作出卓越的贡献。

---

① 引文见罗伯特·达恩顿《法国大革命前的畅销禁书》(*The Forbidden Best-Sellers of Pre-Revolutionary France*),郑国强译,华东师范大学出版社2012年版,第2页。另外可以参见其《旧制度时期的地下文学》(*The Literary Underground of the Old Regime*),刘军译,中国人民大学出版社2012年版。

② 李瑞林等译:《阅读的历史》第三章,商务印书馆2009年版,第102页。

论朝鲜王朝学者金正喜的诗学宗尚

詹杭伦*

前言

朝鲜王朝时的金正喜(1786—1856)是一位相当全面的学者，他既精通书画，又是著名的经史学家、考证学家、金石学家，也是一位创作成果丰厚的诗人。可惜其书名太高，其诗名往往为其书名所掩。正如朝鲜王朝学者申锡禧(1808—1873)《覃揅斋诗集序》所云:“阮堂公诗文，故卓然大家，以工书名天下，为其所掩云。余少日借读公诗。始信公之可传者，不第以书名。”①在有关金正喜的评价中，申锡禧所揭示的这种不平衡现象，直到当代学术界也未能完全改观。某些讨论相关课题的文章虽然已提及金正喜的诗论和诗作，如李春姬《道咸年间诗风与朝鲜文坛诗歌取向》②、叶国良《韩儒金正喜的中韩学术因缘》③、田豊《乾嘉汉学思想的东传与升华——以金正喜实事求是说为中心》④等文，皆各有所见，但仍然缺乏全面而系统

* 詹杭伦，香港大学教授。

① 载《阮堂先生全集》卷首，《韩国文集丛刊》第301册，第6页。

② 载《社会科学战线》2009年第8期，第184—188页。

③ 载钟彩钧主编:《东亚视域中的儒学：传统的诠释》(第四届国际汉学会议，2013年10月)，第379—408页。

④ 载江苏社会科学院:《学海》2013年第5期，第179—184页。

的金正喜诗学专论。某些较大部头的著作，如藤塚鄰《清朝文化東傳の研究：嘉慶・道光学壇と李朝の金阮堂》[①]、金惠淑《秋史金正喜의詩文學研究》[②]、尹任植《韩中学术与艺术交流的使者金正喜》[③]等，对金正喜其人有全面关照，但对其诗论诗作之分析，仍欠细致。为了发潜德之幽光，本文拟着重讨论金正喜的诗学宗尚，为论定和弘扬金正喜的文学成就，聊尽绵薄之力。

在金正喜生活的时代，朝鲜王朝对清朝的态度已经完成了从"北伐派"向"北学派"的转移。"北伐派"的代表人物是宋时烈(1607—1688)，主张奉明朝为正宗，北伐清朝，以"反清复明"。宋时烈的主张影响到朝鲜王朝孝宗(1649—1659 在位)、显宗(1659—1674 在位)、肃宗(1674—1720 在位)等三代君王。虽然早在清太宗崇德二年(1637)已与朝鲜仁祖签订《丁丑约条》，确立了宗藩关系和朝贡制度，但这种在军事压迫下建立的制度并未能使得朝鲜人内心服气。朝鲜王朝后期学者南羲采(1790—1855)《龟磵诗话》记载："飘海人郑喜来朝鲜，示(南明)永历二十一年(1667，清康熙六年)历书，证大明之不亡。我圣上肃宗大王展舆地图，追感皇明，御题曰：'日晏龙楼展舆图，大明天地此中输。忍看秽德临中土，欲挽银河洗旧都。"[④]证明在朝鲜肃宗时代，"北伐派"的主张仍很盛行。直到朝鲜英宗(1724—1776 在位)四十一年(1765，乾隆三十一年)，洪大容(1731—1783)访问北京，归国后著《乾净衕会友录》和《湛轩燕记》，介绍中国闻见，才引起较大的社会反响。洪大容的友人朴趾源(1737—1805)深受感动，在正宗四年(1780)入燕，归国后著《热河日记》，详细介绍了中原大地的风土人情。朴趾源的弟子朴齐家(1750—1805)在 1778 年、1790 年、1801 年三次入燕，归国后著《北学议》，上进朝廷，正式提出了"北学中原"的主张。纯宗九年(1809)，朴齐家的弟子金正喜入燕，与乾嘉文坛重镇翁方纲(1733—1818)、阮元(1764—1849)相交甚笃，翁方纲的金石考据和诗学、阮元的经史文献之学对金正喜影响甚大。金正喜之后，其弟子李尚迪(1803—1865)、赵熙龙(1789—1866)等人，更将"北学派"理念推向前进。

需要特别指出的是，"北伐派"之所以攻讦清政府，是认为清朝统治者背离了中华传统文化(尤其是"程朱理学")的正统；而"北学派"却通过自己的亲身见闻，认识到清朝经过康雍乾三朝治理，不仅在政治、经济上呈现出盛世气象，而且在遵循和

---

① 藤塚鄰：《清朝文化東傳の研究：嘉慶・道光学壇と李朝の金阮堂》，東京國書刊行會 1975 年版。
② 金惠淑：《秋史金正喜의詩文學研究》，首尔大学校国语国文学科博士学位论文，1989 年。
③ 尹任植：《韩中学术与艺术交流的使者金正喜》，首都师范大学艺术学硕士学位论文，2002 年。
④ 蔡美花、赵季主编：《韩国诗话全编校注》第 10 册，人民文学出版社 2012 年版，第 8302 页。

发展中华文化(包括"程朱理学")方面,也开创新局。所以,"北学派"与"北伐派"在面对清廷的态度上虽有所不同,但在坚持中华传统文化义理的层面,则是高度一致的。正如朴齐家(1750—1805)在《北学辨》中批评时人说:"下士见五谷,则问中国之有无;中士以文章为不如我也;上士谓中国无理学。果如是,则中国遂无一事,而吾所谓可学之存者无几也。"在燕行归来之后,他热情地向国人介绍燕京:"其语文字,其屋金碧,其行也重,其臭也香,其都邑城郭笙歌之繁华,虹桥绿树殷殷訇訇之去来,宛如图画。"[①]金正喜在燕行归国时,也有《我入京与诸公相交未曾以诗相契临归不禁怅触漫笔口号》一诗云:"我生九夷真可鄙,多愧结交中原士。楼前红日梦里明,苏斋(翁方纲)门下瓣香呈。后五百年唯是日,阅千万人见先生。芸台(阮元)宛是画中睹,经籍之海金石府。土华不蚀贞观铜,腰间小碑千年古。化度始自蠹蜉斋,攀覃缘阮并作梯。君是碧海掣鲸手,我有灵心通点犀。"[②]表达了他对中原文士的钦敬之情。又在流放济州时题记:"覃溪云嗜古经,芸台云不肯人云亦云。两公之言,尽吾平生。胡为乎海天一笠,忽似元佑罪人?"[③]表明翁、阮二人的思想,影响了自己的一生,而晚年自己流放济州岛的经历,则与苏轼相似。

金正喜的诗学是其一生成就的重要组成部分,自有其重要的研究价值。金正喜的诗论本无专书,乃散见于其《阮堂先生全集》中。赵锺业编《韩国诗话丛编》,从文集中摘取"论诗十三条",命名为《阮堂论诗》,影印编入《韩国诗话丛编》第十一册(第187—199页)。蔡美花、赵季主编《韩国诗话全编校注》将《阮堂论诗》改名为《阮堂诗话》,加以校点,收入第七册(第5777—5783页)。本文所取金正喜诗论,不局限于此十三条,而从《阮堂先生全集》中广泛搜罗,归类论析,并注明原书出处。金正喜的诗歌作品收入《阮堂先生全集》卷九者,有152题(同题数首不计),收入卷十者,有221题,合计收诗373题。此外还有一些附在他人文集的酬唱之作或未收入《全集》的题画诗,统计金正喜传世诗作大约在400首上下。这些诗论与诗作都在笔者观照的范围之内,讨论的焦点则集中在金正喜的诗学宗尚。

一、论诗坛大势

大凡诗家皆讲究"学诗者以识为主,入门须正,立志须高"[④]。金正喜作为诗坛

---

① 朴齐家:《北学议》(朝鲜1943年刊本)卷二《外编·北学辨》,第33页。
② 金正喜:《阮堂先生全集》卷九,《韩国文集丛刊》,第301册,第166页。
③ 金正喜:《阮堂先生全集》卷六,《韩国文集丛刊》,第301册,第126页。
④ 严羽:《沧浪诗话·诗辨》。

大佬，必然表现出他对诗坛发展大势的观察和认识。他在《杂识》中说：

古今诗法，至陶靖节，为一结穴。唐之王右丞、杜工部，各为一结穴。王如天衣无缝，如天女散花，曼多曼少，非世间凡卉所可比拟；杜如土石瓦砖，自地筑起，五凤楼材，称剂其轻重以成之。一是神理，一是实境。仁者见之谓之仁，知者见之谓之知，百姓日用而不知。似若各一门户，然禹、稷与颜，其揆一也，无用分别同异。能透得此关，然后可以言诗。如李义山、杜樊川，皆工部之嫡派。白香山又为一结穴，不愧其广大教化之目。宋之苏、黄。又为一结穴。陆务观七言近体，为古今之能尽彀者。金之元裕之、元之虞伯生，又为一结穴。虞则性情学问，合为一事。有明三百年，无一足称。至王渔洋，扫廓历下、竟陵之颓风，又能为一结穴，不得不推为一代之正宗。朱竹垞，如太华双峰并起，又以甲乙。外此皆旁门散圣耳。[①]

金正喜认为晋代陶渊明，唐代王维、杜甫、白居易，宋代苏轼、黄庭坚、陆游，金元元好问、虞集，清代王士禛、朱彝尊都是诗歌发展史上的“结穴”。“结穴”一词，本是风水学家的用语，谓地形洼突处龙脉凝聚，灵气藏结，称为“结穴”。如晋人郭璞《葬书》所说：“凡结穴之处，负阴抱阳，前亲后倚，此总相立穴之大情也。”[②]文学批评家借用此词，即可用于指称一篇文章或诗歌的要点所在，也可用于观察文学史发展大势，指出文学史发展阶段的代表人物，认定文坛发展大势的凝聚点、高峰或里程碑。后一种用法之例，如清人黄子云《野鸿诗的》所云：“古文自迁、固、扬、马，至昌黎而结穴；诗自曹、谢、庾、徐，至少陵而结穴。”[③]意谓韩愈和杜甫分属古文与诗发展的高峰或集大成者。金正喜也是在这种意义上运用“结穴”术语的，他指出，古往今来的“诗法”（此指诗歌发展的态势），到陶渊明为一个高峰；接下来到了唐代，则由王维和杜甫各领一大诗境，王维表现天女散花的“神理”，杜甫表现土石瓦砖的“实境”。两者似乎各立一门户，但并非互相排斥，而是如孟子所讲的“禹、稷与颜，其揆一也”。这句话出自《孟子》的“离娄下”篇，原文为：“禹、稷当平世，三过其门而不入，孔子贤之。颜子当乱世，居于陋巷，一箪食，一瓢饮，人不堪其忧，颜子不改其

① 金正喜：《阮堂先生全集》卷八，《韩国文集丛刊》，第 301 册，第 147 页。
② 郭璞：《葬书》，清文渊阁《四库全书》本，第 41 页下。
③ 黄子云：《野鸿诗的》，清道光刻《昭代丛书》补编本壬集，第 2 页上。

乐，孔子贤之。孟子曰：‘禹、稷，颜回同道。禹思天下有溺者，由己溺之也；稷思天下有饥者，由己饥之也，是以如是其急也。禹、稷，颜回，易地则皆然。”[①]孟子推崇禹、稷与颜回虽所处位置不同，但他们的处世之道并无差别，即把天下的疾苦当作自己的疾苦。禹、稷公而忘私，颜回安贫乐道，如果禹、稷居于颜回的那种处境，禹、稷依然快乐；如果颜回居于禹、稷的地位，颜回也能忧天下之忧。金正喜以此表达：王维和杜甫诗境虽异，诗道相同，皆臻极境。学诗者需要明白这个道理，方才具备言诗的资格。

唐代的代表诗家，金正喜提出王维而没有提到李白，他的观点与其他人有所不同，原因何在？有两个理由：其一，金正喜的观点受到翁方纲影响，翁方纲诗学从王士禛“神韵说”而来，而“神韵说”诗学倾向实质是“王孟”一派所谓“羚羊挂角，无迹可求”的境界。第二，金正喜并非不承认李白的地位，而是从学诗的角度提出，李白写诗，如同天马行空，学诗者难以把握其写作规矩和方法，所以不提罢了。

在王维、杜甫之后，白居易诗又可认定为一大结穴，因为根据张为的《诗人主客图》，白居易被称为“广大教化主”，即因为其诗对读者有一种教化的作用，社会影响非常之大。到了宋代，苏轼、黄庭坚诗歌又是一大结穴，成为宋诗的代表。苏黄之后，陆游的七言近体诗“为古今之能尽彀者”，即能让七言律诗的各种体式尽入其彀中，成为其随意掌控的工具。金、元两朝，以元好问、虞集为一大结穴，因二人能将性情与学问二者，合为一事，融为一体。入清以后，以王士禛为一大结穴，因其能“扫廓历下、竟陵之颓风”，即扫除李攀龙等前后七子和钟惺、谭元春等竟陵派的衰颓风气，开创诗坛新局面，被称为一代正宗。朱彝尊与王士禛如东岳泰山、西岳华山双峰并起，可以后先并列。上述之外，诗家虽各有所长，但不得以“结穴”称之。

王士禛在清初诗坛的地位，曾受到袁枚和蒋士铨的攻讦，金正喜在《杂识》中特别为其辩护道：

> 文章论定，古今所难。袁子才以阮亭诗为才力薄，而不得不推为一代正宗，是终不得掩其所占地位而并夺之也。假使若自反，才力与正宗，俱难议到耳。蒋心余又以唐临晋帖譬之，亦微词。但今日若得唐摹一字，其宝重亦不下真迹，岂可与宋元以后赝刻论哉？每盛名，人皆忌之，此俱存深戒者。然至其不能副其实，嵬然自傲者，盗思夺之。袁、蒋固当时只眼，犹未免于盗之招，况

① 孟轲：《孟子》，《四部丛刊》景宋本，卷八。

下此者耶？此所以少陵诗“文章千古事，得失寸心知”，一语浑全，贯穿古今耳。[①]

袁枚有《仿元遗山论诗绝句》论“王阮亭”云：“不相菲薄不相师，公道持论我最知。一代正宗才力薄，望溪文集阮亭诗。”[②]蒋士铨在《论诗杂咏二十首》中论王阮亭云：“兰麝绕珠翠，美人在金屋。若使侍姬姜，未免修眉蹙。唐贤临晋书，真意苦不足。”[③]金正喜认为，袁枚评王士禛才力不足，蒋士铨评王士禛唐临晋帖，都有嫉妒心思作祟，不足为训。

二、论诗家修养

诗人需要具备怎样的经历和修养，然后才能达到“诗工”的境地？金正喜在《题彝斋东南二诗后》一文中给出了答案：

> 欧阳论诗穷而工，此但以贫贱之穷言之也。至如富贵而穷者，然后其穷乃可谓之穷，穷而工者，又有异于贫贱之穷而工也。贫贱之穷而工，便不足甚异。且富贵者，岂无工之者也？富贵而工者，又于其穷而后更工，又贫贱之穷所未能也。噫！东南二诗，所以工焉耳。然性灵、格调具备，然后诗道乃工。然《大易》云：“进退得丧，不失其正。”[④]夫不失其正者，以诗道言之，必以格调裁整性灵，以免乎淫放鬼怪，而后非徒诗道乃工，亦不失其正也，况于进退得丧之际乎？噫！今东南二诗，所以性灵、格调之具备焉耳。噫！进亦工退亦工，得亦工丧亦工，所以不失其正。而富贵之穷而工，异于贫贱之穷而工。[⑤]

这段题词的对象是权敦仁（1783—1859），字景羲，号彝斋。朝鲜王朝后期大臣，书画家。金正喜之所以在欧阳修“诗穷而后工”基础上提出“富贵之穷而工，异于贫贱之穷而工”，是因为权敦仁有着由富而穷，由穷而工的经历。金正喜在题《权修撰（敦仁）彝斋虚川纪迹诗卷后》一文中指出：“今年春，弘文馆修撰权敦仁彝斋，

---

① 金正喜：《阮堂先生全集》卷八，《韩国文集丛刊》，第301册，第149页。
② 袁枚：《小仓山房诗集》清乾隆刻增修本，卷二十七。
③ 蒋士铨：《忠雅堂文集》清嘉庆刻本，卷二十六。
④ 《周易·乾卦·文言》：“知进而不知退，知存而不知亡，知得而不知丧，其唯圣人乎？知进退存亡而不失其正者，其唯圣人乎。”
⑤ 金正喜：《阮堂先生全集》卷六，《韩国文集丛刊》，第301册，第119页。

议礼忤旨，谪甲山。粤四月，蒙恩还。述其风土民物甚详悉。如东明渤海之事，今已绵邈，此实五国鹰路之咽喉，而契丹女真百战之地。景祖穆宗之遗迹，尚有可溯。而徒笼古纥石烈之疆界，亦可从而求之欤。然今修撰生于太平之世，仕于圣明之朝，发言皆为笙镛黼黻，移步不离文石螭砌；乃于荒徼绝域之外，以憔悴行吟之余，续〈离骚〉幽忧之作，遇境而感触者，缘情而寄托者，如春乌秋虫之不可遏绝，何也？噫！后之览者，论其世而知其人，庶几为修撰之荣，而吾辈之耻也已。噫！"[①]金正喜认为，如果权敦仁没有遭受贬谪的经历，其作品可能仅有"笙镛黼黻"的歌颂太平之音，当其在荒徼绝域的贬谪地憔悴行吟，感物而动，缘情而发，于是成就其穷而后工的伟大作品。金正喜本人也有长期遭受贬谪的经历，所以，他对权敦仁的评论难免交织着自身的深切体会，无异于夫子自道。

朝鲜王朝晚期学者朴珪寿(1807—1876)在《题俞尧仙所藏秋史遗墨》一文中谈到金正喜"秋史体"书法形成的过程：

> 阮翁书自少至老，其法屡变。少时专意董玄宰(董其昌)，中岁从覃溪(翁方纲)游，极力效其书，有浓厚少骨之嫌。既而从苏米(苏轼、米芾)变李北海，益苍蔚劲健，遂得率更神髓。晚年渡海还后，无复拘牵步趣，集众家长，自成一法，神来气来，如海似潮，不但文章家为然，而不知者或以为豪放纵恣，殊不知其为谨严之极。[②]

朴珪寿不仅指出金正喜早年和中年在书法上转益多师的学习探索过程，而且特别强调其"晚年渡海"的遭贬经历对其"集众家长，自成一法"的关键性影响。如果金正喜一直在朝廷享受着高官厚禄，过着太平安逸的生活，那么他的字即使有一些变化，也不会演变成"秋史体"这样表面上看来"豪放纵恣"，骨子里却是"谨严之极"的形态。

当然，诗人有遭受贬值而穷困潦倒的经历，仅仅是具有"穷而工"的生活体念，要真正做到"诗工"，还必须对诗道有专业的把握。金正喜对此开出的药方是"性灵、格调具备，然后诗道乃工"。乾嘉诗坛，既有以袁枚为代表的性灵派，也有以沈德潜为代表的格调派。金正喜虽然对袁枚有所不满，但他其实并不真正反对性灵

---

① 金正喜：《阮堂先生全集》卷六，《韩国文集丛刊》，第301册，第119页。

② 朴珪寿：《题俞尧仙所藏秋史遗墨》，《韩国文集丛刊》，第312册，第513页。

诗学，因为诗歌毕竟是发乎情的产物，只不过人之情感有可能导向邪、正两个方向，所以金正喜进而提出“必以格调裁整性灵，以免乎淫放鬼怪”。此所谓“格调”，表面是指格调诗学，但其内核指的是儒家的礼义准则。所以，“以格调裁整性灵”就是要求“发乎情，止乎礼义”。刘勰在《文心雕龙·明诗》篇讲述诗歌的意义和作用：“大舜云：‘诗言志，歌咏言。’圣谟所析，义已明矣。是以在心为志，发言为诗，舒文载实，其在兹乎！诗者，持也，持人情性；《三百》之蔽，义归无邪；持之为训，有符焉尔。”[①]纪昀评论这段说：“此虽习见之语，其实诗之本原莫逾于斯，后人纷纷高论皆是枝叶功夫。‘大舜’九句是‘发乎情’，‘诗者’七句是‘止乎礼义’。”[②]这段可分成两个小节，讲了两层意思，总体来说，不外乎是要求诗歌应该：“发乎情，止乎礼义。”（语出《诗·大序》：“发乎情，民之性也；止乎礼义，先王之泽也。”）由此可见，金正喜对诗道的认识，与刘勰和纪昀的认识是一致的。金正喜在翁方纲“肌理说”的基础上，对于“性灵说”“格调说”也能够兼收并蓄。

三、论学诗门径

在明了诗家修养之后，金正喜进而为后学指出学诗之门径，其《与申威堂书》云：

> 诗道之渔洋、竹垞，门径不误。渔洋纯以天行，如天衣无缝，如华严楼阁一指弹开，难以模捉。竹垞人力精到，攀缘梯接，虽泰山顶上，可进一步。须以竹垞为主，参之以渔洋色香声味，圆全无亏缺。至如牧斋，魄力特大，然终不免天魔外道，其最不可看，专从渔洋、竹垞下手为妙。下此又有查初白，是两家后门径最不误者也。由是三家进，以元遗山、虞道园，溯洄于东坡、山谷，为入杜准则。可谓功成愿满，见佛无怍矣。外此旁通诸家，左右逢原，在其心力眼力并到处，如镜镜相照，印印相合，不为魔境所误也。覃集果难读，经艺文章、金石书画，尽打成一团，非浅人所得易解。然细心读过，线路脉络，灿然具见。特世人不以用心，外舐没味，不知谏果之回甘，蔗境之转佳耳。以鄙见闻，乾隆以来诸名家，项背相连，未有如钱萚石与覃溪者。蒋铅山可得相埒，而如袁随园辈，

① 刘勰撰、范文澜注：《文心雕龙注》，人民文学出版社1962年版，第65页。

② 刘勰撰、黄叔琳注、纪昀评：《文心雕龙》（清咸丰八年，成都励志勉学讲舍重刊本，1858），卷二，第1页。

不足比拟矣，况其下此者乎！不佞曾从覃诗之人人易解者，仿摘句图例，拈录近百句，当一为之奉览也。[①]

申威堂即申櫶(1811—1885)，朝鲜王朝后期大臣、将领、外交官。本名观浩，字国宾，号威堂。本贯平山申氏，以荫叙入仕，先任武职，后任外交官。1876年代表朝鲜与日本签订《江华条约》。1882年又代表朝鲜与美国签订《朝美修好通商条约》。卒谥“壮肃”。金正喜为申威堂指示的学诗门径是沿波讨源，向上回溯之法。主张由清初的王士禛、朱彝尊上学金元的元好问、虞集，再上溯宋朝的苏轼、黄庭坚，最后达到跻身唐朝杜甫的堂奥。

王士禛与朱彝尊在清初诗坛上有“南朱北王”之称，朱庭珍《筱园诗话》说：“顺治中海内诗家称‘南施北宋’，康熙中称‘南朱北王’，谓南人则宣城施愚山、秀水朱竹垞，北人则新城王阮亭、莱阳宋荔裳也。继又南取海盐查初白，北取益都赵秋谷益之，号六大家，后人因有《六家诗选》之刻。”[②]对于王、朱诗学特点和优劣，赵执信《谈龙录》曾说：“或问余曰：‘阮翁其大家乎?’曰：‘然。’‘孰匹之?’余曰：‘其朱竹垞乎？王才美于朱而学足以济之，朱学博于王而才足以举之，是真敌国矣。他人高自位置，强颜耳。’曰：‘然则两先生殆无可议乎?’余曰：‘朱贪多，王爱好。’”[③]全祖望《莺脰山房诗集序》亦云：“国朝诸老诗伯，阮亭以风调神韵擅场于北，竹垞以才藻魄力独步于南，同岑异苔，屹然双峙。”[④]金正喜以“王朱”为清初诗坛正宗的观点与上述诸人是一致的，其特别之处是从学诗者的角度指出，“须以竹垞为主，参之以渔洋色香声味”，因为朱彝尊出自“人力”，王士禛出自“天成”，“人力”的境界，学者可以通过努力而达到，“天成”的境界，初学者难以捉摸；如果以竹垞为主，奠定基础，再上参渔洋，则有可能达到圆满的境地。

至于乾隆以来诸诗家，金正喜主张师法翁方纲(号覃溪，1733—1818)和钱载(号萚石，1708—1793)，其次则可旁参蒋士铨(铅山人，1725—1785)，而反对一味学习袁枚。乾隆后期的诗坛的确以翁方纲、钱载为核心人物。钱载与翁方纲交往二十余年，对于翁方纲由渔洋诗学转向宗宋诗学产生了重要影响[⑤]。金正喜不仅深

① 金正喜：《阮堂先生全集》卷二，《韩国文集丛刊》，第301册，第47页。

② 朱庭珍：《筱园诗话》清光绪十年刻本，卷二。

③ 赵执信：《谈龙录》，人民文学出版社1981年版，第15页。

④ 全祖望：《鲒埼亭集》，《四部丛刊》景借树山房本，卷三十二。

⑤ 莫崇毅：《翁钱论交与覃溪宗宋诗学之确立》，载《清代文学研究集刊》第五辑，人民文学出版社2012年版，第108—143页。

受翁方纲的影响，而且也从蒋士铨接受了唐宋兼采的学诗观。其集卷九有一诗题《士说为诗二十年，忽欲学元人诗，盖其意元人多学唐故也。余遂书〈辩诗〉一篇，以明诗道之作》，诗云：

> 唐宋皆伟人，各成一代诗。变出不得已，运会实迫之。格调苟沿袭，焉用雷同词。宋人生唐后，开辟真难为。一代只数人，余子故多疵。敦厚旨则同，忠孝无改移。元明不能变，非仅气力衰。能事有止境，极诣难角奇。奈何愚贱子，唐宋分藩篱。哆口崇唐音，羊质冒虎皮。习为廓落语，死气蒸伏尸。撑架陈气象，桎梏立威仪。可怜馁败物，欲代郊庙牺。使为苏黄仆，终日当鞭笞。七字推王李，不免贻笑嗤。况设土木形，浪拟神仙姿。李杜若生晚，亦自易矩规。寄言善学者，唐宋皆吾师。[①]

按：此诗本为蒋士铨的《辩诗》篇，原载蒋士铨《忠雅堂文集》（清嘉庆刻本）卷十三。金正喜本来仅仅是书写蒋诗并送给士说，以辩明诗道，诗题（当为附言）中交代得很清楚，但后人为金正喜编集，未能细致分别，遂将此诗误为金正喜本人之作而采入集中。不过，金正喜书写蒋士铨《辩诗》赠与从元人学唐诗者，表明他非常认同蒋士铨唐宋兼采的诗学观。

四、次杜甫诗韵之作

写作次韵诗是有相当难度的，赵执信《谈龙录》曾说："次韵诗以意赴韵，虽有精思，往往不能自由。或长篇中一二险字，势虽强押，不得不于数句前预为之地，迂回迁就，以致文义乖违，虽老手有时不免。"[②]金正喜克服困难，努力写作次韵诗，是出于他对杜甫、苏轼和翁方纲的追慕和宗尚之情。正如杜甫在《戏为六绝句》中所说的那样："窃攀屈宋宜方驾，恐与齐梁作后尘。"金正喜写作的次韵诗有一个显著的特点，那就是自身处在与其崇拜的诗人相似的情境之下，于是步前人诗韵作诗，其行为本身带有非常明显的追慕之意与攀附色彩。换言之，他无意于与次韵的前贤作品争奇斗胜，而是希望入前贤门墙，分享荣耀并发扬光大。下面，依次讨论他次杜甫、苏轼、翁方纲诗韵之作。

---

① 金正喜：《阮堂先生全集》卷九，《韩国文集丛刊》，第301册，第163页。
② 赵执信：《谈龙录》，人民文学出版社1981年版，第15—16页。

金正喜具有唐宋兼采的诗学观，在唐人中，他最崇拜的诗人是杜甫，所以有专门次杜甫诗韵写成的作品。如其《送孔巢父韵，赠别雪公》诗云：

君随流水去不住，离思茫茫起烟雾。此时无别亦易愁，急鸿流霜叶飞树。青山一发是江南，酒幔茶樯秋天暮。后期更展定何时，归路苍茫如去路。我自惆怅君返喜，还乡况复足亲故。酒醒梦断感泥爪，空遣肝肺芒角露。蹄方轮角情几余，更愿千里犹阶除。朝溯牛江暮渡汉，莫烦苍雁赪鲤书。闻道山中多风雪，及时束驾今何如。①

这首诗是用杜甫《送孔巢父谢病归游江东兼呈李白》诗韵之作，杜甫原诗云：

巢父掉头不肯住，东将入海随烟雾。诗卷长留天地间，钓竿欲拂珊瑚树。深山大泽龙蛇远，春寒野阴风景暮。蓬莱织女回云车，指点虚无是征路。自是君身有仙骨，世人那得知其故。惜君只欲苦死留，富贵何如草头露。蔡侯静者意有馀，清夜置酒临前除。罢琴惆怅月照席，几岁寄我空中书。南寻禹穴见李白，道甫问信今何如。②

两相比较可以看出，金正喜次韵诗严格遵循杜诗原韵，依次铺叙。两篇皆是送人之作，杜甫是送人归隐，金正喜是送人还乡。两诗在结构上也非常相似，杜诗起首八句叙述巢父辞官归隐，在中间用"自是君身有仙骨，世人那得知其故"一联承上启下，写行人有仙骨，送者自不识，接下来六句则抒发议论，末尾两句附带对李白的问候。金诗也在起首八句，铺写雪公还乡；中间用"我自惆怅君返喜，还乡况复足亲故"一联承上启下，写行人喜悦，送者惆怅，接下来六句设想离别之后的伤感，末尾两句则预告天气变化，促行者早日归来。可见金正喜对杜诗结构揣摩甚深。

再看金正喜《七月六日，次杜七月六日苦炎热韵》：

雨天披云曾无奈，热处招风亦不能。

（仄平平平平平仄，仄仄平平仄仄平。）

---

① 金正喜：《阮堂先生全集》卷九，《韩国文集丛刊》，第301册，第165页。

② 仇兆鳌：《杜诗详注》，中华书局1979年版，第54页。

虽未开帱进礼蚊，宁教拔剑怒微蝇。
（平仄平平仄仄平，平平仄仄仄平平。）
洒竹纤凉稍可喜，射窗斜阳苦相仍。
（仄仄平平平仄仄，仄平平平仄平平。）
知是君来当辟暑，神若秋水晔如冰。
（平仄平平平仄仄，平仄平仄平平平。[①]）

对比杜甫的原诗《早秋苦热，堆案相仍》：

七月六日苦炎热，对食暂餐还不能。
（仄仄仄仄仄平仄，仄仄仄平平仄平。）
每愁夜中自足蝎，况乃秋后转多蝇。
（仄平仄平仄仄仄，仄仄平仄仄平平。）
束带发狂欲大叫，簿书何急来相仍。
（仄仄仄平仄仄仄，仄平平仄平平平。）
南望青松架短壑，安得赤脚踏层冰。
（平仄平平仄仄仄，平仄仄仄仄平平。）

金正喜诗题下原有小注："此诗本系古诗，伪本《虞注杜律》误编，今正之。"意谓杜甫此诗本是古体诗，伪本《虞注杜律》误编入律诗，应该予以更正。杜甫此诗在诗学史上被称为"吴体"，方回《瀛奎律髓》卷二十五选此诗入《拗字类》中，并声称："老杜诗岂人所敢选？当昼夜着几间读之。今欲示后生以体格，乃取吴体五首于此。"[②]方回在《拗字类小序》中断言："拗字诗在老杜集七言律诗中谓之吴体。老杜七言律一百五十九首，而此体凡十九出，不止句中拗一字，往往神出鬼没，虽拗字甚多，而骨骼愈峻峭。"[③]吴体诗能否被认定为律诗，其实是颇有争议的。当近体律诗产生与发展起来之后，逐渐树立了四项评判标准，即句式整齐、两联对仗、隔句押韵、平仄合律。在这四项标准中，前三者古体诗也可能具有，只有第四项是律诗所

① 金正喜：《阮堂先生全集》卷九，《韩国文集丛刊》，第 301 册，第 166 页。
② 方回：《瀛奎律髓》（文渊阁《四库全书》）卷二十五，第 8 页。
③ 方回：《瀛奎律髓》（文渊阁《四库全书》）卷二十五，第 1 页。

特有的，所以，王力认为："平仄是近体诗最重要的格律因素。"[①]平仄包含一句的平仄，一联的平仄和联与联之间的黏对。仅就一句的平仄而言，杜甫的这首诗仅有第二句"对食暂餐还不能"、"束带发狂欲大叫"和"南望青松架短壑"，勉强可以看作合律，其他五句都不合律，联与联之间多数失黏，还有所谓的"三平调"（来相仍），依据近体律诗平仄律来衡量，只能视为古体诗。若要将其视为拗体律诗，则要看其是否采用了本句自救或对句互救的方法，若拗而不救，恐怕就难以将其归为律诗。为了避免争议，或许可以将"吴体"视为古体与律体之外的一种另类诗体。金正喜将杜甫此诗视为古体，其次韵诗却有四句"热处招风亦不能""宁教拔剑怒微蝇""洒竹纤凉稍可喜""知是君来当辟暑"可以视为律句，说明写惯了律诗的作者，很容易将律句交错在古体诗句之中。金诗的第二联"虽未开帱进礼蚊，宁教拔剑怒微蝇"，模仿杜诗"每愁夜中自足蝎，况乃秋后转多蝇"，也用虚字勾勒，并且带着俏皮的意味，可谓学杜得其神似。金诗的结尾一联"知是君来当辟暑，神若秋水眸如冰"有些费解，仔细查考，原来金诗本卷前一首为《雨中留吴君戏赠》，首两句云："大热留人人欲去，会事天公为下雨。"说明当天虽然天气闷热，但确实天有下雨。由此可知，本诗的首句"雨天披云曾无奈"也是写实。所以，末联的"是君"与首句呼应，应是指雨，全联的意思应是，下雨之后，暑热将退，久陷酷热的人会重新显得神清目明。

五、次苏轼诗韵之作

在宋人中，金正喜最崇拜的诗人是苏轼，所以他常有用苏轼诗韵写成的作品。如其《龛梅，次东坡韵》诗云：

> 不论华腴与枯槁，烘开雪葩真绝倒。太湖老铁铁篴梦[②]，一吷蓬壶破烦恼[③]。万木总是自痴钝，春风匪独来偏早。乱山迭石意难传，澹无着处还更好。配食湖山七百年，一盏寒菊纷洒扫[④]。怜我腕弱趁姿媚，乞借屈铁老枝老。但

① 王力：《古代汉语》，中华书局1999年版，《通论》第三十《诗律下》。

② 杨维桢《铁崖古乐府》(《四部丛刊》景明本)卷六《冶师行·序》："赠緱氏于，名长弓，太湖中人，与余铸铁笛者也。"

③ 王嘉《拾遗记》(《汉魏丛书》本)卷一："三壶，则海中三山也。一曰方壶，则方丈也；二曰蓬壶，则蓬莱也；三曰瀛壶，则瀛洲也，形如壶器。"

④ 董嗣杲《西湖百咏》(文渊阁《四库全书》本)卷上《寒泉》诗序："东坡诗云：'不然配食水仙王，一盏寒泉荐秋菊。'谓和靖也。"

赋梅花字字香[①],喜神谱又抽续草[②]。雨雪空山叩真髓,半圭碧嶂插晴昊。[③]

金正喜所次韵的是苏轼《和秦太虚梅花》:

西湖处士骨应槁,只有此诗君压倒。东坡先生心已灰,为爱君诗被花恼。多情立马待黄昏,残雪消迟月出早。江头千树春欲闇,竹外一枝斜更好。孤山山下醉眠处,点缀裙腰纷不扫。万里春随逐客来,十年花送佳人老。去年花开我已病,今年对花还草草。不知风雨卷春归,收拾余香还畀昊。[④]

秦观原诗《和黄法曹忆建溪梅花同参寥赋》:

海陵参军不枯槁,醉忆梅花愁绝倒。为怜一树傍寒溪,花水多情自相恼。清泪斑斑知有恨,恨春相逢苦不早。甘心结子待君来,洗雨梳风为谁好。谁云广平心似铁,不惜珠玑与挥扫。月没参横画角哀,暗香销尽令人老。天分四时不相贷,孤芳转盼同衰草。要须健步远移归,乱插繁华向晴昊。[⑤]

宋人诗话对此有所评论,王直方《王直方诗话》:"秦少游尝和黄法曹《忆梅花诗》,东坡称之,故次其韵,有'西湖处士骨应槁,只有此诗君压倒'之句。此诗初无妙处,不知坡所爱者何语?和者数四,余独爱坡两句云:'江头千树春欲暗,竹外一枝斜更好。'后必有能辩之者。"[⑥]魏庆之《诗人玉屑》:"东坡咏梅一句云:'竹外一枝斜更好。'语虽平易,然颇得梅之幽独闲静之趣。凡诗人咏物,虽平淡巧丽不同,要能以随意造语为工。"[⑦]根据宋人的评论,东坡和作之所以胜过少游原唱,是因为其有"竹外一枝斜更好"这样平易而警策的名句。金正喜在写《龛梅》诗之时,不仅参考了东坡和作,而且参考了少游之诗,因为其诗中的"绝倒""晴昊"等词,显然出自

① 元人郭豫亨有《梅花字字香》诗集。

② "喜神谱"原误作"喜神普",按:《梅花喜神谱》二卷,南宋宋伯仁撰。宋伯仁《梅花喜神谱·序》:"其实,写梅之喜神,可如牡丹、竹、菊,有谱则可谓之谱,今非其谱也。"据改。

③ 金正喜:《阮堂先生全集》卷九,《韩国文集丛刊》,第301册,第165页。

④ 查慎行:《苏诗补注》(清文渊阁《四库全书》本)卷二十二,第20页。

⑤ 秦观:《淮海集》(《四部丛刊》景明嘉靖小字本)卷四。

⑥ 阮阅:《增修诗话总龟》(《四部丛刊》景明嘉靖本)卷之九乙集。

⑦ 魏庆之:《诗人玉屑》(清文渊阁《四库全书》本)卷十七。

少游诗作。

再看金正喜《次东坡风水洞韵，寄又清道人》：

不事博物疏虫禽，把酒青天一豪吟。清梦漫漫落江浦，盟凫约鸥时呓语。自信胸中有此君，窗外萧疏还更村。只将山水范清远，古夫于图幽且婉。焚香鼓琴博时名，惭愧十年邯郸行。老屋荒寒对雪萼，书灯吐芒幽蠹落。怜尔拜竹来苦迟，况阻倚楼多经时。回看岁月如梭走，休道欢乐明复有。[①]

这首诗是次韵苏轼《往富阳新城，李节推先行三日，留风水洞见待》一诗：

春山磔磔鸣春禽，此间不可无我吟。路长漫漫傍江浦，此间不可无君语。金鲫池边不见君，追君直过定山村。路人皆言君未远，骑马少年清且婉。风岩水穴旧闻名，只隔山溪夜不行。溪桥晓溜浮梅萼，知君系马岩花落。出城三日尚逶迤，妻孥怪骂归何时。世上小儿夸疾走，如君相待今安有。[②]

李节推即李泌，为苏轼好友。据查慎行《苏轼补注》引《咸淳临安志》："风水洞在杨村慈岩院，旧名恩德院，有洞极大，流水不竭，顶上又一洞，立夏清风自生，立秋则止。"李泌先行三日，在风水洞等候苏轼，足见朋友古道热肠，交谊深厚。金正喜之诗不仅用苏诗韵脚押韵，而且单句用字亦完全相同，可谓亦步亦趋。苏诗重在写朋友交情，金诗则着重刻画友人"把酒青天一豪吟"的形象，可谓有异曲同工之妙。

六、次翁方纲诗韵之作

在清代诗人之中，金正喜终生服膺翁方纲，所以也有次韵之作。其《覃溪书藏之北簃，扁其斋曰宝覃，仍次覃溪宝苏斋韵》诗云：

宝覃何如称宝苏，嗜枣与芰同馋夫[③]。世事因因百堪笑，杜十姨配伍髭须[④]。

---

① 金正喜：《阮堂先生全集》卷九，《韩国文集丛刊》，第 301 册，第 166 页。

② 查慎行补注：《苏轼补注》（文渊阁《四库全书》本）卷九，第 7—8 页。

③ 高诱注《吕氏春秋》（四部丛刊）景明本卷八，《仲秋纪》："屈到嗜芰，曾晳嗜羊枣。"

④ 冯梦龙撰、刘德权校点《古今谭概》（海峡文艺出版社 1985 年版）卷五，《谬误部》，第 142 页："洹州有杜拾遗庙，后讹为杜十姨，塑妇人像，邑人以五撮须相公无妇，移以配之，五撮须，盖伍子胥也。"

我欲祭罩能无似，流派海外思沾濡。一世胜它七百年[①]，明月万里鉴区区。复有异事旷前辈，先甲后甲巧相俱[②]。诗龛他日拟共拜，一席笋脯追欢娱。

昼思耿耿夜仍梦，想入须眉几作图。凡系公迹辄收拾，并珍周盘兼商盂。一洗胸中五斗棘，心眼恍然当通衢。龟顾鹤视神暗凑，地角天涯知也无。

楂梨橘柚各酸咸[③]，当时群论惊为迂。回头自顾亦足怪，顿觉行事与世殊。纵然吾身譬黄鸟，迁于乔木止邱隅[④]。懒鸠痴燕终何识，呕哑啁啾尽庸奴。[⑤]

这首诗是次韵翁方纲《腊月十九，诸公集苏斋作坡公生日，观宋漫堂小像及西陂草堂图，同用西陂集中祭坡公韵》一诗：

十年屋扁题宝苏，掇拾补注惭功夫。空教日对笠屐像，轩轩千仞苍眉须。怜余骄笔日枯涩，但丐公迹思沾濡。施顾注本邵冯补，细流土壤诚区区。百余年前泽南梦，焚香扫地图画俱。

惜哉此图今不见，岁岁笋脯徒追娱。伊川修竹水南卜，然否即此西陂图。名家子弟肯堂构，手泽想象存杯盂。商邱学士钓游处，某水某树郇与衢。瓣香苏门称弟子，残膏剩馥今有无。

来就吾斋拈一笑，苦觅故纸无乃迂。醍醐与酒虽不二，那向法乳参文殊。嵩阳居士青眼在，劝君且勿执一隅。料量僧虔倚柱法，骎骎稧帖驰官奴。[⑥]

清代诗学以王士禛(1634—1711)“神韵说”、沈德潜(1673—1769)“格调说”、袁枚(1716—1798)“性灵说”和翁方纲“肌理说”四者最负盛名。要理解翁方纲诗学，必须了解其“肌理说”。翁方纲在《志言集序》中说：“士生今日，经籍之光，盈溢世宙。为学必以考证为准，为诗必以肌理为准。”[⑦]又在《仿同学一首为乐生别》中说：

---

① 翁方纲(1733—1818)与苏轼(1037—1101)相距约七百年，而金正喜与翁方纲同一世。所谓“一世胜它七百年”，乃戏说之辞。

② 王弼注、孔颖达疏《周易注疏》(《十三经注疏》本)卷三《蛊卦》：“先甲三日，后甲三日，终则有始，天行也。”

③ 郭庆藩《庄子集释》(中华书局 1982 年版)卷五：“其犹楂梨橘柚邪，其味相反，而皆可于口。”

④ 《诗·小雅·伐木》：“伐木丁丁，鸟鸣嘤嘤。出自幽谷，迁于乔木。”《诗·小雅·绵蛮》：“绵蛮黄鸟，止于丘隅。”

⑤ 金正喜：《阮堂先生全集》卷九，《韩国文集丛刊》，第 301 册，第 165—166 页。

⑥ 翁方纲：《复初斋诗集》(清嘉庆刻本)卷三十九《谷园集》七《石墨书楼集》一。

⑦ 翁方纲：《复初斋文集》(清李彦章校刻本)卷四。

“昔何李之徒空言格调，至渔洋乃言神韵。格调、神韵皆无可着手也，予故不得不近而指之曰肌理。”[①]翁方纲自言“肌理”一词出自杜诗“肌理细腻骨肉匀”，其实，刘勰《文心雕龙·序志》篇之“擘肌分理，唯务折衷”一语，与翁氏诗学主张颇为相近，或可视为“肌理说”之理论来源之一。如果说，翁方纲的诗论在指导诗歌创作方面也许存在着以学问作诗的弊端，但是，在诗歌研究分析方法上，翁方纲诗学却具有观念性变革的重大意义。翁方纲以训诂考证探求诗心的求实精神来解析诗歌，确实能够讲出许多为前代诗学家所忽略的内在脉络，将传统诗学研究从直觉感悟的心领神会发展到逻辑思辨的考证分析，是翁方纲诗学对诗学研究方法的重要贡献。

金正喜曾说，翁方纲的诗歌很难读，因为其将“经艺文章、金石书画，尽打成一团，非浅人所得易解”。然而细心读过，仔细领会，则其“线路脉络，灿然具见”。从这首次韵诗来看，可以说，金正喜理解了翁方纲诗学的真正精神。翁诗是用宋荦（1634—1713）《刊补施注苏诗竟于腊月十九坡公生日率诸生致祭》[②]诗韵。其诗大量运用典故，经史子集，信手拈来，打成一团；然而细细读过，则其层次脉络，历历分明。全诗可分三段，首段谓邀请诸位友人集苏斋作坡公生日，谈论宋荦家旧藏东坡笠屐像；次段谈宋荦的西陂图，希望得到瓣香苏门的残膏剩馥；末段申言，王僧虔的倚柱法下开苏轼，今人师承苏轼，应像书法上师承王羲之《禊帖》《官奴帖》一般，孜孜不倦，努力追求。

金正喜次韵翁方纲诗也可分三大段，第一段“宝覃何如称宝苏……一席笋脯追欢娱”，写自己的宝覃斋与翁方纲的宝苏斋后先相继，成就一世佳话。第二段“昼思耿耿夜仍梦……地角天涯知也无”，写珍藏翁方纲的著述，阅读翁方纲著作，想为翁方纲画像，与翁方纲心心相印，实现天人交流。第三段“楂梨橘柚各酸咸……呕哑啁啾尽庸奴”，金正喜为翁方纲遭受时人攻击辩护，也为自己遭受时人攻击辩护，斥责攻讦者皆无知无识的懒鸠痴燕或庸奴。这首诗可视为金正喜师承翁方纲“肌理”诗学的实践范例。

结论

朝鲜王朝后期学者金承烈在《阮堂先生全集跋》中说：“先生之学，出天入人，考古订今，淹贯百氏而根柢九经，博综马、郑而勿畔程、朱，务归于义理之精。凡天地

① 翁方纲：《复初斋文集》（清李彦章校刻本）卷十五。

② 宋荦原诗载《西陂类稿》（文渊阁《四库全书》本）卷十六。

之文，律历之数，字纽之声韵，以至佛典、道藏、金石、古器、诗文、书画之真诠单诀，无不会通而各极其趣。”[①]根据本文对金正喜诗学宗尚的分析来看，金正喜对中韩传统古典诗学的确能够会通而极其宗趣。

朝鲜王朝后期学者朴汉永(1870—1948)在《石林随笔》批评金正喜崇拜翁方纲云:“金秋史正喜，晚号阮堂，生乎朝鲜正祖丙午，童年受业于朴楚亭齐家之门;楚亭者，近世四名家之一，而博雅于北学。故其所受基础学问，盖有自来，发足不凡，异他纨绔子弟。年二十四，己巳，但以进士出身，随家严酉堂为燕京使，后博访名家，中惟以阮芸台元、翁覃溪方纲为深知结交;然止竟执贽于覃溪门下。秋史之始见覃溪处，仿佛乎苏子由得第于京师，拜见六一居士，想见天下文章尽在于此之景象。是故粤三年壬申秋，申紫霞纬以书状官出使蓟北，秋史绍介覃溪，极称其广大教化主，见访一翁以外，不足多于诸名家云。是秋史之主观尔。”[②]又评价金正喜的文学成就说:“若评秋史之文学也，文不伦渊泉(洪奭周)、台山(金迈淳)，诗有逊四家(李德懋、柳得恭、朴齐家、李书九)及紫霞(申纬)，其为书牍，浸沁苏黄题跋，欲窥东晋门风，特以金石书道传钵于覃溪，有能出入欧、褚之间，实为半岛书学大家，是其受覃溪之恩深也欤?”[③]朴汉永认为金正喜专师翁方纲，未能转益多师，故影响了其诗学成就。

依据本文的材料和分析，可知朴汉永的批评不够公允。金正喜虽然深受翁方纲影响，但其诗学和诗作的视野却是相当开阔的。他对翁方纲“肌理说”的精神实质“擘肌分理，唯务折衷”有深刻理解，其诗学与诗作也具有转益多师和擅长综合的特质。他的诗既有杜甫的抑扬顿挫，也有王维的清新空灵;既有苏轼的议论风发，也有秦观的柔美婉转;既有翁方纲的学问精深，也有袁枚的性灵活泼[④]。他的诗“穷而后工”，如其书法“秋史体”一样，“集众家长，自成一法”，能够转益多师而自成一家。

金正喜在诗学方面的主要贡献是将乾嘉正统诗学观念通过自己的理解而介绍到朝鲜文坛，从而将“北学中原”的主张在文学理念和创作上落到实处，深入人心。在论述诗坛大势方面，金正喜能够充分了解由六朝到清代的“诗法结穴”，表现了高

---

① 金正喜:《阮堂先生全集》附录，《韩国文集丛刊》，第301册，第199页。

② 朴汉永:《石林随笔》，《韩国诗话全编校注》，第11册，第9579页。该文标点有误，本文引文已代为校订。

③ 朴汉永:《石林随笔》，《韩国诗话全编校注》，第11册，第9579—9580页。

④ 金正喜在批判袁枚的同时，对其性灵诗学亦有所汲取。参看崔日义《韩国朝鲜后期诗坛接受袁枚诗学之状况》，载《苏州大学学报》，2010年第6期。

明的识力。在论述诗家修养方面，金正喜结合自身经历，提出“富贵之穷而工，异于贫贱之穷而工”的理论命题。在论述学诗门径方面，金正喜指出了沿波讨源，由“人力”到“天成”的学诗途径。在具体创作方面，他次杜甫诗韵、次苏轼诗韵、次翁方纲诗韵的作品，都能在把握原诗精神脉络的基础上，写出自己富有特色的诗作。这些诗写作技巧圆熟，不仅不低于韩客四家以及申纬的水平，即使置于清朝的杰出诗家诗作中也能领一席之地。

《日本汉诗话集成》收书简述

赵 季*

近百年来，日、韩、中三国各出版过一部大型日本诗话总集。以时间为序，日本池田胤1920年至1922年于文会堂陆续出版十册排印本《日本诗话丛书》，收诗话60种(汉文31种、和文29种，另有朝鲜徐居正《东人诗话》一种不计)；韩国赵钟业教授1992年影印池田胤书，删去《东人诗话》，增加《近世诗人丛话》《下谷小诗话》两种和文诗话而成《日本诗话丛编》，于太学社出版；2006年中国蔡振楚影印部分池田胤书，增汉文诗话《侗庵非诗话》《读诗要领》，成《域外诗话珍本丛书·日本卷》，总计收诗话48种，于北京图书馆出版社出版。不计重复，此三部书合计收诗话64种(汉文32种、和文32种)。与日本现存近两百种诗话相比，不足三分之一，在量的方面是远远不够的。另外，在质的方面也有不足。日本池田胤的《日本诗话丛书》并未使用现代标点，只是用隔点"·"进行句读，而且由于是排印本，因排字工人对汉字不熟而产生的错误也有不少。其后韩国、中国出版的两部日本诗话都是影印池田胤书，对这些错误自然无法改进。总之，在质与量两方面都不能很好地满足读者阅读需要，也影响了学者研究的进一步深入。

笔者与大学同窗、日本北九州大学教授叶言材，以及学生刘畅近年来辑校《日本汉诗话集成》，搜辑日本诗话汉文73种208卷、和文67种117卷、诗语诗韵类14

* 赵季，南开大学文学院教授。

种 44 卷。汉文诗话 73 种，全文录入校点；和文诗话 67 种，释录汉文序跋及目次；附录诗语诗韵类书籍 14 种，因原本皆为类列（或有解释）诗歌语汇，姑载录其序跋目录及内容开首部分以明其体例。三类合计 154 种 369 卷，涵盖了现存的绝大多数日本诗话，故名曰“集成”。当然，我们希望能再接再厉，把剩余的那些日本诗话全部搜集整理，完成日本诗话全编，那样会对诗歌诗话研究有更大意义。在校勘方面，本书对底本的错误均一一校正，并出以简要的校记。全部使用现代标点，更利于今人阅读。给每位诗话作者做了小传，以解决大多数国人不熟悉日本人物的问题。

今将其作者、书名、卷数、版本公诸同好，切盼各位专家指正。并请海内外专家学者将所知其他日本诗话垂示，以便今后增补完善。电子邮箱：zhaoji@nankai. edu. cn.

一、《日本汉诗话集成》所收书目分类简述

以下分汉文诗话、日文诗话、诗语诗韵类书籍三类逐部介绍，以作者生年为序排列，生年不详者参照卒年或刊行年代插入相应位置。

（一）日本汉文诗话(73 种 208 卷)

1. 遍照金刚(774—835)《文镜秘府论》六卷

【① 台湾贯雅文化事业有限公司 1991 年王利器《文镜秘府论校注订补》本。② 中华书局 2006 年卢盛江《文镜秘府论汇校汇考》本。③ 凤出版社（日本东京）昭和四十七年(1972)影印文会堂书店大正九年至十一年《日本诗话丛书》（以下简称《日本诗话丛书》本）第七册】

2. 大江匡房(1041—1111)《江谈抄》(诗话三卷)

【按全书六卷，卷四、卷五、卷六为诗话。① 续群书类从完成会昭和六十二年(1987)排印本《校本江谈抄及其研究》。② 岩波书店（日本东京）1997 年排印本《江谈抄・中外抄・富家语》。】

3. 藤原宗忠(1062—1141)《作文大体》一卷

【续群书类从完成会 1959 年排印本《群书类从》卷第一百三十七。】

4. 虎关师炼(1281—1346)《济北诗话》一卷

【《日本诗话丛书》本第六册。】

5. 藤原惺窝(1561—1619)《文章达德纲领》(诗话五卷)

【按全书六卷，含诗话者五卷。宽永十六年(1639)序刊本，书前有朝鲜姜沆万历己亥年(1599)序、吉田素庵宽永十六年序。】

6. 石川丈山(1583—1672)《老杜诗格》一卷

【元禄五年(1692)华雒淇教轩绣梓,书林植村藤右卫门、同藤五郎梓行《北山纪闻》卷四。】

7. 石川丈山《诗评》一卷

【同上《北山纪闻》卷六。】

8. 贝原益轩(1630—1714)《初学诗法》一卷

【《日本诗话丛书》本第三册。】

9. 高泉性潡(1633—1695)《诗话问答》一卷

【日本国文学研究资料馆藏,年代不详,轴装写本。】

10. 林梅洞(1643—1666)、林鹅峰《史馆茗话》一卷

【《日本诗话丛书》本第一册。】

11. 安积澹泊(1656—1737)《老圃诗䐢》一卷

【《日本诗话丛书》本第七册。】

12. 荻生徂徕(1666—1728)《诗源》一卷

【年代不详《合刻文渊·诗源》本。】

13. 太宰春台(1680—1747)《斥非》一卷

【《日本诗话丛书》本第三册。】

14. 太宰春台(1680—1747)《诗论》一卷

【《日本诗话丛书》本第四册。】

15. 深谷公幹《驳〈斥非〉》一卷

【《日本儒林丛书》第四卷排印本】

16. 服部南郭(1683—1759)《离情诗话》一卷

【日本国文学研究资料馆藏年代不详本。】

17. 宇野士朗(1701—1732)《诗家声律》一卷

【日本尼崎市立地域研究资料馆藏清熙园中书室本。】

18. 林东溟(1708—1780)《诸体诗则》二卷

【《日本诗话丛书》本第九册。】

19. 芥川丹丘(1710—1785)《丹丘诗话》三卷

【《日本诗话丛书》本第二册。】

20. 江村北海(1713—1778)《日本诗史》五卷

【①《日本诗话丛书》本第一册。② 岩波书店影印平安书林明和八年(1771)

刻本。】

21. 大江玄圃(1728—1794)《盛唐诗格》五卷

【宝历十年(1750)家塾刻本。】

22. 原田东岳(1729—1783)《诗学新论》三卷

【《日本诗话丛书》本第三册。】

23. 中井竹山(1730—1804)《诗律兆》十一卷

【《日本诗话丛书》本第十册。】

24. 皆川淇园(1734—1807)《淇园诗话》一卷

【《日本诗话丛书》本第五册。】

25. 熊阪台洲(1739—1803)《白云馆近体诗式》一卷

【尾阳书肆风月堂宽政九年(1797)刻本。】

26. 熊阪台洲(1739—1803)《白云馆近体诗眼》一卷

【尾阳书肆风月堂宽政九年(1797)刻本。】

27. 熊阪台洲(1739—1803)《律诗天眼》一卷

【尾阳书肆风月堂宽政十年(1798)刻本。】

28. 市川鹤鸣(1740—1795)《鹤林诗话抄》一卷

【日本国立国会图书馆藏写本】

29. 三绳桂林(1744—1808)《诗学解蔽》一卷

【文化二年乙丑(1805)江户大传马町二丁目大和田安兵卫刊本。】

30. 赖春水(1746—1816)《在津纪事》(诗话一卷)

【按原书二卷。卷下无关诗话,仅录卷上。日本国会图书馆藏刻本。】

31. 冢田大峰(1747—1832)《作诗质的》一卷

【《日本诗话丛书》本第一册。】

32. 市河宽斋(1749—1820)《诗烬》一卷

【日本国会图书馆藏市河三阳氏族赠排印本。】

33. 太田南亩(1749—1823)等《都下名流品题辨》一卷

【昭和三年(1928)东洋图书刊行会《日本儒林丛书》排印本第三册。】

34. 佐久间熊水(1751—1817)《讨作诗志彀》一卷

【昭和三年(1931)东京六合社《日本艺林丛书》排印本第一册。】

35. 津阪东阳(1757—1825)《夜航诗话》六卷

【①《日本诗话丛书》本第二册。② 天保七年丙申(1836)影印三重县藏版。】

36. 市野迷庵(1765—1826)《诗史顰》一卷

【《日本诗话丛书》本第七册。】

37. 小野泉藏(1767—1832)《社友诗律论》一卷

【《日本诗话丛书》本第十册。】

38. 大洼诗佛(1767—1837)《诗圣堂诗话》一卷

【《日本诗话丛书》本第三册。】

39. 菊池五山(1772—1855)《五山堂诗话》六卷

【①《日本诗话丛书》本第九册、第十册。② 文化四年(1807)刻本(前二卷)。】

40. (1831年刊)久保善教《木石园诗话》一卷

【《日本诗话丛书》本第七册。】

41. 田能村竹田(1776—1834)《竹田庄诗话》一卷

【《日本诗话丛书》本第五册。】

42. 古贺侗庵(1778—1847)《侗庵非诗话》十卷

【昭和二年(1927)崇文院排印本。】

43. 释教存(1779—1831)《续连珠诗格》十二卷

【天保十一年(1840)刊本。】

44. 西岛兰溪(1780—1852)《敝帚诗话》二卷

【《日本诗话丛书》本第四册。】

45. 西岛兰溪《兰溪先生元明诗话》二卷

【狩野博士集书抄本。】

46. 林荪坡(1781—1836)《梧窗诗话》二卷

【① 文化壬申(1812)刻本。②《日本诗话丛书》本第十册。】

47. 兼康百济(1781—?)《浪华诗话》一卷

【天保六年(1835)刻本。】

48. 长野丰山(1783—1837)《松阴快谈》四卷

【《日本诗话丛书》本第四册。】

49. 金田梅村(1783—1869)《梅村诗话》七卷

【哦松轩藏本。】

50. 角田九华(1784—1856)《九华山房诗话》一卷

【竹田市立图书馆(日本大分县)藏本。】

51. 东梦亭(1791—1849)《鉏雨亭随笔》三卷

【《日本诗话丛书》本第五册。】

52. 友野霞舟(1792—1849)《锦天山房诗话》二卷

【《日本诗话丛书》本第八册、第九册。】

53. 小畑诗山(1794—1875)《诗山堂诗话》一卷

【《日本诗话丛书》本第三册。】

54. 东条琴台(1795—1878)《新唐宋连珠诗格》二十卷

【大阪青木嵩山堂嘉永五年(1852)刊本。】

55. 赤泽一堂(1796—1847)《诗律》一卷

【《日本诗话丛书》本第四册。】

56. 日尾省斋(? —1850)《诗格刊误》二卷

【《日本诗话丛书》本第一册。】

57. 金井乌洲(1796—1857)《无声诗话》一卷

【日本国会图书馆藏明治十六年(1883)刊本。】

58. 加藤善庵(? —1862)《柳桥诗话》二卷

【《日本诗话丛书》本第六册。】

59. (1830 年刊)野口苏庵《诗规》二卷

【竹田市立图书馆(日本大分县)藏弘化二年(1845)回春园刊本。】

60. (1831 年刊)小笠原优轩《优轩诗话正编》一卷

【天保三年壬辰(1831)刊洗心堂藏版。】

61. 谷斗南《好好园诗话》二卷

【金泽市图书馆藏天保四年(1833)自序本。】

62. (1839 年刊)谷斗南《全唐声律论》二十五卷

【天保十年(1839)刊本。】

63. 长山樗园《诗格集成》一卷

【《日本诗话丛书》本第三册。】

64. 津岛北溪(1813—1862)《高冈诗话》五卷

【竹田市立图书馆(日本大分县)藏本。】

65. 日柳燕时(1817—1868)《柳东轩诗话》一卷

【昭和二年(1927)香川新报社排印本】

66. 广濑青村(1819—1884)《摄西六家诗评》一卷

【昭和三年(1928)东洋图书刊行会《日本儒林丛书》排印本第三册。】

67. 石川鸿斋(1833—1918)《诗法详论》二卷

【竹田市立图书馆(日本大分县)藏本。】

68. 细川十洲(1834—1923)《梧园诗话》二卷

【昭和二年(1927)东京筑地活版制造所《十洲全集》本。】

69. 籾山衣洲(1855—1919)《明治诗话》二卷

【明治二十八年(1895)青木嵩山堂刊单行本。】

70. 森槐南(1863—1911)《参订古诗平仄论》一卷

【明治十六年(1883)刊本。】

71. 太田淳轩(1864—1940)《淳轩诗话》一卷

【昭和十四年(1939)刊本。】

72. 佚名《童蒙诗式》一卷

【竹田市立图书馆(日本大分县)年代不详藏本。】

73. 佚名《诗话外诗话》一卷

【日本国文学研究资料馆年代不详藏本。】

(二) 日文诗话目次(67 种 117 卷)

1. 石川丈山(1583—1672)《诗法正义》一卷

【《日本诗话丛书》本第十册。】

2. 石川丈山《诗教》一卷(《北山纪闻》总序,《诗教》自序)

【元禄五年(1692)华雒媒教轩绣梓,书林植村藤右卫门、同藤五郎梓行《北山纪闻》卷一。】

3. 石川丈山《北山诗话》一卷(序)

【同上《北山纪闻》卷二。】

4. 石川丈山《老杜诗抄》一卷

【同上《北山纪闻》卷三。】

5. (1678 年刊)梅室洞云《诗律初学钞》一卷(跋一首、目次)

【《日本诗话丛书》本第三册。】

6. 松井河乐(1643—1728)《诗法要略》二卷(序、尾语)

【享保二年(1717)浪华书铺、备阳书铺刊本。】

7. 榊原篁洲(1656—1706)《诗法授幼抄》三卷(目录、后记)

【延宝七年(1679)青木胜兵卫、文台屋治郎兵卫刊本。】

8. 新井君美(1657—1725)《白石先生诗范》一卷(序二首、跋)

【《日本诗话丛书》本第一册。】

9. 伊藤东涯(1670—1736)《读诗要领》一卷

【昭和三年(1928)东洋图书刊行会《日本儒林丛书》排印本第三册。】

10. 伊藤东涯《东涯诗话》一卷

【影印元禄甲戌(1694)伊藤善韶抄本《绍述杂抄》卷廿二。】

11. 祇园南海(1676—1751)《诗学逢原》二卷(序一首、跋一首)

【《日本诗话丛书》本第二册。】

12. 祇园南海《诗诀》一卷(序四首)

【《日本诗话丛书》本第一册。】

13. 祇园南海《明诗俚评》一卷(序二首、目录、跋一首)

【宝历丙子(1756)浪华书肆抱玉轩刊本。】

14. 桂山彩岩(1678—1749)《彩岩诗则》一卷

【《日本诗话丛书》本第四册。】

15. (1720年刊)西成千秋《诗家用字格》四卷(序一首、目次)

【享保五年(1720)京华书坊奎文馆刊本。】

16. 服部南郭(1683—1759)《南郭先生灯下书》一卷(序一首)

【《日本诗话丛书》本第一册。】

17. 服部南郭《南郭诗话》一卷(跋)

【静嘉堂藏书本。】

18. 铃木松江(1701—1784)《唐诗平侧考》一卷(序一首)

【《日本诗话丛书》本第一册。】

19. 清田儋叟(1719—1785)《艺苑谱》一卷(序一首、跋一首)

【《日本诗话丛书》本第六册。】

20. 清田儋叟《艺苑谈》一卷

【《日本诗话丛书》本第九册。】

21. 释大典(1719—1801)《诗家推敲》二卷(序一首、跋一首)

【宽政戊午(1798)平安书林出云寺、博文堂、文锦堂、竹苞楼合刊本。】

22. (1723—1789)三浦梅园《诗辙》六卷(序二首、跋一首、目次)

【① 天明乙巳(1785)大阪书林松根堂刊本。②《日本诗话丛书》本第六册、第七册。】

23. 斋宫必简(1729—1778)《示蒙诗话》一卷

【清熙园藏书本。】

24. 畑中荷泽(1734—1979)《太冲诗规》一卷(目次,墓碣)

【《日本诗话丛书》本第九册。】

25. 释六如(1734—1801)《葛原诗话》四卷(序二首、目次、跋二首)

【① 天明丁未(1787)三都书林广文堂、五车楼、群玉堂、崇高堂合刻本。②《日本诗话丛书》本第四册。】

26. 释六如《葛原诗话后篇》四卷(序一首、目次)

【《日本诗话丛书》本第五册。】

27. 松村九山(1743—1822)《艺园鉏莠》二卷(自序一首、跋一首)

【《日本诗话丛书》本第八册。】

28. 松村九山《词坛骨鲠》一卷(自序一首、跋一首)

【《日本诗话丛书》本第八册。】

29. 市河宽斋(1749—1820)《谈唐诗选》一卷(目次)

【《日本诗话丛书》本第二册。】

30. 川合春川(1750—1824)《诗学还丹》二卷(序一首)

【《日本诗话丛书》本第二册。】

31. 山本北山(1752—1812)《作诗志彀》一卷(序一首、目次、跋一首)

【《日本诗话丛书》本第八册。】

32. 山本北山《孝经楼诗话》二卷(序二首、总目、题词五首)

【《日本诗话丛书》本第二册。】

33. (1784年刊)杉友子孝《讨作诗志彀附录》一卷(例言一首、书一首、跋一首)

【昭和三年(1931)东京六合社《日本艺林丛书》第一册。】

34. 佚名《唾作诗志彀》一卷

【昭和三年(1931)东京六合社《日本艺林丛书》第一册。】

35. 雨森牛南(1756—1815)《诗讼蒲鞭》一卷(序一首)

36. 何忠顺《驳诗讼蒲鞭》一卷(后序一首)

【昭和三年(1931)东京六合社《日本艺林丛书》第一册。】

37. 津阪东阳《夜航余话》二卷

【① 明治十三年(1880)关西图书株式会社印刷发行本。②《日本诗话丛书》本第四册。】

38. 津阪东阳(1757—1825)《葛原诗话纠谬》四卷(目次)

【《日本诗话丛书》本第五册。】

39. 猪饲敬所(1761—1845)《葛原诗话标记》一卷(目次)

【《日本诗话丛书》本第四册。】

40. 堀田正谷(1762—1819)《瓢中诗话杂记》一卷(叙、目录)

【河野文库藏文化丙寅(1806)序本。】

41. 谷文写山(1763—1841)《写山楼无声诗话》一卷(目录)

【明治二十八年(1895)须原铁二郎编辑发行印刷本。】

42. 登登庵(武元质)(1767—1818)《古诗韵范》五卷(序三首、目录)

【清风阁藏版。文化壬申(1812)正月自序本。】

43. 奥山榕斋(1777—1842)《辨艺园鉏莠》一卷(序)

【《日本诗话丛书》本第八册。】

44. 广濑淡窗(1782—1856)《淡窗诗话》二卷(序、跋)

【《日本诗话丛书》本第四册。】

45. 东条琴台(1795—1878)《幼学诗话》一卷

【《日本诗话丛书》本第六册。】

46. (1829年刊)泷川南谷《沧溟近体声律考》一卷(序)

【《日本诗话丛书》本第六册。】

47. (1831年刊)小笠原优轩《优轩诗话续编》一卷(序、跋)

【天保壬辰(1832)春新刻本。】

48. 竹内云涛(1815—1863)《蕉竹居诗话》二卷(目录)

【文久辛酉(1861)起稿抄本。】

49. 山田翠雨(1815—1875)《翠雨轩诗话》四卷(序三首)

【庆应丙寅(1866)京摄六书堂合梓本。】

50. (1850年刊)藤良国《诗语金声》二卷(叙、凡例、目录、跋)

【嘉永三年庚戌(1850)黄钟月新版,陶所主人池内时叙本。】

51. (1852年刊)藤良国《诗语对句自在》四卷(自叙)

【嘉永庚戌(1850)早春刊。自叙本。】

52. 中根香亭(1839—1913)《诗窗闲话》一卷(目次)

【《日本诗话丛书》本第九册。】

53. 石桥云来(1847—1914)《有余乐堂诗法摘要》一卷(目录)

【东京益友社排印本,年代不详。】

54. 阪口五峰(1859—1923)《北越诗话》十卷(序二首、题词一首、目次)

【昭和四十九年(1974)历史图书社排印本。】

55. 野口宁斋(1867—1905)《少年诗话》一卷(目录)

【明治三十年(1897)东京博文馆排印本。】

56. 野口宁斋《史诗谭》一卷(目录)

【明治三十八年(1905)东京博文馆《宁斋诗话》排印本。】

57. 野口宁斋《开春诗记》一卷(目录)

【明治三十八年(1905)东京博文馆《宁斋诗话》排印本。】

58. 冈崎春石(1868—?)《近世诗人丛话》一卷(目录)

【昭和十三年(1938)东京有味书堂《古今诗话》排印本。】

59. 河井醉茗(1874—1965)《醉茗诗话》一卷(目录)

【昭和十二年(1937)京都人文书院排印本。】

60. 释清潭(1875—1947)《下谷小诗话》一卷(目录)

【昭和十三年(1938),东京有味书堂《古今诗话》本。】

61. 河上肇(1879—1964)《闲人诗话》一卷

【昭和六十二年(1987)东京岩波书店《河上肇评论集》排印本,第254页至第288页。】

62. 三木露风(1899—1964)《露风诗话》一卷(目录)

【大正四年(1915)白日社排印本。】

63. 木下周南(1902—1999)《明治诗话》三卷(目录)

【昭和十八年(1943)东京文中堂排印本。】

64. 吉川幸次郎(1904—1980)《人间诗话》不分卷(目录)

【昭和三十三年(1948)东京岩波书店排印本。】

65. 富士川英郎(1909—2003)《西东诗话》不分卷(目录)

【昭和四十九年(1974)玉川大学出版部排印本。】

66. 竹内实(1923—2013)《中国吃茶诗话》不分卷(目录)

【昭和五十七年(1982)淡交所株式会社排印本。】

67. 佚名《银雪初心诗学条目》一卷(目录)

【版本年代不详。】

(三) 诗语诗韵类(14 种 44 卷)

1. 三善为康(1049—1139)《童蒙颂韵》一卷

【平成四年(1992)订正三版《群书类从》第九辑排印本。】

2. 鹰见爽鸠(1690—1735)《诗筌》五卷(自序一首、凡例一首、目录、举例、跋一首)

【享保壬寅(1722)江都书肆嵩山房刊本。】

3. (1737 年刊)田重卿云峰、原良彦五岳《明诗础》二卷(序、目录、举例)

【元文四年己未(1739)二月刊本。】

4. (1758 年刊)龙秀松辑、屈三秀补《明诗材》二卷(序、目录、举例、跋)

【向荣堂宝历八年(1758)刊本。】

5. 释大典(1719—1801)《诗语解》二卷(序一首、目录、题引一首、举例、跋一首)

【宝历壬午(1762)平安书林刊本。】

6. 市河宽斋(1749—1820)《诗家法语》二卷(序一首、例言一首、目录、举例)

【天明壬寅(1782)东都书林申椒堂刊本。】

7. 太田南亩(1749—1823)《明诗擢材》五卷(序二首、凡例一首、目录、举例、跋一首)

【明和丙戌(1766)江都书肆青山堂、春秋堂合刻本。】

8. 山本北山(1752—1812)《诗用虚字》(引一首、举例、跋二首)

【天保乙未(1835)东都书林金花堂刻九皋书屋藏本。】

9. (1835 年刊)高木专辅《唐宋诗语玉屑》十卷(举例)

【安政丙辰(1856)京摄书林五书房同梓本。】

10. (1847 年刊)泽熊山《诗语群玉》八卷(序二首、目录、举例、跋)

【弘化丁未(1847)刊育英塾藏本。】

11. 镰田环斋(1753—1822)《诗韵从事》二卷(序、目录、举例、跋)

【文政辛巳(1821)刊本。】

12. 国枝成卿(1796—1880)《诗语碎金续编》一卷(序、目录、举例、跋)

【京摄书林合梓,文久(1861—1863)新刻本。】

13. (1802 年刊)成德邻、桧长裕《幼学诗韵》一卷(序、目录、举例、跋)

【享和二年(1802)江户书林千钟房、申椒堂、好文轩刊本。】

14. (1878 年刊)渥见竹治郎《近世诗语玉屑》二卷(序、目录、举例)

【明治十一年(1878)东京书林万笈阁发兑本。】

二、日本诗话的特征

纵观日本诗话,“中国影响”和“日本特色”是两大突出特征。

(一) 中国文化对日本诗话的影响

在日本诗话中,中国文化影响无处不在。从最早的《文镜秘府论》开始,就大量逐录中国王昌龄的《诗格》、僧皎然的《诗议》等多种诗格诗法著作。其后的诗话内容中,上至先秦的《诗经》,下至清代的诗人诗作,屡屡征引评议。以日本第一部以“诗话”为名的《济北诗话》(虎关师炼撰)为例,总共一卷三十一则,涉及中国著作就有《尚书》《周易》《诗经》《楚辞》《晋书》《诗人玉屑》《苕溪渔隐丛话》《遯斋闲览》《天圣广灯录》《唐宋千家诗选》等多种,历史人物有大禹、周公、孔子、楚襄王、宋玉、孔安国、谢安、神秀、普寂、唐玄宗、姚崇、宋璟、杨贵妃、高力士、李林甫、唐肃宗等十余人,诗人有王羲之、陶渊明、王梵志、贾至、王维、孟浩然、岑参、薛令之、李白、杜甫、韦应物、李端、卢纶、元稹、白居易、韩愈、僧齐己、郑谷、李商隐、曹松、林逋、欧阳修、梅尧臣、王安石、柳永、石敏若、释重显、刘贡父、苏轼、黄庭坚、圆悟禅师、玄顺庵主、谢逸、韩驹、杨万里、刘克庄等三十余位。

具体来说,中国对日本诗话的影响主要表现为四个方面。

首先,日本诗话中的诗格诗法之论中的近体诗格律,全部依从中国诗律。不论是五律、七律、排律,还是五绝、七绝,都是效法中国格律。其中的粘对、拗救也都一般无二。典型的是谷斗南的《全唐声律论》二十五卷,几乎对唐诗的全部格律诗都进行了分析,分为正体、变体,对于变体,逐字分析其在不同位置的拗救之法。最后归纳成五言律诗四十八格、五言排律十五格、七言律诗三十一格、五言绝句十一格、七言绝句十四格,合计一百一十九格。

其次,日本诗话大量征引中国诗话。中国诗话可以说是日本诗话最重要的源头,主要表现有三。一是中国的一些诗话被不同的日本诗话频繁引用,如《诗人玉屑》在数十种日本诗话中被引用近百次。二是有的日本诗话就是全部摘录一种中国诗话,而命以新题。如《兰溪先生元明诗话》二卷(西岛兰溪撰),此书全部逐录中国《尧山堂外纪》中元明时代部分内容。三是大量中国诗话被日本诗人阅读研究。日人古贺侗庵的《侗庵非诗话》卷二列举其在日本所闻见中国诗话云：

> 予暇日试历举古来谈诗之书，一何纷纷也。欧阳修《六一诗话》一卷，司马光《续诗话》一卷，刘贡父《中山诗话》一卷，魏泰《临汉隐居诗话》一卷，蔡绦《西清诗话》三卷，李颀《古今诗话录》七十卷，吴开《优古堂诗话》一卷，李錞《诗话》一卷，许顗《彦周诗话》一卷，吕本中《紫薇诗话》一卷，周紫芝《竹坡诗话》一卷，黄徹《䂬溪诗话》十卷，《新集诗话》十五卷集者不知名，《元祐诗话》一卷，《唐宋诗话》二十卷，《大隐居士诗话》一卷不知姓名，曾季狸《艇斋诗话》一卷，叶凯《南宫诗话》一卷，陈师道《后山诗话》一卷，陆游《山阴诗话》一卷，《垂虹诗话》一卷，张表臣《珊瑚钩诗话》三卷，叶梦得《石林诗话》三卷，吴可《藏海诗话》一卷，朱弁《风月堂诗话》二卷，张戒《岁寒堂诗话》二卷，陈岩肖《庚溪诗话》二卷，吴聿《观林诗话》一卷，吴沅《环溪诗话》一卷，周必大《二老堂诗话》一卷，杨万里《诚斋诗话》一卷，严羽《沧浪诗话》一卷，赵与虤《娱书堂诗话》一卷，刘克庄《后村诗话前集》二卷《后集》二卷《续集》四卷《新集》六卷，蔡梦弼《草堂诗话》二卷，何溪汶《竹庄诗话》二十四卷，释文莹《玉壶诗话》一卷，《容斋诗话》六卷旧本题宋洪迈撰，尤袤《全唐诗话》十卷，《吴氏诗话》二卷，《东坡诗话》三卷元陈秀民编，阮阅《诗话总龟前集》四十八卷《后集》五十卷，《诗话》一卷旧本题元陈日华撰，《南溪诗话》二卷不着撰人名氏，金王若虚《滹南诗话》三卷，明闵文振《兰庄诗话》一卷，瞿佑《归田诗话》三卷《明史》题《吟堂诗话》，叶盛《秋台诗话》一卷，游潜《梦蕉诗话》二卷，李东阳《怀麓堂诗话》一卷，都穆《南濠诗话》二卷《提要》作一卷，强晟《汝南诗话》四卷，杨慎《升庵诗话》四卷《提要》作《诗话补遗》三卷，程启充《南溪诗话》三卷，安盘《颐山诗话》二卷，黄卿《编茗诗话》八卷，朱承爵《存余堂诗话》一卷，顾元庆《夷白斋诗话》一卷，陈霆《渚山堂诗话》三卷，谢东山《诗话》四卷，谢榛《四溟诗话》二卷《续说郛》及《提要》题《诗家直说》，凌云《续全唐诗话》十卷，郭子章《豫章诗话》六卷续十二卷，谢肇淛《小草斋诗话》四卷，曹学佺《蜀中诗话》四卷，王昌会《诗话类编》三十二卷《明史》题《诗话汇编》，杨成玉《诗话》十卷，蒋冕《琼台诗话》二卷，《余冬诗话》三卷旧本题何孟春撰，刘世伟《过庭诗话》二卷，李日华《恬志斋诗话》三卷，《佘山诗话》三卷旧本题陈继儒撰，陈懋仁《藕居士诗话》二卷，冯班《沧浪诗话纠谬》一卷，清施闰章《蠖斋诗话》二卷，吴景旭《历代诗话》八十卷，王士禛《渔洋诗话》三

卷，郑方坤《全闽诗话》十二卷，《五代诗话》十二卷王士禛撰，宋弼等补辑，郑方坤《五代诗话》十卷，毛奇龄《西河诗话》八卷，吴乔《围炉诗话》八卷，宋长白《柳亭诗话》二十卷，劳孝舆《春秋诗话》五卷，杭世骏《榕城诗话》三卷，查为仁《莲坡诗话》三卷，《带经堂诗话》三十卷张宗柟编辑《渔洋山人杂著》中及诗者，陈廷敬《杜律诗话》一卷，陈元辅《枕山楼课儿诗话》一卷，袁枚《随园诗话》十六卷补遗四卷。以上诗话之明题以诗话者也。宋颜竣《诗例录》二卷，梁锺嵘《诗品》三卷，唐李嗣真《诗品》一卷，元兢《宋约诗格》一卷，王昌龄《诗格》二卷，孟棨《本事诗》一卷，昼公《诗式》五卷，《诗评》三卷，王起《大中新行诗格》一卷，姚合《诗例》一卷，贾岛《诗格》一卷《二南密旨》一卷，《炙毂子诗格》一卷，元兢《古今诗人秀句》二卷，李洞《集贾岛句图》一卷，倪宥《诗体》一卷，徐蜕《诗格》一卷，《骚雅式》一卷，《点化秘术》一卷，《诗林句范》五卷，《杜氏诗格》一卷，徐氏《律诗洪范》一卷，徐衍《风骚要式》一卷，《吟体类例》一卷，王昌龄《诗中密旨》一卷，白居易《金针诗格》三卷，王维《诗格》一卷，僧辞远《诗式》十卷，许文贵《诗鉴》一卷，僧元鉴《续古今诗人秀句》二卷，郑谷《国风正诀》一卷，张为《唐诗主客图》二卷，僧齐己《玄机分明要览》一卷又《诗格》一卷，范摅《云溪友议》十一卷《词林》一卷，僧神彧《诗格》一卷，宋林逋《句图》三卷，李淑《诗苑类格》三卷，僧定雅《寡和图》三卷，蔡宽夫《诗史》二卷，郭思《瑶溪集》十卷，释惠洪《冷斋夜话》十卷《天厨禁脔》三卷，强行父《杜荀鹤警句图》一卷，胡源《声律发微》一卷，严有翼《艺苑雌黄》二十卷，《老杜诗评》五卷旧题元方深道撰，今按宋人撰，方絟《续老杜诗评》五卷，葛立方《韵语阳秋》二十卷，《历代吟谱》二十卷，《金马统例》三卷，《诗谈》十五卷，蔡希蘧《古今名贤警句图》一卷，《续本事诗》二卷，计有功《唐诗纪事》八十一卷，胡仔《苕溪渔隐丛话前集》六十卷《后集》四十卷，魏庆之《诗人玉屑》二十卷，吴子良《荆溪林下偶谈》四卷，汤岩起《诗海遗珠》一卷，周密《浩然斋雅谈》三卷，范希文《对床夜话》五卷，蔡正孙《诗林广记前集》十卷《后集》十卷，林越《少陵诗格》一卷，蔡传《历代吟谱》五卷，《吟窗杂录》五十卷旧本题状元陈应行编，方岳《深雪偶谈》一卷，高似孙《选诗句图》一卷，《竹窗诗文辨正从说》四卷，元傅与砺《诗法源流》一卷，《诗法家数》一卷旧本题元杨载撰，《诗学禁脔》一卷旧本题元范德机撰，《木天禁语》一卷旧本题元范德机撰，陈绎曾《诗小谱》二卷，徐骏《诗文轨范》二卷，明徐祯卿《谈艺录》一卷，王世懋《艺圃撷余》一卷，胡震亨《唐音癸籤》三十三卷，单宇《菊坡丛话》二十六卷，徐泰《诗谈》一卷，《全唐诗说》一卷《诗评》一卷旧本题王世贞撰，王世贞《艺苑卮言》十一卷，《诗文原始》一卷旧本题李攀龙撰，皇甫汸《解颐新语》八卷，梁桥《冰川诗式》十卷，朱震孟《玉笥诗谈》四卷，朱宣墡《诗心珠会》八卷，周子文《艺薮谈宗》六卷，胡应麟《诗薮》二十卷，叶廷秀《诗谭》十卷，茅元仪《艺活甲编》五卷，蒋一葵《尧山堂偶隽》七卷《尧山堂外纪》一百卷，《唐诗谈丛》一卷旧本题胡震亨撰，陈云式《诗脍》八卷，《绿天耕舍燕钞》四卷不著撰人名，费经虞《雅论》二十六卷子密增补，《艳雪斋诗评》二卷不著撰人名氏，清毛先舒《诗辩坻》四卷，谈迁《枣林艺簧》一卷，王士禄《然脂集例》一卷，宋荦《漫堂说诗》一卷，伍涵芬《说诗乐趣》二十卷《偶咏草续集》一卷，栎杜老人《学稼余谭》三卷，郎廷槐《诗友诗传录》一卷，刘大勤《续录》一卷，赵执信《声调谱》一卷《谈龙录》一卷，厉鹗《宋诗纪事》一百卷，沈德潜《说诗晬语》二卷，《诗学梯航》一卷宣德中奉勅撰，宁献王《臞仙诗谱》一卷《诗格》一卷《西江诗法》一卷，宁靖王奠培《诗评》一卷，温景明《艺学渊源》四卷，汪弘诲《文字谈苑》四卷，怀悦《诗家一指》一卷，沈麟《唐诗世纪》五卷，宋孟清《诗学体要类编》三卷，黄省曾《诗法》八卷，邵经邦《律诗指南》四卷，俞允文《名贤诗评》二十卷，赵宧光《弹雅集》十卷，程元初《名贤诗指》十五卷，陈美發《诗法指规》四卷别本题《诗法指南》，《初白庵诗评》三卷清张载华辑查慎行评诗语，游艺《诗法入门》四卷。以上诗话之不题以诗话及书之类诗话者也。无虑一千七百二卷，其卷数不可知者，更有《梅磵诗话》韦居安撰，《漫叟诗话》《桐江诗话》《迂斋诗话》《金玉诗话》《汉皋诗话》《陈辅之诗话》《敖器之诗话》《潘子真诗话》《青琐诗话》刘斧撰，《洪驹父诗话》《高斋诗话》《胡氏诗话》《闲居诗话》《洛阳诗话》《诗话隽永》喻正己撰，《王直方诗话》王立之撰，《载酒园诗话》贺裳撰，《静志居诗话》《桂堂诗话》杭世骏撰，《虚谷诗话》方回撰，《蓉塘诗话》姜南撰，《敬君诗话》叶文敏撰等数十种。呜呼夥矣！以上诗话，姑就见闻所及而录之，恐多遗漏及错谬。重详之。其中虽散佚者不少，然其存者固足以汗牛而折轴。他如《唐诗金粉》《诗学大成》等书尚多，不能一一枚举。乃王应麟著《困学纪闻》，而其中论诗一卷，一部诗话也。吴曾著《能改斋漫录》，徐𤊹著《徐氏笔精》，而其中谈诗者过半。如此之类，更难觋缕。

其三，中国的诗歌作品和诗歌理论东传日本，影响着日本的诗坛风气和诗话理论。在创作方面，比较著名的如日本江村北海的“二百年说”：

我邦与汉土相距万里，划以大海，是以气运每衰于彼而后盛于此者，亦势所不免，其后于彼大抵二百年。胡知其然？

《怀风》《凌云》二集所收五言四韵，世以为律诗，非也。其诗对偶虽备，声律未谐，是古诗渐变为近体，齐梁陈隋渐多其作。我邦承其气运者，稽其年代，文武天皇大宝元年为唐中宗嗣圣十四年，上距梁武帝天监元年凡二百年。

弘仁、天长仿佛初唐，天历、应和崇尚元白，并黾勉乎百年之后。

五山诗学之盛当明中世，在彼则李何、王李唱复古于前后，在此则南宋北元传播于一时，其距宋元之际亦二百年矣。

我元禄距明嘉靖亦复二百年，则七子诗当行于我邦，气运已符，故有先于徂徕已称扬七子者。

其“大抵二百年”固然失之牵强，但中国诗歌的时代风气对日本诗坛的影响则存在无疑。在诗歌理论方面，日本松下忠的《江户时代的诗风诗论》则通过大量具体事例的分析，得出中国诗歌理论对江户时代诗话影响的详尽结论：

中国诗论中，代表明清时代诗论的“格调说”“性灵说”“神韵说”，对江户时代诗论影响最大。

前后七子一派……在诗格、诗境论方面，重视杜甫、李白等盛唐诗的格调，排击“晚唐体”“西昆体”及宋元诗。这一派叫做“古文辞派”或称“拟古派”，其诗论称为“格调说”。在日本江户时代初期，格调说由藤原惺窝、那波活所、石川丈山等介绍，到了享保时代再由荻生徂徕大力主张而极于全盛，到明和、安永时代为止的约七十年时间里，一直推动着日本的诗坛和文坛。这一派叫做“古文辞学派”，又叫“蘐园派”，它是一个接受了“后七子”中李、王之说的流派。

作为万历以后对格调派的反动，公安（湖北省）人袁宏道、兄宗道、弟中道三兄弟反对古文辞派的主张……其流派称为“公安派”，其诗论称为“性灵说”……性灵说在日本，为江户时代初期的林罗山所接受，由元政上人积极主张，在元禄、享保前后与荻生徂徕的古文辞派相对立，在宽政、享和、文化时代，通过六如上人、山本北山、市河宽斋等人的大力提倡，呈现出了取代古文辞派而风靡天下的势头。

荻生徂徕主张格调说；太宰春台的诗论近于神韵说；祇园南海则取格调说的长处和神韵说的境地自创“影写说”；梁田蜕岩合格调、性灵、神韵于一身，主张折衷说。

此外多家日本学者都承认中国诗歌对日本的巨大影响，如神田喜一郎在《岩波讲座日本文学史·江户时代的汉文学》中，亦认为江户时代前期一百年为汉文学复兴期；中期八十多年为古典主义时代、唐诗时代；后期八十年为主张清新性灵的时代，主要是宋诗时代，另外有赖山阳、梁川星岩提倡清诗。

其四，日本人对中国历史典故、诗歌意象、诗人诗作以至稗官小说等文化现象熟悉乃至喜欢的事例，在日本诗话中触处皆是，仅举《柳东轩诗话》（日柳燕时撰）数例如下，以见一斑：

> 例一　清田儋叟名绚，号孔雀楼，曰："将作伪唐诗乎？黄金铸历下生。将作真唐诗乎？铁鞭打历下生。"可谓旨言。
>
> 例二　宫原某《咏项王》云："七十余战终败北，斗智果然胜斗力。此意重瞳曾不知，当初只学万人敌。"议论虽当，恐未免头巾之气，因戏次其韵云："叱咤生风卷河北，史家艳说拔山力。请看虞兮一曲歌，风流亦是万人敌。"
>
> 例三　诗佛《春寒》云："百万艨艟屯赤壁，阿瞒气势卷江东。从来此敌非难当，难当春寒一风味。"是其得意之作云。然陆放翁五绝与此太类，唯以五为七耳，不知古人之诗又诓今人乎。放翁《春寒》云："滔天来洚水，震死战昆阳。此敌非难御，春寒不可当。"
>
> 例四　《敕勒歌》短节劲韵，大有古色，赖山阳以谓"胜半部《文选》"。抄出以示后世云："敕勒川，阴山下，天似穹庐盖四野。天苍苍，野茫茫，风吹草低见牛羊。"
>
> 例五　《水浒传》，小说中之巨擘也，士大夫亦多喜读之者。古贺谷堂《长崎竹枝》云："酒酣拇战闪春葱，欲判输赢犹未终。乍报帮间扮水浒，出栏争见黑旋风。"丰前之人恒远和《长崎竹枝》云："侏儒鴂舌语难通，锣鼓声嚣耳欲聋。试问剧场开底事，开他水浒黑旋风。"境同景同，宜哉其诗之雷同。

例一日本人要作"真唐诗"，表现出对唐诗的景仰。例二说明日本人在汉诗创作中经常吟咏中国历史，对中国历史文化十分熟悉。例三批评日本诗人大洼诗佛蹈袭陆游诗，但也说明陆游诗对日本影响很大。例四展现出《敕勒歌》对日本的影响。例五说明《水浒》戏在日本的普及，并且观众很喜欢。

（二）日本诗话的自身特色

所谓“日本特色”，是指日本诗话区别于中国诗话的独有特点。因为日语是黏着语，与孤立语的汉语差别很大。虽然汉字很早就传入日本，而且内化为其文字的主要符号，但在语序、读音方面，两种语言的不同之处还很明显。日本人以非母语的方式学习、欣赏、创作汉诗，比中国人困难得多。虽然日本汉诗文已经成为日本古代文学的极其重要的组成部分，但日本人由于文化差异，其观照角度也与华人不同。由此产生了日本诗话自具的特征，其突出者约有以下三点。

其一，日本诗话中指点诗歌声律内容特别多。这是因为日本人阅读创作汉诗均用训读法，即将汉字读作日本语音，此时已失去汉字音的原声，亦不能体现出平仄。而汉诗是最讲究平仄音韵的，所以日本诗话为了适应日本的具体情况，大量内容是讲诗格诗式诗法。这一点从诗话题目就可看出，如《作文大体》《老杜诗格》《初学诗法》《诗家声律》《诸体诗则》《盛唐诗格》《诗律兆》《白云馆近体诗式》《律诗天眼》《社友诗律论》《续联珠诗格》《新唐宋联珠诗格》《诗律》《诗格刊误》《诗规》《全唐声律论》《诗格集成》《诗法详论》《童蒙诗式》（以上汉文），《诗法正义》《诗律初学钞》《诗法要略》《诗法授幼抄》《白石先生诗范》《彩岩诗则》《唐诗平侧考》《诗辙》《示蒙诗话》《太冲诗规》《幼学诗话》《沧溟近体声律考》《诗语对句自在》《有余乐堂诗法摘要》（以上和文），等等。

其二，日本诗话评论日本汉诗之内容特别多。中国诗话偶有评论日本汉诗者，如《静志居诗话》二十四卷，仅“日本”“中心叟”两则论日本诗。俞樾《东瀛诗选》四十四卷，收日本诗人五百余位，其小传略有评论。比起浩瀚的中国诗话，只是九牛一毛。而日本诗话中，对本国汉诗的评论则几占半壁江山。有以时代为限的如籾山衣洲的《明治诗话》，专论明治时代诗人诗作；有以地域为限的如《浪华诗话》，专论大阪（古称浪华）诗人诗作；有通史性质的如《日本诗史》《锦天山房诗话》等。这些都是经过学习中国诗歌理论，而进一步创造性地应用于评论日本汉诗。

其三，或有质疑中国诗话之见解，这也是创造性学习中国诗论的一种体现。典型表现就是古贺侗庵的《侗庵非诗话》。其《自序》曰：

> 诗话之作昉于梁记室锺嵘氏，唐宋而降，日滋而月倍，以迄今日，殆千有余卷。乃又自是而后数百千岁，予不知其增益夥，终何所底极也。予历观诗话，累累如一丘之貉，概乎靡足取。其说诗也，多穿凿附会之失，而无冰释理顺之妙。其立教也，规规乎字句声律之间，而不达言志、思无邪之旨。是以于诗道

为益无万分之一，而贻祸流毒不可为量数。唐宋以还，诗随世降，如江河之就下。其所以致此，良非一端，而诗话实与有罪焉。予五六年前，识见未定，好览阅诗话，以致诗日堕外道。比自悟昨非，渐渍已深，牢不可拔。极力刬治，久之方复故予，于是乎惕然如伤于虎者之畏虎，又思天下之大，必应有与予同病者。乃著《非诗话》十卷，极论诗话之非，以自警且戒人。顾予也年少气锐，有所论驳，猋发电至，不能自抑遏。言过于激，间有几于诟骂者。加之考经究史为当务之急，不欲以区区谈诗之书延缓岁月。仅仅五六旬间，属稿已讫。是以考核辩证，纰缪居半。斯二者予犹自知其非，断不能免于识者之讥。

其具体内容不免谬误，但这种勇于打破旧见藩篱、勤于思索质疑的精神却着实可嘉，其理论也不乏真知灼见。

尤为可贵的是，日本诗话中还记载了很多中日、中韩、日韩之间诗歌交流的佳话，也是中外文化交流的重要文献。如石川丈山的《诗评》一卷，就是石川作诗，而求中国人、朝鲜人加以批点，杏云楼主人序曰：

四明山人大拙翁(按，石川丈山号)者，元武人之英而骚家之杰也。壮岁而卜居叡麓，抱胸丘壑，寄心风月，其平素之著述颇得闲淡之余者，往往吐佳句妙章，日煅月炼，不饱沈吟，或写陶韦之恬淡真率之态，或慕沈宋之流丽温雅之致，或漏少陵之沉郁之情，或述谪仙之飘逸之风。众体混而皆以为已有，然不自是，而求之大明逸客(按，明陈元赟号)。求而不已，又求之朝鲜聘使(按，指朝鲜国诗学教授权敬)。求而犹不止，求之本朝儒宗。可谓能求决断问切之人也矣。

石川和权敬之间也多有唱和：

宽永十四年丁丑正月旬有八日，朝鲜三官使通政大夫任子静、通训大夫金道源、通训大夫黄子由，各自东武归京师，馆于本国寺。其徒有中直大夫诗学教授权学士者，出与余为笔语。问答移晷，乃赋一绝示学士。学士雄胆博识、词才敏速、文不加点、诗不停笔、辩论如流，吾邦之骚人墨客谁获中其词锋哉！石丈山

日本朝鲜隔海瀛，不图相遇结文盟。使星明日躔兹地，唱和皇华歌鹿鸣。

拜麗之幸、识韩之愿，不佞实有之，又擎瑶韵，不觉头风顿痊。木瓜之报，乌可已乎？惟冀郢正一莞。朝鲜权敬

片帆千里涉蓬瀛，此日词坛见主盟。莫道东来无好事，暂时消缺不平鸣。

《题大拙翁诗卷》

今代骚坛将，惟公独擅名。诗成八叉手，目短五言城。态度春云丽，清和庙瑟鸣。何当文字饮，重见掣长鲸。

《嗣权学士题余小诗卷，清律之韵，以充阳关之一唱》

东西游官客，草木识才名。别我出京洛，送君歌渭城。国中依艺贵，海外以诗鸣。万里飞文鹢，荣旋着锦鲸。石丈山

同书还记载日本著名汉诗大家“罗山先生桥梓三人与朝鲜之信使泊朴学士等有唱酬之作凡近二百余”，可见其诗歌唱酬之盛。《诗学新论》（原田东岳撰）卷中还录有一段日本人向沈德潜求诗被骗的故事：

《续编博古存什》载，昔者吴太伯长女逃之东海，酋长属下群聚相谋，肇讲绳结以分君臣，虽固无紫微登极之尊，复无班秩仪注之礼，而草昧权宜，殆犹陶复陶穴，开国质野，匆匆胥宇，推以致践祚之意，奉以为神圣皇帝。国于榑桑，统驭诸岛。以姬为姓，阖国相传以为尊称，故中夏呼曰姬子国。释皓曰：“近代华没于胡，《大清会典》窃礼不中，犹私欲购《百篇尚书》。琼浦渤溟西，即福建南直隶。华船奉牌，岁来互市。有一学究，姓高名彝，少以能诗名于间阎，自媒輙谓‘歌行近体，海内只有吾之与梁子二人焉耳’，阖境呼曰高二，自亦因以称之。高二只喜声誉，欲与华通，乃就里长宗而谋之。宗素与高二善，为赠金帛，属之象胥，每面谈必及于此焉。繇此舌人相与私贿诵卖药钱，小二及船主一片婆心，郑重苦谕，佥谓：‘熙朝有沈尚书，见为参政公。斐藻丽逸，翩翩奇气，步骤杜岑，而自摅神情，驾驭卢骆，而独相雄长。是以延誉公卿间，显宠亦异于他矣。魁材秀士，今虽聚朝，咸不能洎焉。吾侪小人，幸蒙知遇，归后到于沈公，乃通殷勤，以陪小心，公喜，必致之答。此事鲰生等另有理会，请莫作念。’高二大喜，准备币帛，且录诗五篇，附一封书，乃以递与龚、诵二商，寔是丁丑之岁孟春也。杭舶帆海，尽数而还。未几，二商相与促装登程，使节仪从邮驿北上。伪姬国高公之行人，悠远踰时，遂能到于沈氏。奉书及筐，待答驿馆。归愚窃览其书，不肯嘉纳。便使属吏却书币曰：‘朝廷大典不可渎溷。上俞诞章，最禁

私谒。本与姬国大有界限，必不可通。不比朝鲜属国，岁使国相贡方物。汝等无乃为彝所属而来欤？姬国贡使，朝有旧例。鼎新以来，未尝有使君相入朝。而汝等私来，敢犯严宪。愚贱无礼，敢复辞乎？'二商大恐，不知所为，苦也苦也。乃又收其书筐，尽去从人，早夜兼道，狼狈迤逦，归于杭州。相与谋之店主曰：'龚学究近客于杭，何弗属之，俾之作答？'从之。设席速客，于是乎其余措大亦皆相聚，乃作沈公答书，又伪七子亦为呈章各自书者。戏慢谰辞，相次书毕，抵掌哄堂大笑。卷轴裱褙用锦，尤致耀丽。二商拜谢，使船主历收货物，航海又来于东，乃进里长。高二得之，再三拜跪，不知手之舞之足之蹈之。辄谓：'吾才之于姬国，旷古无有焉。'其辞曰：

'奉题高先生诗集，兼志遥注　归愚沈德潜草

昭代声华四表光，国风十五大文章。尚教人杰钟旸谷，犹遍歌谣译越裳。万里银涛飞锦字，百篇玉戛奏笙簧。元音自是盈天地，酬唱相思叹望洋。

大雅如林今古芳，原无人不可登堂。文鸣得似东西汉，才调能胜中晚唐。读到君诗堪击节，谁言我论示周行。多缘四海同心理，渺渺钟情意大方。'

'奉次高先生原韵　嘐城王鸣盛草

白雪高才莫与京，说诗真不让匡衡。胸藏奇字何多秘，壁有传经信不坑。白璧无瑕原是宝，黄钟勿弃自然鸣。可怜东海人难即，望断琼楼十二城。'

'奉次元韵，请高先生削正　晓征钱大昕草

敢自驰驱翰墨场，却从万里示周行。迹同鸿冥能高蹈，品似兰幽别有香。麈论古今霏玉屑，葩流风雅灿银光。怀人天末思无际，合志如何地各方？

小诗次韵：

心赏奇文花怒开，不知何处得将来。漫教山海分殊俗，却见诗歌著逸才。高望有怀随夜月，遥情无路寄寒梅。瑶章飞渡吟哦久，不禁临风近水台。'

'奉呈姬国高先生教正　申江赵文哲拜稿

珠玑咳吐落天边，来自琼津书画船。已结相思从此日，不知把臂在何年。万言骚雅人中望，一帜词坛海外悬。非是同文洋溢盛，岂能无地不生贤？'

'奉次高先生韵并政　古由奉王昶稿

文章异曲可同工，吾道原来久已东。情至文生心似锦，兴酣笔落气如虹。只嫌分野殊方俗，若是征诗定采风。为语圣朝无内外，声华四海尽来同。'

'敬酬高先生原韵　曹仁虎来殷氏拜草

蘧庐天地总为家，琼浦迢迢望里赊。缅想耽吟镂月露，惊看妙腕走龙蛇。

贞完太璞难言价，炼到精金不着沙。结得相思千万种，美人渺渺寄天涯。'

'高先生远惠佳章敬次奉酬　海上黄文蓬草

瀛海汤汤天际流，卜居琼浦宅幽幽。波澜笔涌三江浪，丽藻文成五凤楼。片羽得来劳梦想，寸心遥结托神游。缄诗私祝何时达，正是姬山桂子秋。'

岁次丁丑桂月，集书于有容书屋。高二抚之，手不能释，乃至以'才调能胜中晚唐'句自能，篆刻更造私印。"释甘露皓又评："沈公既为礼部尚书，而其以东夷之人者，何可曰'奉题高先生诗集'乎？又何有可谓'忆大方'也哉？或曰'国风十五大文章'，或曰'文鸣得似东西汉'，皆是谑浪弄人之辞，而韵调亦拙。已称'先生'，又曰'草'，恭慢矛盾。'拜草'亦俗。如其曰'削正'，又曰'教正'，所谓变于夷者，亦非七子之所宜言者也。而彼之死不悟，而寻常满假者蠢也。正虽知之，犹假意炫耀者骗也。"或曰："高二受欺，亦有据乎？"皓曰："余向西游，沈公诗钞余集东渡，开卷便观载彝一章：

'姬国臣高彝书来，乞作诗序，并呈诗五章，文采可观。然华夷界限，不应通也。却所请而纪其事

文教覃敷被九夷，榑桑使者寄清辞。未闻蛮布弓衣织，敢比鸡林国相知。尊奉中朝犴忱悃，章明典礼慎防维。不教笔墨传荒远，怅望停云我所师。'

远夷求文衡山笔墨者，公朝服见之，不应其请。"

此诗真是归愚之本色，乃与前数诗雅俗异体可见矣。而观其曰"姬国臣高彝"，则二商饰词，以彝为公卿秉政者，亦可见矣。蛮布贱，弓衣贵，以布织衣，未尝有闻焉。言夷人属序朝廷贵官者，礼典自古无之也。鸡林，即朝鲜也。"尊奉中朝"句，称扬朝鲜。"章明典礼"句，诛高二之为大臣者而不知礼也。七八笑嚎远夷苟为拙谋矣。虽然，吾邦有人，岂无识者也耶？高二本贱丈夫，归愚不察焉。辄为二商所欺，为一岳牧，著之其集，此甘盗言而堕国体，何其愚也？

上至清国尚书沈德潜，下至杭州无名秀才，外至日本琼浦（今长崎）学究高二，都参与了这桩诗歌交流的趣事。日本僧人释皓转述此事，原田东岳又加以评论，可见中外诗歌交流已经深入人心，也可见中国诗歌对域外汉诗的重要影响。

日本诗话中还有许多与朝鲜进行汉诗交流的记载：

其于诗亦然。无偏嗜、无私好，《骚》赋《选》诗姑置之，李杜、王苏、钱刘、元

白、韩柳亦无论也。孟贾之寒瘦亦悦焉，温李之富秾亦悦焉；卢仝怪语，掎鬼搉神，亦悦焉；韩偓艳辞，破篱决藩，暴露无讳，亦悦焉。延及宋元，爱坡翁，爱翁之门四学士，爱圣俞，爱后山，爱范杨尤陆，爱赵吴兴，爱杨铁崖，又至明清信阳、北地、沧溟、弇州、竟陵、公安以下，钱牧斋、王阮亭、沈确士、袁才子辈，无不兼爱并悦也。旁在于闰位著六朝五代及金，外国朝鲜诸子，亦采备归余之数矣，合宇内而为一家，混古今而为一世，丈室内、矮几上，彼此邂逅，腾腾往来焉。故著斯话，人异标，家别帜，不建门户，不较是非，宁过赞称，无敢讥訾。然不屈己而从人，又不推己而及人也。(《题竹田庄诗话首》)

细合半斋，名离，字丽王，号斗南。蕉中禅师《怀丽王》诗“忆昨周旋权贵客，称君北斗以南人”，自注“丽王号斗南。朝鲜成士执尝向余称‘合生北斗以南一人’”。(《敝帚诗话》)

朝鲜李德懋《清脾录》云：余尝游平壤，舍球门吴生家。有《兰亭集》，日本诗人也。其《明妃曲》曰“西出长安不见春，罗衣掩苒拂胡尘。行看一片燕支月，独照蛾眉马上人”云云。(《弊帚诗话》)

冈田维周，字仲壬，号大壑，宜生之弟。自注：案维周时年十四《奉送玄川先生归朝鲜》云：“奉使来修好，江山万里余。易催嘶马感，难得换鹅书。祖帐桃花落，归程柳叶舒。白云随处在，凝望意何如。”虽不足视于观光之使，受赏于异邦，不可不录。(《弊帚诗话》)

山县孝孺，以学德称为物门翘楚，其诗亦高古闲澹，南郭以下，金华以上。曩抄其诗，今又录出。《呈朝鲜洪镜湖》云“烈士平生意气高，方临危险见英豪。海涛八月如山岳，传命东来拥节旄”。(《弊帚诗话》)

正德辛卯，韩使赵泰德、任守干来聘，从事李邦彦、制述官李礥、掌书记洪舜衍、严汉重、南圣重，皆为词华之选。此方操觚之士，争以诗文应酬，得其一言以为荣耀。是时井白石用事，受命接使者，专主其事。于是亦欲使徂徕接见焉，难自言之，以梁蜕岩尝与徂徕交厚，使之微风。蜕岩乃造徂徕庐，论谈数刻，观其气宇高爽，不敢言。将辞归，乃曰：“闻近日韩使入都，想是文学之人。君不欲见之乎?”徂徕傲然抚座傍卧猫曰：“韩人定文盲，接之不如抚此猫也。”蜕岩闻之，茫然自失，只觉万多之重压其顶门，愧汗浃背，恧然而去。余闻之亡友官本篁村。可见徂徕之睥睨一世，眼底无人。读其《和德夫韩客唱酬诗》云“依然银汉炯清秋，一笑还应太白浮。不识支机君自有，人间漫向海槎求”，亦足见其概。然《与县次公书》有云：“有辇上君子握文章之柄者，盖尝昌言于朝曰:‘聘,大礼也。三韩,上国也。其人习文,又接壤中华,是不可以世琐琐者当之。’于是拔其所知识某某者。郡国间俾歌《皇华》以相赠遗,而谓华国之勋在是。以故鸿胪之馆,无陪臣处士之迹。不然,弊藩或命以列国大夫之事,则不佞虽惫乎,将何辞?”由是观之,固非无意接韩使者,但不欲碌碌与书生为伍耳。又曰:“及取子彻书所附西人诗读之,乃又爽然自失焉。亡论其卑靡一沿袭宋元之旧,是自三韩土俗使然。即其和子彻诗,犹且不能变子彻意而发之,窘窘乎既受病于韵与对之间。是未可以和子彻之诗,而况对足下垒也乎?”其轻视韩使客,在当时徂徕一人,可谓豪杰之士哉!(《梅村诗话》)

《代人赠韩客》云:“翩翩书记哉,遥傍使槎来。蹈海还雄志,抽毫自大才。南云流染翰,西日映衔杯。倾盖乾坤外,相见便可哀。”又云:“叱驭汉臣节,乘槎转渺然。映云簪笔矗,指日锦帆悬。东望应无地,西归若上天。壮游知有助,书记更翩翩。”又《会朝鲜诸学士代人二首》云:“西来满座马卿才,彩笔光辉停晚开。壮与瀛涛添意气,映将岳雪斗崔嵬。今宵锦绣诗盈纸,何日淄渑酒把杯。渐觉胜筵难可继,谁家遥留落梅哀。”“使星几座丽遥天,渴望当时日似年。忽喜风标干气象,定知词笔映云烟。南梅的皪一枝发,北雁羽仪数影连。由来此会何容易,愁看鸿胪馆下川。”又有一首《代人赠韩客》七律,加前五律,以羡尔壮游千秋万里蓬岛梵宫,而结作“谁知缥缈乾坤外,倾盖相看便可哀”。此数首料非代人之言。盖先生旁观当时文士之唱酬,亦不堪技痒,而拟作数诗以遣怀抱者。其他和与韩客唱酬者之诗亦多。《次韵伯锡》则云“西来书记客,输尔更翩翩”,《次韵仲锡》则云“援笔问仙槎”,《次韵秋府记室田翠阴》则云“翩翩尔是阮徐俦”,又云“还嗤八月乘槎客”,《和叔潭》则云“忽逢八月使槎来”,《戏爽鸠子方》则云“目送韩槎海上浮”,《奉和豫洲藤侯赠韩客瑶韵》则云“持赠仙槎欲返时”,《饯野撝谦祗役三河护送朝聘使》则云“百济于今星使槎”,诸句语意重复可厌,所谓十首以上不耐读者。(《梅村诗话》)

朝鲜使之来聘也,此方文士一得接见,以文诗唱酬,乃视以为龙门御李之荣,而玉山未尝一通谒。有井叔将之备藩迎接韩客,因赋赠别诗云:“知君能屈三韩使,不遣孤槎犯斗牛”,玉山眼中无韩客,可谓诗坛猿面郎矣。如是为得国体也。(《梅村诗话》)

江村北海曰:“曹学佺《明诗选》载日本僧天祥诗十一首,机先诗二首。二僧被赏乎中土,而湮晦乎我邦,甚可叹惜。”朝鲜徐刚中所著《东人诗话》以“清磬月高知远寺,长林云尽辨遥山”为日本僧梵吟诗,余未考梵吟何人。(《鉏雨

亭随笔》)

罗山为诗文,挥翰如飞,顷刻成千言。明历乙未,朝鲜信使俞秋潭,发归前一夕,寄《扶桑壮游百五十韵》以求赓诗。时内子荒川氏罹重疾,护视在侧,而夜间口和,乃使男春德录之,至晓稿成,不加一点。即使人赍追,及小田原驿致之,秋潭大惊。(《锦天山房诗话》)

鹅峰兄弟以名父之子,志气高爽,学问渊博。其诗皆雄迈纵恣,摔脱羁束,未易轩轾也。近世噉名之徒,动云鄙俚不足观,盖厌其浩瀚未尝窥全豹者之论尔。今就鹅峰读耕两集,芟其繁芜,撷其菁英,庶几乎以间执轻薄子之口矣。其他鹅峯五言,《呈朝鲜滓溟公》"鱼纵千寻壑,鹏飞万里程",……《呈朝鲜螺山居士》"千年高挂鸡林月,万里遥传鳀壑风",皆佳句也。(《锦天山房诗话》)

石川凹初名重之,字丈山,小字孙介,后称嘉右卫门,又称左亲卫、六六山人、四明山人、凹凸窠、大拙、乌鳞、山木、山材、薮里、东溪、三足,皆其别号也。……初学禅,后介林道春学惺窝门。最长于诗,朝鲜权侙称为"日本李杜"也。(《锦天山房诗话》)

南部南山《赋环翠园》曰:"雁归塞北长为客,梅发江南暗忆人。"吴南老极口称赞。有一人在旁曰:"佳则佳矣,'暗'字似乎妇人语。"南老曰:"子欲改以何字耶?"其人曰:"却字。"南老曰:"若尔则非诗矣。"有李判事者,巡檐数而朗诵不已。南老曰:"来,汝知此诗意耶?"李忸怩不言。南老曰:"汝但喜音韵调谐耳。"南老者朝鲜人,园在越中南部氏别墅。(《锦天山房诗话》)

山县孝孺字次公,号周南,称少助,周防人。父长白,字子成,宦长门,职居师儒,欲周南不坠家声,携至江户托徂徕授业。时年甫十九,英特负才气。已学于家庭,通大义,及见徂徕,孜孜匪懈,学日益进。是时徂徕业未大振,而周南、东野早登其门,迭为羽翼,是以徂徕待二子异群弟子。正德辛卯,朝鲜信使途历长州,馆赤间关,奉君命往接待之。笔谈唱酬,信使惊其隽才。雨伯阳尝称为海西无双。(《锦天山房诗话》)

兰亭诗贵华彩,尚标致,虽闳博不及南郭,而清润过之,此其所以分镳而并驰欤?后阅朝鲜李德懋懋官所著《清脾录》,内载"余尝游平壤,舍球门外吴生家有《兰亭集》,日本诗人也。其《明妃曲》云云",次节录门人山维熊子祥著墓志,又曰"读兰亭诗及墓志,可知文风之大振,失明而能诗,海外之唐仲言也"。观此则可知兰亭诗远播鸡林矣。(《锦天山房诗话》)

初,硕夫所居轩前生灵芝九茎,故号瑞芝轩。既殁,其子辅门及门人户田方弼等编次其遗稿，三木近有省吾寄其集于朝鲜学士申维翰周伯，请叙并赠诗曰："占得茅轩呼瑞芝，斯人千古稿犹遗。寄来为问鸡林客，孰与香山居士诗。"维翰为题其首曰："乌山氏之为诗，则必用师心而舍津筏，不作一古人面目，又不作一今人意态，所以外足于象而内足于思。繇是而为芝菌之色，繇是而为琅玕之响，繇是而为姜桂之味。即今婆娑濩渃，白首穷途，不肯北面而交，一二少年贾名声于都人士者，皆是之为也。"可谓亦善状芝轩矣。（《锦天山房诗话》）

谢在杭曰："外夷诗，惟朝鲜音律谐畅，绰有骚雅遗风。而许氏《塞下曲》一绝最为擅场。诗曰：'寒塞无春不见梅，边人吹入笛声来。夜深惊起思乡梦，月满阴山百尺台。'俨然常建语也。噫！中国男子不知诗为何物，有愧于夷狄之妇人多矣。"谢氏执朝鲜女子诗以激中国男子，极为中肯。如其篇什，乃非常建语，而俨然释皎然语也。皎然《塞下曲》曰"寒塞无因见落梅，胡人吹入笛声来"，是其所自也。至落句，即有李益"金河戍客肠应断，更在秋风百尺台"之意。许氏又有《次伯氏望高台》之作，其诗曰："层台一柱压嵯峨，西北浮云接塞多。铁峡霸图龙已去，穆陵秋色雁初过。山回大陆吞三郡，水割平原纳九河。万里登临日将暮，醉凭青嶂独悲歌。"陈卧子所谓盛唐之风，明七子虽争锋于中原，未知鹿落孰手。（《好好园诗话》）

异邦人来于本邦，所作亦多佳句。今抄出数首。朝鲜李东郭云："文武雄才大都会，诗书旧业小中华。"（《诗学新论》）

最后，再次诚挚恳请海内外专家学者，将您所知更好的版本以及其他日本诗话垂示，以便今后增补完善。

新辑"牧斋诗话"二种

严志雄*

本辑"牧斋诗话",含两种,分别取材于王士禛(号渔洋,1634—1711)及王应奎(号柳南,1684—1757)的著作,对钱谦益(号牧斋,1582—1664)研究有比较特殊的意义。明清之际,牧斋与渔洋相继主盟诗坛,各领风骚五十年。通过渔洋的牧斋记述,除可增加我们对牧斋的了解,也可进一步认识渔洋本人。王应奎则为牧斋之同里后学,出生于牧斋殁后二十年,其牧斋"印象",除了来自阅读牧斋著作之所得,还耳濡目染于父老相传、街谈巷语。此两批材料出现较早,也比较具有学术价值,比较干净,不像别的笔记杂录那样,热衷于披露、传播牧斋的"丑闻",故笔者以"诗话"名之(关于"诗话"的涵义,请详下文)。诗话一类文字,比较琐碎,不成体系,但披沙拣金,偶尔还是会见宝的。下面,先对这两批资料作进一步的介绍。

一、新辑王渔洋之"牧斋诗话"的特色

(一) 内容分类及条目统计

王渔洋之"牧斋诗话"所含内容,可分为以下各类:① 追忆牧斋对己之奖掖及

* 严志雄,台湾中研院文哲所教授,台湾清华大学中国文学系教授。

与牧斋之诗文互动，6 条；② 牧斋诗文评述论，2 条；③ 论牧斋对明茶陵派及复古派之评价大有可议之处，6 条；④ 牧斋前辈及同辈诗人事，9 条；⑤ 与虞山派诗人相关者，渔洋多所批评，3 条；⑥ 渔洋于牧斋之《列朝诗集》多所批评，13 条；⑦ 渔洋于牧斋之《钱注杜诗》多所批评，9 条；⑧ 述牧斋其他著作，2 条；⑨ 为牧斋辩护，2 条；⑩ 述牧斋遗事，2 条。以上共 10 类，54 条文字，字数在15 000 之谱。

（二）渔洋“诗话”之所在，及渔洋对“诗话”之定义

渔洋《渔洋诗话》自序云：“余平生所为诗话，杂见于《池北偶谈》《居易录》《皇华记闻》《陇蜀余闻》《香祖笔记》《古夫于亭杂录》诸书者，不下数百条；而《五代诗话》，又别为一书。今南中所刻《昭代丛书》，有《渔洋诗话》一卷，乃摘取五言诗、七言诗凡例，非诗话也。康熙乙酉（1705），余既遂归田，武林吴宝厓（陈琰）书来，云欲撰本朝诗话，征余所著。无暇刺取诸书，乃以余生平与兄弟友朋论诗，及一时诙谐之语可记忆者杂书之，得六十条。南邮行急，脱稿即以付之，不复窜改。戊子（1708）秋冬间，又增一百六十余条。大儿启涑好收余诗文尺牍草稿，遂付装潢。余年来目昏不能书，此稿藏之家塾，留示子孙可耳，不足示他人也。渔洋老人阮亭甫书。”（《王士禛全集》，第 4750 页）

据之可知，渔洋之“诗话”，本散见于其所作“笔记”“杂录”中，而今传《渔洋诗话》一种，系渔洋应友人之请所为赶制者，非其诗话之全豹。此一情况，可以《渔洋诗话》之涉及牧斋者为例，其所侧重者，为：① 牧斋与己之互动；② 牧斋对他人之评价；③ 引述牧斋语以为论据者。此三种内容及文字，于其诸种笔记、杂录中皆有之，可见渔洋之语不假。

观此序，复可窥知渔洋对“诗话”之认知：① “诗话”一类文字，与其部分“笔记”“杂录”在内容、风格上相同。② 渔洋认为己撰之“五言诗、七言诗凡例”一类文字非诗话。如此看来，则渔洋对具有理论性、指导性、规范性（prescriptive）的诗学纲领一类话语（discourse），分别看待。③ 其诗话，一时所能忆及并笔之于书者，乃“生平与兄弟友朋论诗”之语。这意味着，渔洋的诗话并非刻意有为之作，乃偶然、率性、随意的产物。④ 其部分诗话，乃“一时诙谐之语”，突显了诗话的游戏性质以及消遣功能。⑤ 渔洋说他的诗话可“留示子孙”，或不无一定纪念价值，但雕虫篆刻，“不足示他人”。总之，在渔洋看来，诗话并非“立言”“不朽”的文类。固然，此中不无自谦之词与文人习语，但也有渔洋对“诗话”一体之认真思考，宜分别对待。

(三) 王渔洋之“牧斋诗话”对牧斋、渔洋研究之特殊意义

在本辑诗话中，有两类文字比较温馨，是为“追忆牧斋对己之奖掖及与牧斋之诗文互动”(6 条)及“为牧斋辩护”(2 条)。渔洋于此追忆了五十年前牧斋对己之题拂奖掖、牧斋之赠诗与来信，等等。最重要的是，渔洋谓牧斋为己诗集作序，有“与君代兴”之语，此启后之学者所津津乐道、明清之际文坛两祭酒之佳话(实则牧斋从无此语，详参拙著《清初钱王“代兴”说再议》一文)。又，其时吴殳(1611—1695)撰《正钱录》讥议牧斋，渔洋谓“极不喜之”，又谓曾于京师“面规”吴。(吴殳除为文人、学者，亦一武术家，擅使枪刀，渔洋此举，有一定危险，勇气可嘉。)

然而，在渔洋之牧斋诗话中，其实有大量文字乃为批评牧斋而发，大体集中在 4 类，即，“论牧斋对明茶陵派及复古派之评价大有可议之处”(6 条)、“与虞山派诗人相关者，渔洋多所批评”(3 条)、“渔洋于牧斋之《列朝诗集》多所批评”(13 条)、“渔洋于牧斋之《钱注杜诗》多所批评”(9 条)。本辑渔洋牧斋诗话共 10 类，合 54 条文字，而其中批评牧斋者即含 4 类，共 31 条。换言之，在本辑诗话中，渔洋有约 60%的文字是为批评牧斋而发的。

再具体言之，在渔洋议论牧斋对茶陵派及复古派之抑扬失当一类文字中，有此等条目:“论牧斋推崇李东阳过当”“论牧斋訾謷李梦阳、何景明，推戴李东阳之言‘以天下后世人尽聋瞽’”“牧斋《列朝诗集》载李梦阳事失实，‘曲加文致’”，等等，言词苛刻，一点儿也不留情面。

在渔洋对牧斋《列朝诗集》的批评中，有如此条目:“论牧斋《列朝诗集》‘持论多私，殊乖公议’”“论牧斋《列朝诗集》所仿效之元好问《中州集》‘大有纰缪’”“论牧斋《列朝诗集》‘意在庀史’，于诗之去取则‘殊草草’”“论牧斋《列朝诗集》强分茶陵派、复古派，贻误后学不知明代诗学源流正变”“述引万历前期山东公鼐绝句佳作，并论牧斋《列朝诗集》不多收其作乃因牧斋持论‘多抑西北人’”“论徐祯卿服膺李梦阳，及牧斋《列朝诗集》所收其诗非徐佳作”“论牧斋《列朝诗集》刻薄己之从叔祖王象春”“论牧斋《列朝诗集》误收宋人诗”，等等，对牧斋《列朝诗集》的批评也相当严厉，辣味浓。

在渔洋对牧斋《钱注杜诗》的批评中，有如此条目:“论牧斋《钱注杜诗》訾刘辰翁评杜不公允”“论杜诗句‘老去诗篇浑漫与’之‘与’字牧斋《钱注杜诗》作‘兴’字，‘略无辨证’云云”“论牧斋《钱注杜诗》于杜诗句‘两脚但如旧’下标‘两’字一作‘雨’，‘此甚可笑’”“论牧斋《钱注杜诗》杜诗句‘黄衫年少来宜数’注引姚宽注不妥”，等等，批评尖锐直接。

平心而论，牧斋在处理茶陵派与复古派的关系上的确有偏颇失实之处（茶陵派与前期复古派既有承传，亦存在着断裂，必须同时考虑其时诗学内部的发展以及牵涉诸人在政治斗争方面的情况，方得全面、客观），贻误后学不浅（尤其是现代学者编写的明代中晚期诗学发展史，长期被牧斋误导）。至于《列朝诗集》及《钱注杜诗》，卷帙浩繁，乃牧斋之鸿篇巨制，错误疏漏，在所难免，渔洋绳愆纠谬之处，有些的确是牧斋的“硬伤”。渔洋这些意见很有参考价值。

同时，上述文字，对研究渔洋与牧斋之关系、渔洋对牧斋前后态度之改变等，亦大有帮助。要之，在现传渔洋之诗、文中，渔洋凡语及牧斋，语甚谦逊，几乎全为感念、颂扬文字（请参本辑后附之渔洋诗文），偶或有不同意于牧斋者，仍说得比较委婉（如《跋严沧浪吟卷二则》《跋史西村集》等）。反观本辑渔洋之牧斋诗话，渔洋真“欲为先生之诤臣”（渔洋语，见本辑“论牧斋《列朝诗集》褒扬茶陵派，非议复古派不公允”条），且匡正纠谬之余，不忘奚落挖苦一番。都说牧斋“晚年好骂”，似乎渔洋老人晚年针对牧斋的发言，也说不上温柔。

二、王应奎《柳南随笔·续笔》中之“牧斋诗话”的特色

（一）《柳南随笔·续笔》所含“牧斋诗话”内容分类及条目统计

王应奎《柳南随笔·续笔》所含“牧斋诗话”材料，依其内容，约可分为以下各类：① 牧斋诗文评，7 条；② 虞山诗学传统，8 条；③ 论牧斋学问，9 条；④ 牧斋与文坛后辈，7 条；⑤ 牧斋常熟逸事，7 条；⑥ 牧斋与柳如是，4 条；⑦ 牧斋丁亥狱案，2 条；⑧ 牧斋降清事，2 条。以上共 8 类，46 条文字，约合 10 000 字。

（二）“随笔”与“诗话”的关系

《柳南随笔·续笔》以“随笔”命名，其书写形式，乃“笔记”“杂录”(miscellaneous notes)之属，但就其所载内容、文字特征而言，却有大量篇幅与惯常以“诗话”命名的作品无异，也许可以说，王应奎此一“随笔”，含有大量“诗话”。然则，我们从事诗话研究，或编辑大型诗话丛刊，不能无视“随笔、杂录中含有诗话”此一事实，对于如何收编随笔、杂录中的诗话材料，宜有妥善处理。

（三）“诗话”的理论性思考

在拙编《王应奎〈柳南随笔·续笔〉中之“牧斋诗话”辑》的条目中，有 4 类关乎牧斋的诗文、著述，与文学研究的“实际批评”(practical criticism)、“文学批评”

(literary criticism)直接相关;另 4 类则涉及牧斋的生平事迹以及其身处的历史情境,可为“传记研究”及“历史研究”(biographical and historical studies)提供素材。

循此现象,颇可进一步思考传统诗话的“本质”(intrinsic quality)、“组织原则”(structural principle),及其视阈(vision,horizon)——诗话涵盖的,是具体文本、作者、作者的生平事迹以及其所处的历史世界,所呈现的,表面上杂乱无章,却与一种中国传统的思维模式相契合,或可用“串联思考”(correlative thinking)此一概念形容之,而文本“引譬连类”、往返、摆荡的范围,则多在“诗—人—事”三者之间。

诗话中的“事”,尤须辨识其特质。要言之,诗话中的事件(events),不倾向于参与历史的“宏大叙事”(grand narrative),不追求系统性;给予读者的,是相关诗人、诗作的“片断”(fragments)、“窥瞥”(glimpses and voyeurism);行文则讲求“机智”(wit)与“幽默”(humor),故而“逸事”(anecdotes)、“闲话”(idle talks,gossips)屡见迭出。诗话中的“事”,见于“共时轴”(synchronic axis)多于“顺时轴”(diachronic axis)。

至于诗话写作的目的,作者严肃对待,以期达到“诗文论”的深度与高度的固然有,但更常见的,是以兴发趣味、追求隽永为依止(即便诗话作者进行考证、议论,还是会用比较有趣、轻松的方式、语调展开的)。书写及阅读诗话的工作、时间比较有弹性,可随时放下,随时提起,颇有利于怡情养性、消闲,呕心沥血的悲剧,印象中没有。

(四)《柳南随笔·续笔》牧斋诗话的特殊价值

王应奎,常熟人,牧斋的同里后学,出生于牧斋殁后二十年,其所撰“牧斋诗话”有特殊价值。在王氏所写的、关于牧斋的各类条目中(牧斋诗文评、虞山诗学传统、论牧斋学问、牧斋与文坛后辈、牧斋常熟逸事、牧斋与柳如是、牧斋丁亥狱案、牧斋降清事等),大都带有“知悉内情者”(an informed insider)发言的特色,与众不同。

其中,王氏述牧斋与虞山诗学传统一类条目,据之可知虞山一地,在牧斋门内门外的重要诗家与其特色,最有参考价值。其述崇祯末牧斋狱事的本末及告发者张汉儒其人的出身、动机、计谋等,较诸相关记载,最为详尽,应也是王氏占有“地利”(张汉儒与其京中共犯,也是常熟人),获得外地人不易知悉的信息,才能写出该段文字来。再则王氏述牧斋居乡的种种逸事,因得自父老口传,或里中的街谈巷语,读来倍感亲切,也相对比较可信,这也是同类型记载所不及的。

复次,王氏以常熟人记述同是常熟人的先辈牧斋,也许我们可以通过王氏,窥知常熟一地人氏最感兴趣、最欲知悉，或最热衷于传播的牧斋形象？换言之，就某一意义而言，王氏的牧斋“诗话”，也是一部关于牧斋流传于后世的“记忆之书”(a book of memory)。

最后，应该指出的是，王应奎亦一学者，博学多识，他述论牧斋的诗文、学问、著述，并不停留在一般“传闻”的层面上，而能有所分析、评论、辨证，较之于同类型载记，高出一筹。

三、王渔洋之“牧斋诗话”辑

凡例：

一、本辑所据渔洋著作之底本为：(清) 王士禛著，袁世硕主编《王士禛全集》(齐鲁书社 2007 年版)。

二、本辑“诗话”，主要搜自渔洋以下各书：《池北偶谈》(康熙二十八年[1689]撰)、《居易录》(成书于康熙四十年[1701])、《香祖笔记》(康熙四十一年[1702]起撰，四十四年[1705]续成)、《渔洋诗话》(康熙四十四年[1705]撰，四十七年[1708]增补)、《古夫于亭杂录》(康熙四十四年[1705]始，续写至四十七年[1708]之后，全部完成不迟于 1709 年上半年)、《分甘余话》(著于康熙四十八年[1709])。

三、本辑之条目分类如次：① 追忆牧斋对己之奖掖及与牧斋之诗文互动；② 牧斋诗文评述论；③ 论牧斋对明茶陵派及复古派之评价大有可议之处；④ 牧斋前辈及同辈诗人事；⑤ 与虞山派诗人相关者，渔洋多所批评；⑥ 渔洋于牧斋之《列朝诗集》多所批评；⑦ 渔洋于牧斋之《钱注杜诗》多所批评；⑧ 述牧斋其他著作；⑨ 为牧斋辩护；⑩ 述牧斋遗事。以上共 10 类，54 条文字，字数在 15 000 上下。

四、文前标题，系笔者所添，以助读者掌握该文内容。

五、来自渔洋各书条目之原来顺序，固非如本辑者，笔者为辑编、排列之，并加以分类，为方便研究者使用耳。

六、辑后附录渔洋有关牧斋之诗、文，省却研究者再加检索之劳。

(一) 追忆牧斋对己之奖掖及与牧斋之诗文互动

追忆牧斋五十年前对己之题拂扬诩，谓为“平生第一知己”

予初以诗贽于虞山钱先生，时年二十有八，其诗皆丙申后年少作也。先生一见，欣然为序之，又赠长句，有“骐骥奋蹴踏，万马喑不骄。勿以独角麟，俪彼万牛毛”之句，盖用宋文宪公赠方正学语也。又采其诗人所撰《吾炙集》。方盦山自海虞归，为余言之，所以题拂而扬诩之者，无所不至。予常（按：当作“尝”）有诗云：“不薄今人爱古人，龙门登处最嶙峋。山中柯烂蓬莱浅，又见先生制作新。”“白首文章老巨公，未遗许友入闽风。如何百代论骚雅，也许怜才到阿蒙。”今将五十年，回思往事，真平生第一知己也。（《古夫于亭杂录》，卷三，第4880页）

追忆牧斋于己年甫弱冠时赠诗勉励

虞山钱宗伯赠余古诗云：“骐骥奋蹴踏，万马喑不骄。勿以独角麟，俪彼万牛毛。”又为作集序，有“与君代兴”之语。时余年甫踰弱冠耳，为其所赏异如此。余后有绝句云：“少年薄技悔雕虫，拂拭当年荷巨公。红豆庄前人去久，花开花落几春风！”（《渔洋诗话》，卷上，第4757页）

述牧斋《吾炙集》载己诗

顺治辛丑，方盦山（文）自虞山过广陵，言牧斋先生近撰《吾炙集》，载阮亭诗数篇。此集竟未之见。同时陈伯玑（允衡）撰《国雅》，施愚山（闰章）撰《藏山集》，叶讱庵（方蔼）撰《独赏集》，陈其年（维崧）撰《箧衍集》，今惟《箧衍》一集行于世。（《渔洋诗话》，卷下，第4813页）

录早岁所得牧斋尺牍三通

余少奉教于虞山、娄江两先生，五十年来书尺散佚，偶从鼠蠹之余得两先生尺牍手书，不胜感叹，谨录左方。

钱牧斋先生书三通：

玉峰邮中，忽奉长笺。温文丽藻，晔如春华。东风入律，青云干吕。捧读数过，笑继以怍。自分以木桃之投，而致琼瑶之报，私心怦营，愧无以仰副德音也。衰迟潦倒，卖身空门，旧学无几，遗忘殆尽。唯有日翻贝叶，销闲送老，世间文字茫然如前尘积劫。门下散华落藻，如卿云在天，有目共睹；老人未免枨触童心，鼓动习气，欲从蒲团上扬去，以此自笑耳。近日诗家如稻麻苇粟，今得法眼刊定，又有伯玑元览，共为鉴裁，广陵当又筑文选台矣。西樵诗渴欲请教，邮中都未见寄，惄如调饥，我劳如何！邗沟一水，不能办十日春粮，趋侍铃阁；京江间阻，便如明河天堑，可一叹也。乱后纂述，不复编次，缘手散去，存者什一。荆妇近作当家老姥，米盐琐细枕藉，烟熏掌簿，十指如椎，不复料理研削矣。却拜尊命，惭惶无地。杜诗非易注之书，注杜非小可之事，生平雅不敢以注杜自任，今人知注杜之难者亦鲜矣，可叹也。西江王于一苦心学四大家文字，溘逝之后，遗文散佚，倘得属伯玑搜缉，序而传之，俾此子不为草亡木卒，诚艺林所仰望也。贵门人便邮，草率奉复，老怀缕缕，都无伦次，惟高明亮之。

仆于君家季木兄，有同年同志之谊，而司马中丞暨令祖方伯，咸以年家稚弟，畜我爱我。松茂柏茂，如草木之有臭味，不但孔李通家也。世事改迁，故旧寥阔，东望岱宗，未尝不郁纡感叹。顷闻门下雄骏绝出，整翮云霄，鸿裁艳词，衣被海内；才笔之士，靡不捧盘执匜，愿拜下风。私心庆幸，以为大槐之后，复产异人；新城门第大振于灰沉烟烬之余，禽息之精阴，庆在季木可知也。舍甥北还，复示大集，如观武库，如游玉府，未敢遽赘一言于简端。丁老继之枉过，言门下驻节水亭，讨论风雅，风前烛下，眷念衰朽，以为孤竹老马犹能识道，不惜过而问焉。禅力未固，猎心复萌，翻阅再过，放笔为糠秕之导。良以古学日远，流俗波靡，如门下应半千之运，茁竖颖发，回斡狂澜，鼓吹大雅，故敢倾吐朴学，申写狂言，直道其所厚望于门下者。此时稂莠一区，鸟鼠同穴，闻仆之言，必将群喙争鸣，众口交诅。区区之意，但得以片言自效于高明，斯世有一人知己，岂复与辁才小生争窶薮于鼠穴哉！序言草略，有怀未尽，扇头古诗一章，聊当百一。邗沟京江，盈盈一水，贫病屏迹，投老荒村，东风解冻，尚期里粮幞被，奉扣铃阁，庶几樵苏不爨，明灯永夕，上下扬扢，成千古佳话耳。君家群从，比复何如？季木儿郎得免负薪否？牍末附问，不尽驰念。

余生暮年，销声息影，风浪瞥起，突如焚如，介恃天慈，得免要领。噩梦已阑，惊魂未憖。远承慰问，深荷记存，唯有向长明灯下，炷香遥祝而已。伏读佳集，泱泱大风，青邱东海吞吐于尺幅之间，良非笔舌所能赞叹。词坛有人，余子皆可以敛手矣。老耄丛残，仰承推许，三复德音，惭惧交并。辁才朴学，本不敢建立门户，厕足艺林。幸奉先生长者之训，稍知拨弃俗学，别裁伪体，采诗余论，聊示发挥，遂使谣诼纷如，弹射横集；俗习沉痼，末学晦蒙，酰鸡井猿，良可愍叹。日星在天，江河万古，欧阳公有言，岂为小子辈哉！八十老叟，余年几何，既已束身空门，皈心胜地，义天法海，日夕研求，刳心刻肾，如恐不及，何暇复沉湎笔墨，与文人才子争目睫之短长哉。非旁行之书不观，非对法之论不作；世间文字，一一皆回向波若呗赞之余，游戏讽咏。禅则寒山、梵志，儒则《击壤》、江门，可以助发道情，消除荫界。假年送老，如是而已。《秋柳》新篇，为传诵者攫去。枚生已老，岂能分兔园一席，分赋忘忧；白家老妪，刺促爨下，吟红咏絮，邈若隔生，无以仰副嘉命，徒有永叹而已。伯玑想尚在幸舍，幸道相念。寒窗裁谢，临风怅然。

吴梅村先生书一通（略）。（《古夫于亭杂录》，卷三，第 4886—4889 页）

述牧斋秦淮旧诗及己和诗

余客金陵，居秦淮邀笛步上，与主人丁翁谈秦淮盛时旧事，作绝句二十首，人竞传写。虞山钱宗伯，亦常居此，有《题石厓秋柳小景》云：“刻漏巉岩石骨愁，两株风柳曳残秋。分明一段荒寒景，今日钟山古石头。”余继和云：“宫柳烟含六代愁，丝丝畏见冶城秋。无情画里逢摇落，一夜西风满石头。”袁萚庵（于令）见之，笑曰：“忍俊不禁矣。”（《渔洋诗话》，卷上，第4756—4757页。此条又见《居易录》《香祖笔记》

牧斋歌颂为明殉节之家世父王与胤

先世父侍御府君（讳）与胤，字百斯。崇祯中，以劾总兵官邓玘忤时相罢归。甲申闻国难，阖门自经，《明史》载《忠义传》。有《陇首集》一卷。南城陈伯玑录其诗，与雁门（孙白谷）、箫曲（黄海岸）、钤冈（袁临侯）合刻之，为《四忠诗》。钱宗伯赞之曰：“遗音危苦，孤桐玉律。吟龙戛石，梵猿嗷月。浩歌悲啸，雷风交加。虫豸不蛰，象华其牙。（云云。）”（《渔洋诗话》，卷上，第4760页）

（二）牧斋诗文评述论

论牧斋评苏子瞻文章渊源为高明之论

虞山钱先生云：“吾读子瞻《司马温公行状》、《富郑公神道碑》，如万斛水银随地涌出，茫然莫得其涯涘也。晚读《华严经》，称性而谈，浩如烟海，无所不有，无所不尽，乃喟然而叹曰：子瞻之文其有得于此乎！文而有得于《华严》法界，事理开遮涌现，无门庭，无墙壁，无差择，无拟议，世谛文字固已荡无纤尘，何自而窥其浅深，议其工拙乎？子由为子瞻行状云云，然则子瞻之文，黄州已前得之于庄，黄州已后得之于释；吾所谓有得于《华严》者，信也。中唐已前，文之本于儒学者，以退之为极则。北宋已后，文之通释教者，以子瞻为极则。孟氏曰：‘孔子之谓集大成。’二子之于文也，其庶几乎！”此跋论东坡语语破的。诸家序论皆可废矣。余昔有《题坡集后》绝句云：“庆历文章宰相才，晚为孟博亦堪哀。淋漓大笔千秋在，字字《华严》法界来。”（《古夫于亭杂录》，卷三，第4878—4879页）

论牧斋驳严羽借禅喻之说不公允

严沧浪《诗话》，借禅喻诗，归于妙悟。如谓盛唐诸家诗，如镜中之花，水中之月，镜中之象，如羚羊挂角，无迹可求，乃不易之论。而钱牧斋驳之，冯班《钝吟杂录》因极排诋，皆非也。（《池北偶谈》，卷十七，《谈艺七·借禅喻诗》，第3260页）

（三）论牧斋对明茶陵派及复古派之评价大有可议之处

论牧斋推崇李东阳过当

西涯（案：李东阳）相业，大有可议。即刘、谢去国一语，李百喙何以自解？牧翁乃强以拟东坡，不知其人品相万也。又欲以顾文僖、鲁文恪辈，追配黄、秦、晁、

张，以予论之，未见其可。(《居易录》，卷十，第 3872 页)

论牧斋訾謷李梦阳、何景明，推戴李东阳之言"以天下后世人尽聋瞽"

牧斋訾謷李、何，则并李何之友如王襄敏、孟大理辈而俱贬之。推戴李宾之(案：李东阳)，则并宾之门生如顾文僖辈而俱褒之。他姑勿论。《东江集》予所熟观，诗不过景泰、成化间沓拖冗长之习，由来谈艺家何尝推引，而遽欲扬之王子衡、孟望之之上，岂以天下后世人尽聋瞽哉！(《居易录》，卷十，第 3873 页)

论牧斋贬李梦阳、李攀龙而牵连及于吴人

牧斋贬空同、沧溟二李先生至矣。吴人之师友二李者，如徐廸功、黄五岳以及弇州，皆绝之于吴，且夷廸功于于〔疑衍〕文璧、唐寅之列，比之明妃远嫁。一日，阅冯时可元成集辨徐太室《二罗集》序云："吴诗清浅而靡弱，不以二李剂之，而何以诗哉？"元成，吴人也，其言如此，天下后世其又可欺乎？牧翁称文征仲诗，近同年汪钝翁注归熙甫诗。人之嗜好，实有不可解者，付之一笑可矣。(《居易录》，卷十九，第 4056 页)

论牧斋《列朝诗集》载李梦阳事失实，"曲加文致"

牧斋力攻空同，其稍能与空同异者，则亟进之。至云空同就医京口，吴中人士皆绝弗与通。又言高邮王盘口占咏老人灯诗，面讯空同，尤非事实。当时空同文章气节震动天下，王盘何人，敢尔无礼。且空同劾寿宁候，劾刘瑾，名榜朝堂，号为党魁。即不以诗名，世已仰之如泰山北斗，乃绝弗与通，如避豺虎蝮蛇然，何为者耶？牧翁尊一学张禹、孔光之西涯，强拟东坡；贬一能为汲黯之空同，曲加文致。以此修史，其颠倒是非必矣。(《居易录》，卷二一，第 4086 页)

答门人问诗，谓牧斋截取李攀龙论唐五言诗之语不妥

问：李沧溟先生尝称唐人无古诗，盖言唐人之五古，与汉、魏、六朝自别也。唐人七言古诗，诚掩前绝后，奇妙难踪，若五古似不能相颉颃。沧溟之言，果为定论欤？

答：沧溟先生论五言谓："唐无五言古诗，而有其古诗。"此定论也。常熟钱牧斋宗伯但截取上一句，以为沧溟罪案，沧溟不受也。要之，唐五言古固多妙绪，较诸十九首、陈思、陶、谢，自然区别。七言古若李太白、杜子美、韩退之三家，横绝万古，后之追风蹑景，惟苏长公一人耳。(《郎廷槐问渔洋老人答》，《诗问》，卷一，第 7 页)

答门人问诗，谓牧斋言"王、李以矜气作之，钟、谭以昏气出之"为定论

问：有以尖岔二字评钟、谭、王、李者何如？

答：王、李自是大方家，钟、谭余分闰位，何足比拟？然钱牧斋宗伯有言："王、李以矜气作之，钟、谭以昏气出之。"亦是定论。(《郎廷槐问渔洋老人答》，《诗问》，

卷一,第7页)

(四) 牧斋前辈及同辈诗人事

以牧斋述高攀龙御史大夫署中情状为想当然耳

钱先生《题高忠宪公村居诗卷》云:"存之今方为御史大夫,踞独坐双藤倚,户外群僚奉手屏气,不知存之居太微执法之署,视菰芦中老屋数间何如也?"忆余昔官御史大夫时,退食谢客,焚香扫地,下帘读书,自一二韦布故交以风雅相质外,门雀可罗也。然则执法之署与菰芦老屋岂有异哉? 试以质之忠宪,必相视一笑也。(《古夫于亭杂录》,卷三,第4879页。按:渔洋《题高忠宪公村居诗卷》云云,指今传《牧斋初学集》卷八四之《跋高存之村居诗卷》。)

论王世贞批评《中州集》,得其实,牧斋对是书则"推之太过"

弇州《卮言》评《中州集》云:"直于宋而太浅,质于元而少情。"二语最确,牧斋先生推之太过,所未喻也。(《古夫于亭杂录》,卷二,第4853页)

论程嘉燧选元遗山《中州集》去取不当及牧斋过誉程选

程孟阳嘉燧常选元遗山《中州集》,新安有刻本。余观其去取,率不可解。即如刘迎无党之七言古诗、李汾长源之七言律诗,乃集中眼目,虽北宋作者无以过之,顾多从刊削,所收反丛脞不足观。牧斋先生称其"老眼无花,照见古人心髓",然欤,否欤? 于鼎以此书寄余,求增删重刻之,余谓存而不论可也。(《古夫于亭杂录》,卷一,第4834页)

述牧斋及己欣赏之李流芳诗

牧斋喜李流芳长蘅诗:"谷城山晓青如黛,滕县花开白似银。"予亦爱之。康熙乙丑,以祭告南海之役,途出邹、滕,忆前句赋一诗。适门人户部主事何炯贻予长蘅诗钞本,是诗在其中,惜全篇不称。别有《东阿道》中一首云:"腾腾兀兀逐尘行,忽似春山为解酲。高下欲随人境绕,透迤偏觉马蹄轻。谁教柳色毵毵映,不分梨花处处生。爱煞谷城山下路,风光况复是清明。"又《滕县道中》云:"山欲开云柳乍风,杜梨花白小桃红。三年三月官桥路,策蹇经过似梦中。"二首风调颇佳。(《居易录》,卷二四,第4149页)

述牧斋故友徐波晚年诗及事

徐波元叹,晚居天池落木庵。虞山钱宗伯寄诗云:"皇天老眼慰蹉跎,七十年华小劫过。天宝贞元词客尽,江东留得一徐波。"自云:"喜登陟而筋力遽衰,未废吟诗而发言莫赏。"又作《落木庵记》云:"崇祯癸酉,与竟陵谭友夏在其弟服膺署中。晓起盥漱，见余白发盈梳，曰：‘子从此别，计必住山，请择嘉名，以名其居。’服膺出幅纸，请作擘窠大字，友夏为书‘落木庵’。今三字揭诸庵门，松栝数株，撑风蔽日，元冬霜月，萧萧而下；双童缚帚，扫除不给，斋厨爨烟，皆从此出，事之前定如此。”《乱后寄楚僧寒碧》云：“楚鬼微吟上峡谣，中元法食可相招？凭师为譬兴亡恨，雨打秋坟骨亦销。”此诗为锺、谭作也。（《渔洋诗话》，卷中，第 4779 页）

述牧斋所折服之“万历中年以后”诗人曹能始

明万历中年以后，迄启、祯间，无诗。惟侯官曹能始宗伯（学佺）诗，得六朝、初唐之格。一时名士如吴兆、徐桂、林古度辈皆附之，然海内宗之者尚少。钱牧斋所折服，惟临川汤先生义仍与先生二人而已。能始官四川参政，与监司谒抚按，必于馆中别设一几，隶人置书几上，对众一揖，即就几披阅，不交一言，其孤亢如此。晚年大节如江万里，尤不可及。予生甲戌，以辛卯中乡试，乙未中会试，与先生相去一甲子，无不符合。（《池北偶谈》，卷十七，《谈艺七·曹能始》，第 3264 页）

述已暗助牧斋曾赏识之“万历诗人”邵潜夫

南通州邵潜夫，亦万历诗人，钱宗伯牧斋亟称之。性孤僻，凡数易妻，晚竟无子。侨居如皋，年八十矣。苦徭役。余适以按部至县，诘旦首谒邵。邵所居委巷，乃屏舆从，徒步而入。邵曰：“适有酒一斗，能饮乎？”余欣然为引满，流连移晷，始别。县令闻之，立除其役。（《渔洋诗话》，卷上，第 4754 页）

述牧斋赏识之“万历后文士”王损仲

钱牧斋于万历后文士，独许祥符王损仲（惟俭）为博雅。王尝删定《宋史》，累年求之不得，唯见其诗文二卷，《古事抄》、《玺史》，《史通》、《文心雕龙》二训故，凡若干卷。（《池北偶谈》，卷十四《谈艺四·王损仲》，第 3160 页）

论明末清初有虞山、大樽、娄江三派

明末暨国初歌行，约有三派：虞山源于杜陵，时与苏近；大樽源于东川，参以大复；娄江源于元白，工丽时或过之。（《分甘余话》，卷 2，页 4995）

（五）与虞山派诗人相关者，渔洋多所批评

论冯班著《钝吟杂录》多拾牧斋牙慧及兄冯舒所评《才调集》亦“卑之无甚高论”

常熟冯班，字定远。著《钝吟杂录》，多拾钱宗伯牙慧，极诋空同、沧溟，于弘正、嘉靖诸名家多所訾謷。其自为诗，但沿香奁一体耳。教人则以《才调集》为法。余见其兄弟（兄名舒）所评《才调集》，亦卑之无甚高论。乃有皈依顶礼，不啻铸金呼佛者，何也？班子之曰行贤〔疑作“班之子曰行贤”〕，字补之，诗学白乐天，却有自得之

趣。与吴雯天章善，尝求余论定其诗，惜逸其本矣。（《古夫于亭杂录》，卷五，第4920—4921页）

论冯班"字学""论文"高明，但骂严羽不识一字为"太妄"

冯班，字定远，常熟人。博雅善持论，著《钝吟杂录》六卷。尝云："朱子言《礼》称郑康成，后儒不从也，却用陈澔注。程子极信《诗》小序，后儒不从也，却从朱子。"又云："祝字有去声，后人别作呪诅字，钱牧斋不知。讯谇是一字，王弇州不知。"作文字不可不讲字学。定远论文，多前人未发，但骂严沧浪不识一字，太妄。（《池北偶谈》，卷十七，《谈艺七·冯班》，第3255页）

述吴中士人多私其乡先达，而陆完实为奸邪之徒

吴中士人，多私其乡之先达，时有曲论。如陆完党于逆濠，最为奸邪。有某者送钱牧斋宗伯入朝，作古诗数篇，历述吴中先贤，致期望之意，陆与焉。此讵可欺天下万世乎？（《池北偶谈》，卷八，《谈献四·陆完》，第3017页）

（六）渔洋于牧斋之《列朝诗集》多所批评

论牧斋《列朝诗集》"持论多私，殊乖公议"

钱牧斋宗伯作《列朝诗传》，本仿《中州集》，欲以庀史，固称淹雅，然持论多私，殊乖公议。略举一二：如徐有贞、陆完，以桑梓之故，一则称其文武兼资，一则举其功在社稷。欲以一手揜万古人耳目，可乎哉？李文凤《月山丛谈》云：徐有贞力主南迁之议，及贞性险贼云云。今吴人举其乡望名臣，以有贞为称首。上自王济之，下及今时能言之士，莫不皆然。后世宜有公论，固不始于牧斋也。（《池北偶谈》，卷七，《谈献三·牧斋诗传》，第2991页）

论牧斋《列朝诗集》所仿效之元好问《中州集》"大有纰谬"

元裕之撰《中州集》，其小传足备金元一代故实。虞山极喜之，晚年撰明《列朝诗集》，略仿元例。然元书大有纰谬，如载诸相诗，取宋叛臣刘豫、杜充之类。蔡松年史称便佞，元首推其家学，且取其论王夷甫、王逸少之语，略无贬词。曲笔如此，岂足征信，而顾效之哉？（《池北偶谈》，卷十一，《谈艺一·中州集》，第3095页）

论牧斋《列朝诗集》"意在庀史"，于诗之去取则"殊草草"

杨梦山先生（巍，明吏部尚书）五言古诗，清真简远，陶、韦嫡派也，五律尤高雅沉澹。予尝选评其集刻之。牧斋所取非其至者，而又云李中麓诸人咸推之。杨、李诗格，相去霄壤，顾反引李以为杨重耶？大抵牧斋录诗，意在庀史，诗之去取殊草草，不足为典要。读者当分别观之，勿为盛名所怵，乃善耳。（《居易录》，卷二十，第4084页）

论陈子龙《明诗选》及牧斋《列朝诗集》宜合观，始得尽观明代诗之佳者

陈大樽《明诗选》，于弘、正间持择甚精。嘉靖以来，便稍皮相，什得七八耳，至儗早朝应制之体阑入，未免可厌。万历以下，如汤义仍、曹能始不愧作者，槩置之桧〔按，当作郐〕下无讥之列，此则大误。须合牧斋《列朝诗集》观之。（弘、嘉间，虞山先生之论不足为据，当以陈为正。）（《古夫于亭杂录》，卷五，第4927页）

论牧斋《列朝诗集》强分茶陵派、复古派，贻误后学不知明代诗学源流正变

海盐徐丰厓（咸）诗谈云：“本朝诗，莫盛国初，莫衰宣、正。至弘治，西涯倡之，空同、大复继之，自是作者森起，于今为烈。”当时前辈之论如此。盖空同、大复，皆及西涯之门。虞山撰《列朝选》，乃力分左右袒，长沙、何、李，界若鸿沟。后生小子，竟不知源流所自，误后学不浅。（《池北偶谈》，卷十四，《谈艺四·徐丰厓论诗》，第3183页）

论牧斋《列朝诗集》褒扬茶陵派，非议复古派不公允

钱牧翁撰《列朝诗》，大旨在尊李西涯，贬李空同、李沧溟。又因空同而及大复，因沧溟而及弇州，索垢指瘢，不遗余力。夫其驳沧溟拟古乐府、拟古诗是也，并空同《东山草堂歌》而亦疵之，则妄矣。所录《空同集》诗亦多泯其杰作。黄省曾，吴人，以其北学于空同则摈之。于朱凌溪应登、顾东桥璘辈亦然。予窃非之，偶著其略于此。牧翁于予有知己之感。顺治辛丑，序予《渔洋诗集》，有“代兴”之语。寄予五言古诗云：“勿以独角麟，俪彼万牛毛。”今三十余年，先生墓木拱矣。予所以不敢傅会先生以诬前辈者，亦欲为先生之诤臣云尔。（《居易录》，卷十，第3872页）

述引万历前期山东公鼐绝句佳作，并论牧斋《列朝诗集》不多收其作乃因牧斋持论“多抑西北人”

吾乡公文介公（鼐），万历中，为词林宿望，诗文淹雅，绝句尤工。如《习家池》云：“岘首岧嶤汉水长，习池烟树野亭荒。羊公流涕山公醉，并枕残碑卧夕阳。”《西郊金主钓台》云：“花石遗纲入战图，蓟门衰草钓台孤。不知艮岳宫前叟，得见南军入蔡无？”《畿南问宋辽战地》云：“战胜河东下蓟丘，高梁失御阵云愁。六飞不入燕山府，直见銮舆下广州。”《明湖独眺》云：“窄岸平桥万柳斜，半城春水半人家。东风吹雨宵来急，一片乡心到海涯。”《别邢子愿》云：“南浦分携暮雨微，平林望断送将归。新诗一一题团扇，陇首秋云片片飞。”《衍元白诗寄冯用韫》云：“千里襟期付此词，邮筒珍重寄相思。将来莫遣玲珑唱，泪尽夷陵缓棹时。”“生平有意皆成幻，死去凭谁得报君？灯影幢幢对疏雨，一声哀雁入秋云。”《济南晤李季重》云：“一望并州雁影沉，三年幽梦峼湖阴。历城四面寒泉水，堪照青陵台下心。”《泉林寺》云：“百里天涯一夕分，月华中断怅离群。坐闻庄子城头水，却忆夷吾台上云。"《兰溪望金华山水》云："新安水色括苍烟，煜煜金华婺女连。灵异果应仙路近，始知此是蔚蓝天。"（杜子美梓州金华山诗"上有蔚蓝天"，谓潼川之金华山，此乃借用。）"百折桐江绕钓台，四明云起接天台。半空突出冰轮涌，定是龙湫雁宕开。"《南楼》云："十二楼开列玉京，分明天上落层城。檐前寂寂三珠树，半夜鹤飞来上鸣。"《掖县道中》云："齐疆行尽海云生，处处看山自问名。麦秀渐渐桑柘绿，马头不见曲侯城。"《襄阳》云："江上轻帆落浴凫，镜中倒影数峰孤。林莺送客岩花笑，曾见铜鞮歌舞无？"《南竺寺》云："晚霞挂重塔，微月碧殿空。林壑松桧响，十里闻秋风。"皆不减唐人风致。而《列朝诗》取之甚少，不可解。盖牧翁多抑西北人也。（《池北偶谈》，卷十一，《谈艺一·公文介公诗》，第3074—3075页）

论牧斋《列朝诗集》失收李梦阳《徐子将适湖湘，余实恋恋难别，走笔长句，述一代人文之盛，兼寓祝望焉耳》一首为不智

空同赠昌谷诗，峥嵘百年会一篇，略云："大历熙宁各有人，敲金戛玉何缤纷？高皇挥戈造日月，草昧之际崇儒绅。英雄杖策集军门，金华数子真绝伦。宣德文体多浑沦，伟哉东里廊庙珍。我师崛起杨与李，力挽一发回千钧。"其推唐、宋大家及明初作者可谓至矣。牧斋独不举此，何也？（《池北偶谈》，卷十四，《谈艺四·空同诗》，第3160—3161页）

论徐祯卿服膺李梦阳，及牧斋《列朝诗集》所收其诗非徐佳作

徐昌国《谈艺录》云：未睹《钧天》之美，则《北里》为工；不咏《关雎》之乱，则《桑中》为隽。当是既见空同之后，深悔其吴歈耳。而牧翁顾力扬其少作，正弇州所云：舞阳、绛灌既贵后，称其屠狗、吹箫以为佳事，宁不泚颡者也。（《居易录》，卷三二，第4337—4338页）

论牧斋《列朝诗集》刻薄己之从叔祖王象春

从叔祖季木考功（象春），跌宕使气，常引镜自照曰："此人不为名士，必当作贼。"尝奉使长安，饮于曲江，赋诗云："韦曲杜陵文物尽，眼中多少可儿坟。"其傲兀如此。有《题项王庙》乐府一篇云："三章既沛秦川雨，入关更纵阿房炬，汉王真龙项王虎。玉玦三提王不语，鼎上杯羹弃翁姥，项王真龙汉王鼠。垓下美人泣楚歌，定陶美人泣楚舞，真龙亦鼠虎亦鼠。"此诗刘公䶮绝爱之。公与文光禄太青友善，诗亦齐名。钱牧斋尚书云："文天瑞如魔波旬，具诸天相，能与帝释战斗，遇佛出世，不免愁宫殿震坏。王季木如西域婆罗门，邪师外道，自有门庭，终难皈依正法，然其警策处，要自不可磨灭。"《列朝诗》中仅录三首，又非佳作。（《池北偶谈》，卷十六，《谈艺

六·考功诗》,第3220—3221页)

论牧斋《列朝诗集》误收宋人诗

"亭皋木叶下,陇首秋云飞","太液沧波起,长杨高树秋",皆柳文畅诗也。六朝名句,灼然在人耳目者。而某诗话谓吴兴赵孟頫有句云云,置之齐梁,矫矫有气,可谓咏日人道白黑,而《诗话类编》取之,亦不注作者名氏,阅之不觉捧腹。当是松雪尝书二诗,渠遂谓是赵作耳。又如"春江欲入户,雨势来不已。小屋如渔舟,蒙蒙水云里"是坡公古诗首四句,而朱隗撰《明诗平论》,乃以为陈继儒绝句,盖亦以陈尝书此四句而误也。又姚佺撰《诗源》载一诗云:"白日骑羊三洞远,青天扪虱万峰高。"乃宋末人诗,见谢翱《天地间集》而不之知。然如丽江木青太素轩诗"不是闭门防俗客,爱闲能有几人来",即宋人"贺家湖上天花寺"诗,牧斋亦载之《列朝诗》,何也?(《香祖笔记》,卷五,第4571页)

论牧斋《列朝诗集》误收宋人诗

"夜暗云归绕柁牙"一首,乃宋姜夔尧章诗,见《白石集》。《列朝诗》收之,作张如兰诗。牧翁博极群书,亦有此误。(《居易录》,卷二十,第4083—4084页)

述《金陵琐事》记刘南坦制"神楼"事而及牧斋《列朝诗集》论咏刘氏神楼图、文

《金陵琐事》云:"神楼乃刘南坦尚书制为修炼者,用竹篾编成,悬于屋梁,仅可弓卧。其上下收放之机,皆自握之,不烦他人,如陶靖节篮舆之类。文征仲为写《神楼图》,诸词人多咏之,皆不得其旨也。"余按虞山《列朝诗传》:刘清惠好楼居,而力不能构,文征仲作《神楼图》以遗之。杨升庵《后神楼曲序》亦云然。皆所谓不得其旨者也。(《渔洋诗集》,卷中,第4778页。又见《香祖笔记》,卷七,第4619—4620页)

(七)渔洋于牧斋之《钱注杜诗》多所批评

述牧斋《钱注杜诗》底本及其他杜诗版本

钱牧斋注杜,主宋绍兴吴若季海本,若自序云:"凡称樊者,樊晃《小集》也。称晋者,开运二年官书也。称荆者,王介甫四选也。称宋者,宋景文也。称陈者,陈无已也。称刊及一作者,黄鲁直、晁以道诸本也。"又宋胡仔《苕溪渔隐》云:"《子美集》,予所见者凡八家。《杜工部小集》,则润州刺史樊晃所序也。《注杜工部集》,则内翰王原叔洙所注也。(吴彦高集云:是元祐间秘阁校对黄本,邓忠臣慎思所注,托名原叔。)改正王内翰注,则王宁祖也。《补注杜工部集》,则学士薛梦符也。《校定杜工部集》,则黄长睿伯思也。《重编少陵先生集》并《正异》,则东莱蔡兴宗也。《注杜诗补遗正谬集》,则城南杜田也。《少陵诗谱》,则缙云鲍彪也。"(《池北偶谈》,

卷十八,《谈艺八·杜注》,第3283—3284页)

论牧斋《钱注杜诗》杜甫年谱据吕汲公说载甫生卒年不尽妥当

嘉兴鲁訔《杜工部诗年谱》一卷,谓甫生于先天元年壬子,卒于大历五年庚戌。赵子栎《杜年谱》一卷,谓生于开元元年癸丑(钞本作二年,非),没于大历六年辛亥。先是,吕汲公始创为年谱,訔书成于绍兴癸酉,《谱》说盖沿汲公之旧。而赵则谓汲公之《谱》生殁所值纪年,与纪年所值甲子,皆有一岁之差。近钱先生牧斋之《谱》独遵吕说。(《居易录》,卷五,第3764—3765页)

论牧斋《钱注杜诗》訾刘辰翁评杜不公允

千家注《杜》,如五臣注《选》;须溪评《杜》,如郭象注《庄》。此高识定论,虞山皆訾之,余所未解。(《分甘余话》,卷四,第5041页)

述牧斋《钱注杜诗》多所引用之《能改斋漫录》作者吴曾旧事

宋临川吴曾虎臣着《能改斋漫录》十五卷,虞山钱公注杜诗多引之。当时有知麻城县郑显文者,遣其子之翰赴御史台论曾,事涉谤讪。有旨:曾、显文各降两官。赖臣僚缴奏,孝宗明圣,黜显文,其子送汀州编管。后京镗爱其书,始版行。见《恕斋丛谈》,着书之难如此。今观曾书多不满王介甫之论,奸人殆犹袭党人故智云。(《池北偶谈》,卷十七,《谈艺七·吴曾》,第3255页)

论牧斋《钱注杜诗》取材于蔡梦弼《草堂诗话》者不多

《草堂诗话》二卷,凡二百余条,建安蔡梦弼集,牧斋刺取增入,仅二十条而已。(《居易录》,卷五,第3765页)

述牧斋《钱注杜诗》附录《徐介题耒阳杜工部祠堂诗》有别本异文,牧斋本疑有误

钱牧斋先生注杜诗,卷首附录有《徐介题耒阳杜工部祠堂诗》云:"手接汨罗水,天心知所存。故教工部死,来伴大夫魂。流落同千古,风骚共一源。消凝伤往事,斜日隐颓垣。"偶看王得臣《麈史》云:"熙宁初,调官泊报慈寺,阳翟徐秀才出其父屯田(忘名)诗,清苦平淡,有古人风。其过杜工部墓一首云:'水与汨罗接,天心深有存。远移工部死,(四五六句同。)江山不受吊,寒日下西原。'"字句稍不同,盖屯田即介也。前本"手接"二字不可晓,疑有误。(《池北偶谈》,卷十七,《谈艺七·徐介诗》,第3254页)

论杜诗句"老去诗篇浑漫与"之"与"字牧斋《钱注杜诗》作"兴"字,"略无辨证"云云

秀水朱竹垞简讨(彝尊)云:"杜诗'老去诗篇浑漫与',今本皆讹作漫兴,非也。"

予考旧刻刘会孟本、千家注本，果皆作与字。赵云：“耽佳句而语惊人，言其平昔如此。今老矣，所为诗则漫与而已，无复着意于惊人也。”《刘后村集》跋陈教授杜诗补注亦云：“或信笔漫与。”云云。然近日虞山钱宗伯本，仍作兴字，略无辨证。又云：“倪雁园（粲）简讨有宋刻十家宫词，内王建‘太平天子朝元日’，作朝迎日，亦新。”（《池北偶谈》，卷十四，《谈艺四·漫兴》，第3166页）

论牧斋《钱注杜诗》于杜诗句“两脚但如旧”下标“两”字一作“雨”，“此甚可笑”

今人但贵宋椠本，顾宋板亦多讹舛，但从善本可耳。如钱牧翁所定杜集《九日寄岑参》诗，从宋刻，作“两脚但如旧”，而注其下云：陈本作“雨”。此甚可笑。《冷斋夜话》云：老杜诗“雨脚泥滑滑”，世俗乃作“两脚泥滑滑”此类当时已辨之，然犹不如前句之必不可通也。（《居易录》，卷二，第3696页）

论牧斋《钱注杜诗》杜诗句“黄衫年少来宜数”注引姚宽注不妥

《田畴传》，字子泰，或云子春。陶诗：“闻有田子春，节义为士雄。”姚宽引《汉书·刘泽传》云：高后时齐人田生，游乏资，以书干泽。泽大悦之，用金二百斤为田生寿。田生如长安，幸谒者张卿讽高后立泽为琅琊王。晋灼曰：《楚汉春秋》云，田生字子春。按此诗上文云“策马至无终”，无终，正畴所居。若《泽传》田生乃齐人，其说谒者张卿，乃游士说客之流，安得称节义？此宽好奇之过也。又杜诗《少年行》“黄衫年少来宜数”，宽引《霍小玉传》“有一豪士，衣轻黄衫，挟朱筋弹”云云，更为无稽。而虞山钱宗伯注取之。按宽，字令威，尝测金海陵之败，所著书二百卷，古今同异，无不该括。晚始召对殿中，忽感风眩而卒。见叶正则集。（《居易录》，卷二三，第4139页）

（八）述牧斋其他著作

述诸清初诗选之佳者，牧斋《吾炙集》与焉

撰本朝诗者数十家，大都为结纳之具。风骚一道，江河日下，皆若辈为之。惟钱牧斋先生《吾炙集》、施愚山《藏山集》、叶讱庵《独赏集》、陈其年《箧衍集》，卷帙不多，犹有殷璠、高仲武唐选之风。陈伯玑（允衡）《国雅》，始甚矜贵，不妄入一篇，后遂泛滥，可惜。其《诗慰》一编，先已成书，乃可传，盖无所瞻徇故也。上元龚贤，字半千，撰《诗遇》，率近体，专宗晚唐，亦不至恶道。（《古夫于亭杂录》，卷四，第4906页）

述牧斋《彭幼朔传》所载异人事

钱牧翁作《彭幼朔传》云：近有人入青城山，见老人跨白鹿曰：“我三国徐庶也。”此与蜀人费经虞所言同，特终南、青城地异耳。（《居易录》，卷二十，第4084页）

（九）为牧斋辩护

“极不喜”吴殳《正钱录》擅议牧斋

前辈大家各有本末，非后生小子一知半解所得擅议。近代如陈晦伯、胡元瑞之《正杨》是也。吴人吴殳，字修龄，予少时友其人，尝着《正钱录》以驳牧斋，予极不喜之。观洪文敏《容斋五笔》所载严有翼者着《艺苑雌黄》，颇务讥诋坡公，名其篇曰《辨坡》，文敏以为蚍蜉撼大树。乃知此等不度德不量力，古人亦有之矣。（《居易录》，卷二五，第 4174—4175 页）

论非议严羽妙悟论诗者为无识之徒，又谓在京师“尝面规”作《正钱录》之吴殳

严沧浪论诗，特拈“妙悟”二字，及所云“不涉理路，不落言诠”，又“镜中之象，水中之月。羚羊挂角，无迹可寻”云云，皆发前人未发之秘。而常熟冯班诋諆之不遗余力，如周兴、来俊臣之流，文致士大夫，锻炼周内，无所不至，不谓风雅中乃有此《罗织经》也。昔胡元瑞作《正杨》，识者非之。近吴殳修龄作《正钱》，余在京师亦尝面规之。若冯君雌黄之口，又甚于胡吴辈矣。此等谬论，为害于诗教非小，明眼人自当辨之。至敢詈沧浪为“一窍不通，一字不识”则尤似醉人骂坐，闻之唯掩耳走避而已。（《分甘余话》，卷二，第 4982 页）

（十）述牧斋遗事

述秦淮老妓事而及牧斋曾诗之郑妥娘

金陵旧院，有顿、脱诸姓，皆元人后没入教坊者。顺治末，予在江宁，闻脱十娘者，年八十余尚在，万历中北里之尤也。予感而赋诗云：“旧院风流数顿杨，梨园往事泪沾裳。樽前白发谈天宝，零落人间脱十娘。”又郑姬无美，顺治中尚无恙，虞山钱宗伯赠诗云：“闲开闰集教孙女，身是前朝郑妥娘。”（《池北偶谈》，卷十二，《谈艺二·脱十娘郑妥娘》，第 3123 页）

述牧斋绛云楼一炬后所余宋椠本书之下落

钱先生藏书甲江左，绛云楼一炬之后，以所余宋椠本尽付其族孙曾，字遵王。《有学集》中跋述古堂宋版书，即其人也。先生逝后，曾尽鬻之泰兴李氏。于是藏书无复存者。闻今又归昆山徐氏矣。（《分甘余话》，卷四，第 5031 页）

附录：渔洋诗文中之牧斋

文

《感旧集序》：

仆自弱冠，薄游京辇，浮湛江介，入官中朝，常与当代名流，服襄骖驾。自虞山、娄江、合肥诸遗老，流风未沫，老成具存，咸相与上下其议论，颇窥为文之诀。时年力壮盛，无穷愁忧生之嗟，加名师益友，近在家庭，忽忽不自知其乐也。弹指已往，才如夙昔，遂多死生契阔之感。康熙壬子秋，以王事于役巴蜀，行褒斜谷中，回忆旧游，不胜羊昙华屋之痛。已而回舟下峡，奉太夫人讳，徒跣东归，与先兄考功相依为命，未期而考功又殉母死矣。风流顿尽，发言莫赏。忆昔与考功从容燕语，每举《选》诗"所遇无故物，焉得不速老"之句，怃然久之，讵谓中年备历斯境！

自考功云亡，恒欲编缀遗文以报地下，呜咽摧藏，辄掩卷而止。一日读魏太子与元城令书："徐、陈、应、刘，一时俱逝……谓百年已分，长共相保，何图数年之间，零落殆尽！"既痛逝者，行自念也。又读欧阳子所作张君墓表，叙述河南幕府旧游，以为自君之卒，师鲁死且十余年，王顾者死亦六七年，其与君同府而游者，盖八九死矣。其幸而在者，不死则病且衰如予是也。枨触纡郁，不禁泣下沾襟也。日月既逝，人事屡迁，过此以往，未审视今日何如，而仆年事长大，蒲柳之资，渐以向衰，岁月如斯，讵堪把玩？感子桓"来者难诬"之言，辄取箧衍所藏平生师友之作，为之论次，都为一集。自虞山而下凡若干人，诗若干首。又取向所撰录《神韵集》一编，芟其什七附焉，通为八卷，存殁悉载，窃取《箧中》收季川、《中州》登敏之之例，以考功终焉。(《渔洋文集》，卷一，第1535—1536页)

《跋钱宗伯嘉兴高氏家传后》：

革除之事，汉唐以来所未有也。《春秋》之义，篡立之国，皆不绝其为君，况建文高帝嫡孙，躬承大统，顾夺其位，靳其庙号，并削其纪年，上系洪武，名实舛谬，孰大于是？此二百七十年间人心愤郁而不获一伸者也。南渡草创，事无足录，而能追上惠宗让皇帝庙号，下逮靖难殉节诸臣，皆赐褒恤，抒天下久郁之情，作万古忠义之气，未可以乱朝没其善也。寓公先生泣血上书，讼父冤因及其九世之祖，并获恩恤，世德作求，远而弥耀，稽诸史册，讵多觏哉？子文之书合欧、虞、颜、柳为一手，与牧翁之文可谓两绝。念祖携以相示，摩挲之下，不胜高景之慕，题而归之。(《蚕尾文集》，卷八，第1957—1958页)

《丙申诗旧序》：

士生斯世，无异能奇技，以功名自显，而又靰羁缭转，忧忧相接。顾犹得隐囊柔翰，吟弄于寒溪落木、荒陂苦竹之中，斯亦幸矣。家世习《三百》之言，束发以来，不欲循塾师章句，辄思析其正变，通其比兴，思其悲愉哀乐之旨，以求得夫一唱三叹之遗音。四氏笺传，又最嗜韩婴之书，为其象外环中，淡然而合，有当于诗人触类引申之义。十年以来，下及汉魏六朝、初盛中晚四唐之作者，亦惟持斯义以进退之。因取顺治丙申一岁之作，裒而次之。至境诣之浅深，流派之得失，我不敢知。所可知者，三四言止耳。

六经、廿一史，其言有近于诗者，有远于诗者，然皆诗之渊海也。节而取之十之四五，雕结谩谐之习，吾知免矣。一曰典。画潇湘洞庭，不必蹙山结水，李龙眠作《阳关图》，意不在渭城车马，而设钓者于水滨，忘形块坐，哀乐嗒然，此诗旨也。次曰远。《诗》三百五篇，吾夫子皆尝弦而歌之，故古无乐经，而《由庚》《华黍》皆有声无词，土鼓、鞞铎非所以被管弦、叶丝肉也。次曰谐音律。昔人云：《楚辞》《世说》，诗中佳料，为其风藻神韵，去风雅未遥，学者由此意而通之，摇荡性情，晖丽万有，皆是物也。次曰丽以则。（此序少作，久不存稿。因牧斋先生曾许篇中谈艺四言，稍有当于诗旨，故追录而存之。）（《蚕尾续文集》，卷三，第2025—2026页）

《跋严沧浪吟卷二则》之二：

虞山钱先生不喜“妙悟”之论，公一生病痛正坐此。然仪卿诗实有刻舟之诮，高新宁亦然；大抵知及之而才不逮云。是岁重阳前一日，记于京邸。（《蚕尾续文集》，卷十九，第2293页）

《跋史西村集》：

吴江门人徐翰林电发釚寄《西村集》。集凡二十八卷，其乡先辈史鉴明古著也。明古，成化间高士，与沈启南齐名，而与吴原博、王济之、李贞伯友善，为三原端毅公所知。按，集中有《曾祖文质府君行状》，秪言洪武中缚贪吏诣阙事，无一语及靖难。而吴文定为明古表墓，止云“曾祖彬”，亦无一语及逊国。则《致身录》之作，果不足信。然当时胡为而有此说？遂传千古之疑，虽博洽谙典故如虞山钱公，亦不能知也。（集是陈仲醇继儒选，初字醇儒。）（《蚕尾续文集》，卷二十，第2308页）

诗

《江东》：

江东人物旧难俦，遗老飘零半白头。斑管题诗吴祭酒（梅村），红颜顾曲袁荆州（箨庵）。太常缣素云烟落（烟客），宗伯文章江汉流（牧斋）。径欲相从破萧瑟，片帆高挂五湖秋。

（《渔洋诗集》，卷十三，《壬寅稿》）

《蓉江寄牧翁先生》:

芙蓉江上雨廉纤,东望心知拂水岩。共识文章千古事,直教仙佛一身兼。夜闻寒雪推篷笠,春惜浪花侧帽檐。两到江南不相见,少微空向老人占。

(《渔洋诗集》,卷十三,《壬寅稿》)

《方尔止言虞山先生近撰百炙集谬及鄙作因寄二首》:

不薄今人爱古人,龙门登处最嶙峋。山中柯烂蓬莱浅,又见先生制作新。

白首文章老巨公,未遗许友八闽风。如何百代抡骚雅,也许怜才到阿蒙。(先生寓书云:"偶爱许友诗,因仿《箧中集》例为此书。""许友八闽风",先生句也。)

(《渔洋诗集》,卷十四,《癸卯稿》)

《戏效元遗山论诗绝句三十六首》之五

杜家笺传太纷拏,虞赵诸贤尽守株。苦为南华求向郭,前惟山谷后钱卢。(牧斋有《读杜小笺》,德水有《读杜微言》。)

(《渔洋诗集》,卷十四,《癸卯稿》)

《癸卯除夕得林翁茂之金陵书适读虞山先生列朝诗选载新安吴非熊万历甲辰同翁游武夷山诗计至今甲辰六十年矣感成一首附书为答》:

文献今谁在?先生古道存。高眠数人代,祇似阅朝昏。约我秦淮水,新诗共讨论。幔亭追往迹,下界已曾孙。

(《渔洋诗集》,卷十四,《癸卯稿》)

《金陵挽陈士业征君兼寄伯玑四首》之四:

东涧先生死,斯文绝续时。方悲遗老尽,又见哲人萎。名字三君重,文章万古垂。重怜徐孺子,宿草更离离。(虞山晚称东涧遗老,先一年卒。末句谓巨源也。)

(《渔洋诗集》,卷十八,《乙巳稿》二)

《年来钱牧斋吴梅村周栎园诸先生邹吁士陈伯玑方尔止王亦世董文友荣洞门诸同人相继殂谢栈道感怀怆然有赋》:

载酒题襟处处同,平生师友廿年中。九原可作思随会,四海论交忆孔融。春草茫茫人代速,落花寂寂墓门空。白头骑马嘉陵路,唯有羊昙恨未穷。

(《渔洋续诗集》,卷三,《壬子蜀道集》)

《题汪东山修撰秋帆图三首》之三:

弱龄薄技悔雕虫,拂拭当年荷巨公。红豆庄中人去久,花开花落几春风。(此首专忆钱牧斋先生。)

(《蚕尾续诗集》,卷六,第1334页)

四、王应奎《柳南随笔·续笔》中之“牧斋诗话”辑

凡例：

一、本辑以(清)王应奎撰，以柔校点：《柳南随笔·续笔》(上海古籍出版社2012年版)为底本，以其为整理本，刊于近年，读者可持以对读本辑也。该书标点，本辑偶有订正，不另说明。

二、《柳南随笔·续笔》尚有多处涉及牧斋者，而本辑以牧斋是否为书中载记之主体为取舍标准，非全录也。

三、书中载记，牧斋或非主体，但其述论，若以牧斋为重要依据或参照，亦一并录之，用供参考。

四、文前标题，系笔者所添，以助读者掌握该文内容。又，《续笔》文前，原有标题，比较简略，今易之以笔者所为新拟者，帮助读者了解书中之记载而已，非不满于前人。

五、《柳南随笔·续笔》原条目顺序，固非如本辑者。笔者为辑编之，并加以分类，为方便研究者使用耳。

(一) 牧斋诗文

论牧斋乃“文人之诗”，程嘉燧与冯班乃“诗人之诗”

某宗伯诗法受之于程孟阳，而授之于冯定远。两家才气颇小，笔亦未甚爽健，纤佻之处，亦间有之，未能如宗伯之雄厚博大也；然孟阳之神韵，定远之细腻，宗伯亦有所不如。盖两家是诗人之诗，而宗伯是文人之诗。(《柳南随笔》，卷一，第14页)

论牧斋推崇元裕之、程孟阳之故

钱宗伯于古人诗极推元裕之，于今人诗极推程孟阳，皆未免过当。余尝与家次山兄(峻)言及之，次山云：“推裕之者，盖因晚节既坠，殆欲借野史亭以自文耳。若于孟阳，乃其师承所自，推之虽过，亦见不忘原本。”余深以为知言云。(《柳南随笔》，卷四，第57页)

述汪钝翁问严白云牧斋论作诗“谛论”事

汪钝翁与某宗伯，颇多异议。一日与吾邑严白云论诗，谓白云曰：“公在虞山门下久，亦知何语为谛论？”白云举其言曰：“诗文一道，故事中须再加故事，意思中须再加意思。”钝翁不觉爽然自失。(《柳南续笔》，卷一，第90页)

述钱幼光诋牧斋"不信诗有悟入一路"及"生平不知有苦吟之事"

桐城钱幼光《田间集》有云："虞山不信诗有悟入一路，由其生长华贵，沉溺绮靡，兼以腹笥富而才情赡。因题布词，随手敏捷，生平不知有苦吟之事，故不信有苦吟后之所得耳。苦吟之后，思维路尽，忽尔有触，自然而成。禅家所谓绝后重苏，庸非悟乎？"少陵云："语不惊人死不休。"惊人者，悟后句也。虞山不事苦吟，宜其无惊人句矣。而钱湘灵叙《抚云集》，乃全袭幼光语以诋幼光，今幼光《田间集》刻本具在，恐难欺人以所不见矣。(《柳南续笔》，卷四，第 139 页)

驳何义门论牧斋"为元人所拘缚"

何义门云："某宗伯自是异才，其为古文，惜乎反为元人所拘缚，争逐欧、苏之末流耳。"此言亦未尽然。宗伯好言宋、元，亦为学王、李者发药耳。若其自为文，亦有上攀《史》、《汉》，平揖韩、柳之作，如《高阳行状》、《应山墓志》诸大篇是也，何尝为元人拘缚乎？况元人之文，清真雅正，不离本色，而宗伯则词华较胜，其派别故自不同。(《柳南续笔》，卷三，第 119—120 页)

论归震川文而及牧斋

震川之文，钱尚书推为有明第一。而黄梨洲则云："观震川集，试除去其叙事之作，时文境界，间或阑入，求之韩、欧集中无是也。"又李安溪云："看震川古文，拖沓说去，又不明白，两三行可了者，千余言尚不了，令人气闷。"望溪方氏云："震川之文，辞号雅洁，仍有近俚而伤于繁者。王昆绳目为肤庸，必非无所见而云然。"明史文苑传云："自有光之文出，而操觚之家，从此鲜实学，而妄谈欧、曾，亦不能无弊。"夫古文如震川，亦可以已矣，而犹不免于后人之议。甚矣，斯道之难言也。(《柳南续笔》，卷四，第 138—139 页)

论何大复、姜西溟论文法而及牧斋

何大复云："文靡于隋，韩力振之，然古文之法亡于韩；诗溺于陶，谢力振之，然古诗之法亦亡于谢。"某宗伯斥其说之妄，非过论也。近日慈溪姜西溟(宸英)为古文学大苏，以纵横恣肆为主，遂以《左氏内外传》为衰世之文，而病其委靡繁絮。夫左氏之文直继六经，而西溟以一人之好恶谬为诋諆，其妄正与大复同。同时如阮亭先生，固所称文章宗主也，乃不加是正而反称许之，何欤？(《柳南随笔》，卷四，第 49 页)

(二) 虞山诗学传统

论常熟有"钱、冯"两诗派

吾邑之诗，有钱、冯两派。余尝序外弟许曰滉诗，谓："魁杰之才，肆而好尽，此又学钱而失之；轻俊之徒，巧而近纤，此又学冯而失之。"长洲沈确士(德潜)深以为

知言。(《柳南随笔》,卷一,第14页)

论虞山钱湘灵、冯定远诗学及湘灵之论学牧斋诗者

吾邑诗人,自某宗伯以下,推钱湘灵、冯定远两公。湘灵生平多客金陵、昆陵间,且时文、古文兼工,不专以诗名也。故邑中学诗者,宗定远为多。定远之诗,以汉、魏、六朝为根柢,而出入于义山、飞卿之间,其教人作诗,则以《才调集》《玉台新咏》二书。湘灵诗宗少陵,有高旷之思,有沉雄之调,而其教人也,亦必以少陵。两家门户各别,故议论亦多相左。湘灵序王露湑诗云:"徐陵韦縠,守一先生之言,虞山之诗季世矣。"又序钱玉友诗云:"学于宗伯之门者,以妖冶为温柔,以堆砌为敦厚。"盖皆指定远一派也。(《柳南随笔》,卷五,第60页)

论王渔洋对冯班前后评论而述及牧斋

《池北偶谈》云:"常熟冯班博雅善持论,著《钝吟杂录》六卷,论文多前人未发。"而《夫于亭杂录》则云:"冯班著《钝吟杂录》,訾謷王、李,不过拾某宗伯牙后慧耳。"前后议论,何以相反如此?盖因阮亭作《夫于亭杂录》时,方与益都赵伸符有隙,而伸符颇推服定远,修私淑门人之礼,阮亭故欲矫之,议论遂自相矛盾。此出私心,非公论也。(《柳南随笔》,卷四,第50页)

述虞山后辈诗人陈玉齐见赏于牧斋事

陈玉齐,字在之,邑诸生。少时,以"十里青山半在城"之句受知于钱牧翁。福藩南渡,起牧翁为大宗伯。在之投诗,又有"千年王气归新主,十里青山忆谢公"之句,牧翁亦最赏之。相国蒋文肃公怀在之诗云"一生知遇托青山",盖谓此也。又在之和牧翁狱中诗,有"心惊洛下传书犬,望断函关放客鸡"之句,亦为牧翁所称。(《柳南随笔》,卷一,第2页)

述牧斋序冯班诗集及班子与陈玉齐之恩怨

某宗伯序冯定远诗,比其人于刘孝标、冯敬通,见者以为实录。按两人皆有悍妻,而定远亦如之。于是陈在之《独酌谣》中遂有"冯君诗序由蒙叟,叱狗蒸梨事满篇"之句。自注云:"孝标以下,拟人于伦,何其刻也!"定远之子行贤,以陈诗发其父之隐,遂深衔之。会在之《情味集》刻成,行贤吹毛索瘢,不遗余力。至批其后云:"开辟以来,无此不通之人。"余谓在之之诗虽多可议,然行贤之论未为平允。今在之《情味集》板已毁于火。(《柳南随笔》,卷一,第5页)

述冯舒事而及牧斋

冯己苍尝至吴门,夜泊舟山塘。邻舟有读杜诗者,则江阴尹孔昭(嘉宾)也。己苍不知为何人,乃大声曰:"杜诗是不易读者!"明旦,孔昭诘其为谁,己苍绐曰:"常熟朱某。"朱某者,吾邑富人也。翌日,孔昭至吾邑,访某宗伯,告以此事。宗伯曰:"朱某是富翁,岂知所读者为杜诗?是必冯己苍也。"遣人招冯至。冯出不意,既见尹,愧谢而已。(《柳南随笔》,卷三,第34页)

述牧斋笔下之"里中许老秀才"许儁逸事

许儁,字伯彦,祭酒石门(士柔)之父也。高才强记,落魄好大言,里中呼为狂生。尝以省试之白下,作书寄家人云:"一到京中,饭量大长,早晨三碗,日中三碗,晚间三碗。如此吃饭,精神安得不足?如此精神,文章安得不佳?如此文章,今科安得不中?篱笆为我拔去,墙门为我刷黑,士刚、士柔,打点作公子可也。"其笔墨多此类,见者辄为绝倒。某宗伯集中所云"里中许老秀才,好即事即席为诗,杯盘梨枣,坐客赵李,胪列八句中",盖即指伯彦也。(《柳南随笔》,卷三,第32页)

述陆元泓其人其诗而及牧斋

陆元泓,字秋玉,邑之毕泽人也。诗学长吉、东野,颇尚新奇,某宗伯尝作《嗜奇说》以题其集。晚岁无家,流落吴门,图己像于水墨尺幅中,自号"水墨中人",诗亦名《水墨庐诗》。近吴门沈确士作《刘学博剩庵传》及之,称为志士,谓学博易代后守其高节,穷饿以死。泓乃与徐晟、陈三岛经纪其丧,葬之虎邱。是不特能诗,而其人亦可重也,然吾邑之人竟无有知其姓氏者。予尝见其《水墨庐诗》一卷,惜其湮没不传,为摘佳句于此。《金山》云:"岭势凭江截,潮声涌石来。"《雨夜》云:"瘦灯淹雨色,寒梦入江流。"《看菊灯下》云:"叶枝相与静,香影各为妍。"《秋夜读书》云:"心空交夜气,人静得秋声。"《友人日暮过访》云:"辨声人在梦,谈旧事空花。"《冬夜宿道院酬王仪青话旧》云:"诗力寒人骨,家风足道心。"《岞崿山》云:"石级扶猿臂,云峯压佛头。"《清和雨亭饮》云:"细雨天如梦,孤禽声带秋。"《落花》云:"六斛可怜摧石尉,五湖无计寿夷光。"《灵岩山庄杂兴》云:"野僧乍对颇真率,佛阁久坐殊清寒。"《村寓》云:"六时齑粥僧人供,一掌泥薪燕子家。"《赠隐君》云:"人间岁月仍从甲,物外渔樵不算丁。"《偕友访水庵僧》云:"鸥边客到双筇水,钟外僧归一笠云。"《杂感》云:"酒于愁处终难醉,诗到穷时亦不工。"其《自序》云:"吾庐在水墨中,水墨庐又在无水墨中,《水墨庐诗》又若字字在水墨中。予之人,其真水墨人也夫?读予诗而许之,其亦水墨人也夫!"(《柳南随笔》,卷四,第50—51页)

(三)牧斋学问

驳钱饮光论牧斋诗注错误

钱饮光力诋东涧之注杜诗,见于《与方尔止书》。其说甚谬,恐贻误后学,为一正之。如中兴之“中”字。按毛公《烝民·诗序》云:“任贤使能,周室中兴。”杜元凯《左传序》云:“祈天永命,绍开中兴。”陆德明《经典释文》并切去音。子美《达行在》诗:“今朝汉社稷,新数中兴年。”东涧注“中”字云:“张仲切。”此本《释文》也。而饮光谓此“中”字本平声,东涧欲叶子美之律,遂以己意改为去声。然则《经典释文》不足据乎?苏子瞻《送王雄州》诗有“威声又数中兴年”之句,注即引子美《达行在》诗,亦将读此“中”字为平声乎?至谓子美“中兴”二字,屡见于诗。《秋日夔府咏怀百韵》云:“侧听中兴主,长吟不世贤。”《赠韦大夫》云:“汉业中兴盛,韦经亚相传。”《诸将》云:“神灵汉代中兴主,勋业汾阳异姓王。”此三“中”字,又何以不从《行在》诗例,亦读为去声耶?不知中兴之“中”,原可平、去二音并读,王观国《学林新编》云:“音钟者,当二者之中,首尾均也;音众者,首尾不必均,但在二者之间也。”饮光又谓:中酒之“中”,宜作去声,不当摭“中圣人”之说,改为平声。此说尤为不通。按“中酒”二字,始于《汉书·樊哙传》,即《国策》所谓“中饮”也,颜师古音竹仲反,谓不醒不醉,饮酒之中也。《日知录》云:“中酒犹云半席,颜注非是。”然则既作半席,不当读为平声乎?李太白诗:“醉月频中圣,迷花不事君。”李廓诗:“气味如中酒,情怀似别人。”苏子瞻诗:“时复中之徐邈圣,无多酌我次公狂。君特未知其趣耳,臣今时复一中之。”俱作平声,无仄用者。惟《宾退录》载齐己诗“穰柢似中陶潜酒”,以“中”字为去声,谓于义为长。看来此字亦不妨如中兴之“中”,平、去二音并用。若必以读作平声为不通,则不通自太白始矣。至于“判”字、“应”字、“难”字之类,义应从平声者,而或作去声用,义应从去声者,而或作平声用,此诗家叶韵之法,自《三百篇》已然。而乃以此为子美病,谓东涧又何以回护焉?此亦拘泥太甚矣。(《柳南续笔》,卷四,第136—137页)

论杜甫诗句“竹批双耳峻”牧斋注及他注

工部《胡马》诗云:“竹批双耳峻。”钱注引鲁国黄伯仁为《龙马颂》云云,又引唐太宗《叙十骥》云云。而钱湘灵则云:“相马者,耳欲如劈竹,故云竹批。”近吾友陈见复云:《周礼·廋人》“散马耳”注云:“以竹揞押其耳项,无使善惊。”工部盖用此也。此注较之两钱似为典切。然吾以为竹者鞭也,批即批其颊之批,所谓策其马也。凡马策之,则两耳辄竖,故云“双耳峻”也,其义不过如此。若过为征引,反失物情矣。又许仲晦《伤虞将军》诗云:“胡马调多解汉行。”何义门抹“解汉行”三字,而批其旁云:“语有番、汉之别,马行岂有二耶?”不知俗所谓小行者,是即汉行也。看书注书,亦须识尽物情,方好动笔。(《柳南续笔》,卷二,第106页)

论顾仲恭谓牧斋不熟《十三经注疏》

顾仲恭(大韶)深于经学,注疏俱成诵在口。尝谓其友钱嗣隆(裔嘉)曰:“君家宗伯，未可谓读书人也。”嗣隆讶而问之，仲恭笑曰：“吾观彼于《十三经注疏》犹未能熟，虽博极群籍，抑末也。读书人恐不如是。”然吾闻吴祭酒梅村尝问宗伯曰：“有何异书可读？”曰：“《十三经注疏》耳。”观此，则彼于经疏亦未必全不留心，特未能如仲恭之精熟耳。（《柳南随笔》，卷五，第58页）

论牧斋不知“家”“潢”二字正读

汉班昭为曹世叔之妻，称曹大家。按：“家”字当读“姑”，又与姑同。大家，女之尊称。又《离骚》云：“羿淫游以佚畋兮，又好射夫封狐，固乱流其鲜终兮，浞又贪夫厥家。”“家”字注音“姑”，谓浞杀羿而取其室，此亦“家”字读“姑”之一证也。某宗伯为山阴王玉映题照，云：“季重才名噪若耶，缥缃有女嗣芳华。汉家若采《东征赋》，彤管先应号大家。”是读“家”字为本音矣。《西溪丛语》云：“唐秘书省有装潢匠六人。”《齐民要术》云：“纸有装潢法。”《释名》：“潢，染纸也。”《集韵》：“音胡旷切，作去声读。”而宗伯《赠书》诗云：“朱黄点勘须完好，签轴装潢要簇新。”是读“潢”字为呼王切，无异潢污、天潢之潢矣。韩退之谓：“凡为文辞，宜略识字。”博学如宗伯，而犹不免误用，甚矣，识字之难也。又《戒庵漫笔》谓：“贾胡藏珠，而都玄敬读‘贾’为‘假’，不为‘古’音。泛驾之马，王鲁南读‘泛’为‘汎’，不为‘捧’音。”盖自小学不讲，字之误读，即名人亦不免矣。（《柳南随笔》，卷五，第59页）

述牧斋论关帝名称事

某宗伯《关壮缪灵应记》云：“按祀典，当称汉前将军、汉寿亭侯、壮缪关公之神。余考建安二十四年，先主为汉中王，拜关某为前将军。后主七年，追谥壮缪侯。则前将军者，公生前之官；壮缪者，公死后之谥，以此称公方允。若汉寿亭侯，乃曹操所表，非公意也。又汉寿，地名；亭侯，爵名。俗人据小说《三国志》称公为寿亭侯，尤可喷饭。”（《柳南随笔》，卷四，第48页）

论牧斋《吾炙集》所收诗人及疑点

钱宗伯《吾炙集》，所采皆名章秀句，可入团扇屏风者。集无卷帙次第，总计仅二十一人。为钱后人曾遵王、东海何云士龙、太仓黄翼圣子羽、南阳邓汉仪孝威、合肥龚鼎孳孝升、勾吴沈祖孝雪樵、庐山光熊幻住、宣城唐允甲祖命、梅磊杓司、庐陵赵巇国子、秦人王天佑平格、旧京孤臣一是、橘社吴时德不官、瓮城宗人饮光、旧京胡澂静夫、楚江杜绍凯苍略、江上张项印大玉、建昌王师正帅先、旧京王潢元倬、西江半衲澄之、侯官许友有介。此选疑为公未成之书。按公尺牍中，与黄庭表（与坚）云：“往从行卷中得见新篇，珠光玉气，涌现于行墨之间，辄为采录，收入《吾炙集》中。时人或未之许，久而咸以为知言也。”今《吾炙集》具在，并无庭表诗。又《渔洋诗话》云："顺治辛丑，方畬山（文）自虞山过广陵，言牧斋近选《吾炙集》，载阮亭诗数篇。"今集中亦并无王诗，未知何故。（《柳南随笔》，卷五，第 58 页）

述李忠毅公子、灵岩继起事而述及牧斋

江阴李忠毅公，死阉名臣也。其《绝命词》云："只有亲恩无可报，生生愿诵《法华经》。"二语自是破绽。某宗伯为公作墓志载入，殊为无识。闻公子逊之颇不喜佛，时有灵岩继起禅师者，道行颇高，至江阴，士大夫无不礼见，逊之独不与通。禅师以其为名父子，先往访焉。坐定，师即举忠毅公二语以问云："是什么意思？"逊之不能对，遂为师屈云。（《柳南随笔》，卷三，第 33—34 页）

述牧斋少时读书事

某宗伯少时，修文执礼于顾泾阳先生，先生亦爱其博雅。一日，正色谓宗伯曰："子多读异书，然老夫有一书，子未读，何也？"宗伯悚然问何书，先生出袖中《小学》一卷，示之曰："子归但读'公明宣学于曾子'一章，则立身、学术大要尽此矣。"（《柳南续笔》，卷一，第 93 页）

（四）牧斋与文坛后辈

论牧斋序王渔洋诗集之皮里阳秋

阮亭之诗，以淡远为宗，颇与右丞襄阳左司为近。而某宗伯为之序，谓其诗："文繁理富，衔华佩实。感时之作，恻怆于少陵；言情之什，缠绵于义山。"其说与阮亭颇不相似。余按：阮亭为季木从孙。而季木之诗，宗法王、李，阮亭入手，原不离此一派。林古度所谓"家学门风，渊源有自"也。顾王、李两家，乃宗伯所深疾者，恐以阮亭之美才，而堕入两家云雾，故以少陵、义山勖之。序末所谓用古学相劝勉者，此也。若认"文繁理富，衔华佩实"等语，以为称赞阮亭，则失作者之微旨矣。（《柳南续笔》，卷三，第 118 页）

论王渔洋之评冯定远而述及牧斋

益都赵宫赞秋谷，自少负异才，以工诗鸣山左，视一时辈流，罕有当其意者。迨识新城先生，乃敛衽慑服，于是噤不作诗者四五年。新城知之，特肆筵设席，醉之以酒，请弛其禁。宫赞乃稍稍复作，作则就正新城，以定是非。厥后两公议论偶不相合，谗人从而交构之，而彼此嫌隙生矣。吾邑冯定远为宫赞所私淑，新城顾谓其所批《才调集》卑之无甚高论，即平日訾謷王、李，亦不过拾某宗伯牙后慧耳，而世乃有皈依顶礼，不啻铸金呼佛者。此盖隐指宫赞而言，未尝明言其人也。而宫赞《谈龙录》之作，傲睨前辈，显为诋斥，以视微文刺讥者何如。此亦足以征两公之为人矣。

(《柳南续笔》,卷三,第121页)

述吴殳《正钱录》,及计东、汪琬因之而对骂逸事

昆山吴殳作《正钱录》,攻击东涧不遗余力。同时汪钝翁复为之左袒,吹毛索瘢,势焰甚炽。计甫草深为不平,因语钝翁曰:"仆自山东来,曾游泰山,登日观峰,神志方悚栗,忽欲小遗甚急,下山且四十里,不可忍,乃潜溺于峰之侧,恐重得罪,然竟无恙,何也?山至大且高,人溺焉者众,泰山不知也。"钝翁跃起大骂。然观《尧峰集》中有《与梁侍御论正钱录书》,亦谓"此录非不义严而辞辨,然其所列尚有未合处,得无盛气以相攻击,而未暇商榷考证欤?"由是言之,即钝翁亦未尝以《正钱录》为定论也。(《柳南续笔》,卷四,第139—140页)

述王渔洋拒读牧斋孙诗集逸事

钱锦城,字镜先,宗伯孙也。少以诗名,有集一卷,其家副宪为序。尝之京师,携其集就正新城先生。先生一见其序,即曰:"其家有湘灵(陆灿)在,舍之而求副宪,是从爵位起见也,诗可知矣。"遂掷去不观。(《柳南随笔》,卷一,第4页)

述华亭金是瀛之窘牧斋及龚鼎孳事

金是瀛,字天石,居华亭之皋桥。自少以诗文名,国初与同里吴骐、王光承并以隐逸征,不起,时论高之。是时松郡人文最盛,奉吾邑某宗伯为盟主,而宗伯亦屡至其地。一日,舟次白龙潭,诸名士方群趋迓之,天石忽投一诗云:"画舫沧江载酒行,山川满目不胜情。朝元一闭千官散,无复尚书旧履声。"宗伯得诗默然,即日解维去。又尝游金陵,值龚合肥大会诗人于青溪、桃叶之间,多至四十余辈,而天石与焉。伶人请演剧,天石命演《跃鲤》,举座失色。盖龚自登第后,取名妓顾眉为妾,衣服礼秩如嫡,故天石以弃妻讥焉。龚为俯首,而天石傲岸自若。黄昏大雨,夜分客散,车马填咽,而天石坐门限上,脱袜跣足,徐徐步归寓,了无怍色。(《柳南续笔》,卷四,第134页)

述金圣叹事而述及牧斋

金人瑞,字若采,圣叹其法号也。少年以诸生为游戏具,补而旋弃,弃而旋补,以故为郡县生不常。性故颖敏绝世,而用心虚明,魔来附之。某宗伯《天台泐法师灵异记》所谓"慈月宫陈夫人,以天启丁卯五月降于金氏之卟者",即指圣叹也。圣叹自为卟所凭,下笔益机辨澜翻,常有神助。然多不轨于正,好评解稗官词曲,手眼独出。初批《水浒传》行世,昆山归元恭(庄)见之曰:"此倡乱之书也。"继又批《西厢记》行世,元恭见之又曰:"此诲淫之书也。"顾一时学者爱读圣叹书,几于家置一编。而圣叹亦自负其才,益肆言无忌,遂陷于难,时顺治十八年也。初,大行皇帝遗诏至苏，巡抚以下，大临府治。诸生从而讦吴县令不法事，巡抚朱国治方昵令，于是诸生被系者五人。翌日，诸生群哭于文庙，复逮系至十三人，俱劾大不敬，而圣叹与焉。当是时，海寇入犯江南，衣冠陷贼者坐反叛，兴大狱。廷议遣大臣即讯，并治诸生。及狱具，圣叹与十七人俱傅会逆案坐斩，家产籍没入官。闻圣叹将死，大叹诧曰："断头，至痛也；籍家，至惨也。而圣叹以不意得之，大奇！"于是一笑受刑。其妻若子，亦遣戍边塞云。(《柳南随笔》，卷三，第 32 页)

述僧光熊幻主《哭兄》诗见赏于牧斋事

庐山僧光熊幻住《哭兄》诗云："身经刀过头方贵，尸不泥封骨始香。"某宗伯称为沉着痛快，一字一血。近娄东某人诗有"题无轩冕诗方贵，囊绝锱铢手亦香"之句，其句法似从幻住诗脱化，惜忘作者姓名。(《柳南随笔》，卷二，第 21 页)

(五) 牧斋常熟逸事

述虞山藏书之富而及牧斋绛云楼

吾邑藏书之富，自昔所推。成、弘时，有钱员外仁夫者，其藏书处曰"东湖书院"，嘉靖时，有杨副使仪者，其藏书处曰"万卷楼"；至若绛云楼之藏，则更倍于前人矣。其门人毛晋子晋、钱曾遵王，收藏亦富，毛藏书处曰"汲古阁"，钱藏书处曰"述古堂"。今所藏俱散为云烟，不可问矣。(《柳南随笔》，卷五，第 67 页)

述沁雪石事而及牧斋

沁雪石，赵松雪鸥波亭前物也。后入吾邑县治中，邑人钱昌以计出之，既而归于徐廷庸。明末廷庸复归于钱，置之绛云楼前。不久楼火，石亦烬。按廷庸之从弟阳初《村老委谈》云："沁雪质纯黑，遇雨润则白色隐起如雪，故名。"此必其亲见之者。钱湘灵《邑志·杂记》则云："石质黑，而额上一方，雪着即消。"此说殊谬。况松雪宝石二，沁雪外又有所谓"垂云"者。沁雪、垂云，皆形容之辞，若以沁雪为着雪即消故名，然则垂云之称，又何说焉？(《柳南随笔》，卷四，第 54 页)

述牧斋芙蓉庄及庄中红豆树遗事

芙蓉庄在吾邑小东门外，去县治三十里，白茆顾氏别业也。某尚书为宪副台卿公外孙，故其地后归尚书。庄有红豆树，又名红豆庄。树大合抱，数十年一花，其色白，结实如皂荚，子赤如樱桃。顺治辛丑，是花盛开，邑中名士咸赋诗纪事。至康熙癸酉，再花，结实数斗，村人竞取之。时庄已久毁，惟树存野田中耳。今树亦半枯，每岁发一枝，讫无定向。闻之土人，所向之处，稻辄歉收，亦可怪也。唐诗："红豆生南国。"又云："红豆啄余鹦鹉粒。"未知即此种否，俟再考之。(《柳南随笔》，卷五，第 62 页)

述牧斋与从兄钱谦贞邻居逸事

顾副使瑮,字英玉,华玉尚书之从父弟也。罢官归,囊橐萧然,几无以给昕夕。华玉辟,与英玉所居寒松楼仅隔一垣耳,宾朋满座,伎乐杂作,招之饮,多不赴。尝绝粮,华玉馈以斗粟,不受也。吾邑钱谦贞履之亦与受之尚书为从兄弟,当受之在前明时,声势与华玉埒,而履之所居怀古堂,亦与受之隔一垣。尝属莆田宋比玉八分书杜句为堂联云:"钟鼎山林各天性,浊醪麤饭任吾年。"其不肯相下之意,隐然可见。盖绝类英玉之与华玉云。后怀古堂属闽中张解元超然(远),堂联至今犹存。(《柳南随笔》,卷二,第27页)

述常熟张景良诬告牧斋事

前明之季,吾邑有张景良者,少为巡捕衙书佐,长而从人幕中为主文。陈尚书必谦之令辉县也,尝与之偕。已而尚书为侍御,景良借其势武断里中。尚书知之大怒,榜其事于城门,戒阍者无得通。景良深衔之,而会崇祯帝欲通下情,许草茅言事,景良谋之顾大韶,大韶为草疏与之。疏言士习、钱粮、缙绅等事,谓持此入都,一官可戾契致也。景良得草喜甚,遂挟之以往。既抵都,会有警,城门闭,不得入。方徬徨间,闻城上有持丰城李侯令箭呼张汉儒者,景良遽应曰诺,乃缒而上。持箭者觉非是,痛殴之。然已登城,遂听之,而与陈履谦遇。陈履谦者,本名世卿,父子济恶于乡,巡按御史名捕之。狱成而徒,逃于白下。适有江都监生陈履谦者死,世卿窜其名,谒选为福建漳州卫候缺经历。会以解粮事,与老书佐陈伯元伪刻合邑缙绅私印,上书两台。事败,急走京师。居既久,与厂卫相结,以刀笔目摄公卿间,人甚畏之。景良至,问所为,因出大韶稿示之。履谦笑曰:"此老生常谈耳,无济也。以愚揣之,不言乡绅之蝎民及赃私不可。"景良曰:"我正以陈必谦来耳。"履谦曰:"不可。陈公虽削籍,然素有清望,今上雅知之。不如言钱、瞿。此当国者所忌,朝上疏,夕得温旨矣。"景良从之,遂掊拾钱、瞿事,尽取生平所不快及事连钱、瞿者周内之,共五十八款,赃几三四百万。景良即更名汉儒。疏上,乌程果持之,拟旨逮钱、瞿。牵连者则抚按讯。时崇祯丙子冬云。钱、瞿既被逮,将行,邑有单良佐者为画策,以六字进,曰"款曹和温药张。"曹谓司礼监化淳,温则乌程,张则汉儒也。初汉儒之揭钱、瞿,虽出履谦指,而外则佯示局外者。于是其子志仁在家,遂以书授意,俾调停各款,冀得重资。适良佐画此策,志仁乃大恨,谓良佐专。钱侍郎遂改"款曹和温药张"六字为"款曹击温擒陈药张"八字,刻揭流传,遂至都下。擒陈者,即谓履谦也。而是时履谦之党武举王璠适在都,与钱有隙,遂以此揭首之于卫。卫据揭上闻,奉旨:有款击擒药,是此案紧切情节,着严讯确奏。而会掌卫事董琨罢去,复着刑部究拟。既,刑部尚书郑三俊具疏上,奉旨云是。陈履谦着发边远,张汉儒、王璠发边卫,各充军终身,仍着锦衣卫拿在长安右门各打一百棍,用一百五十斤枷枷号三个月,满日发边。即日而履谦死,次日王璠死,三日而汉儒亦死。(《柳南随笔》,卷五,第64—65页)

述牧斋晚年贫甚,卖文为活逸事

东涧先生晚年贫甚,专以卖文为活,甲辰夏卧病,自知不起,而丧葬事未有所出,颇以为身后虑。适鹾使顾某求文三篇:一为其父云华墓志,一为云华诗序,一为《庄子注》序,润笔千金。先生喜甚,急倩予外曾祖陈公金如代为之。然文成而先生不善也,会余姚黄太冲来访,先生即以三文属之。太冲许诺,而请稍稽时日。先生不可,即导太冲入书室,反锁其门。自晨至二鼓,三文悉草就。先生使人以大字誊真,从枕上视之称善,乃叩首以谢。越数日而先生逝矣。(《柳南续笔》,卷三,第119页)

(六)牧斋与柳如是

述牧斋与柳如是逸事

某宗伯既娶柳夫人,特筑一精舍居之,而颜之曰"我闻室",以柳字如是,取《金刚经》"如是我闻"之义也。一日坐室中,目注如是,如是问曰:"公胡我爱?"曰:"爱汝之黑者发,而白者面耳。然则汝胡我爱?"柳曰:"即爱公之白者发,而黑者面也。"侍婢皆为匿笑。(《柳南随笔》,卷二,第18页)

述柳如是弘光朝时打扮逸事

阮大铖巡师江上,衣素蟒,围碧玉,见者诧为梨园装束。某尚书家姬冠插雉羽,戎服骑入国门,如昭君出塞状。大兵大礼,而变为倡优排演场,苟非国之将亡,亦焉得有此举动哉?(《柳南续笔》,卷一,第100页)

述乙酉五月柳如是劝牧斋自尽逸事

柳如是性机警,饶胆略,绛云楼主人宠惮之。乙酉五月之变,柳劝主人死,谢不能。柳奋身欲沉池水中,持之不得入。时长洲沈明伦馆于其家,亲见之,尝以语人。见顾苓《河东君传》。(《柳南随笔》,卷五,第62页)

述柳如是及牧斋家难逸事

柳如是为彭城尚书所昵,财货出入,悉柳主之。族之豪者,疑柳多私蓄。尚书既没,拥众突至,颇有所索。柳出,佯为好语曰:"先尚书遗资信有,然须少待,当不虚来意。"众姑诺之。柳既入,众待久不出,方大声诟之,而已闭门自缢矣。众始惊窜散去。其家之不致破亡,柳之力也。于是邑中之士作《河东夫人殉节诗》以挽之,

咸谓其能晚盖云。(《柳南随笔》,卷三,第 36—37 页)

(七) 牧斋丁亥狱案

述牧斋丁亥狱案相关诗句

某宗伯于丁亥岁以事被急征,河东夫人实从,公子孙爱年少,莫展一筹,瑟缩而已。翁于金陵狱中,和东坡《御史台寄弟》诗,有“恸哭临江无孝子,徒行赴难有贤妻”之句,盖纪实也。孙爱见此诗,恐为人口实,百计托翁所知,请改“孝子”二字。今本刻“壮子”,实系更定云。(《柳南随笔》,卷一,第 3 页)

述牧斋丁亥狱案及柳如是逸事

东坡云:“予以事系御史台狱,狱吏稍见侵,自度不能堪,死狱中,不得一别子由,故作二诗授狱卒梁成,以遗子由。”而某宗伯云:“丁亥岁三月晦日,忽被急征,银铛拖曳,命在漏刻。河东夫人冒死从行,慷慨首涂,无剌剌可怜之语,余亦赖以自壮焉。狱急时,次东坡《御史台寄妻》诗,以当诀别。狱中遏绝纸笔,临风暗诵,饮泣而已。”夫寄弟诗也,而谬曰“寄妻”,《东坡集》具在,不可证乎?且伊原配陈夫人,此时尚无恙也,而竟以河东君为妻。并后匹嫡,古人所戒。即此一端,其不惜行检可知矣。(《柳南随笔》,卷一,第 3 页)

(八) 牧斋降清事

述牧斋南京迎降所献清豫王礼品

乙酉五月豫王兵渡江,弘光主暨大学士马士英俱出走。伪太子王之明、忻城伯赵之龙、大学士王铎、礼部尚书钱谦益、都督越其杰等,以南京迎降。王引兵入城,诸臣咸致礼币,有至万金者,钱独致礼甚薄,盖表己之廉洁也。其所具之柬,前细书“太子太保礼部尚书兼翰林院学士臣钱谦益百叩首谨启上贡”。计开鎏金银壶一具、法琅银壶一具、蟠龙玉杯一进、宋制玉杯一进、天鹿犀杯一进、夔龙犀杯一进、葵花犀杯一进、芙蓉犀杯一进、法琅鼎杯一进、文王鼎杯一进、法琅鹤杯一对、银镶鹤杯一对、宣德宫扇十柄、真金川扇十柄、弋阳金扇十柄、戈奇金扇十柄、百子宫扇十柄、真金杭扇十柄、真金苏扇四十柄、银镶象箸十双。右启上贡。又署“顺治二年五月二十六日太子太保礼部尚书兼翰林院学士臣钱谦益”。郡人张滉与豫王记室诸暨曾王佐善,因得见王铎以下送礼帖子,而纪之以归。王佐又语滉云“是日钱公捧帖入府,叩首墀下,致词于王前,王为色动,礼接甚欢”云。(《柳南随笔》,卷二,第 19 页)

述南京降后牧斋再见弘光帝时逸事

田雄执弘光主至南京，豫王幽之司礼监韩赞周第，令诸旧臣一一上谒。诸臣见故主，皆伏地流涕。王铎独直立，戟手数其罪恶，且曰："余非尔臣，安所得拜？"遂攘臂呼叱而去。曾王佐亲见其事。是日独钱宗伯伏地恸哭不能起，王佐为扶出之。(《柳南随笔》，卷二，第19页)

《朴学斋日记》丁戊诗事辑钞

吴 格*

引 言

一、《朴学斋日记》为近世学人胡朴安先生(1878—1947)所撰,现存手稿三十八册,藏于复旦大学图书馆(又有三册藏于胡氏后人,即将归并整理)。《日记》跨时近五十年,具体涉及年代分为三段:(1) 清光绪二十五年至二十九年(1899—1903),先生年二十二至二十六岁,用无栏格(九行)本,共十五册;(2) 民国十年至十六年(1921—1927),先生年四十四至五十岁,用"皖泾朴庵胡氏钞书"十一行蓝格本,共五册;(3) 民国二十六年至三十六年(1937—1947),先生年六十至七十岁,同上"皖泾朴庵胡氏钞书"十一行蓝格本,共十八册。以上三段记录,分别对应先生青年、中年及晚年时代,历劫所余,虽非全豹,仍可据以钩稽先生出处、治生、交游、读书、著述等活动,又因其记录翔实、内容丰富,折射出先生身处之时代面貌,足称文化史、民国史、抗战史、上海史研究之史料渊薮,亟待整理,供众利用。

二、先生本名有忭,学名韫玉,字仲明、仲民、颂明,号朴庵、朴安,晚号半边翁,

* 吴格,复旦大学古籍所教授。

室名朴学斋等，中年后以号行。安徽泾县人。早岁随父研习经史，兼攻格致之学，科考之余，在乡任塾师授徒，少年困苦，备尝艰辛。清季废科举，兴实业，先生禀黄山白岳间“徽州骆驼”精神，至沪谋生发展。际会时代风云，先后加入国学保存会、南社及同盟会，与陈佩忍、诸贞壮、高天梅、苏曼殊、朱少屏、柳亚子等结交，并参与《国粹学报》《民立报》《新闻报》等编辑撰稿，以文字鼓吹革命，由传统文士向现代知识分子转型。清末民初，先生曾先后任会计、编辑、报人、秘书、官员、教师等职业，最后选定从事教育及学术研究。20 世纪 20 年代后，即以办报、教书为业，兼事著述，先后任教于大夏、复旦、东吴、暨南、上海、持志等大学。1937 年抗战爆发，报馆停办，蛰居危城，遭遇中风，锻炼恢复，抱病写作，经历人生重大转折，其思想学问亦进入新发展阶段。

三、先生勤于写作，著述等身，据台湾东吴大学沈心慧女士调查，其著作可考者有一百六十种之多，其研究涉及经学、小学、史学、子学诸方面，又整理乡邦及家族文献，创作大量诗文。晚年虽病废不起，仍勉力振作，以为虽于经史小学、传统考据有所特长，尚祈再辟蹊径，更求进境。为此曾大量浏览达尔文、赫胥黎、康德、黑格尔、叔本华、博格森、罗素等西方哲人著作，汲取新知，曾计划编撰一部利用甲骨文、金文、大篆等古代文字，参考《尔雅》《说文》以下历代辞书、字书，由文字学入手考察上古之名物、言语、习俗等，反映各时代文化递嬗轨迹之《中国文化史》。惜病情加剧，未克完成。

四、先生为南社最早成员之一，终生好诗，自少及老，随时吟咏，积累大量诗作，生前编有《歇浦集》《志学集》《闽海集》《北游草》《无闻集》《强仕集》《归田集》《枕戈集》《养屙集》《悦禅集》等集（前期诗作曾刻入《朴学斋诗存》甲乙集），反映其各阶段志趣及活动。晚年病废，艰于读写，困居书室，不废吟哦，除自抒写胸臆外，曾默忆名家诗作，多和旧韵，有《和陶集》《和阮嗣宗咏怀诗》《和范石湖田园诗》《和寒山子诗》《和拾得子诗》等专辑。又取前贤原诗首句发端，自抒胸臆，足成新作，称为“演诗”，所成如《演杜少陵诗》《演宋诗》《演林和靖诗》《演温飞卿诗》《演邵康节诗》，凡数百首。诗歌以外，词好苏辛，所作不多，偶见录于《日记》。曲则偏爱北曲，填曲见于《日记》外，曾结集为《朴学斋曲存》（又名《奈何曲》）。至考订《诗经》名物语辞，点读诗歌总集，所得亦随时记录于《日记》中。

五、先生所撰诗词曲及诗考、诗话等作，虽随时结集，未尽传世。1937 年“八一三”淞沪抗战开始后，先生伤心时事，慷慨激昂，且歌且咏，诗情如泉源喷发，不可遏止，长篇短制，几日日有之，而初稿多录于《日记》。如十月二十六日“四行仓库保卫战”发生，先生所作《八百壮士歌》，当即谱曲传诵，唱响街垒，于硝烟弥漫中鼓励士气，振作民心，其事久已着于史册，而原作《孤军守土歌》，即录存于1937年10月29日《日记》。先生丁丑、戊寅(1937—1938)以下诗作，题《枕戈集》《养屙集》《悦禅集》等名，原以稿抄本存于家，经历人世浩劫，已不复完整保存。兹以整理之便，恭录先生丁丑、戊寅两年《日记》中所存诗词曲诸作，按月日编次，并取《日记》中先生身处危难中仍自课不怠之工作记录，取与诗事相关者，略加标题笺释，题为《朴学斋戊寅诗事辑钞》以飨同好。前贤精神，亟亟表彰，仓促成编，疏漏未免，凡我同志，幸蒙指正。

一九三七年

八月

十一日。作诗一首赠江海飘。

公中群治两同堂，回首前尘若渺茫。手挽人权今更健，伤心国事已如狂。男儿空负头颅好，历史常留姓氏香。万顷怒涛顷一射，东风虽恶又何妨。

格按，八月一日《日记》：本拟今日动身赴庐山谈话会之约，前日接电已缓举行，作罢。今日消息非常沉闷，且谣言日多，不是好气象。

又二日《日记》：四时到报馆开会，决议自下星一起，将七种周刊一律停止，因时局紧张，节省篇幅故也。

二十三日。温《毛诗正义》五页。点《全唐诗录》十四页。

午后一时大马路浙江路先施公司左右中一炮弹，或一炸弹，死伤二三百人，详情此刻尚未知，死尸运至延平路、昌平路掩埋，装三卡车。

格按，先生自律甚严，《诗经》温习乃常课，并有丽泽社聚讲之例。值兹战乱，弦诵不绝。又一九三八年元月七日《日记》：八时圈《全唐诗选》李祐诗五页，此书共一百卷，余时圈时止，已有四年之久，仅圈已七十卷。因诗为陶养性情之具，兴至偶一读之，不列为每日功课也。但今年必须圈完此书。

三十一日。八月小结。

八月份练拳十五遍，随便看书十六册，温《毛诗正义》九十五页，点《全唐诗录》十四页，看《周礼详解》二十四页，节抄书六页，作社评四千字，作诗一首，应酬吃饭三次。

格按，先生日记，每月有小结，年末复有总结。报馆撰文、各校授课、诗文著述及读书课业等，均有统计，自我督促，至老不懈。

九月

十一日。填《满江红》词一阕。

如此乾坤，东风紧，阵云猝作。好男儿，一腔热血，临风洒落。几许敌人飞炮火，拼将血肉与之搏。我中华历史五千年，宁示弱。战略好，冲锋恶。刀横处，如瓜削。看黄浦滩畔，血流成壑。尽管援兵增四五，精神早已吞山岳。齐鼓掌，大众向前行，从军乐。

格按，同日《日记》：阅报，昨日浦江之战极烈，我方极胜利。夜与彤儿看词。

三十日。九月小结。

九月内练拳二十八遍。温《毛诗正义》二百一十页，节录十四条。看《周礼详解》四百五十三页，节录三十七页。看马令《南唐书》四册，看《廿九国游记》二册，看白香山诗五十七页。上课十四小时，开会五次，应酬两次。作社评二千余字，填词一首。

格按，九月十六日《日记》：阅报，大同已陷，可虑。我们处此患难时中，正是锻炼我们身体与学问的机会，立十训条自勉之：

一、身须整齐而动，心须清洁而静。尤其在处患难时，身心不可散，非一念起处而无私，万难交集而不动。能富贵不能淫，贫贱不能移，然后威武不能屈。

二、心上要做最上等的人，身上能做最下等的事。在学理上尽量挥发自己的能力，在职务上切要服从上级的命令。

三、做事须敏而恒。今日的事不要留到明日做，上一点钟不要留到下一钟内做，敏之谓也。今日如是做，明日亦如是做，又明日亦如是做，恒之谓也。

四、言语须诚实，态度须温和，精神须发扬，动作须安定，心思须缜密，胆气须勇敢，自奉须节俭，待人须慷慨。

五、自视其身，重如泰山，但不怕死。立足于最后死的一点，眼前皆是生路。所谓不怕死者只有一死，怕死者时时是死。

六、是自己力量能做得到的，尽力之所及，早为计划。非自己力量能做得到的，切勿妄思妄想。不可无虑，不可有忧，虑有益于事，忧无益于事也。

七、切不可有求快乐之心，求快乐即是痛苦，在痛苦环境中奋斗出来，即是无上的快乐，孟子所谓“生于忧患，死于安乐”是也。

八、在本位上努力，在微小处着手，在自己身上鞭策，在自己心上省察。责己如仇敌相逢，丝毫不肯放过。劝人如耶教徒说道，娓娓不休。

九、被衾衣裳对象书籍，常使清洁整齐，讲话必须简明，做事必须亲到，用物必须还原。对于平等以下的人，尤须怜悯其愚而开导之，切不可盛气詈骂，须知詈骂人者即减低自己身份也。

十、每日锻炼身体二小时，做事四小时，读书四小时，游戏二小时，休息与吃饭六小时，睡八小时。再日记，日记是管束自己最好的方法。职务忙者可改为锻炼身体一小时，做事八小时，读书四小时，休息四小时，吃饭二小时，睡七小时。我自己睡只六小时，读书六小时也。

十月

九日。昨夜作诗一首补记于此。（温《毛诗正义》六页）

今日才知昨日非，当年旧梦尚依稀。登高不惟东风恶，堂远频看落日微。点点枫丹秋有色，潇潇叶落树无衣。老来犹有雄心在，独立苍茫未肯归。

格按，同日《日记》：今日最后消息，蕴草浜偷渡之日军尚未击退，惟我方之危险性已减少。

十日。读白香山诗。

温《毛诗正义》五页，节录二条。看《周礼详解》十九页，节录一纸。看香山诗十八页。《东坡种花》诗，开、皑、来、台、杯、怀、回韵中，忽用纸、西二韵，不在一处。

二十九日。作《孤军守土歌》。

八百壮士齐拼死，中华民族忠勇有如是。古有田横今谢杨，气冲牛斗光变紫。八月十三敌兵来，七十五日相抗抵。爱国激增杀敌心，精神不屈贯终始。变更阵线别有因，掩护撤退真堪倚。殿后告成终不奔，独与敌军相对峙。不肯解除武斗苟偷生，宁与精金美玉同摧毁。心理一健气自雄，男儿惟有一死耳。纷纷敌军四面来，视之真如牛马矢。态度从容胆识豪，据一仓库作军垒。只凭一片忠勇心，守到最后一弹子。七层高楼万目瞻，国旗飘扬抗日起。谁云闸北已沉沦，中有我军抗战杀敌之壮士。此是民族真精神，中外士女争仰止。凡属人类皆同情，赤血写成民族史。四万五千万人同此心，一口汲尽东海水。

格按，同日《日记》：沪战放弃真如与彭浦二处。八十八师谢晋元（广东人）团长、杨瑞符（河北人）营长，与士兵八百余人掩护退撤。退之后失其联络，乃入据四行仓库，作最后之阵地。日军四五次攻不能破，极引起中外人士热烈沉痛之同情。又次日《日记》：坚守四行仓库之八百壮士，仍屹立不动。

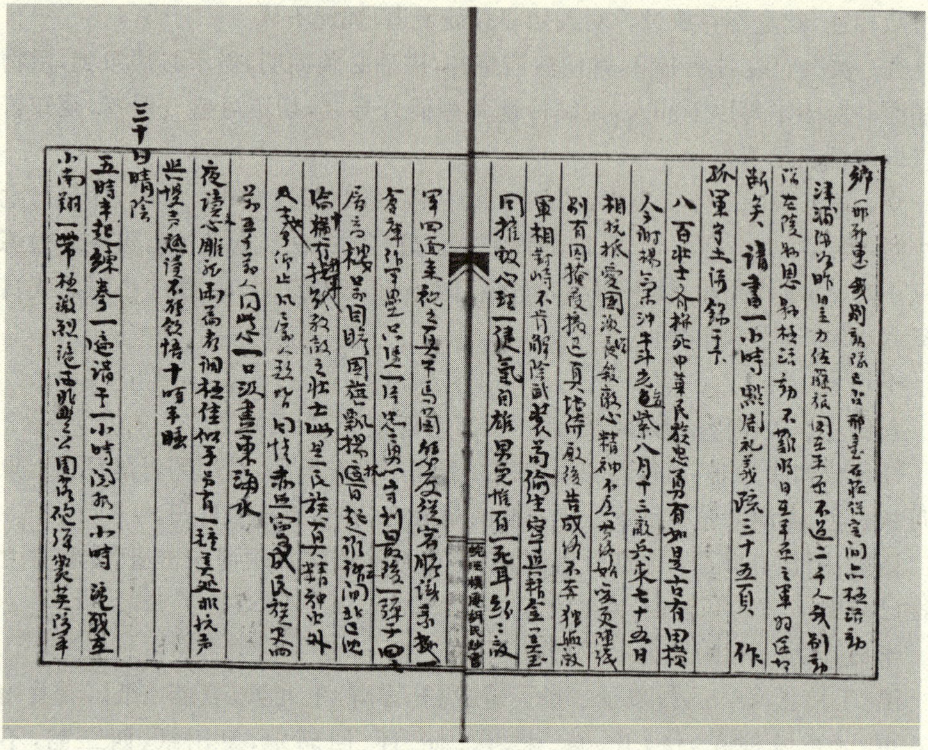

图一：1937 年 10 月 29 日《朴学斋日记》所记《孤军守土歌》

三十一日。作《宝山壮士诗》。

孤城一角立海边，海水茫茫远接天。敌人偷渡后援绝，前面重重围绕敌人之战船。镇日大炮千百射，飞机投下炸弹联接联。天昏地黑鬼神泣，地为焦土天为烟。五百壮烈士屹不动，追随子青营长相后先。誓与孤城同运命，宁为玉碎不瓦全。杀敌勇气危弥壮，报国忠忱穷更坚。不管炮弹炸弹纷纷如雨落，拼将血肉与之相周旋。人生有死平常事，任务终了心泰然。骨肉化灰精神在，一个个把烈士姓名在心坎镌。纵使蛮烟嶂雾将宝山罩成黑世界，依旧是青天白日满地红血鲜。烈士之名中外传，中华民族与尔万万年，偷生怕[死]之徒不值钱。

十一月

一日。作《南口勇士诗》。

南口勇士天下雄，此是中华民族泱泱之大风。铁胆包身惟我壮，赤心报国有谁同，居庸古有南北口，关沟蜿蜒如游龙。百万雄军不敢渡，碍日孤高插天峰。忽然芦沟战事起，北平不守走犬戎。此关本以防外寇，我反处外敌处中。凭险据要布置

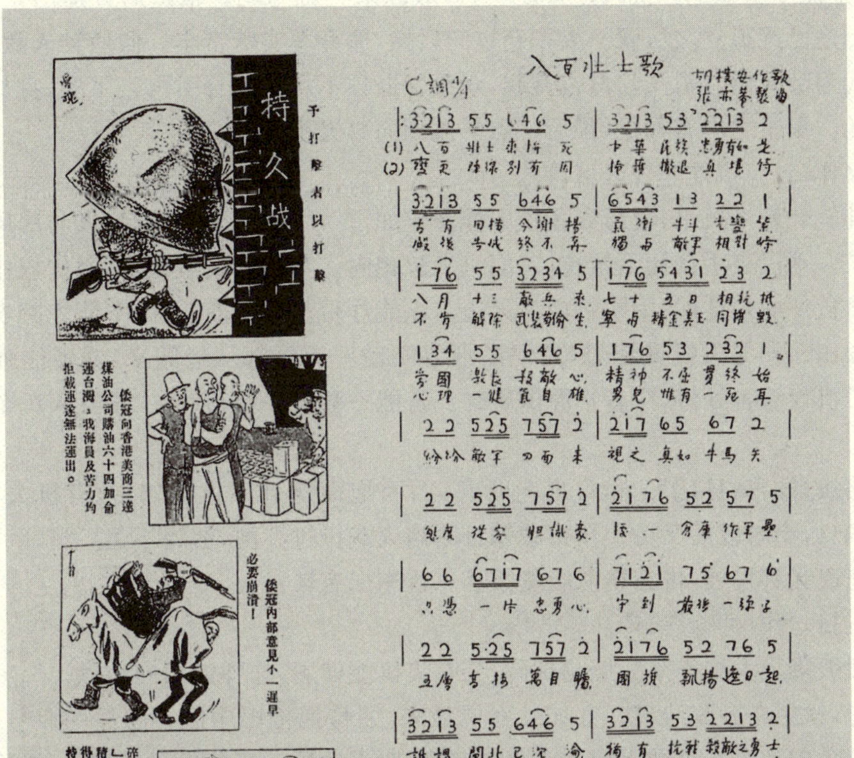

图二：《八百壮士歌》（胡朴安作歌，张亦庵制曲，载《总动员画报》1937 年第 2 期）

妥，动如流水坚如铜。抗战一日复一日，敌纵来犯难为功。报道后方退出张家口，成为归途已绝孤立之居庸。大军仓皇向后撤，遗弃军实殊富丰。假使转入敌人手，不啻我为敌人供。勇士勃然奋臂起，众兵皆退独不从。只身引火轰军实，身与军实同遭凶。勇士之勇有如是，最后一点鲜血洒向寥天抗日红。

又作《日飞机炸非战区域诗》。

轧轧轧轧飞机来，轰轰轰轰投下炸弹响如雷。一弹投下浓烟起，人与房屋顷刻俱成灰。平民束手待死无抵抗，一闻机声泣相向。草根树底争藏身，潜伏权作犬羊状。日机肆虐尔徒然，中华物产浩无边。纵能炸得都市工商业，决不能炸翻农村千顷万顷田。初见飞机诚惊恐，见惯渐渐心不动。万事都从经验来，弱者能强怯者勇。日机仅管各处侵，广者平原深者林。若能一县投一弹，激起二千县人民个个抗日心。

格按，同日《日记》：昨日自七时起，西面炮声终日不止，亦时闻有机关枪声。入夜稍息，十时以后又厉。今报载知日军炮火淹护过苏河，但终不逞。晋北、津浦、平汉正面无甚发展，惟游击队收复数县。晋东未有转机。

五日。作《冲锋恶》诗。

殷殷隆隆大炮声落战壕响砯砰，又有飞机能肆虐，炸弹如雨向地倾。一刻二刻轰炸过，铁甲车驰阵线破。守如处女诱敌来，屈身抱枪壕中卧。忽然一声号令喧，出如脱兔向敌奔。杀敌无碍如杀草，神嚎鬼哭天地昏。再接再厉气弥壮，机枪钢炮两相抗。忠忱能使勇敢增，我气愈旺敌气丧。敌人惟恃器械精，我能血肉与之甹。枪声响处见尸仆，弹烟散时闻血腥。血肉相搏冲锋恶，横尸成林血成壑。誓将扫净敌袄歌太平，痛饮黄龙大斗酌。

六日。作《难民叹》一首。

中华民族爱和平，祖孙相传不知兵。晓风叱牛耕田野，午日列廛盈市城。一旦敌人侵略至，飞机满天弹满地。本是安居乐业民，顷刻只身无所置。扶老携幼避地来，不暇自哀为国哀。皮之不存毛安附，甹命抗战真应该。颠沛流离终不悔，宁与敌人同破碎。身家虽亡国不亡，物质可毁精神在。于此足以见民心，万众一心利断金。目前胜负何足数，长期抗战始于今。

又作《游击战》一首。

用兵有正亦有奇，奇兵一出敌人疑。散如浮云去无迹，合如流水自然归。瞻之在前忽在后，断敌后路敌披靡。左出右没散复合，顷刻已成大包围。敌军侵晋如洪水，铁骑一日驰千里。我之奇兵飘忽来，生者投降抗者死。十月边关雪欲飘，夜半呼呼风怒号。杀敌勇气胆如斗，爱国热心血似潮。奇兵之奇众共见，运用在心随地变。问挟何术使之然，能与民众打成混一片。

十日。作《文化劫》一首。

中华文物五千年，作之者圣述者贤。根柢巩固枝叶茂，收吸新鲜空气开出灿烂之花妍。忽然中日战事起，飞机轰炸无人理。文化机关皆为轰炸之目标，辣手毒心有如是。持志先自首遭殃，同济、暨南与沪江、大夏、光华、正风皆不免。坏壁颓垣遥相望，大同最后亦遭劫。所有最高学府俱成一片瓦砾场，留有中小学校不计数，化为飞烟散为雾，只因一片爱国忧。抗日心，遭日妒。呜呼日人尔徒劳，轰炸更激热血高。文化不在建筑物，精神磨炼愈坚牢，中华民族伟大如火烈，固如漆胶坚如铁。镂肝刻肺永不忘，个个皆欲洒尔最后一点血。

十二日。作《空军夜袭》一首。

中华空军东方雄，一叶飞来凭长风。三更月落夜气黑，高高盘旋云雾中。无声无色不闻见，突然下击如垂虹。一弹已达目的地，恍如霹雳起长空。敌人高射炮乱放，火星分散南北复西东。侧向低飞出火线，凭空上升矫如龙。探海灯光四面射，我机飞去已无踪。夜袭技能有如是，几使敌人防卫之术穷。若能驭有飞机千百架，早已凯旋奏奇功。

格按，同日《日记》：此数日心绪稍不宁，镇定工夫尚未到也。

十三日。[恽]逸群之弟逸安，学空战，死于晋，作长歌挽之。

八月十三战事起，全面抗战于此始。海军之力等于零，陆军亦称能战耳。惟有空军迹最奇，进步一日可千里。常州烈士恽逸安，自幼颖悟资质美。忠忱夙具报国心，投向空军学绝技。飞沪侦察奏奇勋，素愿今偿心自喜。转战冀晋皆有劳，飞缘同蒲进无已。众寡悬殊力告穷，七尺昂藏竟殒矣。风云无色鬼为号，天地有光血变紫。遥从碧落招国魂，能为病夫雪宿耻。果然成仁即成功，人生自古谁无死。死后之名足千秋，常使英雄心仰止。况有令兄慷慨激昂之文章，血泪写成烈士史。

格按，同日《日记》：六时起。练拳一遍。讲书一小时。看报一小时。我方军队完全退出上海矣。

十四日。作《炮战歌》一首。

敌人大炮千百发，接接连连无休歇。炮弹落下有如雨点多，未能损我军事工程之毫发。我方发炮只一声，一声落地响砅硼。只因测算有准的，弹丸落处已成功。两军炮阵相对抗，时闻敌军炮乱放。消耗子弹万千千，只落得殷殷隆隆如雷响。浓烟巨声弥长空，迷眼欲昏耳欲聋。旁人闻之心胆碎，其实威力亦有穷。我军本采消耗战，敌耗常倍我仅半。只须抗战能久长，必能获得最后之胜算。

又作《闸北南市大火诗》一首。

我方军队退出防守地，敌军纷纷如潮至。千间万间广厦一炬焚，风声呼呼助火作威势。牵连许多平民宿舍齐烧空，富者立贫贫者穷。面色已如云气白，眼泪流对火光红。人生于此遭浩劫，浩劫虽烈心更烈。预备牺牲早一拼，初心不改坚似铁。人之初生只一身，万物皆假惟我真。纵能烧尽物质千千万，终不能烧灭历劫不磨之精神。闸北南市尽焦土，敌军虽侣亦何补。有如坚壁清野之战略，纵得焦土无所取。中华民族虽则爱和平，谁敌谁友认识极分明。此时轰轰烈烈一夜火，种了子子孙孙永久复仇根。

二十六日。作诗一首。

消息传来渐渐微，疑真疑假是耶非。四郊戎马孤城急，万里音书一雁飞。长夜沉沉终有曙，寸心鹿鹿叹无依。天寒又况霜风紧，宿鸟欲归未敢归。

格按，同日《日记》：十二时到蜀腴午餐，《民报》同人最后一聚。三时到陈乃乾处坐，陈端志亦来，谈及高吹万、刘翰怡、葛萨梧，皆无消息。

又二十三日《日记》：《民报》《立报》《时事新报》《中华日报》《神州日报》得租界当局通知，劝告停刊。本拟五报同时停刊，嗣《时事新报》尚拟迟延一二日，结果《民报》《立报》自动先停，二十五日即无报矣。中央通信社亦得通知，二十四日亦停止发稿。闻第二次停刊之报为《大晚报》《时报》，第三次停刊之报为《申报》《大公报》。可不停刊者惟《新闻报》一家而已。

二十八日。赠萨空了诗一首。（圈元稹诗十二页）。

此日难为别，干戈扰攘中。万缘殊未了，壮志讵能空。事业千秋在，精神两地同。莫嗟前路险，后羿正弯弓。

格按，先生次日《日记》：道静来，与谈当利用此时间编一部《中国文化史》，以文字学为骨干，当能得到许多的确的材裁，并语其劝其父寄尘搬至我同住，共做编辑文化史工作。

将十一月份所做之事分纪于下：（一）[练]拳二十五遍，（二）上课一百零九小时，（三）温《毛诗正义》三十五页，（四）温《周礼义疏》二十四页，（五）看各家《儒行》注三十四页，（六）圈元微之诗三十二页，（七）节录四条，（八）抄各家《儒行》注十六页，（九）作文四千六百字，（十）作诗十二首，（十一）应酬吃饭四次。

十二月

四日。作《猛虎行》一首。

世间怪事那有此，六千猛虎入都市。鬼气森森白日塞，怪影幢幢腥风起。家家闭户不敢窥，见人而噬猛虎喜。纵有猎人袖手观，任虎咆哮不能止。忽有一人胆气粗，履虎之尾执虎耳。壮气如虹直冲天，雄心视虎如视豕。势孤力单终不胜，勇敢可谓不怕死。万众皆有死虎心，虎虽淫威不足恃。自卫之能本于天，人人报尔以一矢。世界开化到如今，那有猛虎常能横行之道理。

格按，三日《日记》：今日十二时，日军六千人游行公共租界示威，行至南京路广西路口，被一人投一自制炸弹（或云是高丽人），伤日兵三名。投弹者登时被巡捕枪毙，实时断绝交通，东至河南路，西至静安寺路白克路口，北至北京路，南至汉口路，至夜八时以后始恢复原状。

十七日。温《毛诗正义》二十页，节录一条。（圈施肩吾、殷尧藩诗十页）。

《诗》"凯风自南，吹彼棘心"，论者谓"南"与"心"不韵，实则心即纤，纤借字，"心"当读为"纤"，与"南"音近也。又唐人诗云"临江迟客来"，"迟"训为"待"。按迟即待字。《易·归妹》卦九四"归妹愆期，迟归有时"，"时"当读为"待"，言"归妹愆期，迟归有待"，故传申之曰"愆期之志有待而行也"。时、待俱以"寺"为声，故二字通用（见《经义述闻》）。迟、时韵同，时读为待，迟当读为待也。

二十九日。持志[大学]托寄尘代为女子大战作校歌一首，姑录于此，后再修改：

惟中华民族泱泱之大风兮，图发奋而为雄。二万二千五百万之女同胞兮，是民族复兴之前锋。强健民种，改良家庭，悉是女同胞之功。吾校负此启迪之责任兮，艰难辛苦以相从。发寂寞之狮吼兮，欲振聩而启声，志弥高而行弥谨兮，校训取法乎中庸。博学审问开其始，慎思明辨要其成，笃行学问思辨以贯其终。此是民族之真精神，亘今古而独立于寰中。各本自力以更生兮，虽殊途而归同。前途有无限光明兮，佳气郁勃而葱茏。

又作诗一首记之于下：

穷阴累长夜，冷风吹吾庐。寂寞寡人气，鬼魅争对吾。灯寒小于豆，鼠跃狂于狐。扪舌无与语，志洁身更孤。人世原杳冥，大道本虚无。盛衰互倚伏，祸福相乘除。因果有如是，大钧为洪炉。

三十一日。兹将二十六年全年所做之事分记于下：

（一）练拳二百六十二遍，（二）上课五百三十一小时，（三）作社评六万九千余字，（四）编书十万零七千一百余字，（五）编讲义五千八百余字，（六）作文二万九千六百余字，（七）作诗七十六首，（八）温《毛诗正义》九百六十三页，（九）看《周礼详解》七百二十一页,(十)看《周官义疏》二百九十五页,(十一)看唐人诗三百七十六页,(十二)校书二百五十二页,(十三)随便看书一百四十六册,(十四)节录一百七十四纸,(十五)应酬一百二十四次。

一九三八年

一月

一日。作诗一首。

人生有必死,死原无可畏。鸿毛虽云轻,泰山良足贵。风雨暗一时,天地有正气。太虚浑无言,愈以见宏毅。中心不动摇,坐观四海沸。百年易旦暮,久生亦无谓。当其犹生时,我责殊未既。努力崇明德,以求心之慰。

格按,同日《日记》:报载张仲仁(一麐)投井而死。前闻仲仁已在穹窿山做和尚,而竟不能免于一死,此所谓死有重于泰山也。阅晚报,知公共租界今日发生投手榴弹四处,而以三马路一处为最严重。满地荆棘,不堪回首去年今日,但不知明年今日复何如耳。

二日。点《毛诗传笺通释》三十三页。

《葛覃》"中谷"释云:凡诗言"中"字,在上者皆语词,"施于中谷"犹言施于谷也,"施于中逵""施于中林",犹言"施于逵""施于林"也。"中心有违""中心好之""中心藏之",凡言"中心"者,犹言"心"也。又"瞻彼中原""于彼中泽""中田有庐"之类,皆语词。《式微》诗"露"与"泥"皆邑名,诗言"中露""泥中",两"中"字亦语词。推之《礼》言"中夜无烛",《易》言"葬于中野","中"字亦语词,后人失其义久矣。又《蒹葭》"中央"释云:央、旁同意,诗多以"中"为语词。"水中央"犹水之旁也,与下二章"水中泜"、"水中沚"同义。

[张]仲仁之死,未能证实,若果如是,亦乾坤一正气也,足为民族生色矣。诗以哭之。录下:

辛苦艰难终一死,泰山之重世同尊。将来青史留名氏,此日苍天无语言。寂寞尘寰存正气,凄凉止水认啼痕。惟君奇节照千古,余子纷纷何足论。

又成诗一首录下:

蜡泪已枯心不灰,更收余烬我重来。此身犹健天能胜,举世如狂事可哀。忍死要回千古劫,救人谁是一时才。风波莫助横澜恶,大地深藏腊月雷。

三日。读秦少游、贺方回词。

寒夜无俚,看《词谱笺》少游、方回词。少游词如"斜阳外,寒鸦数点,流水绕孤村",真绝妙语也。方回(实为贺铸)词如"试问闲愁知几许,一川烟草,满城风絮,梅子黄时雨”亦佳，但有许多做作矣。余不懂词，阅之聊以活泼精神云。

四日。点《毛诗传笺通释》二十五页。

以“农郊”为“林郊”之假借，证以籀文“农”作“辳”、古文“農”作“农”，说颇新而确。以“活活”、“濊濊”为貌之形容词，“发发”即“鱍鱍”，不如以“活活”、“濊濊”、“发发”悉为声之形容词为善。

成诗一首录下：

中夜不能寐，起坐自彷徨。前瞻已杳杳，后顾更茫茫。浩劫古未有，奇辱今难忘。流离载道路，死丧遍疆场。嗟彼苍者天，胡为惨以伤。厉阶果谁造，贪狼狠如羊。自侮人方侮，孟氏言已详。轻心一孤掷，浮躁众为狂。大错既已铸，努力图自强。洪涛高万丈，一叶航中央。深知同舟谊，万众共死亡。穷阴虽互积，剥极起孤阳。不有冥冥志，安有昭昭光。是诚在于我，闻鸡热中肠。

格按，同日《日记》：看中主、后主词，真所谓亡国之音也。十时睡。一时睡不能寐，披衣起坐，静中万念悉来。

七日。作《纪梦诗》一首。

终朝苦常辛，梦魂犹未静。飘泊无所之，顷刻幻异境。白骨高于山，流血洼成井。恐惧不可言，历历心头影。忽焉起大风，尘埃化为锦。兵戈气消沉，太平若有景。霜雪复纷纷，只觉周身冷。鬼魅白日行，掬血当茶饮。况复常苦饥，三旬九食并。转眼境又殊，家室颇完整。朝饔而夕飧，早作而夜寝。恶人忽当前，大刀逼吾颈。性命在须臾，惊醒气若哽。晨光已入窗，此心尚凛凛。仰视白云悠，抚怀一深省。后顾不可知，当前吾已幸。

格按，同日《日记》：八时起。昨夜睡甚不宁，不一时而醒，计醒有七次之多，梦魂模糊，奇异之境迭起。今日起身，犹复隐约忆之，此之谓思梦也。

点《毛诗传笺通释》三十四页。

《论语》“郑声淫”，孔注解“淫”字未分析，何晏、皇侃《论语集解义疏》“郑地声淫”，又引《乐记》“郑音好滥淫志，宋音燕女溺志，卫音趋数烦志，齐音傲僻骄志，所以是淫也”，似乎指淫为声之淫，非色之淫，但未明言耳。刘恭冕《续论语正义》谓，“《左传》说，烦手淫声谓之郑声者。言烦手踯躅之声，佚淫过矣”，是不同于声淫之说。又言《乐记》“四者皆淫于色”，是四者皆有淫声，此独云“郑声”者，亦举甚言之。又云《五经异义》“《鲁论》说郑国之俗有溱洧之水，男女聚会相感，故云郑声淫”，则是明言色淫矣。窃尝疑朱子本“郑声淫”一语，遂谓《郑诗》悉淫诗，恐“郑声淫”一语不作如是解。兹读《毛诗传笺通释》而释然矣。马云《左传》秦医和告晋侯曰：先王之乐，所以节百事也，故有五节迟速，本末以相及，中声以降，五降以后不容弹矣。于是有烦手淫声，慆堙心耳，乃忘和平，君子勿听也。服于慎释之曰：郑重其手而声淫过。是知淫之言过，凡节之过节者为淫，声之过中者亦为淫，不必其淫于色。而诗言其志，歌咏其志，诗失之愚，乐失之奢，二者相因而各有别。卫之淫在诗，郑之淫在声也。卫诗之淫在色，郑诗之淫不专在色也。此言最分晰，可以解"郑声淫"一语矣。

八日。点《毛诗传笺通释》三十二页。

"苍蝇之声"在"鸡鸣"之后，"月出之光"当作"日出"。诗盖托为夫人戒君早朝，恐其晏起之词。始曰鸡鸣盈朝，可以起矣。继则匪鸡鸣也，蝇声也，言不止鸡鸣，天已将明也。二章继前章言之，曰"东方明矣，朝既昌矣"，可以视朝矣。继又曰"匪东方则明"，乃日出也，言不止天明也。蝇声晚于鸡鸣，日出又晚于东方明。末章"会且归矣"，又不止日出来朝，皆极言恐其将晚，而贤妃警戒之意始见。按此说极好，惟其"月"为"日"之误，根据即古诗话，此书不知何人所作，是否可作为证据之价值，迟当考之。

作诗一首。

如此江山如此日，此身犹在尚能骄。幸存独得苍天厚，忍死何堪赤地焦。无奈夜寒霜更急，纵然气短志难消。横流不信风波恶，终有扁舟破怒潮。

九日。作《不寐诗》一首。

何事殊难寐，天寒夜不明。朔风穿户入，灵梦逐心生。一室如悬磬，四郊多苦声。壮怀今犹昔，气结未能平。

格按，同日《日记》：昨夜睡极不安，一时后即不甚眠。

十一日。作诗一首。

四郊戎马急，蛰处太无聊。忍泪嗟何及，翻飞苦不高。读书当日课，静坐制心潮。只觉中肠热，沉忧未肯消。

格按，前日《日记》：点《毛诗传笺通释》二十页，节录二条。余每日点书，有人笑为无益之事。余应之曰，饱食终日，无所用心，为之犹贤乎已。或曰，转瞬即不得饱食。余曰：暂时尚能饱食，暂且为之。

十七日。作诗一首。

茫茫天地窄，死里或能生。满目皆荆棘，关心孰弟兄。四周多鬼影，半夜有鸡声。不信长终古，被襟坐到明。

格按，十四日《日记》：习斋主张动的习行，反对静的读书。余每日埋头读书，有愧习斋矣。蛰居死域,譬如身拘囹圄,只有以静的读书以动其心。孟子所谓“动心忍性,曾益其所不能”。

二十日。哭胡怀琛四首。

昨夜睡极不宁。寄尘死已三日矣,声音笑貌,犹在吾耳中目中也。生当此时,寄尘自以一瞑不视为佳,所最难堪者后死者耳。昨日为寄尘料理身后事毕,真有“汝死我葬,我死谁埋”之感,茫茫后顾,真不知死于何所也。作四律哭之。

五十年兄弟,凭棺痛更加。伤心逢此日,流泪向天涯。往事何堪忆,前尘望尽遮。杀人今未已,乱事正如麻。

贫病交相迫,身神两不宁。更堪争战急,愈觉胆心惊。小病原无恙,长眠竟不醒。狂风兼骤雨,终夜一灯青。

伯兄伤已逝,季弟又今亡。嗟我存孤梗,临流已夕阳。传家无产业,裕后有文章。含泪言诸侄,诗书世泽长。

百年如旦暮,六十叹孤存。竟日长枯坐,中宵独自言。茫茫前后顾,扰扰梦魂烦。不暇为私哭,悲声且忍吞。

二十一日。夜不能眠,得句一联。

七时半起。昨夜睡仍不宁,眠不一时而醒。“愁如柳絮飞还集,梦似昙花见即消”,极有此稍形况。九时点《毛诗传笺通释》十叶。

二十三日。前夜所得,足成一律。

昨晚亦醒三次,且梦压一次,可见心神仍不宁也。将二十一日所吟一联,足成一律记于下:

冷月窥窗夜气萧,忍寒拥被坐中宵。愁如柳絮飞还聚,梦似昙花现即消。不信今生长已矣,果然此日太无聊。许多往事从头忆,热血寒冰起怒潮。

二十四日。就中日战事成一律句。

登高望远气蒙蒙,矫首中天总一同。无奈迷途终不返,从兹浩劫更无穷。忍看坐拾渔翁利,尽有宵行虎伥凶。如此蜩螗原内哄,到头何处判雌雄。

格按,同日《日记》:阅报,中日已届初步之绝交,以后之变化只看津浦路之一战。自芦沟桥登生战事以来,已六阅[月]矣,中国之靡烂固已不堪言状,日本除军事外,其损失亦与中国等。鹬蚌相争,必至两败,大错已铸,无法纠正。以亚洲言之,亦一内战也。

三十一日。元日赋诗。

今日为旧历元旦,李后主词所谓“别有一般滋味在心头”是也。但是消极之感慨,于国于家于身,皆无益处。亡国之音哀以思,真万劫不可复矣。月晦生魄,剥极有必复之机,复之动机,在于自身之本力。当此不能奋飞之时,只有以读书涵养德力与智力,于剥极之时蕴酿可复之根。吕晚村能以攘夷思想寄托批评八股之中,其心晦,其心志愈苦。作诗一首录下:

今日是何日,天地不复春。耐寒原本性,万物备一身。绚烂吾岂敢,朴实返其真。穷阴深潜伏,不以喻诸人。我志日愈苦,我道日以新。一阳五阴下,沉渊跃锦鳞。核内存一点,此物谓之仁。生机由是始,保持弥可珍。至性苟不减,屈久必终伸。且读古人书,日与古为邻。

读欧阳永叔《读书》五古一首即用其韵。

四海方沸腾,何用事书卷。山河已破碎,民生更疲倦。干戈起暴秦,衣冠思皇汉。流民我能图,式微诗可笺。不如笔砚焚,志坚意弥断。生死平常事,忘身赴一战。勋虽石未铭,功或马可汗。拔剑顾而起,斫翻堂上案。原以报家国,并非图仕宦。壮志震环宇,他人不敢贱。耿耿夜不寐,起坐以待旦。磨崖笔是枪,草檄盾为砚。胡虏血可饮,匈奴肉当饭。环顾陷樊笼,奋飞未能半。凤凰不惜毛,山鸡讵爱翰。纵有无穷心,临渊徒鱼羡。始知天下事,衰盛皆以渐。历史虽已往,成败较可辨。衰也误群宵,盛时多硕彦。曲者必为钩,直者必为箭。古事昭示吾,把卷一长叹。民强国不弱,志决身不愞。使无冥冥志,昭昭何由见。莫谓书无益,简编未曾断。莫谓武或持,坚强终有间。吾志在自雄,本位以为限。思不出其位,所以御患难。心定由三省,身强在百炼。以静而制动,以整而御散。淡泊味愈长,终始誓不变。由己以及人,自求无罪谴。与人和其光,胸中有厓岸。默默坐窗前,展书加默窜。自视为牺牲,何妨人刍豢。饮泣常中宵,蠹鱼任人讪。

二月

一日。作诗自励。

我年已六十,守道尚未固。心每随境迁,脚跟立不住。有时凭血气,疾雷不恐怖。但至阴雨时,朝气渐渐暮。人莫踬于山,平地每失步。始知涵养深,凡事行我素。履险如履夷,不怒亦不惧。嗟今四海沸,困处如禁锢。奋飞苦不能,褰裳无可渡。忧愁徒损年,思虑更辟路。心苦藏愈深,志决潜不露。一卷古人书,旦暮若有遇。

格按,同日《日记》:人当最难处之时,当立定脚跟,轰轰烈烈做一翻。少年气盛之士尚能为之,若穷阴互蔽,一阳深潜,所谓苌弘之血埋地千年而化为碧者,愈藏愈深,愈深愈固,此而复以见天地之心也。见理虽明,守道不笃,平素涵养之功太浅，作诗一首以自励。

八时点《全唐诗录》十八页。李义山《戏题枢言草阁三十二韵》《行次西郊一百韵》《井泥四十韵》，用韵不太拘，且多复韵。

二日。作诗怀寄尘（胡怀琛）

八时起。昨晚睡仍不宁，直至二时始能安眠。连日作诗数首。寄尘已逝，无可与语，作一律感之，录下：

何堪旧事忆从前，忍死荒江夜似年。破碎山河君不视，凄凉岁月我无眠。新诗吟罢与谁语，幽恨来时只自怜。深悔生平疏略甚，迷离灯火锁寒烟。

八日。感事一首。

三时点《毛诗传笺通释》三十六页。点《全唐诗录》十四页。作诗一首录下：

不信神州竟陆沈，误人原不始于今。迷途虽远尚能返，生意犹存好自寻。莫谓枯杨多死气，果然寒柏有坚心。群阴蔽寒孤阳在，极目天涯冰雪深。

十日。答何思毅诗柬。

复思毅一信：奉手教，赠密宗书数种，循循诱导之意极感。弟往日堕文字魔，曾略阅禅宗经论，嗣又随理障魔，曾略阅相宗经论，皆以世法学佛，废然即返。真言宗则言说断绝，即事而真，相当即道。弟堕于世法环境中而无以自拔，吾兄精进，欢喜无量，作诗一首以答尊意，仍堕文字魔也。

扰扰尘寰中，吾心未能完。真言重视想，何由见斯境。三密殊难持，四身皆是病。雷霆声震地，聋者耳无听。愿借大日光，映我心水净。

十六日。复郑师许一书，并附一诗。

破碎山河已半倾，夕阳楼外鹧鸪声。鱼游釜底原偷活，鸟羁笼中善自惊。思欲奋飞毛已殂，纵然得水涸难盈。侧身西望长嗟叹，为报康成念我情。

二十五日。作诗一首。

迷途错误谁能返，利器杀人枉自豪。究竟天心终有悔，果然公理总难逃。东风惯助波涛恶，精气应教灾祸消。闲坐高丘看落日，夕阳虽好大无聊。

格按，同日《日记》：战事了无结束之期，蛰居一隅，经济有枯竭之势，个人不幸即中国之不幸，实亚洲之不幸，实世界之不幸也。物质文明发达之果，结必至如此。

夜坐心潮时起时落，总由于把持不定，细自检点，不能在最后一点立定脚跟。我之欲望太多，虽无功名富贵之欲望，而读书之欲望太杂，不能专精一途，未免务博而近虚浮，此所以终无成也。躭任各校之功课太多，致荒废自己读书之功，此亦务外之过。一心欲教成几个好学生，而终无一个可造之才，即自己的儿子亦无法教成，可叹。

三月

七日。十时点《毛诗传笺通释》廿七页。

《鲁颂·泮水》毛传："言水则采其芹，言宫则采其化。"商务《四(库)[部]丛刊》景印常熟瞿氏所藏宋巾箱本，化作花。按《正义》释之云"以菜生于水，化出于宫，言水则采取其芹，言宫则采取其化"，似化即花。然偏考各本，无作花者。古花皆作华，不应作花，而各本皆作"言宫则采取其化"，化若非花，果为何物？又《四部》本花字作花，而上"艹"三笔有似添上之形，不知瞿藏原本何人所添。但是"言宫则采其化"，无论作花、作化，皆是疑问。

格按，同日《日记》：阅报，日本似乎注重宁夏以及甘肃，以断中俄交通之祈图。战事已遍于全国，遥遥无结束之期。吾人伏处上海，纵身体上无多大危险，生计将渐渐成为问题，精神上之痛苦更不待言矣。然必能撑过此关，方不忝于所生。立足于必死之点，在未死之前，我行我素，在本位上努力读书，虽是无用之事，读古书更是无用之事，然我自己问自己，除了读古书以外，只有饱食终日，无所用心，所以读古书在我自己的意志上讲并非堕落，此是我本位上奋斗的一条路。目睹许多堕落者，不知其作何思想也。

九日。作诗一首。

二月春风雪飞飘，漫天匝地舞终朝。鳞鳞万瓦望皆白，点点新芽冷若焦。忍听卧鸟啼向暮，可能枭鸟丧中宵。天心有意均高下，大地无垠一望遥。

格按，同日《日记》：九时点《毛诗传笺通释》二十页，已点完。按《毛诗传笺通释》三十二卷，自本年一月一日点起，至本日计六十八日，全书约九百页，平均计之每日不过十五页，盖或作或辍，不能日日如一矣。虽点过一遍，而所得殊少，点时不甚注意故也。老年读书，犹不免自欺。

二十日。书挽陈散原联一副，文云：

一代词宗今已往，千秋文伯世同钦。

二十一日。作《春阴雨》诗二首。

春到人间不是春，连朝阴雨总愁人。莺花三月东风紧，荆棘千村劫火新。亲友离居书莫寄，湿云绕树看难真。欲知此后从前溯，结果由来自有因。

不信穷阴竟不阳，春来渐渐百花香。根株未死冲寒出，风雨无聊尽日狂。草绿天涯生意转，人居绝域旅思长。迟迟斜照微茫里，何必心情问彼苍。

二十四日。《春阴雨》又成二首。

消长盈虚信有凭，前途无定几沈升。春回大地晴光遍，日落寥天阴气增。松树有心常劲健，樱花无力自翻腾。满腔郁结与谁语，更上高楼最上层。

平原纵目未能豪，细草繁花相乱交。要借长风吹白浪，好教芳蕤播青条。天心未必荣荆棘，人意终须爱羽毛。九十春光今已半，闭门终日雪萧萧。

二十五日。春日无聊，用杜工部《秋兴》韵成八律，录下：

雨晦风萧郁远林，秣陵春树气森森。浪翻江水连朝浊，血染墙苔入晚阴。忍死饥乌无尽怨，纷飞枭鸟果何心。黄昏戎马嘶鸣急，万户无人歇暮砧。

凤去台空日又斜，更从何处认京华。钟山龙气潜藏井，天汉牛郎远泛槎。断壁当年寻故宅，艳歌几处起胡茄。忍看浅草残阳里，三月江南不见花。

石头城上挂残晖，夕照无多淡翠微。在邑豺狼当道立，出林燕雀上枝飞。白云苍狗形多幻，清酒黄龙愿未违。可惜中原无尽菽，暂时尽饱犬羊肥。

黑白纷争似弈棋，未分胜负不须悲。孤军深入初骄夜，一劫潜翻全局时。微雨春和花竞放，残云风扫日西驰。榴花五月多消息，杯酒窗前仔细思。

侧身西望见巫山，佳气葱茏江汉间。太白当空惟鸟道，群峰插地拥雄关。云烟润物多生气，草木逢春有笑颜。几许旧游今健在，蓬莱宫阙喜联班。

长江楚尾更吴头，三月春深气尚秋。若须西方来紫气，定教东海解烦愁。盘空几处看飞隼，泛水何妨有白鸥。我自高丘遥眺望，晴烟九点是齐州。

生意欣欣造化功，五云深处百花中。良畴多稼润时雨，顽雾迷山扫远风。上苑华开争锦丽，长天日落坠丸江。江湖满地春光好，闲把鱼竿作钓翁。

潇湘春水自逶迤，浩荡无涯千顷陂。竟有晴光笼大地，果然好鸟啭高枝。孤帆不信飙风恶，人意能教天运移。他日把杯思往事，前尘历历露珠垂。

四月

七日。为沪江大学校长刘湛恩遇刺成诗两句。

心伤世乱头颅贱，眼见人饥犬马肥。

格按，同日《日记》：沪江大学校长刘湛恩，今日上午八时被人枪击于静安寺路胶州路口，旋即殁于宝隆医院，被击之原因未详。上海租界已成恐慌之世界，古诗云“不为乱离人，愿作太平犬”，身非经过，不知此言之悲且切也。

八日。足成昨日所吟一联。

东风无赖入罗帏，太息春来事事非。可喜桃花红似旧，堪怜杨柳绿无依。长嗟世乱头颅贱，忍见人饥虎豹肥。独立苍茫看落日，翠微深处挂斜晖。

十四日。今夜月明甚皎，望之多时，忽有所感，成诗二首，记之于下：

东风吹海浪无边，满耳涛声满目烟。卿本佳人何作贼，我虽约处不呼天。可能夜气终常在，似此清光只自怜。独坐更深浑不寐，静中弥证此心坚。

素月流天满地光，精莹似水洁于霜。如斯浊世宁长夜，惟有清名尽我狂。细数恒星无半个，朗吟汤誓已三章。人生何苦同污俗，一片冰心问彼苍。

格按，同日《日记》：闻任筱山出任两路局长，殊为惋惜。

二十日。成诗一首。

阵阵黄云天气浑，夕阳西下日初昏。落花流水春无迹，旧恨新愁梦有痕。身世何依齐堕泪，繁华欲歇暗销魂。侧身东望惟祈死，别有伤心不敢言。

格按，同日《日记》：阅报。近来日本兵士自杀日有所闻。上海虹口自杀二人，徐家汇交通大学相近四人，苏州某处十五人，原因虽不详，与厌战之心终有关系。

夜坐思中日战事之结局，当在津浦线大战之后，吾人固不可抱悲观，亦不可大抱乐观。惟以气占之，我国士兵与人民之气确乎有一偾一兴、再接再厉之势，日本人民之气吾人未能得知，若士兵确乎有厌战之动机矣。惟中国虽能得最后之胜利，决不能得最后之大胜利，即西方诸国亦不愿我国大胜日本也。中日前途达到中国半胜之时，将有第三者出而为平和之调停矣。

二十一日。李瑞华为其母六旬寿辰聚餐，到者二十余人，为赋五律一首。

戎马今何日，人生亦太难。偶邀朋辈聚，聊慰母心安。一室多和气，前途总乐观。风云他日静，举举庆同欢。

格按，同日《日记》：十时回家。看《西行漫记》八十页。凡一个人只要抱定宗旨，努力不懈，或迟或速，必有成功之一日。十二时睡。

三十日。李瑞华、王佩芬女同学今日各投我诗，皆可造之才，因成一律答之。

新诗投我皆清丽，剪取春光信手裁。自有烟霞生满纸，何劳锦绣砌成堆。当年彩笔嗟吾老，此后词坛伏尔才。莫道文章无用处，寸心劫后总难灰。

五月

一日。偶成两句足成一律。

满腔愤恨郁胸中，举目滔滔一世同。欲借雷声惊噩梦，可能雨气洗污风。人心不死天如愿，众志成城鬼亦穷。无尽壮怀因起舞，剑光凌乱遍长空。

格按，同日《日记》：上午二时大雷雨，惊醒不寐，偶成两句云"欲借雷声惊噩梦，可能雨气洗污风"。

二日。口占一绝。

缘何名士尽过河，为道饥荒逼迫多。究竟百年容易逝，流芳遗臭认真么。

三日。阅报，游击战势力愈大，阵地战尚在相持之中。成一律录下。

樱花开罢歇东风，五月榴花照眼红。人与天时相代谢，心如夏木更葱茏。瀛洲半在烟波里，禹域横开佳气中。独立高丘看落日，平原好景总无穷。

五日。作诗一首。

今日为何日，悲欢共一时。国基于此奠，城盟竟强施。知耻近乎勇，直诚不自欺。精神磨愈出，无畏是吾师。

六日。作古诗一千一百廿字。

我生今年年六十，耳聪目明惟齿豁。健步犹能脚如飞，雄谈有时口不辍。忆昔少年曾读书，涂抹约略识之无。我父教我做人道，不怕饭淡与衣粗。劈柴担水事事做，寒能耐冻饥耐饿。昼永偶与书卷亲，夜长时枕牛角卧。洪水为虐何滔滔，平畴惟见鱼鳖骄。故乡有田耕不得，况更群盗纷如毛。中年只身走海上，守职尚能会计当。雄心不甘商人伍，深夜时闻书声朗。是时清室政不纲，日丧百里蹙边疆。革命怒潮遍宇内，民气如焚愈激昂。读书略解民族理，慷慨悲歌难自已。杀人未执三尺戈，笔伐尝书千张纸。革命工作未完全，寂寞民生更民权。帝制自为袁世凯，军阀领袖段芝泉。蛰居海上不能奋，教书原是我本分。煮字不疗终日饥，强餂时来一朝忿。始知万事贵精神，做人须要认识真。荡荡大道平如砥，真理不分旧与新。建都金陵大局定，友朋弹冠互相庆。我亦追随理大邦，政迹未成身已病。辞职长歌归去来，天生我非政治才。新式人格常自励，故纸生活亦可哀。忽然东风阵阵紧，霹雳一声众惊醒。四万万人同一心，毅力如丝抽不尽。平生服膺孔孟言，武事有本文有根。不与凡人争琐碎，独立高丘看朝暾。中国学术信有用，礼云知耻近乎勇。一念起处而无私，万感交集而不动。人生有志事无难，常觉前途总乐观。自侮然后来人侮，生于忧患死于安。所以六十不敢逸，晨兴总是日未出。舞剑时吐气不平，读书常以理为质。心志须苦骨须强，奇意郁塞为文章。生气蓬勃老不懈，未能中行即狷狂。寥廓如天厚如地，未必人人知我意。混迹尘世六十年，独醒何妨众皆醉。鸡鸣不已风雨萧，日暮时觉路途遥。不问未来与过去，未死之前常自豪。

八日。孟超投我以诗，有颓唐之气，似非所疑，依韵广之。

忧时长夜未成眠，月到中天若有缘。心地忽然开异境，书声常是忆当年。鲁阳壮志能挥日，望帝柔情枉化鹃。细把一身重检点，精钢百炼软于绵。

十七日。八时作男、女青年诗二首，分录于下。

如今人，新学得时髦样。镜光的头发，壁挺的衣裳。一开口，我是个不妥协的硬心肠，我是个不怕死的好儿郎。一心惟情愿，万事不思量。也不问张家短、李家长，只晓得尔趁豪、我趁强。喊口号喉咙响亮，谈时事意气激昂。读书无理解，遇事总铺张。实则是空空洞洞无一物，滔滔汩汩都是谎。若能骗得小小的富贵如愿偿，全忘记了从前的慷慨形状。最初是自命为铁打的坚硬汉，到头来成了一个银样的蜡头枪。倒不如规规矩矩、沉沉默默的，常留得朴实之气在天壤。　右男青年

开口讲平权，趁雌风，高谈雄辩惊四筵。要与男子争平等，勇往之气直无前。缘何不肯与子妆束同一样，必定要翻陈出新，打扮得奇奇怪怪斗芳妍。荡头发淡黄涂脸上，修指甲鲜红染手尖。衣拖地，袖齐肩。厚装西书腋下夹，高跟皮鞋脚上穿。深身洋货十分足，一年里经济流出万万千。果真是女子爱好本天然，既不是呵，一霎时可以改变。比不得智力体力不能在短期间与男子争后先。若谓囿于时习难独异，毫无勇气太可怜。倒不如学一点家政，做一个妻良也那母贤。　右女青年

二十五日。作七律一首。

徐州仿佛不能支，病里传来若信疑。已斲归途难苦斗，重新阵线布雄师。人心弥见艰贞日，真力常形退却时。我纵精神难振起，中宵不寐奋多时。

二十六日。作七绝一首。

绿云扰攘散熏风，帘卷朝阳屋角东。五月榴花消息好，枝枝反射日光红。

二十八日。阅报，兰封克复。作诗两首。

行年六十未云高，况我心坚志更豪。每届朝来常自励，缘何病至未能骄。几翻起坐头偏重，就此蜷伏睡莫牢。最夺穿窗红日影，满身烦扰有如烧。　右初病

寒热往来不可当，热如烈焰冷于霜。半空落日天昏黑，刮底风来云淡黄。似有多人强我语，倏然一已更谁傍。蒸蒸郁郁浑如奈，汗下通身彻体凉。　右病剧

三十一日。作诗二首。

如斯时世病当然，灾祸迭来相苦煎。早已死生忘度外，更无痛苦落身边。惟余耿耿雄心在，遥望迟迟落照圆。究竟放翁虚此愿，未甘撒手向寥天。　右病愈

仍是当年未病身，盈虚消长认加真。已知一死原容易，要与群生共苦辛。赤日行天弥奋励，流云吐月见精神。好将散尽骄阳热，做一清凉自在人。　右病后

六月

十三日。赠马瞿公诗一首。

海上欣逢马瞿翁，吉金乐石刻能工。奇书古澹先秦在，大度恢奡孟夏同。松树从来多劲节。梅花原不藉东风。一枝邛杖精神健，满郭山光照红□。

十八日。作七古一首。

纪元廿七年六月，连朝霖霖雨不歇。黄河泛滥大陆沉，淮水横溢高原没。中日

两军战正酣，中原蹂躏惨不堪。死填沟壑无老幼，生散四方尽女男。一片空地仅庐舍，大水横流东南下。庐舍飘零不计钱，田围沉没谁论价。人祸天灾两相侵，火热未已又水深。纵能破坏有形产，不能屈服无形心。因此抗战心愈决，财产可尽心难灭。田园庐舍一时空，惟余沸腾满腔血。始知万事贵认真，最后胜利在精神。精神万古不磨灭，人祸天灾不侵身。泛滥横溢无情水，纵横一泻日千里。阻止敌军不能前，不算天公不做美。要为民族争生存，个人牺牲何足言。更乞连下千日雨，涨漫东海望无垠。

按同月十三日《日记》：阅报，日本决黄河堤，而又连大雨，河南人民淹毙在百万以上。

二十日。作诗一首录下。

始信当年误读书，而今寂寞一身孤。许多娱乐我无分，偶尔言谈众总殊。前有古人难与稽，后多来者不同居。独自闭门思悔过，光阴不许可何如。

格按，同日《日记》：满肚皮话无可讲处。精神不恢复，不能看书最苦。

二十八日。书挽两副，其文如下：

秋风应念梅花冷，夜月愈形桂树孤。

白日中天黑云遽掩，悲风入户秋露更凄。

七月

三日。作诗一首。

阴雨连绵晦复明，晚来天霁喜新晴。归云绕树意犹湿，落日衔山气乍清。侧耳淅沥风又紧，关心饥溺梦难成。人生此日真多难，又况中原鼓角声。

抚膺感慨，成诗二首。

光阴似水滔滔去，老境逼人渐渐来。午夜读书灯欠亮，中宵倚枕念为灰。雄心未死犹豪气，热血如潮响怒雷。深夜披衣时起坐，鸡声不息耳边催。

三十年前气盛时，纵横宇内任吾之。坚心似石终无懈，世事如麻总不疑。常是只身成独往，奈何一病竟难支。秋风不信黄花瘦，老干经霜有傲枝。

人老心不老，身老志不老，常觉前途有无限事业待我去做，切不可有一毫消极的思想。成诗一首，记之于下。

俗虑抛开志自强，壮怀逸兴未能藏。读书常有儿时味，努力只知来日长。何必悲观嗟世变，无妨仰首尽吾狂。惯经霜雪心弥健，松柏森森老更苍。

格按，同日《日记》：点《周官义疏》二十页。点《全唐诗录》十二页。此次病后，目力大为推班，病前看石印书如五号铅字四分之一者，毫不吃力，今则不能矣。且夜深看书稍多，时觉有模糊之象，此之所谓老境也。抚膺感慨。

二十四日。成诗一首记之于下。

不是闲情学种花，朝来水瓮总亲拏。自劳筋骨身弥健，多读诗书事已差。极目中原犹有菽，伤心大众已无家。雄心不怕骄阳酷，坐待西窗看日斜。

八月

五日。作诗一首录下。

我志未能遂，空读数卷书。文字难当饭，农圃我不如。蛰居荒江畔，朝朝仰首呼。烈日何太酷，泽竭叹无鱼。郁云拥地起，顷刻遍太虚。甘霖解热气，高风皇古初。果腹虽无食，怡然乐有余。

七日。作诗一首赠心安。

蜗庐一角敢云宽，闭户尚能□膝安。最喜得君同旦暮，却欣与世殊咸酸。如斯乱事嗟何极，剩有残书可共观。杯酒晚来聊话旧，郁云拥地坠江丸。

十月

八日。旧历中秋用韩退之《八月十五日赠张功曹》韵。

洪水泛滥失江河，大地沉沦陆生波。日落月出秋气肃，对此茫茫发浩歌。万姓流离无家苦，可怜秋风又秋雨。盘空鹰隼黑云高，惊雷坠地声怒号。天崩地坼神鬼哭，浓烟匝地无藏逃。哭声振野尸遍地，尸气炙日郁腥臊。身弥痛楚身弥厉，声闻于天鹤鸣皋。慷慨激昂遍闾里，万众一心不畏死。不斩楼兰誓不还，勇气无前见一班。理直自然民志决，器利只博武力蛮。纵然物质难与并，如此精神不可攀。夜阑人静更高歌，歌声悲壮有殊科。隐约繁星满天多，星辉月皎不用他，日兮日兮尔奈何？

十一月

十二日。口占一律记之。

木落崖松感百端，迩来时觉此心酸。成功惟在求诸己，偾事何尝岂是官。弦诵有声终琐碎，舞歌无赖总游观。病余留得顽躯在，力走羌螂尚转丸。

二十日。戏学填曲二阕记下。

【小桃红】

人生有命，不由他，叹生死，须看破。鬼魅横行，虎豹对坐，看他怎如何。真金不怕那妖狐火，纵斜阳西堕，又凄风更大。独立也，且高歌。

【前调】

文人识字，真无那，把婢膝奴颜做。鬼飕飕忘记了原来的我，这真是投网罗。

有朝有日云烟过，看月映藤萝，那风静庭柯。更何处，可藏魔。

【桂枝香】

风寒衣缓，天涯海畔。遥望烽火连天，使我心情历乱。数花落尊前，数花落尊前，误煞年光无算。最难忘，山河改换，意辛酸。病柳千条，细寒鸦，万点攒。

【前调】

云山浩漫，衡阳雁断。也应晓别绪离情，只算得愁怀一半。好努力加餐，好努力加餐，各把精金磨精锻。转眼春光明焕，露华溥，槛外花光丽，堂前燕语欢。

二十二日。填《望江南》曲一套录下。

【北新水令】

金陵王气黯然收。只眼前、不堪回首。钟山朝露惨，淮水暮烟愁。雨冷风飕，白日里狐兔走。

【驻马听】

怕听鸣鸠，山雨欲来风满楼。愁看浮鸥，江云不散浪沉舟。鸡鸣狗盗几时休，坏瓦颓垣随处有。最难受，酸风吹我眉头皱。

【沉醉东风】

冷清清、麒麟旧囿。热烘烘、狐貉新丘。弄是非粉墨场，耀威武雨云手，假衣冠尽是猕猴。丰草长林惨淡秋，可住了一群野兽。

【折桂令】

想当年完整金瓯，凤凰为台，鹦鹉名洲，一旦都休。龙楼凤阁，荒草长丘。九市场寂寥白昼，三山街冷落清秋。夜气悠悠，鬼语啾啾。坏门框烧痕尚在，旧泥地血迹常留。

【沽美酒】

你记得周道旁两面楼，那气象迥不侔。堆户粪渣成马厩，臭熏熏的日暮，只剩得马溲流。

【太平令】

最可怜平民们，衣食不周。说甚么饱暖无忧，无非是冷饭残馊。不过些鹑衣污垢，挨至得一命才留。又遇到貔貅，这残躯向何处呼救。

【离亭宴带歇拍】

有一日阴云遍野雷霆吼，大风折木虎奔走。一个个弃甲曳矛，眼看他狡如狼，眼看他猛如虎，眼看他懦如狗。喜乾坤妖已宁，这风景清依旧，将千万年雄图不朽。那石头城，云霞高，燕子矶，波涛壮，紫金山，草木茂。龙盘虎踞雄，出类拔群秀。不信这和平不久。好将玉帛代干戈，凡人群，皆我友。

二十八日。为少坞题先德石刻七律诗一首。

遗文甲骨新元史，况有军储戎马功。当日唱酬尘世外，至今收拾劫灰中。好留手泽存家室，无限心情感世风。可惜人无金石寿，何堪烽火万方同。

十二月

十四日。将前□填之曲加以修改，其题名尚未能定，兹录其曲文于下。

【起诗】

伏处荒江别有因，悲歌激楚动商音。人间万事都无据，惟有惺惺一片心。

【曼声引】

世界本陶陶。却被那侵略们无端啰皂。忙急急造几吨大兵舰，铸几尊坚钢炮，再配些飞机坦克，直冲也那横跑。更恃那刮削的经济心狠，鬼蜮的外交计狡。到如今，西欧烟雾迷天黑，东亚风云卷地高，人鬼嚎啕。

【入拍】

那阿西比，你为甚么国祚摇。那西班牙，你为甚么民众焦。那欧战后的新捷克，你割甚么苏区地。那老弥健的张伯伦，你订甚么协约草。都为那惹祸招非的法西斯，虎狼相似雄心壮，狼狈为奸祸种包，处处留下一把杀人刀。

【放拍】

叹叹叹，叹那称雄世界的工商豪，怎不把自家的利权来计较。笑笑笑，笑那逢人便噬的虎狼骄，终日里东耀武，西放刁。吞土地，纵鸱鸮，目无他国野心高。要晓得夕阳虽好无多景，顷刻春花转眼凋。试看那百千前的历史已明白道，只有和平好。

【前调换拍】

可怜那日本国，东海坳，兴工业，克勤劳。年来落得维新好，却不道暗地里，挈中华学术撑了身腰，更表面上挐西方技艺做锦标。那恶军阀，真无道，不问地球大势儿，一阵胡闹。试看他未曾国外开争战，先向朝中试宝刀，接二连三闹不了。老成倒，少壮骄，大权在握从吾欲，亿万军需(亿)[预]算高。这真是野火横烧。

【合拍】

民廿六，秋风高。燕台畔，芦沟桥。蓦地里嘶杀声骄，弹雨飞熛，血肉流漂。只这一刹那，已成焚天燎。纵有那能抵抗的冯治安，也□不过宋哲元妥协的声调。日军千万源源到，金汤虽固无人保。试听那萧萧班马撤军声，更谁问切切悲泣人民悼。

【变拍】

最可笑具野心的军阀们，拏两个小兵士，做一个沪战的火线引导。更可恨接连的大兵船，把黄浦江头的空气，闹得人昏头昏脑。还有那假外交，说玄道妙，哄骇骗，一味凶刁。我本是和平怀抱，术国心牢，定谋已早。他只是鬼祟祟口头上的欺哈，恶炊炊炮舰上的桀骜。

【凯奏声】

枪声忽地高，沪战开始了。炮隆隆震不尽墙垣倒，机轧轧飞不尽的鹰鹯耀，火融融望不尽的烟云罩，人纷纷听不尽的雁鸿叫，雄赳赳我兵士执戈当道。枪对枪，炮对炮，杀声高，勇气躁。虽则是民房一炬彻天焚，也杀得东方军阀心头恼。

【钧天奏】

有许多黉舍中，早生徒静悄，遂做了领军元帅大营巢。有许多任务场中，早工人稀少，遂做了军储仓库赛厨庖。有许多周道旁，小大的商号，一个个关门闭户向他逃。想当日弦诵和调，斧凿推敲，士女喧嚣，共道承平有象，门户常牢。谁知那图与书，早随炮弹飞灰杳；栋与梁，又随炸弹和雨倒；铁与绵，被敌人搬走了；壁与墙，都变作砖瓦料；货与财，抢偷得无处找；户与窗，堆积得不能扫。试看他僬侥般小，兔狐般狡，豺狼般扰。对这断壁颓垣，荒烟蔓草，增我抗敌心高。

【重调】

这其间有几个倒戈扰乱的东北老，有几个挂旗投降的苏州鸟，有几个望风遁逃的湖南草，有几个趁火打劫的贼与盗，有几个认贼作父的鬼和妖。乱纷纷一霎时，昆山不保，无锡火烧，常州城倒，京口民逃，把龙盘虎踞的首都沦陷了。

【重调】

惟有我全民委托的委员长，成算罗胸抱。储军实，礼贤豪，精神焕发，意志坚牢。把国内各不相容的党会派别，调和的风清月皎。把国内极散漫无纪的男女老少，组织的金城铁堡。真个是大众一心深敌忾，万方异口赋同袍。更确定那长期抗战的嘉谋，因此上敌军常耗，我胜终操。

【龙尾吟】

虽则是军队撤，城池陷，土地焦。团结志弥牢，奋斗力加饶。在西南建了个兴登堡，通欧洲陆路非遥，复中原临下居高。更有许多新疆西藏的民众，一个个来报效。

【蛟龙泣】

快快快快，四万五千万人民，爱国热忱如潮。快快快快，我方军队，在台儿庄的大包围，把整个的师团，没一人得性命能逃掉。快快快快，那机械化的精锐部，在兰封都陷了。快快快快，在大别山山脉中，歼灭的敌军不少。快快快快，游击的战术，杀得那敌人难睡觉。快快快快，他费尽十二分的气力，攻陷武汉三镇得空巢。

【龙吟怨】

恨只恨守粤的余汉谋，平日建节钺，拥旌旄，上将服耀，绥靖名高。今日里敌军偷渡大鹏湾，把锦绣城池抛弃得早。传说道有受贿赂的嫌疑，故意不抵抗人皆晓。纵然不有心做汉奸，卖身卖国，终不免胆过小，太使人奇怪了。抗战的军队不少，对人民何以自表。革命的历史绵缈，在天先烈应亦烦恼。最可恨羊城未战先逃遁，武汉三军便动摇，这罪名也难饶。

【风雨大江清】

有一个富知识的何应钦，策谋老。有一个常胜将的李宗仁，把敌胆摇。有一个白崇禧，抗日名高。有一个（蔡廷锴）张发奎，铁军旧号。有一个八路军，牵制的功劳不小。有一个新四军，使敌人的后方自相纷[扰]。再有那沦陷区域的民众，一个个抗战心牢，才至得转入有利阶段战事胶，把粤桂湘鄂各阵线巩固了。

【变调】

抗战欲延长，经济最重要。限提现，统外汇，资本难遁逃。用票据，通兑换，商业不枯槁。那沦陷的区域都用中华钞，使战期内借券价格弥坚牢。那日本的诡谋，累欲破败我国的金融，都归无效。对外的信用，比未抗战以前使用的价值一样高。这真是军事中心，这真是军事中心，全国内人民，对中央的信仰，毫不动摇。

【归山早】

我中华在国际上的同情不少，或则是精神的援助心相照，或则是经济上的援助货相掉。正义终难抛，公理久弥耀。英与美，我至交。法与俄，一例好。视日本独夫心豪，武人志骄，无一个同调。

【鲛人珠】

因此最后胜利，理论上真可保。因此最后胜利，事实上做得到。因此最后胜利，信仰上极坚牢。因此最后胜利，时间上快到了。更须要振精神，摩拳掌，将我那文化上的损失，用全部力量也设几个学校。将我那工业上的破坏，建厂房，购机器，争新竞妙。将我那商业的停顿，调盈剂虚，以有易无，两利俱好。

【大拍遍】

春风来，花木笑。干戈息，玉帛交。正义申，光华文物出云高。强权屈，蛮横武力堕风飘。枉心骄志骄，徒气嚣声嚣。希地饶物饶，实云涛海涛，恃财豪力豪，终身焦首焦。到头来萌了些烦愁苦恼，真个是出水鱼，入笼鸟，翻身不转死枯槁。你看你财源已竭，社会不宁，应自悔回头不早。咳咳咳，那韦尔斯的这预言，快应了。

【结诗】

治乱兴衰信有因，高山流水觅知音。抗声歌罢乾坤静，要与今人共此心。

（右用现代事实写入曲，为词曲家所不许。但此种写法其困难更甚，韵音调和更不能十分严。此用《万古愁》曲调，后面去了二曲，其声字数亦略有出入。）

三十一日。二十七年所做之事统计。

练拳二百五十四遍，上课四百二十六小时，讲书一百九十二小时。点《毛诗传笺通释》九百〇七页，点《周官义疏》一千三百四十七页，点《韵会小补》四百四十三页，点《全唐诗录》七百〇一页，点《春秋公羊义疏》五百二十八页，点《春秋左传义疏》一千一百五十九页。点《孟子正义》二十五页，点《东塾读书记》二百五十一页，点《甘泉乡人稿》三百五十六页，点《篆隶考异》一百五十七页，点《蕖友肊说》四十二页，点《日知录》三百五十页，点《哲学概论》二百〇四页，点《科学大纲》一千三百四十五页，点《西洋哲学史》一千一百二十三页，点《悲观论集》六十九页，点《珠玉》《小山词》一百〇六，共点九千一百一十三页。校《说苑》一百三十一页。校印书二百〇七页。看书五十一册。看考卷二百五十六本。节录书四百四十五条。作文九千九百字。作读书提要二千八百字。作诗七十首。编讲义五千四百字。填曲六套。

朱东润先生《中国文学批评史讲义》定本未刊稿清代诗学部分摘录

陈尚君*

说明：朱东润先生所著《中国文学批评史大纲》，1944 年由重庆商务印书馆出版，为中国文学批评史学科奠基著作之一，也是第一部完整论述从上古到清末文学批评史的著作。此书从 1932 年在武汉大学开设中国文学批评史课程讲义为第一稿，1933 年增订为第二稿，至 1936 至 1937 年完成第三稿定稿时，适逢抗战军兴，校样仅排出上半部，先生即携归泰兴，次年复随校西迁乐山。定稿下半部即此失去。《大纲》出版时，先生只能以 1937 年写定本的上半部（至第三十三《朱熹附道学家文论》止），与 1933 年本《讲义》的后半部，略作拼合后印行。《大纲》自序云："承朋友们的好意，要我把这部书出版，我总是迟疑。我想待第三稿的下半部收回以后，全部付印，因此又迁延了若干时日。事实终于显然了，我的大部的书籍和手写的稿件都没有收回的希望。所以最后决定把第三稿的上半部和第二稿的下半部并合，略加校定，这便是这部《中国文学批评史大纲》的前身。"这是战争带给中国学术的损失。近年在先生遗稿中发现一叠大蓝格毛边稿纸抄写的书稿，经鉴别应即 1937 年《讲义》增订本的部分残稿。残稿首有目录一纸，正反两面抄写，经核对，其前三十四节与《大纲》前三十四节全合，其后四十二章目录，应即遗失的后半部的目录，惟

* 陈尚君，复旦大学中文系教授。

缺写最末《曾国藩》《陈廷焯》二目。正文则自第六十章末节“竹垞又有《寄查德尹编修书》”始，至全书之末。残稿采取以1933年本剪贴增写的方式，其中改动较多者，均就蓝格毛边稿纸上粘贴增写，若改动不多者，则仍改动于1933年本散页上。所存为蓝格毛边稿纸十六页，两面书写；1933年本散页增订稿四十五页，每页亦各分两面。总字数约八万字。残稿上已经做有部分付排的说明。应属即将完成的增订本最后部分，但仍稍存一些仓促的痕迹。我比较倾向的判断，是先生此次修订，为逐次完成付排者。很可能在1937年末学期结束时，上半部校样已经排出，故得取到携归以阅正，第二部分已经交稿下厂付排，故原稿未得保存。最后部分已经接近完成，尚未及付排，存于武汉行箧中，至1946年随中央大学东归途中取回，故得以保存。《中国文学批评史大纲》在1949年后虽曾再版多次，先生未据残稿作大的调整，估计一是原稿已缺二十四章，一时难以补齐，二是50年代的政治氛围也不太适合重新撰写。今年适值抗战胜利七十周年，我也曾托人到武汉大学档案馆查询是否有原稿的保存，很遗憾确认没有，但就今存残稿以及先生自存四份讲义以及讲义上的大量批注，尚有可能部分恢复先生当年定稿的面貌。这一设想也得到上海古籍出版社的支持，希望年内能够完成有关工作。适逢张寅彭先生主持清代诗学讨论会举办，谨先整理部分有关清代诗学的未刊稿，以饫学人。凡录四节。其中王士禛附翁方纲一章，翁方纲部分为完全新写，王士禛部分有较多增改，增改部分用黑体字以为标识。吴乔赵执信一章，吴乔部分多有增写，增改部分亦用黑体字以为标识。赵执信改动不多，未录。沈德潜部分增加讨论温柔敦厚为诗教一节，增改部分亦用黑体字区别。袁枚增写论性情一节，其他不录，就不另作区别了。有关《大纲》成书及先生历次讲义的情况，请参《复旦学报》2013年第6期拙文《朱东润先生研治中国文学批评史的历程——以先生自存讲义为中心》。整理中的误失，也请方家指正。2015年6月16日，及门陈尚君谨识。

第六十一　王士禛附翁方纲

清初诗人卓然成家，影响最大者，无如王士禛。士禛，新城人，字贻上，号阮亭，别号渔洋山人，顺治进士，由扬州司理累官至刑部尚书，康熙五十年卒，年七十八，有《渔洋诗文集》《带经堂集》《渔洋精华录》《古诗选》《唐贤三昧集》《唐人万首绝句选》《渔洋诗话》等数十种。后人辑其诗文杂著论诗之作，为《带经堂诗话》，凡三十卷。今述其论诗之语于次，其论词者别见。

渔洋官扬州时，与牧斋、梅村等诸老辈往还最密。牧斋序其诗，称为“文繁理富，衔华佩实，感时之作恻怆于杜陵，缘情之什缠绵于义山，"又谓"其谈艺四言，曰典、曰远、曰谐、曰则。'沿波讨远'，平原之遗则也；'截断众流'，杼山之微言也；'别裁众体，转益多师'，草堂之金丹大药也。"牧斋有诗赠渔洋云："瓦釜正雷鸣，君其信所操，勿以独角麟，俪彼万牛毛！"其所以爱护之者可见。梅村读渔洋《论诗绝句》，亦谓"上下千古，咸归玉尺[①]"。然渔洋论诗宗旨与牧斋不合，故于牧斋之序有所未安。又所著《居易录》，直指《列朝诗集》"訾李何则并李何之友而俱贬之，推戴李宾之则并宾之门生而俱褒之"，至谓其"欺天下后世"，此责其议论之未公也。《蚕尾续文》又云："牧斋先生不喜妙悟之论，公一生病痛正坐此。"于二人派别相歧处，言之至明。

渔洋论诗，好言神韵，后人直揭其说，以为出于明人之言格调。今以渔洋之论明诗者列之于次，其渊源所出，盖可知也[②]。

> 吾乡风雅，盛于明弘正、嘉隆之世，前有边尚书华泉，后有李观察沧溟。(《香祖笔记》)
>
> 明兴至弘治百有余年，李何崛起中州，吴有昌谷徐氏为之羽翼，相与力追古作，一变宣正以来流易之习，明音之盛，遂与开元、大历同风。洎嘉靖之初，后生英俊，稍稍厌弃先矩，去而规初唐，于时作者数家，例乏神解，唯高子业继起大梁，自写胸情，扫绝依傍。州诗评谓昌谷如"白云自流，山泉泠然，残雪在地，掩映新月"；子业如"高山鼓琴，沉思忽往，木叶自脱，石气自青"；谭艺家迄今奉为笃论。(《蚕尾续文》)

右列诸条，具见渔洋对于明代诗人之评论，会心所在，独在弘正四子[③]。《蚕尾

① 1933年本此下引"当今此事，非公孰能裁乎"二句，修订本删去。

② 1933年本此下有一节：渔洋之说则不主门户。《渔洋文》云："近人言诗好立门户，某者为唐，某者为宋，李杜苏黄，强分畛域，如蛮触氏之斗于蜗角而不自知其陋也。唐诗三百年，一盛于开元，再盛于元和。退之琴操，上追三代。李观之言曰：'孟郊五言，其高处在古无上，其平处下顾二谢。'李翱亦云：'苏属国、李都尉、建安诸子、南朝二谢，郊皆能兼其体而有之。'今人号为学唐诗者，语以退之《琴操》、东野五言，能举其目者盖寡矣。欧梅苏黄诸家，其才力学识，皆足凌跨百代，使俯首而为吞剥、秃屑俗下之调，彼遽不能耶？其亦有所不为耶？"渔洋《论诗绝句》又云："铁崖乐府气淋漓，渊颖歌行格尽奇，耳食纷纷说开宝，几人眼见宋元诗？"于宋元作家，颇加称许。至其论明代诗人者如云："明诗莫盛于弘正，弘正之诗莫盛于四杰。……四杰之在弘正，其建安之陈思，元嘉之康乐欤！(《蚕尾续文》)"修订本删去。

③ 1933年本此下有"以渔洋与四杰较，无论自诗篇及论诗之立足点言，皆不相类，而推崇如此，不可解也"几句，修订本及《大纲》皆删去。

续文》又云："近世画家专尚南宗，……是特乐其秀润，惮其雄奇，予未敢以为定论也。不思史中迁固，文中韩柳，诗中甫愈，近日之空同大复，不皆北宗乎？"渔洋此论，不无地域之见，固自灼然①。

渔洋之诗，时人亦有谓其祧唐而祖宋者。见施闰章《渔洋山人续集序》。实则渔洋之论，前后数变，知乎此于渔洋之所以论唐说宋者，得其故贻。其门生俞兆晟序《渔洋诗话》尝言之云：

> 先生晚居长安，位益尊，诗益老，每勤勤恳恳以教后学，时于酒酣灯灺，兴至神王，辄从容言曰：吾老矣，还念平生论诗凡屡变，而交游中，亦如日之随影，忽不知其转移也。少年初筮仕时，惟务博综该洽，以求兼长，文章江左，烟月扬州，人海花场，比肩接迹，入吾室者俱操唐音，韵胜于才，推为祭酒。然而空存昔梦，何堪涉想。中岁越三唐而事两宋，良由物情厌故，笔意喜生，耳目为之顿新，心思于焉避熟，明知长庆以后，已有滥觞，而淳熙以前，俱奉为正的。当其燕市逢人，征途揖客，争相提倡，远近翕然宗之。既而清利流为空疏，新灵寖以佶屈，顾瞻世道，惄焉心忧，于是以大音希声，药淫哇锢习，唐贤三昧之选，所谓乃造平淡时也，然而境亦从兹老矣。

《四库总目提要》云："国初多以宋诗为宗，宋诗又弊，士禛乃持严羽余论，倡神韵之说以救之，故其推为极轨者，惟王孟韦柳诸家。然《三百篇》尼山所定，其论诗一则谓归于温柔敦厚，一则谓可以兴观群怨，原非以品题泉石，摹绘烟霞。乎畸士逸人，各标幽赏，乃别为山水清音，实诗之一体，不足以尽诗之全也。"此语于渔洋神韵之说，得其症结所在。

康熙初渔洋官扬州时，选唐五七言律绝，课其二子，名为《神韵集》，此为标举神韵两字得名之始，至二十七年撰《唐贤三昧集》成而其说大定。《三昧集序》云：

> 严沧浪论诗云："盛唐诸人，唯在兴趣，羚羊挂角，无迹可求，透彻玲珑，不可凑拍，如空中之音，相中之色，水中之月，镜中之象，言有尽而意无穷。"司空

① 1933年本此下有一节："然于李于鳞等一派，矫揉造作，号称复古者，亦深知其弊，故文中亦称唐有诗，不必建安、黄初也，元和以后有诗，不必神龙、开元也，北宋有诗，不必李杜高岑也，此语几与公安一派同调矣。《答郎廷槐》云：'李沧溟诗名冠代，只以乐府摹拟割裂，遂生后人诋毁'，意亦显然可见。"修订本皆删去。

表圣论诗亦云:"味在酸咸之外。"康熙戊辰春杪,归自京师,居于宸翰堂,日取开元、天宝诸公之篇什读之,于二家之言,别有心会,录其尤隽永超诣者,自王右丞以下四十二人为《唐贤三昧集》,厘为三卷。合《文粹》《英华》《间气》诸选诗,通为《唐诗十选》云。不录李杜二公者,仿王介甫《百家》例也。

三昧二字梵语,此言正定,自宋以来论诗者已屡言之,而言人人异,迄无定义。今以渔洋之语考之,三昧之内容当如次:

越处女与勾践论剑术曰:妾非受于人也,而忽自有之。司马相如答盛览曰:赋家之心,得之于内,不可得而传。云门禅师曰:汝等不记已语,反记吾语,异日稗贩我耶?数语皆诗家三昧。——《渔洋诗话》

《林间录》载洞山语云,语中有语,名为死句;语中无语,名为活句。予尝举似学诗者。今日门人邓州彭太史来,问余选《唐贤三昧集》之旨,因引洞山前语语之。——《居易录》

南城陈伯玑善论诗,昔在广陵评予诗,譬之昔人云,偶然欲书。此语最得诗文三昧。今人连篇累牍,牵率应酬,皆非偶然欲书者也。坡翁称钱唐程奕笔云,使人作字不知有笔。此语亦有妙理。——《香祖笔记》

《新唐书》如近日许道宁辈画山水,是真画也。《史记》如郭忠恕画,天外数峰,略有笔墨,然而使人见而心服者,在笔墨之外也。右王楙《野客丛书》中语,得诗文三昧。司空表圣所谓"不着一字,尽得风流"者也。——《香祖笔记》

《渔洋诗话》云:"余于古人论诗,最喜锺嵘《诗品》、严羽《诗话》、徐祯卿《谈艺录》。"诸书以外,尚有司空图之《诗品》。渔洋于锺嵘《诗品》独赏"羌无故实"一节①,故《论诗绝句》云:"五字'清晨登陇首','羌无故实'使人思,定知妙不关文字,已是千秋幼妇词。"又渔洋诗话,历举唐宋论诗之语,其赏心处在此,神韵论之精意亦在此,逐录如左:

戴叔伦论诗云:"蓝田日暖,良玉生烟。"司空表圣云:"不着一字,尽得风

① 此句,1933年本作"渔洋于锺嵘《诗品》三品论诗处,不无诤论,语见前,其赏心处独在'羌无故实'一节",修订本从简省。

流，神出古异，澹不可收。""采采流水，蓬蓬远春。""明漪见底，奇花初胎。""晴雪满林，隔溪渔舟。"刘蜕《文冢铭》云："气如蛟宫之水。"严羽云："如镜中之象，水中之月"，"如羚羊挂角，无迹可求。"姚宽《西溪丛语》载《古琴铭》云："山高溪深，万籁萧萧，古无人踪，惟石嶕嶢。"东坡《罗汉赞》云："空山无人，水流花开。"王少伯诗云："空山多雨雪，独立君始悟。"

渔洋论诗言三昧，又言神韵。三昧二字，不可定执，神韵一语，稍落迹象，至方诠释神韵，则有清远之义，此更为粗迹矣。渔洋云：

汾阳孔文谷天胤云：诗以达性，然须清远为尚。薛西原论诗，独取谢康乐、王摩诘、孟浩然、韦应物。言白云抱幽石，绿筱媚清涟，清也；表灵物莫赏，蕴真谁为传，远也；何必丝与竹，山水有清音；景昃鸣禽集，水木湛清华。清远兼之也。总其妙在神韵矣。神韵二字，予向论诗首为学人拈出，不知先见于此。

——《池北偶谈》

沧浪立论以禅喻诗，牧斋已辞而辟之矣，渔洋之论，则谓"舍筏登岸，禅家以为悟境，诗家以为化境，诗禅一致，等无差别"，此与沧浪心契者也。《香祖笔记》云："唐人五言绝句，往往入禅，有得意忘言之妙。观王、裴《辋川集》，及祖咏《终南残雪》诗，虽钝根初机，亦能领悟。"其他所举，如王维之"雨中山果落，灯下草虫鸣。""明月松间照，清泉石上流。"以及太白"却下水精帘，玲珑望秋月"。常建"松际露微月，清光犹为君"。孟浩然"樵子暗相失，草虫寒不闻"。刘慎虚"时有落花至，远随流水香"。皆认为妙谛微言，通其解者可语上乘。

渔洋又尝举五七言诗之例云：

张道济手题王湾"海日生残夜，江春入旧年"一联于政事堂。王元长赏柳文畅"亭皋木叶下，陇首秋云飞"，书之斋壁。皇甫子安、子循兄弟论五言，推马戴"猿啼洞庭树，人在木兰舟"，以为极则。又若王籍"蝉噪林逾静，鸟鸣山更幽"，当时称为文外独绝。孟浩然"微云澹河汉，疏雨滴梧桐"，群公咸阁笔，不复为继。司空表圣自标举其诗曰："回塘春尽雨，方响夜深船。"玩此数条，可悟五言三昧。

——《并录》一

七言律联句神韵天然，古人亦不多见，如高季迪"白下有山皆绕郭，清明无客不思家”。杨用修“江山平远难为画，云物高寒易得秋”。曹能始“春光白下无多日，夜月黄河第几湾”。近人“节过白露犹余热，秋到黄州始解凉”。“瓜步江空微有树，秣陵天远不宜秋”。释读彻“一夜花开湖上路，半春家在雪中山”。皆神到不可凑泊。

——《香祖笔记》

渔洋论诗，专从禅悟神韵一方立论，其言是也，而不可谓之不偏。其徒洪升问诗法于施闰章，先告以渔洋言诗大指。闰章曰：“子师言诗，如华严楼阁，弹指即现，又如仙人五城十二楼，缥渺俱在天际。”其言得之矣。《四库总目提要》亦谓“宋人惟不解温柔敦厚之义，故意言并尽，流而为钝根；士又不究兴观群怨之原，故光景流连，变而为虚响。”于渔洋论诗之蹈空，皆得其病根所在。

张宗枏《带经堂诗话·纂例》云：“古诗中五言七言分界，与平仄抑扬字例，自来诗话鲜有详者，惟渔洋发前贤所未发。”今以其言求之，渔洋不特于古诗五七言之别，言之甚明，于五绝七绝之别，亦复了然，至于平仄抑扬，自为一事，另详。

七言之体制，渔洋首举王子猷之言以明之。《世说》记谢公问王子猷：“云何七言诗?”答曰：“昂昂若千里之驹，泛泛若水中之凫。”渔洋认为已尽歌行之妙。刘大勤问：“五言古、七言古章法不同，如何?”渔洋答曰：“章法未有不同者，但五言着议论不得，用才气驰骋不得；七言则须波澜壮阔，顿挫激昂，大开大阖耳。”又问：“五言忌着议论，然则题目有应用议论者，只可以七言古言之，便不宜用五言体耶?”渔洋又答：“亦自看题目何如，但五言以蕴藉为主，若七言则发扬蹈厉，无所不可。”渔洋之说，于诗中议论，多所不满，说本严沧浪，要主于不即不离，不黏不脱，故又告刘大勤曰：“议论叙事，自别是一体，故仆尝云：‘五七言诗有二体，田园邸壑当学陶韦，铺叙感慨当学杜子美《北征》等篇也。’”言外之意，与《唐诗品汇》杜甫不入正宗之指相同①。

刘大勤又问：“七言绝、五言绝作法不同如何?”渔洋答云：“五言绝近于乐府，七言绝近于歌行，其言最难于浑成故也，要皆有一倡三叹之意乃佳。”至其对于绝诗作家，则于初唐独推王勃，于盛唐独推王维，又云：“李白气体高妙，崔国辅源本齐梁，韦应物本出右丞，加以古澹；后之为绝诗者，于此数家求之可矣。”语见《万首绝句选·凡例》，其论七言绝句，见于是书序文者如次：

① 自“渔洋之说，于诗中议论”以下一节，为《大纲》补出。

弇州先生曰："七言绝句盛唐主气，气完而意不必工，中晚唐主意，意工而气不必完。"予反复斯集，益服其立言之确。毋论李供奉、王龙标暨开元、天宝诸名家，即大历、贞元间，如李君虞、韩君平诸人，蕴藉含蓄，意在言外，殆不易及。元和而后，刘宾客、杜牧之、李义山、温飞卿、唐彦谦诸作者，虽用意微妙，犹可寻其针缕之迹。有所作辄欲效之，然终不能近也。

渔洋论五言古诗流变者，语见《渔洋文》：

夫古诗难言也。《诗》三百篇中"何不日鼓瑟"，"谁谓雀无角"，"老马反为驹"之类，始为五言权舆，至苏李《十九首》，体制大备。自后作者日众，惟曹子建、阮嗣宗、左太冲、郭景纯数公，最为挺出。江左以降，渊明独为近古，康乐以下其变也。唐则陈拾遗、李翰林、韦左司、柳柳州，独称复古，少陵以下，又其变也。综而论之，则刘勰所谓"结体散文，直而不野"，汉人之作，不可追。"慷慨""磊落"，"清峻""遥深"，魏晋作者，抑其次也。"极貌写物，穷力追新"，宋初以还，文胜而质衰矣。

何大复谓初唐四子之作，往往可歌，反在少陵之上，渔洋以为其言诚韪，而不足以概七言之正变。要之渔洋于少陵五古，虽非所宗尚，于其七言，则无异辞，如云：

诗至工部，集古今之大成，百代而下，无异词者。七言大篇，尤为前所未有，后世莫及，盖天地元气之奥，至杜而始发之。

渔洋答刘大勤问，指东坡为"千古一人"。《香祖笔记》亦云："从来学杜者无如山谷，山谷语必已出，不屑稗贩杜语，后山、简斋之属，都未梦见。"于苏黄皆示推崇。后人谓渔洋主张宋诗者指此①。《池北偶谈》又论后人之学杜云：

宋明以来，诗人学杜子美者多矣，予谓退之得杜神，子瞻得杜气，鲁直得杜意，献吉得杜体，郑继之得杜骨，他如李义山、陈无己、陆务观、袁海叟辈，又其次也，陈简斋最下。《后村诗话》谓简斋以简严扫繁缛，以雄浑代尖巧，其品格

① "于苏黄皆示推崇"二句，1937年本删去。

在诸家之上，何也？[1]

后于渔洋数十年而有翁方纲，方纲，大兴人，字正三，号覃溪，乾隆进士，官至内阁学士，有《复初斋全集》，其中《神韵论》《格调论》诸篇，于渔洋之说，有所发明，又有《七言诗三昧举隅》，见《清诗话》。覃溪言诗主肌理，自谓欲以救神韵之虚，其言未尽，今不举。

覃溪谓神韵之说，出于格调，故曰："渔洋变格调曰神韵，其实即格调耳。而不欲复言格调者，渔洋不敢议李、何之失，又唯恐后人以李何之名归之，是以变而言神韵，则不比讲格调者之滋弊矣。"《三昧举隅》又云："神韵者，格调之别名耳。虽然，究竟言之，则格调实而神韵虚，格调呆而神韵活，格调有形而神韵无迹。"此言于渔洋之所以异于李、何者，得其大要。

《唐贤三昧集》不取李杜，论者甚多，覃溪之言，独尽其致，其说见《三昧举隅》：

渔洋选《唐贤三昧集》，不录李杜，自云仿王介甫《百家诗选》之例，此言非也。先生平日极不喜介甫《百家诗选》，以为好恶拂人之性，焉有仿其例之理。以愚窃窥之，先生之意，有难以语人者，故不得已为此托词云尔。先生于唐贤，独推右丞、少伯以下诸家得三昧之旨，盖专以冲和淡远为主，不欲以雄鸷奥博为宗。若选李杜而不取其雄鸷奥博，可乎？吾窥先生之意，固不得不以李杜为诗家正轨也，而其沉思独往者，则独在冲和淡远一派，此固右丞之支裔，而非李杜之嗣音矣。

渔洋独以神韵为三昧，所见甚偏，覃溪发其覆，其言得之；至谓神韵之非一端，则推类过甚之词矣。录其说于次：

平实叙事者，三昧也，空际振奇者，亦三昧也，浑涵汪茫，千汇万状者，亦三昧也，此乃谓之万法归原也。若必专举寂寥冲淡者以为三昧，则何万法之有哉！渔洋之识力无所不包，渔洋之心眼抑别有在。——《七言诗三昧举隅》

吾谓神韵即格调者，特专就渔洋之承接李、何、王、李而言之耳。其实神韵无所不该，有于格调见神韵者，有于音节见神韵者，亦有于字句见神韵者，非可

[1] 1933年本此下云：今按简斋之句："客子光阴诗卷里，杏花消息雨声中。"蕴借之致，初不易得。"四年风露悲游子，十月江湖吐乱州"，亦不在"黄河水绕汉宫墙"之下，今故意薄之，非也。

执一端以名之也。有于实际见神韵者，亦有虚处见神韵者，有于高古浑朴见神韵者，亦有于情致见神韵者，非可执一端以名之也。——《神韵论》

第六十二　吴乔赵执信

李何言格调，渔洋言神韵，格调之说变而为枵响，神韵之说流而为蹈空，两说均不能无弊①。与渔洋并世而立论违反者，则有吴乔、赵执信。

乔字修龄，昆山人，有《西昆发微》《围炉诗话》《答万季野诗问》。执信称其论诗甚精，尝三客吴门，遍求其《诗话》不得，以为憾事。执信自称钝吟私淑弟子，故以宗派言，二人皆与清初之西昆派有渊源。渔洋《古夫于亭杂录》云："《钝吟杂录》，多拾宗伯牙慧，极诋空同、沧溟，于弘正、嘉靖诸名家，多所訾謷，其自为诗，但沿香奁一体耳，教人则以《才调集》为法。余见其兄弟所评《才调集》，亦卑之无甚高论，乃有皈依顶礼，不啻铸金呼佛者，何也?"此言明斥钝吟，阴攻秋谷，有手挥目送之妙②。而语未尽谛。

渔洋言悟入，其说导源于沧浪，修龄《答万季野诗问》云：

> 作诗者于唐人无所悟入，终落宋明死句。贵悟之言是也，但不言六义，从何处下手而得悟入。彼实无见于唐人，作玄妙恍惚说耳。且道理之深微难明者，以事之粗浅易见者譬而显之。禅深微，诗粗浅，严氏以深微者譬粗浅，既已颠倒，而所引临济、曹洞等语，全无本据，亦何为哉?

右论上溯牧斋、钝吟，本出一辙，然钱、冯之论，所指在古人，而吴氏之论，所指则在时人。渔洋言宋诗，修龄即从宋诗攻之。万季野问："今人忽尚宋诗如何?"修龄答曰：

> 为此说者，其人极负重名，而实是清秀李于鳞，无得于唐。唐诗如父母然，岂有能识父母，更认他人者乎？宋之最著者苏黄，全失唐人一唱三叹之致，况陆放翁辈乎？但有偶然撞着者。如明道云："未须愁日暮，天际是轻阴?"忠厚和平，不减义山之"夕阳无限好，只是近黄昏"矣。唐人大率如此，宋诗鲜也。

---

① 1933年本此下云：翁方纲《三昧举隅》合二说而言曰："神韵者格调之别名耳。虽然，究竟言之，则格调实而神韵虚，格调呆而神韵活，格调有形而神韵无迹"，此则调和二家之间者也。修订本删去。

② 有手挥目送之妙，1933年本下有"而语未尽谛"句，《大纲》1944年本删去此句，仅存"而语未尽谛"句；1937年本则存前句而删后句。

宋人皆欲人人知我意,明人皆欲人人说好,故不相入。然宋诗亦非一种,如梅圣俞却有古诗意,陈去非得少陵实落处,不知今世学宋诗者,尊尚谁人也。子瞻、鲁直、放翁,一泻千里,不堪咀嚼,文也非诗矣。

修龄论唐宋明之别,以为在赋比兴之间。《围炉诗话》云:

问曰:诗在今日,以何者为急务?答曰:有有词无意之诗,二百年来,习以成风,全不觉悟。无意则赋尚不成,何况比兴?叶文敏公论古文,余曰:以意求古人则近,以词求古人则远。公深然之,诗不容有异也。唐诗有意而托比兴以杂出之,其词婉而微,如人而衣冠。宋诗亦有意,惟赋而少比兴,其词径以直,如人而赤体。明之瞎盛唐诗,字面焕然,无意无法,直是木偶被文绣耳。此病二高萌之,宏嘉大盛。

修龄尝谓读杜诗无可学之理。又云:是子美之人,方可作子美之诗。此诗中有人之说也。《围炉诗话》云:

问曰:先生每言诗中须有人,乃得成诗,此说前贤未有,何自而来?答曰:禅者问答之语,其中必有人,不知禅者不自觉耳。余以此知诗中亦有人也。人之境遇有穷通,而心之哀乐生焉。夫子言诗,亦不出于哀乐之情也。诗而有境有情,则自有人在其中。如刘长卿之'得罪风霜苦,全生天地仁';'青山数行泪,白首一穷鳞';王铎为都统诗曰:'再登上相惭明主,九合诸侯愧昔贤。'有境有情,有人在其中也。子美《黑白鹰》、曹唐《病马》亦然。鱼玄机《咏柳》云:'枝迎南北鸟,叶送往来风。'黄巢《咏菊》曰:'堪与百花为总领,自然天赐赭黄袍。'荡妇反贼诗,亦有人在其中。故读渊明、康乐、太白、子美集,皆可想见其心术行己,境遇学问。刘伯温、杨孟载之集亦然。惟弘、嘉诗派,浓红重绿,陈言剿句,万篇一篇,万人一人,了不知作者为何等人,谓之诗家异物,非过也。①

① 1933年本此下有云:修龄持论以为学诗当严绝宋元明,取法乎唐,然前后七子亦取法盛唐,故修龄不得不严盛唐与明人之辨,其言如次:"三唐与宋元易辨,而盛唐与明人难辨。读唐人诗集,知其性情,知其学问,知其立志。明人以声音笑貌学唐人,论其本力,尚未及许浑、薛能,而皆自以为李、杜、高、岑,故读其诗集,千人一体,虽红紫杂陈,丝竹竞响,唐人能事渺然,一望黄茅白茅而已。唐、明之辨,深求于命意布局寄托,则知有金矢之别,若惟论声色,则必为所惑。夫唐无二盛,盛唐亦无多人,而明自弘嘉以来,千人万人,孰非盛唐,则鼎之真赝可知矣。"

论诗之家，一面卑视宋人，一面又薄前后七子之高谈汉魏、貌袭盛唐者而不为[①]，不得不出于晚唐之一途，此则钝吟、修龄诸人，所以折入《西昆》，势也[②]。修龄自解云："二十岁以前，鼻息拂云，何屑作中晚耶？二十岁以后，稍知唐、明之真伪，见盛唐体被明人弄坏，二李已不堪，学二李以为盛唐者，更自畏人，深愧前非，故舍之耳。……寒士衣食不充，居室同于露处，可谓至贫且贱矣，而此身不属于人，刁家奴侯服玉食，交游卿相，然无奈其为人奴也。二李刁家奴，学二李又重儓矣。"[③]

《围炉诗话》谓于李杜后，能别开一面、自成一家者，惟韩退之一人；于李杜韩后，能别开生面、自成一家者，惟李义山一人。其推重义山者可知。《西昆发微》更论义山《无题》诸诗，以为义山辞义缥缈，适遇令狐之扼，得极其比兴风骚之致，因力辟后人艳情之说，以为非是。修龄之言，世或以附会讥之，然众口之嚣嚣，不能废一士之谔谔，节录《西昆发微》序于次：

> 甲午春，偶忆《唐诗纪事》云：锦瑟，令狐丞相青衣也，恍若有会。取诗绎之，而义山、楚、绹二世恩怨之故，了然在目。并悟《无题》同此，绝非艳情，七百年来，有如长夜。盖唐之末造，赞皇与牛李分党，郑亚、王茂元赞皇之人，令狐楚牛李之人。义山少年受知于楚，而复受王、郑之辟，绹以为恨，及其作相，惟宴接款洽以侮弄之，不加携拔。义山心知见疏，而冀幸万一，故有《无题》诸作。至流离藩府，终不加恩，乃发愤自绝，九日题诗于绹厅，绹遂大恨，两世之好决然矣。《无题诗》十六篇，托为男女怨慕之词，而无一言直陈本意，不亦风骚之极致哉！

第七十 沈德潜

归愚论诗，主张最力者，则为其温柔敦厚之说，以此复引起袁枚之诤论。沈、袁

---

① 修订本此处删去"其惟一蕲向"五字。

② 1933年本此处原作"所以折入《才调》、《西昆》，理也亦势也"。

③ 修订本删去1933年本一段文字，改录吴乔推重义山一节。删去文字仍存如下：修龄《与友人书》云："诗之中须有人在。"秋谷服膺以为名言。其他如论布局命意，以为晚唐虽不及盛唐，而命意布局俱在。宋人多是实话，失《三百篇》之六义。所谓布局者，修龄分为古诗律绝言之，论五律气脉须从五古中来，尤为深入："古诗如古文，其布局千变万化。七律颇似八比，首联如起讲起头，次联如中比，三联如后比，末联如束题，但八比前中后一定，诗可以错综出之，为不同耳。七绝偏师也，或斗山上，或斗地下，非必堂堂之阵，正正之旗者也。五律气脉须从五古中来，初盛皆然，中唐鲜矣，明人多以七律余材成之，是以悉不中观。五绝最易成篇，却难得好。五古须通篇无偶句，汉魏则然，晋宋渐有偶句，履霜坚冰，至唐人遂成律。明之选唐诗者，'中原还逐鹿'，'秋气集南'，皆置古诗中，盲矣！"

之争，乾隆年间诗坛一大事也。归愚之论，谓诗贵温柔，不可说尽，又必关系人伦日用。又云：

> 事难显陈，理难言罄，每托物连类以形之，郁情欲舒，天机随发，每借物引怀以抒之。比兴互陈，反复唱叹，而中藏之欢愉惨戚，隐跃欲传，其言浅，其情深也。倘质直敷陈，绝无蕴蓄，以无情之语而欲动人之情，难矣。王子击好《晨风》而慈父感悟，裴安祖讲《鹿鸣》而兄弟同食，周盘诵《汝坟》而为亲从征，此三诗别有旨也，而触发乃在君臣父子兄弟，惟其可以兴也。读前人诗而但求训诂，猎得词章记问之富而已，虽多奚为？
>
> 少陵《新婚别》云："嫁女与征夫，不如弃路傍。"近于怨矣，而"君今往死地"以下，层层转换，勉以努力戎行，"发乎情，止乎礼义"也。《羌村》首章与《绸缪》诗："今夕何夕，见此良人"，"见此粲者"；《东山》诗"有敦瓜苦，烝在栗薪"，同一神理。（以上《说诗晬语》）
>
> 诗之为道也，以微言通讽喻，大要援此譬彼，优游婉顺，而人自得于意言之余。三百以来，代有升降，旨归则一也。惟夫后之为诗者，哀必欲涕，喜必欲狂，豪必纵放，而戚若有亡，粗厉之气盛而忠厚之道衰，其于诗教，日以偾矣。（《施觉庵考功诗序》）
>
> 夫诗三百篇为韵语之祖，而韩子云："诗正而葩。"则知诗之旨也，葩其韵之流也，未有舍正而可言葩者。是以汉魏盛唐，递相沿述，其号称正宗者，必推苏、李、曹、阮、陶、谢、李、杜、王、韦诸家。此诸家者，不必尽同，类皆随时随地，寄兴写怀，可喜可愕，可泣可歌，言人之所难言，而总无戾于温柔敦厚之旨，故足尚也。（《曹剑亭诗序》）
>
> 《诗》本六籍之一，王者以之观民风，考得失，非为艳情发也。虽《三百》以后，《离骚》兴美人之诗，平子有《定情》之赋，然词则托之男女，义实关乎君臣友朋。自《子夜》《读曲》，专咏艳情，而唐末《香奁》，抑又甚焉，去风人远矣。集中所载，间及夫妇男女之词，要得好色不淫之旨，而淫哇私亵，概从阙如。（《唐诗别裁凡例》）

归愚言诗教，本于《礼记·经解》之说，而归于喜怒哀乐，不可说尽。循是以论，诗人之言，不无平庸凡近之病，未为得也。即考之诗三百五篇，亦不尽合。独其不取艳情之诗，实为有故，其编《清诗别裁》，亦不载王次回诗。袁枚与之书云："闻《别裁》中独不选王次回诗，以为艳体不足垂教，仆又疑焉。夫《关雎》即艳诗也，以求淑女之故，至于展转反侧。使文王生于今，遇先生，危矣哉！"袁书立言至巧而其实大谬，详后。

第七十一　袁枚

随园论诗言性情，与诚斋之说合，然其立论有与诚斋异者，试更举其言以证之。

诗者，人之性情也。近取诸身而足矣。其言动心，其色夺目，其味适口，其音悦耳，便是佳诗。孔子曰："不学诗，无以立。"又曰："诗可以兴。"两句相应，惟其言之工妙，所以能使人感发而兴起，倘真率庸腐之言，能兴者其谁耶？

《随园诗话》

诗文之道，总以出色为主，譬如眉目口耳，人人皆有，何以女美西施，男美宋朝哉？无他，出色故也。余尝谓人不和平不享福，文不奇峭不动目。

《答孙俌之》

明珠非白，精金非黄。美人当前，烂如朝阳。虽抱仙骨，亦由严妆。匪沐何洁，匪熏何香？西施蓬发，终竟不臧。若非华羽，曷别凤皇？

《续诗品·振采》

右列诸语，实随园持论不尽同于诚斋之铁证。诚斋之说，重在描写自然，流露性灵；随园之说，已陷入藻饰自然，雕刻性灵之境地。论诗之病，正在此工巧出色诸义，随园知以修饰病渔洋，而不知正蹈其覆辙也。

清人诗学书目辑补

李清华*

经过诸多学者筚路蓝缕的积累，清代诗话目录的整理、考订获得了极为丰硕的成果。邬国平先生《试论清诗话目录学研究——读蒋寅〈清诗话考〉》(《苏州大学学报(哲学社会科学版)》,2006 年第 2 期)一文就清代诗话的目录学成果有较为细致的论述。就目前来看，张寅彭师《新订清人诗学书目》(上海古籍出版社 2003 年版)和蒋寅先生《清诗话考》(中华书局 2005 年版,2007 年修订)最为详致、全备，在版本、庋藏单位、提要等方面各有特色。仅就见存书目来看，清代诗话当还在“七八百种”的数位上。这一数量，张寅彭师与蒋寅先生也都颇为认可。随着访书工作的不断进行，又略有新的发现，但收获有限，这一数量在一定时间内还会保持在这个数量水平上。

笔者初入门径，随张寅彭师整理清代诗话文献，走访多地图书馆，爬梳总集、方志、诗话、传记等诸多文献资料，尤以总集、方志为主，新见清代以及民国间诗话多种，其中见存书目 30 种，存目 141 种，共计 172 种，稍可补诸家书目之阙，并略述作者、书目信息，并对其中撰者不详者有所考订，俟各家书目增订时补入，对于进一步

* 李清华，上海大学文学院中国古典文献学博士生。本文是国家社科重大项目“清代诗话全编”中期成果，项目编号 12&ZD16。

完善清人诗学书目略有帮助。

诗话书目在总集、方志文献中的存在方式，大致有以下三种情况：一，人物传记记载；二，艺文书目著录；三，方志内容征引。然而，方志记载往往存在各种问题，诸如有书名无卷数、征引不署撰者、征引时标注别称、多有未见而存目等，都为诗话的考订带来一定的难度。

待访书目因属于存目性质，多未见其书，具体成书时间往往不能确考，只能约略按照时间顺序加以排列。见存书目多已寓目，尚有少数图书馆书目著录而缘悭一面者。对于撰者不明者则略有考证，诸如《晓岳山房诗话》《漪渌诗话》《莳堂诗话》等多种。鉴于学识所限，不足之处，敬请方家指正。

一、见存书目

1.《午桥诗话》一卷

程梦星辑，据冷秀云主编《青岛市图书馆古籍书目》著录[①]。梦星（1678—1755），字午桥，一字伍乔，号洴江，又号香溪，歙县人。康熙五十一年（1712）进士，改庶吉士，授翰林院编修。五十五年（1716）丁母忧，购筱园，不复出。著有《今有堂集》十卷，附《茗科词》一卷，又有《李商隐诗集笺注》三卷，《重订李商隐年谱》一卷。编纂有《扬州府志》《江都县志》等。

2.《耘砚诗话》二卷

邵履嘉辑，美国哈佛大学燕京图书馆藏稿抄本。《耘砚诗话》是《耘砚山房全集》之一种，有乾隆十九年甲戌（1754）沈维材《耘砚山房全集序》、邵大业题词以及乾隆十五年庚午（1750）姚之琅序。据《耘砚诗话自序》可知《诗话》成书在乾隆十六年（1751）辛未五月自吴门赴卫途中。

3.《半谷居诗话》二卷

邹方锷撰，南京图书馆藏清乾隆二十七年（1762）刻本，天一阁博物馆编《别宥斋藏书目录》著录[②]。《历代画史汇传》卷四十八、六十五，冯金伯《国朝画识》卷十二、十五皆有征引。

邹方锷，字豫章，号半谷，一号笠溪，无锡人。乾隆二十七年举人，工诗文，善书。着有《大雅堂初稿》诗六卷、文八卷、补编一卷，《续稿》十卷、文八卷、补编一卷等。

---

① 冷秀云主编：《青岛市图书馆古籍书目》，国家图书馆出版社 2009 年版，第 407 页。

② 天一阁博物馆编：《别宥斋藏书目录》，宁波出版社 2008 年版，第 466 页。

4.《五桥说诗》不分卷

何一碧撰，上海图书馆藏乾隆间无格纸钞本。一碧，奉贤岁贡生，其余不详。著有《四友堂文稿》。《国朝松江诗钞》卷三十八存其诗，《万首论诗绝句》收其论诗诗多首。

5.《耕云书屋诗话》

吴寿平撰，茂雪堂丛书本。前有吴寿平嘉庆乙丑《二刻诗话引》，云："今年春，中山斋积雨，花事尚未。爰举话所未竟者，仍编录焉，附以近日见闻，随意涉笔，漫无伦次，引述多所讹舛，犹前此也。其往岁拈示子弟生徒者，亦并辑之，故论诗之法颇多。"《耕云书屋诗话》除了论诗法之外，撰者杂论前人诗作、摘引前人著作，记载师友间的诗词唱和以及论诗言语。推崇杭世骏《榕城诗话》，"述山水之胜为多，中颇缀韵语。披玩之际，不啻卧游图也。"故《诗话》亦多有山水名胜、风物古迹点缀其间，诸如仙人桥、黄蘗岭、赵北口、栖真寺、虞美人花等。

吴寿平(1789—?)，字格斋，通城人。嘉庆戊辰(1808)举人。有《漱六堂存稿》。

6.《石濑山房诗话》不分卷

胡昌基撰，附于《续檇李诗系》四十卷，有民国七年(1918)刻本。前有平湖许士芬序、宣统三年(1911)沈曾植序、民国元年(1912)劳乃宣序、民国二年朱福诜序。昌基，字星禄，号云仡，浙江平湖人。乾隆五十四年己酉(1789)贡生。著有《石濑山房诗集》。

7.《墨香居诗话》

冯金伯撰，附于冯氏所辑《海曲诗钞》正集十六卷、补编一卷，二集六卷中，有民国七年(1918)国光书局排印本。前有冯金伯自序，可知此集编纂始于乾隆五十七年壬子(1792)修邑志时，乾隆六十年乙卯(1795)于句容萧斋抉择考订，乃成书。嘉庆十二年丁卯(1807)三月开雕，腊月竣工，序即作于此时。

金伯(1738—1808)，一作金柏，字冶堂，号墨香，又号南岑，江苏南汇(今属上海)人。乾隆间贡生，官句容训导。乾隆四十年(1775)主蒲阳书院。著有《国朝画识》十七卷、《墨香居画识》八卷、《墨香居诗钞》十二卷。除《海曲诗钞》外，尚辑有《海曲文钞》《海曲词钞》等。

8.《红豆树馆诗话》

陶樑撰，附于《国朝畿辅诗传》六十卷，有道光己亥红豆树馆刻本。

陶樑(1772—1857)，字宁求，号凫芗，或作凫乡、凫香，江苏常州人。嘉庆七年至十年(1802—1805)协助王昶编纂《国朝词综》《湖海诗传》《金石萃编》。十三年

(1808)，中进士，后官至大名知府。

9.《蕢州馆诗话》不分卷[①]

周郁滨撰，附于《旧雨集》。《两浙輶轩续录》卷二十八征引九则。

周郁滨(1780—1834)，字仁望，又字泉南，自号十柳山人，青浦人。嘉庆间修《珠里小志》。王昶《春融堂集》、袁翼《邃怀堂集》、沈学渊《桂留山房诗集》《词集》、季芝昌《丹魁堂诗集》都有与之唱和的诗作。

10.《诸家论诗偶录》一卷

佚名辑，上海图书馆藏稿本。诚如其名，此书乃是随手抄录，不具体例。全书共十五则，末以沈德潜《古诗源序》《唐诗别裁集原序》《古诗源例言》三文结。前九则见于姚椿《樗寮诗话》三卷，内容与原文几无二致，但顺序又与原书出入颇大。《樗寮诗话》卷上依次有《偶录》则四、一、二、八、九；卷中为则七、六；卷下为则三、五。

11.《有棠梨馆笔记》一卷

何兆瀛撰，有光绪间刊本。前有光绪己丑年序，全书正如其序言云："昔在京师，曾有笔记之作，所记皆同乡人士，甫得一卷。乃出为外吏二十年，此事遂废。"何兆瀛时年八十一，刊刻当在此时，而成书则早在二十余年前。

此书虽名曰"笔记"，然以存人存诗为志趣，所记以江宁地方诗事为主，多次记载何氏同人间拈题唱和。笔记记载邓廷桢遗稿存其家数年，由邓子久中丞刊刻，其中论词七绝数首佚去，何氏予以补全，使其遗稿毫发无憾，并收录邓廷桢词数首。此外，马沅、夏子俊、吴继昌、阮亘、易长桢、方先甲等人残稿或集外佚诗，亦得以留存吉光片羽，颇具文献价值。兆瀛(1809—1890)，字通甫，号青耜，江苏江宁人。道光二十六年(1846)举人，著有《心庵词存》四卷。

12.《晦堂诗话》不分卷

许灿撰。附于《梅里诗辑》，有道光三十年(1850)嘉兴县斋刊本。许灿(1653—1716)，字恒之，一字恒紫，号晦堂，嘉兴人。庠生，著有《敦煌》《楚尾》《荔雨》等集。

13.《远香诗话》不分卷

沈爱莲撰，附于《续梅里诗辑》，有道光三十年嘉兴县斋刊本。《两浙輶轩续录》卷三十三引许仁杰语云："远香雅耽吟癖，留意乡邦文献，尝编《续梅里诗辑》十二

---

① 《蕢州馆诗话》，王兵《清人选清诗与清代诗学》已著录，但仅存其名，并未对内容作相关介绍。同样情况的还有许灿《晦庵诗话》以及沈爱莲《远香诗话》。

卷，以继许灿蘅紫之书。上元朱绪曾宰嘉兴，为刊行之。”沈爱莲，字远香，嘉兴人。著有《青珊盦诗稿》《小灵兰仙馆诗钞》。

14.《东嘉诗话》（又名《瓯海诗话》）一卷

孙锵鸣撰，温州图书馆藏原稿本，有孙诒让校注。今有胡珠生编注《孙锵鸣集》本。孙锵鸣（1817—1900），字韶甫，号蕖田，后改号止庵，浙江瑞安人。道光二十一年（1841）进士，改庶吉士，授编修，历官侍读学士，后掌教于苏州正谊，南京钟山、惜阴，上海龙门、求志诸书院。著有《海日楼诗文集》《盘阿草堂词》《东瓯大事记》等。

《诗话》采集前人诗话、总集、方志、诗话、诗文别集诸如《宋诗纪事》《列朝诗集》《庚溪诗话》《辍耕录》等，以人存诗，绍述温州地方诗人生平及诗作，始于宋陈鹏飞，止于清潘宗耀，共计141目，对其人其诗皆有评骘。后经孙诒让、张崟批注。

《两浙輶轩续录》卷四十四征引有《瓯海诗话》一则，有“余为曾小石编校遗诗付刻”语。《孙锵鸣集》所录叶璋跋语，记录了孙锵鸣编选曾小石诗的记载。誊录于下，云：

> 曾小石先生，余弟琮之妇翁也。先生卒后，遗书散亡殆甚。余弟从故箧中得先生诗草数帙，持归时，曾君秋嵋方谋刻其族人子琳、曼琴两君诗。余谓：先生之诗过此不刻，久且失坠，是吾弟之责也。乃请于孙蕖田学士选定之，编为六卷。余又续得数十首增入，为《补遗》一卷，又以《针鹂诗社唱和之诗》附焉，合之凡八卷。①

《瓯海诗话》一则与叶璋跋语合观，可知《瓯海诗话》亦为孙氏所作。经过比对，《两浙輶轩续录》所引《瓯海诗话》内容实出自《东嘉诗话》，内容全同。因此可知，《瓯海诗话》当是《东嘉诗话》别称。

15.《雪蕉斋诗话》（又名《识字农诗话》）六卷

王德馨撰，温州图书馆藏稿本。今有张宪文《雪蕉斋诗话》、王妍《王德馨集》两种整理本。《诗话》搜采广博，旁涉史志、谈诗论艺，以清代温州地方诗人诗事为主，可为孙锵鸣《东嘉诗话》之续。王德馨（1819—1888），字玉才，号仲兰，晚年自号“识字农”，故《诗话》又名《识字农诗话》。诸生，其事迹可见池源翰《王仲兰先生墓志铭》。著有《雪蕉斋诗钞》六卷、《杂著》三卷等。

---

① 孙锵鸣撰，胡珠生编注：《孙锵鸣集》，上海社会科学院出版社2002年版，第28页。

16.《一经堂诗话》不分卷

杨廷撰撰，附于《五峰耆旧集》、《五山耆旧今集》。《明诗纪事》《泰兴县志续补》卷五、卷七多处参考。杨廷撰，字述臣，一字异之，江苏通州人，生活于嘉庆、道光间。傅增湘《藏园群书经眼录》亦有记载，对《五山耆旧今集初刊》有简略介绍，可窥其梗概，云：

> 《五山耆旧今集初刊》八卷　清杨廷撰辑
>
> 辑通州清朝以来乡先辈诗，计顺、康两朝都一百七十四人，得诗一千九百零三首，人为小传，而附以《一经堂诗话》。廷撰所自作。其曰今集者，以曾编宋元明以来诗为耆旧前集也。清刊本。①

17.《茶村诗话》不分卷

伍东坪、伍霖川撰，附于伍崇曜编《楚庭耆旧遗诗》以及《续编》，有道光二十三年(1843)南海伍氏刊本。前有伍崇曜道光二十三年《楚庭耆旧遗诗序》以及道光三十年(1850)《续编序》两序，可见于谭莹《乐志堂文集续集》卷一，知为谭氏代笔。前序云："爰与学博露钞雪纂，好写留真，或称昆弟之交，或属丈人之行，或执业所曾事，或闻声辄相思，或望重纪群，或姻联秦晋，裨残补缺，刈楚芟芜，或与古维新，或当今无辈，或精思能至，或偏嗜所存，得前后集各若干卷，署曰《楚庭耆旧遗诗》。末附东坪先伯、霖川先从兄著撰焉，亦元遗山《中州集》、小长芦叟《明诗综》例也。"由诸语略知，《诗话》乃是伍氏东坪先伯、霖川先从兄所著。

伍崇曜(1810—1863)，原名元薇，字良辅，号紫垣，商名绍荣，南海人，以洋商起家。道光十三年(1833)，任怡和行商和十三行公行总商。作为商人，伍氏曾与英国鸦片商人勾结，阻挠林则徐禁烟事宜，与投降派串通，签订《广州停战协议》。同治二年(1863)，病逝于广州。其人工诗善画，筑有"粤雅堂"，藏书丰富，着有《粤雅堂诗钞》。刻有《岭南遗书》《粤十三家集》《粤雅堂丛书》等，均请谭莹为之校勘，颇有功于广东地方文献的保存与流传。张南山对谭莹颇为赞许，有《赠谭玉生孝廉莹即送北上》一诗，云："君才兼众妙，上与玉溪俦。书史郁奇气，山川成壮游。骋怀应万里，摛藻有千秋。君骈体文必传。此去紬金匮，瑶编次第搜。君好访古籍，每见难

① 傅增湘撰：《藏园群书经眼录》，中华书局1983年版，第1554页。

得之本，必属伍紫垣方伯刻之。”[①]

18.《耘庵诗话》不分卷

李王猷撰，附于《闻湖诗续钞》。《两浙辅轩续录》卷三十三、卷五十、卷五十四、《两浙辅轩续录补遗》卷五征引四则。李王猷，字显若，号耘庵，晚号汕翁，江苏吴江人，监生。有《菰烟芦雪集》。《(同治)苏州府志》卷一百七载：“中年绝意进取，耽于著述，所藏书丹黄几遍，辑《闻湖诗续钞》十二卷。晚年自署曰芦菰老钓师，即其友人陶淇所赠句也。诗雅淡如其为人。”

19.《求有益斋诗话》不分卷

李道悠撰，附于《竹里诗萃》十六卷，有光绪乙未蒋十咏庐刊本。《两浙辅轩续录》卷五十四征引。此集前有光绪乙未(1895)王震元序、甲午(1894)朱锡传序以及光绪十八年(1892)自序。据其自序可知此集缘起：“庚寅春，因约同志诸君，多方搜访，凡竹里接壤之属里仁乡者概登之，盖承《诗综》意也。积三年，复得百二十余家，忘加去取，汇而梓之，曰《竹里诗萃》。”《竹里诗萃》编纂全仿朱彝尊《明诗综》例，诗话亦然。每卷第一条称作《求有益斋诗话》，其后则略称《诗话》。或评骘诗章，或记录轶闻，或考订谬误。据《中国诗学大辞典》，此诗话在李道悠所编《闻湖诗三钞》(南京图书馆藏光绪间刊本)中亦有附载。

道悠，字子远，江苏吴江人，李王猷之从孙。据朱锡传光绪甲午年序“今年且七十矣”，可推知其生年当约在道光五年(1825)。客居竹里三十余年，悉心搜录，凡历三载。

20.《养拙轩诗话》一卷

何之鼎撰，《平湖县志》第三十三编“文献·书目”(上海人民文学出版社1993年版)著录有稿本。今见为民国二十四年(1935)顾言行抄本。诗话共十七条，记录王熙纯、王纯熙、顾蓉屏、戴熙、陈锦、陆潢、仲湘、宋志沂、金黼廷、沈谨学、陆丙章、张金镛、王韵仙以及不知名姓者，诸如陈野牛、曹氏、金陵廪生等人诗事，以庚申之难后为多，时间最晚则在光绪十六年(1890)。

第十五条后有数语记载原稿情状，云：“以上数则，先生原稿皆衔接写成，犹是中年手笔。此后两则，各书一纸，笔致苍老，知系晚年所书，今并录之，为书数语，以明真相。”后又有顾氏乙亥(1935)五月跋语，记载何之鼎生平事迹以及二人交往。

何之鼎(1840—1909)，字咏华，平湖人。光绪二年(1876)举人，历官乐清、景

---

① 见张维屏《松心诗录》卷九。

宁、丽水等县训导。著有《青琅玕馆诗钞》一卷、《咏华文集》。

21.《诗话》一卷

佚名撰，上海师范大学图书馆藏抄本。《诗话》杂记名物、名人诗事，往往以类相从，“兰陵美酒”“林逋能棋”“食物别名雅俗并宜”“素娴女士以及其他闺秀诗”，其中“西湖”一题最为详致。《诗话》旁引《七修类稿》《癸辛杂识》《钱塘县志》等笔记、志书，其中有摘自《府志》者，实引自《嘉兴府志》，可知撰者当为嘉兴人。《诗话》载有李海山《海山诗屋诗话》以及邱炜萲诗，当作于晚清。

22.《宦游笔记》

句町竹村撰，上海图书馆藏稿本。此书前八页不言诗，记清朝建国事迹以及建国后的一系列文教举措。其后则是诗话，以人存诗，崇尚性灵一派，详于清朝官宦，如百龄、阮元、陶澍、杨揆、潘焕龙、张问陶、林则徐等，闺秀如金颋、郑翠容、沈纕、杨琴珊、潘素心等，记载潘焕龙及其家室诗事尤详。《宦游笔记》记载《瞑溪诗话》著者何絜人生平及诗，可资参考。

23.《冷观庐诗话》

袁鸿镳撰，民国初铅印本。前有民国四年(1915)十二月苏人权《冷观庐遗稿序》，又有《辛丑夏日冷观庐自记》以及《冷观庐诗话》光绪三十四年(1908)自序。序略云：“戊申夏日，闭户养屙，因举十余年来所知所见闻者，信笔录之，无秩序，无宗旨，从吾所好而已。而乡先哲之能诗者，遗编残稿，悉心搜讨，则是不才区区阐幽之意也。丹徒吴子眉孙、海宁汪子处庐、同里曹子吟秋见而善之，怂余付梓。”[①]至于刊刻，则在袁氏谢世七年后。

24.《我友诗话》

王朝琮笔述、汪国垣评点。有稿本，又曾连载于《小说丛报》第五至八期。前有汪国垣题词，原附于稿本末尾“校诗话一卷毕，率题长律”者，云：“薄言颠倒无闲暇，幽草寒琼意未厌。辩学何妨家一喙，论文应值字三缣。蟹黄熊百齐升俎，竹箭琨瑶尽入奁。鹿散风惊成底事，诗坛空忆斗精严。”又有王晓湘辛亥冬月《弁言》，云：“平居剪烛共话，诙谐谈笑，无不率真，人咸目为雅人，而余则以弃材自呼也。余历数校，得友如汪、袁、周、林、程、姚诸子，皆以文词为媒介者，虽性情各别，要皆轨于正道，不可以凡俗观。尔年居太学，日夕相聚，聚必有言，言必有旨。因恐日久而或忘也，爰笔述其略，而名以《我友诗话》。拉杂俚鄙，所不计也。”后又有海虞徐枕亚《读

① 袁鸿镳：《冷观庐诗话原序》，民国间排印本。

〈我友诗话〉竟率题一律》。《我友诗话》如其《弁言》所言，主要记载与友人袁霖庆、汪国垣、林浚南、程家桐、周维华等人的交往事迹以及相互间谈诗论艺的言论。

王易(1889—1956)字晓湘，号简庵，南昌人。汪国垣(1887—1966)字笠云，后改字辟疆，别号展庵，因故乡近方湖，晚年自号方湖，江西彭泽人。著有《光宣诗坛点将录》《近代诗人述评》，均为近代诗学的重要著作。

附民国诗话：

1.《砚舫诗话》不分卷

孙锵撰，附于《剡川诗钞续编》，有民国五年(1916)宁波江北岸钧和公司排印本。锵(1856—1933)，字仲明，号玉叟、玉仙，又号砚舫，浙江奉化人。清光绪二十年(1894)进士。著有《砚舫诗钞》《文钞》等，藏书丰富，有七千卷楼。

2.《艮园诗话》不分卷

江迥撰，附于《剡川诗钞续编》，有民国五年宁波江北岸钧和公司排印本。迥(1857—1936)，字五民，又字后村，号艮园，浙江奉化人。光绪十四年(1888)举人，主讲锦溪书院。著有《艮园诗集》八卷，《文集》十二卷。

3.《畹香留梦室诗话》

黄协埙撰，附于《海曲诗钞三集》，有民国七年(1918)国光书局排印本。《三集》前有民国七年黄协埙自序以及黄报廷序。自序云："是役也，经始于乙卯孟夏，告蒇于丁巳年仲冬，搜集至三百余家，分卷为一十有二，各于姓氏里居下节录序跋题词，或撰诗话以表张之，犹冯志也。"①

黄协埙(1853—1924)，原名本铨，字式权，号梦畹，别署梦畹生、鹤窠村人，江苏南汇人。曾主《申报》笔政，工诗文，著有《鹤窠村人稿》《淞南梦影录》《锄经书社零墨》等。

4.《台湾诗乘》

连横撰，《近代中国史料丛刊续编》本。前有民国十一年(1922)苏镜潭序、民国十年(1921)自序、民国三十三年(1944)吴兴陈其采题词七绝四首。

5.《倚剑吹箫楼诗话》一卷

姚光撰，上海图书馆藏稿本。原未署撰人，封面钤有白文"倚剑吹箫楼"、朱文"南社姚光"印，可知为姚光撰。各家书目少有著录，姚昆群、昆田、昆遗编《姚光全

---

① 黄协埙：《海曲诗钞三集》序，民国七年国光书局排印本。

集》(社会科学文献出版社 2007 年版)仍未收录《诗话》,在《编后记》说明原因,认为当时并未成书,均已散佚。

《倚剑吹箫楼诗话》载有庚辰(1940)夏日于乌程张氏见宋椠本苏诗,可知成书在 1940 年后。内容多载南社和国学商兑会中人物诗事,涉及周实、高吹万、高天梅、叶楚伧、文雪吟、姚鹓雏、陈蜕庵等。清末革命事时有采录,如秋瑾就义、周实烈士以及多次武装起义。还载有平庵所译法国诗,在清末欧化东渐的翻译大潮中,诗学一类实为少见。对朱竹垞《风怀二百韵》为其小姨作一说,文字考订颇为繁琐。

姚光(1891—1945),一名后超,字凤石,号石子,又号复庐。首批入南社,曾任社长。著有《复庐文稿》《倚剑吹箫楼诗集》等。

6.《静照轩笔记》

陈诗撰,附于《皖雅初集》,有上海美艺图书公司民国间排印本。陈诗,字子言,号鹤柴山人。安徽合肥人,诸生。著有《尊瓠室诗》《尊瓠室诗话》。

《皖雅初集》收录有清一朝安徽诗人诗作,计一千二百余家、三千七百余首。每位作者皆有小传,兼具评论,署名《静照轩笔记》,中多逸闻轶事。

二、待访诗话

1.《慎墨堂诗话》

邓汉仪撰,据《国朝画识》卷六著录。该卷"曾明新"、"柳堉"条征引两则,未署撰者。其中"柳堉"引文云:"柳愚谷家居长干,门巷清绝,诗画皆臻佳妙,与曾楠陂友善。六朝风调,令我移情。"此条又见于邓汉仪《诗观》二集卷十四愚谷诗批文,知为邓汉仪著。慎墨堂为邓汉仪堂号。邓氏《诗观》卷十四还录有曾明新诗五首。

2.《倚玉堂诗话》

佚名撰,据彭蕴璨《历代画史汇传》卷五十四著录。该卷"戴思望"条下征引一则,述清初画家戴思望事。周起莘,字西山,又字次修,萧山贡生。康熙己未荐博学鸿词,官宣平教谕,有《倚玉堂文钞》《倚玉堂词》等,或为其人。

3.《长溪诗话》

孙圣兰撰,据《(光绪)嘉兴府志》卷五十五、《(光绪)重修嘉善县志》卷二十五"孙圣兰"传著录。圣兰,字子操,又字香生,号心斋,嘉善人。崇祯七年(1634)进士,乱后隐居三十年。著有《晓传堂集》《兼山草堂集》等。

4.《荇溪诗话》

缪泳撰,据秦瀛《己未词科录》著录。该书卷八"顾炎武"条征引一则。泳,初名永谋，字天目，后改今名，字于野，又字潜初，嘉兴人。诸生，著有《荇溪集》。

5.《雪庵诗话》

汪楷撰，据《（嘉庆）直隶太仓州志》卷五十六《艺文》、《（光绪）宝山县志》、《罗店镇志》卷十二著录。今佚。张紫琳《红兰逸乘》征引一则。汪楷，清初人，顺治十六年(1659)，与昆山诸士俨、太仓陈瑚共举东冈社，著有《晴香阁诗钞》《云凭诗钞》等多种，皆佚不存。

6.《讱庵诗话》

王鸿烈撰，据《萧山县志稿·艺文》著录。鸿烈，崇祯十五年(1642)进士，其余不详。

7.《诗话偶钞》

萧孟昉辑。据金堡《遍行堂集》文集卷八《诗话偶钞序》著录。序中有"癸丑长至后三日，过西昌，萧子孟昉出《诗话偶钞》见示。携归舟中，攲枕快读"云云。金堡生于万历四十二年甲寅，因此癸丑当为康熙十二年(1673)。萧孟昉，清顺治间泰和人。著有《花烛词》，与钱谦益多有交往。

8.《乾斋诗话》

唐以葩撰，据《（道光）阜阳县志》卷二十《艺文志》所载沈涵《乾斋诗话序》著录。沈涵，字度汪，号心斋，晚年更号象余居士，归安人。康熙十五年(1676)进士。四十一年(1702)，任福建学政。五十三年(1714)，任湖广乡试正主考。据序言"颍川唐君以葩，经世其家。乙亥秋，余遇于婺州旅寺，出所著诗话一篇，大都贯穿百家而独抒心得"一语，可知成书在康熙三十四年前。唐以葩，当为清初人，生平不详。

9.《冬秀亭诗话》

朱樟撰，据《（雍正）泽州府志》著录。该书卷五十一、五十二征引计三则，原未署撰者。其中一则提及康熙二十一年，有"予游盘亭山，宿千峰寺，寻后唐明宗敕及洪密禅师遇合盛事，惜寺毁于火，碑亦灰烬"、"家竹垞先生跋语已载"诸语，可知撰者姓朱。朱樟有《冬秀亭集》四卷，官泽州时作，而《（雍正）泽州府志》正是在朱樟主持下修纂，盖是撰者其人。

10.《段园诗话》

关宁撰，据《湖北诗征传略》卷三十七著录。关宁字幼安，号龙涡，有《木香吟》。家木香村故段成式别业，嗜古溺学，工词章。官广西平乐，值吴三桂入寇，强授伪官不从，逃隐深箐以终。

11.《榕村诗话》

佚名撰，据丁宿章《湖北诗征传略》卷三十七著录，该卷"陈浩"条征引一则。

12.《汉皋诗话》

王谨微撰，据《湖北诗征传略》卷三十六著录。该卷“王谨微”条云：“谨微官铜仁，有善政，邃于说诗，著《汉皋诗话》。”王谨微，字尧锡，号岘椒，康熙进士，有《岘椒集》。

13.《青虹阁诗评》

14.《青虹阁诗话》

郑相如撰，据《（嘉庆）泾县志》著录。李兆洛《养一斋集》文集卷二有《郑愿廷先生诗文集序》一文，云：“自宋迄明，继响益盛，载于《青虹阁诗评》者凡百余家，而以专集传者不概见。其在国初，则愿廷先生其卓卓者也。先生名相如，字汉林，康熙庚子副榜，诏举博学鸿词，大府以先生名上，不就。所著书十余种，且数百卷，具载县志。”

郑相如，字汉林，号愿廷，又号南亭，安徽泾县人。康熙五十九年（1720）副贡。著有《虹玉堂集》《青虹阁偶录》《汉林四传》《四子图书学贯》等，编纂《泾川文载》四十卷、《泾县志》等。

15.《夜钟诗话》

吴雷发撰，据《（民国）震泽县志续稿》卷十《书目》著录。

16.《绛跗阁诗话》

诸锦撰，据《（光绪）嘉兴县志》著录。该书卷九、卷二十五征引数则。诸锦（1686—1769），字襄七，号草庐，秀水人。雍正二年（1724）进士，选金华府教授。乾隆元年（1736），举博学宏词，授编修。有《绛跗阁集》十一卷。

17.《悔亭诗话》

赵彪诏撰，据《（光绪）武进阳湖县志》卷二十八著录。已佚。彪诏（1687—1769），字豹三，申乔季子，武进人。雍正九年（1731）入蜀，摄会理州事。十一年（1733）补遂宁县丞。乾隆十五年（1750）自山西稷山县罢归。乾隆三十年（1765），分纂武进、阳湖二县志，所著有《益州游稿》等。《清代毗陵名人小传稿》卷三载，尤留意桑梓故实，凡儒先事状、乡邦氏族、官府文移、闾里谣谚可备稽考者，罔不搜讨，录为巨编，共百册，册厚二寸许，折迭黏补，纤悉不遗。

18.《二矶山人诗话》

徐德宗撰，据《己未词科录》卷十一著录。该卷征引一则。德宗（1688—1755），字于朝，号二矶、二矶山人，一号蓉湖逋客，昆山人。著有《二矶山人笔记》。秦瀛《小岘山人集》诗集卷三《咏梁溪杂事一百首》，其中一首述其行迹，云：“逋客论诗到也轩，诗中朋旧几人存。朱翁邵叟都曾识，不见城南惠阆孙。注：先外祖昆山徐二砚先生寓吾家也轩，自号蓉湖逋客，与惠阆孙云、朱桐香克敏、邵来九燮为诗会。朱、邵，余皆识之，惠前没。"①

19.《縠园诗话》

佚名撰，据《两浙辅轩续录》卷五十一著录。该卷"德山"条征引一则。

20.《郊居诗话》

佚名撰，据《两浙辅轩续录》卷七著录。该卷"沈时俊"条征引一则。

21.《郭居诗话》

沈莘士撰，据《两浙辅轩录补遗》卷四著录。该卷"沈莘士"条云："縠园，《嘉兴府志》称其有《新溪诗文钞》十卷，又有《郭居诗话》若干卷，惜书未之见，仅从所知集中录诗一首，以志梗概。"莘士，字縠园，号约安，一号郊居，浙江秀水人。著有《新溪诗文集》《杂著》十四种。

按：笔者疑以上三种实为一种，《郭居诗话》当为《郊居诗话》，因"郭""郊"形近，盖手民之误。征引时名称不一，故又有《縠园诗话》(或为縠园《诗话》)之名。存疑待考。

22.《国朝诗话》

张云锦撰，据《(光绪)平湖县志》卷二十三著录。云锦(1704—?)，字龙威，号铁珊，又号艺舫，浙江平湖人，国子监生。与厉鹗、杭世骏、罗聘唱和。著有《兰玉堂集》《红阑阁词》《国朝词话》等。

23.《秋影轩诗话》

王宬撰，据《(民国)镇洋县志》卷十一《艺文志》著录。宬，字辑清，江苏镇洋县人。乾隆七年(1742)进士，授兵部职方司主事。乾隆二十二年(1757)任庐州知府。著有《容斋诗文全集》。

24.《青豆轩诗话》

史承谦撰，据《重修宜兴县志》卷三著录。承谦(1707—1756)，字位存，号兰浦，江苏荆溪人，诸生。工诗善词，著有《秋琴集》《小眠斋词》。

25.《松台诗话》七十五卷

方学成辑，据《(嘉庆)旌德县志》卷八、卷九著录，当时已梓行。学成，字武工，华坦人，邑庠生。雍正七年(1729)，以孝友端方才能荐授山东夏津知县，历栖霞、武

① 秦瀛：《小岘山人集》诗集卷三，清嘉庆二十二年刻本。

城、邛县事。所著《松华堂集》、《黄山志》等俱梓行。

26.《步适堂诗话》

曾从义撰，据《（民国）闽侯县志》卷四十八《艺文》著录。从义，字则周，号竹苞。乾隆元年（1736）举人。

27.《仓禾诗话》

龙翔撰，据《（光绪）桃源县志》卷八著录。翔，字云岚，桃源人。乾隆十一年（1786）举人，任嘉禾训导，后历任湖北郧阳府教授、四川荣昌知县。

28.《抱山堂诗话》

朱彭撰，据《两浙輶轩录补遗》著录。该书卷五、卷六共征引四则，原未署撰者。杨锺羲《雪桥诗话余集》卷五载："朱青湖生雍正庚戌，……著有《南宋古迹考》、《武林谈薮》、《抱山堂诗话》、《书画见闻录》。"①彭（1731—1803），字亦钱，一字青湖，钱塘贡生。嘉庆元年（1796）举孝廉方正，著有《抱山堂诗集》等。

29.《华溪诗话》

沈光熙撰，据《（同治）苏州府志》卷一百三十七、《吴县志》卷五十七《艺文考》著录。光熙，字思凝，长洲人。乾隆十六年（1751）恩贡。诗词皆善，著有《四书会心录》《宋元诗选》《桐轩诗集》等。

30.《历朝诗话》

李国麟辑，据《（光绪）重修安徽通志》卷一百八十一著录。国麟，字惺斋，怀宁人。乾隆十七年（1752）进士，历知邵武、长泰、南安等县。著有《晓堂集》十二卷。

31.《袖东诗话》

徐观海撰，据汪启淑《续印人传》卷六"徐观海传"、《历代画史汇传》卷五著录。观海，字汇川，又字袖东，号寿石，又号幼庵，浙江上虞县人。侨居钱塘，有"西湖才子"之称。乾隆二十五年（1760）举人，官宁州知州。

32.《海隅诗话》

徐一鸣撰，据《（民国）崇明县志》卷十六著录。一鸣，字凤岗。乾隆二十五年（1760）举人，官桃源县教谕。

33.《怀溪诗话》八卷

谢瑾撰，据《（民国）长乐县志》卷十九《艺文志》、卷二十五《列传》著录。八本分天、地、人、物四门，逐事纂辑，皆渊雅可传。瑾，字聘修，一字怀溪，福州人。清乾隆

---

① 杨锺羲：《雪桥诗话全编》第四册，卷五，雷恩海、姜朝晖校点，人民文学出版社 2010 年版，第 2519 页。

二十五年(1760)中举。历任建宁、漳浦、彰化、浦城、台湾教谕。后任云南元谋知县，有儒吏风。有《偶见集》三十六卷。

34.《笠亭诗话》

朱琰撰，据冯金伯《国朝画识》著录。该书卷一“吕潜”条征引一则，述及渔洋。

35.《留香斋诗谈》一卷

吴槐柄撰，据《(道光)肇庆府志》卷二十一著录。槐柄，字耀垣，别字植亭，鹤山人。年二十为邑诸生，乾隆三十五年(1770)举于乡，乾隆五十年(1785)，选英德县训导，后历任新会、花县教谕。著有《晚香堂集》四卷、《花峰樵唱》一卷、《晚香堂家训》二卷、《格言汇录》二卷、《留香斋诗谈》一卷、《张曲江集订讹》一卷等。

36.《晓岳山房诗话》

聂肇奎撰，据张维屏《国朝诗人征略二编》卷四十八著录。卷中征引一则，有“嘉庆甲子，余主端溪讲席，得览充之先生《楚游草》”诸语，可知撰者嘉庆九年(1804)曾主端溪书院。检《(宣统)高要县志》卷二十人物篇三《寓贤》，引《端溪书院志》云：“聂肇奎，字藻庭，湖南衡阳人，乾隆举人。嘉庆九年主讲端溪书院，寓高要二年。”[①]知其为聂肇奎。肇奎(1750—1812)，字季观，号藻庭，乾隆五十七年(1792)举人，官益阳教谕。著有《晓岳山房诗集》《粤游诗草》《迪光堂文集》等。

37.《漱芳斋诗话》

姜兆翀撰，据《(嘉庆)松江府志》、《(光绪)金山县志》、《(光绪)青浦县志》、《(光绪)南汇县志》著录。彭蕴璨《历代画史汇传》卷五、卷五十征引两则。兆翀，字儒山，号茸城熳佣，江苏华亭人。乾隆三十五年(1770)举人，乾隆四十九年(1784)任安徽舒城县学教谕。著有《孟子篇叙》《孔雀记》传奇，辑有《国朝松江诗钞》。

38.《小长芦诗话》

佚名撰，据《(乾隆)娄县志》卷二十一、《(光绪)金山县志》卷二十一、《(光绪)青浦县志》卷三十著录。

39.《莺里山房诗话》

夏南学撰，据《(民国)江阴县续志》卷二十《艺文》著录。南学，字稼成，一字云畴。乾隆五十一年(1786)举人，著有《韵香斋诗草》。

---

① 马呈图纂辑：《(宣统)高要县志》，见《中国方志丛书·华南地方·第一七四号》，台湾成文出版社，第1148页。

40.《绛树阁诗话》

佚名撰，据《两浙辅轩录》卷五著录。该卷征引一则。

41.《醴庭诗话》

袁珏撰，据梁章钜《三管诗话》卷上著录。该卷征引一则。同书卷中载袁醴庭事迹云："平南袁醴庭广文珏，与余同年成进士，仅于公宴筵中一面，今三十余年。余来抚桂林，则醴庭归道山久矣。其哲嗣以《五亩石山房文稿》索序，始知其为笃学能文、淡然有得之士。继复读其《今是轩诗草》，则诗又在文之上。"①

袁珏，字醴庭，广西平南人。嘉庆五年（1800）举人，嘉庆七年（1802）进士。嘉庆十六年（1811），任泗城教授。清人蒋琦龄在《况少吴先生诗集序》称："吾乡诗人之传者，二曹、王文元、翁大举以来，待不过数人。国初则谢石臞梅庄，继之者袁醴庭、朱小岑、家鼎山也。"②

42.《青苔馆诗话》

张学仁撰，据《续丹徒县志》卷十八著录。该卷收录李恩绶《醵刻润州赋钞小启》一文，中有注云："张治虞先生辑《京江耆旧集》，又著《青苔馆诗话》、《润故》等书。"学仁，字也愚，别字冶虞，号寄槎。嘉庆十二年（1807）举人，授安徽宣城训导。著有《青苔馆集》八卷。积二十年之力，搜罗本郡遗稿六百五十七家，选定为《京江耆旧集》十三卷。

43.《莲石诗话》

俞宝华撰，据《两浙辅轩录补遗》著录。该书卷二、卷四各征引两则。宝华（1760—1816），字云章、筠庄，号莲石、石菌，浙江海宁人，俞思谦子。嘉庆十五年（1810）乡试中副榜。

44.《秋灯诗话》十卷

任以治撰，据《萧山县志稿·艺文》著录。以治，字轩芝，浙江萧山人。嘉庆五年（1800）顺天举人。嘉庆十二年（1807），修《萧山任氏家乘》十六卷。著有《怡山诗文集》十六卷、《经训管窥》十卷、《艺林小史》六卷等。

45.《绎幕诗说》

张正己撰，据《（道光）济南府志》卷六十五著录。正己，字方亭，平原人。绝意进取，与古籍为缘，年近七旬，目耕不辍。尤工诗，著有《芙蓉书屋集》。

---

① 梁章钜著，蒋凡校注：《〈三管诗话〉校注》，广西人民出版社 1996 年版，第 150 页。

② 蒋琦龄著，蒋世玢等点校：《空青水碧斋诗文集》卷四，广西人民出版社 2001 年版，第 78 页。

46.《墨翁晬语》

47.《墨翁诗话》二卷

程炌撰，据《（光绪）荆州府志》卷五十七著录。炌，字晓山，嘉庆丁卯（1807）举人。著有《款花居诗稿》十卷。

48.《香沚诗话》

李富孙撰，据《（光绪）嘉兴县志》卷二十四著录。该卷"李淦"条征引一则。富孙（1764—1843），字既汸，号芗沚、香沚，嘉兴人。嘉庆六年（1801）拔贡生，与伯兄超孙、从弟遇孙有"后三李"之称。著有《校经庼题跋》二卷、《校经庼文稿》十八卷、《汉魏六朝墓志铭纂》四卷等。

49.《时贤诗话》

梁达榜撰，据《（民国）明溪县志》卷十三《艺文》、卷十四本传著录。达榜（1774—1825），字云士，号晓航。嘉庆六年（1801）辛酉拔贡，十二年（1807）丁卯举人，十三年（1808）戊辰进士。十四年（1809）出宰河南汝阳，历署光州知州、汝宁知府。道光五年（1825）卒于官，年五十有二，亦可逆推知其生于乾隆三十九年（1774）。著有《荔香楼稿》。

50.《梦陆居诗话》

丁宗洛撰，据《（民国）海康县续志》卷二十五著录。同书卷三十四收录丁宗洛《烈妇词为济宁李赵氏作》，中有注语云："予已将烈妇所书绝命词录入《梦陆居诗话》，故云。"

51.《苍华诗话》

李于阳撰，据《昆明县志》卷八著录。于阳（1774—1827），字即园，嘉庆二十四年（1819）副榜。道光七年（1827）卒，年四十四。著有《苍华诗文集》《苍华诗余》等。

52.《朴砚斋诗话》一卷

顾师竹撰，据《（民国）江阴县续志》卷二十《艺文》著录。师竹，字仲雅，号倚山，又号小松雪居士，江阴人。嘉庆十二年（1807）举人，官太平县训导。著有《诸史武备考》三十卷、《朴砚斋集》四卷等。

53.《增删诗话》二卷

黄爕撰，据《（道光）晋江县志》卷七十著录。黄爕尚有《古今文归》三卷、《南溟诗集》六卷、《双声识录》二卷、《尺蠖居诗余》二卷等。

54.《诗法丛览》

陆裔繁撰，据《（道光）肇庆府志》卷二十一著录。裔繁，新兴人。诸生。著有

《客鄮近草》。

55.《莳塘诗话》

张吉安撰，据《（嘉庆）余杭县志》卷四十著录。该卷征引五则，未署明撰者。其中一则记载洪亮吉过访，留饮衙斋，洪氏即席赋诗相赠，诗云：

> 偶访名山信宿回，宾筵惊为故人开。何应琴鹤栖迟地，忽见鱼龙曼衍来。踪迹敢寻忘世侣，艰难今见济时才。联吟读罢增惆怅，时阅君在京邸与船山侍御联吟册子。手写新诗寄柏台。①

此诗见于洪亮吉《更生斋集》卷四，题为《张大令留饮衙斋并观社火》，同卷又有《泊舟余杭访张大令吉安》。对读可考知撰者为张吉安。吉安，字迪安，号莳塘，江苏吴县人。乾隆六十年(1795)举人，历任象山、永康、浦江知县。嘉庆八年(1803)，补余姚知县。卒于道光九年(1829)正月。

56.《绿汀诗话》

顾豫撰，据《己未词科录》著录。该书卷九、卷十、卷十一征引三则，其中有述及龙燮应征分修《明史》事以及沈德潜《清诗别裁》。豫，字明簪，江苏无锡人。诸生。著有《明簪遗稿》。

57.《箬舟诗话》

孙湧撰，据《己未词科录》著录。该书卷九、十征引计两则。孙湧，生平不详。

58.《梦华庐诗话》

佚名撰，据《己未词科录》著录。该书卷十征引两则，有述宣城高遗山年六十以岁贡入太学，征康熙乙未博学宏词而官翰林事。

59.《若洲诗话》

佚名撰，据《己未词科录》著录。该书卷十征引一则。

60.《一峰诗话》

吴峻撰，据《己未词科录》著录。该书卷十一征引四则。峻，字一峰，号黼仙，年二十五中嘉庆十二年丁卯(1807)顺天副榜，可知其生于乾隆四十八年(1783)。年五十有六而卒，亦可推知其卒年为道光十八年(1838)。一生颠沛流离，游历四方，著述颇丰，凡二十八种，诗集十六卷。生平可参考梁同书《频罗庵遗集》卷九文四

---

① 张吉安：《（嘉庆）余杭县志》卷四十，民国八年重刊本，第14页。

《吴一峰小传》。

61.《漪渌诗话》

俞伊乐撰，据《己未词科录》卷十二著录，未署撰者。该书另征引《漪渌斋丛语》《漪渌笔记》数则。阅秦瀛《小岘山人集》，有名"俞漪渌"者，唱和颇多。通过诗集卷十八《曩自湖南归，与俞漪渌比屋而居，常与泛舟，为五湖之游。比余之粤东，漪渌送至南郭外。阅五日，漪渌遽没，葬于惠山之马鞍坞。今三年矣，赋诗追悼》一诗可知，俞漪渌卒于秦瀛之粤东后五日。诗集卷十七恰有《哭俞伊乐三十二韵》"还家不逾旬，旋与君别离。登舟送余行，悢悢令心悲。语余八十翁，恐无相见期。余谓君颇健，会合当有时。谁知不数日，君已与世辞。余以四月廿七日与君别，君以五月三日没。余方宦岭表，得信乖且迟。"[①]两诗内容在俞漪渌去世的时间上完全吻合，可考知俞漪渌即为俞伊乐。

62.《桐窗诗话》

温周翰撰，据《(道光)肇庆府志》卷二十一著录。周翰，字兴林，德庆人，贡生。著有《温岳山诗集》《赋学谭记》等。

63.《桐阴馆诗话》

佚名撰，据《国朝诗人征略二编》卷四十八著录，该卷"李实"条征引一则。

64.《啸古堂诗话》

蒋敦复撰，据《(光绪)宝山县志》卷十二著录。敦复(1808—1867)，字剑人，初名金和，字纯甫，改名尔谔，字子文，后改今名，晚号江东老剑，江苏宝山(今属上海)人。著有《游杭日记》《宝山诗存》《啸古堂诗集》等多种。

65.《蕙田诗话》

王楷欧撰，据《(民国)洪洞县志》卷十七《艺文志》著录。楷欧，字再修，自号四笔山人。嘉庆二年(1797)荐举孝廉方正，历官武乡、徐沟、阳城三县教谕，壶关县学训导等。年六十五卒于阳城学署。所著有《四笔山人诗钞》《甲子合易图》《四笔生杂著》《海棠书屋吟草》等。

66.《海村诗话》

翁广平撰，据《(同治)苏州府志》卷一百三十八著录。翁广平，字海琛，平望人。据《府志》载，四十七岁补苏州府学生。道光元年(1821)，举孝廉方正。著有《六书原》四卷、《天文论》一卷、《万里寻亲记》一卷、《吾妻镜补修》三十四卷、《听莺居文

---

① 秦瀛：《小岘山人集》诗集，卷十七。

钞》、《海村诗文集》三十卷。

67.《诗话杂识》一卷

张心廉撰，据《(民国)考城县志》卷十一《艺文志》著录，其时尚存。心廉，字牧洁，考城人。道光五年(1825)拔贡，曾任山东临河知县。著有《诗草》四卷、《律诗》二卷。

68.《挹香诗话》一卷

魏惠洽撰，据《(民国)重修滑县志》卷二十《艺文》著录。惠洽，字春皋，号挹香，滑县人。道光二十九年(1849)拔贡，官山西文水县令。著有《挹香诗集》四卷、《挹香杂记》四卷等，皆待刊。

69.《二友山房诗话》

佚名撰，据《(民国)永泰县志》卷三《名胜志》、卷八《艺文志》著录。两卷征引诗话十二则。黄图南，号沧秋，永泰人。咸丰三年(1853)进士，累官翰林院编修、日讲官、左庶子，后督学贵州。著有《二友山房诗集》。盖是撰者。

70.《环溪诗话》(一名《陶轩诗话》)四卷

任金章撰，据《(民国)重修滑县志》卷十八本传、卷二十《艺文》著录。任金章，咸丰十一年(1861)恩贡。

71.《梦花轩诗话》八卷

吴江撰，据《(道光)重修仪征县志》卷四十五著录。吴江，其人不详，著有《四勿堂诗钞》四卷。

72.《铁桥诗话》

佚名撰，据《(道光)广东通志》卷二百五十七、《(光绪)广州府志》卷一百八著录。两书征引同为"刘茂榕"一则。

73.《帚石录诗话》

蔡鸿儒撰，据《(道光)晋江县志》卷七十著录。蔡鸿儒，字志昂，八龙保人。著有《帚石录诗钞》《帚石录文集》《读杜随笔》《蝶楼锁录》《晋水常谈录》等。

74.《斗斋诗话》四卷

谢建撰，据《(道光)龙岩州志》卷十二著录。建，字杰人，号斗斋，龙岩州岁贡生。著有《斗斋诗集》二十卷、《古文》二卷已刊行。其余尚有《课儿语录》一卷、《山林志》一卷待刊行。

75.《壁峰诗话》

张承禄撰，据《(道光)厦门志》卷九著录。承禄，著有《孝子忠臣录》《唐诗汇韵》等。

76.《补萝书屋诗话》

吴瘦仙撰，据《(同治)临川县志》卷五十四著录。该卷“徐士元”条云：“吴瘦仙著《补萝书屋诗话》，采录甚多。”瘦仙，盖非其名，或是字、号。游馨(1817—1878)，临川人，少年从学于东乡吴瘦仙先生，可知其人生当嘉道间。

77.《拈花微笑斋诗话》

胡国模撰，据《(光绪)长汀县志》卷二十四著录，已散佚。国模，号云鹤，又号秋水。与其兄国梁久游随园之门，诗抒性灵，晚年寓居赣州，授徒为业。

78.《瓣香阁诗话》

盛远撰，据《(光绪)嘉兴县志》卷二十六著录。远，字子久，祖养心、父闇之皆高行。所著有《竹林南池二社诗》《瓣香阁倡和》。

79.《悭念斋诗话》四卷

王麟定撰，据《(光绪)同州府续志》卷九著录。王麟定，合阳县人，举人。道光十四年(1834)任密县知县。道光二十年(1840)任内黄知县。著有《悭念斋杂著》二卷、《悭念斋诗集》六卷。

80.《诗话》一卷

高静撰，据《(光绪)宁河县志》卷八著录。静，字慎庵，北塘人。道光间举人，同治元年(1862)进士，年六十卒。著有《看诗随录》十八卷、《周易参考》一卷、《著书随录》八卷以及慎庵古近体诗、词、赋、文若干卷。

81.《歠枣簃诗话》

杨庆之撰，据《续纂山阳县志》卷十三、《(光绪)淮安府志》卷三十八著录。

82.《国朝诗话商》

钱勖、张嗣平撰，据《无锡金匮县志》卷二十二著录。勖，字揆初，咸丰五年(1855)顺天举人。张嗣平，勖友人也，其余不详。

83.《石有华斋诗话》

叶炜撰，据《(光绪)嘉兴县志》卷三十四著录。炜，字松石，曾游日本，著《煮药漫抄》，不知是否为同一书。另有《延青阁诗钞》《井窗杂志》。

84.《蛟川诗评》

陈继聪撰，据《蛟川诗系》著录。陈继聪(1823—1882)，字骏孙，号退庵居士，浙江镇海人。同治九年(1870)举人。生平著述丰富，有《辛壬杂纪》、《蛟川先正文存》十卷、《忠义纪闻录》四十卷。从姚燮游，称入室弟子，曾任《(光绪)镇海县志》总纂。

85.《虹月亭诗话》

佚名撰，据《（光绪）嘉兴县志》卷三十六著录，该卷征引一则。

86.《竹斋诗话》

李杰撰，据《（光绪）浪穹县志略》卷九著录。杰，字芗林，其余不详。

87.《容静轩诗话》

王居中撰，据《（光绪）辽州志》卷之末著录。居中，字子广，有《月轩诗草》四卷。

88.《临川诗话稿》

水长清撰，据《（光绪）宁海县志》卷九著录。长清，字国华。其余不详。

89.《古狂诗话》十卷

卢誉士撰，据《（光绪）平湖县志》卷二十三著录，写本，计一册，未刊。誉士，字肆成，浙江平湖人，诸生。著有《古狂随笔》《古狂小言》。

90.《瑶溪诗话》

袁锡轩撰，据《（光绪）睢宁县志稿》卷十六著录。锡轩，字景南，号瑶溪，贡生。著有《心镜录》《狐腋集》等。

91.《古梅阁诗话》

向文奎撰，据《（光绪）桃源县志》卷十著录。文奎，字仓仰，号研秋。著有《大谷山人诗文集》《诗法正宗》等。

92.《沅南诗话》二卷

张蟾宾撰，据《（光绪）武进阳湖县志》卷二十八著录。蟾宾，字步青，号云墀，武进人。

93.《说诗轩诗话》

梁濬撰，据《（嘉庆）介休县志》卷十著录。濬，字文川，号秋谷，介休人，监生。著有《剑虹斋集》。

94.《竹啸诗话》

佚名撰，据冯金伯《海曲诗钞》卷六著录。该卷征引一则。

95.《呈报诗话》

佚名撰，据《（嘉庆）山阳县志》卷十六著录。该卷“陆天来”、“冯均”、“邵功立”条征引，计三则。

96.《小楼诗话》

邓彩銮撰，据《（同治）广信府志》卷九、《（同治）贵溪县志》卷八著录。彩銮，号小楼，贵溪祝韵篁妻。性嗜书史，刺绣之暇，辄吟诵自娱。著有《仙云堂诗钞》。

97.《诗话》

饶循文撰，据《(同治)建昌府志》卷六《秩官类》著录。该卷“苗蕃”“黄元治”“范长发”等条征引。饶循文，南城生员，长宁教谕。

98.《幼仙诗话》

佚名撰，据《(同治)建昌府志》卷八《人物志》、卷十《杂类志》著录。《(同治)南城县志》卷八、卷十征引。

99.《吾庐诗话》

佚名撰，据《(同治)建昌府志》卷八《人物志》《(同治)南城县志》卷八著录。

100.《山川诗话》

王友柏撰，据《(同治)万年县志》卷六著录。友柏，字宇臣，号环溪，之典子。曾任南康府训导六载，后卒于其子映西乾州公署。

101.《香焦诗话》

佚名撰，据《(同治)沅陵县志》卷五十著录。该卷“唐天宁”条征引一则，述唐天宁甲申后归隐事，可知为清人所作。

102.《渔雅轩诗话》

冯尧鉴撰，据《(宣统)番禺县续志》卷三十二《艺文志》著录，云“未见，据《龙湾冯氏世谱》”。尧鉴，番禺人，署鹤山训导。光绪间修《龙湾冯氏世谱》八卷。

103.《左庵诗话》

继昌撰，据多洛肯编《元明清少数民族汉语文创作诗文叙录(清代卷)》著录。继昌，字莲畦，一作莲溪，李佳氏，正白旗汉军旗人。光绪丁丑(1877)进士。

104.《竹畦诗话液》

潘同佑撰，据《(民国)宝山县再续志》卷十五著录。同佑，字契纯，居宝山罗店。著有《瘦轩诗稿》《字音天籁》等。

105.《塔影斋诗话》二卷

严尚英撰，据《(民国)长乐县志》卷十九著录。尚英，以孙梦两赠文林郎，著有《塔影斋集》。

106.《诗话录雅》四卷

施钟撰，据《(民国)崇明县志》卷十六著录。钟，崇明人，其余不详。著有《文庙汇纂》十六卷、《佩录名言》二卷、《梦游记》、《至言录》等。

107.《野遗诗话》

谭吉禋撰，据《(民国)慈利县志》卷十九《艺文》著录。

108.《悔晦堂诗话》二十卷

吴恭亨撰，据《(民国)慈利县志》卷十九《艺文》著录。恭亨，著有《悔晦堂文集》六卷、《悔晦堂诗集》七卷、《悔晦堂联话》十五卷等。

109.《梅屋诗话》

王先基撰，据《(民国)单县志》卷二十著录。先基，号墨耘，又号梅屋主人，著有《古今体诗稿》《蛮村杂志》。

110.《旗亭诗话》十卷

何建标撰，据《(民国)商水县志》卷十九《人物志》著录。建标，字道立，号方亭，岁贡生。原籍浙江余姚，父裕三始入商水籍。秋闱屡次不售，乃肆力于古文词，怡情山水，笔墨自娱。著有《南游纪胜》八卷、《方亭笔记》三十卷等。

111.《养源诗话》十二卷

马耿甫辑，据王松《台阳诗话》著录。该书卷上称"搜罗极富，皆有资于劝惩，真有心世道之为也"。耿甫，诏安人，其余不详。

112.《东游诗话》

刘毓庆撰，据《(民国)高密县志》卷十四著录。毓庆，字秀斋，其余不详。

113.《茶余诗话》

苏兆恺撰，据《(民国)古田县志》卷二十四上《艺文志》著录。兆恺，著有《觉来集》《拾遗补阙》等。

114.《雪堂诗话》

王椅撰，《(民国)洪洞县志》卷十七《艺文志》著录。椅，字桐邻，号雪堂，诸生，年仅四旬而卒。著有《绛雪堂文集》《诗集》《杂俎》等书。殁后，邢秋丞孝廉代为收藏。

115.《享山诗话》

李时升撰，据《(民国)洪洞县志》卷十七《艺文志》著录。时升，字享山，号石泉，诸生。光绪八年(1882)续修志乘，多经其裁订。著有《享山文钞》《箕隐偶谈》《旧雨怀人集》等，编有《扬国诗钞》。

116.《舒堂诗话》

薄常泰撰，据《(民国)洪洞县志》卷十七《艺文志》著录。常泰，字舒堂，号汉里。诸生，受业于王楷苏门下。所著有《日知类编》一百二十卷、《舒堂语录》、《舒堂小诗》等。

117.《钱袁赵三家诗评》

118.《味古斋诗话》

李宝琛撰，据《(民国)济宁县志》卷三《文献略》著录，未刊。宝琛，原名毓琛，字琳叟，又字蔗园，举人。著有《味古斋文集》《四书偶解》等。

119.《茗余诗话》一卷

王绎曾撰，据《(民国)临淄县志》卷二十七本传著录。绎曾，字子敷，号筱眉，著有《师古斋文集》。

120.《敦朴堂诗话》

张瑞荫撰，据《(民国)南皮县志》卷十一著录。瑞荫，字兰浦，大学士文达公张之万仲子。

121.《觑庐诗话》

佚名撰，据《(民国)南皮县志》卷十四著录，该卷征引六则。

122.《随舟诗话》

江彬撰，据《(民国)全椒县志》卷十著录。彬，字赤城，庠生。著有《钟鼎考异》。

123.《养真小筑诗话》

陈荣基撰，据《(宣统)高要县志》卷二十一著录。有家钞本，其时尚存。荣基，生平不详。

124.《哦松斋诗话》

佚名撰，据《(民国)永泰县志》著录。该书征引多达十二则。

125.《梁溪诗话》

吴峻撰，据《历代画史汇传》著录，该书卷十、卷十七、卷二十一征引计三则，王豫《江苏诗征》亦有征引。今人孙微《清代杜诗学史》(齐鲁书社 2004 年版)亦有著录。

126.《朴村诗话》

佚名撰，据《两浙輶轩续录》著录。该书卷一、卷四征引计两则。

127.《斐亭诗话》

李元绣撰，据《两浙輶轩续录》卷九著录。该卷征引一则，另卷一有“李斐亭曰”一则。元绣，字裳吉，号斐亭，嘉兴诸生。《雪桥诗话三集》卷七云：“秀水顾樊渠茂才列星，居新塍镇，号樊桐山人。尝刻亡友李斐亭元绣、杨芸客景云、吴江俞子与希哲、萧山韩中岳栋四人之诗为《旧雨遗音》。”①

128.《莲峰诗话》

佚名撰，据《两浙輶轩续录》卷三十二著录。

---

① 杨锺羲：《雪桥诗话全编》第三册，卷七，雷恩海、姜朝晖校点，人民文学出版社 2010 年版，第 1815 页。

129.《肖愚诗话》十二卷

陈锡藻撰，据《两浙辅轩续录》卷三十三著录。锡藻，字小虞，锡华弟。萧山廪贡，江苏候补知县。

130.《友善斋诗话》

佚名撰，据《两浙辅轩续录》卷三十九著录。

131.《丹山诗话》

佚名撰，据《两浙辅轩续录》卷五十一著录。

132.《立斋诗话》

佚名撰，据《两浙辅轩续录》卷五十一著录。

133.《蟠窟诗话》

邱景章撰，据《(民国)全椒县志》卷十本传著录。景章，字端甫，号苏斋。年十八中乡试第二名，后成进士，历官湖南、嘉禾、宁乡、清泉等县。

134.《龙江诗话》八卷

蔡德辉撰，据《重修台湾省通志》卷十《艺文志》著录。德辉(1833—1891)，又名德琚，字醒甫，福建晋江人。同治年间往台湾，寄籍彰化。

135.《绿水园诗话》

潘飞声撰，据《(宣统)番禺县续志》卷四十著录。该卷"海山仙馆"条记载，原未署撰者。据潘刚儿、黄启臣《潘同文(孚)行》(华南理工大学出版社2006年版，第33页)、广州图书馆编《广东历代著者要录·广州府部》(广州出版社2012年版，第451页)知为潘飞声撰。潘飞声(1858—1934)，字兰史，号剑士，又号独立山人，广东番禺人。著有《在山泉诗话》《说剑堂集》等。

136.《小奢摩室诗话》

王钟骐撰，据《(民国)甘泉县续志》卷二十四《列传第六·下》著录。《民立报》1910—1911年间连载。钟骐，字毓仁，号无生。家贫笔耕，糊口客沪上最久。年三十四卒。著有《孟晋山房骈体文》《古今体诗》《红禅词》待梓。

137.《尊任堂诗话》二卷

龚其伟撰，据《(民国)海门县图志》卷十四著录。其伟，字颂墀，清恩贡生。

138.《半耕堂诗话》

王羹梅撰，据《(民国)邯郸县志》卷十本传著录，已佚。羹梅，字未斋，沂甫先生之季弟。光绪二十三年(1897)拔贡，光绪二十六年(1900)举人。年六十六卒。

139.《劝惩斋诗话》

陈培源撰，据《(民国)闽侯县志》卷七十一“陈海梅”传著录。培源(1879—1964)，清光绪壬寅科(1902)举人。

140.《寒楼馆诗话》

左仍豪撰，据《(民国)阜宁县志》卷二十著录。仍豪，字汉钒，阜宁人，南社成员。宣统元年(1909)拔贡。著有《寒楼馆诗钞》。

141.《諳簃诗话》

张念祖撰，据《(民国)昌黎县志》卷八著录。该卷“张胜亭”传记附载。

商量旧学　涵养新知

上海大学"清代诗学文献整理与研究"国际学术研讨会侧记*

严勤铭

2015年7月3日至4日，由"清诗话全编"国家重大招标项目承标组与上海大学文学院清民诗文研究中心主办的"清代诗学文献整理与研究"国际学术研讨会，在上海大学顺利举行。与会者有海内外、东西洋80多位学者，共提交会议论文54篇。会议既呈现清代诗学研究的现状，也体现了未来研究的多种面向。

一

文献的收集、整理、考订是学术研究的基础工作。这次会议召开的契机就是张寅彭教授主编的《清诗话三编》的出版和张教授主持的"清诗话全编"重大项目的全面开展。张寅彭教授积二十年之力，完成清代诗话目录的调查工作，著有《新订清人诗学书目》。在此基础上，他又精选百种左右诗话加以校勘标点，编成《清诗话三编》，以续丁福保《清诗话》和郭绍虞《清诗话续编》。张寅彭教授是目前海内外清代诗学文献整理方面最有代表性的学者，因为前期成果的丰富厚重，他于2012年顺利中标"清诗话全编"的国家重大招标项目。此次会议，作为主办者的张教授提交了会议论文《谈清代诗学文献的整理》，并以其中的一个章节在会上作了"从〈清诗

* 此文先后发表于2015年8月2日《东方早报·上海书评》、9月28日《古籍新书报》。

话三编〉到〈清诗话全编〉”的主题发言。论文和发言从编纂“清诗话全编”的实际需要出发，全面总结了清代诗话的特征并提出了“全编”的编纂体例。

张教授指出：“清代诗学文献数量庞大，体例繁富，它的这两个基本特征是远过于历朝历代的。正视和解决这两个问题，无疑是整理研究清代诗学的基础。”目前见存的清代诗话有近千种，且仍有不断发现的可能。对这近千种诗话，除了按时代分期之外，还需要按照其各自体制、性质做出区分，以见出清代诗话的特色。张教授认为，传统的广义诗话可以分作诗评、诗法、诗话三类，而诗话一类之下，在清代又产生出一些富有特色的子类，即断代类诗话、地域类诗话、专人类诗话等。此外，编纂清诗话还有一当务之急，即划定标准，对性质游离于总集、工具书与诗话之间的许多清人著述作出界划，在去取之际，显现的正是整理者的识力与别裁。对这一问题，与会学者也多有献议。在圆桌会谈中，中华书局俞国林先生即主张取广义诗话的概念，尽量充分收罗各类诗学文献，以成一代大观。复旦大学陈广宏先生作为国家社科重大项目“新编全明诗话”的项目主持人，也指出明清诗学文献形态的多样性，但诗话整理者也的确需要就事论事，有所裁择。而黄霖、陈引驰等诸位先生则主张从严界定诗学文献与诗话的关系，采取一种较为严格的标准加以执行。华东师大刘永翔先生、上海外国语大学陈福康先生则从《清诗话三编》读者的角度发言，颇有亲切之感。浙江大学朱则杰先生也以早年策划编辑《全清诗》的经历提出若干建言。

这些议题在会议论文中得到了更为充分的体现。一是诗话文献的深入调查与发现。如上海大学李清华《清人诗学书目辑补》一文，在张寅彭《新订清人诗学书目》和蒋寅《清诗话考》的基础上，补充了新见诗话 26 中，新见存目诗话 144 种。可见，清代诗话欲求其完备，仍需要学者不断努力。而中山大学李保阳《稿本〈梅花诗话〉述略》一文，则是介绍了新发现的嘉兴图书馆藏二十七卷稿本《梅花诗话》，纠正了前人著录“一卷”的错误。再如上海大学刘奕《复旦大学图书馆藏稿本〈涵晖书屋诗话〉考》一文，则考证《涵晖书屋诗话》基本是抄袭自《坚瓠集》和《寄园寄所寄》二书，本身价值不大。这类诗话在现存清诗话中并非孤例，编纂“清诗话全编”时如何处理，值得编纂者进一步思考。

再有一个问题则是总集与诗话的关系，总集在诗学研究上的价值及相关问题。这方面，有复旦大学邬国平《朱彝尊〈静志居诗话〉存世三种》、河北大学王新芳《查慎行〈初白庵诗评十二种〉考论》、香港浸会大学陈汉文《顾嗣立〈元诗选〉诗人小传研究》、凤凰出版社樊昕《顾光旭〈梁溪诗钞〉述略》、新加坡南洋理工大学王兵《选本视域中的清代宗唐与宗宋诗学》等几篇论文。总集中包含有非常丰富的诗学资料，如果跳出单纯的"诗话"视野，而要从事全面的诗学研究，明清时代大量传世的总集是值得学者投入精力的。实际上，总集的研究也一直是学界的热点，如何像清人从《明诗综》中抄出《静志居诗话》一样，更多地从总集中辑录诗学材料，显然也是有待大规模开展的工作。

二

学术研究以文献研究整理为基础，但显然不限于此。那么清代诗学研究该如何不断推陈出新？清代诗学史的基本面貌，可以说是由青木正儿、郭绍虞、朱东润等前辈学者的通史类著作奠定的。此次复旦大学陈尚君先生整理了朱东润《中国文学批评史讲义》定本未刊稿清代诗学部分提交大会，比对通行的《中国文学批评史大纲》，朱先生对史料多有增添，而引用精到，论述部分改动未必很大，但寥寥数语，皆精确不磨，足见前辈学力与识力。前人粗定疆界，那么后来者如何突破束缚？中国社科院蒋寅先生因此以"在中国发现批评史"为题，作了主题发言，正可视为对朱先生以降诗学史研究的一种回应。蒋先生借用美国汉学家柯文"在中国发现历史"的史观，主张西方文论应为参照而非样板，"重新认识中国文学理论和批评，看到它拥有的丰富的概念、命题和独特的批评形式，从而'在中国发现批评史'"。另一位主题发言者加拿大汉学家施吉瑞先生提交的论文《郑珍的现代性》，提出郑珍从传统中国汲取资源，表现出了他自己的现代性特征，并对稍后晚清的中国士人产生了显著的影响。这实际上与蒋寅不谋而合，都是表现出不同程度的"中国中心观"。

蒋寅先生针对学界对古代文论的三大偏见，以清代文学批评为例，着重指出其并非全是感悟式、印象式的，而是自有其细读传统；并非不成系统，而是出现了不少体系化的作品；并非缺少严格意义上的理论范畴、理论命题，而是大有范式例证在。同时，他主张关注中国独特的审美体验、表达方式和批评形式。

柯文提出"在中国发现历史"，针对的是他之前盛行的三种西方中心史观的中国历史研究方法。而蒋寅先生反对的显然也是一种西方中心观，但与史学研究又不同。柯文批评的是那种认为西方比中国先进，西方走在了前面，西方道路是中国必然归宿的观念。而文学与文学批评却并非如历史那样可以看到明显的社会制度、科学技术、社会生活的"进步"，而更多时候是艺术风尚和思潮的此起彼伏、循环往复，又在循环中体现出时代特色。当20世纪初的中日学者建构中国文学批评史的体系时，他们参照的主要是19世纪欧洲的文学史观与批评理念。他们中不少人的确认为新文学的发展应当归宿于西方，但在谈论中国古典文学时，却又并不以古典为陈腐，以新文学为高明。这是文学与历史之异。而且时过境迁，今日西方的文学史观与批评理论已经完全不同于19世纪，他们对自己的认识也已经改变了。而我们作为参照的西方文学图式，恐怕更多地还停留在五四古典文学学者所接受和建构的那个图式中。所以当下反对西方中心观，恐怕还不能操之过急。首要之务，是充分了解西方文学史、批评史的变迁，把握今时今地的西方文学图式，然后建立一个更完整、更有效的参照系，以此反观自己，异同对照才会更加深刻全面。

《在中国发现历史》的译者林同奇先生在该书译者前言中曾经言及，柯文所代表的"中国中心观"的史学研究在历史描绘时有精细化的特点，这是深入内部认识中国的必然结果。但其弊端则是容易流于过于琐细的局部观察，而导致宏观的图式(schema)无法建立，太多支离破碎的研究会造成见木不见林的困窘。实际上，宏观图式的建构仍然是学者的责任，这依然需要某种理论框架。对理论框架的警惕不等于完全放弃，这是不言而喻的。在这一点上，不论利弊，倒是不分文史，在近年来中国古典文学和文学批评史的研究中，都有清晰的呈现。

如何以西学为参照而又不失东方之本，如何在精细研究的同时又不失理论思考，本次会议上南京大学张伯伟先生所作的主题发言"清代东亚诗学的环流及研究"，对此作出了回应。2007年张先生已出版了专著《清代诗话东传略论稿》，该书考察了清代诗话在朝鲜和日本的传播情况。此次更提出了所谓"环流"的概念，即不再是单向度的传播，而是书籍在传播、阅读过程中的多向度流动与变迁。张先生以朝鲜文人李德懋《清脾录》一书在中、日、朝三国之间的互动为例，说明了书籍的交流与阅读，会引发什么样的观念与文化立场变迁。张伯伟先生一直倡导"作为方法的汉文化圈"研究，近年来又受到书籍史研究的影响，更加重视书籍阅读所造成的变动。这一新理论维度的引入，相信会进一步推进汉文化圈研究的精读与深度。而张先生所提倡的理论思考的态度，也是清代诗学研究所亟须的。

三

雷纳·韦勒克在《近代文学批评史》第一卷《导言》中说："批评是一般文化史的组成部分，因此脱离不了一定的历史和社会环境。显而易见的是，批评受到的影响来自学术空气的普遍变化、思想史，甚至受到某些确切的哲学思想的影响，虽然它们本身可能尚未产生系统的美学。"此外的更间接影响因素还包括各种社会状况、政治因素等。韦勒克是把文学批评看作思想史的分枝的，思想与学术对文学批评的影响显然是不容忽视的。

台湾中研院廖肇亨先生的论文《叶燮与佛教》探究叶燮的佛缘与佛学造诣，揭示出叶燮思想中一向为人忽视的佛教因子，这对叶燮及其《原诗》的研究恐怕至关重要，也正与韦勒克之论相合。而台湾中研院严志雄先生提出，明清诗文研究当作"文辞脉络化、生命史脉络化、历史脉络化"三个脉络化(contextualization)的工作，文学批评与思想、学术的关系当属于"历史脉络化"的范畴。此外，香港岭南大学汪春泓先生的《吴汝纶诗学初窥》一文也较重视文与学之关系，所论较为中肯。不过，清代汉学作为一代之学，对清代文学批评影响至甚，而本次会议未能收到有关论文，不能不稍有遗憾。但目前学界对此的研究并不沉寂，相信未来不断会有优秀的成果问世。

除了思想、学术以外，政治、社会普遍状况的变化也会反映到诗学批评中，台湾中央大学王力坚先生《清初汉文人心态的转变与诗学发展的关系》一文，即探讨了康熙十八年举办博学鸿儒科考试由武功转向文治的意义。明清时代一个引人瞩目的现象就是女性文学的兴盛，美国莱斯大学钱南秀女士作为女性文学研究的代表性学者，她的《梁章钜〈闽川闺秀诗话〉及丁芸〈续编〉意旨初探》一文很好地展现了从女性文学视角，如何把握清代诗学的某些特征。

韦勒克还注意到，从意大利文艺复兴到18世纪中叶，欧洲文学批评的理论依据都是亚里士多德《诗学》、贺拉斯《诗艺》、昆提利安《雄辩家的培训》和朗吉努斯《论崇高》，实际上造成"文学史上始终存在着理论与实践的巨大鸿沟。三百年来，人们翻来覆去，重复的是亚里士多德和贺拉斯所主张的观点，争辩不已的还是这些观点，而且将它们编入教材，铭记在心——而实际的文学创作，却完全独立地走着自己的路"，因此"批评史无非是思想史的一个分枝，和当时所产生的实际文学作品，仅仅存在着松散的关系"。

那么在中国，文学批评与文学创作之间关系如何？赵昌平先生在圆桌座谈时以《文心雕龙》为例，强调文学批评的实践性，认为批评不应脱离文学创作。而"诗话"更是一种中国传统特有的与创作密切结合的理论批评形式。因此，当上海古籍出版社社长高克勤在会上慷慨承揽了庞大的《清诗话全编》的出版任务时，人们有理由期待不仅"诗"的研究而且诗的"创作"，日后都将会有一个大的促进。

编后记

2015 年 7 月 3 日至 4 日，上海大学清民诗文研究中心与国家社科重大项目《清诗话全编》课题组，广邀海内外学者，举办了“清代诗学文献整理与研究”大型学术研讨会。时值中心主任和项目首席专家张寅彭教授主编的《清诗话三编》由上海古籍出版社出版，《全编》体例确定、各卷点校工作全面展开之际，可谓适逢其时。与会 80 余位学者，在会议设置的主题发言、圆桌座谈、分组及大会发表等单元，充分交流了各自最新的研究成果。

除 10 余位学者系座谈发言外，本次会议共收到论文 54 篇（含提纲）。这些各具风采的发言与论文，极大地拓宽和加深了会议的内涵，每一篇都将为《清诗话全编》的编纂，乃至学界整体的清代诗学研究，发挥积极的实际的作用，这是毋庸置疑的。我们谨向全体与会学者致上由衷的敬意和谢意。

大会之后，出于固化和传播此次会议成果的考虑，我们选编了这本论文集。编辑宗旨约有下列数端：一，集中于清人之诗学；二，论述与考证平衡；三，中土与海外呼应；四，新材料的搜集整理；五，文体形式多样，诸如此类，不一而足。凡例之外，又以篇幅的限制，最终选录了其中的 27 篇。其他未能收入者，我们在此谨向作者深表歉意！亦有个别学者以论文已作他用而声明撤出，这自然是要予以尊重的。

近年来，清代诗学文献的整理与研究，进展迅猛，固是可喜的现象，但以其体量巨大，牵涉复杂，驾驭颇不易。目前我们正在编辑《清诗话全编》，对此感触尤深。如何以一种最合于规范的收集标准和结集形式来完成此项学术工程，需要每位参与者始终不懈怠地抱持此一警惕之心，也需要校内外、海内外学术界与藏书单位同仁给予支持与帮助。此次会议的成功，正是一个多方戮力同心的极好的例证。

我们期待着下一次会议的交流合作。

《清代诗学文献整理与研究》会议组论文集编委会

2015年11月30日